婚姻保卫战

HUNYINBAOWEIZHAN

婚姻，就是一场**男人**和**女人**争夺话语权、经济权、掌控权的**战争**。

魏晓霞 | 作品

北方联合出版传媒（集团）股份有限公司

万卷出版公司

凡是对**家庭稳定**有利的就有意思，

凡是对**保卫婚姻**有害的就没意思。

高学历，高素质，高收入的 "三高女人" 已经过时了，

现在得是 "三Z女人" 才有市场，有姿色、有知识、有资本。

当我们 一个台阶、一个台阶

登上去时，放在家里的精力会越来越少，最后物质丰富、感情淡漠。

咱们老说要保卫婚姻，其实没人威胁我们，真正威胁婚姻的，是我们心里的欲望。

爱 不仅是一种意愿和情感，更是一种能力。

这 "爱无力" 可比 "肌无力" 和 "性无能" 更可怕，

爱都没了，还活个什么意思，奋斗个什么劲儿呀？

婚姻这东西没啥神秘，也没啥不可驾驭，

说了归齐就六个字：

接受、忍受、享受。

只要你学会接受现实，接受对方的不完美，忍受一点误解和不公，

忍受一点委屈和无奈，围城里头还是很享受滴！

这就叫**先忍受再享受，** 明白?

这世上如果有一个做了你

一万次仇敌和五千次朋友的人，

那人肯定不是你老婆，就是你老公。

我不敢保证能让你天天心情舒畅，

但基本舒畅是我未来的**努力方向！**

我不敢保证天天和你融洽，

但争取经常融洽是我今后的**奋斗目标！**

写在前面的话
—— 《婚姻保卫战》导演 赵宝刚

男人和女人之间自古便是一部战争史。

为什么那么多曾经相爱的人，最后只能离婚收场？

为什么我们的婚姻情感中充满了不快和痛苦？

为什么总有无数鸡毛蒜皮引爆家庭战争，夫妻不是刀兵相见恶语相向，就是无休止的折磨和日复一日的冷若冰霜，最后只能忍痛挥刀斩断情缘？

有没有一种科学的方法，可以让夫妻永远相亲相爱地生活下去？

……这些问号正是这个故事所要探索和回答的。

我希望通过塑造这四对不同类型现代都市家庭的夫妻形象，倡导一种"经营家庭"的文化理念，为婚姻中的"冤家"们找到一些改善关系的方式方法；希望人们可以试着用这些新型理念对待婚姻家庭生活，让婚姻中的男女多一些宽容，少一些指责，多一些理解，少一些埋怨，多一些关怀，少一些战争。

"家庭文化"，这是我们在本片中特别提出的新型理念。

现代社会催生了各种文化体系，饮食文化、服饰文化、茶文化、企业文化，甚至国家文化。而现代家庭文化还未得到普遍重视和足够的培育。我们愿意通过塑造有一定理想主义色彩的人物，表达不一样的思维方式和处事态度，重新诠释现存的婚姻家庭状况，呼唤人们用平和的心态对待两性关系，为中国新型家庭文化的发展尽一份力。

往小了说，一个家庭的文化氛围直接影响家庭成员的生活质量，往大了说，家庭文化也影响着一个国家的发展和人类的进步！家庭是社会整体生活的微缩景观，家庭的和谐关系到社会的稳定。我们期待越来越多的人懂得珍惜感情，学会经营家庭，期待人人都能找到属于自己的温暖港湾和人生加油站……

目录 CONTENTS

目录 CONTENTS

这是一个结婚三天都可能发痒的时代，七年了还不痒，那是传说。

夫妻一辈子，基本就是一个"痒"和"止痒"的过程，只不过有人痒得早点儿，有人痒得晚点儿。痒的程度和对待痒的态度也不一样，某甲奇痒难耐、必欲挠之而后快，某乙可能就比较迟钝，聪明如某丙，还可以假装没感觉。关键还是在于感情。

老袁和杨丹、老常和前妻都属于第一种，前者一拍两散，后者离了再娶。

许小宁是聪明人，参透两性奥秘，看淡进退得失，在老婆的淫威面前，吃黄连当败火，委屈痛痒忽略不计，于是爱情及时转化为亲情，和兰心的日子在打打闹闹中过得倒挺瓷实。

郭洋和李梅这一对比较特殊，表面风平浪静，私下暗流涌动；尽管现实很纠结，人生很无奈，却始终坚守信念，迷信爱情。看上去很美，可在残酷多变的环境中，人太天真就有麻烦。假如没有老常和陈梦那场不伦不类的婚礼，假如没有杨丹和老袁不识时务的离异，假如没有女客户张瑾的突然出现，他俩的日子可能和全中国大多数家庭没什么两样，就这样推推搡搡、磕磕绊绊，直奔金婚了。可惜命运没有"假如"，莫斯科不相信眼泪。从老常婚礼那天开始，两人的关系就出现拐点，幸福指数节节下滑，当意识到危机时早已泥足深陷，剩下的问题就是怎么往外拔脚了。

01 婚姻能原配千万别二手

老常的婚礼选在下午。二婚，不好大张旗鼓，又不能伤了头婚新娘的感情，既节俭又不能丢份，于是就在自家4S店宽阔的场地举行。店内张灯结彩，摆着几张大桌子，备了酒水点心，一批新款样车装点环境，喜庆热闹、豪华炫富一样没少，还没怎么花钱，特别符合老常能省则省的做人原则。

郭、许两家是老常的邻居，又是4S店的老主顾，都接到请柬来凑热闹。郭洋和兰心从公司赶来，穿得中规中矩，透着职场人的干练。李梅打扮得舒服随意，许小宁则是一贯的粉嫩花格衬衫，居家煮夫的休闲里掺杂着一丝小资情调。

婚礼一般都兼具一些特殊功能——为生活枯燥的人们找点儿乐子，给那些对婚姻渐渐丧失热情的人们一点儿新鲜刺激，诸如此类。两对夫妻也免不了插科打诨，借着老常的喜事发泄发泄自己的情绪。李梅特别佩服老常的别出心裁，大赞婚礼浪漫、有创意。兰心是做生意的，一眼看穿这是一场变相新车展示秀，婚礼生意两不误，这招儿只有擅长敲骨吸髓的老常使得出来。郭洋和许小宁却藏不住心底那点儿醋意，一个劲儿拿老常和他的新娘——年轻漂亮的退役模特儿陈梦开心：人到中年色胆包天，真不是吹的。瞅瞅老常！皮糙肉厚，胖墩墩如同一粒丰满的花生米，还惦记着老牛吃嫩草，活像胡传魁配上阿庆嫂……许小宁盯着新娘的眼神有点惊艳，在桌子低下吃了兰心一脚。新郎新娘交换戒指的时候，两人还对老常的钻戒真假发出质疑。当然，老常再怎么抠门儿，这节骨眼儿的轻重他还拎得清，钻戒倒是真的，克拉数小点而已。

李梅突然接到杨丹的电话。杨丹是她和兰心的大学同学，刚跟老袁从民政局领了离婚证。分手的时候还口气挺硬地拒绝了老袁吃散伙饭的邀请，转身心里却没着没落、空得不行！这会儿坐在车里抹眼泪，叫李梅出来陪她。

李梅走不开，让她过来。杨丹走进4S店，发现是一场婚礼，触景生情，抱起酒瓶喝个没完，不一会儿就满嘴跑火车，好啊，真好！老常结婚的日子正是我和老袁散伙的时辰……李梅制止她胡说八道，婚礼上怎么能开这种玩笑？兰心也不信，老袁可是大名鼎鼎的社会精英，你舍得离？杨丹从包里摸出离婚证拍在桌上给她们看：刚出炉，热乎的！

女强人杨丹平时就气势逼人，特别不招这帮丈夫们待见。听说她离了，郭洋明着打气，暗里挖苦，离了好！你这么强大，估计老袁都找不着做男人的感觉了。许小宁也在一旁溜缝，你气场太强大，确实不适合当老婆，离了就可以另立山头，跟老袁商海PK了，那才叫棋逢对手呢。看着兰心正狠狠地瞪他，许小宁赶紧改口，嘿嘿，现在离婚不算个事儿，不破不立，离了才能再结嘛。郭洋也帮腔，是是是，你看人家老常，这不就第二春了吗？两个女人的白眼球比例更大了，有你们这么劝的吗？！

杨丹喝大了，趴在桌子上傻笑。新郎新娘过来敬酒，老常发现了不速之客，哟！她这是怎么了？老袁呢？

一句话刺激了杨丹，她摇晃着起身，搭着李梅肩膀站稳，要为老常的"执迷不悟"和她的"幡然醒悟"干一杯。陈梦哭笑不得，老常脸色难看。郭洋连忙打岔，给老常敬酒，祝新婚快乐。许小宁也帮着圆场，把杨丹挡在身后。杨丹还要喝，李梅抢她的杯，两人撕扯，酒瓶杯子"稀里哗啦"摔了一地，全场震惊。

杨丹大闹婚礼，把老常的好事搅得七零八落，李梅和兰心只好架着她提前退场，送她回家。郭洋和许小宁带着孩子灰溜溜地往回走，一路纳闷，杨丹老袁男才女貌，是众人眼里的金童玉女，平时出双入对看着挺和谐，怎么说离就离了？

许小宁突然问郭洋想过离婚吗？郭洋说我过得好好的，想那事儿干吗？许小宁一脸坏笑地打量他，没说实话！家庭是女人给男人布置的牢笼，再温暖再幸福，总会有向往飞出牢笼的一瞬间吧？郭洋故意顺竿爬，是啊，我估计老袁这会心情肯定无比轻松，像出笼小鸟一样自由快乐呀……许小宁问，那你就没向往那种自由快乐？心里就一点儿不痒？郭洋故作深沉，牢笼内外各有利弊，综合评估下来，我这笼子还是不错滴。我怎么觉得你憋着坏，成心想破坏安定团结呀？不是你有什么"活思想"了吧？许小宁一笑，我也就顺着杨丹离婚这茬儿展开一下联想，结婚七八年了，审美疲劳肯定是有滴，虽然偶尔有点儿痒，可我这笼子还没住够呢，舍不得出去。

李梅和兰心把杨丹送回家，杨丹一清醒就连连道歉，说她心里难受、触景生情、酒后失态，毕竟头回离婚没经验，请老同学务必体谅。也是，再强大的女人一旦失婚，也会孤苦落寞，茫然无着。

李梅得空问了她最想问的问题：非得离吗？为什么呀？兰心也怀疑地打量杨丹，不是遭遇第三者了吧？有钱男人没几个老实的。杨丹不由得愣了愣，这个……第三者倒没发现，没功夫管那些破事儿，也懒得管！我跟老袁的问题就是两个人都太强，谁都不肯示弱，离婚是早晚的事儿。兰心劝杨丹，凡事得往好处想，老袁那么大产业，离婚分你一半，至少经济上不吃亏。我要是跟小宁离，他分走一半，我立马从小康跌到平民，想离也不敢哪！李梅在一旁朝兰心撇嘴，知足吧，我要跟郭洋离，钱肯定没得分，房子分半套，还欠贷款。

此刻，老袁正站在办公室窗前大口吸烟，看着街景出神。离婚的事虽说早有思想准备，可事到如今，仍然恍若梦中。秘书小心翼翼地走进来，说有人找。老袁不假思索，一口回绝，你把今晚的应酬和约会全部取消！我想安静地呆着。秘书迟疑了一下，强调说"张瑾小姐来了"，老袁才回过神，请她进来。

三十多岁，身材姣好的张瑾，带着硕大的墨镜快步进来，摘下眼镜，认真地看看老袁，你真离了？老袁没精打采地指指桌上的离婚证，那还能假？手续刚办完……张瑾拿起离婚证看看，似笑非笑地问他，没事儿吧？用不用我安慰安慰你呀？走吧，请你吃饭。老袁没心情，推说改日他请客，好好喝一杯。张瑾讨个没趣，告辞离去。老袁深深叹息，翻着离婚证出了神。如果没有张瑾，这个婚也许离不了。如今婚是离了，心却更空了，走到这一步都不知该怪谁。

杨丹为了感谢老同学的照料，请客吃饭。饭后又陪两人参观她离婚分得的财产——梦想家园。梦想家园算是北京城有名的综合性商业设置，只是有待开发推广，看上去虽然灯火辉煌，却并不繁华热闹。杨丹带着李梅和兰心悠闲散步，欣赏着自己的战利品，似乎忘掉了痛苦。她顾盼自雄、不无得意，你们觉得这地方怎么样？兰心压不住醋意，阴阳怪气地说，真不错呀！北京城又多了一个吃喝玩乐、奢靡腐败的好去处。

杨丹眼神突然黯淡，兴建时夫妻携手，建好了却分道扬镳。老袁主张卖掉，还上贷款净赚几个亿，杨丹却想亲手打造北京城独一无二的休闲港湾，一个务实，一个浪漫，一个稳扎稳打，一个锐意进取，能不散伙儿么？哼！老袁说我有病，放着大钱不赚，非顶着巨额债务，到头来赔得倾家荡产哭都来不及。凭什么呀？凭什么我就一定得倾家荡产？财产分割我只要了梦想家园，赔了赚了后果自负！

李梅俯瞰建筑群，慨叹一声，知道你生意做得大，想不到居然这么大！这得值多少钱哪？杨丹轻描淡写地说，投资十个亿，保守估价市值二十亿吧。李梅的嘴张开合不拢了。兰心开口酸溜溜，盘子大，负债也高，机遇和风险并存、财富和压力并重，这块大肥肉恐怕没那么好吃，你真的铁了心要自己经营？

杨丹脖子一挺，我既然已经为事业牺牲了家庭，就没打算留退路！我要用事实证明女人照样能做出一番惊天地、泣鬼神的大事业，世界就该有我们的一半。兰心讽刺她，哟，太有气魄了，女人都像你，估计现在还是母系氏族公社呢。不过我告诉你啊，男人不喜欢真理型女人，太累。我就没你这心气儿，小打小闹赚点儿养老钱就不错了。李梅感慨自己跟她们比起来，连小玩闹都算不上，基本没有发言权，老公孩子热炕头才是她的主旋律。杨丹听出了李梅的言不由衷，得了吧，我倒想看看，如果给一次重新选择的机会，你是追求事业成功还是守住方寸幸福？李梅有些失落，我呀，恐怕没这个机会了……

陈梦本来就为婚礼的细节对老常不满，杨丹这么一闹，情绪更坏了，扯下胸花狠狠摔在老常身上，责问他请的都是什么人啊？老常说没请杨丹，谁知道她从哪儿冒出来的？陈梦开始翻旧账，说好了播放《婚礼进行曲》，你就拿汽车里那张天天听的破碟糊弄我的婚礼！老常嬉皮笑脸，解释加狡辩，我这几天不是没功夫嘛？再说《步步高》多喜庆啊，跟咱中式婚礼的风格也搭调儿。

陈梦揭穿老常只想省钱，忒抠儿！我说在酒店办婚宴，你偏说在4S店有创意，我想穿婚纱，你非说中装喜庆！酒席钱、婚纱钱都省了，怎么连张碟钱还要省啊？到底钱重要，还是感情重要？当然你重要！今儿咱俩大喜，不许生气啊！陈梦一把推开老常，恋爱那会儿觉得节俭是你的优点，平时省点儿，关键时刻就能把好钢用在刀刃上。结婚这么大事儿应该算是刀刃了吧？敢情还不是，你就这么把我骗进门了！老婆，老婆，咱小点儿声成吗？叫外人听了笑话。哼！咱这不伦不类的婚礼已经够让人看笑话了，不差这会儿！

老常可怜巴巴地告饶，咬紧牙关许下一诺，要请烛光晚餐赔罪，陈梦的小脸儿这才阴转多云。两人忙到这会儿，饥肠辘辘，开车上街，老常却不急着赶路，扯着脖子透过车窗到处踅摸粥店。陈梦看透他的心事，你甭想像恋爱那会儿，对付点儿小吃就把我打发了！今儿这日子特殊，至少得吃顿像样的庆祝庆祝。

老常这几天忙婚礼的事儿确实挺上火，只想吃点清粥小菜，既然胃口不好，就没必要为一顿饭太破费，这年头挣点儿钱那么容易么？卖一台车的利润都很有限，能省就省点儿。可陈梦的话也有她的道理没法反驳，于是他连忙赔笑，行行，只要不吃海鲜吃什么都行，我这肠胃不适应，一吃海鲜就闹肚子。陈梦撇嘴，你不就怕花钱吗？这才刚娶到家，我就贬值了？

最后还是依着陈梦吃了一顿肥牛火锅，老常开始还让少点菜，到后来风卷残云打扫得一干二净。回家路上，老常情绪不错，口若悬河，妙语连珠，陈梦却闷声不响，一脸阴沉。老常本以为自己在离婚之后这么多年的今天终于熬出苦海，生活从此奏响了新一曲浪漫乐章，谁料到开场就有了不和谐的杂音儿。此刻他真有点儿恍惚，难怪人家说"婚姻能原配千万别二手"，看来这"回锅肉"的味道也不是想像中那么美妙。

小洋饿得前胸贴后背，坐在餐桌前敲着碗喊爸爸。郭洋满头大汗把一盘炒饭和一碗西红柿蛋汤放在桌上。小洋对爸爸忙了半天就这点儿成果很失望，可也饿得顾不上别的，先填饱肚子再说。郭洋平时工作忙，不常下厨，急于得到儿子的肯定："怎么样？味道不错吧？"小洋懒洋洋地回答"凑合"，我想吃妈妈做的鸡翅，她怎么还不回来？郭洋告诉他，有个阿姨离婚了，妈妈去安慰她。小洋问什么是离婚？郭洋说离婚就是爸爸和妈妈不住一块儿了。为什么不住一块儿呢？郭洋说，你看我，我看你，越看越别扭，越看越腻味，就分开了呗。为什么别扭？为什么腻味？郭洋吭吭哧哧半天，因为……不爱了呗。小洋还是不依不饶，为什么不爱了？郭洋傻眼，只好来硬的，打住！不许再问，吃饭说话小心肚子疼！小洋这才罢休，郭洋吐一口长气，发现自己竟被儿子追问出一身冷汗。

许小宁父女也在探讨离婚的话题。他手拿风筒，为裹着浴巾的乐乐吹干头发，乐乐出其不意扔过来一个问号：爸爸，你和妈妈会离婚吗？许小宁吓一跳，呃？这个问题……暂时还没有答案，也许永远没有答案。

乐乐不明白，追着问"为什么？"许小宁只好摆出一副学究架势，世界是复杂滴，情况是多变滴，很多问题都是没有答案滴，就像先有鸡还是先有蛋。再说，这事还得问问你妈妈……乐乐更糊涂了，为什么要问妈妈？爸爸不是比妈妈懂得多吗？许小宁说，在很多问题上，懂得多的人不一定说了算。在离婚这个问题上尤其是这样。那爸爸什么事情说了算呢？许小宁被问到要害，有点尴尬，还得在女儿面前维护面子，就煞有介事做思考状：呃……让我想想，咱家爸爸说了算的事儿可多了！比如今天要吃什么呀？衣服是不是该洗了？房间是不是要打扫？乐乐是不是该买玩具了？都是爸爸说了算。乐乐由衷夸赞一句，爸爸你真伟大！许小宁心虚地笑笑，是吧？我也这么认为。

李梅和兰心也在回家路上议论杨丹和老袁突如其来的离异。兰心认为杨丹放着好日子不过，瞎折腾，身在福中不知福！要是我，赶紧把梦想家园卖出去，几亿到手，心里踏实。李梅瞟兰心一眼，人各有志，杨丹属于生命不息、折腾不止那类。不过你自己也是女强人，别五十步笑百步。兰心叹息，唉，我属于被逼无奈型，想过好日子就必须自己折腾，要嫁个老袁那么能赚钱的，我情愿在家当太太，多省心啊！李梅自我解嘲，还是我这安于现状型比较省心，小家小日子，知足就成。兰心怀疑地看看她，嗳，你真就这么安于现状，从来没想过发掘一下自己的潜力？想当年大学心理课上综合素质分析，咱俩可都是创业型。李梅叹气，那些纸上谈兵管什么用啊？兰心笑了，自打你嫁了郭洋，就退化成家庭型了，不过这倒是郭洋的福气。李梅听到兰心对自己这种评价，心里有点不是滋味儿。

李梅一进家门，冲着郭洋就是一堆习惯性的问题："小洋吃了吗？"郭洋回答"吃了，而且吃得很香。"李梅问"拉了吗？"郭洋索性把下一个问题一并回答："拉得很多。"李梅又问："睡着了？""已经进入甜蜜的梦乡。"这时候就听小洋在卧室喊："妈妈！我没睡着呢。"李梅不满地白了郭洋一眼，匆匆进卧室。

郭洋知道李梅的脾气，孩子带不好不高兴，带得太好还是不高兴，得留个机会让她跟儿子起腻，让她觉得家里缺不得她这个女主人，于是他乐得闪了，把空间留给妻儿。

李梅把小洋哄睡，推门走进厨房，看到操作台、洗碗池到处扔着锅碗瓢勺，满眼狼藉，像被洗劫过，心里一股火"噌"地窜上来，边收拾边埋怨，做个满汉全席也不至于把厨房弄成这样啊！平时家务事大撒把，偶尔做顿饭，还得有人给你打扫战场……捎带着数落郭洋平时不管孩子，哄儿子睡觉都搞不定，最后又搬出许小宁来，许小宁怎么能干，怎么心疼老婆，郭洋怎么不顾家，成天除了工作就是应酬，对老婆孩子越来越不在乎！郭洋不服，我是以男人的方式顾家，月月工资全交，出去应酬尽量12点以前回来，我还要怎么顾家你才满意呀？

李梅把他搡到一边，没好气地洗着抹布，我也天天上班，还得接孩子买菜做饭，伺候你们吃喝拉撒睡，您隔三岔五喝酒应酬，12点以前回来就算有功啦？郭洋觉得李梅的态度不对味儿，仔细打量她，嗳，我说你今儿怎么了？是不是存心找茬儿发邪火啊？受什么刺激了？杨丹离婚，在你心里激起什么涟漪了？

李梅被捅到敏感处，解下围裙一扔，走了。郭洋叹气，也不能怪李梅，杨丹离婚的事确实给平静的生活投下了一枚小石子，连他自己也有点儿心神不宁。

兰心洗完澡，坐在梳妆镜前敷面膜。许小宁端着一只小碗轻手轻脚走进来："红枣莲子银耳羹来啦，冷热正合适！"放下碗，就手脚不停地拿起毛巾帮兰心擦干头发。兰心胳膊肘一拐把他顶开了。许小宁觉察到老婆心情不佳，连忙赔笑，特别体谅："是不是杨丹离婚影响心情了？放心，我保证！绝不跟你离。"

兰心不屑地撇嘴："自作多情！想离可以，净身出户，别打分我家产的主意。"

"瞧瞧，我都说坚决不离了，你还说这话，多伤感情啊！我知道，你们女人最受不了家庭解体的刺激，哪怕是叱咤风云的商场巾帼，也需要家庭温暖的滋润。所以，你要清楚有我这么个三温暖的老公是多么幸福，你看杨丹，家的港湾都没了，要那么个梦想家园有什么意思？"

"充分暴露了你不思进取、不求上进的本质！你要是有本事能赚钱，我乐得回家歇着，充分享受家庭生活的乐趣。"

"我也不是天生的家庭煮夫，想当初做酒店客房部经理，月薪五千也不算少，要不是你非拉我下海做生意，又把我驱逐出公司，也不至于沦落到今天这步。"

"还好意思说？本来我把夫妻共同创业的蓝图勾勒得好好的，谁想到你那么不成器？再不驱逐你非把我公司赔光不可！"

"可我有我的长处啊，要是留在酒店，没准儿我已经是总经理了。"

兰心无奈地叹气，说来说去你也就适合干服务行业。说着往床上一趴，干点儿擅长的，给我捶捶腰！许小宁捶着腰，还不服气，要不是为了乐乐健康成长，为了满足你成就事业的野心，我也不可能委曲求全当全职管家呀！你应该认识到你老公是个有大局观念、家庭为先、感情为重的优秀男人。许小宁的话都是事实，兰心语气软了，就爱给自己表功！你就不担心时间长了我嫌你没本事，真把你蹬了？许小宁嘻嘻一笑，我怎么可能一点儿危机意识都没有？不过退一步想想也没啥，大不了我带闺女净身出户！反正乐乐跟我亲，我走她肯定非跟着不可！信不信？兰心一翻身，抓起许小宁的枕头扔到他身上，敢拿闺女威胁我？

许小宁就势躺在兰心枕上，我发现吧，由于宽容和忍让，由于处处为家庭和你的事业着想，我已经不幸把你变成了一个离不开我的人！兰心不服，哼，谁离了谁都能活！许小宁幸灾乐祸地拖着长腔儿，是能活呀，可活得就没滋味儿喽！首先你就喝不上这口每天必喝的好汤了，接着就吃不到许氏私房菜了，然后就没人照顾乐乐了，最后你就没法干事业了……兰心气得连蹦带踹：去去去，一边儿臭贫去！许小宁顺势抱住老婆，略施男人的小伎俩，兰心就服服帖帖了。

郭洋和李梅也上了床。郭洋凑过去吸着鼻子闻李梅身上的香味儿，嗳，你这股邪火是不是因为杨丹离婚，兔死狐悲、居安思危，对咱们的婚姻有危机感啦？别紧张，他俩两强相争、两败俱伤，咱俩我主外打拼事业，你主内照顾家庭，很和谐。李梅闭着眼睛不动，是啊，多数时候挺幸福，可偶尔也有点儿怀疑这是幸福吗？近两年"偶尔"已经变"经常"了。郭洋，你说我真的很没出息、不思进取吗？难道我就只能把主要精力捐给家庭，放弃事业上的追求了？

郭洋听出李梅羡慕杨丹和兰心，连忙打预防针，一个家庭要想过好，夫妻俩必须搞好平衡，一个人精力有限，家庭和事业不可能完全兼顾，总要有所偏重。李梅一听，哦！你意思……男的就该偏重事业，女的就该围着家庭转？郭洋说，那也不一定，咱对门不就反的吗？兰心重事业，许小宁重家庭。甭管谁偏哪边，只要能平衡就行，要是两人都往外偏，结果就像杨丹跟老袁了呗。李梅盯着他，你是说，我要想在事业上大展拳脚，咱俩也过不成了？郭洋连忙声明，我可没这意思！现在是我重事业、你重家庭，如果什么时候你的事业风生水起，我止步不前，那咱就换过来！就怕真有那天我变成许小宁，你会受不了。你想要个那样的老公吗？李梅不假思索，也没什么不好，我看兰心就挺滋润。再说，这两年你偏得过头了，越来越不关心家庭。郭洋辩解，这两年我正处在上升期，时间和精力必须大量投入事业，分配到家庭的肯定就有限了。李梅哼了一声，不是一般有限，是非常有限，有限到了冷漠的地步！郭洋连忙搂住她，没那么严重吧？我承认，这两年家里事儿管得少，你承担了照顾儿子的重任，负担了大量家务劳动，老婆辛苦！其实我打心眼儿里很想分担，也愿意多陪陪儿子、多享受家庭的温馨。我保证以后尽可能抽出时间、挤出精力……李梅推开他，你就是认错痛快，下次照旧！都懒得跟你费唾沫星子了。

郭洋被噎得急了，李梅你要是这样就没劲了，我最起码态度端正，你根本就不讲理，要成心找茬儿吵架我可没工夫陪你，明天还上班呢。睡觉！说着翻身关了灯。李梅瞪了郭洋后背半天，也赌气关灯。俩人背对背，谁也不理谁。

清早，郭洋还睡在床上，一件外衣突然扔到脸上把他惊醒，客厅传来小洋的声音：“爸爸再见！”随后，房门“哐当”一声响，室内归于寂静。郭洋翻身下床来到客厅，见餐桌上摆着做好的早餐，满足地笑了。李梅这一点他特别满意，不管夫妻怎么吵闹，照顾老公、维护正常的生活秩序已然成为良好习惯。

郭洋供职的装饰公司坐落在北京城名声显赫的CBD，在业内小有名气。首席设计师郭洋更是深得老板赏识，事业上春风得意马蹄疾，有房有车，虽然房子还欠贷款，不过照这个势头发展下去，要不了多久，他就将登上金字塔顶尖部位，跻身富人行列。一想到这些，他就像通了电一样浑身有使不完的劲儿。这些日子郭洋被老板钦点，接待一个叫张瑾的女客户。张瑾是房地产公司老板，旗下一个项目两幢塔楼全部小户型，要精装出售。郭洋拿出一套设计方案，张瑾非常满意，打算把装修工程交给他们公司做，剩下的就是谈个好价钱。

郭洋一到公司，老板就叫他过去，兴奋地拍着他的肩膀，两眼放光：这可是一条贼肥贼肥的大肥鱼，钓上来至少上千万净利润！从现在起，你把别的事都放下，专心盯这个项目吧。郭洋手头的项目正在关键时候，怕中途换人把工程搞夹生，半途而废，求老板派别人。老板斩钉截铁说不行！这财神奶奶是个离婚女人，挺难缠。既然她认准你这套方案，啃她这块硬骨头就非你莫属。现在只是初步预算，需要的话还会追加。现在经济形势这么糟糕，公司的命运兴衰在此一举，务必让她高高兴兴多掏点儿银子出来，只许成功不许失败！事成后给你个大红包。

郭洋一看老板把话说到这份儿上了，只好听命。老实说，他挺害怕跟女客户打交道的，女人经常不按牌理出牌，什么情况都可能发生。特别是有几分姿色的女人更不好对付，诱惑他能顶住，就怕到了关键时刻自己心太软。

走出总经理办公室，女客户张瑾已经在等他。张瑾高挑个，白净皮肤，看上去文文静静，不像商人。两人已经接触过，省略寒暄，直入主题。郭洋逐项解读公司的收费标准，张瑾很有城府地说，容她回去考虑一下。郭洋预感到要攻克眼前这座堡垒没那么容易，他明白老板慷慨激昂的战前动员意味着什么了。

“兰心皮具”有厂有店，专营女包，产品远销全国十几个省份，也算是国产名牌。公司每天都有进账，虽然不如杨丹的实力，可也呼风唤雨、不让须眉。她的目标是在不久的将来远销亚非拉，打入北美市场。兰心神气地坐在位于三、四环之间的写字楼里，一边欣赏刚修过的指甲，一边喝着茶水憧憬美好未来。宋圆圆匆匆进来报告，那个小老板又来了！

兰心懒洋洋地反问，不是告诉他从今往后，尾款交齐再来提货吗？话音没落，小老板已经闯进门来，一脸讨好地恭喜兰老板，企业做大发财了，别忘了老客户啊！兰心不好意思再端着，连忙让座。小老板坐下开始诉苦，说经济危机，资金周转困难，请按老规矩先给他提货，保证一周内回款。兰心推说有事，让助理宋圆圆陪客。兰心出门，宋圆圆一屁股坐到兰心座位上，模仿着兰心的架势清了清嗓子："嗯，有什么事跟我说吧！"

小老板突然问了一句，你们兰总家住哪儿啊？宋圆圆愣了，干吗？小老板嘿嘿一笑，宋助理，咱们是多年的老朋友了，不瞒您说，我现在混得特别惨，您看您多好啊，公司大老板的助理，不久的将来就是老板的接班人。您同情一下我们这些小人物，积德行善，早日高升！宋圆圆绷着的脸皮松弛了，说吧，你去兰总家想干吗呀？

许家的客厅装饰典雅，布置温馨，窗明几净。硕大的鱼缸内活跃着五颜六色的热带鱼。这一切都出自勤劳的主人许小宁之手。厨房灶上煮着汤，"咕嘟咕嘟"直冒泡，许小宁也没闲着，手拿望远镜透过窗户全神贯注往楼下瞭望。

客厅里电话铃骤然响起，鱼儿们受惊四散而去。许小宁匆匆跑出来，刚一接电话断了。他放下话筒往回走，门铃又响了，这不是成心捣乱嘛？耽误事儿！他不耐烦地打开门，一个漂亮的年轻女人把几只礼品袋往他手里一塞，说她老板是兰总的朋友，让把东西送过来。许小宁掂了掂东西不轻，忍不住怜香惜玉，请女人进屋坐会儿，厨房正熬汤，喝点儿再走。女人客气地谢绝离去，许小宁匆匆回厨房，拿起望远镜一看，陈梦出现在视野里，正拎着健身包一步一扭朝会所走。许小宁慌忙把望远镜塞进橱柜，关火，换鞋，拿起泳衣直奔会所游泳馆。

正是上班时间，游泳池内女多男少。许小宁活动着手脚，沿着池边走来，看到陈梦穿着性感泳装坐在池边，立刻笑容满面凑上前，一边故意展示着肌肉，一边热情打招呼：陈梦！真巧，你也来啦？老常呢？陈梦矜持地笑笑，说老常上班儿去了。许小宁故作仗义，啧！太不像话了，怎么能把你一扔，自己上班了呢？你们现在还蜜月呢！陈梦忍不住苦笑，他不像话的事儿多了……

许小宁自觉天降大任，一脸庄严和责无旁贷地对陈梦说，没事儿，有空我带你参加社区活动，还可以打球、溜冰、逛超市！陈梦由衷羡慕地看看他，许哥，你真行，成天过得乐呵呵的！许小宁任何时候都不忘了自卖自夸，嗨！主要是我对人生认识比较深刻，能耐住寂寞。当初我在外头干事业那是呼风唤雨，现在做后勤工作了，也不能混日子，得自个找乐儿！说完，摆个姿势扎入池中，众女人被水花溅得四散逃避，一阵尖叫。许小宁要的就是这个效果，陈梦钦佩的目光果然追随他的身影而去。

李梅在证券公司客户服务部当经理，每天不是处理晕倒的，就是劝解吵架的，忙得要命累得要死还毫无成就感。散户大厅里的大屏幕绿多红少之日，就是股民们脾气更加火暴之时，股市再熊，也不影响某些人的生猛。这不是么？一个中年女股民正气势汹汹撕扯男股民，女的奋勇进攻，男的且战且退。

李梅带领两个职员跑过来拉架，混乱中挨了响亮的一耳光，心里那个憋屈劲儿就甭提了。当初在财会部干得好好的，要不是因为孩子小、财会部老加班，她无论如何也不会请调到客服部受这份洋罪！李梅一肚子委屈无处诉说，请假回家，进门就躺倒在沙发上。她迷迷糊糊刚要睡去，郭洋气喘吁吁冲进了家门，嘴里一连声儿胡乱叫着"老婆、媳妇儿，"听那声调，还真是慌了神儿。

郭洋双手合捧老婆的小脸儿左看右看，关切之情溢于言表。李梅还憋着昨晚的气呢，不领情，别大惊小怪，装什么呀？郭洋顺嘴捣蛋，我得鉴定一下伤情啊！看看破相没有？严重的话，顺势换个新人。李梅被逗笑，问他是怎么知道的。郭洋连忙发挥忽悠本领，说他揣着昨晚拌嘴的不安和今天美味早餐的感动，中午往证券公司打了个电话，得知老婆挂彩回家，他一路飞车，归心似箭……李梅心被说软，嘴却带刺，不是日理万机嘛？怎么能脱身探望家眷了？郭洋把外衣脱了潇洒一扔，让事业、前途和人民币见鬼去吧！我今儿就淡泊名利，专门在家伺候老婆。指头都不劳动您抬一下，看小的怎么伺候您，保证让您找着慈禧太后的感觉！说着，躬腰驼背换扶她进卧室，李梅一时觉得幸福极了，昂首挺胸，十分受用。

郭洋把李梅安顿在床上，走马灯似的来来回回侍候她喝水、热敷，又爬上梯子换灯泡，"吭哧吭哧"擦地板。李梅望着他扎着围裙的身影，心头一热，眼眶湿了，以往的种种不满瞬间烟消云散。

这一天郭洋去幼儿园接儿子，回到家亲手弄好晚饭，一家三口正温馨聚餐，突然接到女客户张瑾的电话，问他晚上有没有时间？

02　一山不容二虎，婚姻就是一场争夺战

张瑾打电话约郭洋谈谈工程的事，郭洋推说今晚不方便。李梅怕他误了正事，

郭洋在老婆面前唱高调：“今晚老婆孩子就是我唯一的正事儿！”

话音刚落，杨丹来电话叫李梅过去陪陪她。有郭洋榜样在先，李梅犹豫了。郭洋知道失婚女强人也需要陪伴和心灵抚慰，大度地表示自己可以照顾儿子，宽容体贴地把李梅送出了家门。

郭洋开始收拾厨房，张瑾的电话又打过来，说她希望双方尽快把价钱谈拢，免得误了工期，所以今晚必须跟郭洋沟通一下。郭洋不好意思再回绝，挂断电话又发愁，事关项目成败，又不能把儿子一人留在家，不然李梅回来非挠他不可！唯一的办法就是想个能“忠孝两全”的辙。

郭洋最后决定带着小洋去咖啡厅赴约，不料张瑾也带着女儿毛毛前来，俩孩子正好做伴儿，玩儿得还挺高兴。小洋问毛毛为什么叫毛毛？毛毛说，名字是爸爸起的，等他下月回来的时候问问他。小洋问她爸爸去哪儿了？毛毛说他住外面。小洋快嘴，哦，你爸爸妈妈离婚了！

郭洋赶紧制止小洋别胡说。张瑾不介意，笑着夸小洋聪明，还知道离婚？郭洋解释说，因为她妈妈有个好朋友正闹这个。张瑾告诉郭洋，她的确离异了。郭洋有点尴尬，张瑾倒挺善解人意，没事儿，这年头离个婚不算什么隐私。

张瑾欣赏地打量郭洋，他是她见过的第一个谈业务还带着孩子的男人。要是男人都像你这样工作家庭两不误，我也十分乐意带上毛毛，事业孩子两不误，多好啊！郭洋刚流露一丝对单亲妈妈的同情，张瑾就出其不意地请求他帮忙透个实底，设计施工价格还有没有下降空间？郭洋据实相告，公司已经九折让利，你这经营地产的大老板，拿地盖房都完了，还计较这点装修费用？张瑾苦笑，她离婚后一人独撑这家公司特别不易。现在房地产市场冷清，不少中小房企都关门倒闭转行了，她手上就这么个小楼盘，哪个环节没算计好，顷刻之间就会垮。她只好也跟郭洋说了实话，报价确实偏高，她有点承受不起，可又太喜欢他的设计，不想放弃，更不想将就别的便宜公司，所以拜托他在中间协调一下。我是真心希望自己的房子最后以你设计的面貌呈现给业主！张瑾由衷地说。

郭洋心软了，答应尽量帮她试试。张瑾感激涕零、千恩万谢。就在两人说话这功夫，小洋和毛毛溜到走廊去追逐嬉闹，不小心撞翻了服务员手上的开水壶，烫伤了手臂，两人连忙把孩子送进了医院急诊室。

医生为痛苦哭叫的小洋清洗烫伤，郭洋心如刀绞地抱着儿子，张瑾牵着毛毛在门外揪心地等。她满心愧疚，连连道歉，还要亲自上门向李梅赔礼，郭洋怕她把事儿弄复杂，连忙推辞。其实他心里也慌得不行，小洋是李梅的心尖儿，出了这事，后果很严重。

　　李梅和兰心正陪杨丹聊天解闷，兰心问她孤独寂寞没有？追悔莫及没有？思念老袁没有？李梅也逗她，要不要我们帮你把他找回来呀？杨丹态度强硬地"哼"了一声，出了这个家门休想再进来！我可不像你们俩，离了男人活不成。

　　兰心一听不高兴了，故意气她，你这么坚强还叫我们来陪你干吗？自己呆着呗，我们没男人活不成，这就回家给老公暖被窝儿去。两人假意要走，杨丹立刻现出可怜相。兰心问她，家里有安定么？快找出来，想睡一宿吃一片儿，想睡一个月吃一百片儿，想睡一辈子就吃两瓶儿，别忘了提前写好遗嘱，把产业留给我们俩。杨丹被逗笑了，那么没出息我还是杨丹么？我现在开始就要化悲痛为力量！

　　这一点兰心和李梅都相信。杨丹的强势有目共睹，自从她和老袁办起房地产公司，就一天天剥离了女人的特质，成为一架奋斗机器，满脑子除了事业没别的。老袁能跟她过到今天，多亏有事业上的共同方向做夫妻关系的粘合剂。兰心帮杨丹挖"病根儿"：一个家庭要太平，要么女人牺牲，像李梅；要么男人退让，像许小宁。杨丹和老袁俩人都想占上风，那还有好？一山不容二虎。杨丹颇有同感，兰心说得没错，婚姻就是一场男人和女人的战争。李梅特别不理解，你们又不为经济发愁，干吗非要针尖对麦芒？杨丹说，你这是站着说话不腰疼！等你以后有了想法、追求家庭外的成就感时，看你到时候会不会和郭洋产生矛盾？

　　兰心劝杨丹赶紧把房子卖了，净赚几个亿。杨丹回答她，钱已经不是首要追求，我现在要享受开创事业的喜悦。兰心听出人家跟自己不是一个档次，有点儿讪讪，真假参半地说，反正我这种小打小闹的人特别鼠目寸光，看得见的钱先攥住，不敢想拿它套更大的。我真替你捏把汗！

　　杨丹说，别光站着捏汗，你和李梅干脆过来吧，咱姐仨联手一块儿干。兰心没兴趣，我那小公司都忙得顾头不顾腚，哪还有富裕精力？杨丹游说李梅，反正你在证券公司也是给别人打工，不如成就一番自己的事业，过来帮帮我吧！我现在正缺人手，你是我老同学，肥水不流外人田……正聊着，郭洋的电话打过来，李梅一听顿时失色。

　　小洋昏睡在床上，梦里还在痛苦呻吟。郭洋搓着手在床边来回踱着，心乱如麻。门锁刚一响，李梅已经冲进来，铁青着脸，直奔小洋卧室。郭洋连忙迎过去，被她一把搡到一边。李梅奔到床边，仔细查看儿子的伤臂，想爱抚又怕弄痛他，情不自禁落下泪来。她边哭边轻轻吹气，想尽最大努力减轻他的疼痛。

　　郭洋站在卧室门口，面对母子这揪心场面，不忍再看，垂头走开。

　　郭洋灰溜溜在客厅等待发落，李梅出来看都不看他一眼，声音带着冰碴儿，下午刚给我一点甜头，晚上就让儿子遭这么大罪，以后还敢指望你吗？为什么我前脚走，你后脚就把儿子拐带出去？郭洋解释晚上的事对公司有多么重要，带儿子出去是迫不得已，更没料到会发生意外。李梅怨气不打一处来，数落郭洋长期痴迷事业、忽视家庭，不把孩子的痛苦和她的痛苦放在眼里。郭洋被数落急了，我是干事业，又不是游山玩水、请客吃饭、寻花问柳，出点儿差错就不可原谅吗？

李梅难过地反问，你难道一点儿不为自己的失误感到后悔？……我悔！但面对你非理性、无逻辑的发难，我总得为自己的合理初衷辩解一下吧？你不能冤死人不偿命吧？李梅说，错就是错，有什么合理初衷？这都是你推卸责任的抵赖狡辩！郭洋说，我不推卸、不抵赖，我认错，但只为发生意外的部分，而不是我合理外出应酬工作那部分！李梅气结，一字一顿，我讨厌你一是一、二是二的冷酷嘴脸！郭洋不客气地反击，我也不欣赏你混淆因果、劈头盖脸、好坏一律乱棍打死的混乱谴责！李梅半天对不上词儿，手一抬，你出去，马上从我眼前消失！

许小宁捧着一碗精心特制的"醒酒汤"献到老婆面前，苦口劝她以后同学聚会就别喝那么多了，早晚成了酒精炮灰。看来光有醒酒汤不够啊，我还得进一步研制戒酒汤！兰心想的却是另一桩心事，她最近和杨丹在一起，一会灰心丧气，一会斗志昂扬。以前她还有点小得意，自己把生意做得够好了，结果往杨丹面前一站，她挣的那点钱简直是九牛一毛！唉！革命尚未成功，赚钱还需努力呀。

许小宁察言观色，老婆大人，我知道你这是受了杨丹那二十个亿的刺激，你对钱的孜孜以求我不能苟同，钱够用就得了，人生最大乐趣是享受生活，你要是为钱捐躯，多不值呀。难道你的理想就是挣钱？没别的？兰心用鼻子哼了一声，别的以后再说！许小宁叹气，唉！我就怕挣到理想数字时，别的只能在嘴上说说了。兰心拿眼瞪着许小宁，你但凡有点儿用，还用我这么拼命吗？

眼看招惹得兰心大念紧箍咒，许小宁连忙转移话题，告诉她有人来家送礼。兰心一听就明白是求她提货的小老板，又把许小宁埋怨一通：收点儿小礼，就得给人提货，拣芝麻赔西瓜，里外损失！会不会算账啊？成事不足、败事有余，不添砖加瓦也就罢了，还在背后拆台、挖墙脚！明天那小老板肯定来找麻烦。公司事儿你以后少插手！净帮倒忙……兰心发泄够了，掉头进了卧室，许小宁追过去刚要哄，房门在他鼻子尖儿前头"嘭"地一声关上了。

老常正躲在客厅接听女儿小小从美国打来的越洋长途。小小用夸张的语气祝老爸新婚快乐，还让老常替她问候新娘。老常连忙回头小心地看看卧室门，见陈梦没动静，提醒女儿小点声儿，陈梦已经睡了。

小小讥讽他："知道心疼老婆啦？进步了。从前要是心疼我妈，你俩也不至于离婚。"小小回国的机票已经订好，一周后到京，得知老常还没告诉陈梦，她急了，"赶紧跟人打招呼呀！我回国创业，不要你钱，也不靠你，不过得借住一段时间。你单身没话说，现在又婚了，我得尊重人家的感受。你说她会介意吗？会不会不高兴、排斥我？"

老常连忙帮陈梦说话，她人好，不会排斥你，放心吧。老常挂了电话，一扭头吓一跳，陈梦就站在身后，出其不意地问，为什么小小觉得我会排斥她？老常遮掩说，小小受的是美式教育，不像你想象的那么小气……老常见瞒不住，又怕陈梦不高兴，就打马虎眼说小小回国是短期探亲。陈梦又问，她回来住哪儿呀？老常说就住家里呀，这房子大，够住。陈梦不阴不阳地回了一句，你意思是说，我刚新婚，马上就得学习当后妈了？不等老常反应过来，一转身回了卧室。老常为难地原地转了半天，咬咬牙，硬着头皮进去哄人家。

陈梦半卧在床上发呆，老常赔着笑，讨好地凑过去，生气了？我有个在美国留学的闺女，你又不是不知道。这么大个事儿为什么瞒我？婚前怎么说的？你不是说她在国外跟她妈过，除了经济负担基本不影响你未来生活吗？

老常辩解，女儿回来他也是才知道，回来呆多长时间还不一定呢。陈梦认为老常就是想造成既定事实，想把女儿往她眼前一推，接受也得接受，不接受也得接受，可她还没这个思想准备！老常故作轻松，那还准备什么呀？都是一家人，处一处就熟了。陈梦气不打一处来，提高嗓门质问他想过她的感受吗？怎么男人结了婚，就什么都不在乎了？老常嘟囔了一句，怎么女人结了婚，什么都这么在乎？陈梦气得一头仰倒，以被蒙头，不理他了。

小区的深夜已经没了人影。郭洋晃晃悠悠走到儿童游乐场，无聊地东张西望了一阵，自己哄自己玩起儿童游戏，他从滑梯上滑下来，坐在地上傻笑。

另一边，吃了兰心闭门羹的许小宁一脸失落地走过来，在健身区的器械旁有一下没一下地做着运动。老常嘴里哼着《步步高》的旋律，也独自沿着小路游荡。在这个夜晚，不知地球上究竟还有多少男人也在茫然地游荡？

三人形单影只，不约而同聚到广场花园，意外地发现了对方。许小宁嘿嘿一笑，我敢说咱们仨一定是因为同一个原因沦落到一起来了。老常拉着苦瓜脸长叹一声，唉！我都二婚了，也不知道该怎么对付现在的女人。郭洋也感慨说，我都七年之痒了，也不清楚现在的女人到底要什么？许小宁嘴一撇，你们这算什么？我都俯首甘为孺子牛了，也没让现在的女人满足啊！

三个男人异口同声，仰天长叹，唉！女人啊，她们到底想要什么呢？

　　郭洋说，她们要我们有超人能量，出得厅堂、入得厨房，出门玩转地球，回家玩转炒勺，有一点做不好都不行，累死了算！老常点头赞同。

　　许小宁说，她们还要我们有海量存储，气吞山河，自己的苦水咬牙含着，她们的苦水也得一齐喝下，只许耕耘，不许诉苦！老常头如捣蒜。

　　郭洋总结：一言以蔽之，要咱们内外兼修，家里家外两手都硬，难为死了！

　　许小宁怜香惜玉：她们也不容易，都是职场女性，社会对她们要求比对咱们还苛刻，出外工作希望干好，回家家务必须做好，有了孩子，还要在教育理念和日常操作上达到育儿专家的水准。将心比心，换位思考，要搁咱，能顶下来吗？

　　老常皱眉，咦？你怎么说着说着站到女性队伍、成她们代言人了？许小宁愣了愣，有吗？我替她们说话了？唉，这不是生活所迫，成天在家干女人差事嘛？

　　郭洋被许小宁的话触动，是啊是啊，现如今压力如空气无处不在，谁都不容易！

　　老常歪着脑袋琢磨，这婚姻……就是男女争夺话语权、经济权、掌控权的一场战争啊！许小宁不同意，老常，怪不得你婚姻失败！抱着这种悲观主义认识，二婚也过不好。依我看啊，用不同的心态处理问题，结果就不一样。

　　郭洋让他举个例子，许小宁比比划划，侃侃而谈，比如说，一个家庭需要承担的压力有这么大一堆、责任有这么大一摊，咱不说谁为谁牺牲、谁为谁妥协，而是夫妻一起为这个家牺牲、共同为这个家妥协！他举起手掌往下一劈，往左一划拉，再往右一划拉，压力分你一半、分我一半，责任你扛一点、我扛一点，两人共同担负起这份沉重的摊子，这就叫"婚姻"。

　　见郭洋和老常专注地看着他，若有所思，许小宁受到鼓励，你们说，夫妻都是为了共同的事业走到一起来了，干吗非争个你死我活？牺牲也好、妥协也罢，都是为了家，到头来还不是为了自己？老常说，理论高度是有了，不过具体怎么操作呢？比如陈梦现在发脾气，我怎么对付？许小宁一副前辈口气，男人对女人，就得摩挲，顺着毛捋，顺着气撒，跟打太极似的，借力卸力。千万别顶她们、戗她们，大丈夫须知，女人是从来不按牌理出牌滴……

　　"是是，她们不讲道理。"

　　"非理性、无逻辑。"郭洋也附和。

　　"就是！非要讲理、弄明白子丑寅卯的下场，就是我们不由分说被PK掉。"

　　老常颔首："我开窍了！"

　　"许小宁，你这太极高手，怎么到头来也跟我们一样、被扫地出门了？"

婚姻
保卫战

P016

许小宁被郭洋突如其来的质疑噎得直翻白眼。两个男人乐得前仰后合。

"气焰都是被助长出来的，女人要顺毛摩挲，但也不能一味纵容，你家兰心那大女人做派就是被你伺候出来的。"郭洋总结道。

"有道理，我理论没错，可能在具体分寸的掌握上犯了错。兰心同学不哄则已、一哄更嚣张，她那暴脾气可不是李梅、陈梦能比的，我比你们俩都有发言权，因为我深受大女子主义的戕害……"

许小宁慷慨陈词，两个男人专心倾听，谁也没注意身后。兰心不知什么时候隐藏在树丛后，一字不拉，把这番对话全盘接收，越听脸越长。

李梅在阳台上不放心地寻找郭洋的身影，把楼下的场面尽收眼底——长凳上，一字排开坐着仨丈夫，身后不远处，兰心埋伏在暗处悄悄倾听。忍不住笑着拿出手机拨号。

郭洋那边手机响了。许小宁吸了一下口水，艳羡地说，还是人家李梅温柔，这才刚出来，就召唤你回家了。郭洋接起电话，却故意端着不说话。李梅提醒他"别说不该说的话，小心隔墙有耳！"郭洋本能地想回头，刚转到三十度角，硬把脑袋扭回来。郭洋挂了电话，许小宁急着打听是不是李梅叫他回家？一边感叹，人比人得死、货比货得扔，兰心要有你媳妇一半温柔，我也能激起男人的雄心壮志，不让巾帼。郭洋不敢回头，侧着脸对许小宁挤眉弄眼示意他闭嘴。

许小宁不解其意，继续大放厥词："郭洋你总结得很精辟，气焰这东西就是此消彼长，因为我节节退让，她才步步紧逼、得寸进尺，明天起我要收复失地……"他看看郭洋的脸快要皱成一团抹布了，这才奇怪地打住，"嗳，你什么意思？"

郭洋压低声音："你媳妇，在身后。"许小宁反应奇快，顿时变脸，声音谄媚："不过兰心温柔的一面你们外人轻易看不到，她只对我一个人使，你们只见她刀子嘴、没见她豆腐心，她对我以豆腐为主……"

身后传来一声断喝："许小宁！"许小宁条件反射地："喳！"然后热情洋溢地转头赔笑："老婆你下来接我了？我就是出来透透气儿，一会儿就回家。"

兰心扭头就走。许小宁灰溜溜起身，缩着肩膀，亦步亦趋，追随老婆而去。两个男人目送他的背影，都替他捏一把汗。郭洋说，这下许小宁回家有豆腐吃了。老常担心，哎哟，是豆腐是刀子还不一定呢！

老常起身拍拍衣服，估计陈梦睡着了，也该回去了。郭洋坐着不动，老常语重心长地拍拍他的肩膀，保重啊，兄弟！说完走了。郭洋苦笑，就剩他一人了，回去还是不回？这是个问题。

李梅在家左等右等，等不到郭洋，又忍不住到阳台张望。看到郭洋独自坐在凳子上孤零零的身影，不由得出了神。

郭洋正发呆，肩膀就被两条柔软的胳膊轻轻缠绕，是李梅默默从身后抱住了他。郭洋面无表情，把她的手移开，李梅执拗地再次搂住他。

"郭洋，咱们之间是不是出了什么问题？"

"是，也许你该想清楚自己要什么，我该换个角度想想什么是妥协和牺牲，看来婚姻需要学习。"

"那从明天起，咱俩就开始学习婚姻，好吗？"李梅把头枕在郭洋的肩上，俩人依偎在一起，都感觉到久违的温馨，都在细细体味着那一丝已经淡了许久的浪漫和动人。

许小宁亦步亦趋，尾随兰心进屋，以迎接暴风雨的姿态，垂首肃立在兰心面前。兰心往沙发上一坐，下巴一点。许小宁不敢相信这优待，试试探探地坐下。

兰心努力心平气和："要不是背后听见，我还不知道你有那么高的理论水平，更不知道你对我有那么独到深刻的评价。"

许小宁连忙赔笑："我那纯属发泄、顺嘴胡说。"

兰心郑重其事："不，你这番话引起了我的重视和思考！"

许小宁紧张了："哎哟！媳妇，您能当它耳旁风吗？"

"不能！你是不觉得每天生活在我的白色恐怖下特别委屈、特别压抑？"

"有……也是偶尔，咱俩主旋律还是幸福。"

"那我刚才在楼下听见的控诉都是梦话？"

"嘿嘿，老婆，你大人大量，也得允许我以自己的方式适当排下毒嘛！"

"这样吧，我都有什么缺点，你跟我说说，我也好反省反省、改进改进。"

"真的？"

"真的。"

"那我……说了？"看看兰心的表情，慌忙改口，"算了，我还是别说了。"

"说吧，推心置腹，夫妻之间有矛盾不可怕，怕的是不沟通，不沟就通不了，问题就会像滚雪球一样越来越大。"

许小宁一拍大腿："完全赞同！"接着开始数落起来，"你刚愎自用、独断专行，过度自信，过度贬低他人、尤其是我，严重降低了别人与你相处的愉悦程度。"

兰心一言不发，不动声色。

"你缺乏宽容，简单粗暴地把人划分为'有本事'和'没本事'两类，价值取向功利单一，严重影响对老公的客观评价。"越说越搂不住火，"你性格软硬失调，当然不能全怪你，以前还算软硬适度，现在经常带情绪回家，铁板一块！"

兰心一跃而起，终于爆发："原来你就是这么看我的？"

许小宁吓得一哆嗦："怎么说着说着就窜了？也没个预兆。"

"我容易吗？谁把我变成女强人的？是你，是现实！当初我是怎么出去、你是怎么回来的？就因为你经营不善，我才被迫含辛茹苦、独当一面。给我站起来！"

许小宁起身低头，摆出一副受审的姿态。兰心看着他，不由得悲从中来："女人不靠姿色跟男人拼本事，想成功比男人难一百倍！我霸道、不宽容、软硬失调，都是你一手造成的！"说到这儿委屈伤心一股脑涌上来，声泪俱下。

许小宁像霜打的茄子，蔫了："我承认没本事，把太太逼成中性，自己也退化成中性，我没有资格抱怨，下不为例，特此保证，请观后效！好吗老婆大人？"

兰心破涕为笑，但还带着哭腔："就剩一张嘴甜乎人了，你挤兑谁中性呢？"

关键时刻，乐乐从卧室门缝探出头来，怯怯地叫了一声"妈妈"，把兰心的注意力转移了，兰心连忙抹眼泪，跑过去抱住女儿："哎哟，把宝贝儿吵醒啦？没事，妈妈跟爸爸讲笑话儿呢，快进去，妈妈哄你睡觉！"

母女进去关了门，许小宁才松口气，抹一把额上的冷汗，嗨！总算有惊无险。他走进阳台，对着夜空一声叹息。一个受尽屈辱的小男人的失落，一个居家男人的不易，尽在不言中。许小宁朝楼下看看，发现了正在花园缠绵的郭洋和李梅，饶有兴趣地观望起来。

兰心拎着一件外衣过来，披在他背上，动作虽不那么轻柔，也足以让许小宁感到些许安慰。她顺着他的视线，看到郭洋李梅并肩坐在长椅上，肩挨肩，头靠头。许小宁看得眼馋，伸手绕道到兰心身后，牵引着她一条胳膊缠绕住自己脖子。兰心缩回手，又被许小宁拽回来绕在脖子上。

许小宁伸出空闲的手，隔着兰心的浴袍玩儿小动作："你呀，以后还真不能在家里提着嗓门儿跟我说话了，小心乐乐受到不良影响，回头跟你一样态度对我，那我可就没活路了。"兰心内心受到震动，若有所思地看着他。许小宁趁机扛起老婆就往卧室走，为了保持对家中女王的足够热情，每回受了她的气，都必须及时在床上找补回来。

第二天是休息日，郭洋情绪不错，站在客厅当中伸个大懒腰，一本正经地开了腔："新的一天开始了，我们的婚姻也要掀开新篇章，我郭洋……"李梅坐在一边讥笑地看着他，不接茬儿。郭洋正色道，"郭洋和李梅夫妻共同决定，趁今天休息、小洋下楼玩耍的两小时，深挖思想根源，从批评与自我批评开始，分析婚姻症结，寻找解决方法，继往开来，承上启下，将婚姻中的疑难杂症一举清除。梅子同学有信心吗？"回头看，李梅笑得在沙发上打滚儿。

郭洋自问自答："我有，开始！咱们是从批评、还是从自我批评入手啊？"

"自打结婚咱俩就一直坚持批评对方，批评出什么好儿来了？"

"那是因为主要是你批我了。"

"当然得从自我批评开始，你先。"

"让我批评自个儿？那不等于你借我的嘴数落我吗？这不还是批我嘛？"

"谁说的？你批完你，我也批我自己。"

"真的？不许赖账。那我说了，身为一个丈夫，我离最好还差得很远，究其原因，是因为我勇于承担经济重任，将改善物质条件、提升生活质量的责任大包大揽，在外铁肩担道义……"

李梅听着不对味："你这是自我批评吗？"

"急什么？这不下面就来了嘛。正因为我在外摸爬滚打、披荆斩棘，把全部精力转化为家庭存款数字节节递增，当拖着疲惫的身躯回到家中，就产生了一种不可阻挡的惰性，过份沉溺于被照顾、被伺候的幸福不能自拔，没有很好地、充分地、百分之百地担负起一个丈夫的家庭内部职责。但我是人、不是超人，怎么可能在外百分之百、回来还百分之百呢？"

"自我批评不许夹杂狡辩！"

"我不狡辩，都是因为我没发挥百分之二百的主观能动性，对自己要求流于一般男性，所以没有成为事业上的全能员工、生活中的十全老公。我保证，今后不但在事业上继续呕心沥血，在生活上更要鞠躬尽瘁死而后已，春蚕到死丝方尽、蜡炬成灰泪始干，把毕生精力贡献给为家庭服务的壮丽事业中。"

"听着怎么那么悲惨呢？你有那么伟大吗？不许拔高自个儿！"

"我可批自己一回合了，下面该你了。"郭洋完成任务地往沙发上一躺。

李梅翻着眼皮，搜肠刮肚，想了半天："我的缺点？让我想想啊……我还真没什么缺点。要说有，我最大的缺点就是把照顾你和孩子、照顾家的职责一肩挑了，间接纵容了你逃避责任。"

"你这才是变相拔高自己！还是批评对方吧，用对方的眼睛才能看到真相。"

"好，公平起见，这回你先，我有什么缺点？"

"你的缺点……我也得想想。由于我一向满足于妻子的贤惠，一时还真挑不出你什么不是，不得不承认，你还真没什么明显缺点。"

李梅洋洋自得地说，我就是没缺点！怎么样？郭洋不小心长了对方志气、灭了自己威风，连忙反守为攻，你所有优点都在退步，这就是缺点。李梅不服，让他举例说明都哪些优点退步了？郭洋板着手指头数落，你对我没过去温柔、也没过去宽容了，恋爱和刚结婚那时候，每天回家迎面就是你一腔似水的柔情，现在好，一进门，经常是一阵秋风扫落叶；你还比以前爱唠叨，做多少说多少，其实你辛苦我都看在眼里、暖在心上，你偏偏还要挂在嘴上，明明做了一锅美味的汤给我喝得正美，你在边上一唠叨，汤全变味儿了。

李梅说，你不就希望我像过去一样忍气吞声下去吗？我默默劳作，举案齐眉，您一边品尝我劳动果实，一边享受我创造的宁静氛围，高兴了赏我一句"小同志辛苦了"，然后我一言不发含笑退下，你是不是就渴望这种二十四孝老婆呀？

郭洋嬉皮笑脸，你过去确实就这样！我充分尊重你现在表达的权利，但同时十分怀念过去那样一个你。曾几何时，你做的和现在一样多，可没有抱怨、没有唠叨，我一推家门，就是你春天般的温暖……李梅忽地从沙发上站起来，声音不自觉拔高了，可你春天般的温暖都用在外边了，回家跟死人似的，要么说话听不见，要么挺尸不起来。温暖是互动的，来而不往非礼也！

郭洋突然反应过来：不对呀，不是我批你吗？怎么两回合下来又成你批我了？李梅这时已经刹不住车了，机关枪"突突突"一阵扫射：我这两天才觉悟到一点，你狡辩说自己难以兼顾、有心无力，其实你下意识里早就认同了"男主外女主内"的陈旧观念，你认为女人天生就该在家做家务、带孩子，像杨丹、兰心那样追求自我价值，在男人眼里就不是女人。你就希望我甘于做个家庭主妇，围着你、围着孩子、围着炉台转，除了在"你老婆"和"小洋妈"上体现价值外，我最好在其他地方没有任何价值！是不是？

郭洋认为李梅严重曲解和误读了自己的老公，他脑袋里从来没有"男主外女主内"的概念，不过社会资源一般就是那样分配的，像杨丹那种非要西风压倒东风的女人，其下场必然是婚姻解体，孤老终生！难道你渴望变成她么？像兰心，颐指气使，成天把丈夫踩在脚下，难道你渴望我变成许小宁？就算我不在乎，你真有做女强人的主观意愿和操作能力吗？一个好主妇、好母亲，就是女人最大的本事，为什么非要削尖了脑袋、累吐了血跟男人争资源、抢地盘呀？

李梅抓住了郭洋的小尾巴，看看！阴暗思想彻底暴露了吧？在你的观念里，世界就是男人驰骋的地方，女人只该在客厅和厨房方寸之间打转，男女各就各位，谁也不越雷池一步，社会秩序才算正常？郭洋无奈，你怎么又歪曲我？当初你要在事业上有什么抱负和建树，我没准也跟许小宁一样，呆家伺候你了，老婆有能耐我也风光啊！你以为我不想在家享受天伦之乐、体会亲子之情？小洋正是好玩的时候，我都没时间享受，净让你一人儿乐了……李梅说，照你这意思，我每天受累，好处还都让我独占了？别站着说话不腰疼，你以为做家务带孩子是吟诗作画、风花雪月？一点儿不比你在外打拼事业舒坦，再说我工作也很努力呀？挣钱也不少啊？家里家外，承担两份义务，还必须内外兼修、任劳任怨！哼，什么时候你也做回我，当当家庭主妇，你就知道什么滋味儿了……

郭洋仗着自己是这个家的经济支柱，不自觉地暴露出内心的优越感，似笑非笑地盯着李梅，行啊！咱俩要有一人能挣出俩人的钱，另外那人就回家做饭带孩子，你要是能挣到，我保证忍气吞声卷包回家。李梅一口气堵在心口，郭洋，还说你不大男子主义？等着，真有那天你别反悔！

郭洋阴阳怪气，谢谢老婆，前人的辙后人的路，你赶紧追随杨丹兰心去做大女人，解放我回家享受天伦之乐吧。李梅这个恼啊，成心哪壶不开提哪壶是吧？告诉你，不要以为我天生就是家庭主妇的命！

两人正呛呛呢，小洋踩着滚轴溜冰鞋滑进家门，奇怪地看看两人，爸爸妈妈不是说开会吗？怎么又吵架了？郭洋总算找到了台阶，赶紧帮儿子找拖鞋，李梅撂下一句话，沟通失败，明天重来！说完掉头进了厨房。

第二天，李梅领小洋到医院换药出来，要带他去游乐场玩儿，作为自己欠儿子的补偿。小洋高兴地想叫爸爸一起去，李梅说今天咱不带他玩儿。小洋滴溜溜转动着小黑眼珠，问妈妈最近为什么总跟爸爸吵架？李梅仔细看看儿子，发现孩子懂事了，笑着安慰他，妈妈和爸爸是用这种方式解决问题，等解决好了就不吵了。小洋又问妈妈不会离婚吧？李梅意识到问题严重，立刻郑重回答：不会！吵架就是为了不离婚，真要离就不吵了。明白？小洋这才踏实了，哦，原来你和爸爸在做游戏。李梅被儿子的比喻逗笑，儿子你太有才了！婚姻就是一场游戏。

杨丹打来电话，听李梅说要陪儿子玩儿一天，强烈要求算她一个。三人到了游乐场，小洋玩得忘情，两个女人却各怀心事，并肩坐在长椅上，用视线看护着嬉戏的孩子。杨丹又提起上回对李梅发出邀请的事，问她考虑了没有？李梅这才意识到杨丹是认了真的。李梅犹豫着说，我哪有那么大本事啊？杨丹固执地认为自己的眼光不会错，李梅只要想干，一定不同凡响。李梅试探她，我要是个庸才，你不瞎了？杨丹问她是不是怕牵扯精力，以后照顾不了家庭和孩子？李梅被一语道破心事，唉！现在的男人和女人共同面临一个问题，就是家庭和事业没法兼顾，顾得了这头、就顾不了那头，我不想丢下这个家。

"你把事业做好也是照顾家呀。跳槽到我这儿，无论是未来发展还是薪酬水平，证券公司都没法比。收入增加，就能改善生活质量，对郭洋、小洋照顾不到，就请保姆代替你、解放你呀。有钱可以解决一切问题。"

李梅不自信："也许郭洋说得对，这些年我唯一拿手的就是当家庭主妇，其他领域不知道自己行不行。"

"我对你有信心，从大学到现在，我知道你有这个潜能。"杨丹不放弃游说，喋喋不休地从游乐场一直说到回家。

郭洋晚上一进家门，看到的是沙发上的大堆玩具和杨丹，哟！你这是下血本拉拢腐蚀我儿子呀？杨丹笑了，我主要是想拉拢腐蚀你老婆。你想拉拢李梅去哪儿呀？杨丹笑而不答。郭洋在杨丹对面落座，夸她气色不错，这么迅速就摆脱过去、驶向新生了。杨丹大大咧咧地笑了，没错儿，婚姻不是我的终极理想，活出自个儿才是，为男人伤心一阵子是可以滴，牺牲所有快乐就不值得了。你们男人为什么比我们女人活得快乐潇洒呀？不就是因为处理问题快刀斩乱麻，果断冷酷，心狠手辣么？我打算向男人学习，多点理智、少点感情！郭洋调侃她，总结得不错呀，哲理深刻，句句透着对男人的怨恨。我看你是奔着大女人那条道一骑绝尘下去了，好啊，坚持走自己的路，让男人们说去吧。

杨丹戏谑地要给郭洋做个心理测试，我问你，如果李梅能在事业方面得到不错的发展机会，上几层楼，同时收入翻番，你会持什么态度？支持还是阻挠？

恰巧李梅从小洋房间出来，驻足倾听郭洋怎么回答。郭洋不假思索，脱口而出"支持啊，当然支持！"李梅、杨丹意外地对视一眼。杨丹又说，李梅可就不能像现在这么顾家，你和小洋也没这么舒坦了。郭洋答得更痛快，那就请个保姆，彻底解放老婆！杨丹步步紧逼，那以后她就不是家庭主妇，没准步我后尘，也奔着大女人去了。郭洋说，只要她高兴，舒心，幸福，大小我无所谓。李梅用新奇的目光打量丈夫，追问他，你真这么认为？郭洋不容置疑，那还有假？你出去做大女人还有一好处，就是能身临其境、感同身受我在外面的艰辛，加深对男性的理解，主观上降低对我的严格苛求和无谓唠叨，我求之不得呀！

李梅听出郭洋话里的讽刺意味了。杨丹还没看出名堂，赞不绝口地夸郭洋今天还真让她意外，没想到他是这么一个宽宏大度、站在女人角度理解老婆的好丈夫。郭洋也舔着脸附和，你这话虽然肉麻，不过我也能凑合着接受。

李梅送杨丹走出楼门，一直若有所思。杨丹问她，郭洋都没障碍了，你还有什么顾虑？李梅突然语气坚定地说她想明白了。杨丹惊喜，以为游说成功，不料李梅说，我感谢你的好意，但还是决定放弃，不是因为郭洋的态度，而是因为保姆可以照顾他和孩子的生活，但是不能替我给他们情感。

杨丹被触动，联想到自己："明白了，你怕和郭洋最后变成我和老衷。"

"我也不想把他变成许小宁。追求自我、还是保全家庭，是跷跷板的两头，没法平衡。但我知道家庭是我现在的幸福源头，我必须牢牢抓住这一头。"

03　生命就应该浪费在美好的事情上

就在许小宁收礼的第二天，小老板果然派人派车到兰心皮具的仓库强行提货，管理员和工人阻拦，双方僵持。兰心在路上接到电话，命令下属顶住，绝不能让来人擅自提货，然后掉头往仓库赶去。

众人正厮打得不可开交，兰心赶到，一声断喝，才住了手。兰心把礼品袋交给来人，让他转告小老板以后别这么干了，她这是私企，不吃这套！为首的脸色难看，不接东西，兰心把礼物放进对方的货车，交待管理员按对方已付的订金数额提一百件货给他们，这样对大家都公平。然后又道歉：我们女人做点小生意不容易，请多包涵、多支持！为首的不依，我们老板下了死命令，提不到货别回去，弟兄们给我上！

眼看仓库大门失守，兰心坐在车里不慌不忙叫来了两辆"110"，把几个抢货的扭住，一场风波被她四两拨千斤，三下五除二就平息了。

晚上，兰心走进家门，许小宁已经迎在门口，接过手袋，惴惴地试探她今天还顺利？兰心爱搭不理地走进客厅。许小宁亦步亦趋，追过来给她按摩腿，憋不住问，那个送礼客户的事情处理掉了吗？兰心累了，享受着老公侍候，心也变得柔软，不想再跟他计较什么，往沙发上一靠，闭目养神，轻描淡写懒洋洋地说，今天有人来公司抢货，我叫了110给了他们点儿颜色。许小宁这才安下心，自责地道了一声"对不起"，反省自己总给老婆惹麻烦，唉，做我的老婆你也真不易。

兰心睁开眼望着他，又坐起身捧住他的脸，老公，有时候我嫌你没本事，害我一个女人出去受那份累；有时候又觉得你特别贴心，我在外面受累也值了。许小宁感动了，是啊是啊，只要咱们俩都能找到适合自己的生活方式，跷跷板也是能压出乐趣滴。老婆，你觉得幸福吗？兰心迟疑一下，说不好。许小宁笑得阳光灿烂：我觉得咱俩挺幸福！兰心看看丈夫的天真模样，心里暖洋洋的，不由得搂住他的脖子，嗯，这会儿还凑合吧……

郭洋走进卧室，发现李梅坐在床上叠着衣服出神。他爬上床，把衣服拿开放在一边，李梅又拿回来继续叠，没头没脑地问了一句，有没有可能换一种活法？人生会不会变成另外一副样子？郭洋听出了潜台词，哦，准是杨丹在拉拢你投身更加壮丽的事业吧？李梅把叠好的衣服仔细放在一边，手脚不停地拿过针线缝小洋的衣扣，一边缝一边说，我已经拒绝了杨丹的诱惑。

郭洋听到了爱听的消息，不由自主露出笑意，拿下李梅手上的活儿，腻在她身上，得了便宜还卖乖：你不是不甘心做家庭主妇吗？这可是一个扬长而去的好机会，怎么拒绝了？李梅用眼角扫视丈夫的表情，虚伪！看你这一脸怎么按也按捺不住的欢呼雀跃！敢情你在杨丹面前表现的豁达和大度都是装的呀？我没装！从自私的角度讲，我当然希望你把家、把我、把小洋照顾得服服帖帖，但你要是真觉得做家庭主妇埋没了自己，下决心想换种活法，寻求自我展示的机会，那我充分理解，除了支持没有其他选择。李梅被这番话麻醉得挺舒服，憋着笑，拿过针线继续缝，嘴上还数落着，你这人最大的优点就是会耍嘴皮子！郭洋得意嘿嘿一笑，身心都有点痒酥酥的，想表达表达感情，拉过李梅塞进怀里，我说你别忙了行么？说句话你手上都不闲着，有挨累的瘾啊？李梅又逮着机会牢骚了，我不干行么？小洋的衣扣掉了，你什么时候给缝过一回呀？

郭洋从兴致盎然一下子跌到兴味索然，松开李梅，由她去了，自己一头躺倒，无所谓地说，行行，你干吧，还是没累着你。李梅讪讪地看看他，有点后悔错过了一个亲热的机会。结婚七年，眼见着两人距离越来越大，就连过去像空气一样无处不在的亲热这回事儿现在都成了稀缺资源，有时候想钻进他怀里撒个娇都找不到合适的机会和相应的气氛。

郭洋躺在一边想着自己的心事，若有所思地嘟囔着，这个爱嘛……最重要的就是互相成全对方，而不是一味要求对方成全自己。对吧？所以不管你做什么选择，我都支持。李梅听到这儿，连忙放下手上的活儿，扎进郭洋怀里撒娇，老公，这会儿我一下找着当初爱你的理由了！郭洋刚要陶醉，李梅往他怀里拱了拱，哎呀，这种感觉已经很久没有过了，你现在越来越让人失望……

唉，这就是女人！郭洋泄气地叹息一声，又可惜了一锅好汤！李梅听懂了他的比喻，没好气地推开郭洋，近距离审视他的眼睛，一针见血地指出，他们的婚姻确实出了问题，不想承认也没用。郭洋说，我承认，但我们彼此依然相爱，所以我坚信咱们不会分开。

话是少有的入耳，李梅感动得差点哭出来。老公你说得好，因为有爱，所以我们不放弃，感情是解决一切问题的原始动力。上回批评和自我批评以失败告终，看来矛盾的产生就是因为只盯对方缺点造成的，今晚咱换一种方法试试，不挑对方缺点，改夸行么？郭洋兴奋地坐起来，这主意不错！恋爱那会儿只看见对方的优点，完美得连毛孔都没有，可一结婚呢？全剩缺点了，连肚脐眼儿都能看成个疤。打现在起咱俩梦回初恋，鸳梦重温，你说咱俩是自夸呀，还是对夸？

李梅说，自夸就成自吹自擂了，当然是对夸！你说我哪儿好、我说你哪儿好，知道在对方眼里自己什么地方最珍贵，把这些优点发扬光大，就可以保持情感新鲜度，维系婚姻长久。郭洋一拍手，好！那你先夸夸我吧……

李梅坏笑着打量他，你呀，最大的优点就是擅长甜言蜜语、巧舌如簧。郭洋插嘴，请问，我能把以上特点概括总结成"风趣幽默"吗？李梅笑了，勉强算吧，以前一不开心，你就有本事把我逗笑，这是你吸引我的第一条、也是最重要的一条。郭洋连忙顺竿往上爬，我现在也照样能逗你开心呀。李梅一翻眼皮，可是我现在所有的不开心都是你招惹的。郭洋立刻叫停，及时掐死了她转夸为控诉的苗头，让她接着夸。李梅又夸他对家庭有责任感，才华横溢、勤奋努力，婚后这些年的确通过不懈努力，给家庭创造了比较好的物质基础和生活条件。郭洋赶紧谦虚一下，还不够好，我要继续努力！等把咱家房子贷款还了，我给你买辆车。李梅说，你把贷款还了还得十五年，到时候小洋都会开车了。郭洋贫嘴，梅子同学，你太低估你老公的能力了，怎么会让你等十五年呢？最多也就让你等十四年。

李梅拿起枕头砸向郭洋，两人笑着滚成一团。李梅说，以你目前创造物质财富的投入度来展望，比较好你就基本不顾家了，要是做到特别好，你还不完全失去对家、对我、对孩子的关注啊？其恶果就是物质丰富、情感冷漠！

郭洋反应过来，你这怎么又成批判了？咱家不会有那一天的，眼下不就在发现问题、拯救婚姻吗？我承认自己对家庭关注度有所降低，可我不是已经诚恳表示要改进吗？李梅往郭洋怀里一躺，舒服地调整了一下姿势，那你夸会儿我吧，让我歇歇，再想想你有什么优点。

郭洋夸李梅最大的优点就是有女人味儿，当初被她吸引，就是因为她特别符合男人对妻子的美好想象，觉得她就是家的温暖化身……李梅打断他，你不就是说我天生就像家庭主妇吗？郭洋连忙声明不是那意思，又接着夸李梅，构成她身上女人味儿的因素有以下优秀品质：秀外慧中、温柔贤淑、善解人意、吃苦耐劳、知足常乐……李梅一把推开他，背成语词典呐？有那么好吗？前几天你还控诉我所有优点都在退步呢，怎么突然就变成完美主妇了？郭洋说，对待事物要一分为二，你身上具备这些优点是肯定的，有所退步也是无疑的。无论在妻子、儿媳还是母亲的岗位上，你都达到了相对完美的标准。可以说，你基本就是我能找到的、最好的媳妇，过去、现在、未来，我都不打算让你下岗！

　　李梅并不领情，翻丈夫一个白眼："哼，夸来夸去，一言以蔽之，就是说我最适合当家庭主妇！"

　　"嗨！我这是从丈夫的角度评价你的优点。"

　　"哼，你能不能从一个男人评价女人的角度，夸夸我在其他方面有什么能力呀，比如事业方面？"

　　郭洋就夸李梅在外面怎么怎么团结友爱、心里平衡、不嫉妒、不搬弄是非，怎么有亲和力，群众基础怎么好，他怎么被别人羡慕"真有福气娶这么好一个老婆"等等，没注意到李梅的脸色正在不断阴沉，又说李梅生性恬静，淡泊名利，从不为蝇头小利与人勾心斗角……李梅不耐烦地打断他，怎么听，我都是一个不思进取、不求上进的女人是吧？郭洋愣了，你怎么总歪曲我的意思啊？

　　李梅委屈，这么多年，她把全部聪明才智、优秀品质都挥洒在为家庭服务上了，无论郭洋怎么阿谀吹捧，只能烘托出一个主题：她最适合、最擅长、最有价值的位置还是当家庭主妇！郭洋一声长叹，觉得李梅太拧巴，一方面沉溺于家庭的幸福感，另一方面，追求自我价值更大化的星星之火又迫切等待燎原，到底想要哪头哇？郭洋总结归纳道，你这就是职场女性的通病——这山望着那山高，贪心不足蛇吞象！李梅瞥一眼丈夫，心底认同，无言以对。两人都累了，也没夸出个眉目，懒散地躺下，关灯睡觉。

　　杨丹重回单身女贵族行列，恢复了自由身，又可以放心大胆跟异性交往了。微妙的是，她刚认识了一个男人，就下意识地把他带到从前和老袁常去的西餐厅。

　　西餐厅里散乱地坐着三三两两的客人。看上去比她年轻几岁的卢总，西装革履、风度翩翩地陪同杨丹走进餐厅。这个卢总是本市房地产少壮派中的一员骁将，在一个业内的晚会上认识了杨丹，被她的风度气质强烈吸引。

　　两人在窗前落座，卢总环顾餐厅，赞叹环境不错。服务员送来菜单，两人随意翻看，低声聊着，杨丹说，刚才路上听你一番高论，发现你对房地产的确很有心得。卢总彬彬有礼地谦虚了一番，说自己纯属玩票性质，在北京城，除了四大房企，谁还敢轻言房地产啊？杨丹笑着打量他，这年头谦虚的男人绝迹了，难得。

　　杨丹冷不防看到老袁进了餐厅的门，连忙扫一眼卢总，见他在看菜单，并没注意她。杨丹故作潇洒地朝老袁一扬手算是招呼，老袁回应地笑着点点头。杨丹突然发现张瑾跟在他身后，顿时愣了。与此同时老袁也意外地发现了卢总。

　　老袁回头对张瑾说了句什么，两人转身走出去。卢总仔细地看完菜单，客气地问杨丹想吃什么？杨丹扫兴，食欲全无地说"你随便吧，我没胃口。"卢总奇怪地看看她，不知她抽的哪阵风。

　　杨丹一肚子郁闷地回到办公室，重重地扔下包，坐着生气。秘书进来报告说，袁总以前的办公室要腾清，还有些东西怎么处理？杨丹一听"袁总"气不打一处来，没好气地叫秘书甭管了。秘书小心退下，杨丹摸起电话，气势汹汹叫老袁赶紧派人把他的破烂拿走，她要腾房子！说完狠狠挂断电话，才算吐出一口闷气。

　　老袁很快过来了。进门与杨丹对面僵持了几秒，自己找个地方坐下：怎么了？都离了，还那么大火儿啊？……那点儿东西还用得着你大老板亲临指挥？……我顺便来看看你不行么？过得还好吧？有什么困难尽管说话……谢了！我的事就不劳你费神了，还是关心关心张瑾吧。

　　老袁无奈地叹息一声，杨丹，你还是不相信我，她听说我们离了，是想安慰安慰我才一起吃个饭。你还用安慰？你不老说人家孤儿寡母挺难的吗？这回跟我离了，还不抓紧把事儿办了？老袁只好顺着她说，行，我想想。又试探着问，今天中午那位看上去不错，做什么的？要不要我帮你参谋参谋？杨丹掩饰，那都是工作关系！老袁宽容地笑了，这事不用藏着掖着了，你能带他去你平时最喜欢、咱俩从前经常去的那家餐厅，就说明你是动了真格的，我能问一句么？打算什么时候梅开二度啊？杨丹说别急，到时候会给你发请柬的，只要你愿意来。老袁心里不是滋味儿，嘴上特别体面，那好啊！祝福你。你是不是也应该祝福我早日开始新生活呀？杨丹冷笑，你不用我祝福也能过得挺好。然后下了逐客令，还有事吗？没事走吧！老袁突然笑了，你看你，夫妻做不成，做个朋友总可以吧？看在往日夫妻一场的情分上，以后你有什么困难我还是会帮你。自己照顾好自己，啊？我走了！说完大摇大摆走出门去。老袁这一走，杨丹反倒突然若有所失，站着发愣，眼里泪光闪烁，心里五味杂陈。

　　结婚七周年纪念日这天早晨，李梅睁开眼睛，仔细观察了一下郭洋的动静，见他没什么反应，不由得失望。往年的这个日子，总是她刚睁开睡眼，就会听到他在耳边道一声："老婆，节日快乐！"可是今天没有。难道他真的忘了？李梅不动声色地起床，像往常一样准备早餐，送小洋去幼儿园。心里却十二分的不痛快。

　　郭洋心里惦着工程的事，匆匆出了家门，打算去公司跟总经理好好谈谈。按他的脾气，既然答应了，就肯定要尽量帮人家试试。毕竟张瑾是个女人，还挺信任自己的，能帮到什么程度就得做到什么程度。他走进总经理办公室，汇报了张瑾的想法，试探着说，咱们的利润空间可以了，稍微再让点儿利，这事就成了。没想到总经理寸步不让，不行！一个点就是一百万呢，这种时候绝不能松口……郭洋说，人家心里也有一个价格预期，不是我们想要多少就能要来多少的！再说，一个女人顶着那么大个项目，也挺不容易的。

总经理一听郭洋这口气，狐疑地扫了他几眼，你不是倒戈了吧？没把人家拿下，反叫对方给拿下了？郭洋扫兴，早知道这事儿跟你商量就是这个结果，算我没说！总经理拍拍他，再努力努力，给你两个基本点：一是绝对不能让利，二是必须拿下这个项目！

郭洋跟同事老余发牢骚，老余提醒他对老板晓以利害，千万别让肥鱼脱钩，到时候损失可就惨重了。郭洋把老板的原话学给老余听，老余分析说，他这是暗示你，要最大限度地发挥性别优势。郭洋反感了，别胡扯！本设计师卖艺不卖身。老余着急地打着手势暗示他，你就不会从中……做点儿文章，两头兼顾？郭洋严肃了，我一头背叛公司，一头违反职业道德，怎么兼顾啊？老余无奈地盯着他，行行，你伟大你纯真，那你就另辟蹊径吧，我只能说，祝你好运。

郭洋下班刚出写字楼，张瑾的电话就来了。郭洋简单介绍了情况，说他没帮上忙，挺抱歉。张瑾却说，她现在又有另外一个想法可以解决问题，能否行得通关键取决于郭洋的态度。还说电话里说不清楚，能不能马上见个面？郭洋让她明天上班来公司谈，张瑾说明天要去外地，走之前想把这事落实了，不会耽误他太多时间。说到这种程度，郭洋没法再拒绝了。

李梅在证券公司一整天都心神不宁。她寄希望于郭洋在下班前想起结婚纪念日，憧憬着一进家门，就有一个大大的惊喜。一直等到下班，也没等到郭洋的反应，只好接了小洋，带儿子到超市采购了一堆食品蔬菜回家。

李梅在厨房煎炒烹炸。小洋馋得几次跑进厨房讨吃的，李梅一边往儿子嘴里塞吃的，一边看表，说等爸爸回来，咱们就开饭。动画片都演完了，郭洋也没回来，小洋急了，要给爸爸打电话。李梅看看表，7点了，郭洋要是能回来也该到家了。李梅真害怕他在外头有应酬，但她就是不想主动打电话，她想考验考验郭洋，看他到底是不是真忘了今天这么重要的日子。

郭洋这会儿正和张瑾坐在咖啡厅，劝她再考察考察其他公司的报价。张瑾认为郭洋知道她看中了他的设计，才有底气这么说，是想欲擒故纵。郭洋连忙解释，是公司不让利，还要拿下这个项目，他也左右为难，实在对不起。说着就要告辞。张瑾说，既来之则安之，也到饭点儿了，边吃边聊吧，她还有一个新的合作方式想听听他的意见。郭洋从心底里不想放弃这个项目，于是重新坐下了。

郭洋家里。一桌子好菜围绕着一只小巧别致的蛋糕，上面写着李梅的亲笔："纪念我们的七年——不痒"。李梅脸上已经阴云密布，母子俩坐在桌边，眼巴巴瞅着丰盛的美味却不能吃。小洋小心地看看妈妈的脸色，试探地问，为什么不给爸爸打电话？可能他忘了，咱们提醒他一下吧。李梅赌气，坚持不打，提醒他就没意思了，我倒要看看他凭自觉能不能想起来？

郭洋这边也是一桌子酒菜，两人边吃边聊。张瑾说，她打算用郭洋的设计方案，找别人施工，可以省下一笔工程费。郭洋明确告诉她，肯定不成，装饰公司的强项虽然是设计，不过单靠设计文案这点利润，公司是没法生存的。张瑾眼珠一转，问郭洋在公司待遇怎么样？郭洋敏感地反问她什么意思？这是我个人隐私，无可奉告。张瑾笑了，诚恳地提醒他，这个项目对于公司可能不算什么，可对你个人也许会是事业上一个重要的转折……郭洋明白她的意思，但他不想揽私活儿，背着公司挣外快，除非不想在公司呆了。张瑾保证给他的待遇比公司给的更配得上他的才华和付出。郭洋说这不是待遇问题，是原则，做人要有底线。张瑾虽然失望，却很欣赏郭洋的为人，很羡慕他的公司能有这么好的员工。

李梅靠在窗口，凭窗俯视楼下，不见郭洋的身影。小洋过来扯了一下她的衣角，小大人似的哄她，爸爸忙，我陪妈妈过纪念日吧！儿子的懂事更衬托出郭洋的无情，李梅的眼睛湿了，俯身搂住儿子，毅然决然地说，不等了，今晚咱就过一个开除爸爸的结婚纪念日！

玫瑰花插在瓶里，蛋糕上点起了蜡烛。前面六个结婚纪念日的情景一一浮现在眼前，李梅百感交集。小洋唱起《生日歌》，把"祝你生日快乐"改成"祝你结婚快乐"，李梅强颜欢笑，心里流泪，母子俩吹蜡烛、切蛋糕，蛋糕切开了，李梅的心也好像碎成了几块。

郭洋和张瑾一前一后走出西餐厅。张瑾看出他归心似箭，玩笑地夸他是个好丈夫、好爸爸。郭洋笑了，别人说好没用，最近正被监督改进呢。张瑾随口问他结婚几年了？听说郭洋说"七年"，她偷偷吐了一下舌头，觉得自己有点冒失，七年可是个敏感年头。没想到郭洋笑了，过日子免不了偶尔痒一痒，没事儿，互相挠挠接着过。张瑾这才松口气，羡慕地说，什么时候有机会真想见见他太太。

郭洋突然想起什么，哟，今天几号？张瑾告诉他十八号。郭洋慌忙往前奔，对不起，我先走一步！上了汽车，猛踩油门。张瑾还愣着，汽车已经没了踪影。

郭洋不停地赶超众车，幸好时间不早了，路上车不算太多。结婚七年，他还从来没忘记这个日子。最近李梅本来就气不顺，这下更是火上浇油，凶多吉少。女人在一些重大问题上可能会让步或马虎，但是生活细节却绝不含糊。李梅尤其这样，郭洋心里打怵，脚下加油，带着歉意冲进家门，看到的是一桌残羹剩饭。李梅从小洋房间出来，只当郭洋是空气，不理不睬，径直走开。

郭洋觍着脸凑上去惭愧地赔笑，对不起，刚想起来，就奔回来了。说完厚着脸皮坐下，做这么多好菜，这是给我留的吧？李梅不屑地"喊"一声，您在外面应酬好吃好喝的，还惦记家里的饭菜？对不住，没留！

眼看打马虎眼过不了关，郭洋只好认真解释，说本来下班就要回来，可客户明天出差，非要今晚谈工程的事，实在没法推辞……你实在有工作回不来，打个电话说一声，我绝对理解坚决支持，问题是你根本就忘到爪哇国去了！郭洋委屈，我忘了，你为什么不提醒？记着是心里有，忘了就是没有，提醒你算怎么回事？有劲吗？……我这是忙工作忙忘的，不算大错。噢，你忙得连结婚纪念日都想不起来了，怎么没忘了自己还有家、家里还有老婆孩子呀？郭洋讪笑，没忘干净彻底，要不能风驰电掣、超奥迪赶宝马往家赶吗？幸亏没碰上警察叔叔……

两人正别扭，小洋跑出来："爸爸，你忘了回来跟妈妈纪念结婚，我替你了！"紧张气氛被打破，李梅忍俊不禁地推着小洋回屋睡觉，郭洋总算逃脱一劫。

小洋睡了，李梅端着两杯咖啡走进书房，递给正在上网的郭洋一杯。现在喝咖啡，看来李梅是不想睡了，今晚有的谈了！自从老常结婚、杨丹离婚那天开始，李梅就憋着股火呢，这回是他把这股火引爆的，谁也怪不着。郭洋一口气把咖啡灌下去，把心一横，准备奉陪到底。

李梅开口了："我想过了，要改善你忽略我、忽略家庭的状况，完全依靠你的自觉性基本没戏，必须采取点强制措施，增加你的危机意识。鉴于你屡屡犯错以及长期认错不改错的表现，口头保证已经完全失去作用，咱们必须签个协议，真正有惩罚性、有约束力的书面协议。"

"这么严重？那你打算怎么惩罚、约束我呀？"

"也不全是针对你，协议对双方具有同等效力。打开电脑，先拟个草案。"

郭洋在电脑上创建文档，征询地看看李梅，李梅边想边说："值此七年之痒的关键时刻，为了挽救婚姻家庭于崩溃边缘……"

郭洋哭笑不得："我说老婆，有那么严重么？言过其实了吧？"

"严肃点儿！杨丹和老袁都崩溃了，咱得未雨绸缪！写上'夫妻应该像恋人一样心心相印，忠诚和爱护对方，关心和珍惜家庭'……"

郭洋边打字边嘀咕："我挺忠诚、挺爱护你的，也挺关心珍惜家庭的呀！"

"还远远不够。"李梅嫌他打字太慢，推开他"我来吧！先把最重要的写上。"

郭洋看李梅打字，边看边读出声："如有一方感情出轨，将失去孩子的监护权和家庭财产的分配权，净身出户，不得反悔……"

李梅突然抬头紧紧盯着郭洋，根据你的反应，好像还没有出轨迹象。这条提前写上对你是个提醒。……别光提醒我，对你也是个提醒！嗳，万一双方都出轨了，孩子给谁？财产怎么分？……胡扯！为了小洋，我绝不会做那种蠢事。那可没准儿，一般女的要是误入歧途，比男的更绝情。但是女的远远没男的滥情！

李梅一边打字一边读："男方必须改掉下班不及时回家的毛病。"郭洋哭笑不得，这算什么毛病啊？我哪次晚回家都是因为工作，是正经事儿……什么正经事儿？不就是在外面喝酒吹牛拉关系吗？工作非得在酒桌上谈，这还不是坏毛病？……喝酒吹牛是男人的天性，拉关系是生意场上的规矩，坏毛病也不是我一人想改就能改的呀？李梅敷衍他，行行行，先搁置争议，这条一会儿再讨论。说完又继续打字："男方必须改掉麻木不仁的毛病，对妻子要保持足够的热情……"郭洋急忙叫停，热情这事儿有标准吗？要是我认为够热情，你认为不够，怎么办？李梅想了想，也对啊，那就定点儿具体的，"要定期给妻子买礼物，请吃饭，送鲜花，每天出门前要吻别，临睡前要说晚安……"郭洋懊悔地抽了自己一耳光，嗨！我提这标准干吗？找抽呢。

李梅得意地笑着继续往下写："两人闹矛盾时，丈夫要主动向妻子道歉、认错、不能让妻子带着气入睡。"郭洋拉住她的袖子，嗳嗳嗳，这条得说清楚啊，谁的错谁道歉，不能都是我认错吧？李梅不屑，哪回咱俩闹矛盾不是你惹我生气？我什么时候犯过错？……那是我大度，你犯错我一般都不生气。……那你就继续大度呗，反正我生气了肯定应该你认错。

郭洋突然回过味儿来，你老让我改这改那，你自己呢？你就没有要改的毛病？李梅不耐烦，急什么？下面就写到我了，"女方必须改掉爱操心的毛病，改掉独揽家务的毛病，要充分调动男方的积极性……"郭洋一看，这什么呀？这明明是推卸责任！李梅狡猾地说，这是给你充分的民主权利……"妻子必须改掉不爱买衣服化妆品、不爱打扮的毛病，必须改掉盲目为老公省钱的毛病……"

郭洋看透了，这协议让老婆起草，纯属把鱼交给猫看管，整个一不平等条约。坚决要求两人分头起草，再放一块儿讨论修改。李梅耍赖，不行！你以前不管儿子不管家对我就平等吗？我现在就是要用新的不平等来改变旧的不平等！

郭洋明白了，哦，这是君子报仇七年不晚啊？这协议要是签了就是丧权辱国。李梅寸步不让，认为郭洋不签就是存心破坏保卫婚姻的计划。郭洋就是不签，气哼哼地往外走，李梅拿起一支笔愤怒地扔向他的后背，砸到了合拢的书房门上。

郭洋走进厨房，打开冰箱拿饮料，一眼看见李梅给他留着的蛋糕，四边都被吃掉了，留给他的是正中间那行字："纪念我们的七年——不痒"。郭洋的心渐渐柔软了。他关上冰箱，转身回到书房。李梅含泪坐在电脑前一动不动，郭洋拾起地上的笔，走过去搂住她，柔声哄道：老婆，我签，丧权辱国也签。

李梅破涕为笑，扎进他的怀："老公，从前我有一点儿不高兴，你都不吃不睡地陪我哄我。那时候你多在乎我呀。"

"我现在也挺在乎你，就是没有时间、精力有限，老没机会表达……"

"真想回到以前啊，那时候你比现在体贴、周到。"

"那时候你也比现在善解人意、宽容大度。"

李梅抹抹眼睛："那咱俩一起努力，重新回到以前？"

郭洋拍拍她："就这么定了。"

接下去，一切都顺理成章，一份《协议书》很快草就，开宗明义："夫妻双方本着互敬互爱原则，本着维护婚姻家庭幸福长久、维护孩子身心健康的诚意，经过友好协商，自愿签订以下协议…… 双方共同决定，以一年为期限，协同作战，保卫婚姻！重新寻找恋爱的感觉，追回失去的温情，维持家庭稳定，提高生活质量……"两份装订成册、封面精致的《协议书》放在茶几上，夫妻二人表情严肃，郑重签字，即时生效。

第二天，郭洋就遵循"双方共同承担家务，共同关心孩子，抚养孩子，教育孩子"的条款，牵着一只彩色气球去幼儿园接小洋了。李梅也本着"妻子与丈夫享有同等待遇，每周抽出专门时间参加聚会一次，逛街一回，买衣服一件"的原则，跟杨丹和兰心上街购物、玩乐去了。当李梅坐在美容店做头发的时候，郭洋正站在幼儿园门口不停地看表。许小宁穿着大花衬衫，戴着夸张的大墨镜，笑着拍郭洋的肩膀：哟，太阳从西边出来了？李梅罢工了？郭洋说，我们家跨进婚姻的新纪元了。

这一天，郭洋和李梅如沐春风。晚上回到家，互相看看，都憋不住笑：寻找恋爱的感觉真好！生命就应该浪费在美好的事情上。

公司老总满怀期待，以为郭洋会把张瑾这条大鱼钓上来，坐收暴利，郭洋却告诉他，面对张瑾这座顽固堡垒，他已经弹尽粮绝。老总失望，郭洋也不痛快，忍不住背地跟老余发了几句牢骚。不料老余在老板面前搬弄口舌：听郭洋那意思，保不齐回头他真能私下把设计方案卖给张瑾那边，要这样他倒合适，咱公司可就白玩儿了。老总一听肝火上来，决定让老余接手，背着郭洋再去攻坚。老余巴不得逮个机会弄点儿油水，一口答应。郭洋不知道老板和老余背着自己有这么一手，还满怀愧疚，努力工作呢。

李梅换了发型，容光焕发，情绪极好，连走路都哼着小曲、踩着弹簧。杨丹刚来电话，约她和兰心晚上一块儿出去快活。她采购了一些吃的用的，就去幼儿园门口等小洋，准备回家跟郭洋办交接，然后赴约。许小宁打量李梅的样子，觉得特别眼熟："哟，扔下老公孩子出去约会？行啊李梅，你这是奔着兰心去了。"

李梅笑说，兰心天生命好，咱比不了，我这点自由权利可是通过斗争得来的。小洋跑过来，一看妈妈这么漂亮就明白了，今天是不是妈妈的自由日啊？对呀，妈妈买了很多好吃的，晚上你跟爸爸在家吃饭，好不好？唉！不好也没办法呀。许小宁被小洋活脱一副郭洋的口气逗得直乐，连李梅这样的贤妻良母都争取自由了，郭洋眼瞅着快要向他靠拢了。

李梅带着小洋匆匆回家，把儿子交给郭洋，晚饭都是半成品，稍微加工一下就成。郭洋心里烦躁，嘴上还得摆出风度：放心吧，没问题！你像出笼的小鸟飞翔去吧，多晚回家都行，我保证小洋吃好喝好拉好睡好，万无一失。

杨丹开着她的豪华车，载着两个老同学在夜幕下的街道滑行。她要为李梅争取自我权利的革命取得阶段性胜利好好庆祝庆祝，带她们好好享受一下只属于女人的自由，开开眼界，从视觉到灵魂都感受一次强烈冲击。

李梅一看到"熟女俱乐部"几个霓虹大字在夜色中闪烁，就有点儿晕，熟女？怎么叫这么个名字？杨丹说，熟女已经不是日本A片里的意思啦，现在泛指三十到五十岁的成熟女性，经济独立、事业成功、阅历丰富、气质优雅、自爱自信、自强自立。李梅说，你们俩符合标准，我肯定不能算数。杨丹一挥手，别妄自菲薄。全体注意了！一楼多功能厅，二楼中餐、舞厅，三楼西餐、酒吧，四楼棋牌球类，地下水疗按摩、游泳桑拿、美容健身。说吧，想去哪儿啊？兰心兴奋地打个响指，要先找个刺激点儿的地方！杨丹说，那就先刺激灵魂，再刺激肉体。仨女人兴高采烈进了大门。

轻柔舒缓的音乐声中，各年龄段的美女、丑女聚集在一起聊大天，清一色气质不凡的成功女性，五花八门的各式时装争奇斗艳，热烈气氛中透着一丝优雅、闲适。杨丹带着兰心和李梅一进门，就有个描眉画眼的肥女人过来招呼："说曹操曹操到，刚点名你就来了，我们在谈论女人到底是嫁得好成功，还是干得好成功。方姐说嫁得好干得又好才算成功，我们几个撒眸一圈了，都不够格，这不你这成功的活典型就出现了吗！"

一个瘦长脸女人附和："还真是，杨丹嫁了个有实力的老公，又没变成家庭妇女，借老公的优势发展了自己的事业，嫁得好成就干得好，太成功了！"

兰心和李梅看看杨丹，都替她难堪。杨丹倒是干脆利落："对不住各位，辜负你们的赞美了，本人不久前刚离婚，当不了成功典型了。"

杨丹向众人介绍兰心，说她自己有家皮具公司，也是家里挑大梁的女强人。李梅在证券公司工作，典型的贤妻良母，家庭幸福。杨丹又为兰心、李梅介绍，这几位有一个算一个，都是三高女人，高学历，高素质，高收入。

胖子立刻反驳她："哎哎，那都是老皇历，三高已经过时了，现在得是三Z女人才有市场，有姿色、有知识、有资本，就像你杨丹这样的。"

瘦长脸咧咧嘴："后两样都好办，长相可是爹妈给的，像我这样自然灾害的怎么办？难道都得去整容吗？"

胖子不屑："什么是姿色？仁者见仁智者见智，我认为女人有钱就有姿色！"

"话虽俗点儿，也有道理。现代社会，崇尚财富已经成了风气，强大的经济实力肯定能为女人的身价增添砝码，这已经是不争的事实了！"有人附和。

杨丹说："我倒觉得相貌没那么重要，有知识有资本的女人，就算姿色平平，气质品位也错不了，这三个Z本来就相辅相成嘛。"

瘦长脸笑了："还是丹丹会说话，来，为三个Z喝一杯！"众人碰杯。杨丹和李梅耳语："你可就差一个Z了，只要愿意，我随时可以帮你用知识换资本。"李梅笑而不答。

三人到了俱乐部舞厅。震耳欲聋的音乐像无形大手，推搡着人群不停地旋转，灯影下清一色的女人群魔乱舞。杨丹如鱼得水地游入舞池，兰心端着酒杯，陶醉地边喝边扭。只有李梅拘谨地坐在一边看热闹。杨丹过来拉李梅，小姐呀，这地方是咱们女人的天下，再装淑女也没人看！李梅挣脱杨丹，说这地方不适合她，吵得头疼，要先回家。兰心埋怨她就知道惦记老公、儿子，没出息。李梅不理她们，自顾走出门去。兰心没说错，李梅心里确实有点放不下家里。平时晚上扔下老公和孩子外出的机会极为有限，今天在外头呆了这么长时间，心里有些愧疚，结婚这些年她已经习惯工作之余围着家庭旋转，幸福过头还真消受不了。

郭洋在给小洋擦身、洗脚、换药。手机在客厅响了。

张瑾刚跟老余聊完，觉得有必要和郭洋通个气。郭洋如实相告，孩子妈不在家，他正在侍候儿子。张瑾说她离郭洋家不太远，一直想去看看小洋的伤，正好毛毛也在，过来顺便跟你说说情况吧！张瑾带着毛毛很快来到，小洋见到毛毛特别高兴，伤疤没好就忘了疼，拉着毛毛四处乱窜。

张瑾告诉郭洋，老余接手这个案子了。他有点意外，但还是往好处想，大概是老板觉得他一直没能搞定这事儿，怕丢了这个项目才出此下策。张瑾说，你们老板要这么怕丢了项目，干吗还咬那么死一点儿不让步啊？老余一晚上都在磨我，想赶紧签合同，后来我不耐烦了，就跟他说这个项目郭洋如果不管，我就不打算签了。

郭洋急了，别不签啊！谁接手都一样，只要你对方案和价钱都满意就成。张瑾说，她对方案很满意，价格也想接受，但确实没那个能力。郭洋，你就算帮我一个忙，把设计方案卖给我，这笔钱够你自己开一家小公司的了，就不必再给老板打工、听人使唤了！多好？

郭洋不得不承认，张瑾的提议很有杀伤力，可是他不能拆公司的台。张瑾紧逼，你就不衡量一下这里面的得失？想想哪种选择更有利于你？郭洋无奈地苦笑，可能我这人缺点儿魄力，真干不出这种事来。这个世界诱惑太多，我要是那么容易被诱惑牵着鼻子走，也不会是今天这个样子。张瑾还不死心，可怜巴巴地盯着郭洋问，就没有一点儿商量余地么？郭洋满怀歉意，请她原谅。

大门响了。"我回来了！"李梅随着话音进了客厅，与张瑾一照面，双方都愣了一下。张瑾反应过来，连忙主动热情跟她握手："你好！我叫张瑾。"

李梅淡淡地回了俩字："李梅。"

郭洋赶紧为双方介绍，说张瑾是公司客户，正巧路过，上来跟他说点事。李梅对这个突然冒出来的女客户闻所未闻，有点疑惑："啊，你们在谈业务？请坐。"

张瑾大大方方重新坐下，说她来也不单为业务上的事儿……郭洋怕误会，连忙追加解释说她顺便来看看小洋。李梅更糊涂了，她礼貌地对张瑾笑笑，"你什么时候认识我儿子的呀？"

张瑾解释了一番，李梅这才知道郭洋上次见的客户就是眼前这个漂亮的女人。她瞟了一眼郭洋，虽然没做什么亏心事，可这一眼还是叫郭洋浑身不自在。

张瑾客套几句就要告辞，郭洋带小洋出去送，李梅站在阳台上，一边收拾衣服，一边往楼下张望，只见郭洋牵着小洋挥手告别，直到张瑾的汽车开出小区。事情也没什么特别的，可她心里就是不那么舒服。

郭洋和小洋回来，李梅在熨衣服，她把小洋支到厕所去拉屎，然后问郭洋跟张瑾那个项目签了么？郭洋说还没呢。李梅提醒他小心点儿，别上了人家的套儿……郭洋一笑，你老公那么容易上套儿，早都上了无数回套儿了！

李梅斜眼扫他："嗳，你们俩吃了一顿饭，就吃出这么瓷实的感情了？"

郭洋听出了李梅的醋意，故意说："是啊，羡慕吧？"

"我就奇怪了，咱俩都吃了七八年了，怎么越吃越没味儿了呢？"

"我觉得挺有味儿啊！你觉得没味儿了么？"

"你最近老说陪客户吃饭，就是陪她呀？结婚纪念日那天，也是陪她吧？"

"你现在虽然变得有点儿庸俗，但你为我吃醋，我还是很受用滴！"

李梅拿起冒着热气的熨斗，威胁地朝郭洋比划了一下。

两人上床。李梅还在想这件事，她突然明白郭洋为什么这么豁达大度，为什么能够接受那份不平等条约了。太狡猾了！原来给她点局部自由，是为了换取他的全面自由。这些年她一心朴实，无私奉献，还是没能绕过"七年之痒"的地堡暗礁。李梅这么想着脱口而出，看来我是犯了战略性错误、南辕北辙了，一直在找婚姻问题的内因，却忽略了外因！郭洋接茬儿，咱们家的矛盾都是两人的小磨擦小痒痒，没什么外因。李梅顺着自己的思路往下说：

"哼，欲盖弥彰。别掩盖了，我已经闻到了一股危险的气息。"

"你那是什么动物鼻子呀？没味儿都能闻出危险气息来。"

"俗话说，拴不牢篱笆进来了野狗，我是该加固掩体，修修城墙了！"

郭洋严肃了："梅子，注意措辞！别信口伤人。你以前是挺自信个女人，什么时候退化成一新时代的怨妇了？"

"哼，女人太自信就会导致太天真。现在谁还相信世上有坐怀不乱的柳下惠呀？就算从前有，以后也不会再有了。"

"越说越不像话了。郑重提醒梅子同学，注意一下自己的形象好么？"

"我形象怎么了？我是一心维护家庭稳定的妻子形象，有什么可注意的？"

郭洋无奈，亮出白旗："算了，不跟你掰扯了，掰扯不清。"

李梅不依不饶："你是不想掰扯清楚吧？问题太敏感了是吧？"

郭洋生气地倒下："睡觉了，明天还得出去拼命呢。"

李梅赌气关灯，背对背倒下，在黑暗中憋气。

郭洋早晨起来，李梅和小洋正准备出门，餐桌上孤零零扔着一包儿童饼干。

郭洋意识到对他的惩罚升级了，往常不是这待遇呀？李梅说，特殊情况，特殊待遇。郭洋问什么特殊情况？就因为你昨晚无事生非、捕风捉影？李梅穿好鞋、直起身，目不斜视，现在起，隐藏的夫妻矛盾转化为公开的家庭纠纷了！说完，拉着小洋出了门。

郭洋没滋没味地消受完了儿童饼干，打起精神赶往公司。走进写字间，发现众人躲躲闪闪，神色不对。有人凑上来告诉他，张瑾的单跑了，肥鱼脱钩，老板大发雷霆。郭洋心想，这事儿不是让老余接手了吗？跑单也不能算我的罪过吧？

总经理可不这么认为，他气急败坏地质问郭洋怎么搞的？郭洋反问，不是派人接手，已经很不信任地把我排除在外了么？我也是刚知道……。我不是交代过你，要不惜一切代价？郭洋说，不惜一切代价，公司就应该让步。公司不让步，客户又坚持，您意思是要我牺牲个人尊严去讨好女客户？总经理声音突然高了，尊严？尊严多少钱一斤？这年头混饭多不容易？瞎清高什么呀？郭洋压了再压，还是没压住火气，不就为几个臭钱吗？说话这么难听！你中途换将，到头来怎么又把账算我头上了？我设计方案也完成了，还有什么没做到位的？总经理见郭洋真急了，连忙让步，说算了算了，我也是着急，你别往心里去。能不能再跟姓张的谈谈？她现在只是拒绝了我们，还没跟别人签约。郭洋表示事到如今，他也没办法。总经理突然问，你不是跟张小姐来往密切吗？她还去你们家了吧？

郭洋这才知道自己的一举一动都在老板的掌控之下，不由得恼了，盯我梢？用人不疑、疑人不用，这么长时间，我无欲无求，为公司效的是犬马之劳，到头来得到这么个待遇！总经理无奈地说，这年头人心叵测，我不得不防啊。郭洋哭笑不得："你累不累呀？别猜了，也不用防了，我不干了行吗？"说完掉头走人，摔门而去。总经理对他背影叫唤："耍什么秀才脾气？弄丢这么大一单生意，还老虎屁股摸不得！"郭洋已经消失在门外。

士可杀，不可辱。郭洋大步流星走进写字间，顺手把工作台上的重要物品扫进背包。在众目睽睽之下，轻松潇洒，扬长而去。一直走出写字楼大门，吐出一口恶气，才意识到自己刚刚做出了一个重大决定，这决定可能会影响到他的一生。雄赳赳、气昂昂的姿态随风散去，在金融危机下的今天，要找个理想的职位多难啊！可是，一切都晚了。

04 婚姻是围城还是深牢大狱

许小宁从超市收银台出来，突然眼前一亮。陈梦正在过道里接电话，听到一声热情洋溢的问候，连忙收起手机，如获救星地拉住他："许哥你身上带钱了么？"

许小宁二话不说，把一千多块如数奉上，还自告奋勇当车夫，送她去邮局汇款。陈梦千恩万谢，由衷称赞许哥人真好，一般人听说借钱都推三阻四找借口，你连犹豫都没犹豫就借我了。许小宁说，我痛快也看借谁，再说了，跑了和尚跑不了庙，还有老常在嘛。陈梦的笑容不见了：许哥，这事儿可千万别告诉老常！

看着陈梦匆匆跑进邮局，许小宁直纳闷，神神秘秘的给谁寄钱？还不让老常知道，难道这年轻貌美的小媳妇背着老常还有什么猫腻？不许这么猜忌陈梦！许小宁私下教训自己，尽管生活常常令人失望，但他宁愿相信这世界上还是美好的东西居多。他在车里坐了一会儿，看看表，连忙给兰心打电话，告诉她超市人多，结账慢，他可能多耽误点儿时间。"炉子上炖的汤估计好了，你想喝自己起来盛吧，我一会儿就到家……"兰心还躺在床上，迷迷糊糊地闭着眼睛听电话，突然听到陈梦的声音："许哥，咱们走吧！"她警觉地睁开眼睛，电话那边却挂断了。兰心望着天花板出神，心里有点乱。这陈梦刚结婚，就跟许小宁混得这么熟？我怎么不知道？

回家路上，许小宁试试探探问陈梦，刚才火上房似的给谁汇款啊？陈梦心事重重，答非所问地诉起苦来，唉，我过去当模特吃的苦简直没法儿说，满心以为跟老常结婚找到温暖的港湾了，可怎么找不到幸福感呢？许小宁说你们女人都爱幻想，把嫁人想像成美丽的海市蜃楼了吧？你现在至少比那些剩女啊，职场白领都要幸福得多，人得学会知足。

陈梦发牢骚，自己偶尔出去走走秀，就是想找机会做点喜欢的事，又不影响家庭生活、夫妻关系，可老常不支持，把她关在家里当主妇，好像一结婚就成他的私有财产了，日子过得挺空虚的。许小宁笑了，我当初刚回家那阵子跟你这感觉一样一样滴！关键得调整心态，只要你把全职主妇也当个职业，满腔热情去做，就不会那么难受了。

陈梦让许小宁帮她保密，怕老常知道她的想法会担心。许小宁马上表忠心："一言为定！咱俩是一个阵营的，以后有什么苦闷跟我说说，说出来就轻松了。人家兰心和老常都在外头打天下，顾不上咱们，咱们就得互相关心，互相帮助，共度难关啊！"

兰心走进厨房，许小宁煮的砂锅汤热气袅袅、香味扑鼻。她打开锅盖看看，找出一只碗，又到处找勺子，几个抽屉里都没有，刚要关上，发现里面东西可疑，翻出一只望远镜，奇怪地举起来透过窗户张望。楼下花园和广场上的老人孩子们映入眼帘，许小宁的车突然闯进了镜头，只见他把车停好，打开后备箱一样样往外拿东西，陈梦也随后下车过来帮他。兰心禁不住冷笑一声。

许小宁进了家门，拎着东西直接进厨房把东西归位，拉开抽屉，发现里面空空如也，望远镜没了。他愣了愣神，鼓起勇气拉开厨房门，不由吓了一跳。兰心坐在餐桌后面，正举着望远镜对准他"瞭望"呢。

许小宁连忙赔笑："老婆，你拿它看什么呢？"

兰心反问："你拿它看什么呀？"

"我平时没事，就看看自然风光、花鸟鱼虫啊……"

兰心拖着长腔："你主要是看人文景观吧？"

许小宁装傻："啊？什么……什么意思？"

"我刚才听见陈梦在电话那头嗲声嗲气的叫了一声'许哥'，还看见你屁颠儿屁颠儿地把人拉回来……我没听岔、没走眼吧？"

许小宁一点不心虚："我不就是助人为乐一下吗？"

"我知道，你就爱助人为乐，关键是你帮助的对象仅限于年轻漂亮的女人。许小宁，你平时就有这毛病，要不是因为你爱帮助漂亮女人，咱家生意也不会越做越赔，最后还得我出马力挽狂澜。"

"好好好，我保证以后减少助人为乐的次数和范围，争取做到不管男女老少，需要援助一概不管，为了家庭稳定和谐，做一个铁石心肠、麻木不仁的人。"

兰心听着别扭："我是这意思么？老人孩子可以管，男的也可以管。女人就算了吧，特别是年轻女人，我怕你革命意志不坚定，被人别有用心拉下水。"

"不能够啊！我要那么不坚定，在家都呆了两年多了，得下多少回水了呀？"

"这个，我还真得好好考察考察再下结论。不过你记着小宁，从前我不知道的可以既往不咎，但是从现在起，你最好把自己管好喽……"

许小宁哭笑不得："我从前怎么了我从前？你们女人专爱往不该想的地方联想，这不是自寻烦恼么？老婆，干脆，你把望远镜没收了吧，省得疑心生暗鬼。"

"望远镜收了能收住你的心么？拿去！我相信你做人会凭良心。没事儿的时候多瞭望瞭望老婆孩子、观察一下自然景观什么的，还是有益建康滴。"

许小宁感激不尽："老婆，你太伟大了！这一瞬间，我觉着更爱你了！"

"一瞬间太短了，要努力把这一瞬间延长到一生，明白？"兰心不容置疑。

许小宁调皮地回答："遵命！"

陈梦坐在沙发上，拿着一张定期存单翻来覆去地看，她在为难，这张存单上的数字远远不够解决眼下面临的问题。她给模特队的莉莉打电话，让她帮忙找活儿干。莉莉说正好有个内衣秀，短平快，一下午就完了。陈梦高兴地答应了，提醒莉莉这事绝对不能让老常知道。

老常想引进汽车新品牌，项目谈判却不顺利。回到店里已经是下午，助理朱珊珊送来茶水，老常边喝边大骂厂家太黑，经销他们的车，忙活半天也没什么油水。朱珊珊知道老板精于算计，经常把自己的退路都算计没了，就劝他差不多行了，现在经济危机，厂家油水也不大。再说，增加经营品种也是为了店里的知名度和市场影响考虑。她告诉老常，陈梦来过了，一个人在家闷得慌，提醒老常多关心关心她。提起陈梦，老常心情大好，等朱珊珊一走，立刻拿起电话。

陈梦正在内衣秀的后台换衣服，戴上一副羽毛面具眼镜刚要上台，老常的电话来了，问她干吗呢？陈梦说在家听音乐呢。老常哄了几句，让陈梦等他，下了班要带她出去吃海鲜。陈梦怕老常察觉她在走秀，连忙答应一声，挂了电话。

老常正纳闷，手机震动起来。小小在电话里说，她现在马上登机，明天就到北京了。老常没有思想准备，哟，怎么提前了呀？小小半真半假地说，想你了呗！我现在是归心似箭，事情都处理完了，东西也都收拾好了，就一刻也不想再拖了。别忘了去机场接我呀！收起电话，老常想起陈梦那张苦瓜一样的小脸儿，有点儿无奈，唉，该来的早晚得来，长痛不如短痛，看来晚上得跟陈梦摊牌了。

老常路过蔬菜副食品市场，进去买菜，西红柿挑得太仔细，惹得小贩挺不高兴，又因为两毛钱零头跟小贩斤斤计较，给走秀的陈梦留出了时间。她背着包匆匆跑回家，匆忙梳洗，清理痕迹。等她重新化好妆，老常提着菜也进了家门。陈梦一看就明白海鲜大餐泡汤了。老常解释，我慎重考虑了一下，外头闹甲流呢，还是在家吃，我亲自下厨给你弄点儿可口的。陈梦失望地哼了一声，你真行，疯牛病、禽流感、甲流，反正总有流行病给你做挡箭牌，我看咱俩这辈子的饭就甭打算出门吃了。老常哄陈梦，说他的拿手菜饭店大厨都做不出来。

老常在厨房的确是一把好手，不然也不可能在离婚后把自己喂成了一个重量级的胖子，更不可能独守空房这些年一直等到陈梦天女下凡。他得意地把饭菜摆了一桌子，拉着陈梦快过来尝尝。还没等陈梦动筷，自己已经开吃，一脸陶醉：这火候，太好吃了，我不卖车也可以做大厨你信不信？

陈梦吃得没滋没味儿，莫名其妙地看看他，咱俩吃的是一盘菜吗？老常受到打击，不由讪讪地，你呀，真不懂欣赏美食，可惜。

陈梦撂筷，不吃了。带着一肚子情绪问老常，你平常答应人家的事儿，也说话不算数么？老常明白陈梦指什么，连忙解释说今晚不出去，是想在家商量个事，家里说话方便。再说，小小一回来，经济负担立马加重，有必要把下馆子频率调整一下。陈梦拎出他话里的重点，单刀直入地问，小小什么时候回来？

老常说明天就到。陈梦一下懵了，怎么说回来就回来？不是说要等几天么？我连心理准备的时间都没有，这不是逼着我不接受也得接受吗？老常笑了，我闺女，你怎么会不接受呢？我充分相信你。陈梦急了，是你闺女不假，可你们也不能瞒着我，说干吗就干吗吧？好歹我现在也是这家的一员了，这些事我也该有点儿知情权吧？老常说，就是没把你当外人，我才没考虑那么多，你能不能也粗线条一点儿，别那么多讲究啊？陈梦反问，我怎么讲究了？我是跟你说我的感受，你不在乎就算了！老常说，我在乎，我就是因为太在乎你的感受，才急得慌嘛。小小的事儿你不用操心了，我都安排好了。陈梦更生气了，背着我把什么都安排好了，还跟我说个什么劲啊？你要真在乎我，就应该想到新婚期间别人不该掺和咱们的蜜月生活！老常连忙放下筷子，努力赔笑，啧！你看你？别上纲上线啊！

　　郭洋白天辞了职，在街上茫然地转了一圈儿，买了些吃的东西，早早回家。平时李梅老是抱怨他不顾家，趁这会儿有空干脆表现一下。

　　李梅带小洋坐公共汽车回到家，疲惫地甩掉外衣，长叹一声，总算到家了，这公交车什么时候能不这么挤呀？你爸爸倒是有车开，就苦了咱们娘儿俩了，成天这么挤，早晚挤成画儿了让你爸爸挂墙上欣赏！她发着牢骚，一推厨房门，里面热气蒸腾，郭洋正忙活晚饭。李梅挺意外，你今天这是怎么了？反常啊？郭洋掩饰着辞职的失落，说今天下班早，特地接过做饭重任，表示一下诚意。

　　李梅心里挺感动，可一开口就变了味儿，难得呀！你不是因为昨晚的事心虚吧？郭洋本来就憋屈，一听这话顿时窜了，为证明我不心虚，这饭我还就不做了！爱谁谁吧。说完，扔了锅铲，转身就走。李梅没好气地抓过铲子继续炒菜，不做就不做，指望你早饿死了！她看看站着发愣的小洋，叫儿子快去跟爸爸玩儿，哄哄他，让他高兴点儿。小洋懂事地跑开了。李梅有点懊悔，唉！我这是何苦？

　　饭菜上桌了，李梅和郭洋还较着劲，一家三口沉默地各自吃着。小洋小心翼翼地看看爸爸、又看看妈妈，不敢说话。李梅先给小洋夹了一筷子菜，然后不动声色地又给郭洋夹了一筷子，放进他碗里。郭洋视而不见，就是不吃李梅夹过来的那口菜。李梅讨个没趣，伸筷子把那口菜夹回自己碗里，恨恨地吃了。一顿饭吃得没滋没味，草草收场。

　　李梅洗完澡，擦着湿头发从卫生间出来，不见了郭洋。小洋递上一张卡片，说爸爸写了一张假条，让他交给妈妈。

　　"假条？什么假条？"李梅接过来一看，上面写着："根据协议条款，具体忘了第几条了，规定夫妻保持相对独立，具有自由空间，特此请假一小时外出放风。"李梅又好气又好笑，郭洋啊郭洋，你跟我玩儿这套！看谁玩儿得过谁？

　　许小宁心情本来特别美，他花了一整天心血，自创了一道"神奇百变多味汤"，同样的汤，只要加上不同的佐料，味道立刻就不一样了。晚饭时，急于在老婆和女儿面前露一手，当他把一溜儿作料罐摆好，眉飞色舞，正要一展技艺时，兰心突然不耐烦地扔过来一句："不就一碗汤吗，你能让我们娘俩消停吃会儿吗？"许小宁的脑袋顿时耷拉下来，唉！又浪费了一腔热情。

　　吃完晚，兰心坐在多功能按摩椅上长吁短叹，我这劳碌命啊，过几天还得出国。许小宁醋哄哄地接茬儿，又可以游山玩水了，真羡慕你啊！上回去北美没啥收获，这回又去哪儿啊？ 兰心白他一眼，不去行吗？我不去谁替我打市场啊？这回说什么也得带张大订单回来！许小宁顺口胡诌一句，要不你去非洲，非洲人民爱美，你那包五颜六色，特别适合黑美人儿使用。兰心恭喜他答对了，还真是去非洲。许小宁叹气，你这天南地北，什么时候是个头哇？成天除了事业还是事业，赚钱赚到贪得无厌的地步，老这样下去，就失去赚钱的意义啦，赚钱是为了生活。兰心说，我要等赚够了再生活，快去把我的包拿来，再对对账！

兰心等了半天不见人，听到许小宁痛苦的声音从卧室传来，连忙进去，他正躺在床上痛苦地哼哼，说腰椎病犯了，让老婆过去陪他躺一会儿。兰心上了床，许小宁突然露出顽皮的笑脸："知道什么叫以弱胜强、四两拨千斤吗？"兰心烦躁地推开他："讨厌，人家一天到晚累得贼死，还有心陪你玩儿？""生活就是玩儿，你以玩儿的心态对待它，它才会充满乐趣。兰心，我想让你回家能忘了工作，轻轻松松，心情舒畅，我还想让你明白，其实有很多比工作更有意思的事儿等你去做、去享受。"兰心看看许小宁热切的样子，一时没话了。

两人正要温情一下，门铃响了，响得真不是时候。许小宁开门，见是陈梦，慌忙反手带上门，压低声音问她什么事儿？陈梦拿出装钱的信封递给他："听说你们家财务制度严格，怕给你添麻烦，谢谢你，许哥！"许小宁一边抓过信封塞进裤袋，一边扭头观察自家的风吹草动，嘴上还硬撑着吹牛："这么晚我也不招待你了。"说完，泥鳅一样溜进了家门。

许小宁蹑手蹑脚关好门，才发现兰心坐在沙发上正冷冷盯着他，不怒自威地问他外面是谁呀？许小宁赔着笑打马虎眼，"一个人。"兰心反问，是一个年轻漂亮的女人吧？许小宁知道兰心都听到了，连忙一半坦白一半蒙骗，陈梦来问我去三里河怎么走。兰心死死盯着许小宁的裤袋，让他把东西拿出来。许小宁只好掏出信封。兰心一看，哦，你借钱给陈梦？又是助人为乐？许小宁无奈地乐了，老婆你真了解我！

兰心咬牙切齿，扯着嗓子喊："许小宁！我很羡慕你，你很会玩儿。我也希望像你一样整天玩儿，你要有本事不用我出去折腾，我也能在家玩得天翻地覆！"

"你看你，本来挺温柔个人儿，怎么一变女强人就不温柔了？"

"我没法温柔！在外面要硬，回家还得软，我凭什么那么顺你心哪？我在外鞠躬尽瘁，可你在家还有闲心风花雪月，你有良心么？"

"老婆，猜忌是婚姻最大的隐患，你这么不信任我，我干脆出去工作算了，省得在家呆着，一天到晚没个人说话，长此以往大脑退化、智力下降，问题严重。"

"你跟谁说话不行？非要找老常的年轻小媳妇说话？"

"爱美之心人皆有之，我不过就是养养眼，连心都不走。"

"许小宁，你安生日子过腻了，是吧？"

"是有点儿腻。看这形势，我还是把家放下、重出江湖吧，到时候你别抱怨后勤部长没了、保姆大厨没了、家庭教师也没了。我现在郑重提出口头申请：本人从明天起重返社会，请兰老板批准……"

"臭美！当初你怎么赔掉我半个公司的，都忘了？乖乖在家当你的煮夫，规规矩矩收心、老老实实做人，不许乱说乱动！"

"我怎么成专政对象了？当煮夫可以，但不能没有男人尊严哪。"

"尊严是自己挣的，没尊严只能怪你不自重！"

"不就跟别的女人说两句话么？怎么就不自重了？太不人道了，把个大男人关家里，还不让他自己寻找点儿生活乐趣，憋死人不偿命啊！"

兰心抡起挎包扔过去："你控诉谁呢？"

物以类聚，人以群分。三个丈夫最近养成了一个习惯，只要在老婆面前受了委屈，就出门聚首。现在这仨人又在小区花园的长椅上一字排开，面面相觑了。

老常瞅瞅两个难兄难弟，明知故问，咱仨怎么又碰一块儿了？许小宁说，还不又是因为同一个原因走到一起来了？郭洋嘿嘿一笑，我看以后咱仨老爷们就组成一个沦落互助组吧。老常和许小宁异口同声，行！好歹受了委屈还有个伴儿。

老常问许小宁，我按你的太极理论回家对陈梦又摩挲、又捋顺，可她还是不满意，看来你这手不灵啊。郭洋说，没错，压力我分担了、责任我也扛了，连不平等条约都签了，关系还是调整不好。许小宁叹息一声，翻新了一句托尔斯泰的名言：满足的家庭有着相同的满足，不满足的家庭却各有各的不满！

三个男人相视苦笑。郭洋讥讽许小宁，你成天给这个策划，给那个支招儿，怎么轮到自个儿就玩不转了？也叫兰心给轰出来了吧？许小宁掩饰说，没有的事儿，就是因为鸡毛蒜皮争论了几句，兰心想安静一会儿，我能不闪人么？

老常嘴一撇，说了归齐，还是叫人轰出来了。许小宁自我解嘲，打是亲，骂是爱，其实兰心挺心疼我，我在家呆着也烦，主要是让我出来透透气儿。郭洋不屑地看着许小宁，透透气儿还不让离开小区院子？犯人放风也不过如此。人说婚姻是围城，我看你们家是深牢大狱。许小宁歪着脑袋想了想……你说是深牢大狱吧，我怎么一点儿越狱的欲望都没有啊？从根本上说，我们家还是比较温馨可爱滴，所以我没觉得是坐牢。郭洋哭笑不得，病态！麻木不仁！我看你是温吞水煮青蛙，明明是酷刑，还当挠痒痒享受。

许小宁严肃了："哎！郭洋，你现在这种思想非常危险！"

"我怎么了？我看问题比你透彻。"

"有些问题应该透彻点儿，有些问题就得'难得糊涂'！家庭问题尤其不能太清醒、太较真儿！明白？"

"我也想糊涂点儿，可人李梅太清醒啊，她那是真较真儿！"

老常深有同感："没错儿！女人就爱较真，凡事不弄出个青红皂白誓不罢休。"

许小宁拿出大师的架势，指指点点："你们啊，参不透两性奥秘。其实女人平时不就爱撒个娇么？咱满足她！不就爱占个上风么？咱也满足她！到了关键时刻再拿出杀手锏来，不怕制服不了她！这叫吃小亏占大便宜，一本万利呀！"

郭洋冷笑："哼哼，你这阿Q精神学得倒挺扎实。"

"此言差矣！阿Q精神在今天看来，那就是一种健康的心态，一种自我解放的武器呀！面对困境，人阿Q几分钟之内就能把自个儿摆平了，哄乐了，你有这本事么？不服人家不行。"

"那行，我回去了，听许小宁的，我已经把自个儿摆平了，回家把陈梦也摆平！"

老常走了，许小宁看看郭洋："咱也回去吧，试着把老婆们都摆平。"

仨丈夫分头回到家。老常满怀诚意上了床，不料陈梦一翻身给他一个冷冰冰的脊背。老常找不着茬口跟陈梦交流，翻来覆去，唉声叹气，想想许小宁的话，真是站着说话不腰疼啊，都什么年月了？阿Q是那么好当的么？

老常正胡思乱想，陈梦突然扭头说了一句："我知道嫁给你就应该接受你的一切，包括你的历史遗留问题，但我没经验对付那么复杂的关系，小小又回来得那么急，你得给我时间，让我慢慢适应。"

一句话把老常心里的冰层给融化了："给你，给你，咱有的是时间！你说得一点儿不错，是得慢慢适应。别急！嘿嘿。"

许小宁进门，看到兰心端坐在沙发上，有点意外。兰心和颜悦色地叫他坐下。许小宁乖乖坐了，试探地问老婆又有什么新指令？咱床上说不行么？这气氛太严肃了。兰心不动声色，说的就是严肃的事，你坐好了。许小宁不知兰心葫芦里卖的什么药，清清嗓子，吞了一下口水镇定自己。

兰心说，我明天就要为咱们这个家出征，远赴非洲了。许小宁答，我把行李都给你准备齐了，大到换洗衣服，小到指甲钳掏耳勺……兰心打断他，别打岔，我走之前要颁布一个"约法三章"，作为我离家期间你的行动准则，免得你在家发生意外，一失足成千古恨。许小宁明白了，啊，你这是临走前给我上枷板呢！

兰心说，明白就好。我这也是不得已而为之，没有不信任你的意思，就是图一省心，让我出门在外能踏实地把事儿办好，都是为了咱们这个家。许小宁狡猾地附和，有道理！咱俩都是为这个家，才从五湖四海走到一起来的。不过约法三章应该是双方商量，共同制定啊，怎么是你单方面颁布呢？这太主观了吧？执行起来也会不太情愿啊。兰心有力地一挥手，打断了许小宁，不由分说：

"听着！约法三章之头一条，老婆不在家，丈夫应全心全意照顾女儿，料理家务，不许心猿意马，出现差错。能做到么？"

"没问题！"

"约法三章之第二条，老婆不在家，丈夫应该早起早睡，注意防范外来的危险入侵，保证家庭生活平稳有序，女儿身心愉快健康。能做到么？"

"没问题呀。"

"约法三章之第三条，老婆不在家，丈夫应该以大局为重，以夫妻感情为上，严格控制自己的一举一动，一言一行，当受到外界诱惑时，不得抛弃忠贞原则，耐心等待全家团聚的幸福时刻。"

许小宁挠挠头皮："老婆，你这说来说去，我听着三条都是一个意思呀？"

"算你聪明。都记住了么？"

"记是记住了，就是有点儿不明白，这三条都是针对我一人的，对你毫无约束力呀，你在外面是不是也应该严格按这三条行事啊？"

"那还用你操心么？我自有分寸。"

郭洋回家上了床，李梅主动寻求和解。女人就是女人，明着是让步，暗里是指责：要是我误会了，你解释两句、哄我两下不就完了，至于生这么大气？

郭洋心里揣着辞职的压力，不由得感叹，女人只关心男人前进路上都遇见了什么人，而不关心他走得累不累。李梅反驳，女人就不累么？郭洋说，女人的累和男人的累不是一个级别，不可同日而语。再说，女人累了还有男人撑着，可男人的天要是塌了，就可能秧及老婆孩子，影响家庭稳定！

李梅不明白他的潜台词，你说什么呢？怎么天就要塌了？郭洋掩饰说，我就打个比方，意思是告诉你，男人要承担的压力远远比女人承担的压力大，二者没有可比性，明白？李梅还是不明白，让他说详细点儿。郭洋长叹一声：

"唉！有些话是可以跟老婆说滴，比如情呀爱呀，有些话是打死都不能跟老婆讲滴，因为有百害而无一利。这就是男人和女人不同的地方，还是我自己担着吧，跟你说了不解决问题，还叫你跟着担惊受怕。"

李梅警觉地坐起来，问他到底什么事儿啊？郭洋轻描淡写地说，没事儿，就是打一比方。李梅说，我最恨你这吞吞吐吐、真假虚实、云里雾里的德性！郭洋应付她说，所以你还得继续努力，深入了解男人啊。两人负气躺倒，却都睡不着。

第二天早晨，郭洋一直磨蹭到老婆孩子走了，才习惯性地背起电脑包出了家门。许小宁提着行李箱送兰心出差正好出来，奇怪地看看表，郭洋你怎么才走啊？都几点了？郭洋掩饰说，在家处理一个设计方案，刚弄完。问两人这是去哪儿啊？许小宁说，兰心要去非洲出差。郭洋掩饰说，去那地方谈生意呀？真不容易。兰心连忙解释说明，现在的非洲已经不是你想像的那样水深火热了，我这包在那边儿还真挺受欢迎的。许小宁明着溜缝，实际讥讽，是，便宜呀！兰心白了许小宁一眼，问郭洋非洲那边有什么事要办？尽管说话。郭洋调侃说，暂时还没跟那边攀上亲戚，谢了啊！祝你一路顺风。说完一溜烟儿逃之夭夭。

郭洋开车在街上乱转，不自觉开到了公司写字楼下。坐在车里，仰望着公司所在的楼层出了一会儿神，继续上路。车上三环，漫无目的地随车逐流，郭洋的表情和目的地一样茫然，一辆出租车一直跟在后面，他也没发现。

车上四元桥立交，远远看见一对老夫妇，脚下堆着行李，站在行人不该出现的主路边上，一看就是迷路了。一问，果然是来京看病的。郭洋热情把人家送到医院大门口，得了一个"活雷锋"的称号，只有苦笑。

他转累了，进麦当劳叫了一份快餐，正闷头捧着汉堡啃呢，肩上被人猛一拍，回头就看见小舅子李刚："哟，你从哪儿掉下来的？"李刚坐下，抓过郭洋的饮料喝掉大半："姐夫，过得挺滋润啊！晃晃荡荡开车压马路，还有闲心当活雷锋，怎么不上班啊？是不是失业了？""嘘！别胡说八道啊，你姐要是知道了，非急出个好歹不可。""我姐还不知道你辞职呢？我知道你心疼我姐，咱不告诉她不就行了？"李刚说着把手一伸："拿来吧！"郭洋不知道他要什么，李刚坏笑："封口费呀！"郭洋拨开李刚的手："两年不见，还这么没正形。你怎么来北京了？"

"投奔你来了，别告诉我姐啊，我最怕她那唠叨劲儿，跟老妈有一拼！"李刚看看郭洋的食物，直吞口水，"姐夫，你还是先请我吃顿饭，给我接接风吧。"

李刚坐在郭林家常菜的大厅里狼吞虎咽，抢着腮帮子吃菜吃饭，"咕嘟咕嘟"喝汤。郭洋看着他叹气，好歹一个小老板，怎么弄得这么狼狈？李刚说做生意赔了，常在河边站，哪有不湿鞋的？这回赔了下次再赚！三十年河东三十年河西，我很快就会重整旗鼓，东山再起！不过需要姐夫大力支持，先借点儿生活费，等安顿好，赚了钱马上还！

郭洋都不知道自己的饭碗在哪儿呢，让他回家找姐姐要钱。李刚说我这样怎么见我姐呀？她管我管得比妈还严，肯定得气个半死啊！我是专程来投奔你的，你要不管我，我可走投无路了。谁叫咱俩感情铁呢？我今儿赖上你了。郭洋心一软，拿出钱包找钱，问李刚要瞒姐姐到什么时候啊？李刚神秘地说，详细计划暂时不便透露，等把事情都落实，立刻回家负荆请罪，说着，飞快地把郭洋的钱抓到手，赌咒发誓说借钱这事儿更得替他保密，姐夫你是大丈夫，告诉我姐你可不地道啊！郭洋发愁，不告诉你姐，我回家怎么报账啊？这钱算谁花的？

李刚半捧半威胁，我知道姐夫能挣会花，这点儿钱对你是九牛一毛。再说，花钱买平安，想让我替你顶着失业的雷，不出点儿血哪行？

郭洋抬手要打，李刚慌忙逃窜。

许小宁把兰心送进机场安检口，夫妻俩挥手告别。目送兰心走远，他突然有点不放心，兰心虽然在家里颐指气使，长年压迫他，可这会儿把她一个人放到茫茫人海中，他还是感到不安。他快快地转身往回走，出了国际出发大厅的门，看一眼广袤的天空，顿时浑身轻松，想大声喊叫，想伸个懒腰，想打个响亮的口哨。总之，有一种解脱之感。兰心不在，他要好好调整调整自己的生活，要好好放松放松。他把两手往裤袋一揣，迈着悠闲的步子，哼着小曲往停车场走去。不远处，来接女儿的老常正与许小宁擦肩而过。

陈梦慌慌张张在家打扫房间，整理床铺，把一大堆脏被单、脏衣服抱进卫生间。刚结婚，马上就得给人当后妈，一想到这儿心里就堵得不行。她站在镜子前试衣服，哪件都不满意，又到衣柜乱翻一气。最后索性把衣服扔到一边，坐下来，抓过一只苹果大吃。刚啃了一口，又心绪烦乱地扔到一边。

陈梦坐在梳妆台前，拿起一瓶精油，往太阳穴点了点，揉几下，吐出一口长气。手机响了，莉莉在电话里问她干吗呢？结了婚就不要朋友啦？陈梦无聊地伸个懒腰，还能干吗？当家庭主妇，打扫卫生，侍候老公呗。莉莉说外地有个大型服装秀，问她想不想出去透透气？陈梦正知道怎么躲避小小，毫不犹豫一口答应。她给老常写了个字条，从衣柜拣几件衣服塞进箱子。

许小宁从机场回来，一进院子就看见陈梦拎着行李出来。老婆不在，许小宁胆子大了，自告奋勇要送陈梦，把行李箱放到车上，才想起问她去哪儿？

陈梦说小小马上要到家了，还没想好怎么面对她，想出去避避，到朋友家呆两天。许小宁吃惊，你这是离家出走啊！老常知道么？陈梦说她真的需要时间适应。许小宁怜香惜玉，同情陈梦嫁个二婚男人不容易，光当后妈这一项就够适应一阵子的。出去避避也好，想通了再回来。一路上，陈梦拜托许小宁随时观察老常的反应，给她通风报信，其实她也有点担心他。许小宁十分仗义，满口应承。

　　首都机场国际到达厅内，接机的人从早到晚摩肩接踵。老常的笑脸夹杂在人群中，目光到处搜寻。旅客们陆续走出空港。一个戴大墨镜的女孩儿突然出现，笑着朝老常张开双臂。老常有点意外，不确定地上下打量她："你，你，你是……小小？"小小摘下墨镜，埋怨老爸："瞅瞅您这婚结的？怎么连亲生女儿都不认识了？太让人失望了！"

　　老常又惊又喜："这能怪我么？你那兔子牙和蒜头鼻子怎么都不见了呀？哎哟喂，我闺女这么漂亮啦！是不是整容了？"

　　常小小得意洋洋："还用得着整容？女大十八变嘛！"她打量着老爸，"瞧您这模样儿，头发少多了！怎么有人看上您的？听说还是个漂亮的小模特儿？"

　　老常拉着行李车头前先走："这有啥稀奇？现如今流行审美新标准，找女人首选身材，挑男人得看家财！"

　　小小连忙跟上："哟！那么说我落伍了，这次回来还得跟老爸从头学起呀？"

　　"那是啊，你老爸我现在虽然不算时尚潮人吧，也是与时俱进哪！"

　　"我妈说了，你这人特别喜欢赶个时髦什么的，人老心不老。"

　　"有你这么说老爸的么？美国佬儿怎么把孩子教育得没大没小啊？"

　　小小又问老爸给新娘买的什么礼物？老常得意地说钻戒。小小不信，真的吗？几克拉？老常假意轻描淡写，你老爸在这方面一向比较低调，三克拉。小小怀疑，不是玻璃的吧？我妈说了，您在哄骗女人方面也特别天才！

　　老常驾车上了机场高速，父女俩还在一路斗嘴，小小调皮捣蛋，老常慈祥幽默，透着浓烈的亲情味道。老常笑说，你妈那人我太知道了，嘴损！谁落她嘴里都没好儿，有几个死几个，来一个兵团都得全军覆没！

　　小小哈哈大笑，夸老常形容得准确、犀利、深刻。不过您这张嘴也是让人有去无回呀！老常说我这是叫你妈生给传染了！不过你妈的确是个聪明女人，问题是女人太聪明，就会处处自以为是，不把男人放眼里，男人就要遭殃！小小坏笑着打量老爸，别说，您还真有点儿返老还童迹象，是被小模特儿给传染的么？老常笑了，那是啊！你看我现在，身体倍儿棒，吃嘛嘛香！

　　父女俩到家，老常以为陈梦会马上迎出来，却没动静。小小进门，四处看看，老爸，你那小美人儿呢？老常估计陈梦买东西去了，不管她，咱们先歇会儿再说。话音没落，茶几上的纸条映入眼帘。老常一看是陈梦的字迹："我走了，不用找我。"小小凑过来瞄了一眼，全明白了，陈梦这是离家出走了。

　　厨房里煮着饭，郭洋和小洋在看电视，手机响了。李梅从厨房出来，听到郭洋叫了一声"张瑾"，耳朵立刻敏感地竖起来。张瑾问郭洋怎么辞职了？郭洋不想让李梅知道自己辞职，就下意识躲避，起身进了阳台。李梅顿时满腹疑团地盯住他的背影，干吗那么紧张啊？

　　郭洋站在阳台打电话。张瑾听说郭洋为她那个项目得罪了老板辞职的，有些不安，觉得自己连累了他。郭洋悄声安慰她别多心。张瑾问他现在打算怎么办？郭洋说暂时还没想好，走一步看一步吧。张瑾说她有个想法也许能帮他，不知道他有没有兴趣。郭洋听到李梅的脚步声过来，连忙搪塞，现在不太方便，改天再谈吧。他不等对方回答就匆匆收起手机，李梅已经出现在身后：怎么鬼鬼祟祟的？谁的电话？一客户。客户的电话干吗躲着我？郭洋理直气壮，我没躲你！老盯着我干吗？李梅不信，没躲我，怎么知道我在盯着你？郭洋觉得特别无聊，不就打个电话么？什么大不了的？……是没什么大不了的，我就是不明白，你没事干吗这么紧张啊？事情根本不是你想像的那样！李梅紧盯着他，哪样啊？说具体点儿。

　　郭洋急了，反正我心里没鬼，你爱咋想咋想吧。简直莫名其妙！说完生气地进了客厅。李梅追出去，你说什么呢？你给我站住！郭洋一屁股坐在沙发上，我干吗站着呀？我坐着也是这句话：莫名其妙。李梅跟过来，有你这么说话的么？你才莫名其妙呢！我关心关心你，怎么就捅马蜂窝了？至于反应这么激烈么？

　　郭洋想息事宁人，算了，不跟你多说了，一说又得吵。李梅更加不满，我有那么不讲理么？你倒说出个子午卯酉来让我听听啊！你不敢说就是有鬼。

　　郭洋忍着委屈，拉过李梅坐在身边，苦口婆心，不是跟你说了么？就一客户，总共说了两句话，我还得全盘汇报，——跟你交代清楚啊？那好，只要你不嫌烦，只要你不觉得这么做有损你的形象，我现在就开始坦白交待，行了吧？李梅也生气了，连珠炮一般越说越快，我没那么要求你！你说是客户，我问问有什么不行的？又不涉及你隐私。再说了，我是你老婆，你的一切都跟我有关，而且还关系重大！我关心一下怎么就不行啊？你干吗急成这样啊？

　　郭洋张口结舌，指着李梅说不出话来，索性头一扭什么都不说了。李梅觉得气氛不对了，有点后悔自己刚才的态度，于是没话找话，想逗郭洋开口，我看咱那《协议书》八成是聋子耳朵摆设了，你对我越来越没耐心。郭洋说，《协议书》也没规定打个电话还得跟老婆请示汇报啊？李梅说，那我得申请再加上一条"夫妻双方不许互相背着打电话……"郭洋一听认真了，李梅你有意思没意思啊？李梅说，凡是对家庭稳定有利的就有意思，凡是对保卫婚姻有害的就没意思。郭洋无奈，行行行！你加吧，我没意见。李梅说，你要是不情愿，我加上也是白加，执行起来也得打折扣，你得先提高认识端正态度……

郭洋气得起身要走，李梅不依，又想扔下我，自己出去快活呀？不行，我得跟着你……郭洋耐着性子，梅子同学！我弱弱地提醒一句，协议规定夫妻双方要给对方留有足够的个人空间，我已经给你空间了，请你给我也留点儿自由空间，行吗？李梅想撒娇，行，你自由去吧，不过协议规定出门前得吻别，你还没吻我呢。郭洋说你都把我折磨成这样了，还要索吻？想什么呢？说完转身就走。

李梅一把拉住他，你不遵守协议是你的问题，我可不能破坏家庭秩序，我主动吻你，这总行了吧？说着，在郭洋脸上啄了一下。郭洋刚要走，李梅又一把拉住他，嗳，你不是出去偷偷打神秘电话吧？郭洋一听，转身往沙发上一坐，掏出手机"啪"地一下拍在茶几上，我现在每天都盯着前方的目标，你倒好，整天就盯着我的后脑勺！我就纳闷儿了，这夫妻吃的是一锅饭，睡的是一张床，思想觉悟和人生境界差距怎么就这么大呢？

李梅吧嗒一下变了脸，你不就说我是家庭妇女的觉悟和境界吗？我就是一燕雀，你是鸿鹄。行了吧？郭洋说，你终于自己承认啦？李梅恼了，好！你境界高，我配不上你，我自动消失，你高兴了吧？说着，拿起外衣，摔门而去。

郭洋没想到她来这么一手，不由愣了，唉，失言了失言了！转念又一想，不就夫妻拌几句嘴么？气头上的话能当真么？跟我来这个！我还不信她不回来了？

小洋闻声跑出来四处看看，问郭洋，妈妈怎么不见了？郭洋往沙发上一仰，没好气地说，你妈妈出去换新鲜空气去啦！

李梅刚出家门就后悔了。她犹豫着往电梯门口走，一步三回头，不甘心地看着家门，内心期盼着郭洋能及时追出来挽留自己。可惜没有一丝动静。她沮丧地站在电梯门口，不知该走还是该留。电梯门突然打开，里面两个邻居都盯着她看，她只好硬着头皮走进电梯。电梯门慢慢合上，她还透过门缝紧盯着自家房门。

李梅在小区院子踽踽独行，一肚子委屈，满眼是泪。她都忘了刚才气头上是怎么把郭洋给惹炸的？瞒着我鬼鬼祟祟，他凭什么炸呀？自己冲动出走，这会儿他倒自由了，痛痛快快随便给谁打电话！我这是何苦？是该学学管理自己的情绪了！情急之下说了过激话，就像木头上钉钉子，以后拔了都会留下孔……

小洋坐在沙发上大哭，埋怨郭洋把妈妈气跑了，让他赶快给找回来。郭洋认为李梅一时生气，要不了多久就得回来。他抱起儿子走上阳台，让他瞧，妈妈就在下面。楼下人影稀疏，根本看不清哪个是李梅。小洋勒令爸爸打电话叫妈妈回来，郭洋只好答应，转身闻到一股糊味儿，饭锅冒烟了。

李梅在楼下转圈子，心里憋得不行，她得找个人诉诉苦。拿出手机打给杨丹，问她忙什么呢？杨丹说你别管我忙什么，想过来随时可以来。李梅收起电话走出小区，拦了一辆出租车。

李梅刚走，郭洋下楼来了，他转了转，不见李梅踪影，只好拿出手机拨电话。李梅坐在出租车上，看到是郭洋的电话，赌气不接，再响，干脆关机。

老常给陈梦原来的同学娜娜、莉莉都打了电话，人家都说没见到陈梦。老常看看天色已晚，直愣神儿。小小打趣他，老爸，没想到传说中的离家出走，居然在咱们家上演了！我看陈梦这是在躲我呢。老常掩饰，没有没有，她不是躲你。

小小说您别替她打掩护了。其实我挺理解陈梦的，人家那么年轻，刚结婚，就凭空蹦出这么大个闺女让人当后妈，多难为呀！我看她离家出走也是情有可原，真的。老爸，你得给她点儿时间，让她慢慢接受这个残酷的现实。

老常感动得差点儿掉泪，真不愧是我闺女，善解人意呀！的确，在这件事上，我对陈梦是有点粗心！以后你常提醒着老爸点儿。小小问老爸很爱陈梦吧？老常不好意思，都多大岁数了？还能像你们小青年，成天把"爱"挂嘴上？小小故意仔细打量老爸，说实话，您不老，看这脸上——没多少皱纹儿，荷尔蒙水平不低。

老常哭笑不得，这孩子！你已经回来了，就得好好学学中国文化，先从说话学起，以后别没大没小的。小小嬉皮笑脸对付他，我不，中国人说话拐弯抹角，急人！我喜欢直来直去。依我看你们俩这情况吧，你往后的日子可能比较累，还可能比较惨……更有甚者，你们的爱情啊，可能会死得比较难看。

老常不满，你这孩子怎么得寸进尺，胡说个没完哪？婚都结了，还什么爱情不爱情的？结婚不就是为过日子么？小小说，您不明白我的意思。虽然陈梦我还没见着，不过根据您刚才对她的一系列描述，我判断她这人还是不错滴！漂亮，善良，温顺，反正优点不少！不过人家才二十多岁，正当花样年华，跟我几乎同代人。这个年龄段的女人想的什么您知道么？她们的价值观是什么呀？理想追求又是什么呀？您了解么？老常愣了，眼睛直直地看着女儿。小小得意，还是我告诉您吧！老常心不在焉地打断她，你快歇着吧！我了解陈梦，对她还是挺放心的。

小小坏笑，得了吧。我今儿跟您打个赌！打算输什么呀？说好了，到时候不许反悔！老常啼笑皆非，小姑奶奶，闭上你那乌鸦嘴吧！我刚结婚，你就咒我是不是？小小说，我这就是善意的提醒，您要不信，就算我没说。

老常心烦意乱，唉声叹气。小小看看老爸这情绪，不指望他给做饭洗尘了，干脆一挽袖子，要亲手下厨给自己接风。老常这才想起女儿进家还没吃饭，连忙扎围裙下厨。门铃忽然响了，老常以为是陈梦，飞快窜过去开门。

05　女人看爱情是浪漫，男人看爱情是实用

许小宁举着个大果篮站在常家门口，声称特来欢迎小小回国，其实是替陈梦打探老常的动静。小小欢天喜地接过果篮，许小宁故意问，陈梦不在家？小小脱口而出，离家出走了……老常连忙掩饰：不是离家出走，就跟朋友出去玩玩，明天就回来。许小宁说好啊，等陈梦回来替我向她问个好！一转身偷着笑个不停。

小洋又饿又伤心，哭闹着要妈妈。郭洋手忙脚乱扎上围裙，要给儿子做"苏格兰打卤面"。门铃"叮咚"一声，小洋撒腿就往门口跑，喊着"妈妈"打开门，许小宁眉开眼笑走进来，冲郭洋直乐，嘿嘿！老常太逗了，陈梦离家出走，他还跟我装没事儿呢……许小宁注意到郭洋的打扮，你下厨？李梅不在家？

小洋告状，爸爸把妈妈气走了！许小宁特别意外，呦！李梅也离家出走了？郭洋连忙否认，不是不是……许小宁顿时笑得捂着肚子蹲在地上了，你这话怎么跟老常一样一样滴？我看你们要掩盖的不是老婆出走，是丈夫的失败吧？

郭洋被揭短恼羞成怒，你到底有事儿没事儿？怎么跟娘们儿似的到处管别人家闲事啊？许小宁正色道，我这不是闲的吗？兰心出差，我突然解放了不太适应，所以得把有限的精力投入到无限的为人民服务之中啊！我是替你们分忧。

走走走！郭洋往外推他，许小宁赖着不走，嫌郭洋笨手笨脚，要帮他做饭，咱俩谁跟谁呀？别客气……话没说完，就被郭洋推出门去。许小宁有点儿失落，这年头像我这么热情的人哪儿找去？怎么狗咬吕洞宾不识好人心啊你？

杨丹听李梅诉完苦，一针见血：知道问题出在哪儿吗？就是你对郭洋注意力太集中，太把他当回事儿了！男人都这德性，你不关注他不行，说你没尽到妻子本分，你太关注他也不行，说你整天盯着他，喘不过气！李梅深有同感，没错儿！他说他整天盯着前方目标，我整天盯着他，就一家庭妇女境界。我要真不用上班，在家养尊处优当太太，也不算辱没家庭妇女的光荣称号，现在家里家外哪头也不闲着，说我家庭妇女纯属背黑锅。

杨丹以前觉得李梅就是贤妻良母的典范，为家庭牺牲奉献都心甘情愿、自得其乐，现在发现她其实挺拧巴的。李梅，你得想清楚，自己到底想要什么样的生活？

想好了就得行动！人生苦短，别把自己拧巴死了，还没人给追认烈士。李梅没精打采地说，我这人是现实主义者，不做那些实现不了的梦。杨丹说，有梦才有未来！你想得到就得努力争取，坐等天上掉馅儿饼，哪辈子才能过上理想的生活呀？你就甘心这么混下去了？

人活一世不容易，李梅当然不甘心碌碌无为。她无奈地叹了一声，古人都说了，鱼和熊掌不能兼得，我身为一个奉献型女人，注定了不可能太贪。杨丹讽刺她，奉献型好啊，现在缺的就是你这种女人！可你也不能太把老公当盘菜了，你太在乎他就会用情过度，他太甜太腻就有逆反心理；你太在乎他还会用力过度，抓得太紧了，你自己的吃相也会惨不忍睹。李梅惊叫一声，啊？我有那么不堪么？杨丹反问，那你现在这是怎么回事儿啊？不是已经露出惨相了么？

李梅哑了。

"没听说么？男人都是野生动物，得漫山遍野放着养。如果有一天他觉得不自由，就会想方设法挣断你手上的绳索，星夜逃脱。那时候你可哭都来不及了，明白？"杨丹盯着李梅，生怕她没听清严重后果。

"唉！不想受老婆的束缚，当初干吗那么起劲地张罗结婚啊？这些男人，真弄不懂他们！"

"据最新科学考证，男人结婚纯属生物本能，完全是受欲望和利益驱使，说通俗点儿就是想找个合法性伙伴，解决生理需求，顺便繁衍后代。"

李梅反感她的赤裸裸："杨丹你别再打击我了！照你这么说，为爱结婚，就是一个天大的谎言和骗局呗？爱情根本就不是结婚的唯一理由和动力呗？"

杨丹一笑："基本就是这个意思。这观点可不是我发明的啊，是有科学依据的。咱们现在都需要更新知识，好好研究研究两性奥秘。当然了，爱情还是存在滴，只不过男女对爱情的理解不同，在女人眼里是浪漫，在男人眼里是实用。"

"难怪结了婚，男人会变得那么恶俗，那么令人失望。"

杨丹哭笑不得："大小姐，你这腔调怎么像那帮自命不凡的剩女呀？都结婚这么多年了，还能说出如此天真幼稚的话，郭洋娶了你是够累的。"

"他还累？我才委屈呢！"

"我建议你适当把注意力从郭洋身上转移一部分，放在经营自己的生活上，让自个儿活得轻松自在点儿，从容不迫点儿，优雅漂亮点儿。同时呢，也给老公松松绑、减减压，还人家一个自由身，这对你对他都比较人性化。明白？"

李梅挑剔地打量杨丹："你在夫妻相处之道上挺明白、挺有见识的呀，怎么到头来还跟老袁离了呢？人真是个挺奇怪的动物，人人都是解剖别人的高手，轮到自个儿，就自己的刀削不了自己的把儿了。"

杨丹顺着自己的思路："李梅，我认真地提醒你啊！女人只有在事业上有所追求，精神上才能愉快充实，才不会成天胡思乱想，给自己制造假想敌。再说，你要是一忙，经常不在家，就该轮到郭洋紧张了，到那时候他就知道珍惜了。"

杨丹这番话结结实实地触动了李梅："拿酒来！我得好好想想。"

两个女人各怀心事，默默对饮，李梅很快就歪倒在沙发上了。杨丹看看表，已经十点多了，问李梅回不回家了？李梅蜷缩着不答。杨丹看穿了她的意图：我这儿你可以随便住，但今晚你们俩这种状况，我不建议你留宿。真不想回去，至少得给郭洋打个电话，让他放心。李梅赌气，哼，他才不惦记我呢！我头疼，先躺会儿再说……李梅躺着躺着，不知不觉睡了过去。

餐桌上摆着郭洋做的面条，任凭他怎么哄怎么骗，小洋的小脑袋瓜摇成了拨浪鼓，就是不吃。多亏许小宁叫乐乐送来一盒台湾卤肉饭，才救了他的驾。

郭洋吃着面条，看看儿子香喷喷的吃相，不服气地问他，许叔叔做的饭就那么好吃？小洋撮了一勺肉送到他嘴边，郭洋闻了闻，推开。小洋继续大吃。郭洋看着他，觉得面条味道不足，往碗里撒胡椒面，又撒盐。小洋放下勺子，拍拍肚皮，好像故意气他，"真香啊，撑死我了！"郭洋目送儿子走开，有气没处撒，拿过剩下的肉汤泡在面条里，津津有味地大吃起来。

晚饭总算对付过去，哄儿子睡觉又是一关。小洋一脸郁闷地躺在床上，习惯性地等妈妈给读童话，郭洋拿了一本《阿里巴巴和四十大盗》没精打采地读起来：很久以前，在波斯国的一个城市住着兄弟俩，哥哥叫戈西姆，弟弟叫阿里巴巴……

他停下来看看儿子的反应，小洋赌气用被单蒙住脸。他硬着头皮继续读，过了一会儿，发现孩子一动不动，轻轻揭开被单，小洋已经睡着。

郭洋大赦一般匆忙收起书本，心神不宁地看看表，又给李梅打电话。刚拿起手机，杨丹的短信来了："李梅今晚睡我这，放心。"

郭洋落寞失望地上了床。他想不明白，一贯温顺体贴的李梅怎么可以如此轻率就离家出走、夜不归宿呢？难道她一点儿不担心他和小洋？一点儿不在乎他是不是惦记她？一点儿不考虑这件事对他的刺激、对婚姻的伤害？看来，李梅已经不是当年的李梅，自从杨丹离婚，她就开始变了。

郭洋想累了，不知道什么时候睡过去，醒来天已大亮。刚想再懒几分钟床，突然意识到李梅不在家，连忙一个鲤鱼打挺，窜出去叫小洋起床，父子俩对付了一口酸奶和面包就匆匆出了家门。

许小宁牵着乐乐一踏进电梯，就明察秋毫，伸长脖子给郭洋"相面"，哟，脸色不对！李梅昨晚肯定没回来。郭洋把头扭到一边不理他，许小宁绕着圈儿研究郭洋的脸，哎哟，印堂晦暗，双颊泛青，眉间皱纹明显加深啊……郭洋烦躁地推开他，去去！又装什么大师？许小宁故意气他，怎么样？别看你平时神气，专门在我面前装铁杆儿男子汉，可是没老婆的日子一宿都凑合不了吧？

许小宁的话句句捅到郭洋的软肋，他浑身不自在，当着孩子的面有火发不出。电梯门刚开，他就拎着小洋夺门而走，一路狂奔，总算把许小宁甩在后头。

郭洋的车刚到幼儿园门口，许小宁的车也停下了。听着许小宁和乐乐父女俩告别说的那些肉麻话，看着小洋头也不回地跟着乐乐走进教室，他严重失落。许小宁过来打量郭洋，有点儿奇怪，嗳，你怎么不急着上班去呀？

郭洋的痛处又被狠狠捅了一下，扭头就走。许小宁紧追着问，李梅为什么离家出走？使小性子了吧？郭洋不回答。许小宁安慰中带着调侃，女人天生都是林黛玉，只不过犯小性子的频率不一样！李梅终于犯病啦？罢工了吧？

郭洋总觉得许小宁这十二分热情关心的背后，至少藏着八分幸灾乐祸，气得甩手上车，扬长而去。上了街道，还觉得没甩掉尾巴，看看后视镜，什么都没发现。进了超市，不自觉地回头探看，似乎有人跟着，又找不到鬼影。

他在货架之间茫然地转了一圈儿，什么都没买。回到公寓，走出电梯，往旁边一闪，贴墙躲在角落里。没一会儿，电梯门开了，许小宁的脑袋伸出来左看看、右看看，正跟郭洋对上眼儿，他嬉皮笑脸走出来，你真没去上班呀？

郭洋一把揪住许小宁，你是家庭煮夫还是克格勃呀？我看你闲出毛病来了。许小宁一点不掩饰，我这不是巴不得有个伴儿陪我说说话么？再这么下去非大脑痴呆不可！走走走，上你们家坐会儿，我盼这天可有日子了！

许小宁不由分说随郭洋进了家门，进门就反客为主，手脚不停地拿块抹布东擦西抹，然后杂物归位，完全把郭家当自家。一边收拾还一边啧啧作叹，家里没个操心的人管内务真是不行啊，李梅才一晚上不在，家里就乱成这样了，我不帮你收拾收拾看着闹心！郭洋咧嘴看着眼前这个男人，完全就是一个人类变种，不由生出怜悯之心。

许小宁手不停、嘴也没闲着，问郭洋是不是失业了？现在这金融形势，裁员是家常便饭，丢了饭碗不算丢人！这话伤了郭洋的自尊，他没好气地纠正，我不是失业，是辞职，辞职！明白？就是本帅心里不爽，不侍候了！

听郭洋说了辞职原委，许小宁愣了愣神儿："哦，我以为你功高盖主，叫人发配了呢。虽说辞职这事儿关系到一个家庭的生存大计，性质比较严重，但我还是为你喝彩，士可杀不可辱，那种乌龟王八蛋鸟人咱是不能侍候他！不过，你真不打算把这事儿告诉李梅？"

"男人负责打猎，女人负责垒窝，打天下的任务就得男人担着，不能给老婆增加精神负担。再说，这事李梅知道了肯定有压力，还得跟我操心，没准还会导致焦虑，还是可着我一人吧。再说，我就不信自己这样的人才还能找不到工作。"

"得了吧，打肿脸充胖子，硬装临危不乱的大将风度。我看你现在是雪上加霜，心里早乱阵脚了。要不要我帮你求个情，请李梅原谅你一下呀？"

"她原谅我？我原不原谅她还不一定呢！"

"男子汉大丈夫姿态高点儿，好好跟她谈谈。"

"怎么谈？电话都打不通。昨晚不开机，今天不接听。"

"去单位找她呀！赶紧解释清楚，省得你神出鬼没的，误会越来越深。"

"我就是怕她听见张瑾在电话里说辞职的事，才不解释，我怕越描越黑，反而更麻烦……"

"不解释不就越弄越僵吗？这事儿怪你。你应该设身处地为李梅想想，你当老婆面接电话还躲躲闪闪，吞吞吐吐，她能不多心猜么？赶紧放下架子哄她回来，主动认个错，什么误会都烟消云散了。"

郭洋较真："我要真错了绝对道歉，可现在我没错，认什么错儿啊？"

"你这是一根筋！她不回家、你也不哄，弄不好误会也成真的了。其实不管遭遇什么挫折变故，女人都往往比男人有韧劲儿。再说一个家，夫妻俩就应该坦诚相对，共同面对一切问题，像你这样藏着掖着都想自己扛，反而容易造成不必要的误会，何苦呢？吃力不讨好！能不引发老婆离家出走的重大事故吗？"

"大丈夫就得为老婆遮风挡雨，什么事都往女人身上推还是个男人么？唉，没办法，咱俩对问题的理解认识不在一个水平线上，一个天上、一个地下。"

"好心帮你打开心结，还借机贬低我，伤我自尊，我看你就是一极端大男子主义，冷血动物。你就固执吧，李梅要是硬挺着不回来，我看你怎么收场？"

"甭管她，她肯定惦记小洋，家里放心不下的事多了，不怕她不回来！"

"见过轴的没见过你这么轴的。事情都有前因后果，你把人气跑了，还不主动负荆请罪，想等女人先认错，凭什么呀？我要是李梅，坚决不回来……"

"你要是我老婆，早把你踢到爪哇国去了。"

"古人云，识时务者为俊杰，退一步海阔天空，该低头时就低头，这不影响大丈夫形象！"

"嗳，叫你'大师'真不冤枉，你这么有思想，不当大师瞎材料了。"

"哼，这年头谁有点儿狗屁理论都想争当大师，大师已经贬值了。"

"我看你比那些自封的大师强多了。赶紧走吧，大师！我还得找工作去呢。"郭洋推着脊背把许小宁送出了家门。

郭洋到报亭买了厚厚一摞报刊，坐在车上翻看招聘栏。按上面的号码打电话问了一家又一家，那些招聘设计师的单位都说广告刚发出去就已经人满为患了。郭洋不断打电话，不断失望，最后不耐烦地把报刊扔到一边，发动汽车要走。

这时候电话来了，张瑾约他见面谈谈。

两人在咖啡厅见面，张瑾满面愁容地诉苦，她现在特别为难，单看郭洋的设计简直无可挑剔，真是个特别优秀的方案，可是考虑再三还是没签约，不仅因为价格谈不拢，也担心没有郭洋具体操作这事儿，到最后可能会弄出一个面目皆非的东西来。她的下半生和孩子的未来都押在这个项目上了，输不起呀！她不信任接替郭洋的老余，所以还得向郭洋求助。因为确实是真喜欢郭洋的设计理念，甚至连细节都特别中意，所以才希望抛开郭洋的公司和他私下交易，没想到他对企业那么忠诚，也就不好意思再提这事了。现在郭洋已经辞职了，也有时间精力了，希望能帮她重搞一套设计方案，她一定会出个合理的价格。

郭洋犹豫，刚辞职马上就帮你，恰好证明了我跟公司瞒天过海，等于打自己耳光，这不太好。张瑾无奈地看着他，欲言又止。郭洋干脆直接说出她要说的话，我这人确实有点儿迂腐。张瑾笑了，你不是迂腐，你是自欺欺人。忠诚也得看对谁，就你那老板不配你这么忠诚，回头人家把项目没签成的损失都算在你头上了吧？郭洋宽容一笑，这种人毕竟是少数，不影响我做人的原则。再说，我现在刚辞职，也要适当调整调整，不想马上工作……

张瑾露出失望的神色。郭洋歉疚地劝她，你还是再物色一个合适的公司，现在高水平的设计师多的是，肯定会找到一个比我更理想的。张瑾说，我试着找找看，在我找到满意的公司和设计师之前，随时等你改变主意。

回家的路上，郭洋心里有点纠结。张瑾失望的神情在眼前晃动，她一定觉得我是个冷血另类，没办法，这年头坚守原则的人正在呈几何级递减，自己再不坚持一下，这个世界岂不没希望了？

幼儿园门口，两个接孩子的男人又撞个正着。郭洋用嫌弃的眼神看着许小宁。

许小宁神秘一笑，乐呵呵地问郭洋，李梅不在，晚饭打算怎么吃啊？郭洋把头一扭，不用你管，饿不死！许小宁得意地嘿嘿直乐，今晚上你们爷俩的饭辙我已经找好了。郭洋受辱，去你的！我又不是要饭的。许小宁说，我喜欢助人为乐，兰心说了，老人、孩子和男性都可以帮助。你们爷俩正好属于可以帮助的范围。

小洋见到爸爸，第一句就问妈妈回来了吗？郭洋敷衍说，你妈走的时候什么都没带，今晚再不回来就成流浪汉了。许小宁上前领着俩孩子就走，说今晚常伯伯请咱们吃饭。郭洋不信，就老常那铁公鸡，你能拔下他的毛来？许小宁这才透露实情：陈梦托我请老常撮一顿，劝他同意老婆出去工作，顺便安慰一下他，我是带着任务上阵！待会儿先找个借口让老常请咱们，逗逗他，试试我的忽悠本事，说不定就把他忽悠得自愿拔毛了呢？

郭洋明白了，闹半天你又助人为乐呢！不过这好像超出兰心给你规定的范围了吧？留神回头我告你黑状。许小宁蛮不在乎，你没那么不厚道，不然我也不能这么爱帮你。今晚趁着老婆都不在，咱好好放松放松，仨老公加上仨孩子，饭局绝对热闹！到时候你得给我捧眼儿，不能把我一人儿晾台上啊！

饭局设在一家中档饭店。众人就坐，服务员倒茶。三个孩子已经混熟，打打闹闹，跑进跑出。许小宁跟郭洋交换眼色，把菜单往老常面前一推，老常，今儿你请啊！点菜。老常正喝茶呢，当场呛了，咳嗽不止，不是你请么？怎么赖账了？许小宁坏笑，婚礼那天你就欠着我们一顿呢！今儿给你个机会补上。老常说喜酒不都喝了么？还欠你们什么呀？许小宁早等着他呢，那你闺女回国也不请客呀？你双喜临门哪！老常转了转眼珠，那行，下回我请，今天你别想赖账。郭洋帮老常说话，是是，许小宁，你都许愿要请客了，中途变卦不好。许小宁无奈地嘟囔，闺女回来让别人请客接风，也就你老常干得出来！

桌上摆满了酒菜。众人团团围坐，许小宁致祝酒辞：今天这顿饭主要是给小小接风洗尘……老常接茬儿，已经洗了，昨晚在家做的，我亲自下的厨！许小宁说，那不算，今天是正式的。小小在美国长大，这故乡的饭菜还合你口味吧？小小一边吃一边点头，嗯！还是中餐好吃。

郭洋问小小，在国外学的什么专业呀？小小说，西洋油画。许小宁说，艺术家好啊！现在搞艺术的多吃香啊！回国来想怎么发展哪？

小小想开一间画廊，专卖自己的作品。不过还没最后决定，得看看情况再说。许小宁捅捅老常，你这老爸得全力支持啊！孩子从小父母离异，背井离乡不容易。又问小小，你爸每个月给你寄钱么？小小说这些年花的都是我妈挣的钱。老常急了，那也是我给的本儿！小小说，这不假，我妈离婚的时候分了点儿浮财。老常强调：浮财也是钱。小小为了让老爸放心，马上表态，我现在长大了，要自食其力，不会再花老爸的钱了！老常顿时动容，闺女，啥也别说了，老爸感动了……郭洋调侃老常，不管什么事儿，只要不让你掏钱，你就肯定得被感动。

许小宁总结性发言，说今晚是个特殊的夜晚，咱们三个老婆不在身边的男人干一杯吧。喝完酒，故意问老常，陈梦到底去哪儿了？老常酒还没咽完，听到这话差点儿呛着。小小在一旁接茬儿，要知道去哪儿就不叫离家出走了！

许小宁故作惊讶，啊？陈梦怎么也离家出走？老常挺意外，连忙问，还有谁也离家出走了？许小宁不怀好意地看看郭洋，嘿嘿一笑。郭洋白了许小宁一眼，及时打岔，我说老常，你到底怎么欺负人陈梦啦？老常委屈，我哪敢欺负她呀？两人开始一唱一和配合作战，对付老常。郭洋说肯定是陈梦提了什么条件，你没满足人家。许小宁也说，就是！我听陈梦说过在家呆着挺闷的，想出去工作。

老常不屑，女人在家呆着，下班回来有个人热乎乎地等着你多好啊！再说我一个人挣钱也够花了。许小宁批评他：糊涂！老婆不是小鸟，你以为关笼子里扔几粒小米就行啦？你得让人出去工作，不为赚钱，就为让她高兴，这才是大丈夫。好女人都是男人哄出来的，这方面你得向我学习！郭洋接茬儿，是是，这方面许小宁是专家，他成天没事儿，专门呆在家里悉心研究这方面的理论……

老常说，陈梦也不单是为工作出走。小小插嘴，陈梦主要是因为我回来才走的，我估计她对突然有人跟她叫"妈"有点儿恐惧。许小宁逮着战机，对准老常"点射"，那你就更应该让陈梦出去工作了。她精神充实了，回到家心情也愉快，一家人也能相处得其乐融融的。郭洋一旁火力助阵，小宁说的有理！老常啊，你别把老婆出去工作看得那么可怕，是不是还担心陈梦跟那些红男绿女混在一块儿，受影响啊？老常连忙否定，我可没那么小心眼儿。许小宁说，那就更没理由把人关家啦。老常有点松口，也许我处理得是不太妥当……其实只要陈梦回家，一切都好商量。我本来想跟她说明这层意思，可她连我电话都不接。许小宁连忙顺势要替老常打个电话给陈梦，试探一下。

他拨通了陈梦的电话，陈梦急着问，老常怎么样了？急坏了没有？许小宁不接她的话茬儿，自说自话，假装苦口婆心地劝她：陈梦啊，在外头玩得还高兴吧？是吧？还是家里舒服吧？啊？外头比家里好玩？你呀，还是回来吧，有什么要求跟老常好好商量，他那么心疼你，肯定听你的呀！说着瞟了老常一眼，只见老常一脸勉强地不停点头。许小宁不管陈梦怎么回答，照自己的计划演戏，陈梦啊，你别生气，听我说，你听我说呀……。老常急着要接电话，许小宁偷偷挂机，故意激老常，哎哟！人陈梦一听你的名儿，立马挂了！

陈梦正在秀场后台卸妆，她纳闷地看看手机，觉着奇怪，许哥这是怎么了？前言不搭后语，说到一半还挂了？

老常没跟陈梦接上头，特别沮丧，也非常理解，唉！她这是还生我气呢。许小宁趁机给老常打气，快发短信啊！女人心软，多说几句好听话，骗她回来不就得了？郭洋，你帮老常编条短信，得把陈梦说服了，还得逗乐喽！

郭洋随口就来："亲爱的我错了，理当家法侍候，请夫人专程回来亲手执法。"许小宁说，还得补充一句，"只要你回来，一切好商量。"

老常哭笑不得地拿着手机不动。小小大赞郭洋和许小宁太有才了！兴奋地夺过手机，老爸，我替你发！

晚宴散场，郭洋和许小宁带着孩子回家，一进小区，许小宁就开始坏笑，郭洋不明白他又转什么歪心眼儿。小洋眼尖，发现家里客厅亮着灯，大叫"妈妈"往家跑。许小宁推了郭洋一把，你也赶紧跟着跑吧，想老婆不丢人！

家里干净整齐，地板泛着亮光。小洋兴奋地甩掉鞋，光着脚跑进去，卧室里马上传来母子亲热的声音。郭洋如释重负地松口气，故意慢吞吞地脱外衣。看看母子俩没有出来的意思，悄悄推开门缝，窥见李梅和小洋在床上滚成一团。

没一会儿，小洋跑出来要跟爸爸商量个事儿，今晚他要跟妈妈睡一个床，让爸爸睡他的小床。儿子张一回嘴，郭洋还有什么可说的？没问题，就这么定了！

李梅在里面听到父子俩的对话，不禁失望，她让小洋先躺下，自己洗澡去了。小洋得意地躺在床上，突然想起让妈妈给讲个故事，叫了半天李梅没听见。郭洋却从门口探头进来，悄声招招手：儿子出来，爸爸给你讲故事！

小洋不理他，嫌他讲故事不好听，郭洋说我今晚给你讲个超级好听的故事，是从网上看来的！不过爸爸累了，得躺在你的小床上讲，你过来听吧……说完，缩回头，关门离去。小洋被吊起胃口，犹豫了一下，终于下床跑出门去。

李梅洗完澡，发现卧室床上空的。到小洋卧室看看，儿子已经睡熟，郭洋躺着看天花板。看见李梅进来，他连忙爬起来讨好地解释，儿子要听我讲故事，我一个故事就给讲睡着了。李梅冷冷淡淡，说明你的故事太难听，只有催眠作用。下去下去，我跟小洋一起睡。郭洋耍赖，不是罚我睡小床么？再说你不在家，我跟儿子已经相依为命，不搂着他睡不着。李梅忍俊不禁，睡了一晚上就相依为命了？那你跟他睡吧。说完转身就走，郭洋慌忙追赶。

郭洋跟着李梅进了主卧室，李梅返身就扎进他怀里，湿乎乎、甜津津的一股清新气息扑面而来。老公我错了！昨天不该那么小心眼儿……郭洋心里顿时舒坦无比，哦，承认自己小心眼儿了？我也不好，昨天脾气太急，应该好好跟你解释。李梅客气，你没错，不用解释。郭洋更客气，还是应该解释一下！真不用解释，我知道我误会你了。郭洋搂着李梅亲了一口，咦？今儿怎么突然举案齐眉了？客套得有点儿过呀，太舒坦了，舒坦得不太对劲。李梅白他一眼，有什么不对劲的？烧包儿！郭洋笑，你认错太痛快，态度忒好了，显得不太真实。李梅推开他，我一向有错就认，从来不护自己的短。……啊？我怎么不记得你以前认过错啊？哼，那是我以前没犯过错。看看，看看！这才是你一贯耍赖的本色。

李梅不耐烦了，哎呀，反正这次就是我错了，我夜不归宿跟你从前经常晚归扯平了，以后咱俩都好好的，不闹了。郭洋觉得不对头，以前解决矛盾没这么痛快过，没哄没劝，她这气是怎么消的呢？他拍了拍脑门儿，忽然明白了，肯定是许小宁找过你！跟你说什么了？你都知道了？是！许小宁把什么都告诉我了，你就不该瞒我，夫妻夫妻，就得互相扶持嘛！以后咱家所有事情都要让我跟你一起分担，千万别装大个儿，什么都自己闷头扛着……嘿嘿，我不是怕你知道了生气嘛……你辞职辞得有道理，我生什么气呀？再说，我也不担心你这么有才华会找不到好工作，你就权当给自己先放个小假，好好休息一段时间，多陪陪儿子，多温暖温暖老婆，巴不得的好事儿啊。

郭洋心痒痒的拥抱李梅，老婆，你要是总能这么善解人意、总能设身处地为别人着想就太好了……那有什么难？只要你能做到，我就能做到。行，一言为定，咱俩都尽量努力。李梅话锋一转，不过，通过这事儿我发现自己在你心里的地位已经大大下降。此话怎讲？我昨晚生气出门的时候，你根本不理不睬，更不追！你都生气不理我了，我再追，那不是自讨没趣么？那也得追呀！你要是当时追出去，没准儿我心一软就不走了。

"对于动不动就使小性子的女人，男人一般都不惯着她。等于害她呀！"

"去你的！你得跟许小宁好好学学《哄老婆全攻略》，适当掌握点儿技巧，知道什么时候该吹，什么时候该拍，什么时候该哄，多跟老婆让让步，换得老婆加倍疼爱，你不吃亏。"

"唉，现在的女人，给老公出难题越来越刁钻……啊，这个，越来越尖端了。我真害怕有一天交白卷被你踢出局呀……"

李梅得意地笑作一团，"有这个可能。建议你多加小心，严格自律，老老实实按协议办事。"郭洋假意要搔李梅的痒痒，两人笑着打闹，误会烟消云散。

一夜好梦。李梅醒来，翻身摸摸郭洋，床上空了。

李梅从卧室出来，看到了一桌早点，郭洋正给小洋洗脸呢。她有点不敢相信自己的眼睛，老公，我不是在做美梦吧？老婆，你这是表扬我，还是批评我呀？

结婚这么多年，李梅还是头回尝到这种被人宠得浑身痒痒的滋味儿，又受用，又不适应。小洋问爸爸，以后天天都在家给我洗脸、穿衣服、做早餐么？郭洋愣住，想得美！你要让老爸永远失业呀？那是不可能滴。李梅坏笑，没什么不可能滴，只要咱们家能像今天这么温馨和美，你就是永远失业也值啊！对吧老公？郭洋假意吐了一通，呸呸呸！别乌鸦嘴啊，抓紧时间赶快吃饭，一会儿我送你们。

谁都没意识到，小洋一句话竟成了谶语，郭洋的命运从此会发生重大转折。

郭洋亲自当车夫把老婆孩子送走，匆匆回来，狂按许家门铃。他又恨又气地掐住开门的许小宁脖子，把他按在墙上："谁叫你告诉李梅我辞职的？你怎么那么八呀？"

许小宁挣扎着推开他："李梅怎么能出卖盟友呢？我可是一颗火热的心啊！"

"是够火热的，光烧自家还不满足，还要隔墙把火蔓延到别人家。"

"我也是为你好，误会解除了，还没伤大男子主义尊严，不求你跪地谢恩，可也不能以怨报德、暴力回敬啊！"

郭洋这才松开了手，不情愿地崩出俩字："谢了。"

许小宁乐了："你还知道好歹！打今儿起咱俩一个阵营了，走吧，买菜去。"

郭洋强调："我是暂时的，你是长期的，我是业余的，你是专业的。"

"行行行，都一块儿煮夫了，就别窝里讧了。"

郭洋还是抗拒："想把我变成你同党？临了还拉上一个垫背的？"

许小宁得意："你要是我同党，你们家李梅和小洋可有福了，偷着乐吧你！"

两个男人打闹着、斗着嘴进了超市。郭洋性急，随手抓起什么都往购物车里扔，许小宁却一样一样拿起来审视，要从基本常识入手，好好教他怎么选购蔬菜。

大庭广众，郭洋爱面子，压低声音，咬牙切齿地警告许小宁别那么事儿、别那么好为人师好不好？叫你声"大师"还当真了！什么菜不是吃啊？

许小宁一本正经，特别认真，这黄瓜看着挺新鲜，其实瓜蒂巴已经软了，说明水分丧失。还有这白萝卜，须子不在一条直线上的特别辣。你把这些东西买回去不是找李梅骂么？郭洋含糊了，这东西……还那么复杂呀？许小宁得意了，你以为呢？这世界上，不光你的装饰设计有知识含量，做任何事情都得用脑用心用智慧！许小宁重新挑菜，边挑边讲解，萝卜须子在一条直线上的，又甜又脆没臭味儿。柿子椒平底的比尖底的皮薄肉厚……一边讲一边批评郭洋，干什么都得拿出点儿职业精神，才能干得精干得好，别把买菜不当工作，这里头包含的知识和技巧多了去了，绝不比你在职场上摸爬滚打、见招拆招容易多少！

许小宁津津乐道，侃侃而谈，一堆男女顾客早聚在他身边，都伸着脖子听"免费讲座"。他顺着郭洋的目光一回头，哟！各位都在呢？郭洋讽刺他，是啊，没想到听众还真不少。许小宁嘿嘿一笑，那是啊，现在谁不懂得为生活多投入点儿精力和热情啊？活得明白、活得精致，才能干得顺利、干得成功。各位，我没说错吧？众人发出一阵会心的笑声，没错儿没错儿！我们今天算是长知识了！是啊是啊，每家超市要是都有你这么一位热情周到的服务员，随时给我们指点指点，那可就太方便了！

一个女白领递来一包水果，您帮我看看这橙子新鲜不新鲜？许小宁热情中带着几分炫耀，一本正经地看看，橙子是母的甜、公的酸，这种圆脐的就是母的……哟，这东西还分雌雄呢？还是头一回听说！哦，我说怎么有的甜有的不甜呢，明白了！一个小伙递来一包栗子，您帮我鉴定鉴定这栗子怎么样啊？

郭洋瞅着许小宁坏笑，嘿嘿，我先走了，你接着当活雷锋，好好给大伙普及普及商品知识吧！许小宁匆忙告诉小伙子，选栗子颜色要均匀，色儿深的可能发霉，色儿浅的有虫，"对不起，抱歉啊，回见，回见，购物愉快！"说完，推着小车追郭洋去了。众人盯着许小宁的背影，一时弄不明白他到底什么身份。

两人在鲜肉柜台买肉。许小宁边挑边教导郭洋，家务劳动不但是门学问，也是一种艺术。不仅需要极大的耐心和高涨的热情，更需要多学科、综合性知识，做好了全家高兴，照样有成就感。郭洋不屑地强调说，我做家务是临时、是代打，不是职业煮夫！许小宁大摇其头，此言差矣，临时工作也不能用临时心态瞎对付，干什么都得干得像样儿，男人嘛！

郭洋突然想起来，对了，李梅今晚请你和乐乐吃饭，答谢你多管闲事。许小宁一听喜出望外，太好了，我也能吃回现成的了。还是要助人为乐，无意中撒下一颗热心的种子，收获了这么丰盛的回报！就是没想到这丰收来得这么快。

老常在办公室心神不宁地走来走去。对朱珊珊发牢骚，女人闹起小性子来天不怕、地不怕！小小她妈当年作得比陈梦还凶，我怎么能好了伤疤忘了疼，不严加防范呢？朱珊珊安慰他，再婚总算比初婚进步了，还知道反省自己，可您光自个反省没用，还得把诚意传递给人家，人家自然就回来了。老常说，已经发短信认错儿、求她回家了，我现在能做的也就这个了。

老常这边发愁，没想到陈梦已经主动回了家。小小坐在沙发上画画，突然听见门锁响，起身迎到门口，正好和陈梦照面。小小挑剔地打量陈梦，嗯！老爸眼光果然不俗，不过你比我想像的胖点儿。陈梦说，都怪你爸，把我当宠物，成天喂饱了就让我在家呆着养膘。小小笑了，嘿，真不谦虚，还自封"宠物"呢！看样儿，我爸的短信你收到了？陈梦笑着打量小小，是你发的吧？挺有文化的。小小要马上打电话叫老爸回来，陈梦说，不用，等他下班回来，给他一个惊喜！

两人坐下聊天，小小用职业眼光打量陈梦，随手在画纸上勾勒陈梦的线条，一边画一边赞叹，你这身材不干模特真可惜了！我虽然不理解你和我老爸相差二十多岁怎么就爱了，就昏（婚）了，但还是挺佩服你，感谢你慧眼识珠，这么年轻漂亮能嫁给老爸，给他的晚年……啊不，给他的中年生活带来这么大的惊喜！陈梦笑得更甜了，夸小小会说话，让她别客气，都是自己人。

小小问陈梦，我爸那么仔细，你还习惯吧？我妈在美国老说他是搂钱的耙子、装钱的匣子，可轮到花钱的时候，就英雄气短了。就连我这次回来，都是邻居掏钱给我接风洗尘……你不嫌他太抠儿？当初我妈可是被他抠儿跑的。陈梦笑了，成功人士都朴素低调，我正是看中他这点，觉得他这人忒成熟、忒可靠，才喜欢他的。再说，你爸对我挺好的。小小有点佩服她了，看不出来，你还挺有思想。是，抠门儿的确不算什么大毛病。再说，一个有责任感的男人才会在经济上有危机感，这是优点！看样儿你对我爸特别满意？陈梦想了想，有一点也不是特别满意，我想出去工作，你爸不高兴。女人应该有自己喜欢的事业，我这么年轻不想吃闲饭。小小由衷赞叹：太正点了，我支持你！女人要有独立的人格，就得有属于自己的自由空间才行。

得知陈梦想学服装设计，开间店，小小提醒她，自己没积蓄，完全指望老爸投资可就难了，你对他期望值不能太高，他可是有故事的人啊！典故。陈梦好奇地问什么典故？小小神秘一笑，初次见面，透露这么多家族隐私不太合适，以后再慢慢告诉你。说着，随手扯下画纸放在陈梦面前，留个纪念吧！

小小趁陈梦走开，偷偷发短信给老爸通风报信儿："陈梦回家了，我先帮你稳住，赶紧想想怎么办，争取一个好表现。"

06　女强人一般都是悍妇

老常接到小小的短信，高兴得手舞足蹈，哎哟喂，总算回来了！朱珊珊提醒他别愣着了，还不快好好准备欢迎一下？

老常慌忙打道回府，一路走一路想，快到家也没想出一个省钱又讨好的点子。他停车给许小宁打电话讨主意，并一再重申，要搞一个"小型的，最好是微型的"欢迎仪式，既要有意思又不破费，既经济实惠又能表达心意。许小宁发愁，这年头不花钱能办成什么事儿啊？老常不赞成，啧，节约型社会嘛，办任何事情都应该首先考虑节省资源。许小宁问他，陈梦平时有什么没达成的心愿？老常说心愿可多了去了！结婚那天播放《婚礼进行曲》的愿望没实现，穿婚纱的愿望没实现，想工作的愿望没实现……许小宁说这些愿望都得花钱啊！省钱的招儿倒是有一个，要不你试试？老常一听省钱，也不管到底是个什么招儿，连声称赞，你小子真有智慧！反正你在家呆着没事儿，干脆替我准备准备得了！算我欠你一人情儿。

许小宁挂断电话，嘿嘿直乐，打电话叫郭洋赶紧过来，互助组有任务。

郭洋正帮李梅洗菜，准备请许小宁的晚餐，放下电话连忙赶来。俩大老爷们围坐在餐桌前，许小宁往五颜六色的彩纸上写字，郭洋把彩纸叠成一个一个千纸鹤，一边叠一边慨叹自己太堕落，居然干起这些鸡零狗碎的事！许小宁得意洋洋，乐不可支地想像着今晚老常家有一场好戏，陈梦会得到一个特大惊喜，老常就不好说了。郭洋警告他小心阴谋揭穿、老常秋后算账。许小宁助人为乐，问心无愧，再说了，都是弱势群体，咱不帮陈梦谁帮？郭洋讽刺许小宁整个一"老娘们儿代言人"，甚至就是一老娘们儿！许小宁不急不恼，你现在跟我可是同盟关系，我是老娘们儿，你也跑不掉。

桌上摆满饭菜点心。两家五口团团围坐，喜气洋洋。李梅举杯敬许小宁，说今天这顿饭是为答谢他照顾郭洋和小洋的，如今这样的古道热肠真不多见了！郭洋也凑趣，要敬"职业管家许小宁先生"一杯。正喝得热闹，老常来了。

许小宁郑重地把装满千纸鹤的玻璃罐交给老常，郭洋端起一杯酒为他壮行。老常正而八经一饮而尽，又吃了几口菜，兴冲冲地走了。两人笑成一团。

老常雄纠纠气昂昂地捧着玻璃罐进门，看到陈梦和小小正亲热交谈，喜出望外，太好了！那什么？你们俩……还合得来吧？小小说合得来呀！陈梦也说挺合得来的！老常更加意外，哦？真的么？哎哟哟哟，这可太好了！到底是一家人哪！

陈梦惊喜地要接瓶子，老常卖关子，要给她举办一个规模虽然不算大、但是却非常有意义的欢迎仪式，欢迎回家！小小特别期待，催促快点儿开始。老常让两人先坐下，把瓶子端端正正放在陈梦面前，郑重其事地声明，这个瓶子里每只纸鹤都写着一个心愿，只要她随便抓一只，上面的心愿就会实现。

小小由衷敬佩老爸太有创意了。老常得意，那是！你老爸谁呀？阅历丰富一智慧型男人啊！……那还等什么呀？快抓吧！

陈梦端坐、双手合十，激动地闭上眼睛默默许愿。两人都紧紧盯着陈梦，小小是着急，老常是不安。陈梦深呼吸一口，刚要抓，老常又抱起瓶子，使劲摇晃一阵，慢慢打开瓶盖。陈梦犹豫了一下，不行，我得先去洗洗手！

陈梦洗了手出来，重新坐下，运了运气。众人屏住呼吸，看着她的手慢慢伸进瓶子，用力搅动几下，抓出一只纸鹤。小小急不可耐，老常紧张地盯着那只鹤。

陈梦慢慢打开，朗声读道："恭喜你得到了工作的权利……"她意外地愣了一下，跳起来欢呼，噢！我胜利啦……小小跟着乐，行了，你的美好愿望终于实现了，看来离家出走生效了！

老常一脸沮丧、怀疑地嘟囔，不可能啊？怎么一把就抓到工作了？什么手啊你这是？仙人掌啊？他也伸手掏出一只纸鹤，打开一看，啊？也是工作？再掏一只打开，还是工作！老常把瓶子倒过来，将纸鹤全部倒在茶几上，一一打开："这这这……这怎么全都是工作呀？这混蛋，他涮我！"

陈梦不明所以："老公你骂谁呢？这不是你给我准备的吗？"

"啊啊，是啊！没什么没什么，我说着玩儿呢……好，好，你的心愿实现了，太好了……"老常努力堆笑，比哭难看。

两人收拾停当，相拥着坐在床上，陈梦特别满足，老常一腔幽怨。小祖宗，心咋那么狠哪？一拍屁股就走人，你就不担心我？怎么不担心？我不是让许小宁请你吃饭，安慰安慰你吗？老常一听傻了，啊？怎么还是他呀？是你让他……请我？对呀！你花的钱？是啊！人家帮忙还能让人倒搭钱吗？

老常牙疼一般痛叫，哎哟！一顿饭花了六百多呀……陈梦不屑地推开他，又心疼钱，人不比钱更重要？陈梦直奔主题，问老常发的短信算数么？写的纸鹤算数么？老常敷衍她，累了，今晚不说这个，好几天不见，先叙叙旧，互相倾诉一下思念之情。陈梦说，那不行，我得先把最重要的事情落实了，你打算什么时候兑现承诺呀？我这儿可收藏着你的纸鹤呢，别想赖账啊！老常跟陈梦起腻，你在外头吃了那么多苦，怎么还不够啊？那模特是一碗青春饭，你都奔三了，再吃下去肯定消化不良，结了婚就更不适合在T台上抛头露面了，有损我自尊心，我又不是养不活你，咱不干了行么？陈梦想想，这行确实不是长久之计，可除了这个我又不懂别的。要不……我也学学MARY MA，退役后来个华丽转身，自创服装品牌，专营自己设计的时装？老常一听陈梦这么宏伟的理想，料定又要花大钱，顿时魂飞魄散，好一会儿才定住神，故意吓唬她，哟！那至少得几十万上百万的前期投入啊！启动资金还不算，你还得有各行各业的人脉资源才能打开市场，可不是闹着玩儿的，弄不好钱砸进去事小，把你名声搞坏事大！陈梦有点含糊了，你说得也有道理，我确实没什么人脉资源。

老常松口气。知道么？现在风水轮流转，过去那老理儿又流行了，女人干得好不如嫁得好，你还是踏踏实实在家呆着，我养得起你。陈梦说你都许愿了，我太客气，也是对你一番好意不尊重！你干脆投点儿资，先帮我开个小规模的时装店吧，我从零做起，再一点点做大。老常没词了，只好搪塞，这两天你不在，我成宿成宿睡不着，你要再不回来我就崩溃了。先睡一觉，脑子清醒了，好帮你算算投多少钱能成事儿。陈梦生气了，谁说话不算数谁是小狗儿！……行，我是一条老狗。老常嘟囔着倒下，心里恨恨，许小宁这小子，看我明天不跟他算账才怪！

陈梦狐疑地推推他，老公，你这欢迎仪式不会是个套儿，就为哄我高兴一会儿，明天就不算数了吧？老常假装睡着，有板有眼地打起呼噜来。

第二天早晨，郭洋和许小宁人手一只彩色大购物袋，准备一起去超市。两人一出大门，远远看见老常围着许小宁的车转悠，好像在伺机作案。许小宁要逮个现行，一摆手，和郭洋兵分两路，朝老常包抄过去。老常蹲着正给车胎放气，突然被两双大手就地扭住。干吗呢？没干吗！都抓现行了还嘴硬？昨晚还帮你排忧解难呢，你怎么反倒报复我呀？

老常气不打一处来，还用得着我报复么？你在背后搞阴谋诡计、陷我于不仁不义，不遭报复也得遭报应。许小宁装糊涂，我没记着干过什么坏事儿啊？嗳，怎么样啊？陈梦还高兴吧？老常哼了一声，高兴！高兴大发了，接到满满一罐子"调令"能不高兴么？许小宁假装无辜，我记着还写了游什刹海、买小礼品什么的，这郭洋可以作证啊！怎么都成工作了？嗳郭洋，你是不是忘了把那些纸鹤放进去了？郭洋说，别往我身上推啊，我只管叠纸鹤，不管写的什么内容。许小宁看看赖不过去，嘿嘿一笑，老常，你别好心没好报啊，我不过是想替陈梦表达一下心声、帮她实现一下自己的心愿，归根到底还是帮你，怎么就把你得罪了？

"去你的！我们两口子的心声可以直接向对方表达，用你多管闲事？"

"我真不理解你怎么想的，都二十一世纪了，每个人的意愿都应该得到充分尊重，你也算个有点儿文化的金领，为啥那么不愿意让自己老婆出去工作呀？"

"我还不理解呢，我把养家糊口的重担一人挑了，不用老婆在外挣命、把她供在家里养尊处优，为什么还闲不住非要工作不可？这不是犯贱么？"

郭洋让俩人慢慢掐，他要先走，许小宁一把拉住他，等等，我这车胎还没换呢！许小宁一边找出工具，一边批判老常，别看你大老板，事业有成，可在对付女人、侍候老婆这方面你真挺失败的。一个新婚小媳妇都摆不平，将来七年以后到了我和郭洋这一步，那那得多惨啊？老常说，我不会侍候老婆关你什么事儿？再怎么着，我也进过两回洞房了！

这有什么可炫耀的？不光荣！你婚姻要不失败能"二进宫"么？郭洋被许小宁逗乐了，嘿嘿，这话有道理。许小宁得意地朝两人一挥手，我告诉你们吧，对付老婆，我可是老资格了，你们都成天忙事业，哪有精力钻研"家庭关系学"呀？我在这方面造诣深了去了……郭洋不屑地斜了他一眼，又来了！我终于明白大师为什么不招人待见了，都爱以教训人为天职，还不分时间场合。

许小宁卸车轮，拧了半天纹丝不动，气急败坏地看看郭洋和老常，嗳！你们俩干吗呢？我下面就要透露核心机密了，你们先帮我把轮子卸了，我拿研究成果跟你们交换！郭洋在一边笑着看热闹，说他对这种交换不感冒。老常无奈地接过工具，哼，我看你也就是嘴把式！卸个轮子还这么费劲，像个男人吗？

许小宁仔细地擦着手，嘿嘿，人分两类，动脑的和出力的。古人云"劳心者治人，劳力者治于人"！我就是那智慧型的，你呢就得多动手、好好干，再说这是你的专业……老常动作熟练地卸车轮，郭洋在一边看，许小宁继续玩儿嘴皮。

"老常你得换个角度看问题。其实陈梦争取的不是工作本身，她争取的是一个有血有肉有思想的大活人存在的一种形式，争取的是自我价值的实现。"

郭洋凑趣："是是，根本原因不在工作，在于寂寞。"

"我没你们有思想，也没你们那么高深。我就知道人类成天拼死拼活努力奋斗，最后想要的就是有条件在家闲着还饿不死。我替她直接把人生价值最大化了，她还有什么好实现的？"老常没好气地拧着螺丝。

"你替人家实现跟人家自己争取，意义能一样么？现在的女人都比咱们有想法有主见，你替人大包大揽不是自讨没趣？吃力不讨好是肯定的呀。"

"大老爷们儿，怎么老站在女人立场上说话呀？我跟你没话！"老常扔了工具，一脚把车轮踢得滚了出去，转身上车，扬长而去。许小宁追着车轮跑出很远才抓住，郭洋笑得前仰后合。

许小宁满头大汗抱着轮子回来："都像老常这种丈夫，你说妇女们能不哭着喊着争取自由解放吗？我看这陈梦啊，争取解放的路还长着呢，任重而道远。"

郭洋拿出备胎帮他安装："反正有你扮演洪常青，她路多远也不孤独。"

小小坐在沙发上吃着苹果，期待地看着卧室门。音乐骤然响起，陈梦化着浓妆，挽着高高的发髻，戴着夸张的帽子，身穿晚礼服，从主卧室扭出来，以猫步走到客厅中央站定，热情洋溢地报幕："欢迎小小探亲归来、小型服装展示会现在开始！"

小小纠正她："错了错了，我可不是探亲的，我是回国发展事业，不走啦！"

陈梦意外愣住："啊？！不走了？"小小的话就像灭火剂，陈梦的情绪顿时一落千丈，把刚才表演抻出来的衣服一件一件都挂回衣橱。其实陈梦没有那么小气，只是觉得老常遇事不该瞒她，老把她当外人。小小连忙安慰她，你放心，我不会打扰你们的二人世界。我回国发展，压根儿就不想依赖我爸，在这儿也只是暂住，一有条件租房立马就搬出去，尽快还你独立空间。陈梦叹气：

"婚姻生活和之前的想象差距太大了！模特公司所有女孩都梦想嫁人以后过上不劳而获的安逸生活，可真当上全职太太，才发现不是想像的那种滋味儿，有点儿失望。是啊，女人年轻的好时光就那么几年，等到人老珠黄，靠什么吸引老公跟你继续过这种安稳日子呀？我必须得实现婚后增值，没有自己的事业，至少也得有自己的事情，省得以后感情淡了，你爸会认为我吃软饭。"

"你果真不是胸大无脑，比一般美女聪明多了。那你想要什么样的事业或者事情啊？"

陈梦没有太高奢望："开个小小的时装店，再靠自己的努力慢慢做大，搞成自创品牌，自己设计自己销售，就挺过瘾挺满足了。"

"不就是让老爸掏钱支持你吗？那你可费劲了，我爸这辈子的人生追求，就是只进不出，除了当初和我妈离婚割肉那点浮财，还没见他的钱财往外流失过。"

陈梦不信老常那么吝啬。小小一笑，看来真有必要跟你讲讲那个典故。

"有一回我爸和我妈在酒店宴请，来的都是贵客。出门前我爸就一劲儿嘀咕：今儿得花多少钱哪？我妈一听就来气，说今儿是请客，不是上刑场，你别战战兢兢行么？到了酒店，我爸内急，直接进卫生间了。我妈看看客人都到了，就先点菜。来的都是熟人，还有生意伙伴，菜的档次肯定不能低。等菜点好了，我爸回来一看，当场肚子疼痛难忍，惨叫声声，大伙儿吓得赶紧把他送医院去了！"

陈梦听傻了，难以置信，面露不快："糟蹋你爸呢？瞎编的吧？我不信！"

小小笑出眼泪："谁瞎编谁小狗儿！你当然不信，说了谁都不信。"

"你爸不可能因为这点事儿装肚子疼啊！"

"不是装的，他是真疼！大汗珠子噼里啪啦往下掉。送到医院一检查，神经性胃痉挛，大夫说是突然受到了剧烈刺激造成的……对于我爸这样一种人生境界，要不要寄希望于他的资助，你自己看着办吧！"小小笑着翩然离去，陈梦望着她的背影，哭笑不得地愣在原地，心中好生沮丧：能嫁到这样的老公，简直跟中大奖差不多。早知这样，还不如当初不嫁人，直接抽奖去算了。

许小宁抱着女儿，乐乐手捧鲜花，父女俩到机场迎接出差归来的兰心。

兰心抱着乐乐不住地亲着小脸蛋，宝贝儿，可想死妈妈了！胖了还是瘦了？让妈看看！许小宁在一边吃醋，老婆，你怎么不看看我胖了还是瘦了呀？兰心这才接过鲜花，撒娇道，生怕别人不知道老婆出差回来，弄得这么隆重干吗？许小宁说，我这已经很克制了，要不然怎么也得先拥抱接吻啊！

兰心一脸兴奋，神秘地朝他挤眼，老公猜猜！我拿到一个多大的订单？那还用猜？有多大的，我老婆就能拿到多大的！走，回家庆祝庆祝！兰心得意地说，展望未来，前途一片光明，特别令人欢欣鼓舞！许小宁接茬儿，不仅如此，你现在还野心勃勃！对吧？不过我不得不适时给你泼点冷水，越是这种时候越要清醒，千万别把自己弄得太累了，我会心疼的……兰心还在自我膨胀，我路上一直在考虑，想兼并一家国营皮件厂，把生产规模再扩大一倍！许小宁吓一跳，哎哟老婆，快打住吧！古人说了，贪多嚼不烂。

回到家，兰心往躺椅上一靠，许小宁就把热腾腾的洋参鸡汤递过来，喝吧，喝完再洗个热水澡，好好睡一觉，你这张小脸儿很快就会恢复得光彩照人！兰心喝了一口汤，说她在外面天天都想快点儿回家。许小宁得意，那是啊！这么无微不至的关怀照顾，你在别处花钱也买不到！兰心打量他，问他有什么要向她汇报的么？许小宁得意地说，有啊！你不在这几天，我该出手时就出手，在关键时刻挽救了两个家庭于危难之中啊……兰心嘴一撇，吹，再吹！嗨，这怎么是吹呢？

许小宁为兰心按摩颈椎，绘声绘色："李梅跟郭洋赌气夜不归宿，陈梦跟老常要工作闹到离家出走，那俩老公都傻了！万分紧急时刻，是你老公我，挺身而出，极大地发挥了男人的聪明才智，把俩老婆都给忽悠回来了！"

兰心怀疑："真的假的？你是说，人家俩老婆不听自己老公的，都听你的？"

"没错儿。"

兰心盯着许小宁，转动眼珠："也就是说，你把我的善意提醒忘得一干二净，又犯了到处怜香惜玉乱撒狗血的老毛病了？而且为此不惜公然违反约法三章？"

"我做了两件功德无量的大好事，你应该表扬我才对呀！难道你不为你有一个这么富有正义感和责任心、同情心的老公感到骄傲自豪么？"

"这么说我还得对你大加鼓励了？"

"至少不应该打击。都是邻居、朋友、老同学，我能见死不救么？"

"算你走运，我今天心情好，这事就不跟你计较了。不过，以后你少掺和人家夫妻的事，没听说清官难断家务事么？别吃力不讨好，反惹出一身骚来。"

是是是。许小宁一得意就忘形，把郭洋和李梅特别请他和乐乐吃了一顿大餐，以示答谢的事也汇报了。兰心若有所思，故意说给许小宁听，看来，人家的老婆都比我有魄力呀，不但把自己的老公治服了，还能把别人的老公也吸引了。

许小宁连忙申明，老婆在自己心目中的地位，谁都无法动摇。兰心懒洋洋地回答，但愿吧。李梅和陈梦这是欲擒故纵呢。看人家，夫妻斗智都透着文化，三十六计都用上了！许小宁糊涂了，听你这意思，还挺羡慕人家吵架、离家出走的？兰心说那倒没有，日子过得平淡，偶尔闹点小磨擦也挺好玩儿、挺有情趣。

许小宁心领神会，今年流行苏格兰情调，你老公我没别的本事，搞个小浪漫、小情调最在行！他让兰心等着，转身兴冲冲地走开。兰心冲他背影喊，我可没精神跟你玩什么小情调，这几天太累了，我得好好歇歇！

许小宁欢快的声音传来："我这小情调儿不会影响休息，只会给你解乏……"

兰心走进卧室。蜡烛，鲜花，水果，葡萄酒和高脚杯都准备齐全了。她心满意足，浑身舒服地坐在沙发上，看许小宁笑眯眯地倒酒。

"为这个浪漫温馨的夜晚，咱们得先干一杯！"两人笑着刚一碰杯，乐乐就在外面喊爸爸，说她睡不着，让他再给讲个新故事。许小宁为难了，这孩子真没个轻重缓急。兰心嗔怪他还不快去？闺女的要求就是咱家头等大事。

许小宁一心想讲个什么故事，快点把乐乐哄睡。乐乐却人小鬼大看穿了爸爸的心事："爸爸对乐乐没耐心！罚你多讲一个！我要听两个新故事！"许小宁面露可怜相，哀求女儿："小姐呀，你有点儿同情心好不好？"

乐乐终于睡了，许小宁慌慌张张跑回主卧室，蜡烛眼看熄灭，兰心已经睡熟。计划全打乱了，白忙活一场。许小宁轻手轻脚为兰心盖好毯子，端详着她的睡态，无奈地苦笑。他倒了一杯葡萄酒，端起来轻轻碰一下酒瓶，自己跟自己干了一杯，百感交集，一声叹息。

陈梦坐在梳妆台前，心事重重地涂护肤用品。老常坐在床头着急，脸上还得赔笑，太太，还没捯饬完呢？不就睡个觉么？打扮得这么正式干吗？

陈梦慢慢吞吞起身。老常以为她会上床，连忙高兴地迎接，不料陈梦只是款款坐在床边，郑重其事地盯着他。老公，我今晚要正式跟你摊牌，不打扮得正式点儿不严肃。老常一惊，又摊什么牌？陈梦让老常给一个明确答复，她要工作到底行不行？今晚必须表态！

老常说，女人终其一生不就追求个生活安逸吗？我已经给你现成的安逸生活了，干吗还要出去折腾？怎么身在福中不知福呢？陈梦有自己的道理，你们男人当然愿意老婆当主妇了，回到家吃现成喝现成，还有人给放好洗澡水。可你不知道我一个职业女性，突然蹲在家里那种空虚无聊和不安全感有多么折磨人！

两人正争得不亦乐乎，小小加入进来支持陈梦，批评老爸不能把女人变成男人的附属品，那是时代倒退！老常看看自己不是两个女人的对手，捂着额头哼哼，说头突然疼得厉害，血压叫她们气得蹿上去了……两个女人不知是计，都有点紧张，要送他去医院看急诊，老常躺倒不动，要求让他安静一会儿。小小只好退下，陈梦失落地看着老常，一筹莫展。

郭洋在家当了临时煮夫，虽然不那么情愿，可还算尽职尽责。每天打扫完卫生、洗了衣服，就去超市购物。提着大包小包从超市出来，又直奔幼儿园。

李梅再也不用操心家里的琐碎事，工作之余还有时间和朋友喝喝咖啡，逛逛商场，聊聊大天，颇有点翻身得解放的意思，好不春风得意。晚上回到家，郭洋已经把饭菜准备好，和小洋坐在餐桌边等她开席。这会儿她开着郭洋的车往家走，想像郭洋扎着花围裙，百米冲刺地跑到门厅，把她的拖鞋对准大门口的方向端端正正摆好，然后打开家门，迎面给她一张灿烂的笑脸，不由美得乐出了声儿。

李梅回到家，一切如她所愿，幸福得真想拿脑袋往郭洋额头撞一下，试试这是不是梦境？

郭洋厨艺一般，态度诚恳，李梅也就不计较饭菜的味道了，仅仅这温馨的气氛已经够她享受。饭后，她舒坦无比地趴在沙发上享受按摩，不禁感叹一声：

"要是天天回家都能享受到这种待遇，就是在外头累成孙子也值了。"

"我听明白你的意思了，但那是不太可能滴，还是抓紧享受眼前的吧。嗳，自从我回家临时代理煮夫以来，你过得好像很爽嘛？"

"简直太爽了！我要是一男的多好啊？在外头成天净干大事儿，家里的小事儿一概不用操心；回到家只要把钱往老婆面前一拍，就可以吃现成的、用现成的，还可以享受到妻子无微不至的照顾和嘘寒问暖的关怀……外加儿子的盲目崇拜。多好啊！怎么想都是当个男的比托生个女的更划算。唉！可惜呀，我妈怎么就把我生成个女孩儿呢？"李梅的感慨成串儿往外冒。

郭洋不干了："你那意思不就是说你负担比我重、我比你轻松自在吗？我这才在家呆几天，你就开始挤兑我啊。你怎么不想想，我在外面工作的时候，责任还比你大得多、钱还比你挣得多呢？"

李梅看郭洋有点急，调皮地哄他，嘿嘿，我不就畅想一下吗，让我心理满足一下你又不吃亏。嗳，你是不是当煮夫当得特憋屈呀？郭洋说，憋屈倒谈不上，为你和儿子服务我心甘情愿。李梅又问，那你要是就像这样，永久为我们俩服务呢？郭洋显然没这个思想准备，想了想，那谁出去给你们挣钱呀？

李梅笑了，我知道，你还是不甘心啊。你跟许小宁确实不一样，许小宁在家呆得是嘻嘻哈哈没心没肺，你呢，宁可在外当孙子，也不愿在家当老大，宁可受挣钱养家那份洋罪，也不在家里享受自由自在的快活。郭洋说，你答对了，我就是一顶天立地的雄性成员，许小宁充其量也就是个中性，我俩没有可比性！

兰心雄心勃勃地给公司中层开动员会，这张南非的订单来之不易，希望大家通力合作，保证按期发货。财会经理汇报说，最近外地经销商拖欠了不少货款，催过几回没有动静，眼下要马上筹集这么大一笔资金有难度。兰心恼了，没钱怎么赶订单？下一步我还要谈企业兼并的事儿呢，需要大笔资金。再催！胆敢拖我，明年的合同他们不想签啦？

没资金，订单还得上，兰心只觉得突然背上了一个沉重的大包袱。这天晚上，她在外面又喝多了，歪歪斜斜、扶着墙进了门就冲许小宁要"醒酒汤"。一边喝着醒酒汤，一边伤感地抽鼻子，老公啊，我太难啦！许小宁问什么事儿难成这样？兰心又挥挥手不说了。许小宁帮她擦嘴，兰心又叹息一声"唉！难哪！"说着，从包里掏出一叠外地经销商拖欠货款的欠账单，有安徽的，河南的，还有江西的。许小宁突然想起自己有一些老同学和老关系在这些省份，灵机一动，让老婆考虑大政方针，别为鸡毛蒜皮分神操心，说他最近在研究心理学和哲学，讨债的任务就交给他吧！兰心怀疑，心理学和哲学跟讨债有什么关系？

许小宁得意一笑，趁机大展忽悠本领："不知道了吧？欠债人的心理是，你的钱在我手里，得罪了我对你更加不利！所以讨债人一般都不想把关系搞僵，于是欠债人一般都不怕你来催债，我不还你而且还有理由，你干没辙！这就是那些臭名昭著的老赖们的逻辑，明白？如今是高科技时代，讨债也得对症下药才能奏效！放心交给我吧，我自有分寸。"

许小宁把兰心侍候上床，就躲进书房，翻出电话本开始打长途。把几个在外省工商、税务、大企业供职的老朋友全体总动员，通过各种关系和途径帮兰心催债，不到一个小时就把事情搞定。那个得意呀！哼哼，女人就是女人，关键时刻还得老公出面摆平！享受着空前的成就感，这一夜许小宁睡得特别香。

杨丹自从离婚重获自由身，三天两头召集聚会。口号是"重整女性品质生活"，李梅和兰心是她理所当然的同党，每聚必叫二人前往陪同。

今晚杨丹又带李梅和兰心到商务会所"重整品质"，争奇斗艳的女人，三五成群，说说笑笑，一派歌舞升平。仨女友凑了一会儿热闹，就坐在一角开小会。

李梅看看另一边的众女人，低叹一声，突然有一种被生活抛弃了的感觉。杨丹笑了，嗯，你还有这方面的意识，说明脑子还清醒，孺子可教。李梅又说，最近都有点不敢照镜子了，岁月不饶人啊。看来女人是应该注意婚后自身增值，免得一不小心，从一支炙手可热的绩优股变成无人问津的垃圾股可就惨了。杨丹说，这么想就对了！现代社会整体婚姻的安全系数已经大大下降，妻子们的危机感越来越强烈，与其惶惶不可终日，不如努力稳固地位。杨丹再一次动员李梅跟她下海，李梅说下海可不是小事儿，再说郭洋现在那么忙。

杨丹不爱听这话，怎么又是郭洋？你现在除了郭洋和小洋一无所有，像个现代职场知识女性么？李梅说，定语再多，女人还是女人，保持一份女人的特质有什么不好？再说，我跟郭洋正在重新寻找恋爱的感觉呢，这种时候这么做不合适。杨丹不信，你这么精明的女人，放着大好的机会能一点儿不动心？李梅说，谁像你野心那么大？我现在就想好好经营经营家庭生活，让小洋快快乐乐长大，让郭洋高高兴兴地干他的事业。杨丹怀疑这不是她的真心话，我看你眼睛里分明藏着躁动不安啊！李梅笑着推开她，家里家外都快累死了，成天忙得一个人掰成两半都不够用，哪有功夫想那些呀？

杨丹和兰心都问李梅，郭洋回家这些天，感觉如何呀？李梅感叹，要论生活是舒服多了，终于有人照顾我了。可一想到他那工作没个着落，又有点儿心急，郭洋失业这些日子我经常做噩梦……杨丹说，你管那么多干吗？先享受享受再说。李梅也深有同感，是，郭洋这一回家，我突然发现女人的确需要一些自由空间，结婚七年一直被家务束缚着，都找不着自我了。哎，你们说，这男女要是角色能互换，让男的在家侍候老婆孩子，女的出去挣钱养家，还得让男人怀孕生孩子哺乳，那咱们女人的日子该多自在呀？那才真正是翻身当家作主人呢！兰心笑，这想法好，那些臭男人也就没精力惦记外面的美女了，光伺候孩子都得累得人不人鬼不鬼的，谁要他们呀？

三人说到解恨处，开心得哈哈大笑。吸引了全场目光。

杨丹趁机又撺掇李梅，你要觉得目前状态好，趁郭洋没工作，干脆跳槽到我这来吧，把你家来个乾坤大掉个，男主内女主外，直接转化成兰心许小宁模式。

李梅认真地看着杨丹，眼神游移，有点动心。杨丹说，你发挥强项当财务总监，好好干，事业前景肯定错不了！女人为家庭和婚姻失去自我，最后的结局如果皆大欢喜是运气好，结局如果不好就会很惨，到时候只剩悲哀了。好好想想！

李梅晚归是最近的事情，郭洋还不太适应。他不安地站在小区广场上，不时看表。李梅搭兰心的车回家，一进小区就看见郭洋在等她，心里特别温暖。郭洋爱面子，当着兰心，只说自己在家呆了一天闷得慌，出来透透气。李梅问小洋睡了吗？郭洋说，你怎么就不关心关心我睡没睡呀？看见俩人起腻，兰心抿嘴一笑，先闪了。李梅掩饰不住兴奋，要陪郭洋溜跶溜跶，说刚才参加了一个职场女性的"爬梯"。郭洋不屑地打量她，哦，还是那帮自以为是的女人，聚在一起互相吹捧、自我陶醉吧？对于女性适当放松情绪，聚众控诉男性的滔天罪行，我深表同情和支持！只要不构成人身伤害，这种聚会也算绿色健康。

李梅羡慕那些女人，个个都像杨丹一样，事业做得很大很辉煌。郭洋讽刺她，光彩夺目了？眼花缭乱了？李梅听出这话不对味儿，怎么了？我回家晚了不高兴啦？我也是按协议规定才定期出去会朋友，这是《协议》赋予我的权利。郭洋哼了一鼻子，你现在有点儿滥用权力的倾向。李梅不高兴了，哦，你给我点儿自由还用尺子量啊？是不是最近当临时煮夫当得郁闷了？心理有点儿失衡啊？记得你上回说，要是我一人能把两人的钱都挣回来，你愿意在家当管家？

郭洋嘲笑她想得美，谁给你这个挣大钱的机会呀？李梅说，这机会已经来了，杨丹今晚正式邀请我跳槽给她当财务总监，我已经答应考虑她的邀请！

郭洋愣了愣，掉头往家走，李梅连忙跟上，一路无话。

进得家门，郭洋脱外衣，坐在沙发上大口喝水。李梅察言观色：

"怎么不说话了？有危机感了？你们男人是不是觉得女人的成功会对男人构成威胁呀？可以理解，毕竟这地球上资源有限、机会不多……"

郭洋不屑："哼，那倒不一定。女人再怎么折腾毕竟还是女人，还得从男人这儿得到肯定、赞许、支持、关注才能找到自我。就像你现在吧，刚'爬'完'梯子'，不还得回家找我陪你、听你唠叨么？"

"我要是也像杨丹那样成就一番事业，你还能这么轻松地调侃女人么？"

"我虽然欣赏成功女性，可不想自己床上也睡着个咄咄逼人的女强人。"

"我就知道你骨子里是大男子主义，为什么自己老婆就不能是女强人？"

"我要是想找女强人，干脆直接找杨丹、兰心那样的不就完了？干吗费劲八伙儿、百里挑一地找你呀？当然了，如果你事业成功，性情不改，还这么温柔可爱，那就另当别论了。不过据我所知，女强人一般都是悍妇！"

"你怎么知道？"

"你想啊，女人要是老认为自己比男人强，老憋着跟男人较劲，时间一长，雄性特征肯定明显！心理暗示容易引起生理反应啊。"

"可这辈子要是只能为家庭捐躯还真不甘心！再说，自甘暴弃，专心当'家庭饲养员'，也对不起把我塑造得这么优秀的造物主啊！结婚七年，一头大猪被我喂胖了，一头小猪被我喂大了，等我老了，喂不动猪了，再被大猪小猪们一脚踢出去，是不是特别凄惨啊？"

"女人毛病又犯了，过得好好的憧憬什么凄凉晚景？存心给自己添堵。"

"唉，你要是能帮我分担家务，照顾小猪，让我腾出精力，也出去做点大事，辉煌辉煌，人生该是多么精彩、多么理想啊！"

"既来之，则安之。女人结了婚就得为家庭投入。再说，你养猪的钱都是我投资的，我也一直在为这个家付出啊！我不是月月都往家交钱嘛？"

李梅不屑，男人的付出就是按月交钱，女人的牺牲可是整个身心，是自由快乐、事业前程！郭洋故作轻松，自由快乐事业前程可以追求啊！我不反对。有本事你也可以投钱嘛！李梅认真地盯着他，说真的，如果有一天我比你赚得多，你能像许小宁那样侍候我么？郭洋把头扭到一边，估计不能，我荷尔蒙分泌太正常，让我扮演中性角色比较难。不过你多赚钱是可以接受的，钱又不烧手！郭洋突然问李梅，是不是打定主意去杨丹哪了？李梅说，我就是打主意也得跟你商量啊！咱们是定了协议的。郭洋听到这儿，一颗心总算放在肚子里了。

李刚又打电话约郭洋，说有紧急情况。郭洋赶到护城河边，只见到几个老头老太太在散步。他刚要打电话，一只手从后面拍他的肩膀。郭洋回头，李刚骑在一辆破自行车上朝他笑："姐夫，四个轮子到底比我这两个轮子快呀！"

郭洋现在最怕的就是李刚来电话，又有什么事儿了？李刚兴奋地告诉他，刚得到一个千载难逢的商机，只要投入个万儿八千的，一个月之内，就把一年的生活费解决啦，就可以站稳脚跟、少麻烦姐夫了！郭洋讽刺他，听说过天上掉馅儿饼么？李刚嬉皮笑脸，哎，还别说，这就跟天上掉馅饼差不多呀，绝对是个好机会，你无论如何得帮我啊！我在北京可就你一个亲人。你姐都不是亲人？她？她是女人，跟咱们不在一个频道！

郭洋最怕听好话，态度顿时缓和不少，让李刚详细说说，到底是什么商机，要帮他判断判断。李刚故作老练地拍拍他，姐夫，你得相信我的判断，毕竟我从前也赚过钱啊！经商的事儿我比你有经验，真的，我发誓！这么说吧，回头利润咱俩二一添作五，你看这样行吧？

郭洋发愁，我现在从哪儿给你变出这笔钱来呀？姐夫我信任你，你肯定有办法！给你三天时间，怎么样？三天后还在这碰头儿！李刚不由分说地给郭洋派下一个艰巨任务，吹着口哨心满意足地走了，郭洋原地愣了半晌，茫然无措。有什么办法？谁让他是李梅的弟弟，自己的小舅子呢？

许小宁打开家门，兰心一进来，扑上去搂住他就是一个响吻。许小宁吓一跳，"哎哟！我还以为遭遇劫色的了！"

兰心像兴奋的小女孩一样搂着他又是几个响儿："老公，你太伟大了！"

"怎么了？我怎么突然就从一介煮夫变成当代伟人了？"

"外地经销商拖欠的货款，大部分都已经到账了！"

许小宁故作平淡："啊，好啊。说明我的心理学和逻辑学还是很有威力滴！"

"说真的，你到底使了什么手段啊？你怎么突然变得这么神了？"

"不相信我不要紧，相信钱不？真金白银胜于雄辩！家里有个智慧男人是所有女人的梦想和福气！乐乐，你妈是不是该发点儿奖金，以资鼓励呀？"

"臭美。有钱就可以开工啦……下一步再跟银行贷点儿款，把收购的事儿定了，免得夜长梦多。"兰心急着打自己的算盘，对许小宁的请求置若罔闻。

许小宁担心兰心真要收购那个国营企业，肉没吃着惹上一身膻，又额外增加个大包袱。兰心不满了，认为许小宁不会说话，存心给她添堵。许小宁冒死提醒一句：苦海无边，回头是岸。兰心把许小宁推开，去去去，这些事儿你懂什么呀？许小宁正色道，企业兼并收购我怎么不懂？本丈夫虽然闭门家中坐，可世事皆洞明啊！先别急，请个财务顾问，严格按工作流程，分五个阶段进行：先立项、再策划、然后谈判，最后才是实施、整合，针对各阶段潜在风险的不同特点，得采取不同的风险管理方式，别让辛苦赚的钱打了水漂儿！你听我的没错……

兰心发现他还真懂点儿，就想利用许小宁爱管闲事的弱点，让他帮忙张罗张罗。许小宁答应得特别痛快，得嘞，瞧好吧您哪！给我点儿时间，先把收购目标的详细情况摸清了再说。心里却冷笑一声，哼，我要让你做成才怪！

07 "幸福婚姻"是高挂的牛肉干，看得见够不着

陈梦懒洋洋地斜倚在沙发上，摆着Pose。小小为她画像，有一句没一句地问她，做金丝鸟的味道如何呀？嫁个有钱有房还有车的老公，你感到幸福吗？陈梦说，还行吧，就是呆着没意思，太寂寞了。多少女人羡慕的清闲自在的生活，我过上了，怎么一点儿不觉得幸福呢？

小小心不在焉，信笔涂抹。她还没体会到婚姻的滋味，就总结别人的经验，假装老练地发表高论：据说"幸福婚姻"这东西就像挂在狗鼻子前头二尺开外的牛肉干儿，一般都看得见够不着。陈梦不以为然，反正我相信世界上存在幸福婚姻，我现在就挺幸福，要是能出去工作就更幸福了！

小小认为幸福其实就是一种感觉，仁者见仁，智者见智。估计"知足常乐"说的就是这个意思。陈梦赞同，说自己就比较知足。小小揭穿她，知足还寂寞？陈梦

说，也不完全是寂寞，就是不习惯。凭良心说，你爸对我真不错，刚认识的时候，他经常陪我去走台，一点不在乎我的工作。台上台下到处都是美女，也从来不乱撒目！小小"扑哧"一声笑了，她敢肯定，老爸绝对不乱撒目了，没让陈梦发现而已。陈梦你别太天真，别把男人都想象成纯情大少。像你跟我爸这种老夫少妻吧，开始的时候都挺浪漫、都挺荡气回肠的，到后来就都浪不起来了……陈梦眨巴着眼睛没明白。小小笑她太没想像力，老先生耳聋眼花、寸步难移了，你还如花似玉呢，就得给人当保姆侍候晚年，那还"浪"什么呀？就剩"慢"了！

　　陈梦听得直愣神儿，是啊，当初光想着爱他，没想那么远。我真得给自己留条后路，不然有一天你爸比我先不在了，我怎么办哪？你爸这人表面特别随和，其实挺滑头的，结婚前百依百顺，现在可好，我说什么他都应付我……小小支招儿，被动等待不可取，主动出击才是真。你不就要工作么？对我老爸这种人只能智取。准备一份《同意太太出去工作的保证书》，再想办法让他签字画押，把生米煮成熟饭！陈梦眼睛发亮，行么？怎么不行？法制社会，像你这样的弱女子，得学会拿起法律武器保护自己的合法权益。保证书也是受法律保护的……来，干脆我帮你起草一个得了！

　　两人头挨头，趴在茶几上起草《保证书》，老常走进家门，醉意十足地喊了一嗓子：宝贝儿！我回来了！陈梦连忙过去扶他，不是说好了结婚以后少喝酒么？老常一个劲儿傻笑，嘿嘿，今儿跟一老客户见面……高兴！小小一看老爸喝这么多，就知道准是那老客户掏的钱。老常要吐，陈梦慌忙叫小小拿盆，老常干呕了几下，没吐出来。小小趁机朝陈梦使眼色，悄声示意她抓住机会。陈梦有点迟疑，怕他酒醒了不认账怎么办？只听老常十分仗义地接茬儿：谁敢不认账？煽他！

　　老常躺在床上昏昏欲睡。陈梦伸出一根手指在他眼前晃了晃，问他这是几个？老常人醉心不乱，闭着眼睛说，我得睡一觉再告诉你。陈梦又拿出协议书让他看，老常只见一张白花花的东西在眼前晃动。陈梦把协议书铺在床上，扶老常坐起来，递给他一支笔，让他签名。老常接过笔，趴在上面看了半天，发现"同意太太外出工作"字样，立刻扔掉笔，这东西太危险……不能签！

　　老常重新倒头睡下。任凭陈梦搂着他的脖子怎么撒娇，也不理了。最后她把"结婚前算过命，有帮夫相"这等低级骗术都搬出来了，老常还是不吭声。陈梦用力摇他，老常被折腾急了，借酒翻脸：喷！别烦我了，我是一家之主，我说不行就不行！这事就这么定了，以后不许再提了！说完躺倒，轻轻打起了呼噜。陈梦怒了：牛什么呀？你是一家之主，我还是"一家之主妇"呢！我话没说完，你怎么就睡了？醒醒啊……老常半真半假的呼噜声更大了。陈梦赌气躺倒，越想越气，用力踹老常，一脚又一脚：讨厌，讨厌，讨厌！老常被踹疼了，躲着躲着滚到了地毯上，迷迷糊糊就地调整了一下姿势，舒服地睡着了。

陈梦气得半宿没睡，第二天早晨起来，小小看到她那一双熊猫眼，故意问她昨晚怎么样？跟老爸智斗，动静还挺大的，阴谋得逞了没有啊？

听陈梦说老常喝得太多，昨晚在地上睡了一宿，小小琢磨着，看来我爸不是真醉，他心里对你的小算盘可清楚得很呢。陈梦不打算指望他了，不给投资也要出去工作，决不能在家把自己待成一家庭妇女黄脸婆。她已经想好，活人不能让尿憋死，燕子衔泥照样能垒窝。小小也要马上行动，青春不能在等待中蹉跎呀。

两人说动就动。陈梦瞒着老常接了一个又一个汽车展销会、手机发布会的活儿，忙得不亦乐乎。小小却没那么幸运，她跑遍全市的艺术区、美术馆，到处考察市场，琢磨路子，把自己的画拿到画廊寄卖，走了一家又一家，都被回绝。

老常发现女儿最近早出晚归老往外跑，得知她想开画廊卖自己的作品，大泼冷水，人家都不愿买你的画，可见是卖不出去，你自己开画廊还不赔死？我可不敢给你投资。小小知道老爸是叫陈梦给吓着了，连忙声明没想让他投资，您能主动想到这个我就很感动。老常警觉得很，哼，你可别像陈梦似的，先给我打一针麻药，然后再给我一刀。小小试探地问，我要是能证明自己的画有市场，您肯不肯帮我暂时投点资啊？老常刀枪不入，只要能卖，哪儿卖还不行？没必要非开画廊不可。我的人生准则是——钱得花在刀刃上，凡是可花可不花的一律不花。小小一听，算了算了，当我没说！本来也没想靠您。

陈梦在一边挤兑丈夫，哎哟，我原来以为自己能是你的"刀刃"，后来发现不是，琢磨着亲闺女总该是"刀刃"了吧？结果还不是！真不知道你的"刀刃"到底在哪儿呢？老常的脸不红不白，只要不动他的奶酪，他就能气定神闲。

想让老常支持事业起步是彻底没戏了。陈梦从此死心，要靠自己的能力干出个样子叫他看看。小小也发誓将自力更生、奋发图强进行到底，不达目的誓不罢休！两人击掌，今后咱俩就是同一战壕的战友了，共勉吧！

兰心最近虚火上升。她一边抓订单生产，一边盘算加快收购企业的步伐，第一步是深入细致的实地考察阶段。命相关部门抓紧时间，在考察过程中要以公司利益为重，严谨慎重，不得有虚假信息和人为的水分！以便尽早确定备选收购目标，制定可行性收购计划。

这天上午兰心召集会议，落实订单生产，资金已经基本到位，就等着组织原料按计划开工了。供应部经理却告诉她，出口产品必须采用的进口小牛皮和上好羊皮，库存的备料用完了，采购新料的人出去好几天了，还没有反馈结果……兰心急了，命令供应部"赶快、马上、立刻"想办法解决一部分应急。

供应部经理面露难色，说这种料不好找，以往都是到原产地找货源，没那么快呀。兰心大发雷霆，那也得给我想办法！我养着你们这么一大群人，都是干吗吃的呀？这种事还让我操心？限你三天之内必须见分晓！兰心突然剧烈咳嗽，抓过纸巾擦嘴，发现了血。

许小宁扎着围裙，哼着小曲，正往电视屏幕上哈热气，反复擦拭。电话响了，宋圆圆在电话里急促地报告，许哥，兰总咳嗽咳出血来了！许小宁扔下话筒就往外跑，连围裙都忘了摘。

兰心皮具公司的大厅里，众人聚成一堆在悄声议论。许小宁气喘吁吁、满头大汗跑进来，脚下一个急刹车滑出挺远，众人连忙闪开，许小宁撒腿又往里跑。

兰心坐在办公室的沙发上喝水，宋圆圆站在一边小心地陪着。许小宁脸色煞白，撞开门闯进来，一见老婆腿一软，差点摔倒：哎哟老婆！你可吓死我了！到底怎么了？

兰心看到许小宁的花围裙，瞅瞅你这样，什么打扮呀？许小宁哪顾得上这些？扑上去仔细打量老婆。兰心轻轻推开他，怪宋圆圆不该背着她通风报信，吓坏他怎么办？然后和颜悦色地对许小宁说，就是咳嗽了两声，可能气管咳坏了，没事儿……说着又咳嗽起来。许小宁紧张地看看她，没吐出什么，拉着兰心回家休息，不行的话还得去医院做个仔细检查。

兰心舒服地仰在家里的沙发上。许小宁一手端杯，一手拿药，小跑着过来，让她先吃止咳药，喝水。又拿来热水袋捂在她膝上。兰心打个嗝，许小宁立刻为她揉胸口，兰心直直腰，许小宁又为她搓背。絮絮叨叨地埋怨她平时总把他的话当耳边风，不注意身体，成天不是醉着回来准是生气回来！这些年在外头应酬，不知道吸了多少二手烟啊！唉……兰心嗔他小题大做，絮叨，撒娇地让他给揉揉脚，刚才进门的时候崴了一下，有点儿疼。

许小宁把兰心举起来的脚抱在怀里揉着，不由得回想起恋爱时节，那个小鸟依人的兰心终于回来了！兰心要照镜子，看看自己的脸色。许小宁随手从茶几下面拿出小镜子递给她，起身要去给她煮点儿银耳百合，加点大枣，润润肺。兰心要吃冰糖雪梨，许小宁说，好嘞！还有秋梨膏你也得多吃点儿……

兰心躺在床上睡了。许小宁还蹲在床边，担心地看着她，轻轻叹息。

李刚规定的三天期限到了，郭洋在护城河边等人。一阵"稀里哗啦"，李刚骑着破自行车来了，急切地问钱带来没有？郭洋一摊手，说手里活钱只有三千块，辞职的事已经自首，现在又不能跟李梅要钱，让李刚也回家自首，让他姐投资。

李刚实话告诉郭洋，自己头上顶着雷呢，现在真不能回去。郭洋说，真要是大事我还真不能替你瞒着，你最好跟家里说。李刚说，家里要是知道了，我就彻底失去继续折腾的自由和权力了。我折腾的日子还长呢，不想被他们看死喽。

郭洋盘问李刚，确信他头上那个雷不犯法，才答应再想想办法，不过丑话说前头，这是最后一回，以后再要钱，就一条路，咱俩一块儿找你姐负荆请罪去。

郭洋送走李刚，无奈地叹气。想了想，拿出手机给张瑾打电话，问她现在找到合适的人选了没有？之前说找到满意的设计师之前，随时等他改主意变没变？张瑾喜出望外，立刻约郭洋见面谈。

两人在露天咖啡座喝咖啡。郭洋要替张瑾出一套新的设计方案，绝不会和之前那套方案有任何雷同，但这事不希望从前的设计公司知道。张瑾保证不对外透露消息，并要抓紧时间落实合同，付郭洋一部分定金就开工，她一天都不想等了，再等把销售旺季都错过了。这正是郭洋要的，有了订金，李刚的问题就解决了。他痛快地回答，"没问题！"

兰心早晨醒来，许小宁已经送完乐乐回来，要带她去医院好好查查。兰心说没事了，要上班。话音刚落又是一阵咳嗽，吐出血来。

许小宁强硬地拉着兰心到了医院，先做肺透。医生看完片子，打量兰心，平时有吸烟的习惯么？兰心想了想，偶尔吸一点儿。以前得过肺病？又想了想，好像没有。做什么工作呀？皮具公司，生产箱包。医生若有所思地说，加工动物皮子的过程有一定的污染性……又问兰心是自己来的么？兰心说，老公在外面等我。医生要跟许小宁谈谈，兰心当时就晕了，强作镇定地说，不用，有什么情况您就跟我直说，我扛得住。医生仔细看看兰心，那好，从这几张片子上看，你的肺部有个阴影，初步考虑几种可能……一种是结核病灶，一种是钙化点，还有一种比较麻烦，就是……考虑肿瘤的可能性。

医生看出兰心脸色有点变，安慰她别紧张，现在还只是考虑这种可能性，还需要做进一步的检查再确诊，但是检查结果要七天才能出来。需要耐心等。

医生边说边开好几张检查单递给她，兰心接过检查单，手有点抖，撑不住了，虚弱地叫许小宁。许小宁跑进来，兰心腿发软，不由自主往他身上倒，声音颤抖地央求："老公，你扶我一下下。"许小宁心一软，就把老婆抱住了。

检查完了一项还得排号等下一项，许小宁扶着兰心出了医院大门，在长椅上坐下，说这地方空气好，在这儿等着。兰心神情恍惚地念叨，唉，怎么忽然就得癌了？许小宁安抚她别瞎想，大夫不就说怀疑么？得等检查结果出来才知道怎么回事，现在都是推测。当大夫的都有吓唬病人的习惯，把小病说成大病，目的是让你提高警惕，防患于未然！兰心长叹，唉……但愿。

许小宁掩饰着心神不宁，哄兰心等着，说他去给她买水喝，趁她不注意，返身跑进门诊楼大门。

许小宁匆匆推开诊室门，逮住正在看病的医生就问，我老婆不要紧吧？肺部的阴影可能会是什么性质？医生说，阴影位于肺尖，有陈旧性肺结核的可能，也有钙化点的可能，但不排除新的病灶。还必须考虑转移性癌病变、水痘性肺炎、真菌性感染等等……许小宁傻了，那怎么办呀？医生说，要先做个PPD检测，再做个痰培养，结果出来如果没问题，还要在半年后再拍一次胸片，看看钙化点有没有变化……许小宁哆哆嗦嗦地央求大夫，能快点儿出检验结果么？医生笑，你不能慌，你一慌你爱人情绪会受影响，先放宽心，等几天吧。

夫妻两人默默进了家门。兰心泄气地坐在门厅里不动。许小宁一边帮她脱鞋，一边哄她上床休息，自己要去煲点清火润肺的汤："我看你这是肺火上攻，没什么大事，别听大夫吓唬人。"

兰心不语，机械地任由他搀扶着进了卧室。许小宁进厨房，转了好几圈儿，才想起要给兰心煮汤。接水的时候走神了，水溢出来洒了一身。他站在灶前，看着锅里冒出的热气发呆，心情沉重地叹息。虽然兰心平时就像一尊真神，笼罩在他的天空之上，动不动就不由分说地镇压他一回，可这尊真神如果真倒了，他就没了镇宅之宝、没了指挥棒，还真有点儿失重，有点儿找不着东南西北。

许小宁端着煮好的汤出来，发现兰心坐在书房的电脑前上网，说要查查有关肺癌方面的信息。许小宁心里"咯噔"了一下，嘴上却嗔怪兰心多心："你怎么就认准肺癌了？大夫也没肯定啊！"

"我刚才看了看网上的相关资料，我这病有几种可能，如果是早期，还可以手术治疗，手术后也许还能活五到八年，短了也能活三到五年，不知道我要是做了手术结果怎么样？万一前景不乐观，你说我还要不要做这个手术啊？"

"你还真对号入座啦？"

"你别打岔呀！" 兰心特别冷静、条条是道，"如果我这是晚期，多则一年，少则三个月，那剩下的时间就太宝贵了，我应该好好利用这短暂的几个月时间好好享受一下生活，再把我一直没实现的梦想都尽量争取实现了，也不枉来人世一回。死我倒不怕，就是放不下你和乐乐，我要是没了，你们父女俩一个这么老实，一个这么弱小，这日子可怎么过呀？一想到这儿我就特别揪心。"兰心越说心越乱，眼泪终于掉下来。许小宁竭力安慰，夫妻相对黯然。

兰心拉着许小宁开始认错："小宁，真对不起你，对不起乐乐呀！这些年我一直忙着工作、赚钱，忽略了亲人、忽略了家庭，忽略了我作为一个女人应该有的生活享受，现在我得了癌症……"许小宁连忙纠正："疑似！"兰心固执己见："百分之五十可能性。也许我的生命已经进入倒计时……"

许小宁打岔："谁都一样，打生下来那天就开始倒计时，想停也停不下来啊。"

"你别打岔，也许我剩下的时间已经不多了，从现在起我要尽情享受生活，享受跟你们在一起的天伦之乐。你现在就扶我起来，咱们一起去接乐乐。"

风很大，兰心的头发都吹乱了。两人站在幼儿园门口，掺杂在接孩子的家长中间，许小宁看着幼儿园门口，兰心看着许小宁。

"小宁，你平时每天接乐乐，都这么等啊？"

"是啊，怕路上塞车，每天都得提前一会儿到。"

"唉，真不容易。"

"这有什么？不刮风不下雨的时候，就这么等着闺女也是一种享受。"

兰心感动得泪光闪闪："小宁啊，这些年真是多亏你了。"

听许小宁说，乐乐看见妈妈来接她肯定特别高兴！兰心激动得眼泪出来了："我平时怎么就没想着多来接接她呢？"

许小宁看到女儿，兴奋地喊，乐乐，爸爸妈妈在这呢！乐乐像花蝴蝶一样，飞跑着过来。兰心连忙张开怀抱迎上去，乐乐却直接扑进许小宁怀里去了。兰心张着两手，失落地看着许小宁和女儿亲热，特别难过。许小宁把乐乐推进兰心怀里：快跟妈妈亲热亲热！乐乐亲着兰心，问妈妈今天怎么也来接她了？兰心抱住乐乐眼泪汪汪，语带哭腔，从今天起妈妈每天都来接你好不好？许小宁赶紧拉兰心，人家都看你呢，赶快上车，吃饭去！

全家人在餐厅吃饭。兰心不停给许小宁和乐乐夹菜。乐乐开心地说，今天像过节。兰心说以后咱天天都过节。她感慨，从来没发现一家三口一起出来好好吃顿饭，都能这么幸福！兰心说着又要掉眼泪，许小宁赶紧递餐巾纸。

乐乐疑惑：妈妈今天怎么了？爸爸你欺负妈妈了？许小宁说妈妈这叫触景生情。兰心擦眼泪，强笑着说，吃完饭咱们全家看电影去吧，挑个好看的动画片怎么样？乐乐欢呼：太好了，妈妈要陪我们看电影喽！许小宁怀疑自己在作梦，说他又找回多年前的感觉了。兰心说，我也是。可惜，不知道是不是太晚了……许小宁说不晚不晚，只要开始行动，什么时候都不算晚！

晚上回到家，哄睡了乐乐，两人依偎着蜷在沙发上，兰心说，唉，我从没觉得自己像现在这么敏感、脆弱。许小宁说，我也很久没见你这么温柔可人了。

兰心反思："看来女人真是水做的，男人天生就该是石头，可我这么多年一直拧巴自己也拧巴你，非要把水当石头使，把石头当水用，结果现在拧出癌了。"

许小宁又连忙强调："疑似！疑似！"

兰心固执地说"百分之五十可能性"。从现在起，她要利用自己剩下的有限的生命还许小宁一个水做的老婆。许小宁紧紧搂着兰心，又幸福又心酸。但他得忍着，就像平时容忍兰心的臭脾气一样。也许，这辈子自己就是忍受的命了。许小宁把脸埋进老婆的头发里。

郭洋和李梅正要上床，许小宁来了，一屁股坐下，闷声不响。郭洋看他这副深沉样儿，觉得挺新鲜。李梅以为他又跟兰心别扭了，刚问了一句，许小宁就开始抽鼻子，眼泪噼里啪啦往下掉，说兰心病了，他心里跟堵了块大石头似的，趁她睡着了才敢出来，跟郭洋李梅说说这事儿，还能好受点儿。

许小宁扯出一把纸巾抹了抹眼睛，唉！大夫让做进一步检查，得生生熬到七天以后才能知道结果……这七天我可怎么过呀？郭洋连忙鼓励他，别说还不一定是癌，就算是，你一个大男人也不能这么不禁打击，这不是给兰心增加压力吗？你不能先颓了呀。李梅也说，你得帮她撑着，千万别在她面前这样。许小宁说，在她面前我敢这样么？本来我也没这么严重，都是让兰心给招的。她这人平时从来不爱说软话，这一听说病了，说的那些话句句都戳我心窝子，人也温柔体贴了，说话办事也通情达理了，我简直有一种时光倒流的感觉。她越这样越弄得我是既恐惧、难过，又心酸、幸福。真是没法说……许小宁说着说着又哭起来，你们就当我没告诉你们，千万别跟兰心提这事儿。李梅说，那我们总得帮你、也帮兰心做点什么吧？许小宁说什么都不用，只要好好珍惜眼前的幸福生活，别到时候后悔，比什么都强……

许小宁发泄完了，平静了不少。送走他，俩人躺在床上出神。李梅不由得联想到自己，唉，要是我得绝症提前走了，郭洋你肯定特惨。郭洋反感，你能不这么类比吗？李梅又说，平时我是你生活上和感情上的依靠，一旦我不在了，你可怎么活呀？一想到这儿，我的责任感就油然而生！不行，为了你我得好好活着。

郭洋故意逗她，其实也没你想得那么可怕，你不在了我就再找一个人依靠呗，照样活得好好的，你完全可以放心。李梅特别认真，不！我了解你，你不是那种人，你肯定会一个人努力把小洋拉扯大，又当爹又当妈，活得别提多难了。是吧？

平时怎么咋呼都行，可到了关键时候，男人比女人还脆弱，不信你等我病的时候再看吧，准跟许小宁一模一样，抗打击能力真不怎么样。

郭洋不满了，你能不替我展望悲惨前景吗？人家的伤心事，往自己身上扯什么呀？李梅说，生老病死，人之常情，人人都得有这个思想准备。说着，不由偎进郭洋怀里，抱住我，咱们从现在开始就得珍惜在一起的每分每秒，省得到了兰心这一步才后悔。郭洋哭笑不得，哪儿跟哪儿啊？不过转念一想，李梅说得也有道理，于是默默搂住她，觉得这样的时刻心里格外温暖。

郭洋和张瑾签了合同，拿到了五万元定金，给了李刚一万块。剩下的四万拿回家，拍在李梅面前，得意地说，这是他对家庭的投入，请老婆大人笑纳。李梅问他，刚失业，就突然拿回这么大一笔，不是抢的吧？郭洋轻描淡写，小意思，接了个装修设计的私活儿，在家画画图。

李梅一听挺高兴，这倒不错，在家就能赚钱，还不耽误照顾家，要不你以后干脆也别进公司了，就这么在家接活儿干挺好的。郭洋不干，你别想从此把我按在家里！李梅突然醒悟过来，你是不是怕自己不工作，我就有理由去杨丹那儿了，所以才急着接活儿，好把我的路堵上啊？郭洋不屑，这是两码事，你想去哪儿是你的自由，你去！我绝不拦着。

李梅担心他又赚钱了，从此气又粗了，又要成天见不着人影了。郭洋态度明确，不会！明天起我就在家里工作，你开车上下班，顺便接送一下儿子，给我省点儿时间。李梅打量他，你才为人民服务几天啊？这就撂挑子了？郭洋说家务活我力所能及地干，这叫合理分工，再说你开车不也方便点儿吗？说着把车钥匙放在李梅面前，拿去！李梅拿起钥匙还在盘算，这事儿是不是真像他说的那么好。

李梅刚拿到车钥匙，有点小兴奋，开着车在街上逛。杨丹来电话约她出去喝咖啡、聊天，问她跳槽的事想得怎么样了？李梅还是有顾虑，怕占用太多精力，就顾不上老公和儿子了。杨丹说，反正郭洋现在不是在家吗？顺水推舟的事儿。李梅不愿意真把丈夫当家庭煮夫使唤，再说他也没闲着，刚接了活儿在家画图。

杨丹揭穿她，关键还是你自己的心态，你要是想出来，什么都拦不住你。李梅不得不承认，她真下不了从证券公司辞职跳槽的决心。杨丹急着用人，给李梅出了个主意，先兼职帮忙，试着干一段时间看看，等适应了再做决定，这样总算稳妥了吧？李梅答应考虑一下，尽快答复。

两人正说话，老袁走进了大厅，看到杨丹和李梅，拐个弯过来打招呼：你们也在呀？杨丹立刻鸡蛋里挑骨头，怎么叫也在呀？这儿又不是你们家开的。我还奇怪呢，怎么我到哪儿都能碰见你呀？老袁笑了，这说明咱俩虽然已经离了，但缘分还在。我碰巧也来招待客户，看见二位女士在，总得打个招呼啊！我打不打扰你们呀？是就你们姐俩，还是另外有别的男士陪同？

杨丹不屑地斜他一眼，你不就想问我找没找着下家吗？告诉你，我只要想，不愁没人陪，但我今后的生活重心不是感情，而是事业上的自我实现。

老袁坐下，问杨丹，每月一千多万的贷款扛得住扛不住？需要帮忙就说话。

杨丹不领情，就等着看我崩溃的笑话呢？那你失算了，我肯定会让你失望的。老袁笑，我知道你的脾气，鸭子熟了嘴还是硬的，我可没想看你笑话，就是关心一下，不是夫妻还是朋友嘛，有需要我帮忙的地方尽管找我。说着，起身走了。

李梅这才知道杨丹每月要还一千多万贷款，惊叫一声，我的妈呀！一千多万怎么还呀？杨丹故作镇定，这有什么？撑死胆大的，吓死胆小的，压力就是动力！就是因为有压力，我才急着让你来帮我。李梅连忙承认自己就是那胆小的，恐怕担不了这压力。杨丹安慰她，债再多也是我顶着，你是我姐们儿，必须得帮我一把，咱们联手渡过难关，很快就会迎来辉煌的明天。李梅不理解，前夫愿意帮你，放着现成的拐棍不用，非赶我这旱鸭子下水，真不明白你怎么想的。

杨丹脖子一梗，跟他联手我还说得清楚吗？成功了算谁的？当初就为这个闹得天翻地覆，回头再落下个"我逞能未遂，还得他帮我才行"的话把儿，我才不干呢。不蒸馒头我也得争口气！告诉你，我都想好了，这回我组团队，清一色闺蜜、姐们儿、娘子军，要彻底让西风压倒东风。李梅说，你这想法虽然够魄力，但好像不太理性。你是不是就为跟老袁治气呀？要是这样你可得小心。

老常被女儿常小小押着去了一趟798艺术区。心里不情愿，看什么都索然无味，这地方有什么好逛的？这半天把腿都累直了，也没看到兴奋点。

小小拉着老常撒娇，老爸，耐心点儿好不好？别看您从小到大在北京生活，还从来没逛过798，今儿陪我，顺便也给自己的生活注入点儿新鲜气息，多好啊！

老常警觉着呢，别想说服我给你那乌托邦画廊投资啊，我不感冒。小小说，没想让您投资，就想让您从一个商人的角度，帮着评估一下艺术市场的状况，看看我在这块地方能淘到多少金子。老常摇头晃脑，我看不出来有什么金矿可挖的。小小就给老常洗脑，说798现在如何如何空前繁荣，人们物质生活提高之后，精神食粮便成为首选追求，再说她对自己的作品还是很有信心滴，没钱投资也不怕，就是摆地摊儿，她也要卖画为生！老常一听摆地摊儿，连声说他可丢不起那人！小小说我自己摆，又不丢您的人。

父女俩走进一家展厅。正中高台上立着一个浑身涂满油彩、扮成铜雕塑的女模特，吸引了众多游人。父女俩也上前观看，老常觉着这模特儿不知什么地方眼熟，绕着转来转去，想看清她的脸，不料模特儿总跟老常反着转，就是不让他看清真面目。

　　小小上前，一眼认出了陈梦。陈梦对小小挤眉弄眼，示意她赶紧把老常弄走。小小会意，赶紧上前拉老常，这有什么好看的？走吧走吧，那边还有更有意思的。老常不走，我看这个就挺有意思，让我再看会儿……小小连推带拉，说这在国外是一种特普遍的促销形式，挺俗的，没什么技术含量，更没什么艺术价值，别看了……。说着，头顶、肩扛，推着老常的脊背，好不容易才把他弄出了门，临出门前还笑着朝陈梦挤眉弄眼做鬼脸。

　　小小和老常走了，陈梦才松了一口气，为了扮这个雕塑，她光化妆就用了一桶油彩，回头洗澡还得用去半桶浴液，容易吗？都是老常不肯投资让她开店，害得她到这地方干这种没人干的活儿。开始是浑身酸疼，现在时间一长，都快找不着四肢的确切位置了，她只盼着快点儿结束，早点回家，躺在床上睡到自然醒。

　　表演一结束，陈梦就搭车往家跑。她得趁老常和小小到家之前，收拾利索，掩盖行踪。陈梦匆匆进了门，刚搓了一脸洗面奶，房门就响了，她慌忙往脸上撩水，就听见小小喊了一声"我回来啦！"

　　陈梦正手忙脚乱，小小推开了卫生间门，干吗呢？消灭罪证呢？别担心，我爸在楼下碰上许小宁了，俩人正聊天呢，得过会儿才能上来。

　　陈梦这才松口气，赶紧继续洗脸。小小上下打量她，问她怎么接这么累的活儿？是不是不光为了工作，也缺钱呀？陈梦犹豫一下，决定不再瞒小小了，瞒也瞒不住，她还需要小小配合共同瞒老常呢。陈梦叹气，那我就都撂了吧！

　　原来陈梦是个弃婴，是养父母辛辛苦苦把她养大，供她读书，拿钱送她来北京，考上了模特公司。现在他们都老了，病痛缠身，陈梦给自己定下规矩，每个月不管老人要不要，都必须主动寄点钱给他们，表达自己的孝心。养父母也是父母，她要尽赡养义务。小小提醒她，既然已经结婚了，养父母就是老爸的老丈人、丈母娘了，为什么不跟他要钱啊？陈梦认为这是她自己应尽的义务，不该让老常出钱。小小被感动了，原来以为你就是那种一心傍大款的拜金女孩儿，没想到你还是个有孝心、有责任感、又有自立精神的女人，但我还是不明白，既然你不为我爸的家当，怎么会看上我爸的呢？难道真是纯粹为感情？陈梦自嘲地一笑，也没那么纯粹，除了感情，我也希望他能帮我起步发展点儿事业，既然现在行不通，也只能先靠老本行赚点儿钱了。小小也笑了，拍拍陈梦，你这人很坦白，我喜欢，完全理解。

　　老常突然进来，一脸沉重地坐在沙发上，一言不发。两人纳闷地交换眼色，小小问老爸怎么了？刚才不还好好的么？老常说，许小宁告诉他，兰心得癌了。小小和陈梦都挺意外，啊？老常这才大喘气：……疑似，正等确诊结果呢。

　　哦，原来是替兰心姐担忧啊！小小知道邻居们感情好，可这还没确诊呢，就难过成这样了？老常是替自己担心。兰心跟他一样，也整天忙着经营公司、赚钱，不注意休息、不注意身体健康，现在她倒下了，相当于给他敲了警钟，他突然觉得浑身特别不舒服。

　　陈梦小心地问他哪儿不舒服？老常说哪儿哪儿都不舒服，头晕，心跳得厉害，说不清肚子里哪部分还隐隐作痛。小小笑老爸这是心理作用。老常一口咬定身体有问题，最近压力特别大，都是让老婆闺女闹的，这个要开画廊，那个要开服装店，都惦记让他出钱，上这么大火，身体能没点儿反应吗？

　　老爸！您一分钱没给我们出，到头来我们还有罪了。老常叫陈梦赶紧扶他回屋躺会儿去，再气他病就更重了。两人见老常的状态确实不太好，连忙上前扶他。这一扶不要紧，老常顿时像真病了一样，腰也弯了，背也驼了，在老婆和女儿搀扶下，哼哼唧唧地呻吟着挪进了卧室。

　　老常闭着眼睛躺在床上，迷迷糊糊之间，两只手浑身到处乱摸。陈梦轻手轻脚推门进屋，叫他起来吃饭，老常不想吃，不舒服，没胃口。陈梦有点懵，真不舒服啊？老常紧张地坐起来，说他刚才摸了摸身上，感觉有个地方不对头，他让陈梦过来，你摸摸，你摸摸，这地方是不是长了个东西？

　　陈梦连忙上前，摸摸老常脖子下面，果然有个小疙瘩，不过是淋巴。老常不死心，又摸胸前，怀疑自己真得什么病了。他突然一惊一乍地拉过陈梦的手，你摸！你快摸！我胸口这儿有个包！陈梦仔细摸了摸，认真看了看，哟，你那地方长包，是不是乳腺癌呀？老常狐疑地反问，男的没有得乳腺癌的吧？陈梦想了想，按理说，有乳腺就可能得癌。老常顿时有点儿晕，没听说男的也得这种病啊？你快上网问问专家！陈梦连忙往外走，让小小马上问问去。老常摸着自己那块已经变身为肥肉的胸大肌，嘟囔着，明天我要去医院，仔细检查检查。

　　小小上网，果然查出男性也可能得乳腺癌的信息，陈梦也慌了，第二天就陪老常去了健康中心做全面体检。老常坐在医生对面，一脸孩童般纯洁的殷切。医生热情洋溢地介绍了几种套餐式服务，问老常要做哪种套餐。老常说要做个最全面、最详细的检查，把能查的全都查一遍。医生说，那就住院慢慢查吧，全套下来要五千多块钱。老常毫不犹豫，请医院赶快开入院通知书，这就去办住院手续。

小小和陈梦提着大包小包日用品，陪着老常走进病房。老常不安地四处看看，一脸郁闷地说，我怎么一进来，胸口就堵得慌呢？陈梦安慰他，别紧张，住院又不是真有病，检查一结束马上接你回家！小小笑着调侃老爸，头回发现您花钱这么有魄力，花五千多块住院体检您舍得吗？老常立刻来神了，这钱必须花呀！钱重要还是你爸的命重要？再说了，万一有个三长两短，人没了，剩那么多钱还有什么意义？小小故意逗他，怎么没意义？还有我们俩呢，给老婆孩子多留点儿钱意义重大呀！老常往床上一仰，你就浑吧，没病我也让你气出病来。陈梦无奈地笑，小小你别招他，回头再讹上咱们。这回瞧见他花钱的"刀刃"了吧？敢情都在他自己身上呢！

　　兰心突然要上街购物，许小宁陪她把北京城最好的服装商场逛了个遍，手里已经拎了一堆购物袋，兰心还不停地挑衣服，每拿起一件都在身上反复比划，老公，我穿这件不错吧？许小宁能说什么？挺好！挺好！挺好……兰心就把衣服一件件地往服务员怀里一塞，这件我要了，这件也要了，把这些衣服统统给我包起来！许小宁实在忍不住了，悄声问，老婆，你跟钱有仇啊？咱以后不过了？

　　兰心很洒脱，我想明白了，以前整天忙着赚钱，老觉得花钱享受是以后的事，只赚不花。这回万一我不在了，那么多钱都留给别的女人，我亏大了！还有什么舍不得的？能享受就赶紧享受。我要在有限的日子里，把从前喜欢又不舍得买的东西都买了，免得留下太多的遗憾！许小宁哭笑不得，检查结果不是还没出来么？怎么就认定时日无多、突击消费呢？万一什么事没有，回头钱都没了，只剩这一堆旧衣服，你肯定后悔不迭！兰心听到这儿，正在翻动衣架的手突然停住了。

　　晚饭后，兰心站在穿衣镜前挨着试穿新衣，一件件展示给许小宁看。看这件，多漂亮！啊？就像为我量身定做的一样！许小宁在旁边看着，专拣好听的说，那是啊！我老婆穿麻袋片儿都漂亮。兰心突然问了一个严肃的问题，小宁，要是我真的走了，你打算怎么办？许小宁不愿意想这个问题，再说，现在也没必要想啊。兰心不依，必须回答我，你会不会再找个女人？不会！我就要你，不要别人。兰心放下衣服，面容严肃，郑重其事，不！小宁你答应我，如果我不在了，你还是要再找个老婆，好好生活。许小宁反感地推开她，咱别说这不愉快的话题行吗？不行！这是我必须考虑和安排的内容，你一定要答应我，再组成一个新家庭，好好开始新生活，好好照顾乐乐。许小宁不由得伤感了，应付她，好，我答应你。

　　兰心立刻火冒三丈，指着他的鼻子跳起来："许小宁！我就知道你经不起考验！你要找新欢过新生活我才不管呢，可你就没想想，乐乐从此就要跟后妈过，孩子多可怜啊？啊？你还有没有良心啊？"说着说着，呜呜大哭。

许小宁措手不及，赶紧哄："你看你看，我说不找，你非让我找，我刚答应就劈头盖脸骂我，你这不是挖坑埋我吗？兰心，虽然你疑似有病，可你也不能总拿病吓唬我，用死折磨我，你没死，我已经被你折磨个半死了！你有点同情心，咱不带这样的行么？"

"不！我就要试探你，现在我决定遗产只给你百分之二十，剩下百分之八十都要在乐乐名下，让我妈监管。我决不能让乐乐受一丁点儿后妈的委屈。"

许小宁欲哭无泪："这都哪儿跟哪儿啊？我觉得你妈也靠不住，还是得你好好活着，亲自监管我，监管女儿、监管财产，我对你有信心，你肯定会没事的。打起精神来，咱们夫妻携手、共度难关，好吗？"

兰心扑进他怀里："老公……我真舍不得你和乐乐呀！"

"那还不好办？以后好好爱惜自己，别喝那么多酒，别那么玩儿命赚钱了，多享受享受生活，多关心关心老公和闺女，一切都来得及……"

两口子一块儿收拾起那堆衣服，都累得躺在床上不想动了。没一会儿，许小宁就呼呼大睡。兰心有心事睡不着，翻来覆去折腾了一会儿，悄悄下床打开梳妆台抽屉拿了样东西，出了门。

兰心来到李梅家，拿出一样东西给她看，是一条带翡翠挂坠的项链。李梅呀，你还记得这个吗？怎么不记得？这是咱俩一起逛街的时候买的，当时我特别羡慕。兰心早就看出李梅的心思，把项链递过去，你喜欢，送给你。李梅不好意思地说，那会儿挺喜欢，现在没那么喜欢了，还是你戴着更漂亮，你留着戴吧。兰心硬往李梅手上塞，你一定要收下，咱俩同学朋友一场，就当是留个纪念……李梅听出兰心的意思来了，不得不接住，嘴上还得装傻，兰心你这么客气干吗？咱俩谁跟谁呀？

兰心让李梅快戴上，给她看看。李梅只好戴上，兰心端详，连声说好看。李梅犹豫地摘下来，这项链你也喜欢，我不能夺人之爱呀。兰心急了，叫你收下你就收下嘛！郭洋在旁看着听着，心里不是滋味。李梅不知所措地看看他，他连忙把头扭到一边装作不见。李梅还想推让，兰心挡住，我以后可能再也戴不着了，你好好留着，到时候看见它就当看见我了……说着，终于绷不住掉下泪来。

李梅赶紧安慰，不会有事的，检查结果肯定没问题！你这么坚强的女人，不可能被病给打垮，我相信你，真的……

兰心抽泣着说自己的命怎么这么苦啊？郭洋忙打岔，圆场，让李梅先给兰心当几天保管员，趁这几天赶紧戴着过过瘾，等还人家的时候别舍不得。李梅会意，好好，那我先收着，替你保管，回头再还给你啊。兰心还挺仗义，送你就是送你，说什么也不能再要回来。郭洋强调，必须说好要还给你，吉利！没想到兰心听了这话，控制不住地趴在李梅怀里大哭起来。

08　人类最大的错误是用有限的生命追逐无限的欲望

郭洋坐在电脑前，给张瑾展示设计草图，阐述创意，有混合型风格的，空间结构讲求现代实用，又吸取传统特征，装饰陈设融中西为一体，采用传统的屏风和茶几，现代风格的墙画和门窗，新型沙发，不拘一格。有乡村和自然风格的，能满足年轻人力求在室内环境表现悠闲舒畅的田园生活情趣的需求，采用明快的色彩和绿色植物，创造自然、质朴、高雅的空间气氛，既适合独身白领，又适合年轻小夫妻营造一个温馨的小家……张瑾兴致勃勃地看着这些方案，啧啧称赞。

郭洋又把彩色效果图展示了一遍，按三种户型，针对不同层次的客户，设计出了六种套餐式样板间，客户可以根据经济实力和个人喜好随意选择。这六套样板间各有千秋，每一套又都有亮点，比当初在公司设计的那稿更加出色，张瑾兴奋地当场拍板：就是它了！

郭洋交代张瑾，要找个有资质的装饰公司或者施工队，严格按设计要求施工，保证出来的效果不走样，到时候就可以放心等客户来抢房了！张瑾受到启发，若有所思地看着郭洋，她估计客户要是看上了样板房的设计，准得问是哪位设计师的杰作，到时候她还是离不开郭洋。

郭洋起身要走，说回头给她一个设计图电子版，有什么问题再随时沟通。张瑾立刻挽留，别急着走啊！我请你喝下午茶。俩人喝着咖啡，吃着点心闲聊。张瑾句句都在试探郭洋，像你这么有才华的设计师，仅仅把才华体现在装修设计上未免可惜了，应该把创意演变成产业。

是个男人都想成功，郭洋也不能免俗。其实这些年他一直有个没实现的梦想——做一个家居生活体验馆，让客户亲身实地感受自己的设计理念和装饰创意会给他们的居住环境提供什么样的精彩和贴心。实用性早就不能满足客户的诉求，他们很少再处于被动接受的角色，已经开始主动提要求了，特别需要对个性、兴趣爱好、功能和使用方面的一对一指导。家居体验馆通过听、看、摸、嗅，让他们对"未来的家"有最真实的感受，亲身体验实际效果，消费者才能放心地把未来的家交给设计师。而且，体验式装修还是个新领域，目前国内做的人还不多。

张瑾听得入神，郭洋越说越兴奋："我的家居馆要从室内设计到家具陈设提供一条龙、一站式服务，只要客户把新房子交给我，整个装修装饰过程根本不用再过问，我甚至把未来家庭的生活模式和文化特征都设计好，客户交给我的仅仅是一所房子，我还给他的就是连细节都经营好了的新家！客户什么都不用操心，日子一到，提着衣箱入住就OK了。这么一来，我就真正把自己的设计价值最大化、市场化了。"

张瑾听得目光炯炯，她有一种直觉，这种家居理念很快会成为未来家居产业的潮流，为什么不抓紧实现它呢？郭洋自嘲，在中国最不值钱的就是梦想家，要践行这个理念需要巨额资金支持，有魄力把资金投进一个新兴领域的人太少了！张瑾突如其来地问他，如果我能找来一千万启动资金，你能把这事干成吗？郭洋愣了愣神，这笔钱要是他自己的，他立刻就会行动，可是拿着别人的投资做事，还真有点紧张。张瑾鼓励他试试，人类之所以成为高等生物，就因为拥有梦想的权利，并且一直在为梦想努力。郭洋瞬间热血沸腾，内心跃跃欲试，却努力不动声色。回家的路上，他满脑子都是家居馆，这个萦绕多年的梦想从来没这么清晰过，似乎离他的生活越来越近了。

郭洋回到家，浑身还在发热，坐在电脑前，不知不觉中，一张家居馆的建筑外观图就跃然在屏幕上。李梅过来看了看，奇怪郭洋画的不是装修设计图。

郭洋激动地问李梅，还记得他以前说过自己的理想吗？李梅显然遗忘了，半天没反应。郭洋并不需要李梅回答，他按照自己的思路，把自己想开创家居馆，从装修设计开始，把一个毛坯房变身为一个连牙签盒、拖鞋架都准备妥当的温馨的家，让客户到现场亲身体验式消费的想法又说了一遍，好像每重复一遍，就离现实近了一步。李梅这才想起来，以前他好像说过这事儿，怎么突然又提起它来了？郭洋问李梅，你觉得我这辈子有可能实现它吗？李梅没什么感觉，只是觉得虚无缥缈了点儿，让他甭想那么远，先把眼前的设计图画好再说。

郭洋失望了，以前他说这些的时候李梅可不这样，当时她总是一脸崇拜，热情鼓励。现在她再也不关心他的梦想，只想让他先把实实在在的活儿干完，把实实在在的钱赚到手，交到老婆的柜上。女人一结婚都变得世俗了，除了锅碗瓢勺、吃喝拉撒，眼里没别的了。

李梅看穿了他的意思，宽容地笑了："等你实现了梦想，我就更崇拜你了。别嫌我俗，没办法，婚姻赋予我们女人的责任和义务就是实实在在地过日子，我扔了锅碗瓢勺，不管吃喝拉撒，成天光梦想，你和小洋也不答应啊！是吧？"

郭洋叹息："女人结婚前都是红颜知己，结婚后一水变成贤妻良母了。"

"你是想要红颜知己？还是贤妻良母啊？"

"我都想要。"

"你就贪吧，美死你！"李梅笑嗔着，突然警觉地盯住他，上下左右打量着，"嗳，你是不是有什么红颜知已出现了呀？"

"胡扯。我要是有了红颜知已，还跟你费什么唾沫星子呀？我找她倾诉去！"

张瑾送走郭洋，思忖了一会儿，不由自主地给老袁打了个电话，约他出来一起吃个饭。当然不仅仅是吃饭。这些年，有了困难她首先想起的肯定是老袁，老袁就是她的蓝颜知已兼救火队员。老袁跟杨丹离了婚，尽管她有些内疚，觉得对不住他，可是一到关键时刻，她还是会想到向他求助。

老袁西装革履，打扮得特别正式，一望而知他赶赴的是一个非常正式的约会。他在服务生引领下走进餐厅包房，张瑾已经坐在里面，见到他，笑着起立迎接，你这大忙人还挺守时的。老袁也笑了，你请我，敢不守时么？张瑾周到体贴地告诉他，已经按他的口味安排好了饭菜，只等吃现成的就可以了。

老袁脱了外衣，以一种少有的轻松，舒舒服服地坐下，随口问张瑾楼盘装修得怎么样了？什么事这么急着约他？张瑾开门见山，说她想开一个创意家居体验馆，需要拆借一部分资金，时间比较紧，跟银行打交道又需要周期，不知道老袁愿不愿意帮这个忙，可以贷款，也可以入股。老袁问她需要多少？张瑾暗中使了使劲儿，咬牙说出个"一千万"。没想到老袁面不改色，一口答应，并说形式不重要，把事情做成就好。张瑾简直喜出望外，满怀感激，这些年你真是我的贵人啊，我在商场上碰到大大小小的困难，你没少帮衬，大恩不言谢，敬你一杯！

老袁笑了，能帮上你的忙，我感到荣幸。两人沉默了一会儿，张瑾试探地问，离婚这么长时间，没就我们俩的关系好好跟杨丹谈谈吗？老袁叹气，谈不谈也于事无补了，再说，我和她离婚的主要原因往小了说是个性冲突，往大了说是性别冲突，跟你关系不大，你别太有思想负担，该怎么处还怎么处。张瑾忧郁地看看老袁，我真希望这些事儿都没有发生。老袁笑说，万事不必强求，顺其自然吧……

许小宁扎着围裙在打扫卫生、喂鱼。突然放下活计拿出手机看看，连忙溜进厨房，关严了门，低声接电话。原来公司有急事，宋圆圆需要兰总拿个主意，要跟她请示一下。许小宁让宋圆圆等等，他会抽空去一趟公司……

许小宁电话还没打完，兰心那边就一连声地叫他，说她迷迷糊糊老想睡觉。许小宁知道她晚上想心事没睡好，推着她回屋去补一觉。许小宁整理着床铺，拍拍枕头，人睡不足觉精神不好，精神不好心情就不好，再说，女人缺觉容易衰老！懂么？这年头长什么也不能长皱纹啊是不是？兰心听话地上床躺下，跟他撒娇，老公，你别走，陪我说说话。

许小宁拿出哄女儿的看家本领，给老婆唱了一支催眠曲，平时乐乐睡不着的时候他都唱这个，特别管用。刚唱了几句随口即兴的催眠曲，兰心的眼睛就闭上渐渐睡着了，许小宁得意地笑着叫了几声"兰心"，看看兰心真睡了，悄悄出门。

许小宁驾车紧赶慢赶到了兰心皮具公司，坐在兰心的老板椅上，拍拍，看看，十分感慨，这个位置他已经久违了。众管理人员和宋圆圆看看许小宁，面面相觑。许小宁对众人吩咐，为了保证兰总心态平和、情绪稳定，不允许任何事物打扰她、让她劳神。因此，这段时间，公司里的一切事务都由他定夺，有什么事情需要拿主意的，有什么话想跟兰心说的，现在都可以跟我说！

质检部经理汇报，发现部分订单产品有些质量问题，主要是使用的原料不过关。许小宁急了，不过关的皮料为什么还用？宋圆圆连忙解释，眼下皮料市场货源紧缺、导致原料不足，生产部就想在产品的局部采用一部分替代品，结果出来的产品质量不过关。许小宁一听，紧急叫停，这批产品是出口的，到时候人家进口方检验那关你就通不过！这不是自欺欺人么？宋圆圆提醒他说，如果不紧急解决一批皮料，工厂就得马上停产。众人都紧盯许小宁的脸，对老板这个居家老公处理问题的能力不抱希望，甚至有些幸灾乐祸。没想到许小宁举重若轻，一脸坦然地挥挥手，行了，你们都别担心了，看我的！

许小宁匆匆往家跑，一进家门，兰心已经失魂落魄、四处游荡呢。许小宁此刻中气十足，哟，怎么了这是？怎么一副心乱如麻的样子呀？

兰心一见他眼泪就出来了："老公你去哪儿了？我从来没有找不着你的时候，刚才一醒见你没了，我打你手机，没想到在家里响了，你出门怎么不带手机呀？我就慌了……你把我一人扔家就不管啦？"

许小宁赶紧把她搂在怀里安慰着："我就出去办点事，一急忘带了。你急什么呀？我还能叫外星人拐了去？"

兰心哭着说，她刚才一下就找着许小宁每天在家守候着，等她回来那种心情了，心里空空荡荡，没着没落，说不出的难受！

许小宁笑了："老婆你终于说了句良心话。"

"以后我再也不为应酬半夜才回家了……"兰心突然反应过来，"我也没以后了，没应酬了，我的时间不多了……"

"说什么呢？又胡思乱想了！晚上就老胡思乱想睡不踏实，白天还这么折磨自个儿，何苦呢？别想那些没边的事了，咱这不是在一起，挺好的么？有你老公在，什么都不用怕，什么都不用担心，啊？好歹我也是一大丈夫啊，这种关键时刻，就是天塌了我也得替你顶着呀！"许小宁挺着胸脯捶了几下。

兰心被哄得破涕为笑，突然想起来问许小宁刚才出去干吗了？许小宁说去了趟公司，圆圆说原料不足，工厂那边等着解决皮料呢！兰心叹气，唉，我都这样了，还哪有心思管那些呀？许小宁又一拍胸脯，这不有我吗？不用你操心。兰心半信半疑，你能怎么解决？许小宁大包大揽说他有关系网，上回欠款怎么追回来的，这回皮料怎么弄到！让她把心搁肚里吧。兰心特别欣慰地打量丈夫：

"小宁，我以前真应该多给你机会展示你的本事，其实你真是个大丈夫。"

许小宁浑身舒坦："这话我爱听，不过我还得确认一下，是你的真心话么？"

兰心由衷："发自肺腑的！"

"老婆，你这场病来得太好了……太及时了！"

兰心一听变脸了："你什么意思啊？"

许小宁："噢！我是说，由于这场疑似病情，我又重新找回初恋的感觉了！"

老常躺在医院病床上，撸起袖子，护士小姐为他抽血。抽了一管，换了根玻璃管继续抽，一连抽了好几管。老常紧张了，还抽啊？一下抽这么多血，我得吃多少好东西才能补回来呀？护士不动声色，你要做的检验那么多项呢，不抽血怎么做呀？躺好了，别动！陈梦站在护士身后，紧张得把头扭到一边没勇气再看。

老常脸通红，不错眼珠地盯着护士的一举一动。护士终于拔下针头，把棉签递给陈梦，你替他压住针眼，多压一会儿！说完，把几管化验用血分门别类放在手推车上，推着车扬长而去。陈梦压着针眼，一动不敢动，一边安慰老常，没事儿，没事儿，回头吃点儿好的就补回来了。老常不敢跟护士使性子，这会儿把一肚子委屈都朝陈梦撒出来，吃好的不用花钱啊？这会儿轮到陈梦委屈了，但她不敢吭声，怕气着老常。

针眼儿还压着呢，护士又来叫老常去做X射线检查。老常光着上身，被机器夹在中间拍肺片。医生的指令从喇叭传来："深呼吸……再来一次！"老常乖乖听凭摆弄，虔诚得像个信徒，软弱得像个孩子。一会儿站位，一会儿仰卧，一会儿侧卧，拍了肺拍髋骨，拍了上肢拍下肢。能照的都照完了，老常又盯着医生察看脸色，想从中获取自己身体状况的蛛丝马迹，护士过来拉他，走吧，做B超去！

走廊上聚满了患者和家属。陈梦一手拿着厚厚一叠检验单，一手抱着老常的外衣，站在B超室门外等待。女护士陪同老常走出来，他忧心忡忡地看看妻子，陈梦连忙为他披上外衣，转身小心地问护士，没事吧？护士接过陈梦手上的单子翻看，说片子和B超结果都要一个小时后才能出来，走吧，接着做别的项目去。老常一脸深沉、满怀无辜地跟着护士走，陈梦连忙小跑着追上，搀扶他，老常反感地把陈梦的手拂开。

总算折腾完了，已是精疲力竭。老常立时三刻就要看所有检验结果，被告知要等所有结果都出来了，汇总之后再一起交给他，老常顿时跳出来，什么？我花这么多钱你们就这么对待患者？护士连忙解释体检中心的检查程序，最后惊动了中心领导，破格批准老常可以随时到各科室去等结果，一旦出来，必须让老常第一时间看到。老常这才心满意足地不闹了。

陈梦陪伴老常走出了化验室，他手上拿着生化全项化验单，边走边看，最后索性坐在大厅椅子上仔细看。陈梦也凑上前争着看，问他怎么样？老常看得一头雾水，直嘬牙花子，反问陈梦，这上上下下的箭头都什么意思啊？陈梦看了看，明白了，那是指标偏高或者偏低的意思。老常顿时紧张了，拉着陈梦就去找医生。

医生拿着老常的化验单，看一项，摇摇头，不停地摇头。老常更加紧张，哀求大夫，您别呀，您把我心都摇乱了，别老摇头不说话呀！医生说，您这各项指标没一项能完全达标……该高的低了，该低的高了，血脂、胆固醇都太高，血糖也高，老同志，你得警惕自己的健康问题了。

老常吓坏了，一把拖住医生不撒手，大夫，你可得救救我呀！医生被逗笑了，告诉老常，像他这样身体状况的人很多，每天接待的体检者有不少指标都不正常，但可以通过饮食控制和加强运动调节好，不用紧张。老常这才一块石头落了地。

老常躺在病床上，越想越害怕，除了生化项目还有那么多项目没出结果呢，谁知道自个儿得上个什么要命的病啊？想到这儿，就觉得浑身没劲儿，突然像不行了似的，挺不住了。陈梦安慰他，这是精神作用，是看了化验结果受了点小刺激，"没事儿，睡一觉就好了，闭闭眼睛吧？"老常一听这话就不耐烦了，叫陈梦别提"闭眼"这个词儿！忌讳！陈梦噤若寒蝉，不敢再说话了。老常响亮地长叹一声"唉！"陈梦吓得又是一激灵。

夫妻俩正僵着，小小提着水果，捧着鲜花进了门，老爸！今天心情还好吧？检查结果怎么样啊？老常突然觉得女儿特别亲切，拉着她的手不放，唉声叹气地告诉小小，别提了！生化检验没有一项是合格的。

小小安慰他，没事儿，生化全项不说明全部问题，其他的呢？老常说，还有全身各处的CT、B超和X光片没出来呢，就怕这些结果一出来，直接判了他死刑，那可惨。陈梦让小小开导开导她爸，五千块钱买了一肚子郁闷和恐惧，不划算。说完拿起水果出去洗。

老常看看陈梦走了，跟女儿说悄悄话："小小啊，你爸我躺在病床上，不得不想到遗嘱问题呀……我也得学学西洋鬼子，未雨绸缪，这几天就把遗嘱立了。"

小小意外："爸？你这观念改变得突飞猛进啊！"

"闺女，你想要老爸百分之多少的遗产啊？说个数，爸都满足你！我这辈子就你一个接班的，说什么也不能亏待你呀……"

"百分之几我都不要，你爱给不给，给我就接着，不给拉倒。"

"你不要？这傻孩子！哪有你这样的呀？你不是想开画廊吗？那不得需要一大笔钱啊！再说，你不要，我也不能全都给陈梦，遗产都给了她，她得开多大一时装店啊？估计开一商场也说不定！最后弄不好都给败了，可惜我一生的辛劳！"

"爸，你有那么多钱吗？据我平时观察和判断，陈梦根本不是算计你财产的那种人！你怎么这么想人家呀？不够意思。"

"我没说她算计，我就是说你不要，可不就都成她的了么？唉！拼命挣钱、玩命省钱有什么用啊？到头来无福消受，还不都便宜了别人？"

小小启发加诱导："那你以后是不是要改改抠门的习惯了？人生在世，活在当下，既不亏待自己，也别亏待别人，那话怎么说的？最惨的是钱没花完人没了。"

"有道理，我改，我改。"老常频频点头，突然豪迈地，"今晚就带你们出去吃海鲜大餐，我埋单！"陈梦端着洗好的水果进来，听到这话连忙提醒，明天上午的体检项目规定要空腹……老常说，那我也不能今晚就提前空着呀，那多亏呀！

正是晚餐时间，海鲜餐馆里客人不少。一家三口对着一桌子海鲜，老常甩开膀子吃螃蟹。陈梦在一旁提醒："老公，慢点儿吃，你不是老说这一只螃蟹可相当于平常日子一天的饭钱吗？你不好好品品就这么吞了，多可惜呀……"

小小也笑："就是。得把每一分钱都咂摸出味道来，才不枉吃一回螃蟹。"

陈梦对小小撇嘴："我平时一提吃海鲜，你爸就嫌贵，说北京的海鲜又瘦又贵，不划算。要吃就等去大连青岛和香港深圳的时候，再甩开腮帮子吃个够。你说那些地方，我这辈子能去几回呀？"

小小故意逗老常："爸，我记着您不是一吃海鲜就胃痉挛吗？"

老常自顾大吃，丝毫没有不适的迹象："今儿还真没有，一阵儿一阵儿的。"

"不对吧？我看是心态问题，是通过这一次体检，您及时地调整了消费观。"

陈梦发牢骚，感叹今天是老常结婚以来第一次请她在外面吃大餐，还是借了医院的光。小小不以为然，这算什么呀？从我小时候出国算起，今儿是我爸第一次请我在外面吃大餐。两人连忙举杯，为这来之不易的幸福干了一杯。

老常哭笑不得，你们这是夸我呢？还是骂我呢？小小说，我们只希望老爸把今天的热情豪迈坚持下去、持之以恒。老常叹息一声，不管体检出来是什么结果，这几天让他想通了一件事，说到底，钱是人的奴隶，不能被它给奴役了。

　　小小喝彩鼓掌，陈梦也凑热闹一起拍巴掌起哄。老常一手攥住一人，你们俩是我最亲最亲的亲人，从今往后，我要好好善待你们……小小重重地点头，老爸，我太感动了！陈梦说，老公，我也很感动！老常还有后半截话没说完——更要善待我自己！一家人喜笑颜开，一时间气氛十分温馨可爱。

　　小小突然想起什么，哟，这螃蟹胆固醇含量是不是特别高啊？老常一听，连忙把吃了一半的螃蟹扔在盘子里，无限惋惜地看着它发愣。

　　兰心病休在家，突然间焕发了母性，哄乐乐玩儿，手把手地教她写字。乐乐享受到了出生以来从未有过的幸福母爱，一个劲儿追着问兰心，妈妈以后是不是就不去上班了？兰心说，不像以前那样天天不着家了，以后妈妈要多抽时间陪乐乐。乐乐懂事地在她脸上啄个不停，妈妈你太好了！天天晚上陪乐乐和爸爸吃饭，现在乐乐放学一回家就能看见妈妈！兰心听得内疚、辛酸，含泪亲了一下女儿：有什么愿望都说出来，妈妈一定满足你！乐乐想了半天，提了一个要求，说她特别想让妈妈带着她和爸爸一起出去郊游，就像电视上演的那样，全家人坐在开着野花的草地上，铺一块花布，上面摆着各种好吃的……兰心一口答应。乐乐还想支个帐篷在里面睡觉。兰心也一口答应。乐乐高兴得跳起来叫爸爸，快来呀，妈妈答应带咱们去郊游啦！许小宁被母女俩温馨的一幕感动，一家三口乐呵呵地拥抱在一起。

　　兰心和许小宁两人一起上街采购郊游要带的东西，兰心见什么拿什么，很快就装满一车食品，最后兰心执意要买一只特别贵的野餐皮箱，许小宁一看价码吓了一跳，够普通白领几个月赚的，刚要阻止，兰心一句话就把他说颓了："我买的不仅是餐具，还是个纪念。这次郊游是咱们全家第一回、也许就是最后一回了！"说到这儿眼圈都红了。许小宁连忙投降："好好，买吧，买吧。"

　　风和日丽的早晨，汽车载着一家三口出了城，在郊区一个山清水秀的地方停下来。许小宁四处看看，挑了一块平整的草地，四周鸟语花香。他拿出野餐布铺在草地上，从后备箱搬出一箱午餐用的食品，又搬出一箱零食，再搬出一箱水果和饮料。乐乐跟在爸爸身后，兴奋又惊喜，发出一阵尖叫。每叫一声，许小宁搬东西的动作就更加神气带劲儿。最后，兰心从车里"噌"地拎出了野餐皮箱，放在草地上慢慢打开，琳琅满目的各式餐具明晃晃直刺眼睛。乐乐兴奋到了极点，许小宁也不由自主跟着女儿拍手跳高，欢呼起来。兰心一脸阳光，一脸笑容。

　　一家三口团团围坐在草地上，幸福地享受野餐。乐乐拿起一只烤鸡腿，让许小宁先咬一口，自己才吃。兰心拿一块三明治，也让许小宁先咬一口，自己再吃。

许小宁有点儿晕，闭着眼睛躺在草地上大嚼，喃喃自问，我不是在做梦吧？兰心调皮地让乐乐快掐爸爸一下，让他感受感受真实的幸福。乐乐听话地要掐，比划了半天舍不得下手，问爸爸掐哪儿不疼？兰心笑，不疼达不到目的，专挑疼的地方掐！许小宁跳起来就跑，乐乐穷追不舍，兰心坐着看热闹，笑个不停。

野餐进入尾声，许小宁不慌不忙地收拾东西，母女俩坐在一边说话。乐乐说她还有一个愿望，问兰心能帮她实现吗？别让我学钢琴了行吗？兰心把心一横，回去咱就把钢琴卖了。乐乐欢呼解放了！不用学钢琴啦！许小宁知道兰心的心情，但也不能无限纵容孩子，连忙帮她往回找补：乐乐，你要成为有文化有修养的大家闺秀，这钢琴还真不能丢，适当学学，就当消遣了，别累着就行。兰心也明白自己现在心太软了，就像一汪流淌的水，一不小心就收不住。她感激地看看许小宁，又看看女儿，不知道怎么爱他们才是好。

乐乐心满意足地跑到一边玩儿去了，许小宁仰躺在野餐布上，兰心枕着他胳膊，两人望着在不远处采野花、跟蝴蝶玩耍的乐乐，不约而同地舒了一口气。

兰心有些伤感："检查结果明天就出来了，这顿不会是我最后的午餐吧？"

"胡说！咱晚上还有一顿呢。"

"人总是到了时日无多的时候，才体会到活着的可贵，才知道该怎么活着；也只有到了即将远离幸福的时刻，才意识到自己身在福中不知福啊。"

许小宁把兰心搂紧了："你这话……听得我心里揪着疼。听听，我这心脏正发出痛苦的跳声。""其实也没什么，这些天，我已经做好了各种心理准备，明天无论出来一个什么样的结果，我都能坦然接受。你放心！"

许小宁心情复杂，沉默不语。

"如果真是绝症，我就努力珍惜自己和你跟乐乐最后相守的日子，把一天当两天过，时时刻刻和你们在一起，绝不分离……"

许小宁听得默默流泪。

"如果不是，我也决定从此不再把全部精力都投在事业上了，我想通了，从今往后要转移生活重心，至少分出一半时间在家享受生活。我后天就去旅行社报名欧洲游，咱全家周游世界去，饱览大好河山、体味异域风情、开阔开阔眼界，享受享受不同的文化和美食，挣钱不就是为了过上好日子，不就为花的吗？"

许小宁把妻子紧紧拥在怀里，把脸埋在她的头发里。兰心突然想起什么，一会儿回城我得绕道去趟公司，给以前的状态画个句号，把公司的事详细交代交代。

兰心面对公司一干下属，态度是史无前例的温和宽厚，众人都愣了，有点儿不敢相认的意思。兰心问了问她不在这些天，公司运转得怎么样？宋圆圆汇报说基本正常，有点需要解决的问题也被许哥揽过去了。兰心说，那我就放心了，以后我可以把责任多往你们身上推卸推卸了。大伙要受累了！

众人这才体会到，兰总已经发生了由内到外的巨大变化，于是都放松神经，纷纷回道，您放心，大伙儿都知道您这几年太累了，该歇的时候您就安心歇着，公司这边有我们顶着，什么事都不会有……兰心感动了，我就借你们吉言，来个大撒把！不过我今天来公司除了看看，还有一个重大决定要交待……

众人听到这儿，马上严肃了，略显紧张地注目她的嘴，不知道又有什么说一不二的霸王决定要出笼。兰心清了清嗓子，从明天起，王副总全权负责处理公司日常事务和生产业务，宋圆圆辅佐王总，负责协调各部门的关系，统筹全局，并管好宣传策划这一块。今后，我要给你们每个人都充分松绑，各部门经理有权为一切与本部门相关的业务做最后拍板决策，只要事先跟圆圆打个招呼，处理错了我也不会怪罪，大家都是为了一个目标，就是把公司做大做好……

有人悄声议论，哟，这是变相给咱升职啊！就是不知道加不加薪？兰心笑了：当然要加！按劳取酬，我一定会在薪水上体现出对各位辛勤付出的充分尊重！

众人满意地笑了。兰心又说，这些年真是累着了，现在要好好享受生活去了。今后公司的发展主要就靠各位了！众人笑着鼓掌。兰心挨个跟众人握手，不由得倾诉肺腑之言："老王啊，对不起，你这个副总得多费心了，我充分信任你！"

"兰总您说哪儿的话？我一定会让你放心的。好好养病，啊！"

兰心又去握年轻人的手："小柴，过去有对你要求过分严厉的时候，希望你别往心里去……"

小柴感动，也可能是想到兰心不久的将来可能发生的悲剧，眼泪直掉，带着哭腔："兰总，您怎么能这么想呢？您对我的恩德，我一辈子都忘不了……"

兰心最后握住宋圆圆："圆圆，我一向对你苛刻，那也是爱之深、责之切呀，你要体谅我的一片苦心……"

大家又感动、又心酸，都红着眼圈儿，紧盯兰心的一举一动，抽鼻子的，擦眼泪的，像告别仪式一般庄严肃穆。兰心却格外轻松，一脸笑容。

早餐桌上气氛压抑，许小宁和兰心都没什么胃口。吃完饭就要去医院看结果，两人都很紧张，不知是福是祸。许小宁心里哆嗦，在妻子和女儿面前还得装作蛮不在乎："没关系，兵来将挡水来土掩，不管什么结果我们都做好准备了，让暴风雨来得更猛烈吧。"

"呸呸呸！你这话多不吉利呀？"

"呸呸呸！就当我没说！"

一家三口临出门，兰心突然说她害怕，不敢去医院了。许小宁很爷们儿地大包大揽，先送乐乐去幼儿园，然后再去医院拿结果，叫兰心在家安心等着。

兰心嘱咐，要是好消息就赶紧打个电话！要是坏消息也得打个电话！算了，要真是坏消息，她一个人可怎么面对呀？还是别打电话了，好坏都别打了，干脆直接回家来告诉她得了……许小宁被兰心的情绪感染，有点手忙脚乱，系鞋带的手不听使唤。兰心急了，磨蹭什么呢？老也弄不完？许小宁连忙领着乐乐就走，一边走还一边嘱咐兰心好好歇着，什么都别干，什么都别想，专心等他回来。兰心惴惴不安地目送爷俩出门，长叹一声。

许小宁发动汽车，双手搭在方向盘上，抑制不住地打哆嗦，迟迟无法启动。他搓手又搓脸，不断深呼吸，俩手搭上方向盘，还是哆嗦。

乐乐奇怪："爸爸，你为什么那么冷啊？我怎么不冷？"

郭洋领着小洋去幼儿园，走过来看看许小宁，敲窗："你这是哆嗦什么呢？不是'车震'吧？"许小宁落下车窗，小声告诉郭洋，他要去医院拿兰心的检查结果，手脚却不听调度。郭洋拽出许小宁塞进副驾驶座，叫小洋快上车。自己驾车，"轰"地一声加大油门蹿出了小区。

许小宁跟在郭洋身后走进医院，看到柜台旁围着一堆取结果的人，突然脚软。看看郭洋走到前面去，连忙跟上，脚步越来越沉，一个趔趄，连忙扶墙站住。郭洋发现他没跟上，又返回来。许小宁小声地央求，扶扶我，别让人看出来……

郭洋架着浑身瘫软的许小宁，到了柜台前，替他问兰心的检查结果出来了没有。护士找出兰心的病历，让两人跟她走。许小宁想走，却动弹不得，郭洋只好又把他架起来往前走。进了医生办公室，许小宁眼巴巴看着医生从病例袋里抽出结果看了看，抬头问他是兰心什么人？许小宁声音有些颤抖地回答说，是她爱人。医生的嘴一开一合，别紧张，肺部的阴影是钙化点，没事儿……

许小宁不知道自己是怎么出来的，一屁股瘫在椅子上，不知该哭还是该笑。郭洋拍拍他的肩膀，这回一颗心该放回肚子里了吧？许小宁抱住郭洋，又哭又笑，知道这些天我是怎么过来的么？你不亲身经历，没法理解一个即将失去老婆的男人的心情！郭洋说，你别在这痛定思痛、不堪回首了，还是赶快给兰心报喜吧！

两人起身。许小宁像一只欢快的小鸟，身轻如燕、蹦蹦跳跳，突然想起要给兰心打电话，拿出手机刚要拨，却被郭洋一把按住：

"且慢！我十分理解你此刻的心情，但我仔细想了想……还想问你一句，你刚才说这些天过得怎么样啊？"

"煎熬啊。如坐针毡，热锅蚂蚁，惶惶不可终日！"

"完全理解，那兰心呢？"

"她倒很坚强，不过心态虽然调整得挺好，也是煎熬啊。懊悔反省，哭哭笑笑，慷慨悲壮，战战兢兢。"

郭洋启发："你们家的气氛呢？这些天疑似病中的兰心让你感觉如何呀？"

"好啊！温柔似水，一往情深，简直回到了我们初恋时分那种可人的状态！使我如同时光倒流，鸳梦重温啊……唉！她要是总能保持这样的状态，实乃我许小宁人生大幸啊！可惜好景不长……"

郭洋最后点醒："那你希不希望这种状态一直延续下去呢？"

许小宁恍然醒悟，收起手机："我明白了！让我考虑考虑……"

兰心正如热锅上的蚂蚁，惶惶不安地来回转圈子，许小宁背着挎包，一脸深沉地走进家门。兰心连忙追问结果怎么样？许小宁把挎包挂好，脱外衣挂在挎包上面，一板一眼地汇报说，检测设备发生故障，结果没按期出来，还要等几天，具体时间不详，等医院通知吧。兰心顿时勃然大怒，这个混蛋医院，他们这是草菅人命！我要告他们……许小宁连忙好言相劝，都等这么多天了，不差这几天。你这么冒火容易加重病情，赶快调整情绪，我跟你一样着急呀，你看我舌头上这大水泡！我都没当众发作。这种关键时刻，更要沉得住，把邪气压住，就什么病都不怕！兰心这才渐渐平复，许小宁连忙扶着她进去休息。

兰心顺从地走向卧室，刚到门口突然回头，问许小宁是不是在骗她？肯定是查出癌症了，瞒着她！兰心上前在许小宁身上乱翻一气，要看结果。许小宁说，我看你是真得癌症了，"妄想癌"。兰心一头扎进许小宁怀里哭了，老公，我怕呀。许小宁搂住她，边拍后背边偷笑：不怕不怕，没事儿！

郭洋回到家像没事人一样。吃过了晚饭，李梅要到许家去问问兰心的检查结果，郭洋一把拉住不让去。李梅说不知道情况心里不踏实，郭洋随口说"没事"。李梅奇怪他是怎么知道的？郭洋说自己陪许小宁去医院拿的结果。李梅坚持要去，没事儿更得祝贺一下了，帮兰心驱驱晦气！郭洋说，兰心自己还不知道呢，你去再给穿了帮。说着，笑个不停。李梅不明所以，一番追问，郭洋说平常日子都是许小宁给我支招儿，今儿我也给他支了一招，叫他先瞒着兰心，好再多享受几天兰心那种温柔似水，善解人意的鸳梦重温状态……李梅一听就急了，踹了他一脚，骂他缺德，凭什么折磨兰心啊？郭洋说为了帮许小宁多留住一些美好时光。

李梅生气："为了让女人围着你们转，什么都能想得出来、做得出来！"

"我不会对你这样的，许小宁不是长期缺乏关爱吗，我这是帮他们夫妻平衡一下气场。"郭洋赔笑。

"算了吧，以后等我到了这天，我就算爬也要爬去，自己取检查结果！"

郭洋笑得前仰后合。李梅也笑着，半真半假地捶了他一通。两人突然不约而同地抱在一起，都深深叹息一声。李梅说：

"唉！人没病没灾多好啊？干吗还非得天天争来吵去、没完没了地较劲呢？"

"谁说不是呢？我也琢磨这事呢，咱们俩是不是应该从此好好珍惜自己，也珍惜对方，把日子过得再温馨可爱一点呢？"

"我没问题，只要你永远这么充满感情地抱着我……就看你的了。"

"我也没问题，只要你永远这么小鸟依人地靠着我……还是得看你的。"

李梅娇嗔地推开郭洋，起身进了厨房。郭洋回味着，会心地笑。

陈梦在病房忙着收拾东西。老常一扫颓唐，精神抖擞地穿好外衣。陈梦瞅瞅他，松了口气，总算没什么大问题，可以出院了！这几天把你养胖了，可把我折腾死了。老常笑，检查结果没有大的病变，就是喜事啊，折腾折腾也值了。

小小拿着一摞账单回到病房，说出院手续都办好了。老常接过去仔细看，对着账单啐牙花子，直劲儿心疼，唉，这五千多块干什么不好？还搭进去一顿海鲜大餐。小小愣了，啊？海鲜大餐算搭进去的？陈梦不屑地问他，非得查出个恶性肿瘤，才不白花这五千块呀？老常收起账单，算了，不看了，越看越心疼！

小小安慰说，没有大病就是最大的收获，这钱不白花。她提议庆祝一下，好好撮一顿，给老爸压压惊！老常立刻说别出去吃了，在家庆祝就好。小小长叹一声，想不到老爸这么快就恢复原形，喜悦来得太短暂了，还没咂摸出滋味儿呢！

兰心坐在客厅沙发上发呆。许小宁去了一趟医院，回来让再等几天，这几天她更加度日如年，不知怎么打发时间。她起身走进书房，打开柜门找出一本书，翻了几下又放回原处。又抽出一本书，无意中带出一个纸袋子掉在地上。兰心拣起来打开，抽出一叠医院的检验结果单子，急忙翻看……

许小宁正自得其乐地为兰心煮每天必喝的滋补汤，厨房门砰地一声被撞开，兰心手拿鸡毛掸子，满屋追打，从卧室追到客厅。许小宁逃得兔子似的，边逃边辩解，我不就为留恋你那久违的温柔，才一时糊涂、失足成恨的吗？

兰心一边打一边控诉，你不知道这对我是一种残酷的折磨呀？你告诉我结果，我也可以继续对你温柔哇……许小宁半求饶、半威胁，那谁知道啊？我这叫患得患失，求你理解理解我好不好？只要还给我温柔，你怎么惩罚我都行。再说我现在也是病人，感情饥渴，病入膏肓了！你别不见棺材不落泪我告诉你！

兰心望着他的可怜相，心软地住了手。她心里比谁都清楚，许小宁这些年的确缺少关爱，要不是这场病，自己还满天飞呢，哪里会听得到他这一番肺腑之言？兰心百感交集地抱住了丈夫，许小宁一头扎进老婆怀里，喊了一声"理解万岁！"

一场虚惊过后，两口子如获新生，觉得幸福触手可及，紧紧拥抱着对方，感慨万分。许小宁突然想起来，得摆一桌庆祝一下，顺便答谢答谢邻居们。这个提议得到兰心响应，当场拍板敲定。地点就定在家里，许小宁亲自掌勺。

第二天晚上，众人齐聚许家，在节日的气氛中围着餐桌，说说笑笑，孩子们闹成一团。兰心举杯，提议为健康干一杯！众人一齐响应。老常深有体会地跟兰心交流感受，众人得知老常也虚拟病情，从上到下查个一溜够，虽然没查出致命的大病，煎熬却一点儿没省，末了还叫医生给敲了一顿警钟，都感叹老常这意识太对头了，大家都应该做个全面体检，防患于未然，只有好处没有坏处。

许小宁又为众人倒酒，举杯提议，为有个健康老婆的男人也干一杯！郭洋和老常立刻起立响应。许小宁又强调说为了健康，咱们尽量少喝。他小小地抿了一口酒，众人也象征性地抿一口。

李梅感慨，兰心这场虚惊提醒咱们，真不能一味埋头往前赶路，应该多停下来看看沿途的风景，这也许才是生活的真正意义。郭洋挤兑许小宁，就是，人小宁就一直在家看风景，多潇洒呀。老常无奈地大摇其头，问题是咱们这些社会精英身不由己呀，周围人都在闷头赶路，你稍微一停，逆水行舟不进则退呀！

郭洋问老常："你挣那么多钱干吗呀？人一辈子生不带来死不带去的，钱多了，离开的时候多舍不得呀？到时候真那什么了，都闭不上眼。"

李梅连忙悄悄捅捅郭洋，郭洋反问："我说错什么了？财富是无限的，欲望也是无限的，可生命是有限的，人类犯的最大错误就是喜欢用有限的生命去追逐无限的财富和欲望，结果呢？往往是到了生命的最后时刻才发现财富远远没全部到手，欲望也有很多没法实现，可是晚了，命没了。"

许小宁力挺郭洋："说得太对了！我平时就跟兰心讲这道理，可人家就是听不进去！你得替我劝劝她。"

兰心打岔，"小宁，你快让郭洋歇歇吧，吃菜吃菜……"

早晨，许小宁醒来，兰心已经穿戴整齐，准备出门。乐乐抱着她的大腿不放，问妈妈怎么又要上班去呀？兰心亲了乐乐一口，说晚上一定早点回来陪她。

许小宁纳闷，这么早，你去哪儿呀？兰心一本正经地回答说要上班，公司里一堆事儿等着她呢。

"啊？不是转移重心、分出一半精力享受生活吗？"

"以后有的是时间享受。"

"那报名欧洲游的事儿……？"

"最近公司扩大生产规模，正要紧呢，以后再说！"兰心话音未落，人已经出了门。许小宁泄气地对乐乐苦笑：

"得，看来还得咱爷俩相依为命啊！去洗洗脸，爸爸马上给你准备早餐！"

许小宁走到鱼缸边喂鱼，跟鱼儿们发牢骚："唉，我那昙花一现的鸳梦重温啊……从现在开始，又剩咱们几个朝夕相处了，各位都好好儿的啊！"

皮具公司的几个职员正聚在大厅里说笑，兰心突然走进大门，威严地清清嗓子，一鸟入林百鸟压音，众人立刻鸦雀无声地行注目礼。宋圆圆过来，看到兰心，惊得一愣："您……您怎么来了？"

"我不该来吗？"

"应该，应该，您来这么早？"

兰心看表、皱眉："还有十分钟到点了，怎么就来这么几个人？我不在你们就可以自由散漫了？上午抽出一小时整顿管理秩序！圆圆，把这两周的文件都拿到我办公室来！"说完，昂首挺胸走开。众人的头一齐随着兰心转动，刚放松了几天，没想到一夜回到解放前。

这一天兰心忙得昏天黑地，只觉得这公司没了自己简直哪哪都不对头，万事都面临荒废，她心里这个急呀这个悔。恨不能坐着火箭把前几天耽误的时光追回来，恨不能拿机关枪"突突突"地驱赶着员工惜秒如金地把丢掉的效益找回来！下了班她还不想走，等疲惫地到了家，就一屁股坐在沙发上动不得了。

许小宁一如既往地把一块热腾腾的毛巾递上去，又把热饮料端过来。兰心喝着饮料，刚伸了伸腿，许小宁就连忙上前帮她捶腿。

乐乐跑出来，往兰心怀里钻，委屈地说她一直没睡，等妈妈等了一晚上。兰心劈头就问女儿，字练了吗？钢琴弹了吗？乐乐顿时懵了，不是答应我不练琴了吗？兰心语重心长，不练不行呀，素质教育的核心就是培养广泛兴趣、多种才艺，现在不好好学，长大了你会后悔的。许小宁看看女儿委屈得就要哭了，连忙帮腔说这样不好，有点儿出尔反尔的意思，答应了孩子的事就要兑现承诺。

兰心立刻把矛头转向许小宁，严厉地盯着他，希望他在教育孩子的问题上跟她保持步调一致，把闺女教育夹生了，回头别怪她不客气！许小宁只好打出白旗，抱起乐乐走开，和稀泥地哄着女儿，不是爸爸不帮你呀，爸爸要是再坚持，非遭到你妈妈的疯狂镇压不可……不过今天太晚了，先睡觉，明天晚上咱们再练。

兰心累了一天，很快沉沉睡去。许小宁坐在床边，哀怨地凝视着妻子，心里五味杂陈。唉，短暂的幸福啊，还没来得及细品滋味，就又被打回原形了！他起身四处晃了一圈儿，觉得心里闷得慌，蹑手蹑脚出门去。

郭洋和许小宁俩老爷们并肩坐在小区广场的长椅上，你看看我，我看看你，终于忍不住笑出了声。许小宁无奈地问郭洋，人的理性究竟何在呀？郭洋明白他指的是兰心，经历了一场惊心动魄，已经觉悟到生活不仅是埋头赶路、还要歇脚看风景的道理，可一说身体没事，回头又一个猛子扎进去了。他同情地拍拍许小宁：

"都是欲望闹的，都是因为欲壑难填，人的欲望才永远没止境。"

"赚钱都成了一种习惯了！是谁把人给逼成这样的？啊？是现实？"

"别赖现实！是自己跟自己过不去，是面对诱惑，自己把握不住自己闹的。"

"深刻，都是自己把自己逼成这样的，想不开呀……不过，现在整个大环境就这样，要不随大流，那得是多牛B的人、多勇敢的人呀？这年头要坚守自己的信念，也不是件容易的事。"

"不能坚守也不可怕，现在是多元社会，各种生活方式都可以并存，只要适合自己的方式就是好的方式，只要自己觉得幸福就行呗。"

"唉！人们对幸福的理解也不同以前了，孔夫子那年代，大人孩子一起郊游唱歌晒太阳就是幸福，现在呢，得拥有多少多少财富，得多么多么成功！"

"我看这些都不重要，关键是男人能给老婆孩子创造一个温饱以上水平的生存条件，同时还能保有一份健康的人生态度和生活方式……"郭洋在说自己。

"为什么就不能多拿出点精力给亲人朋友和孩子呢？不是因为现在的人怎么冷漠，我估计就是没有这个能力，据说，爱不仅是一种意愿和情感，更是一种能力，我看现在的人渐渐的都爱无力了。"许小宁肯定地点着头。

"爱无力可比肌无力和性无能听着更可怕，爱都没了，还活个什么意思，奋斗个什么劲儿呀？"许小宁接着说：

"最后非得挣巴到时日无多那会儿，才想起来：哎呦，我还没'采菊东篱下，悠然见南山'呢，已经来不及了。"

郭洋不得不承认，许小宁是早就体会到人生真谛那拨儿的，许小宁也大言不惭地认为，郭洋这次没讽刺他，对待生活，他就是比别人看得透彻。哥儿俩一起嗟叹："唉，人生真是太拧巴了！拧巴呀……"

老常神清气爽地打扮停当，正要出门去4S店，听见陈梦在客厅打电话找物业来家里帮忙换灯泡。老常以他那球状体形的极限速度一个箭步冲过来挂断了电话，埋怨陈梦换灯泡叫物业干嘛？他们一来就得收钱！说着，转身拿梯子。

陈梦一看急了，还是我来吧，你那身板儿还没我灵巧呢。老常特别丈夫地把陈梦拦住，这么危险的活儿哪能让你干啊？陈梦还是不放心，你行吗？老常逞强地拍拍胸脯，刚体检完，没问题！说着，笨拙地爬上了扶梯。陈梦刚把灯泡拿过来，还没递上去，老常一个不小心，已经从高处掉下来，摔了个人仰马翻，发出一声痛叫"哎哟喂！"陈梦听出来了，这回他是真疼。

老常被送进医院，大腿骨折，手术后伤腿被打上石膏吊起来，躺在病床哼哼呀呀直叫唤。陈梦和小小围着床安慰他，不怕不怕，医生说疼过一阵儿就好了。

老常哭丧着脸，都是那五千招的，我要不花那五千，现在也不会损失这五万。陈梦埋怨他，说不用你不用你，非要逞能！这么胖，爬那么高……小小笑着挤兑他，老爸你太能干了，老天爷实在看不过眼，存心让你躺下休息休息。老常一听特别心焦，一个劲儿发愁，我这一躺不要紧，谁打理我的店啊？陈梦接茬儿，别急，还有我呢。小小也溜缝儿，对，还有我呢？老常一翻白眼，你们俩快死了那心吧！交给你们我更放不下心！叫朱珊珊过来一趟，我跟她交代交代业务……

这天李梅下班回家刚进门，就尾随着闯进来一高一矮两个陌生人。李梅吓坏了，高声呼救，郭洋跑出来，把老婆孩子护在身后，喝令两人出去！高个儿的解释说他们不是坏人，一点没有伤害谁的意思，他们是被李刚拖得没辙，追到北京，找不着人，只好打听出他姐的地址，摸来了……

李梅纳闷，李刚怎么你们了？矮个儿的说，李刚欠了我们十万块钱。李梅傻了，郭洋也傻了，两人面面相觑。

09　诺贝尔应该给主妇设个奖项

李梅从两个追债人的口中得知李刚在老家做生意，借了十万元做本钱，赔了个底儿掉，连夜躲到北京来了。她不相信，弟弟要是来北京，我这个当姐姐的肯定知道啊！这回轮到郭洋心虚了，连忙回避她的目光。追债的可不管这些，人家辛辛苦苦挣那十万元多不容易呀？给老板打工，舍不得吃舍不得花才攒下的，李刚说好了连本带利还人家，现在倒好，赖账不说，还躲到北京来了！

郭洋连忙替李刚解释，说他没想赖账，正想办法赚钱还债呢……李梅这才知道郭洋替弟弟打了埋伏，连声埋怨，郭洋本来是怕她担心才瞒着，现在有苦说不出，只觉得比窦娥还冤。

矮个儿四处看看，住这样的房子肯定有钱，赶快还吧！李梅苦笑，在北京生活没你们想得那么容易，这房子还欠银行贷款呢。高个儿往沙发上一坐，北京人再难也比我们容易，这回要是拿不到钱，回家也没好日子过，就呆这不走了……

郭洋和李梅全傻眼。总得容我们先跟李刚问清楚吧？给一个礼拜时间行么？两人互相看看，吃不准李梅是真是假。郭洋让他们放心，家在这儿，跑不了，到时候肯定给个说法。讨债人心一横，"就给你们三天时间，多一天都等不了！"

送走了讨债的，李梅勒令郭洋立刻把李刚找回来。郭洋只好打电话把他骗了出来，强行押解回家。郭洋先进家门，李梅朝他身后探看。李刚的头从郭洋身后一露，李梅扬起巴掌作势要打。李刚知道姐姐是吓唬他，故意把脖子一挺，把脸送上去，我该打，姐你千万别手下留情！来，往这儿打！

李梅舍不得，搡了他一把，嗔怪弟弟什么时候才能长大呀？李刚王顾左右而言他，我外甥小洋呢？小洋在厕所里热情地叫了一声"舅舅"，说他拉屎呢。李刚笑了，舅舅来了，你就这么欢迎啊？李梅接茬儿开训了，臭美！凭什么欢迎你呀？一来就扔给我们这么大一雷，十万元的外债呀！你就不知道愁？

李刚接过郭洋递来的杯子，咕咚咕咚喝了一通水，这才解释，自己只是想快点做大，好让爸妈、姐夫和姐姐都为他骄傲自豪一把，再说做了这么多年生意，钱也没少赚，哪料到这一回合它就马失前蹄了呢？郭洋也帮腔，男人干大事肯定有风险，做生意哪有一帆风顺的？李刚说，咱从小受的是正统教育，欠债不还非君子，哪能把自己的形象和老祖宗的清誉给毁了呢？这回来北京就是找财路的。郭洋想起自己借给小舅子的一万块，哭笑不得，哦，弄半天我就是你的财路啊？李刚讪笑，让姐夫放心，车到山前必有路。又求姐姐千万别告诉老爸老妈，他们把我养到这么大已经够操心的了，咱不能再给老人添乱不是么？

李梅答应，条件是他必须回来住，免得在外头瞎混，再惹出新祸端。爸妈不在身边，对他的监护任务就由姐姐全权代理了，必须对他实行监视居住。李刚不情愿，借口说眼下就有个好机会，可以连本带利先还上姐夫的一万块。李梅这才知道郭洋借给弟弟钱，郭洋趁机申冤，我对你弟弟不薄。李梅心急，得先解决火烧眉毛的十万块呀！下礼拜人家上门拿钱，咱总不能闪电搬家吧？

夫妻两人避开李刚商量对策，李梅主张把家里的存款都拿出来还债。郭洋想了想，一共就八万块存款，都拿出来也不够，再说明年小洋上学还得用钱，到时候怎么办？李梅着急替弟弟扛事儿，热血冲头，不假思索，到时候再说呗！反正不能看着我弟弟叫人到处追着要债，弄得跟逃亡似的，你不心疼我还心疼呢。

郭洋说，你心疼我肯定也舒服不到哪儿去。还能不能想想别的办法了？李梅认为郭洋嫌弟弟给他添累赘了，赌气推开他，行了，我弟弟的事我自己解决，不动你赚的一分钱。郭洋就是想商量商量有没有更好的办法，没想到李梅紧要关头不讲理，说话难听："李刚不是你弟弟，你当然不着急上火了。"

"我怎么不着急了？不然也不会帮李刚瞒你这么长时间，还借钱给他。再说咱俩是夫妻，我也不可能在经济上跟你分那么清啊。"

"其实我根本没打算让你为钱的事操心，我在乎的就是你的态度！"

郭洋急了，提高嗓门："我态度怎么了？我对李刚态度还不够好啊？"

李刚站在门外，把两人的对话听了个一清二楚。其实他不希望姐姐像老妈似的，自当老母鸡，把他当小鸡崽儿，成天罩在翅膀底下不让见阳光。他更不想因为自己影响姐姐的家庭和睦。所以他打定主意，还是要自己出去想办法。

全家人吃饭的时候。郭洋和李梅还赌着气，都不说话。李刚小心地看看他们，也不敢出声。李梅给弟弟夹菜，又给儿子夹菜，最后夹了一筷子自己吃，就是不理郭洋。李刚看不过去，连忙补偿性地为姐夫夹了点儿菜。小洋有点奇怪，舅舅来了，你们为什么都不说话？准是舅舅惹爸爸妈妈生气了！弄得李刚挺尴尬。一顿饭吃得没滋没味儿，不欢而散。

两口子上了床，郭洋犹豫了一会儿，主动凑过去想打破僵局，要来个睡前吻，李梅故意扭开脸不理他。郭洋没话找话，自我解嘲，对李梅带气上床，生气过夜，严重违反协议规定表示强烈抗议。再说，这睡前一吻不仅是夫妻表达感情的需要，也是遵纪守法的表现，这可是白纸黑字、签名画押定下的规矩。

李梅索性翻身给他一个脊背。郭洋生气，也翻身背对她。两人都不出声。过了好一会儿，李梅突然把腿架到郭洋身上，没好气地说她腿疼，让郭洋给捏捏。

郭洋如获特赦，立马抱着老婆的腿又捶又捏，特别殷勤，边按摩边讨好地问她感觉怎么样？不疼了吧？气消了吗？没想到李梅一个翻身又给他一个脊背。郭洋被狠狠闪了一下腰，什么意思啊？你舒服了，就卸磨杀驴呀？李梅哼了一声，想找台阶下，偏不给你。郭洋无奈地躺倒，女人心也太狠了，翻脸不认人！

天亮了，赌了半宿气的郭洋和李梅还睡在床上。厨房里一阵叮叮当当的响声把两人吵醒。李刚正热火朝天地做早点，烤面包、煎鸡蛋，厨房弄得乱七八糟。

李梅一进厨房，愣住了："李刚你干吗呢？"

李刚满头大汗，手上不停地忙着："我寄人篱下，心虚气短，老觉得欠你们人情，力所能及地做点贡献呗。"

李梅埋怨他，做一顿早点还不够我收拾的呢。李刚让她放心，我一会儿就收拾，肯定把厨房恢复整洁的原样。李梅看看鸡蛋煎糊了，连忙起锅。李刚狡辩，"这叫十二分熟。"他动作麻利地往餐桌上端东西，让姐姐和姐夫就坐用餐，他去叫小洋起床。李梅站着不动。郭洋先坐下："得！能吃现成的，就别挑几分熟了，今儿你送小洋还是我送啊？"李刚抢答："我送！"

郭洋说，不错啊，咱家有男保姆了，我是不就可以解放了？李梅无奈地收拾着李刚的残局，不相信他这热情能持久。李刚说，本着立功赎罪的精神，尽量多坚持几天，不过可不能变成正式男保姆，"我壮志未酬，还有大事要干呢！"

早餐后，李梅带着小洋刚出门，郭洋就给张瑾打电话，想跟她见面商量事。

李刚端来一杯沏好的茶给郭洋，问姐夫和姐姐是不是因为他生气了？郭洋提起昨晚的事，说李梅话没听完就误会他，认为他不想管小舅子欠下的十万大元外债，咬死理儿认准他不关心李刚。"其实我能不管你吗？不管你我干吗跟你攻守同盟，还借你本钱啊？"李刚说，他知道姐夫绝对有情有义！这事儿他会跟姐姐说，让她怎么误会姐夫的，怎么乖乖道歉！

郭洋心里舒服多了："那倒不用，只要你们姐弟俩到一起建立了亲情联盟以后，别把我当外人踢出局就行。"郭洋说下午约了人谈事，可能要晚回来，李刚赶紧表忠心，小洋他接，晚饭也做，而且是江南小菜。郭洋说，那好，你悠着点儿，别一回把手艺都露完了，有包袱也得慢慢抖。

李梅约杨丹喝咖啡。见面就表示她已经想好，决定兼职过来帮杨丹。反正证券公司那边也没什么特别的事，以后下了班就过来给资本家加班……杨丹惊喜，让李梅这清心寡欲的仙女思凡可真不容易！她马上就叫人准备协议，尽快签了，省得夜长梦多。

李梅醉翁之意不在酒，最关心的是能否预支薪水。杨丹特别爽快，没问题，预支多少？李梅开口就要十万，杨丹吓一跳，真有魄力，张口就是六位数。好！这说明你对自己有信心，也说明你的潜力大大的。不过我想知道你干吗一下子需要这么多钱？是不是想提前还房贷呀？

李梅摇头，现在还顾不上那么多呢。杨丹问她遇上什么难处了？李梅把李刚欠债的事说了，要先借十万帮他堵上这个窟窿，再打工慢慢还杨丹，反正你大老板也不在乎提前拿出这点儿钱。杨丹说借钱没问题，但得说清楚，你要是为跟我借钱才答应来帮我，那就太伤感情了，我也不忍心让你这么委屈自己，你就是不愿意来，我也照样借给你。

李梅连忙解释说，没有借钱这事，也已经下决心要开发一下自己的商业潜能，李刚这事只是帮她加快了速度而已。杨丹这才放心地让人打款，并给李梅二十四个小时反悔期限，明天这时候要是还没变卦，就过来签协议。李梅诚心诚意地表示，现在签都可以。杨丹高兴，晚上要请她吃饭。李梅急着早点儿回家，说郭洋和李刚都为筹措这笔巨款手足无措、百爪挠心呢！

两人从咖啡厅出来，走在梦想家园的街道上，杨丹搂着李梅的肩膀，踌躇满志地欣赏着黄昏景色，让李梅从现在起，就要用主人翁的眼光看这里，以后这地方就是咱姐们儿的天下了。李梅清醒得很，想让我替你卖命也不用这么忽悠我，在你们资本家面前，我充其量也就是一拎包的狗腿子。杨丹说，从今往后你得转换思维方式，拿出点儿主人翁姿态，每个人都是大千世界的主人，就看你敢不敢担起主人的重任！干吗那么谦虚谨慎，诚惶诚恐的？应该拿出点当仁不让、舍我其谁的精神！明白？

婚后多年、一成不变的生活轨迹突然改辙，李梅像所有温良贤淑、以家庭为生活轴心的中国女性一样，感到忧心忡忡，嗳，我不会从此就踏上不归路了吧？杨丹推她一把，我就不爱听你这话，明明是一片新天地，怎么就成跳火坑了？

李梅不好意思地笑笑，说她联想到杨丹和老袁了，自己的原则是家庭第一，事业第二，绝不能因为事业废了家庭。杨丹告诉李梅，跟老袁离婚不完全为事业，让李梅把心放肚里，只要郭洋是个男人，婚姻肯定坚如磐石。从现在开始你得彻底抛弃没出息的从属思想，理直气壮地做好自己命运的主宰！

李梅跟杨丹借钱的时候，郭洋已经从张瑾手上拿到了设计方案的五万元尾款。郭洋问找到合适的施工方了么？张瑾说正在谈着几家，有时间的话请郭洋帮她考察考察对方。郭洋趁机提醒她，施工企业的资质不能说明全部，工程监理特别重要。如果还没有人选，我能不能斗胆申请担当你这个工程的监理呀？

张瑾求之不得，说她早就想提了，怕郭洋不肯接。郭洋当仁不让地接受了。

张瑾喜出望外，觉得心里彻底踏实了。郭洋说，其实他也需要这份工作……张瑾细心地察觉到郭洋可能等钱用，善解人意地表示，可以把工程监理的酬劳一次性提前支付给他。郭洋说那倒不用，按规矩来，先付定金就行了。

郭洋背着沉甸甸的背包，吹着轻快的口哨走进家门。李刚迎出来接过包，发现姐夫心情不错。郭洋牛哄哄十分得意：是啊，帮你还债的十万元我已经搞定了，这下你姐那颗吊在半空的心也一块石头落地了，我心情能不好么？

李刚连忙接过外衣挂好，跟着郭洋边往里走，边帮他掸身上的"灰尘"："姐夫，你忒牛了！刚出去一趟就扭转了咱们家的紧迫局面，扭转了我的命运呐，太了不起了，太了不起了！嗳，没人夸你是超人么？快请上坐，受小的一拜！"

郭洋被李刚捧得挺舒服："你这表现还像个受人之恩的样子，不像你姐，为她做那么多事都不知道领情……"

李刚为郭洋端来茶水："请用茶！"说着，殷勤地为他捶肩，"领情，我太领情了！"他想了想，"不过，从此你就是我的债主了，我的一切就算攥你手心里了，是吧？哎呀，为了早点赎身，明天我就得开始出去找工作。"

"啊？男保就当一天？"

"我要指着当男保还债，得还到哪辈子呀？"

吃晚饭的时候，一家人心情都不错。李刚忍不住说，姐夫有重要事情要宣布。

李梅抢着说，她也有重要事情要宣布。郭洋说lady first，你先宣。

李梅就不客气地宣布，李刚还债的十万元已经解决了，她跟杨丹借的，同时，她已经答应去梦想家园兼职，很快就开始上班。

郭洋听到这，一张脸立刻拉下来了。李梅说完，让郭洋宣布，郭洋扫兴地说，你宣完我就没什么可宣的了。李刚连忙替郭洋说，姐夫已经拿回十万了。李梅本能反应是问郭洋跟谁借的？郭洋不屑：

"没借，干活儿赚的！借钱算什么本事啊？我接下了一份工程监理的活儿，明天就出去工作了。还有，作为一家之男主人，保卫婚姻协议人之一，我能斗胆问一句么？你出去跟人借十万不是小数目，怎么不事先跟我商量商量啊？"

"我哪知道你这么快就能拿回钱来？昨天你也没跟我漏句话。"

"先做后说，是我做人的原则，也是男人处事稳重的表现！哪想到你借钱动作这么快，魄力这么大呀？出手就是十万。"

"我不是……着急么？再说，你又不愿意我动用……"李梅看看李刚，把后半句吞下去了。

"梅子同学，原来你这是成心跟我治气呀，为了赌气不顾夫妻关系，不顾老公的感受，更不顾家庭大局，你这么做得不偿失。"

"我失什么了我失？不就十万元么？有那么复杂么？"

"你看看你，平时我有一点小事你就计较个没完，轮到你了，十万元都成小菜一碟了，咱们家是严重的不平等啊。"

李梅被堵得说不出话，拿筷子指着郭洋。李刚连忙打圆场，说姐姐姐夫太让他感动了！都对他这么好，都这么勇于承担、为对方分忧解难，要敬他们一杯。

两人都盯着对方，不理李刚。小洋举着饮料凑热闹，舅舅，他们不喝，咱俩碰！李刚只好尴尬地跟小洋的饮料杯碰了一下，干了。

收拾完上了床。李梅赔笑凑近，主动认错。又夸郭洋是勇于担当的大丈夫，家里的顶梁柱、主心骨，就是有一点不好，做的多、说的少，要是昨天就先表态，老婆你放心，有我呢！哪怕拿不回钱来，她心里也高兴。

郭洋不买账："嘴甜能当饭吃，还是能当钱用？男人就应该讷于言、敏于行。"

"可女人就爱听暖心窝子的话，有时候就那么一句比什么都管用。"

"有病！"

"是是，也不光我有病，女人都有这贱毛病。你别生气了，明天我就用你的钱还给杨丹，还不成吗？"

"那你还去她那儿上班吗？"

"这是两码事，班还照样上。"

郭洋坐起来："你答应杨丹去兼职，事先为什么不跟我商量？"

李梅回过味儿来："哦，敢情你这股火源头在这儿呢？是不想让我去杨丹那儿工作吧？"

"至少现在不是时候，我明天开始就得跑工地了，你再加码上俩班儿，俩人劈成三半，家谁管？小洋谁照顾？"

李梅为难了，现在要往回退，那成什么了？好像我真是为借钱才答应杨丹去帮她似的。郭洋反问，你不退难道我退？我合同都签了，定金也拿了，不可能！

李梅说，咱都不退，俩人赚三份钱，让李刚看家管孩子。郭洋才不指望李刚呢，一个大小伙子，正是折腾事业的时候，在家能呆住吗？李梅相信弟弟懂事，这种时候，跟他讲明利害关系，他肯定愿意帮忙，我弟弟谁呀？错不了！

"你弟弟跟你一样优秀我不怀疑，可他毕竟是个未婚小青年，对孩子，对家庭，没什么经验，能照顾好么？到时候小洋身体出问题了，家庭生活乱套了，你能怪人家么？最后倒霉的还不是我跟小洋？"

"噢，说了归齐还是不情愿我放下家庭，一心干事业！你以前许的那些愿、发的那些誓都不算数啦？什么支持老婆选择自己喜欢的工作和生活，不干涉我的自由，我要有本事也可以为这个家投钱之类的！闹半天都是忽悠我呢？"

"你又误会我了，我不是怕你这么个顾家的女人，又要做两份工作，回家还忍不住照顾了这个照顾那个，累出个好歹么？要是那样的话，也显着我这个做丈夫的不心疼老婆，我没法接受……"

"得了吧，你那点心思我还看不明白？虚情假意，出尔反尔，自私自利。"

"得得得！我虚情假意，行了吧？我出尔反尔，行了吧？我自私自利，行了吧？还没出去创大业呢，就提前把老公贬到十八层地狱了，要是真成了气候，我这日子还能过么？"

"我虽然兼一份职，可咱家一切还按协议规定的来，该夫妻共同承担的我绝不推托敷衍，这总行了吧？要不要再修改修改协议内容，增加这一项啊？"

"男人不像你想的那样，没那么斤斤计较。"

"你不计较，我计较，行了吧？都说女人不能兼顾家庭和事业，我还不信了！前几天就有两个美国女科学家得了诺贝尔奖，揭开了衰老和癌症之谜。知道其中那个叫卡罗尔的女教授得到获奖消息的时候在干吗？正在家忙着熨衣服呢！"

"行行行，我也不跟你争了，我倒要拭目以待，看看梅子同学到底能不能做个家庭事业两不误的温柔女强人，最好还得个诺奖什么的，这总行了吧？诺奖是不是应该设个主妇奖啊？"

"有理讲理，讽刺打击老婆算什么本事？"李梅赌气翻身，不理他了。郭洋也躺下，背对李梅。过了一会儿，李梅有点悔意，想缓和气氛，又把腿伸到郭洋身上，撒娇地说腿疼，让他给捏捏。郭洋直接把她的腿扔下去："疼着吧您。"

兰心一进办公室就得知原料到货了，高兴地让宋圆圆陪她去看看。宋圆圆面有难色，支支吾吾，不用您亲自去吧？兰心不由分说，这批订单这么重要，我不亲自过目不放心。走吧！

两人赶到原料库，一股刺鼻的味道扑面而来，差点儿把兰心呛个跟头。上前一看，那堆原料是典型的次品，不但皮子质量不行，加工材料也不环保，简直废物一堆！兰心扭头就走，宋圆圆连忙追赶。兰心脸色铁青，边走边训宋圆圆："这活是怎么干的？从什么地方淘弄来的垃圾货，竟敢冒充好料！你就这么对付我？对付出口订单？谁进的料？把他给我叫来！我看他是不想干了！"

宋圆圆吭吭哧哧坦白了："是许哥。"兰心意外地愣了："什么时候的事啊？"

"就你休息那段时间。找不到料，大伙特别发愁，许哥通过关系弄的……"

兰心气咻咻地回到家，把包一扔，怒喝一声："许小宁！你干的好事！"

许小宁扎着围裙从厨房跑出来，一脸谄笑，不明白自己又做错什么了。兰心暴跳如雷，骂他怎么专帮倒忙啊？许小宁可怜巴巴地问老婆，"到底怎么回事？死也让我死个明白呀！"

"你弄来那批劣质皮子根本没法用！公司赔了一大笔钱！你知道不知道啊？"

"不可能！我找熟人弄的，这批原料都是他朋友厂里自己留着用的，人家照顾我特殊情况，才临时转让给我！"

"说你不是块生意材料还不服？从前你吃亏上当的事还少么？怎么就是不接受教训哪？"

"不可能，不可能，我找他们去！"许小宁摘下围裙就要走，兰心断喝一声："行啦！你哪儿找去呀？公司把货都验了，货款也付了！"

"还是你手下办事不得力！验货怎么这么马虎？为什么没发现有问题呀？"

"谁能想到你许小宁办来的货是一堆垃圾呀？你怎么不说你交的都是些什么乌龟王八蛋朋友呢？人家存心杀熟，就是要骗你这种棒槌！你这个人……真是让人没什么好说的。我勒令你从今往后，绝对不准再插手生意上的事情！"

"老婆，你先别生气呀，容我先去调查一下……"

兰心不耐烦地推开他："去去去，一边儿反省去！趁我生病，你背着我插手公司业务，妄图抢班夺权！结果怎么样啊？事实再次证明，就是不能让你插手生意上的事，只能让你老老实实当家庭煮夫。我宣布，从现在起，对你实施惩罚措施，缩减每月生活费，公司的损失从你的日常开销中逐月扣除！"

许小宁没料到兰心会来这手："啊？你这是要让我'巧夫难为无米之炊'呀！再说，减生活费，伙食标准肯定得降，不光我一人，你和乐乐也得受委屈啊。"

"我不怕，正好减肥，但你绝不能委屈乐乐，必须保证她的营养。"

许小宁咬牙勉强答应："行，我保证。"

乐乐上前替爸爸鸣不平，刚从小洋那儿学了一个词，就用上了："妈妈，你是暴女。"

小区停车场只剩下郭洋和许小宁的车，两人在打扫灰尘。许小宁边扫边叹气：唉，破财啦，破财啦！兰心要在我日常开销里扣除损失，我现在紧张啦！牛排不能吃了，高尔夫不能打了，葡萄酒也不能喝了……郭洋忍俊不禁，好啊，破财免灾。兰心真行！铁娘子撒切尔也不过如此。

许小宁怪自己多管闲事，自作自受。郭洋想了想，这么看来，李梅还算温柔的，起码没克扣我的日常开销。许小宁说，你别高兴得太早！没到时候呢。早晚你惹了李梅，肯定一样下场！女人要是讲起原则来，比男人更原则、更冷酷！特别在钱的问题上，锱铢必较。你要是花了不该花的钱，看看老婆怎么整治你？女人对钱跟对孩子的感情是一样的！不信你就试试。

许小宁进了超市，光走光看就是不动。郭洋讽刺他，你来视察工作呀？许小宁说急什么？好饭不怕晚。他走到酸奶货架前，看到了黄色价签，终于拿起一些酸奶仔细看看出厂日期，然后放进了购物车。郭洋也拿起黄色价签上的商品看看，问他黄色价签什么意思。许小宁说是特价商品。郭洋闹不明白什么是特价？许小宁又逮着好为人师的机会了，耐心解释，特价就是打折商品，比平时便宜百分之十左右。郭洋怀疑打折商品质量不过关，许小宁肯定地说，质量并不差，打折就是厂家的一种促销手段，跟质量没关系！

一个年轻人也在旁边琢磨这特价商品，发出一声质疑："一分钱一分货呀！"

许小宁内行地指点道："厂家要笼络人心，就得自动出血，这百分之十，就是那厂家的血！血，明白？"

年轻人笑了："哦。血。"

郭洋也笑了："敢情咱们就是喝血的人呗？"

许小宁不理两人的讽刺，得意地拿起购物车里的东西，津津乐道："我今天买的都是特价商品，我都仔细研究过了，这些东西的出厂日期和分量都没问题，既新鲜又足量，收获不小啊！"说着，推车走开。郭洋连忙跟上。

年轻人不屑地盯着他们的背影小声嘟囔："买不起好的，还吹牛！什么人啊？"

当天晚饭，许家的饭桌上照样摆上了有鱼有肉、搭配合理的四菜一汤。

兰心见伙食标准并没降低，以为许小宁献出了自己的私房钱："哼，我看照这样下去，你能不能坚持到月底。除非你有小金库。"

许小宁很得意："太低估老公我的能力了！这桌饭菜的奥妙在于材质不同，花钱就省，同样是鱼，活蹦乱跳的和快翻肚的价钱差不少。虽然原料品质有所下降，但凭我许氏私房菜出神入化的厨艺，完全可以弥补不足，照样色香味俱全，营养丰富，美味可口。"

"你别买劣质食品再把我们吃坏了。"

"那不能够，我就是咱家的卫生局、质监局、营养师外加会计师，我是一身兼多任，玩转家乾坤，保质保量保美味，还保证把你们俩侍候得红光满面，结结实实，健康康康，丝毫不逊从前。都说巧妇难为无米之炊，你聪明能干的老公出马，世上无难事，无米也成炊。"

兰心故意鼓掌喝彩："行！就没见过你这么能'吹'的。"乐乐也夸爸爸太棒了。许小宁得意地表示会继续努力，兰心讥讽他"用实际行动再次验证了自己就是家庭煮夫的好材料，一点也没屈了你的才"。一句话顿时把神采飞扬的许小宁打回臊眉搭眼的原形。

老常成天躺在病床上不能动，心里焦躁。让小小快点找个带轮子的床，推着他去4S店！小小乐了，看见过坐轮椅的满街走，没听说推着轮床四处蹓跶的。

正说着，被老常派到店里打探情况的陈梦进了门，张嘴就汇报情况，专业术语滚瓜烂熟："这个礼拜销售情况不错，四天卖出去十五辆车，皇冠3.0豪华型两台，卡罗拉1.8两台，新普锐斯1.8豪华型一台，RAV42.4豪华型三台，威驰2.0豪华型三台，城市越野四辆，其中普拉多4.7豪华型两台，陆巡4.7豪华型两台，营业额一共是五百五十万，小型车利润低，高档车利润高，平均下来纯利润能达到百分之十左右，那就是五十多万啊……"

小小盯着陈梦，直夸她记性够好。陈梦得意地说，要是当年好好学习，不干模特儿，估计我也能是个好会计。老常不爱听，你还是老实给我当老婆吧。

小小建议老爸卧床养伤期间，干脆让陈梦照看生意，每天回来汇报汇报，自家人也信得过。老常觉着让老婆打理生意不靠谱儿，小小故意趴在他耳边小声嘀咕，说暂时给陈梦找点事儿，省得她老打开服装店的主意。老常一想，眼下也没什么更好的办法能稳住陈梦，只能这样了。

陈梦费了九牛二虎之力，离家出走的招儿都使上了，工作的梦也没变现，没想到老常这一伤，这么容易就得到了工作权利，真是喜出望外。老常却无奈地叹气，但凡还能动弹，说什么也不能把这么重要的事儿交给女人啊！

陈梦欢天喜地准备去4S店上班。小小郁闷了，陈梦都有临时工作了，她也得急起直追呀。小小立刻忙乎起来，搜罗各种材料和工具，自己动手裱画，装框。

她抱着裱好的画，兴冲冲地出了家门，先来到许家。许小宁开门把她请进去，问她有事儿吗？小小说今天她是以画家常小小的身份登门拜访，想请许叔叔看看她的作品，觉得怎么样？许小宁认真仔细地端详她的大作，尽量拣好听的说，以资鼓励。小小却追问他喜欢么？许小宁以为小小要送画给他，不客气地上前就要接，想不到小小说："我的画现在可能还不太值钱，但将来肯定升值，说不定还会价值连城呢，您趁现在投资肯定合算。"

许小宁没料到艺术家还上门推销，小小说她是新型艺术家，卖画本身就是行为艺术。再说邻居们平时也想不起来去看画展，她正好上门帮大家普及一下。

许小宁搪塞，这幅画好是好，就是不太合乎我的审美眼光……小小立刻从包里掏出一摞照片，都是她的作品小样，"您喜欢哪幅？立马给您裱好送家来！"

许小宁只好说实话："嘿嘿，不瞒你说，我现在被兰心经济封锁了，没钱投资艺术品，要不我先付二百定金，回头手上宽裕了再取画交全款？"

小小感动，拿起画要走："许叔叔，多谢你支持我起步，我还是别雪上加霜了，等您封锁期结束我再来吧。"

小小又去郭家按门铃。郭洋开门，也以为她给自己送幅作品留纪念呢，小小大大方方地说，郭叔叔，对不起，我这画是要收钱的。郭洋正要出门奔工地，叫李刚出来接待，李刚看到青春亮丽、带着洋范儿的小小，眼前顿时一亮。他把小小请进屋，目光如飞蛾扑火，紧紧追随她的一举手一投足，当场严重失态。

小小却急着让他看画，问他，"怎么样？喜欢么？"李刚眼睛不离小小，随口应付说"不错。"小小说，我是来推销这画的，喜欢就买一幅收藏吧。

李刚愣了愣："我虽然不懂艺术，可画还是看过一些，你这画……还行吧，不过看着还是不如你本人……"说着，忍不住又盯住小小看个没够。

小小察觉李刚的眼神，不动声色地提醒他，哎，哎，眼睛往哪儿撒睛呢？看画！李刚掩饰自己的尴尬，这不是看着呢么……这画，水平有待提高啊。小小问他什么地方有待提高？欢迎具体指点。李刚说不出来，煞有介事地退后几步端详一番，又凑近了端详半天。

小小冷笑，"不怕不懂，就怕不懂装懂。"

李刚恼羞成怒："你怎么知道我不懂啊？你上门推销，有点像卖菜刀的，想把你请出去吧，又抹不开面子。不请你出去吧，你这画我又实在看不上眼……

小小也挂不住了："你不就是人家的小舅子么？牛什么呀牛？郭叔叔平时对我都得客气三分，都特别尊重我，你凭什么呀？"

"是啊，所以他把你交给我接待，自己走了么。"李刚坏笑。

小小气得收起画："我等你这位寄人篱下的大少爷走了再来。"

李刚故意气她："哟，那可没日子，我以后就扎根北京城了。"

陈梦打扮得十分干练，被朱珊珊带到众员工面前。老板的新婚小太太亲自出马打理商铺，众人都很好奇，悄悄打量，窃窃私语。

陈梦嫣然一笑，一开口就很有亲和力："大家好！我呢，对汽车没什么概念，不懂的地方还要多向各位师傅学习请教，请大家多多帮忙，咱们一块儿把生意做好……谢谢大家！"说完还郑重其事地鞠了一躬，赢得一片热烈掌声。

陈梦在店里到处转悠，人长得漂亮，打扮也入眼，活脱儿一个流动车模，很是引人注目。一个年轻男人进店来看车，一眼就被她吸引，直奔过去搭话，问她是不是店里请来的车模？陈梦一笑，说自己就是店里的工作人员。男人有点发呆，半天才醒过神来，让陈梦给他介绍介绍车辆的技术参数和性能。陈梦说自己刚来，业务不熟，正在学习。她回头叫销售员小杨过来，小杨给客人介绍一款皇冠3.0，说是今年的新款，超过了AUDI A6的前后排座椅距离，智能钥匙，一键启动系统，10音响。IPA智能泊车系统，司机不用控制，自动停车入位。17英寸铝合金轮毂、5.8英寸触摸式信息显示屏、倒车影像电子导航。特别适合城市日常工作生活使用。陈梦在旁边仔细听，还不时帮小杨敲边鼓："是啊，像您这样的成功人士都喜欢开这种车，看着气派，用着舒适，这一款性价比也挺高。"

男子眼睛发亮，前后左右围着车转，很快就打定主意试车去。陈梦受到鼓舞，让服务员小刘多教她点儿专业知识，赶紧熟悉不同车型的基本情况，好方便向客人介绍。朱珊珊劝她坐办公室处理点日常事务就行了，不用亲自卖车。陈梦不同意，觉得自己还是在前线呆着，比较能吸引敌方火力。几个销售人员听了直乐，老板娘要是多在店里晃几天，回头一传十十传百，来看车的客人肯定得增加不少。朱珊珊不爱听，客人来了，是看车还是看老板娘啊？陈梦笑了，只要能多吸引客流，不怕看，你们就拿我当专业车模外加二把刀销售员用吧！

陈梦有了工作，焕发极大热情。就连坐在床边陪老常，都拿着小本做功课，不停地背诵汽车性能和参数，很有点儿干一行爱一行的劲头。老常躺在床上泼冷水，你就给我通报通报店里的情况，不用这么辛苦。陈梦反问，卖了车，你得给我提成吧？老常脸上肌肉一抖，立刻捂住腮帮，哎哟，这牙怎么突然疼起来了？

小小嘿嘿直笑，我记着您心疼钱的时候是胃痉挛啊，什么时候改牙疼了？陈梦笑着拍了小小一下，别哪壶不开提哪壶，给你爸留点面子。陈梦问小小画卖得怎么样了？小小沮丧地说，挨家挨户上门推销，结果一幅没卖出去。老常乐了，嘿嘿，不愧是我闺女，生财有道啊，这杀熟的思路不错。别急，慢慢来，你看我，不就把邻居都变成客户了吗？

老爸的话启发了小小："哟！最熟的一个我怎么忘了杀了？爸，你买我一幅画吧！挂在病房，赏心悦目，心情舒畅了，对你恢复腿伤绝对有好处！"

"你气死我得了，亲闺女还赚我的钱，看见你那画，我血压就得上去。"

陈梦为了鼓励小小，痛快地表示她要买一幅。小小握住她的手猛抖，原来我事业起步的贵人在这呢！谢了！陈梦说，咱们俩谁跟谁呀？你将来成气候了，别忘了我对你的支持就行。

兰心吃过晚饭就捧着厚厚一叠资料看。许小宁上前瞄了一眼，是收购企业的计划书，他顿时紧张，追问她真要收购？兰心白他一眼，商场无戏言，你以为我说着玩儿的？许小宁苦口婆心地劝老婆，摊子铺得太大，战线拉得太长，危险。

"你呀，没魄力、没胆识，不是做大事的人。我这次从非洲拿到的订单不是一锤子买卖，对方有跟兰心皮具长期合作的愿望，市场前景是大好不是小好。我现在必须抓紧扩大生产能力，否则到时候会很被动。"

"长期合作是一种美好的愿望，万一有什么变化没能实现呢？到时候你摊子越大越被动。我看还是先把眼前这一锤子买卖做成再说。"

"心有多大，舞台就多宽，只有不敢想的，没有做不到的。你呀，目光短浅。我告诉你啊，这才刚犯完错误，不许你再掺和我生意上的事。"

"就算不掺和生意，我还不能掺和你的健康了？前几天生病的时候我还以为你活明白了，现在全回去了，整个儿记吃不记打！"

兰心强词夺理："虚惊一场之后我更明白了，人生苦短，要抓紧时间奋斗。"

许小宁气得直翻白眼："简直不可救药！"

李梅明天就要跟杨丹签协议，正式开始兼职。郭洋怀疑，李梅去了就是陪吃陪喝，被人家当公关小姐使唤。李梅说她是去做财务工作的，还跟郭洋打招呼，她明天晚上可能不回来吃饭。郭洋说工地上的事说不准，他也不一定能回来吃。

李梅问，那小洋怎么办？郭洋反问，你不是说让李刚管吗？他人影呢？

正说着，李刚背个鼓鼓囊囊的大黑包回来了，看见郭洋、李梅都盯着他，有点不自在，你们都盯着我干吗？李梅问他去哪儿了？包里什么东西？李刚打马虎眼：姐，你怎么跟审贼似的？我还有基本人身自由和隐私权吧？

小洋过来缠舅舅陪他看动画片，李刚才趁机脱身。李梅和郭洋刚离开，李刚立刻拿起包溜进小洋卧室，把东西藏好。

吃晚饭的时候，李梅告诉李刚，明天起她要出去兼职，郭洋也忙，让弟弟肩负起接送、照顾小洋的任务。李刚面有难色，说他也要发展事业，不能真变成男保姆啊。李梅让他具体说说干什么，真有发展前途就放他，她自己回家当保姆。

李刚憋了半天没敢说，只得答应姐姐，一定克服困难，一手抓事业，一手抓小洋，尽量争取两手都过硬。

李梅跟杨丹把协议签了，不想欠杨丹太多人情，要求拿试用期工资。杨丹说，只要不嫌试用期工资少就这么定了，她随时欢迎李梅转正。说着拥抱了李梅："终于把你盼来了。你的主要任务就是帮我一起想办法，每月还上一千多万的贷款。"

李梅顿时感觉到压力："太可怕了，我还是先把欠你的十万还上吧。"说着从包里拿出钱，说是郭洋最近接了个活赚的。

"干吗呀？刚拿去就急着还，怕我收利息呀？拿回去拿回去！"杨丹不满了。

李梅坚持："还你，无债一身轻！"

"你写的那欠条我都已经撕了，这钱算是你预支的未来奖金。"

李梅叹气："唉，我看出来了，你就是要让我欠着你点，好心安理得地奴役我。"

杨丹乐了，让李梅现在就上岗，先熟悉一下公司的财务状况。她拨个内线电话，很快有人给李梅抱来一大堆财务报表放在桌上。

李梅埋头看报表，郭洋正在繁忙的装修工地指手画脚，两人都累得不轻。李刚和小洋在家倒挺自在，一人一碗方便面，兴高采烈地边吃边看动画片，看完了又玩电子游戏。

李梅深夜回家，郭洋还没回来。小洋跟妈妈夸舅舅做的方便面特别好吃，李梅发愁，李刚就这么照顾小洋，也太不健康了！可眼下又有什么更好的办法呢？

侍候小洋洗了澡、睡觉。李梅疲惫不堪地爬上床，已经撑不住，倒头就睡。郭洋推推她："嗳，以前老说我躺下就装死狗，今儿你也死狗了？"

李梅闭眼不动，她又困又累，看了一晚上报表，闭上眼睛到处都是格子。郭洋故意找茬儿："还没睡前吻、互道晚安呢，你现在就睡可违反协议啊。"

李梅已经进入迷迷糊糊半睡眠状态："算了……明儿再补吧。"说着就睡着了。

郭洋关灯，在黑暗中发出一声冷笑。

许小宁想了一夜，不能束手待毙，他偷偷打电话约了宋圆圆，第二天中午在公司附近的川菜馆见面。宋圆圆一坐下就问他有什么重要事情？

"你们兰总野心越来越大了！这公司已经够她累了，还成天想着盲目扩张，恨不能把所有的钱一把全挣家来！我是坚决反对她再这么折腾下去了。"

"我也觉得兰总并购企业的步子大了点，不太保险。"宋圆圆似乎很有同感。

"英雄所见。你还不知道吧？兰心对我封锁消息，不许插手公司的事，所以你得帮我，随时把并购进展情况给我通通气，咱俩得联手阻止她做成这事儿。"

"可兰总要是发现了，我就得吃不了兜着走……"宋圆圆面露难色。

许小宁动之以情，晓之以理："这事你得这么想，你们兰总再这么折腾，弄不好会把自个儿累垮，也把企业拖垮！公司垮了，你们的饭碗可就都砸了，我这个家也没好日子过了，非同小可呀！咱俩是利益共同体，是一根绳上的蚂蚱，咱们这么做是迫不得已，是在奋力拯救兰心皮具的命运啊！对你对我对兰心都是功德无量的大好事。"宋圆圆被说服，答应配合。

10 女人压根儿不是冲锋陷阵的品种

下午四点。股市刚收，李梅就匆匆走出大门，往杨丹公司赶。

杨丹已经收拾好了东西，李梅带着一阵风刚进门，就拉她往外走。李梅被带到一家造型设计店，有点摸不着头脑，来这儿干吗？一会儿还得见客户呢。杨丹说为的就是见客户。李梅半信半疑进了门，立刻被年轻的男造型师和几个小工团团围住，七手八脚一阵忙碌，要对她改头换面。李梅不习惯被这么多人侍候，窘迫地看着杨丹。杨丹笑着上下打量，不时点头。

李梅焕然一新地站在镜子前端详自己的新形象，还真有点不敢相认，颇有惊艳之感。杨丹满意地夸赞，太好了！一个强悍的职业女性瞬间脱颖而出。这就是你以后的形象定位，到我这里来，你得从外到内慢慢蜕变，最后才能成"精"。李梅担心她这样回家非把郭洋和小洋吓着不可。杨丹笑了，他们也得慢慢适应你的新角色和新形象。说完一挥手："下一站——服装公司！"

高档进口品牌服装店的橱窗琳琅满目，灯火辉煌。杨丹指着橱窗里陈设的样品给李梅看，认为这个品牌特别适合她，职业女性的干练中透着浓郁的温馨和娇媚气息，挺有味道。李梅忐忑，这地方的衣服她根本消费不起。

杨丹不由分说推着李梅往里走，让她尽管挑，算工作服。几个店员殷勤地迎了上来，李梅突然发现有钱的感觉真不错。

李梅换了个人，精神抖擞、气势逼人，和杨丹一起陪客户吃饭，喝酒，谈生意，颇有点先声夺人的意思。但是这场谈判并不顺利，杨丹坚持预付一年的租金。客户嫌一年太多，店铺租金本来就高，一次性必须交一年租金的规定这么死，有点消化不了。能不能在时间长度上、或者缴费数量上灵活一点、宽限一下？

杨丹寸步不让，说预付一年这条不能再让了，否则租金优惠免谈！您在北京要是能找到第二个像我这样的地方，那我二话不说就答应您的条件。李梅也溜缝儿："是啊，黄金地段，条件这么好的商铺您不那么好找，再说，同等条件的商铺里我们的租金并不是最高的。您可以再打听打听……"

客户为难地说，得回去考虑一下。杨丹放不下架子，气氛有点僵。李梅连忙笑着圆场，对客户表示，希望多一些您这样有实力的商户来加盟，强强联手。还建议留个缓冲期，大家再考虑考虑，另约时间再谈。客户就坡下驴，缓和态度，提出预付半年租金，李梅马上表示，一定会考虑，也请对方全面评估这里的自然条件，大家都别错过了好机会。

送走客户，李梅劝杨丹降低入驻门槛，留住有意向的客户，杨丹着急回款，担心降一个，就会有一堆跟着往下降，不同意让步。

李梅知道，越是急着回收，资金越难回收，恶性循环，劳而无功。杨丹认死理儿，让李梅赶紧想辙，"我相信你的智慧，三个臭皮匠还顶一个诸葛亮呢。"李梅说可惜咱俩三缺一。杨丹斩钉截铁，"两个也得上！咱俩已然上了一条船了，而且还是顶风行船，不进则退。"

李梅背着前所未有的压力，从头到脚焕然一新地回到家，郭洋和李刚都愣了，不约而同发出一声惊叹"哇噢！"郭洋故意问，谁家的丫头这么新潮前卫呀？李刚赞叹姐姐今天太牛了！李梅暂时忘了烦恼，原地展示一圈，让他们给评价评价。李刚由衷夸奖，没想到姐姐还是个多面女郎，可塑性极强。郭洋不阴不阳地接茬儿，女人都是变脸高手，变身当然也有一套啦。他怀疑地打量李梅，杨丹让你兼的到底是什么职呀？这么注重外表？看这身打扮十分可疑。

"讨厌！在生意场上穿着讲究点，不仅代表你供职企业的形象，也能反映出自己的修养、品位和能力，更是对别人的尊重。"李梅照镜子自我欣赏着。

李刚拍马屁："姐，你穿成这样，确实看着品位不俗，我更尊重你了！"

郭洋故意夸张地凑到李梅跟前抽了抽鼻子："哟，还喝酒了。"

李梅不好意思："一点点，红的。"

"不是见客户吗？还陪酒？越听越可疑。"

"这叫应酬，和你以前聚众狂饮、经常晚归的性质完全一样，为什么只许你喝，不许我喝？自己漫山放火，不许别人点灯，什么逻辑呀？今天咱俩终于在这事上实现了男女平等，扯平了！"

"啊，这就叫平等啊？事事都讲男女平等，那不乱套了么？我们男人站着解手，你们女人是不是也强烈呼吁在这事上平等啊？"

"有什么呀？国外家庭不是早就有规定丈夫必须坐着解决的么？只要真心想平等，怎么都能做到。"李梅咄咄逼人。

"嘿！梅子，你今儿气场空前强大呀！迸发出一股浓烈的杨丹味儿。"

"杨丹什么味儿啊？"

郭洋懒洋洋地转身走开："荷尔蒙变异味儿呗！"

李刚压低声音提醒："姐，你太张扬了吧？姐夫八成自尊心受到伤害了。"

"谁叫他先挑衅的？"

李刚困惑地问姐姐："是不是两口子一说话就得老抬杠啊？"

李梅没防备，有点难为情地笑："啊？不是，闹着玩儿呢。"

李梅洗完澡，坐在梳妆台边抹护肤品，郭洋在一边打量，问她从头到脚这一身花了多少银子呀？李梅说可能不少，杨丹出钱，算工作服。郭洋感叹，这女人一下海，劳保就是比男的好。今天见的是什么客户呀？都是资产阶级吧？

李梅回答，都是有钱人。郭洋又问工作环境和证券公司差别很大，你适应吗？李梅想了想，还行。郭洋不阴不阳地扔出一句，看来人对腐败的适应程度就是比适应吃苦的速度快，给你一句忠告：时刻把持住自己呀！李梅乐了，你担心我腐化变质呀？郭洋说，咱俩是夫妻，你变质了，我当然有责任了，我不担心就是失职。李梅收拾完了，爬上床，让郭洋把心放肚里，从前什么样，今后她还什么样，这就叫过硬的品质和修养，懂吗？郭洋不以为然：

"这年头诱惑太多，腐败攻势太强大，修养和品质已经不堪一击，何况你平时没见过那些场面，常在河边站哪有不湿鞋？我怕你一失足真就成千古恨了。"

"既然你话都说到这份上了，我也明白你的意思了。我再重申一遍，去杨丹那儿就是客串，至于将来是不是继续站在她那河边，到时候根据情况咱们再从长计议，这样行了吧？今晚能睡个踏实觉了吗？"

郭洋拱进李梅怀里，说要是有人拍着，也许能凑合睡一觉。李梅被逗笑，拍着郭洋唱印度尼西亚催眠曲："宝贝，你爸爸正在过着动荡的生活……"郭洋烦躁地拨开她的手，能不唱这词儿么？还嫌咱家不够动荡啊？再动荡我就更睡不成了。李梅心情不错地搂住郭洋，希望他能主动表示表示，不料郭洋翻个身，以背相向，嘟囔着，快睡吧，我都叫你给动荡累了。弄得她特别失望。

4S店里一片热闹景象。看车的，签单的，忙碌不休。陈梦在店堂里走走看看，心情不错，见有个客户兴致勃勃地围着一辆MPV样车转圈儿打量，连忙上前招呼，猛夸客户有眼光。客户不明白为什么两款车都是1.8的，价格差不少呢？陈梦就给他讲解1.8T和1.8L分别代表什么意思，1.8L搭载的是普通汽油引擎，是通过活塞产生真空把空气吸入气缸的，由于进气量有限，动力会受到各种气候的影响。1.8T采用的是涡轮增压发动机，比普通进气方式动力更强……如果买车自用，又是在北方地区，气候比较适宜，日常工作生活1.8L就够用了。要是有自驾车旅行的爱好，建议买1.8T，在高原地区和炎热季节、空气稀薄的地方，增压系统就显得特别重要……客户对陈梦的解释很满意，赞叹4S店真懂营销，上哪找个这么漂亮、又这么懂车的车模？这店的老板太会做生意了！

旁边的师傅赶紧上来解释，这不是车模，是老板娘。客户虚荣心得到满足，很受用，这半天都是老板娘在亲自招呼，那我就买了吧！就要1.8T的，我老婆儿子都特别喜欢节假日驾车出游。陈梦很有成就感地笑了："哎哟，您还真给我面子，谢谢了！我这就带您办手续去？"陈梦甩着大长腿，陪着个子比她矮一头的客户大摇大摆地走去，众人都愣愣地盯着两人背影，渐渐露出一丝会心的笑。

　　小小被逼无奈，心眼儿一活动，在小区花园摆起地摊，没想到还真招来一大群邻居围着看。小小泰然自若，模仿着老北京小生意人吆喝着推销："各位瞧一瞧看一看啊，有喜欢的您说话，虽然明码标价，只要真心喜爱，还可以还价儿！"

　　李刚提着一堆蔬菜水果走过来，看到小小在人堆里推销，连忙凑上前："哟，这干吗呢？个人画展啊？这么牛的画，怎么也不找个有点档次的地方展览啊？"

　　小小不理他，继续高声推销："瞧一瞧，看一看啊！"

　　李刚笑了："这又不是萝卜土豆大白菜，往街边一堆还大声吆喝着卖，多没身价啊？应该搭一棚子，也免得这么好的画风吹日晒糟蹋了。我这可是一片好心啊！"

　　"你是不是闲的呀？菜也买了，回家做饭去吧！这儿没你什么事儿。"

　　"我不是替你着急么？你这么卖，什么时候才能把这些画推销出去呀？再说，这西洋玩意儿，估计也只有那些假洋鬼子和小资能喜欢，你得到那个三里河啊，东单王府井啊，什刹海那种地方，在小区里……这路子估计行不通。"

　　"行得通行不通是我自己的事，管着么？我自力更生，总比你游手好闲、吃你姐喝你姐当寄生虫强！"李刚受了刺激，刚要理论，小小一推他，"去去去！别影响大伙看画的心情。"

　　李刚边走边回头攻击小小，说她这是非法占据公共场所，非法经营，污染环境，偷税漏税，一会儿城管工商税务都得来抓她。话音刚落，两个戴红袖标，上印"首都治安志愿者"字样的老太太就威风凛凛地出现了。训斥小小怎么能在生活区摆地摊儿叫卖呢？影响居民正常生活秩序，赶快收了！大家伙也都散了吧。

　　晚上陈梦回家，小小摸黑蜷在沙发上，陈梦开灯，问她哪不舒服？谁惹你了？

　　小小说，今天是她回国以来最倒霉的一天！在小区花园摆地摊卖画，先被讨厌的李刚气个半死，又叫小脚侦缉队当众抓了现行，生气窝火外加丢人现眼！

　　陈梦笑得岔气："你可太搞笑了，你爸要是知道，肯定得气个好歹。"她突然灵机一动，"哎？要不你干脆把画挂店里吧，我卖车的时候帮你推销，怎么样？"

　　"这主意太牛掰了！"小小蹭地爬起来，想想她爸肯定不答应，又泄气了。陈梦说，他躺在医院动不了，咱把知情权给他剥夺了，一点儿风不给他透！

　　说干就干，第二天，陈梦指挥员工，就把小小的画挂在了4S店大厅墙上。小小在一旁观战，十分得意，好鞍还得配好马，这画往这地方一放，品位自然就上去了，这些汽车也借了艺术的光，增色不少。陈梦说，还是我这主意出的高级。小小兴奋地附和，高，就是高，的确比我爸略高一筹！没想到你对艺术品独具慧眼啊！陈梦得意，别忘了我是搞服装的出身，服装设计跟绘画艺术都是艺术，艺术不分家。小小不好意思反驳她，是，咱们越来越像一家人了。

陈梦高兴地搂住小小："就是！你爸要是发现我把你的画挂店里是为了帮你，估计他能高兴，毕竟你是他亲闺女呀。"小小顿时紧张，千万别告诉他！能瞒一天是一天。"在我爸眼里，金钱和亲情时常排错队，谁先谁后还说不准呢。"

李梅最近常常忙得不及时回家。今晚又是郭洋领着李刚和小洋在家吃饭。

郭洋尝了一口李刚做的菜，抱怨他天天江南风味，炒个菜又是白糖又是香油，北方人还真吃不惯。李刚想顶嘴，想想算了，自己是寄人篱下的男保姆，姐夫是一家独尊的男主人，说什么都有道理，只能争取改进吧，他请姐夫给点儿时间。

郭洋见李刚突然温顺了，又有点于心不忍，本来一个大小伙子买菜做饭接送孩子也够难为他的，确实不该再提什么要求了。他对李刚和小洋叹息，李梅已经连续第四个晚上不回家吃饭、在外面应酬了。李刚问郭洋，是不是特反对我姐变成女强人啊？郭洋说不反对，不过身边的女强人实例已经千百次证明了一个真理，女人一强就不能算是女人了，李梅要是既能强、还能不走样儿，我支持她强。

李刚听明白了，说了半天还是反对。他替姐姐向姐夫道歉，都怪我，是我把姐逼成女强人的。要不是欠那十万，我姐也用不着成天这么辛苦赚钱去堵我捅下的窟窿……郭洋宽慰他，也不全因为你，你就是压死骆驼的最后一根稻草，你姐早憋着冲出家庭了，你充其量只能算是给她递了一个药引子、替她拉响了导火索。李刚说还是怨我。正争执呢，李梅回来了，两人连忙住了嘴。

郭洋洗漱完毕要上床，看到床上摊满了账本，各种单据，李梅坐在床上，手拿计算器不停地算账。郭洋站在床边，无声地提醒她，李梅不为所动，继续忙。

"看这架势，你是想把杨丹公司的业务都搬到咱们家来呀。"

"别捣乱，马上就好了。"

"你已经严重地影响了我的家庭生活，梅子小姐！我抗议。"

李梅这才不情愿地收拾单据："唉！我现在都快愁死了……"

"又愁下个月的利息呢吧？"

"唉！算来算去，怎么都凑不够一个月的还款钱。"

"杨丹堂堂大老板，怎么弄得这么惨？不至于吧？"

"她现在除了那些房子没别的！能流动的活钱少得可怜……"

"房子不是钱么？卖了得了，一了百了！你们女人根本不是干这种事的料！"

"又歧视女性！"

"本来嘛！知道军队里的马吧？一种是只能驮粮食装备和伤病员的，一种是用来上阵杀敌的，说到底，你们女人压根儿就不是冲锋陷阵那个品种！"

李梅不满地盯着郭洋："在你们男人眼里，女人就那么没用么？"

"那倒不是，你们可以驮军粮啊！不过，这梦想家园也太沉重了，我看你们两个女人很难驮得动！"

"卖房是不可能的，那是杨丹的命根子，再说都押在银行呢。"

"不卖，钱哪儿来？拿什么还银行？不卖房眼下你们也没别的活路。"

"你不懂。杨丹现在是在经营物业管理，只能靠出租店铺，收租子维持生计。可惜现在金融形势不好，店铺不那么好出租啊……愁人。"

"看来杨丹找你这智囊没达到预期目的。你那智慧呢？赶快拿出来，不行了吧？既然你们只有一只老母鸡，还不能杀了吃肉，那就只有借鸡生蛋一条路了。"

"是啊，房子不能卖又租不出去，怎么能多换点儿钱呢？"

"想用抵押的房子换钱？那就得行骗。"

李梅受到启发，突然兴奋地大叫一声："有了！"她跳下床，拉着郭洋转圈子跳舞："我有好主意啦！太好啦！我得赶紧给杨丹打电话去！"

郭洋坏笑着让她上床，要帮她"推敲推敲"，李梅知道他想使坏，转身跑了。

李梅这些天绞尽脑汁，最后还是在床上受到老公的启发才想出个点子。杨丹看着李梅喜形于色的样子，直纳闷，没听说床上那事能激发人的灵感啊？

李梅想出的是一个借鸡生蛋的主意，用营业额分成，代替商铺租金，降低商户入驻的门槛。手上没钱交租不要紧，只要经营的项目有前景，再交上一定的预付定金，商户立刻就可以开业，马上赚钱，立竿见影，每个月的利润跟商铺业主分成，这么一来，剩下的商铺就立刻盘活了。

头天那位客户听到消息，第一时间就跑来，听李梅出的条件是承租头一年以营业额分成的形式代替店租，第二年生意做起来再按月付租金，立刻答应签约，只要别一下占压那么多资金，剩下的事儿都好办，这年头大家伙缺的都是资金。

杨丹请李梅喝酒，感谢她用聪明才智解决了她的第一道难题，这下晚上可以睡个踏实觉了。她劝李梅马上辞职转正，只要她这财务总监走马上任，梦想家园肯定如虎添翼，打遍圈中无敌手！而且一过来就给她加薪、配车，让她最大限度地发挥自己的聪明才智。李梅明白杨丹有些夸张，但还是动了心。

李梅薄醉微醺着进了家门，娇声嗲气地叫了一声"老公……我回来啦！"郭洋和李刚应声出现，都看着她发愣。郭洋上前一闻，今天喝的不是红酒。李梅把手往他肩上一搭，露出一个陶醉的笑，今儿吃日本菜，清酒有点儿上头。李刚连忙转身进厨房端茶水。郭洋拉着李梅到沙发上坐下，不无讽刺：

"我看你无论在酒的品种还是数量上都突飞猛进啊，这一项上又一举实现了男女平等。"李梅听出郭洋在挖苦她，由于心里高兴，并不在意。再说了，军功章有她的一半，也有他的一半。

李刚体贴地把水递上："姐，我还头一回看见你喝了酒回家跟我姐夫撒娇。姐夫，我姐这不是挺温柔的么？"

郭洋撇了撇嘴："她这是回光返照。"

李梅洗了澡，舒舒服服躺在床上，别提多满足了。郭洋落寞地躺在一边，冷眼旁观。自从李梅拓展了自己的事业，他就失去了过去那个春风化雨的妻子。一边是天天散发着酒气晚回家的陌生老婆，一边是干啥啥蹩脚的小舅子兼保姆，伴随入睡的寝具也增加了，被褥枕头之外，多了计算器、账本、记事本、各种账单……总之，自从李梅去了杨丹那儿，妻不妻、夫不夫、家也不家了，长此以往，将何以堪？现在有李刚，以后怎么办？

李梅瞅了瞅一脸郁闷的郭洋，安慰他："别愁！我说话就挣大钱了，咱不差钱，过去免费的温暖，现在花点钱买收费的，咱找个保姆！"

"那保姆能代替你吗？她只能提供服务，不能提供感情。"

"感情还归我提供，同时我还提供金钱、物质，你得到的不更全乎吗？"

"你以前可不是这么说的。"

"此一时彼一时。"

"得瑟吧，你现在被杨丹同化了，一副资产阶级腔调。"

"咱毕生的追求不就是挣巴成资产阶级吗？"

"唉！完了，你彻底沦为一个自以为是的女强人了。"

"女强人怎么了？女人一强就洪水猛兽啦？你们男人就这点承受力？心理素质也忒差了吧？"

"我能承受，就怕小洋承受不了，这个七年之痒的家承受不了……"

"啊？越说越严重了，你不就是想拿这些唬我，想把我吓老实了，乖乖回家照旧当主妇么？没门儿，本姑娘现在觉悟了，不会再上你的当。"

"那协议书呢？"

"协议书也没说不能发展事业呀？我对这个家，对你和小洋的感情都在，就不违反协议！"

"好，好，就当我没说，你继续一条羊肠小道跑到黑吧!。"

"怎么说是羊肠小道呢？分明是一条金光大道嘛！"

许小宁正在灶上煮汤，接到宋圆圆的电话赶到咖啡馆。宋圆圆得到消息，一家皮具制造厂正和兰心接洽收购的事。许小宁打算从被收购的皮具厂下手，搅黄这起收购案，具体办法是找出该企业的漏洞，让兰心自己打退堂鼓。宋圆圆觉得可行，但是派谁去打探消息最可靠呢？许小宁决定亲自出马、微服私访。

第二天，许小宁乔装扮成职员，戴着黑框平光眼镜，强自镇定，若无其事地通过保安把守的大门混进了皮具厂。他在厂区内到处转悠，看到仓库门前有几个装卸皮料的工人，就凑上前搭话，问生产车间怎么走？工人问他是谁，要找谁？许小宁胡诌，说他是新来的设计师，还没正式上班，先来参观参观厂区……工人热情指路，许小宁进一步打探虚实，先是恭维，看您是个老师傅了，对工厂的情况肯定特别熟悉吧？工人听着挺受用，大包大揽地应承，想知道什么情况尽管问。

许小宁不敢造次，巧妙地探问："厂里现在有好几百号工人吧？""没那么多，也就一百来个吧，还有一半长年休假不上班。""听说咱们厂设备还不错？""那些设备用了十多年了，早就老掉牙了，再好还能好到哪儿去？现在又没钱换新的，对付用呗，反正也没多少活干。""我听说光设计师就有好几个呀？""那是吹的，好像只有一个还是兼职的……"许小宁达到目的："那正好，我来了就有设计师了。回见！"

许小宁又溜到生产车间，从窗外探头探脑，肩膀突然被人拍了一下，一回头，两个保安站在身后，正虎视眈眈盯着他。

许小宁被带进厂保卫科的门。科长上下打量他，问他哪儿来的？干吗的？

许小宁嘿嘿赔笑，说是参观的……科长给他放监控录像，许小宁一看，自己在录像里鬼鬼祟祟到处转悠，不由得出了一身冷汗。科长让他解释解释，到底出于什么目的呀？许小宁支支吾吾，强词夺理，参观嘛，肯定得到处转悠啊！

科长请他出示身份证。许小宁怕暴露真实身份，连忙道歉，解释说他就是路过，发现这有一厂房，我这人好奇心比较强，闲着没事儿到处转转，转不好瞎转，就转到您这儿来了，没别的意思，真的！科长说别解释那么多，身份证拿出来吧。保安听命动手要翻，许小宁连忙拿出身份证。科长接过去看了看，念出他的大名"许小宁"，让你家属来签个担保书，接你回去吧，否则就不客气地报警啦。

许小宁没辙，打电话求郭洋，说遇上点儿麻烦，叫他过来接人。结果郭洋人在工地，根本脱不了身，叫他找别人。许小宁急了，能叫别人还叫你干吗呀？

　　郭洋说那就得等下班以后，我现在实在走不开呀！关键时刻指望不上他，许小宁只好又找宋圆圆。宋圆圆趁兰心不注意，慌忙跑出公司，飞车前来救人。一进保卫科，就假扮老婆的语气训许小宁，怎么搞的？闲没事跑这种地方来干吗呀？许小宁连忙配合演戏。科长冷眼打量宋圆圆，有点嫉妒："老婆倒挺像样儿！"说着，把担保书扔在她面前："来吧，在这上面签名。"

　　宋圆圆匆匆在保证书上签了个假名字"刘玉兰"，拉着许小宁就走。刚出保卫科的门，迎面碰上一个中年妇女："哟，宋助理？"宋圆圆连忙掩饰，说她认错人了，中年妇女特别事儿妈，追着她求证，你不就是兰心皮具公司兰总的助理么？宋圆圆和许小宁尴尬万分，夺门而去，逃之夭夭。

　　兰心在公司正到处找宋圆圆，突然接到了皮具厂王厂长的电话，对方语气不满地质问她，派女助理的老公深入他的厂打探内幕，什么意思啊？不信任我们，怕我们坑骗了兰心皮具？兰心断然否认，不可能！我助理还没结婚呢，她没老公。王厂长说，我的人都抓住他们俩了，身份证都看了，叫许小宁。

　　兰心的脸当场绿了，半天才缓过神来，连忙信誓旦旦叫王厂长放心，她做生意一向光明磊落，从不搞阴谋诡计，这件事她会立刻查清，严肃处理，给对方一个满意的答复。王厂长说谨慎决策是应该的，他巴不得被兰心皮具这么有实力的企业收购，从今天起诚恳接受调研考察。以后不用再费尽心思，乔装打扮，深入虎穴了，太辛苦。兰心百口莫辩，还要解释，对方已经挂断电话。兰心气得一摔话筒，怒喝一声："许小宁！"

　　许小宁跟宋圆圆还在路上，两人正忐忑不安地商量对策，要定个攻守同盟，以备万一兰心审问，口径一致。电话打过来了。许小宁让她先别接，宋圆圆知道兰总的电话要是不接，除非不想干了，于是马上换了一副温柔腔调，假装没事。

　　兰心暴跳如雷："许小宁跟你在一块儿呢吧？你马上给我回公司，把他也给我押回来！"

　　两人面面相觑，顿时失措。许小宁浑身瘫软，当场虚脱，完了，暴露了。

　　兰心办公室里的气氛就像一触即发的火药桶，许小宁和宋圆圆磨磨蹭蹭地进了门，不由自主齐刷刷低下头，等待发落。兰心重重一拍桌子：

　　"许小宁，你为什么要做间谍？谁派你去的？"

　　许小宁听到她发作出来，反而松了口气，一副大义凛然："我自己派的，我被一种责任感和使命感撺着，必须阻止你。你想啊，现在这么大一摊子都够你累了，前段时间都累吐血了，再收购一家厂子，你怎么吃得消啊？再说我也是不放心，怕人家骗我老婆，所以才冒险闯进去刺探军情，结果还真发现那厂有猫腻！其实就是个混不下去的烂摊子，你要是陷进去，没个好！"

"许小宁，你就是一个小男人！"兰心大发雷霆，掐着小指尖比划着，"胆子就这么大点儿，你怎么能理解我一个大女人的雄心壮志？宋圆圆，我什么地方对不住你了？你竟然跟他坐一条船？你为什么给他做卧底呀？"

宋圆圆战战兢兢地解释："兰总，我觉得许哥是为你好，我也觉得……"

"我不需要你们觉得！我立马开除你信不信？！"

宋圆圆委屈地看看许小宁。许小宁于心不忍，连忙说情："这事不能怪圆圆，要怪都怪我。你要是觉着这是在害你，想开除就开除我吧，我毫无怨言……"

兰心矛头调转："你别以为是我老公、我就不能开除你！"

许小宁嘟囔："开除了就踏实了，也不用跟你操这份心了。"

"想得美！我偏不让你踏实。宋圆圆，看在你跟我这么多年的份上，给你一个留公司察看的处罚，下去吧！许小宁，你也给我回家老实待着去！"

宋圆圆灰溜溜地出门。许小宁走到门口停步想了想，什么也没说出了门。

兰心疲惫地坐下，长叹一声。她重新翻出那份收购计划书，仔细翻看，不免犹豫起来。最后把计划书扔进抽屉里，重重关上。

自从北京举办了一届奥运会，鸟巢和水立方一带成为全世界人民到京来访必去的景点，从早到晚人头攒动。为了净化旅游环境，景点内不得兜售，小贩们就都钻空子在附近打游击，一枪一个地方。

李刚是新手，不知道整顿秩序的严明。他胸前挂着一只大包，站在鸟巢附近的路边，高声吆喝着兜售奥运纪念品："百年奥运，珍贵纪念，都来看看啊，保证人人都有一份满意的选择！哎！百年奥运……"

一群游客拥上来把他包围，李刚手快嘴也没闲着，别抢别抢，人人有份儿！

等旅客散去，鼓鼓的大包已经空了。李刚把包往地上一扔，眉开眼笑地坐在上面，嘴里念念有词地数钱，一五、一十……一下午赚了一百多。他兴奋地跳起来，抓起空包，蹦蹦跳跳往家走。

李刚哼着小曲走着，突然接到李梅电话，李梅正开车行驶在环路上，问李刚跑哪儿去了？怎么不在家呀？李刚随口撒个谎，说他下楼走走，在家闷得慌。李梅提醒他别忘了接小洋，说她晚上有事，不能回家吃晚饭。李刚心情不错，调侃姐姐，你哪天能回家吃饭哪？到时候再通知我，省得麻烦。

李刚高高兴兴接了小洋，郭洋又来电话说工地上有点紧急情况要处理，晚饭不回家吃了。李刚浑身轻松，都不回来才好呢！今晚他自由了。李刚看看天还早，要带小洋去一个又好玩、又能赚钱的地方，小洋欢呼雀跃。

李刚的大包又鼓起来，再次出现在水立方附近。小洋牵着一只风筝，在广场上嬉戏。李刚一边追着他，一边继续兜售："百年奥运，珍贵纪念……"他突然看到小小在不远处给游客画像，连忙拉着小洋凑过去。

小小专心致志，意外发现跟前出现一大一小两双脚，看到李刚和小洋。李刚打量着画像，又看看被画的小伙儿，嘀咕了一句："本来就丑，画得更难看了……"

"说什么呢？"小小斜了他一眼。

"啊！我说你一会儿有空给我跟小洋画一幅呗。"

小小在画像上签下日期和落款，递给游客，收到一张纸币装起来："收费啊。"

李刚不屑，就这还收费？多少钱？太多我可出不起。小小看见李刚肩上挎的、手上挽的："哟，全是假货？你不是吹嘘自己是商业奇才吗？就靠干这个发财？知道你这叫什么吗？非法游商，无业盲流，损害百年奥运的美好形象！"

不远处悄悄开来一辆城管的车停在路边。李刚没看见，只顾回击小小："你以为自己是艺术家呢？咱俩都是卖，甭管怎么着，我的东西还比你的畅销呢。"

周围的小贩见到城管人员下车，一哄而散。李刚专心跟小小斗嘴，突然发现两个城管站在面前，愣了。

一个城管追问小小："您这干什么呢？"

"我是个画家，写生呢。"小小狡猾一笑。

李刚倒挺忘我，身临险境还没忘了帮腔："是是，她是写生的。"

城管拿过李刚的包："你跟我们走一趟吧！"

李刚想夺回包："哎哎，你干吗？"

年轻城管上来拉住他："你在旅游景点非法经营纪念品，影响市容和秩序，跟我们回城管大队接受处罚吧。"

李刚没辙了，把小洋托付给小小，提醒她千万带好了，一根毫毛不许少。小洋上前抱住李刚的大腿，要跟舅舅去。李刚笑了："你又没犯法，去那地方干吗？还是舅舅自己赴汤蹈火吧。"

李梅匆匆赶到常家接儿子的时候，小洋还没完全从惊悸中缓过神来，紧抱妈妈的脖子不放。李梅心疼儿子，又生弟弟的气，连谢谢小小的礼节都忘了。

郭洋领着李刚走出城管大队的门。李刚垂头丧气，嘟囔不休，刚开辟了一条财路，就这么半途而废了，真让人灰心啊！郭洋埋怨他，北京这么大，干点儿什么不好？非要跑到那么热闹的地方去招事儿。

回到家李梅也生气地数落弟弟不务正业，搞歪门邪道。李刚辩解，说自己只是想男保和事业两不误，再说也不能总被姐姐当寄生虫养着呀！李梅不忍心再深责弟弟："唉，归根结底，这事也赖不着你。"

　　"那赖谁呀？"

　　李梅冲郭洋发邪火："赖他！郭洋你今天为什么回来这么晚？你早点回来小洋不就没这事儿了吗？""你还挑我，你回来得早？我以前又不是没监理过工程，那时候你是怎么应付的？现在家里锅碗瓢勺人仰马翻，问题根本不是出在我身上！"李梅委屈："怎么最后归根结底总能怨到我头上啊？就因为我不甘于做家庭主妇，所以现在家里乱成一锅粥；就因为我有点追求，所以孩子差点丢了；凭什么我顾点事业就落这么多埋怨？难道我就是老老实实搁家伺候你们的命？""我不反对你实现自我追求，可是家庭、事业怎么平衡分配？就看你想把心往家里放多少！""一味要求我把心放家里，那你的心呢？你的心呢？你的心放家了么？"

　　李刚连忙和稀泥："这正说我呢，怎么又转到你俩那磨道上去了？还是接茬儿批评我吧，你们都批评我！"郭洋顿时冲李刚去了："还不是因为你给你姐递茬儿，她才冲出围城去了？""啊？又成我的罪过了？也行，我认，反正我也看明白了，甭管我干什么，都能被你俩当炮引子。"

　　兰心在公司里冲许小宁发完了火，回到家照例打算享受老公的照顾。谁知洗完了手，走到餐桌边一看，一碟菜一碗饭，史无前例地简单，简直就是寒酸。

　　兰心看看许小宁："没别的菜了？"

　　"没了。"

　　"汤呢？"

　　"没汤。"

　　兰心的火往上窜："怎么回事？"

　　"有的吃就不错了。我宣布：在一段时间内，只为你提供基本伙食标准，管饱不管好，至于时间长短，视你的表现决定。补充一点，不用担心乐乐，我们爷俩该怎么吃还怎么吃，在你身上节省的部分，正好抵消你克扣我的生活费。"

　　"你什么意思？"

　　"大丈夫威武不能屈，为坚持我反对你贪婪并购的立场，对你只提供基本伙食，不提供嘘寒问暖，不提供异性按摩，不接受呼来喝去，一言以蔽之：我罢工不伺候了！"许小宁说完特别解恨。兰心气得干瞪眼，瞪了半天，忍不住乐了。

　　许小宁一本正经："笑什么笑？我是很严肃滴，说到做到！"

吃完了一顿简单的晚餐，好处还真不少，许小宁三下五除二就洗完了锅碗，扔下围裙，出去散心去了。他在小区广场上东张西望，晃晃悠悠，唉声叹气。

郭洋跟李梅绊了几句嘴，也溜出家门，独自徘徊，一脸深沉，神不守舍。他走到花园长椅刚坐下，许小宁突然出现在身后："哟，郭洋，你也郁闷啦？"

郭洋冷不防吓一跳："怎么又是你呀？怎么着，你也郁闷了？"

许小宁若无其事："我在楼上浇花儿，看到你痛苦徘徊的身影，这不就立马下来陪你么？""让我清静会儿。我们家已经乱成一锅粥了，李梅步兰心后尘，终于走上女强人的不归路了。""唉，咱们俩现在是同病相怜啊，我家里也乱成一锅粥了，兰心步杨丹后尘，直奔超女而去了。不是那个超女，是超级女强人，加强版！""都是你们家兰心和那个杨丹闹的。我还以为李梅是硕果仅存的这么一个贤良妻子，正偷着乐呢，现在可好，她也近墨者黑跟杨丹跑了。""李梅真去了？"

"说是兼职帮忙，我看比正式员工还卖力。这不是么，自己天天晚回来还不算，还不许我晚回来，我们家现在整个一乾坤大掉个儿！""我太理解你现在的心情了。李梅现在每个礼拜至少就得有四五天不在家吃晚饭吧？你跟小洋又得重温老婆离家出走的悲惨生活了。这还不算最惨的，将来李梅越干越大，眼里容不下你了，你大丈夫的日子也就到头了……所以你害怕，你恐慌！对吧？"

"你以为谁都跟你一样啊？"郭洋把头一扭。

"我这是替你着想，像李梅这种女人其实骨子里跟兰心是一样一样滴，都是一个字：不安分！只不过结婚以后她被你的强势给压制住了，怪就怪你自己当初没看准人！这种女人最不好招惹。现在她之所以要冒头，要往外窜，你也是有责任的！你该找找自己的原因才是明智滴！"许小宁又搬出大师的腔调。

"说来说去，最后都得攻击我一通你才舒服。"

"不过反过来想想，李梅这一走，对你们家也有不少好处。起码生活水平提高了，孩子将来念私立学校有钱了，你马上就可以过上别人一辈子都不定能过上的好日子了！如果你能虚心向我学习，积极向我靠拢，在家当煮夫，亲自照顾孩子，连一千块保姆钱也省了！"

"别看我现在辞职了，一个月收入照样上万，你以为我像你似的，等着老婆帮我改善生活呀？"

"是是，你收入不低，可还是满足不了女人对物质生活的追求不是么？现在是物质社会，李梅为什么还要折腾啊？肯定是因为不满足啊，不然她呆在证券公司也可以干事业实现自我价值嘛，干吗非得下海？对不对？"

郭洋不语，他不得不承认，许小宁说到问题的要害了。

"不过你在这儿发愁已经没用了，我了解女人，她们太有主意了！你呀，你现在只能面对现实、做好精神准备，万一哪天李梅地位窜升，翅膀硬了，当老板也当惯了，回家还想领导领导老公，你呢，又不像我这么随和、不如我宰相肚里能撑船，到时候你俩就得成天掐！掐到一定程度，你就彻底解放了！"

郭洋白他一眼："胡扯。"

许小宁又替他安排出路："李梅野心越来越大，也就不容你再当什么大丈夫了，你还不如识时务者为俊杰，干脆效仿我的生活模式，主动申请回家当煮夫算了，好歹也算支持老婆干事业，李梅一感动，今后对你还能比现在好点儿……"

"我凭什么那么惨呀？"郭洋满怀悲怆，努力挣扎。

"那咱就走着瞧。你那悲惨的未来我已然历历在目了。"许小宁言之凿凿。

虽然李刚已经主动向姐姐道歉认错，保证今后专心在家当男保，帮助他们共度难关，为姐姐的家庭和谐做出应有的贡献，李梅心里却好生不忍。这些事本来不该依赖李刚，一个大小伙子，就应该踏实做事，出去打天下。她决定给弟弟找个工作，让他好好干一番事业。可眼下家里最大的难题，是小洋没人照顾。

晚上夫妻上床，李梅提出了这个尖锐的问题，当初制定协议的前提条件已经发生了变化，咱俩得与时俱进，补充修改协议。郭洋问她怎么修改？

李梅已经想好，必须采取强制性措施约束双方，两人一三五、二四六轮流接送小洋做家务，周日是家庭活动日，双方必须在家，谁也不许外出应酬。

还算公平。不过谁还没个意外情况？如果赶上自己当值那天外面有不得不去处理的问题怎么办？李梅主张采取拖欠补偿制，拖欠一次、双倍补偿两次。郭洋担心，万一有人不自觉，一直拖欠到小洋大学毕业怎么办？李梅明白郭洋指的是她，就严肃地表示，万一那样，也得严格照章办事，小洋一毕业我就回家，后半辈子全捐给你们爷俩了。郭洋想了想，为防止在妇女解放过程中、男性不被打回旧社会，我接受，就这么定了！李梅要马上拟定条款，免得夜长梦多。

李梅头一天轮值，就接到杨丹的电话，让她马上去公司一趟，这事儿必须得李梅出面，别人搞不掂。李梅无奈只好打电话给郭洋，说今晚有特殊情况，"拖欠一次先"。郭洋在工地上正忙，没心跟她计较，同意记录在案，补偿两次。

郭洋跟张瑾请假，想先走一步，替李梅接小洋。张瑾正好顺路，要捎上郭洋，她也顺便考察考察小洋幼儿园的情况，因为一直想给毛毛换个幼儿园，如果能跟小洋在一起，也好有个伴儿。郭洋一听，好事儿啊！就上了张瑾的车。

李梅在证券公司匆匆收拾东西，拎包刚走到门口，杨丹又来电话，让李梅先别过去了，跟客户的约会改明天了。李梅已经到门口，干脆就直接出门去幼儿园。

李梅把车停在幼儿园对面的马路边，远远看见郭洋牵着小洋，张瑾领着毛毛，有说有笑地走出了幼儿园大门。李梅坐在车里愣住了。

11　男人看女人就像狗看骨头猫看鱼，天长日久不下口也难

李梅被无形的钉子钉在车上动不得，眼睁睁看着郭洋和小洋上了张瑾的车离去。郭洋已经跟张瑾走得这么近乎了？自己居然一点儿不知道！转念一想，也没什么，人和人总有无意中碰上的时候，也许仅此而已。

李梅尽量往好的方面想，她安慰着自己回到家，机械地煮了一碗面条，没滋没味儿地吃下去，心神不宁地看着表等。熬到八点再也熬不住了，拿起电话。

郭洋和张瑾带着孩子吃自助餐，俩孩子正玩儿得高兴。小洋闭着眼睛伸出一只手，毛毛用手指在小洋手心写字。小洋忍不住眯眼偷看，毛毛警告他不许偷看，让他猜写的是什么字？小洋不确定，求毛毛再写一遍。毛毛嫌小洋太笨，告诉他，自己写的是"女"和"子"，加一块儿念"好"。

郭洋的手机响了，显示出"家"的字样。李梅问他带小洋去哪儿了？郭洋随口说晚上懒得做饭，带小洋在外面吃呢，一会儿就回家。

李梅听到郭洋收线，才挂了电话，她回味刚才的对话，郭洋没提张瑾的名字。

张瑾注意到郭洋没提跟谁一起吃饭，心知肚明。问他用不用给李梅带点吃的回去？郭洋说李梅吃过了。张瑾善解人意地催服务员结账，让郭洋早点儿回去。

张瑾把郭洋父子俩送到小区大门口，郭洋一边往公寓走一边嘱咐小洋，今晚和张阿姨、毛毛一起吃饭的事儿别告诉妈妈。小洋不解，爸爸，那为什么呀？

郭洋琢磨怎么说服儿子，嗯……你觉得张阿姨漂亮吗？小洋点头肯定。郭洋说，这就对了，妈妈不喜欢爸爸和漂亮阿姨一起吃饭，所以咱不告诉她。小洋笑了，哦，懂了。你怕妈妈吃醋。郭洋忍俊不禁，儿子，你太了解你妈妈了。小洋又问爸爸，你喜欢张阿姨吗？郭洋毋庸置疑、滴水不漏：

"爸爸只喜欢妈妈。""那妈妈为什么会吃醋？""这个问题比较复杂，女人都喜欢吃醋，吃起醋来很麻烦，如果妈妈知道我们和张阿姨一起吃饭，爸爸就要说很多话跟她解释，而且还不一定能解释清楚，然后就可能会生气、吵架。如果不告诉她，就什么事都没有了。""那这算不算撒谎？""这不叫撒谎。妈妈又不会问你，你只要不主动告诉她就行了，算是咱们两个男人之间的秘密，好吗？"

"那好吧。""为了保证你能遵守诺言，咱们得拉钩确认一下。"郭洋伸出手，小洋痛快地跟他拉钩，然后撒腿往家跑，急着找妈妈。

李梅迎出来，亲了小洋，问他想妈妈了没有？小洋回答说"有点儿"。"才有点儿啊？看来你在外头找到更好玩儿的了吧？我猜猜……认识了新朋友？"

小洋摇头否认："嗯。"

"那就是吃到了好吃的东西！"

小洋点头承认："嗯！"

李梅打量郭洋，套话："怎么样啊？看你们爷俩这气色，心情不错呀！"

"还行，跟我儿子在一起享受天伦之乐，心情能不好么？是吧小洋？"

小洋连忙乖巧地配合："没错儿！"

李梅确定他故意在隐瞒，挑剔地打量两人："嘀，配合得还挺默契。"

郭洋心虚打岔，李刚跑哪儿去了？说完拉着小洋去洗澡。李梅恨恨地盯着他的背影，心里的小火苗直往上窜，她口干舌燥地灌了几口水，才算没窜出喉咙。

郭洋上床，李梅冷冷地盯着他的一举一动。郭洋装作不见，躺下立刻装睡。

李梅坐着不动："这就睡呀？不想跟我说点什么吗？"

郭洋刻意回避："睡吧，累了。天天说还说不够？"

"说点儿新鲜的。"

郭洋终于睁开眼睛："什么意思？"

"最近咱俩都忙，交流也少了，这样不好，还是要加强思想感情的交流沟通。免得某天早晨醒来，咱俩也成了'熟悉的陌生人'那就惨了。协议不是规定要多交流思想感情吗？所以我打算经常性地沟通，你也应该坚持做到这一点。"

"有道理。行，我一有空就跟你沟通。"郭洋说完又闭上眼睛。

"现在就可以开始啊，有没有什么话要跟我说？"李梅紧追不放。

郭洋不睁眼："让我想想啊……没有。"

"真没有？工作上、生活上、感情上，哪方面有新情况新动向都可以交流。"

"哪方面都是老样子，真没什么可说的。你有什么新情况要跟我说？"

李梅坐着不动，一直盯着他。郭洋无奈，以攻为守，说李梅刚轮值就请假，按欠一罚二的原则，你打算什么时候还啊？李梅赌气，明天就还，明天不去杨丹那儿了，我接小洋！

第二天放学，李梅接回小洋，给儿子做了一桌子好菜。小洋吃得心满意足，小嘴儿抹油又涂蜜地甜乎她："我最喜欢妈妈做的菜，太好吃了！"

李梅知道时机到了："真的？比饭店的自助餐还好吃？"

小洋不假思索："当然！"

"那妈妈问你个问题，昨天是爸爸和小洋两个人去吃自助餐了吗？"

小洋一听涉及了敏感问题，想起跟爸爸的攻守同盟，连忙咬住嘴唇。

"还有别人一起吃，对不对？"

"妈妈你为什么问小洋这些？"小洋有点沉不住气了。

"妈妈为什么不能问？"

"小洋没法回答。"

"是爸爸不让小洋告诉妈妈？"

"我和爸爸拉钩了，说话要算数。"

"好吧，那妈妈来猜，猜对了小洋就点头，这样就不算小洋告诉妈妈的。"

小洋想了想："那好吧。"

"昨天是不是张瑾阿姨和毛毛跟你们一起吃的饭？"

小洋吃惊："妈妈你怎么知道？"

"妈妈去幼儿园接小洋，正好看见了张阿姨，所以猜到你们一起吃的饭。"

小洋问李梅，"你跟爸爸说了么？"

李梅摇头："爸爸不想让妈妈知道，所以妈妈就不说了。现在妈妈都知道了，小洋也不用再替爸爸保密了。"

小洋松了一口气。李梅又问小洋，爸爸为什么不让你告诉妈妈你们昨晚跟谁在一起吃饭？小洋已经被彻底瓦解，一口气把底儿全撂了，还问妈妈真吃醋了吗？李梅忍俊不禁地告诉他，妈妈不会吃醋。小洋如释重负，那我可以告诉爸爸，他不用害怕了。李梅连忙摇头："咱先不跟爸爸说，行吗？""为什么？""妈妈要跟爸爸做个游戏，小洋替妈妈保守这个小秘密，好吗？"小洋搞不懂大人怎么那么多秘密，见李梅伸出手来，只好又跟妈妈拉了一次钩。

许小宁陪乐乐练钢琴，夸乐乐进步不小，再努努力就可以演奏给妈妈听了。

话音没落兰心进了家门。乐乐跑过去，看看兰心挺清醒，有点奇怪："妈妈，你今晚没喝酒啊？"

"怎么？你也讽刺妈妈呀？我好不容易提早回家，你们好像倒挺失望的？"

许小宁不动声色地收拾着乐谱，兰心问有什么吃的，乐乐说已经吃完了。

兰心进厨房看看，只有爷俩吃剩的残羹剩饭，质问许小宁怎么回事？许小宁不动声色，说他正罢着工呢，根本没打算复工，至少眼下还没有伺候兰大老板的意思。兰心一口气堵在了胸口，二话不说，拎包就走。许小宁犯了嘀咕，看来是真生气了，不会又出去疯狂去了吧？他把乐乐送到郭家安顿好，出门追去。

许小宁开车跟在兰心的车后，一直追到温泉养生馆。兰心进了门，许小宁躲躲闪闪地跟在后面，看见她走进女宾部，只好停步。他伸着脖子正朝里张望，一个年轻女服务员突如其来从天而降，问许小宁需要什么帮助？许小宁猝不及防，连说不用！服务员提醒他，这里是女宾部，许小宁灵机一动，转身奔往男宾部，扔下服务员原地发呆，一脸狐疑。

许小宁迂回了半天，混进自助餐厅。客人都穿着清一色的衣服在用餐，只有许小宁打扮另类，四处撒眸，不由自主净往女宾部门口张望。见有人注意自己，他慌忙拿过一只餐盘，假装要取食物却没什么胃口的样子，一边磨蹭，一边心不在焉地东张西望。

突然，一只手从后边拍他肩膀，一股热气直喷耳根："你跟踪我？"

许小宁吃一惊，解嘲地干笑两声："我怕你流落街头，谁知你跑这儿来了？"

兰心一边取食物，一边故意气他，家里没人伺候我也不能扎脖儿干饿着，这地方多好！有吃有喝，品种齐全。你不是吃过了吗？还想再吃点儿？许小宁本来是打掩护的，一听连忙放下餐盘，哼，这儿是品种齐全，但要论可口舒服、营养丰富没法跟我那"许氏私房菜"比！"你手艺确实不错，可惜现在不往正地方用啊，不是罢工了吗。""我那也是……被逼无奈。""我还是被逼无奈呢。可我总不能像你那么没起子，把企业扔了不管吧？要不怎么说你们男人任性自私、不沉着冷静呢？考虑问题就是过于简单。""我就是因为考虑问题太复杂了，才为你操心费力，吃力不讨好，到头来，把你侍候出一身毛病。我这是给你扳一扳，正一正，让你知道什么叫珍贵，什么该珍惜！知道吗？"

兰心不理他，自顾大吃："你以为罢工我就傻眼了？就屈服了？做梦。只要花钱，满世界都有顶级厨师和异性按摩，小伙子手艺又好人又帅，还比你专业。"

"那种按摩跟我给你按摩是一回事吗？人家那就是工作，你在按摩师手下就是一没有感情没有思想的服务对象，可你老公我带着浓厚的感情侍候你，按摩的效果不光身体舒适，还有心灵满足！你到这地方来，能找到我那么高标准、人性化的服务吗？"

"我今儿到这儿来就是要尝尝没感情的按摩，看看到底舒服不舒服。"

正说着，服务员进来通知兰心，她点的10号松骨技师正在恭候，用完餐随时可以开始。许小宁急了，你还真要按摩去？兰心起身就走，那还有假？要不你也来观摩学习一下，提高提高？许小宁愣了愣，连忙跟上。

兰心在里面花钱买享受，许小宁在包间外探头探脑，内心煎熬。这回一下来了两名服务员，一左一右要把他请到休息室去，许小宁还不放心地回头，服务员轻轻地半扶半推着就把他请出去了。

兰心回家上了床，浑身舒坦，心满意足地把自己摆平了，长舒一口气。

许小宁不安地打量她："你打算以后就这么长期腐败下去了？"

兰心不理他。

"这么花钱你就不心疼？"

"没办法呀，你要一直罢工，我只好一直腐败呗，为了不降低生活质量，花就花吧，赚钱不就是为花嘛，我成天这么辛苦，干吗亏待自己？"

许小宁来气，关灯躺倒："睡觉！"

兰心在黑暗中偷着乐，她要的正是这个效果。要知道，平时想激怒许小宁还真不是一件容易的事儿，老公太有涵养也不都是好事儿。

第二天早晨，兰心睁开睡眼，许小宁和乐乐已经去了幼儿园，厨房里跟昨晚一样，餐桌上的食物被爷儿俩扫荡得片甲不留。一口恶气堵在了兰心嗓子眼儿。

兰心气哼哼地走进办公室，吩咐宋圆圆尽快找个钟点工，没别的要求，做饭好吃就行。宋圆圆意外地问她，许哥怎么了？兰心哭笑不得，"自从那天跑到工厂刺探军情，我训了他几句以后，就罢工不侍候了。每天跟乐乐吃得热火朝天，我一回家，除了残羹冷饭没别的，他这是故意跟我作对呢！"

宋圆圆偷偷笑着，连忙奉命找人。兰心给李梅打了个电话，约她晚上一起找杨丹去，姐儿仨凑一块儿吃个饭，然后再去做个美容，好好享受享受。李梅奇怪，平常都是杨丹爱张罗，今儿兰心怎么有这个闲情逸致了？兰心掩饰真实原因，说现在大伙都忙，好长时间没聚了，挺想她们的。

三人准时聚会。杨丹知道兰心要并购企业，扩大生产规模，越做越大了，问她忙得够呛还有心思聚会？兰心怪杨丹把李梅拉下水，忙得脚不沾地，住对门儿，俩人都碰不上一面。说着说着发起牢骚来，把许小宁反对收购，罢工不伺候，后勤保障完全瘫痪的惨状露出来。李梅担心地看着兰心，你白天在公司累一天，晚上回家还要忙着跟老公作斗争，是够让人糟心的。兰心一笑，说她已经跟许小宁学会了，日子就得玩儿着过，两口子隔三差五掐架、斗气儿免不了，不过这里面也有斗智斗勇的乐趣。杨丹听着，乐了：

"哟，你们家这境界高了去了，我看没几家能达到的。"

李梅若有所思："也对，活得那么累，是得自个儿找找乐了。"

"知道累了？杨丹这资本家不好对付吧？"兰心有点儿幸灾乐祸。

"我这累跟杨丹没关系，主要家里事烦心，郭洋和小洋就够操心了，又加上一个不省心的李刚。"

"李刚还没找到满意的工作？正好，我要扩大生产，需要帮手，李刚既然也做过生意，可以给我帮忙啊。"兰心喜欢在李梅面前摆出一副救世主的架势。

"真的？太感谢了！那我可就把他交给你了，让他跟你好好锻炼一下，长长见识，省得老是眼高手低。"李梅没想到兰心在这事儿上这么爽快，连忙跟她碰杯，"感激都在酒里了，我干，你随意。"

"杨丹，李梅算让你训练出来了，酒桌上的词儿一套一套的。"兰心喝了酒。

杨丹也笑了："她本来就有潜力，不用训练，稍微一激发就出来了。"

吃完了晚饭，三个人又去了美容院，舒舒服服做了个全套护理。三人并排躺着，脸上做着面膜，三位小姐在为她们按摩。

兰心催杨丹，别光忙着激发李梅，也激发激发自己的恋爱潜力吧。李梅接茬儿，说杨丹的感情问题还真有进展，问她跟那个卢总怎么样了？杨丹似乎没什么热情："就那样呗。你们帮我分析分析，我跟他合不合适？"

卢总比杨丹小两岁，经营着一家中小型房地产公司，人还算坦诚。李梅和兰心都觉得论地位、论经济状况还算合适。两人是同行，有共同语言，小两岁也不算什么问题。杨丹说，还真挑不出人家什么毛病。可就是对他不来电，也不知道为什么，总觉得差点儿意思。李梅问她，跟谁比差点儿意思？老袁？

杨丹不得不承认，要论幽默感、默契度，卢总真比不上老袁。兰心明白了，杨丹老拿身边的男人跟老袁比，说明她还是放不下老袁，干脆认真考虑一下破镜重圆的可能吧。

"喊！谁放不下他？好马不吃回头草，我就不信找不着个比他强的，真要找不着，我宁肯单着也不回头找他。"明显是较劲，杨丹就是这么个脾气，骆驼死了不倒架儿。

"单着可不成，女人是花儿，感情是水，没水滋润会蔫的，要不你就先跟那人处着吧，总比形单影只的好，实在没感觉就变成蓝颜知己呗。"兰心说。

李梅被"蓝颜知己"这个词触动了，不由想起郭洋和张瑾："嗳你们说，男人和女人之间除了恋人和夫妻关系，到底有没有可能只是纯洁的友谊关系呀？"

"有。要不女的忒丑，要不男的太没吸引力，总之除了聊得来，一点儿磁场都没有那种。"杨丹好像对这事儿特别在行。

"要是男的帅、女的漂亮，还一块儿工作呢？"李梅认真地追问。

"那基本就没法纯洁了，磁场肯定超强，凭什么纯洁呀？"兰心也挺老到。

"是，再说这男人看女人吧，都是带着一种动物本能，越看欲望越强，就像猫看鱼刺,狗看骨头,天长日久不下口也难。"杨丹结论道。

"就是,只要有一人不想纯洁了,另外一人八成扛不住,除非定力超强。"

李梅顿时心绪纷乱,神不守舍的看看这个,又看看那个。

杨丹忿忿然地哼了一声:"什么叫定力呀?定力得有道德底线撑着。现在人在金钱和美色面前最缺的就是定力了,价值观和道德观都这么多元了,道德的约束力在某些人心里已经被大大削弱。别迷信定力!"

李梅心里越来越毛,眼神迷茫地出了神。

兰心反应过来:"哎?咱们怎么讨论起这话题了?"

杨丹想了想,是李梅先说的。兰心问李梅,是不是郭洋遭遇什么"纯洁友谊"了?李梅连忙否认。杨丹面容严肃地盯了李梅半晌,最后郑重提醒她,要是真有可得当心了,我负责任地告诉你,这绝对是个严重问题!

李梅极力掩饰内心的慌乱:"嗨,我就那么随口一说。"

深夜。高楼上的灯光已经稀疏寥落。李刚摇摇晃晃地走进了小区大门,突然发现小小走在前面,他露出一个坏笑,恶作剧地跟上去,出其不意地拉了一下她的包带。小小吓一跳,猛然转身,虚张声势地怒喝一声:"谁?"

李刚笑出一口白牙,在夜色中特别显眼。"讨厌!怎么又是你呀?看来我走到天涯海角也甩不掉你这噩梦般的阴影了……"小小气哼哼地走开。

李刚连忙跟上,嬉皮笑脸:"还说不定谁是谁的阴影呢!我这么长时间没找到工作,是不是你带来的霉运啊?"

"那我这么长时间没卖出一张画,是不是你带来的晦气呀?"

李刚故意吊儿郎当:"有可能。咱俩说不定天生就是一对儿克星,严重阴阳不调,见面就掐。都说两性之间是天敌,看来有点儿道理。"

小小突然想起什么:"嗳,那天鸟巢的事你还没谢我呢。"

"当时因为我没揭发你给人画画收钱,才保住你没一块儿进去,咱俩算扯平了,我凭什么谢你啊?"

小小突然笑起来:"你那天那狼狈相真可乐,要不是看在你不幸被俘、小洋都吓哭了的份上,我差点笑出声儿来!"李刚有点尴尬,打岔地问小小,地摊摆不成了,你那些画怎么往外推销啊?小小得意一笑,小瞧人!地摊已成往事,我的画现在已经挂在墙上卖了。李刚意外地愣住,哪个不开眼的画廊让你给蒙了?

小小牛哄哄地昂首挺胸大步走,把李刚甩在后面:"一般没眼光的画廊我还不给他机会呢,肥水不流外人田,照顾我爸的4S店了。""还是得靠你老爸的裙带关系。4S店卖画，没听说过。看来你这是叫那些画给逼急了，不然想不出这么绝的损招儿来。""去你的！不贬斥别人几句你就浑身不舒坦是吧？"

李刚笑了，让我分析到点子上了吧？卖得怎么样啊？小小掩饰失落，故作轻松地说，那些买车的没什么艺术眼光，得慢慢培养熏陶。李刚猜到了，甭绕圈子了，一幅没卖出去吧？嘁！那是卖画的地儿吗？小小翻他一个白眼，你自己还满世界闲逛呢，还好意思挤兑我？李刚见小小恼羞成怒了，连忙哄她，看在远亲不如近邻的份上，我就指点你一下，甭管你画的是什么玩意儿，想当艺术品往外卖，就得有艺术品的范儿，艺术品哪有追着人卖的？得让人追着你买，懂吗？小小不买账，你懂什么艺术品啊？李刚不服，可我懂营销啊！小小扭头就走，还营销呢，先把你自己营销出去再吹吧。

李刚追着问，你不信是吧？告诉我4S店在哪儿？回头我让你当场心服口服！小小头也不回地走进公寓大门，扔下一句话，快回家洗洗睡吧您。

李刚并不生气。自从来到北京，窝心事儿就一件跟着一件。好在他相信那句话，就是一坨屎，也有遇见屎壳郎的那天。更何况眼皮子底下还有个常小小，不知为什么，一见到她，就让人心旷神怡。女孩儿虽然脾气不太好，但毕竟是女孩儿，至少还赏心悦目呢，连斗嘴都那么好玩儿。

李刚哼着小曲进了家门。李梅高兴地告诉他，明天到兰心皮具公司上班。李刚意外惊喜，连连赞叹兰心有眼光，以他在商场摸爬滚打多年的经验，兰心公司肯定会因为他的到来而受益无穷啊！李梅敲打他，别自我感觉太良好，还真以为自己是人才呢？就算是，也得先证明给人看。到那儿记住八个字，踏实努力、谦虚谨慎，别给你姐栽面儿！

李刚毕恭毕敬地点头，戏谑地叫了一声板"谢谢妈！有您这碗酒垫底，什么样的酒我全能应付，您快洗洗睡吧。"李梅作势要揍他，李刚笑着闪开，一番感慨："我的男保生涯终于可以结束了。"李梅说没那么便宜，姐姐姐夫忙不过来的时候，他还得及时顶上。

陈梦卖车卖得火暴，小小卖画却有价无市。正发愁呢，李刚来了。小小刚要打招呼，被他用手势制止。李刚利用陈梦不认识他的机会，盯住一个买车人，开始实行他的"营销计划。"

买车人是慕名来找陈梦的，听说这家店有个身兼车模，才貌双全的老板娘，对汽车行市和性能门清儿，还特别热情周到爽快，希望陈梦帮他选一台可心的家用车。陈梦推荐了一款轻型车，介绍完了性能又让客户坐进去体验体验。

　　李刚在附近转悠着也看车，假装忽然注意到墙上的画，走近去看，一幅一幅看得很认真。小小远远一头雾水地盯着他，不知他葫芦里卖的是什么药。

　　李刚走近陈梦："老板，"往墙上一指，"我想跟您问问这些画。我刚注意到这些画，看着有点儿意思，没走眼的话，这些作品都出自同一位画家之手。"

　　陈梦连忙招小小过来，介绍说这画儿都是她的。李刚一副初次见面的神情，一脸疑惑地问小小，这些画都是你画的？这么年轻啊！小小这才琢磨过味儿来，不不，这是我一个画家朋友画的，友情借给我们店，挂在这儿帮我们提升提升4S店的文化品位！

　　陈梦莫名其妙地看看小小，又不敢问。李刚继续演戏，我想问问这些画卖吗？小小也开始上道儿了，配合得挺自然，跑到一边装模作样打了个电话。

　　趁这空当，李刚和陈梦聊上了，谦虚地说自己是搞艺术品收藏和投资的。一旁的买车人听到他的话，来了兴趣，连忙问李刚，是不是想买这画倒卖赚钱？

　　李刚回答得很有文化："艺术品重在收藏和欣赏，当然在具备一定市场价值时，也可以给收藏者带来收益。"买车人立刻问李刚，这画真有收藏价值和升值空间吗？李刚避实就虚，说这些画融合了西洋油画和中国山水画的元素和技巧，风格独特，技巧娴熟，应该在东西方艺术品市场都有一定的市场前景。如果目前买入价格不是太高，将来一定会有比较大的升值空间。

　　小小打完电话，回来报了个价，每幅2000元。并强调有两幅由于画家的个人喜好，暂时不卖！李刚一边表示，那两幅精品不能买有点儿遗憾，一边"买"了另两幅，还比比划划地刷了卡。买车人一看也动心了，对李刚说，他女儿正学画，想买了送给孩子鼓励鼓励，您有眼光，帮我看看哪幅好？李刚胡乱点了两幅，

　　小小帮买车人包装好，装上车。买车人满意地谢陈梦，你们这店真有特色，回头再介绍几个朋友来看车，到时候可得优惠啊！

　　陈梦和小小送客户回来，李刚得意地呲着一口白牙问小小，怎么样？服了吗？这就叫营销。陈梦这才知道李刚就是李梅的亲弟弟，今天他扮演的就是一个托儿。李刚得意洋洋，才艺展示完毕，走了！说完扬长而去。

　　小小追着送出门去："嗳嗳，你明儿还接着来展示你当托儿的才艺吧？"

　　"我还老给你当托儿啊？美得你！等着我展示的地方很多啊，明天起我要正式去报到上班了。""哟，你终于把自己营销出去了？哪家不开眼的公司让你给蒙了？""一家独具慧眼的高档皮具公司。"小小乐了："兰心皮具吧？你这不也是裙带关系吗？还好意思说我呢！我看你混得也够惨的。"李刚被说得灰溜溜的。

张瑾楼盘的装修工地，刺耳的电锯声响成一片。

郭洋正在现场忙着，冷不防，李梅拎着一个精致的餐包前来探班。工人们突然在尘土飞扬的工地上见到一个打扮入时的美女，瞬间短路有点儿发呆。李梅翘着高跟鞋，小心翼翼地找了个立锥的地方，站稳，摆出笑容问工人，郭洋在什么地方？几个工人这才醒过腔儿，不约而同地喊："郭工！有人找……"

郭洋戴着安全帽从里面钻出来，看到李梅不由愣住："你怎么跑这儿来了？"

李梅两只尖指甲拎起郭洋的衣袖，一路牵引他进了临时办公室。然后从餐包里取出几个乐扣饭盒摆在桌上，两菜一汤。郭洋纳闷，今儿什么日子啊？李梅特别温柔地笑，不是什么日子，就不能来给你送午饭啊？快趁热吃吧。

郭洋吃着饭，眼睛盯着她的一举一动，猜测葫芦里卖的什么药。李梅拿过郭洋的水杯，往里扔一片VC泡腾片，嘱咐他吃完饭把水喝了。郭洋一边点头，一边悄悄瞄李梅。李梅手脚麻利地收拾杂乱的东西，擦灰，摆文件夹，三下两下把室内旧貌换了新颜。郭洋看着李梅拿着垃圾走出去的背影，不由得叹了一声。

郭洋吃完了，乖乖喝水，李梅又连忙上前给他捏肩膀。郭洋受宠若惊，今儿待遇怎么突然升格了？还不是升一格。

李梅问舒服吗？郭洋想了想，舒服，就是对这种突发事件不太适应。李梅说你就赶紧适应吧，以后会变成多发事件的。郭洋说你一人兼二任，忙得脚打后脑勺，还有闲功夫来给我送温暖？李梅笑，再忙也不能忘了关心自己老公，这才是女人本色。郭洋听得很受用。

李梅装作闲聊，问郭洋装修的这两栋房子，开发商是谁呀？

郭洋随口应付，说了你也不认识。李梅笑，早晚会认识的，这么大工程都给你做了，那可是咱们的大恩人啊！郭洋突然明白李梅此行的目的了，心虚不语。

郭洋送李梅出来，工人们都往这边看，个个露出一脸羡慕。郭洋有点不自在，命工人们都干活去！看什么看？李梅悄声逗郭洋，怎么了？看就看呗，你还怕人家知道自己有老婆呀？我这样的老婆还不够你骄傲的？郭洋顾不上别的，只想赶快打发李梅走。李梅的计划完成了第一步，浑身轻松地驾车离去，撇下郭洋一个人，心里好一番嘀咕。

晚上到家，李梅笑眯眯地问郭洋："今天中午是不是特惊喜呀？"

郭洋肯定地点头："是，是，主要是惊。"

"你不喜欢啊？"

"还行，就是觉得味儿有点怪。"

"你不是要看我能不能做个不失温柔的女强人吗？我就是要证明我能！"

"我当然希望你能，可我怎么就觉得不太自然呢？"

"没关系，习惯成自然嘛。越是咱俩现在都忙，越是要挤出时间加强夫妻感情交流，互相关心、互相送温暖，你同意吗？"

郭洋马上表示同意。李梅趁机提议在协议里加一条，双方要适当进行互访，到对方工作单位送关心、送温暖。郭洋愣了："还到单位互访？""对呀，就像我今天中午那样，我也欢迎你随时去给我送温暖。"

女人就喜欢玩儿小孩子把戏，在郭洋眼里这近乎胡闹，他坚决反对增加这条协议。李梅看看说服不了他，开始耍赖，反正你拦不住我去探访你。郭洋知道，李梅认准的事儿，十头老牛都拉不住，只好求她别天天都去。李梅笑着亲他一口，道了声"晚安"，自顾睡了。郭洋呆坐了一会儿，觉得特别没趣，这女人自从去了杨丹那儿，怎么突然变成这样了？

许小宁在家正忙活晚饭，门铃响了，宋圆圆领着一个中年女人走进来。不等他问，兰心已经上前热情接待，跟女人叫"吴姐"，还带她到厨房乱转。

宋圆圆看看摸不着头脑的许小宁，同情地告诉他，兰总给自己请了钟点工。

兰心给吴姐布置任务，以后负责做晚饭，两菜一汤要保证质量和口味。吴姐很有敬业精神，认真地问，三口人两菜一汤少不少？兰心让吴姐就做她自己的饭，不用管别人。许小宁站在一边气得直翻白眼，兰心装作不见，吴姐呀，以后我的饮食健康可就拜托你了。吴姐讨好地让她放心，我一定拿出看家本领侍候好您。

睡觉的时候，兰心还得意地偷着乐。许小宁服她了，算你狠，真想得出来！兰心更美了，这就叫魔高一尺、道高一丈，想跟我玩儿？小心玩儿残了自己。

许小宁说，你就打算一直找人来伺候你了？兰心嘿嘿一笑，这取决于你什么时候恢复伺候我。许小宁讲条件，只要兰心收起扩张的野心，他就复工。兰心严肃斥责许小宁纯属无理取闹。许小宁寸步不让，决不妥协。兰心根本不买账，发誓奉陪到底。

许小宁气得翻身不理她。兰心占了上风，乐不可支，光着脚丫下床，绕到许小宁那边，往他怀里挤。许小宁反感地往外推她："双边关系紧张，非常时期没情绪。"兰心乐了："你就说罢厨，可没说罢别的。"

老常在医院里吊着腿受罪。助理朱珊珊前来看望，鲜花水果，提着抱着一堆礼物，哄得他终于露出久违的笑容。朱珊珊坐在病床前，眉飞色舞讲店里的情况，说陈梦真是个人才，她一去，给店里带去了新鲜空气，销售形势一片大好，开展的多种经营也很成功，小小的画卖得也不错……老常听着不对，打住打住！你刚才说的怎么回事儿？朱珊珊这才知道老板的老婆闺女合伙瞒了他，登时傻了。

老常在医院为陈梦和小小擅自行动生气，陈梦在店里第二次接待了那个买车捎带买画的客户，还领来一个年轻男人，两人进门就看画儿。

小小随机应变，说她的画家朋友又拿来一些作品放这儿卖，今天可以随便挑，只要喜欢就行。一会儿功夫又推销出去两幅作品，心里偷着乐得不行，握着人家的手，一个劲儿替她的"画家朋友"感谢二位，谢谢慧眼识珠！

买画的人一走，小小就开始自我膨胀："事实证明，我的确是有潜力的。"

陈梦有点二乎："到底是你的画真的好，还是李刚忽悠的有效果呢？"

"是金子早晚会发光，李刚也就起了个清洁工的作用。"小小才不服呢。

陈梦闹不明白："人家帮你那么大忙，怎么转身就变成清洁工了呢？"

"没错呀，他不就是把埋在金子上的沙土清理掉了一些，让我偶尔露峥嵘了吗？"这话倒也是。甭管怎么着，两人商量再抓紧画几幅，趁热打铁多卖点儿。

老常烦躁地躺在床上，不时抓抓钻心发痒的石膏腿，大声叹气。唉！长此以往，店将不店，这可如何是好？陈梦和小小提着水果和吃的东西，满面春风地进门来。小小欢快地凑上前，问老爸现在感觉如何呀？

老常推开她："你给我说清楚喽，卖画儿是怎么回事？陈梦还有你！你们俩背着我干吗呢？要抢班夺权，把我辛苦这么多年经营起来的店搞垮是怎么着？"

"老公，没那么严重！小小就在墙上挂了几幅画，挺给咱店提升品位，真的。"

"就是。老爸，您不帮我投资我也没说什么，这会儿趁着您住院的空档，我借您一亩三分地搞点实验田，主要是帮您卖车，顺便推销我的画儿。"

"不是不能卖，关键是这种不事先请示、自作主张、故意把领导蒙在鼓里的态度要不得！再说了，店里也没有这经营项目呀，要卖就是违法，到时候工商、税务来查，还没出院又进局子了。"

陈梦让老常放心，小小画廊已经在工商局注册了，地址报的就是4S店。老常一听差点儿气晕，捂着脑袋、指着小小说不出话。把店交给这俩人，老常心里本来就不踏实，现在他恨不得立马健步如飞上班去。闹不好，接下来陈梦可能就得在店里卖服装了。

12 "契约式管理"就是保卫婚姻的科学发展观

吴姐扎着许小宁的围裙，拿着许小宁的菜刀，在厨房里紧忙活。她打开橱柜找米，许小宁也来拿米，她拿出装大米的瓶子，许小宁接过去先舀米用，她站在一边干着急。许小宁这边洗菜，吴姐那边切菜。许小宁洗好菜想切，看看吴姐占用刀和砧板，他技痒，上前指指点点，还不谦虚地接过刀示范，切出各种形状，声称菜要切得美观，吃起来才有食欲。这胡萝卜气味特殊，一般人不太喜欢吃，切成漂亮的花瓣，变成一碟菜里最抢眼的亮点，不知不觉就吃下去了。

吴姐要跟他好好学学，毕竟许小宁侍候兰总这么多年，有经验。许小宁当仁不让，热情指导，两人迅速达成一致，以后干脆插空用厨房，她做饭的时候他场外指导，他做的时候她学习观摩。没几天，两人就配合默契，说说笑笑，很和谐地在厨房和平共处。吴姐烧菜，许小宁从旁指点，帮她递调料。许小宁让先放料酒，去去腥味儿，吴姐就放料酒，许小宁让"陈醋少许"，吴姐就加陈醋，许小宁发指令"翻炒"，吴姐就颠勺……

这天晚饭，许小宁教吴姐做了一道兰心最爱吃的"闷烧鸭"，一边做一边讲解，"这道菜特点是软烂鲜香中还带着点儿嚼头，补中益气，还能泻火。鸭子是寒性，经过这么一烧性味甘平，吃了不会伤身体。"吴姐佩服他了不起，许小宁得意地自夸，好厨师都是合格的营养保健专家。

兰心回来，非常满意，请吴姐坐下一块儿吃。四个人一桌两制，各吃各饭菜。兰心尝了一口鸭子，夸菜做得好吃。许小宁看了看吴姐，想笑。吴姐连忙解释，这道菜是许先生教我做的。兰心大加肯定，同行之间多交流，好事儿！

乐乐眼馋了，也要吃妈妈那盘菜。许小宁被晾在一边，赌气大口吃菜，还让吴姐帮着吃点儿，这么好吃的菜剩了可惜。吴姐小心地看看兰心脸色，不敢造次。兰心情绪不错，让吴姐别拘束，叫你吃就吃。吴姐得令，顿时放开肚皮大吃。

酒足饭饱，许小宁拿出计算器算账，发现这个月由于兰心专请厨师开小灶，生活成本明显提高，这么下去太浪费。兰心要的就是这效果，斜眼看他，问他是否考虑恢复上岗？许小宁一时哑了。

晚餐时间，李梅带着小洋去买肯德基家庭装。听说要跟爸爸在工地聚餐，小洋特别兴奋。郭洋对李梅的煞费苦心并不买账，两个人折腾就够了，干吗还搭上不懂事的孩子？李梅强词夺理，这多好？只要有心，在哪都能享受天伦之乐。

一家人正吃炸鸡，工头进来找郭洋请示工作，羡慕他有福气，走到哪儿老婆孩子追到哪儿，都把家庭温暖直接送到工地来了。郭洋怎么听着都像讽刺挖苦。

夜里回家，郭洋正色道，梅子，你有点儿夸张啊！以后能别去工地晒幸福吗？李梅反问，我有幸福怎么就不能晒？郭洋也反问，你以前不是说出去晒幸福的人都是心虚，不是真幸福吗？李梅被噎住，狡辩，我改变看法了不行吗？现在我认为这是巩固幸福的有效方式，你到底有什么理由不让我晒？郭洋说，没什么理由，就是觉得别扭。

两个人谁也不再理谁，各想各的心事。李梅想起第二天是星期六，正好休息，想全家一起吃顿团圆饭。郭洋说要赶工期，根本就没有周末。李梅扫兴，你没有周末，那我跟李刚、小洋也得吃啊。

第二天，李梅买菜回来路上，突然寒风乍起，已经有了浓烈的秋天味道。回到家，电视台正播送天气预报，晚上大风降温。李梅连忙去工地给郭洋送衣服。

郭洋在工地接到张瑾的电话，她一会儿要过来跟他商量点儿事。收了电话，刚要进去，李梅来了，这回我可真是来送温暖的，带来一件衣服。感动吧？郭洋应付她，感动感动。行，衣服我收下，你赶紧回去吧！我还忙着呢。

李梅看看他确实在工作，也没说什么，出门要走。她刚上车，一辆轿车开过来，张瑾下车，走进楼去。李梅这才明白，难怪郭洋急三火四赶她走，原来他瞒着自己在给张瑾干活儿！李梅心里赌气，偏要看看郭洋到底是什么反应，她果断地收起车钥匙，下车跟了进去。

张瑾来找郭洋，说刚得到消息，市里有个新楼盘展销会，规模特别大，她不想错过机会，问郭洋，工期能不能往前赶一赶？郭洋的目光突然越过张瑾的头顶，朝门口看。李梅开门进来了。张瑾回头，看到李梅，马上起身，热情相迎。

郭洋有点尴尬地看着李梅，李梅却不理他，平静自然地跟张瑾打招呼：

"嗨！你好……"张瑾问李梅是来看郭洋吧？李梅若无其事，顺水推舟，"是啊，你还那么忙啊？"

"命苦啊，不忙怎么办？"张瑾看看郭洋，"那你们先聊，我去工地看看。"

李梅拉住张瑾："不用不用，我就是路过，上来看一眼，马上就走。"郭洋听到这儿，暗暗松了口气，只听李梅又说："哪天有空咱们两家一起坐坐，好好聊聊。"张瑾爽快地答应："好啊！找个大家都方便的时间，我请客。到时候带上小洋和毛毛，咱们聚聚。"郭洋刚放松的神经又绷紧了，不安地扫了两人一眼。

张瑾出去送李梅。郭洋一点不轻松地看着她们的背影，虽然李梅当着张瑾总算给了他这个面子，可他清楚，今天晚上回家，迎接他的将是一场暴风骤雨。

　　兰心正在公司和宋圆圆一起研究收购企业的协议书草案，李刚前来报到，进门就亲热地叫了一声"兰心姐"。兰心把他介绍给宋圆圆，说是大学同学的弟弟，以后就在公司工作了。

　　宋圆圆仔细打量李刚，高高的个儿，人挺帅气，笑容里带着点儿老练还掺着点儿天真。浑身上下打扮得过于认真了，一看就是小地方进京的北漂青年。兰心让李刚跟宋圆圆先去熟悉一下公司各部门的情况，看看自己适合在什么部门发挥，然后再决定具体工作。宋圆圆见兰心对李刚特别热情，不由多打量他几眼。李刚落落大方地伸出手，友善地笑着请她多关照。宋圆圆不太情愿，象征性地握了李刚一下，公事公办地带着李刚出了门。

　　兰心把没研究完的协议书放进拎包，准备下班回家以后接着看。进了家门，想起这事儿不能让许小宁掺和，于是小心地拿着手拎包，躲躲闪闪、鬼鬼祟祟地躲进书房，把包放好。

　　许小宁察觉到兰心举止蹊跷，明白是有事儿瞒着他。趁兰心洗澡的功夫，他悄悄摸进书房翻看她的包，意外掏出一本《收购协议书草案》。没想到兰心行动这么快，看样生米要成熟饭了。凭良心说，虽然他嘴上不愿意承认，可是老婆的决策能力许小宁一直佩服有加，所以结婚这些年他扮演的一直是服从命令听指挥的马前卒角色，可这一回的事情非同小可，他这个丈夫绝不能再缺位，否则倒霉的就不只是兰心。他犹豫了一会儿，把协议书藏到一个地方，觉得不放心，又拿出来。许小宁在书房急速转了几圈，决心下定，果断地把东西团巴团巴揣进怀里，镇定一下，挺胸昂头，大义凛然地走出书房。要知道，公开跟老婆叫板，对许小宁来说，绝不比慷慨赴死容易多少。

　　许小宁端着一个英雄架势坐在床边，只等兰心一出来，就一本正经、单刀直入，质问兰心是不是想和那家工厂签收购合同？兰心明白许小宁翻看她的包了。她不动声色地听许小宁苦口婆心地劝说，那家厂他实地考察过，规模小、设备陈旧，用的还是上世纪的破烂机器，连个像样的设计师都请不起，工人技术也不行，管理水平还停留在手工作坊阶段，买过来就是一烂摊子，不够给它打补丁、揩屁股的，还能指望它赚钱？万万不能收购！

　　兰心不为所动，反问许小宁："不是严令禁止你再过问任何公司事务吗？"

　　"我是为你着想，为公司着想，为大局着想，为咱们这个家着想！我豁出去了，今晚冒死直谏！"

　　兰心被逗乐了："你怎么个冒死直谏法呀？"

　　许小宁噌地拽出个脸盆，又噌地从怀里拽出《协议书》，一手举《协议书》，一手举打火机，大义凛然地盯着兰心。

兰心乐得前仰后合："你烧吧，那就是个副本，就算烧了正本我也可以再打印、野火烧不尽、春风吹又生。烧归烧，小心控制火情啊，别把咱家点着。"

许小宁顿时像泄气的皮球，摔了协议书、揣起火机、收起脸盆，翻身睡下。兰心爆发出一阵得意的大笑。许小宁心说，我斗不过你，等着让事实教育你吧！

晚饭后，郭洋洗漱完毕，往李梅面前一坐，提醒她可以开始盘问了。李梅故作惊诧。郭洋让她别装了，再这么含蓄回头憋坏了，想问什么就问吧。李梅让郭洋解释一下，这么长时间一直故意瞒着老婆给张瑾干活儿，是为什么？

"谈不上故意隐瞒，只不过没特别说明，我觉得没这必要，不是给这人干，就是给那人干，哪个也没见你这么关心，需要特别说明我现在是给她工作吗？"

"坦白就得有个坦白的态度，你现在很不老实、很不诚恳，这样的解释我不需要。"

"我有什么可坦白的？不就给一女老板打工吗，像我这种打工仔多了去了，要都成天回家跟老婆坦白交待，那还干不干活了？我怎么就不老实了？"

"别人我不管，凭我的直觉，张瑾肯定不能混同于一般群众，你不觉得需要特别说明一下吗？"

"就因为她稍微有点超乎一般群众的资质，我才预感到你会有想法，我是想省点麻烦。因为你们女人都有个通病——猜忌，针鼻大个小事一到你们眼里就成泰山压顶了，我受不了你们大惊小怪、神经质那劲儿。所以，为避免你捕风捉影、没事找事，我干脆一字不提了。省点时间和精力用在正事上吧，这年头男人多不容易呀，苦点累点都不怕，就怕没完没了地纠缠些没用的。"

李梅逮住郭洋的破绽："捕风捉影？你得有风、我才能捉着影啊，那你承认有风了？"

"我没风、更没影！"郭洋急了。

"那你为什么单单对我隐瞒她？为什么你觉得一对我说她就会有麻烦？你还是心里有鬼！朝夕相处，难道你不觉得她优秀，至少算漂亮？连我都承认这个客观事实，你要否认这一点，就是虚伪。"

"好好，我承认她优秀、漂亮，所以怕你猜忌，所以故意隐瞒，行了吧？"

李梅揣摩着郭洋的心思："啊……难怪你前一阵背着我辞了职，还不急不躁，像没事儿人似的，你是不是就因为要给她一人干活儿，才辞职的呀？"

"啊呸！"郭洋更急了，"你能不能别把自己的老公想象得那么不堪呀？这也是对你自己形象的损害知道不？辞职是因为老板在张瑾的项目上一再给我施加压力，一边逼我不惜任何代价拿下那个项目，一面又暗中换了老余前去围攻，弄得我里外难做人，伤了我自尊，我不想再蹚那混水了！再说，我根本就没打算帮张瑾做工程监理，还不都是被你弟弟那十万元外债给逼的？"

"哦，到头来还是我给你们创造了机会呀？"李梅讥讽。

"我十分严肃地向你解释，你怎么就认定了我和她有事儿呢？"

"我没认定你和她有事儿，但我必须防患于未然。我经常敲敲警钟，打打预防针，你就没事儿，我不敲，搞不好你就有事儿，到时候后悔都来不及了。"

郭洋抗议："你可以采取各种预防手段，但你凭什么认为我的道德意识和家庭责任感就那么薄弱呀？凭什么就认定我就那么没有自我控制能力？"

"男人个个都标榜自己有自制力，但真正有的没几个。我不敢指望你的道德责任感，我只信赖自己的约束力。"

"枉你和我结婚这么多年！不跟你废话了，时间是检验真理的唯一标准。"

李梅听到这儿踏实了，态度也软了："就算你对我隐瞒了这些事，我也不认为你有什么事儿，更不认为你是恶意，是欺骗。"

"还算是句良心话。"郭洋憋了半天，听到这儿，一口气才算倒上来。

李梅话还没完："夫妻之间要坦诚，要百分之百地坦诚。所以我提议，本着对婚姻伴侣忠诚、对家庭负责的态度，应该把'保证双方一切行动公开透明'的条款补充进协议。"郭洋闹不懂，怎么个公开透明啊？李梅详细解释，就是夫妻任何一方在外面做了什么事，都要跟另一半有所交代，这样可以及时互相了解对方的动向，不至于成天提心吊胆，增加心理负担。最重要的是，一方如有任何思想动向、尤其是感情方面的涟漪，都要向对方坦白，把对方当好朋友一样推心置腹、息息相通。郭洋哭笑不得，你意思说，如果我在外头碰见一漂亮女的，心动了一下，然后我回家就得跟你说"报告老婆，我今天看见一女的，真不错，但我对她暂时没想法，报告完毕"，你觉得这样靠谱儿吗？李梅满意地笑了，挺靠谱儿啊，我看见帅哥，回来也跟你坦白。

郭洋想了想，你非要我透明到那种程度，那我也要求你必须理性对待我的坦白。李梅说保证能做到，肯定理性。郭洋才不信呢！哦，你听完了我的坦白，一点不吃醋、一点不生气，反倒表扬"郭洋不错，是个好同志，"没准还有闲心跟我探讨探讨女性审美，那得是地球倒转吧？李梅连连保证，我能，我肯定能做到！郭洋知道李梅信口胡诌，真那样她就不是人、不是女人了，她要真那么理性，就是非人的理性。李梅说，只要你能保证百分之百透明，我就保证以非人的理性对待你！郭洋怀疑地反问，你那意思，咱们就把这些都写进协议书里？

"对呀！都写进去，有备无患。"

"写就写！到时候你别嫌麻烦，别三分钟热血翻脸不认账。"郭洋豁出去了。

补充条款是这样的："夫妻双方本着对婚姻伴侣忠诚、对家庭负责的原则，本着坦诚相对、赤诚相见的态度，经过友好协商，签订补充协议如下：夫妻双方保证一切行动和思想公开透明，每天抽出固定时间互通信息，汇报行踪，让对方及时准确地掌握自己的一举一动和感情脉络，以便踏踏实实、安心工作……"

第二天，郭洋一到工作现场就打电话向李梅汇报："我已抵达工地，今天工作时间不定，预计不会接触任何女性。"

李梅在证券公司吃午饭的时候，突然想起新增协议条款，连忙向郭洋汇报："今天午饭吃宫保鸡丁、醋溜白菜和豆腐汤……"

这一天，李梅上趟厕所都能接到郭洋的电话，报告他的所在方位，一天之内两人的电话费没少花，报告的都是没滋没味儿不咸不淡的流水账。夜晚，夫妻俩人分别上床。郭洋累得贼死，李梅还不放过他，郭洋说这一天他思想动向是空白。说完一头仰倒，呼呼大睡。

张瑾成天琢磨着怎么才能缩短工期，把和李梅约定的聚会忘个干净。李梅可没忘，她连着打了两个电话，终于把时间敲定下来。

说是两个家庭之间的来往，可张瑾是个独身女人。这种聚会对于郭洋来说，还是不聚的好。可现在李梅憋着要跟他斗法，尽快跟张瑾打成一片是她的下一个重大攻取目标。郭洋只能顺其自然，虚与委蛇。

出门前，李梅左一件右一件地试了无数件衣服，发型也变换了好几次。每换一件衣服就让郭洋看看怎么样？郭洋不耐烦，不就吃顿饭吗，何至于？李梅不同意，两个家庭来往就是两个国家的外交行动，不严肃不认真怎么行？最后把自己和郭洋都折腾累了，总算打扮停当出了门。

两家人团团围坐，小洋和毛毛玩着闹着，吃得特别高兴。郭洋随手给李梅手边放了块纸巾，李梅给郭洋碟里夹一筷子菜，动作是那么自然，顺理成章。张瑾注意到这些细节，很是眼馋，结婚都七八年了还这么亲密，真是让人羡慕。李梅听到张瑾的赞叹，故意露出一脸茫然，是吗？我怎么没觉得呀！她的意思是告诉张瑾，自己平时就是这么幸福，和郭洋的亲密已成习惯。

张瑾可是由衷慨叹："见惯了身边太多的破碎婚姻、残缺感情，我今天总算见到一个理想婚姻的典范了！"

　　李梅轻松一笑："其实我们也有问题，谁家夫妻都一样，过日子哪有勺不碰锅的，是吧？好在我们俩一直积极寻求解决问题的方法，我们对婚姻家庭的态度都比较积极，对生活的态度也都比较认真。"

　　张瑾曾听郭洋无意中提起协议的事儿，趁这会儿向李梅打听："对了，我听说你们之间有个什么协议，规定轮流值日做家务什么的……"

　　李梅得意地笑了："不止，方方面面都有规定，什么地方一出问题，马上就制定一套针对这个问题的解决办法，不能让问题过夜。"

　　郭洋面子上有点挂不住，浑身不自在地制止李梅，说这个干吗？李梅说，这有什么不好意思的？现在都二十一世纪了，对待婚姻家庭和夫妻感情，也得有科学的认识态度和维护手段，我认为咱们家现在实行的"契约式管理"，就是保卫婚姻的科学发展观。"你说我讲的有道理么，张瑾？"

　　"太有道理了！"张瑾来了兴趣，继续往深了打听，"你们家那协议具体还有什么内容？能给我说说吗？让我这个婚姻失败者也学习学习成功的经验。"

　　李梅来神了，说起来头头是道："比如说通常人们恋爱的时候都特别温情脉脉，特别宽容，特别体贴对方，是吧？""没错儿啊！""可是结婚以后呢，双方太熟悉了，就没新鲜感了，再加上被生活琐事和工作压力拖累得渐渐没精力也没激情关心对方了，甚至忽略对方了。这样下去感情越来越麻木，当初结婚的初衷就打折扣了，一有个风吹草动什么的，家庭关系就可能不稳定……"

　　这一点张瑾太有体会了，一般家庭都是这么慢慢走到崩溃瓦解的。李梅说，那我们就用一个条款来互相约束，提醒自己要关注对方，加强感情交流和沟通，培养夫妻之间的默契。我们的协议就有这么一条：夫妻双方要经常主动为对方做一件事，给对方制造惊喜和感动，比如丈夫要定期为妻子买花，节日纪念日要送礼物……张瑾被逗得直乐，李梅你太聪明了，对男人就得给他们来点儿硬性规定！

　　李梅也笑：有一条规定，妻子每周有固定的"自由日"，就是针对婚后男人都是甩手大掌柜，都爱把女人绑在家里料理家务，剥夺了女性生活的自由和色彩的弊端制定的……张瑾听到这儿，笑得前仰后合。郭洋被当众揭短，当众解剖青蛙王子，难为情得浑身直冒热气儿，怪不好意思地看看张瑾，无奈地白了李梅一眼，提心吊胆地提防着她下面会把床上的事儿也拿出来展示，与民同乐。

　　李梅才不管郭洋的感受呢，也跟着张瑾一块儿笑："怎么样？我们这想法和做法有创意吧？"

　　"太有创意了！太好了！中国的夫妻要是都像你们俩这么有文化，这么有理性，这么有智慧，我看离婚率都得大大下降。"

"就是嘛。要是夫妻之间都能这么认真地对待婚姻，那还有什么过不去的火焰山啊？你说是不是？"

"赞同！怪不得你们俩那么幸福，我算明白了：婚姻幸福与否，就看你把心放回家里多少，你俩心都在对方身上、都在家里，所以你们幸福。当初我怎么就没想到这样经营自己的婚姻呢？我跟我前夫其实也没有什么特别原则性的大问题，就是互不相让，互相忽略。唉，我们俩要是有一个看问题透彻一点儿的，也不至于走到今天这一步……"张瑾不由自主地联想到自己的婚姻了。

李梅看看自己的战略目的达到了，变得空前宽容，好心安慰张瑾："算了，既然走到这一步，就得往前看，吃一堑长一智，以后就不会再重蹈覆辙了。是吧？"

张瑾由衷地说："要是有下回，我肯定比从前聪明多了。李梅呀，真得谢谢你，今天这顿饭吃得荡气回肠的，你让我开了一窍啊！"

"哪儿啊？咱们都是女人，当然能互相理解，互相体谅了，是吧？以后咱们还得多交流，做个好朋友吧！"俩女人一时间推心置腹，两双手紧握在一起。李梅抬眼，看见郭洋似笑非笑，冷眼旁观看大戏，偷偷给了他一个白眼。

郭洋连忙调整气氛："你们俩聊得倒挺热乎，菜都凉了，来来，咱们干一杯！"

三人举杯喝酒。两个孩子玩得不亦乐乎，在房间里追着跑。李梅提醒小洋别把毛毛给摔了。张瑾提到毛毛的幼儿园她不太满意，对孩子管得太死，毛毛成天不快乐。她挺喜欢小洋的幼儿园，想把毛毛转过去，问李梅有没有什么门路，要交多少赞助费才能进去？郭洋顺嘴回应，幼儿园的园长是李梅的朋友，当初小洋进去就是托她的关系办的。张瑾连忙请求李梅帮忙牵线搭桥，李梅答应得很痛快。

回家路上，李梅问郭洋，刚才为什么不怀好意地冲她怪笑？郭洋说，我笑你今天这顿饭吃得累呀！一边吃、一边还肩负着重大使命，继续向张瑾晒幸福，你有那么幸福吗？非冲人家那么晒？李梅反问，难道你觉得不幸福吗？郭洋连忙否认。李梅穷追不舍："幸福了我还不能适当晒晒，满足一下小小的虚荣心？"

郭洋奇怪："你以前不是爱显、爱晒的人呀，今儿怎么突然反常了？"

"人有多面性，这只能说你太不了解自己的老婆了。我就不能有点儿小毛病，小局限，偶尔露点儿小弱点吗？"

"你能，你当然能。其实我懂，你的小鞭子不光抽我一人，预防针不仅打给我一人，你这也是跑马圈地、宣示主权，更是敲山震虎，向张瑾示威呢。"

李梅语塞。郭洋把她的思想动向一眼看穿，使她有点气急败坏，撒娇地拧了他一把。

郭洋呲牙裂嘴："哟！你什么时候学的兰心那一手，来不来就对老公动武啊？"

李梅得意地笑眯眯："我看透了，对你们这些男人，光要文斗不要武斗是行不通滴，必要的时候，不光要触及灵魂，还要惩罚肉体，有助于长记性。"

第二天晚上，李梅告诉郭洋，她今天跟幼儿园园长联系过了，情况不乐观。不是人家不帮忙，确实因为幼儿园已经人满为患，毛毛实在安插不进去，让张瑾再等等。既然李梅已经尽力，郭洋决定给张瑾回个话，告诉她实际情况。

陪张瑾查看施工进展的时候，郭洋就把毛毛入园暂时不行的事儿按李梅的原话转告了她，张瑾掩饰不住遗憾，觉得惋惜，本来她还指望把俩孩子弄到一个幼儿园，以后跟郭洋之间联系可以更紧密一点儿。郭洋听了这话，瞬间感觉到一点异样，飞快地扫了她一眼。张瑾发觉自己失态，连忙掩饰情绪，把话题迅速转移到房展会：咱们这房子要是能赶上房展会，那就太理想了！

郭洋回头细想想，多亏李梅这个忙没帮上，要是毛毛真去了小洋的幼儿园，恐怕后面的麻烦事少不了。想完了，也就把这事放在一边。

兰心吩咐宋圆圆，今晚带着李刚加个班，把收购谈判需要的全部资料都备齐了。说完，关心地问李刚，来公司这几天还适应吗？累不累？李刚大大咧咧一笑，不累，也没派给我什么活儿，总闲着。兰心责备宋圆圆别大包大揽，她已经答应李梅，让李刚在这好好锻炼锻炼，得给他机会让他施展呀！

宋圆圆瞟了李刚一眼，连忙解释，她是想先让李刚熟悉熟悉，慢慢上手。"以后我一定注意……给他机会施展。"宋圆圆挨了训，回头就给李刚一个冷脸。李刚还没看出好歹，一个劲儿积极请缨，需要我做什么，尽管吩咐！总闲着胳膊腿都锈住了。宋圆圆的无名火突然爆发："公司情况你两眼一抹黑，我怎么吩咐你呀？闲着还委屈你了，那不是为了照顾你吗？我要是不看兰总的面子，早拿你当驴使唤了！你还不领情，还跑到兰总面前告我恶状，好心当成驴肝肺！"

李刚这才明白，自从进入公司，宋圆圆不冷不热、置之不理，原来是因为对他这个兰总的关系有抵触情绪，连忙赔下笑脸赶紧找补："其实我这人特别随和，真的，虽然我姐跟兰总关系好，可不代表我就愿意靠关系吃饭啊？好歹我也是一大男人，你就尽管使唤吧，当牛做马都不怕，何况驴乎？"

宋圆圆被逗笑了："行，那我就委派你这头驴把整理资料的事都驮了吧，我倒出手来忙别的。""别呀，没听兰总说么？你得带着我，不然我把资料弄成四不像了，回头你敢往兰总那儿报吗？"一句话又把宋圆圆惹急了，明摆着拿兰总威胁她。宋圆圆二话不说，扬长而去，李刚在后头紧追，宋圆圆头也不回。

　　下了班，李刚拦住脚步匆匆、忙忙碌碌的宋圆圆，不管你对我有什么误会，今晚加班，我能帮上什么忙你就吩咐吧，本人诚心诚意郑重请战！宋圆圆讥讽他，说不敢吩咐你这种大少爷，还是我自己受累吧。

　　李刚郁闷地走出公司大门，正没个方向感，突然接到小小的电话，精神为之一振，油腔滑调地问常小姐有何吩咐啊？小小说，今晚要请他吃饭，李刚像突然中了大奖，一时吃不准真伪："啊？我没听错吧？你，请我，吃饭？"

　　李刚走进餐馆，小小坐在桌前冲他招手呢。李刚坐下，不自主地嬉皮笑脸："怎么想起请我的？女孩子可都不爱主动掏钱请吃啊，有钱还留着买化妆品、割双眼皮呢。""我得感谢你呀，虽然你那营销手段有点歪门邪道，但好歹让我的画开张了，给了我不小的鼓励，特此请饭。"李刚顺竿儿往上爬："所谓营销，就是不管好东西、坏东西，我都有本事把它当好东西卖出去。这不能算是歪门邪道。"

　　小小让李刚点菜，想吃什么点什么。李刚嘴虽损点儿，内心还算柔软，不好意思点，最后还是小小点了几样菜，两人还喝了两瓶啤酒助兴。酒足饭饱，腿儿着回家，在北京CBD的夜景之下，李刚一扫在公司跟宋圆圆的不快，心情煞是开朗，顺口胡吹，说他小时候也学过画，画的不比小小差多少，要是坚持的话，估计现在身价也不比小小低。小小说，反正你从小在南方长大，我在国外长大，咱俩谁也不知道谁的底细，你就吹吧，早晚吹破你那氢气球，掉下来摔着。

　　李刚说，这你就不懂了，男人生存靠两样看家本领，一是能力，二是吹牛。光有能力不会忽悠，光下死劲不会推广，只能是事倍功半。有了能力加上努力经营、适度夸大，就会产生核裂变效应，岂止事半功倍呀！小小说，这个我相信，但凡那些社会精英，没几个不会吹气泡的，把气泡吹大了的就是英雄，吹破了的就是狗熊。李刚对女人理解问题的能力缺乏信任，算了，这都是男人的智慧，说多了你们女人也不懂。

　　小小哪壶不开提哪壶，问李刚什么时候麻雀变凤凰，白领变金领啊？一句话把李刚的嚣张气焰煞住了。得知李刚犯冲职场小鬼宋圆圆，小小帮他分析了这位助理小姐的心态，得出结论：宋圆圆肯定是担心李刚夺人所爱抢了她的职位。

　　李刚这才被点醒。小小把从书本上网上贩来的职场黄金法则又转贩给李刚，你可以不聪明，不可以不小心。不聪明的人最多笨一点儿，事情做的差一些，这在职场上不算多大罪过。但是不小心就随时会触犯到别人的利益，犯下得罪人的职场大忌，穿小鞋都不知道为什么穿的。管牢嘴，能风花雪月的时候就少议论同事，能说人好话时就别说坏话。一定要有靠山，但比靠山更可靠的是让自己有价值，懂么？

你是上司的人，上司却不一定是你的人，别指望靠在兰总这棵大树下就可以乘凉了。特别是高你半级的人往往是最危险的，同级的更是你的天然敌人！你应该好好读读《职场法则88条》，《黄金法则20条》，才能有备无患，逢凶化吉。她建议李刚采取点小手段，明里暗里把你无意抢宋圆圆位置的意思透给她，让她解除戒备心理，自然就能缓解敌对状态，至少别让她总找别扭。

李刚佩服得五体投地，准备采纳小小的建议，又有点儿不服气，一个美国人，对中国职场这套比他这个国内长大的还门儿清？你那么能耐，怎么就是自己的画卖不出去呢？小小被揭短，追打着李刚，俩人打打闹闹，一路轻松到了家。

第二天早晨李刚有备而来，早早赶到公司。宋圆圆昨晚加班，通宵没回家，早晨就偎在沙发里睡着。李刚轻轻给她盖了一件外衣。宋圆圆醒来，他又拿出路上买的早餐递上。宋圆圆一个意外接着一个意外，有点感动，不由悄悄瞄了李刚几眼，觉得他不像平时看着那么不顺眼了。

李刚趁她心情好转，先道歉，后保证，从现在起有事就叫他，没事儿他就一边老实候着，力争做好宋助理的助理。李刚说完默默退下，宋圆圆看看门关上了，回味着刚才李刚的样子和他说的话，不禁偷笑起来。

宋圆圆和李刚在整理文件，突然接到许小宁的电话，约她到上次见面的那家咖啡厅去一趟。她连忙避开李刚，匆匆收拾了包，轻手轻脚出门。李刚好奇地看到宋圆圆鬼鬼祟祟溜出了公司，有点儿奇怪。

宋圆圆赶到咖啡馆，像地下接头一样见到了许小宁。许小宁一本正经对宋圆圆说，看在过去相处融洽的情分上，最后一次求她帮忙，不帮不行。宋圆圆心跳加速，她清楚，许小宁如果提出一个过分的要求，她最好的下场就是打包回家。

许小宁拍着胸脯保证宋圆圆回不了家，只要他在，她就在，俩人共患难、同进退，宋圆圆要是被扫地回家，那只有一种可能，就是他和兰心离婚！

宋圆圆吓得快哭了："许哥，你求我干的肯定不是什么好事……"

许小宁语重心长地说："这一回不仅关系到兰心皮具的生死存亡、关系到我们家的经济命脉、关系到你的事业前途，更关系到我和兰心的婚姻大事……"

宋圆圆求他别钝刀子割人了，赶紧说到底让她干吗？许小宁凑近圆圆，低声说了一句，宋圆圆的眼睛就瞪圆了。

宋圆圆走了没一会儿，兰心就到处找她，逢人就问，看见圆圆了吗？众人谁也说不清，只好摇头，说没看见。兰心大发脾气，吓得人人自危，噤若寒蝉。李刚只好挺身而出，替她圆场，说宋圆圆取公司新产品的宣传照去了，把兰心稳住。

宋圆圆匆匆回到公司，一进兰心办公室，李刚就抢先给她递信号，宋圆圆会意，两人配合得天衣无缝，总算化险为夷。宋圆圆内心对李刚存下一份感激。

下班后，宋圆圆看看没人了，从抽屉里拿出合同章，放在桌子上反复端详，内心好一番挣扎，终于鼓起勇气，果断地包起合同章塞进挎包。刚要走，李刚突然出现，宋圆圆大吃一惊，做贼心虚地以为是兰心派来盯她的，李刚一笑："我虽然算是她的裙带关系，可不是她的眼线。"

宋圆圆惊魂稍定，感谢李刚白天在兰总面前替她打掩护。李刚说，这是我的职责，谁让我是你助理呢？你也不容易，为兰总、为公司，鞠躬尽瘁、死而后已。

宋圆圆的抵触渐渐软化，为了掩饰自己的慌乱，要请李刚吃饭。李刚本来不想去，但是他心里画着一个问号呢，也想趁机寻求答案，就说，为了抚慰你那颗受惊吓的心，还是我请你吧，不过我现在是无产阶级，单还得你买，等我领了薪水再还你。

两人在附近的小饭馆点了几样小菜，边吃边聊。宋圆圆感叹自己一个北漂，单枪匹马讨生活本来就难，在家族企业、伺候老板更难，如果两个老板顶上牛了，还把你夹在中间，那就是难上加难！我现在就像一只被两头倔牛顶在中间的小蚊子，唉，能保住性命就是幸运……李刚说，你放心，我不是来撬你行的，也没打算长待下去，一个大男人，不可能一辈子为别人做嫁衣，早晚还得独立创业。现阶段不过是为了还我姐姐的人情，让她放心，才到这地方来的，顺便磨练磨练意志。咱俩没有绝对的利益冲突。宋圆圆努力掩饰自己的微妙心理，辩解说：

"谁在乎你撬不撬呀？"

"别藏着掖着了，你多用心干这差事，瞎子也能看出来，我站在旁观者的角度说句公道话，兰心姐对你太苛刻了，其实你挺维护她的，一切为她着想。"

一句话把宋圆圆说得差点掉下泪来。这么多年，还没听到过这么暖心窝的话，更没有一个人当面安慰过她，宋圆圆觉得心里热辣辣的。李刚又安慰她，天下乌鸦一般黑，当老板的都一样，其实兰总也是生存压力下的一个可怜角色，大家都不容易。事做好了，兰总脾气再不好也离不开你。其实宋圆圆也明白，可就是有时候觉得自己命不好，没本事，只好给人跑腿打杂看眼色，夹缝里求生存。

李刚乐观地说："咱们还年轻，好日子还没来到呢！你以后没准也是个成功女性，慢慢熬吧，多年的媳妇总能熬成婆。"

宋圆圆忧心忡忡地看看他，吞吞吐吐："就怕我等不到那一天。有个炸弹……分分钟都要爆炸，一炸，谁也保不住我。"

李刚不解："什么炸弹？"

宋圆圆保持沉默，李刚一头雾水。

　　许小宁敲开了郭洋家门，旁若无人地往沙发上一坐，神秘兮兮地招呼郭洋、李梅过去，有"要事"跟他们商量。郭洋和李梅对视一眼，不明所以，只好凑到他身边。许小宁清清嗓子，运了运气，宣布了一个重大决定，明天上午9点，他将携小女离家出走！郭洋、李梅面面相觑，不知他葫芦里卖的什么药。

　　兰心在公司里忙累了，想起给许小宁打个电话，家里电话没人接。再打许小宁的手机，"已关机"。兰心晚上匆匆回家，不见许小宁和乐乐，只有吴姐在做饭。餐桌上放着一封信，封皮上写着："兰心爱妻亲启"。

　　兰心有种不好的预感，手忙脚乱地拆信，许小宁亲笔写着："我带女儿走了。希望我们不在的这段时间你能静心反省，认识问题，悬崖勒马！何时尘埃落定，再给我短信，否则我们不会回来了……"

　　兰心定了定神，开始打电话，把许小宁的熟人朋友都打遍，没人知道他的下落。她急出一头汗水，跌跌撞撞出了家门，扔下吴姐，一脸惊愕，半天缓不过神。

　　郭洋一家正吃饭，兰心闯了进来，一脸焦急地问，许小宁说过要去哪儿了吗？因为许小宁事先已经交代好一切，郭洋只能故意装糊涂，李梅密切配合，两人高度一致："我们什么都不知道啊！"

　　兰心拿出信给李梅看，说她能想到的地方都问遍了，一点儿线索没有！这可怎么办？他会去哪儿呢？还带着乐乐！一个大男人带着个孩子，乐乐要是病了可怎么办？他要是出点什么事儿……说着说着，突然想到应该报警啊！不行，我得马上报警去！李梅拉住她一个劲儿劝阻，估计警察不管这事儿。兰心不依，我一定要去！非去不可！李梅看看没有更好的招儿，只好陪她去。

　　李梅开车，兰心坐在一边，一路上一句话没有，闷得李梅心里直发毛。到了派出所，警察看了许小宁留下的信，丈夫带女儿出门，还给老婆留了信，这不能算失踪，没法帮助找人。

　　兰心急了："带走女儿不告诉我去哪儿了，能算绑架吗？"

　　警察乐了："不能。你们两口子吵架，属家庭内部矛盾。"

　　"那什么情况你们才能帮我找人？""除非他把你们家钱财都卷走了。""那我要说他把钱都卷走了呢？""光你说不行，事实上呢？卷走了吗？"

　　警察一句话提醒了兰心，突然想起这茬儿："不行，我得赶紧回家看看去！"说着起身往外跑。李梅哭笑不得地连忙向警察道歉，紧跟着她出去。

　　兰心回家，打开保险柜，钱和所有东西都在，这才松口气。李梅不以为然地埋怨她，小宁是什么人你还不知道？哪至于就卷款潜逃了呀？

　　兰心急得五内俱焚，在房间来回乱转，抓什么都想摔，最后又都放下了，情绪濒临崩溃。大骂该死的许小宁，居然胆敢把乐乐带走！这会儿要是见到他，非撕了他不可！

李梅赶紧拉着她坐下，不停地劝慰："你一女强人，怎么遇上这点事儿就顶不住了呀？坐好了，听我给你分析分析。根据许小宁平时的性格脾气，我估计他不至于做出什么过激的举动来，你想啊，他要是做过头了，将来回来怎么面对你呀？除非他……"李梅还没说完，兰心地紧张地抓住她，眼睛瞪得溜圆，问"除非他怎么样？"李梅连忙大喘气，及时收回后半句："不过……那是不可能的。我就是客观分析，你别太当真，别太担心，没准儿他就是带乐乐去哪儿玩了，估计离开北京了。"

兰心又追问李梅，许小宁真没露过口风？郭洋会不会替他隐瞒什么？李梅心虚，赶紧否认，却明显有点儿没底气。李梅担心兰心这种精神状态人会垮，扶她上床歇着，让她冷静冷静，自己赶紧回家做饭给兰心吃，再陪她过夜。

李梅一边做饭，一边收拾晚上去许家陪兰心要用的东西，化妆品、睡衣什么的。郭洋叮嘱李梅千万扛住了，别露了马脚。许小宁和兰心两口子大决战、生死存亡，委托他俩就是传递信息、通风报信，没让露底，李梅可别被同情左右情绪，做出分外的事儿。要是站到兰心那伙儿、透露许小宁行踪，就是掺和人家两口子的事，就是干涉别国内政。

李梅讨厌郭洋把她当小孩子，又抱怨许小宁太讨厌，把这么大个事儿捅给他们俩，让她夹在中间左右为难、太痛苦了。

两口子正呛呛呢，许小宁约定的通话时间到了，电话铃应声响起。许小宁疲惫的嗓音有点儿沙哑："郭洋，兰心怎么样啊？""你这不是明知故问么？你突然人间蒸发了，兰心好得了么？李梅刚从你们家回来，兰心急得够呛，还报警未遂来着，李梅今晚还得过去陪聊陪睡，极力安抚……"

李梅抢过电话就是一通机关枪："许小宁，你缺德！你不但害得兰心要死要活的，还连累我跟郭洋不仁不义、狠心帮你瞒天过海！"

许小宁正躺在香港一家酒店的大床上，乐乐累得已经睡着了。他伸了个懒腰，不慌不忙，慢条斯理："我这也是为兰心和我们家考虑，不得已而为之。我以一个丈夫的名义，请求你帮我从旁劝劝兰心，让她赶紧改邪归正、悬崖勒马，回到正确道路上来，否则就别想再见到我和乐乐……"

李梅急了："许小宁，你玩儿真格的呀？"许小宁那边电话已经挂了。

13 婚姻就像鸡鸭关在同一个笼子，难免有鸡一嘴鸭一嘴的时候

兰心翻来覆去睡不着，不停地折腾，闹得李梅也睡不成，只好陪她说话。

兰心一肚子委屈："许小宁凭什么嫌我野心太大、过分贪婪？女人有点野心怎么啦？追求社会价值和事业成功怎么啦？女人难道除了家庭地位，就不能在社会上也充分体现自己的人生价值吗？李梅你凭良心说，你就不想吗？"

"当然想。可我担心一个女人野心太大，在外面做得太火，把男人的锋芒都盖过了，肯定也不是什么好事儿。"

"野心大、做得火，至少说明我有上进心和责任感，有勇气有能力，我能为社会创造财富，能为家人带来好的生活，算什么罪过？"

"反正从传统观念的角度看，女人的自我价值主要还是体现在对家庭生活的经营和生儿育女方面，其次才是社会价值。不过我是赞成女人要有自己的社会地位，最理想的状态当然是事业和家庭兼顾，鱼和熊掌兼得。"

"一个人能力有大小，我做不了内外兼修的女强人，我天生就是社会人，属于职场，许小宁老对我这一点有意见，可我不干这些又能干什么呀？"

"你就尽量多关照一下他跟孩子呗，做不到家庭和事业完全平衡，还做不到尽量平衡吗？你得有这个努力的愿望和积极的举动啊，许小宁要是看到你的诚意，他也不至于走这一步。"

"你意思说我错了？我错哪儿了？我不就是想把企业做大，想让财富增值吗？我承认我是有点个人野心，可归根结底都是为了这个家，为了他跟乐乐。"

"你没错，小宁也有道理，你们俩其实都挺无辜的。"

"那到底是谁错了？"

"我……我现在也没法回答你这个问题。"

天快亮了，两人才昏沉睡去。李梅生物钟作用，早早起床做好了早点，兰心蓬头散发，面容憔悴，没胃口、也没心思吃饭。李梅正劝她吃点儿，电话铃响了。兰心慌乱跑过去接听，叫了一声"小宁"，就哽住了。

许小宁带着乐乐正在香港的地铁上，优哉游哉，心情不错："我们离家整整二十四小时了，你反省的成果如何呀？"

兰心焦急地追问他到底带乐乐去哪儿了？眼下在什么地方？许小宁不告诉她，重申立场，说他不得到满意的结果，父女俩绝不班师还朝！兰心急着要跟乐乐说话，许小宁不理，气得大骂他竟敢拿女儿要挟她，警告许小宁别再继续胡闹了，赶紧滚回来！许小宁看出兰心还没半点悔改之意，让她继续反省，随后挂断电话。兰

心再拨过去，许小宁已经关机，气得她扔了电话，呜呜直哭。

李梅埋怨她这是何必？隔着那么远不说几句好听的哄哄他，反倒一顿臭骂搞得更僵了。人家能主动打回电话来，就是寻求和解的意思，你怎么不知好歹呀？

兰心抹一把眼泪，忽然冷笑一声，我堂堂兰心什么时候服过软？做梦！我还不管他了，爱干吗干吗，有本事这辈子别回来。还能被他乱了我的阵脚？骂完了，郁闷之气一吐为快，振作精神，开始大吃。李梅被她的神经质弄得直愣神儿。

郭洋去接小洋，碰上了幼儿园园长。他随口问候一声"最近很忙吧？"园长说她出国考察了一个月，昨天刚回来，李梅最近还好？郭洋这才知道李梅在打马虎眼。他一路上琢磨李梅没找园长、却撒谎回绝了张瑾，心里不由得对老婆低看一眼，以前那么纯朴的梅子，什么时候变成这么一个玩弄心术的俗人了？

郭洋中途把车停在一家粥店门前，李梅加班，李刚也不回家，他要带小洋在外面吃。小洋坐下就嘟囔，很久没和爸爸妈妈一起吃饭了，你们俩总有一个人不陪我。小洋突然问郭洋，咱们不是要跟张阿姨和毛毛一起吃吧？听到郭洋说不是，小洋才松口气，不是就好。郭洋不明白儿子这话什么意思。小洋说，怕妈妈知道咱们和张阿姨一起吃饭会生气。郭洋不得不仔细打量儿子，你这个小东西，怎么会认为妈妈知道我们和张瑾一起吃饭就会生气呢？是妈妈告诉你的？小洋直摇头，说这是他和妈妈之间的秘密。郭洋意外：你和妈妈之间也有秘密了？那爸爸和你的秘密呢？你是不是泄露给妈妈了？小洋赶紧否认他没泄露，是妈妈问他的。郭洋突然明白李梅为什么在毛毛入托的问题上撒谎了。

晚上，郭洋不动声色、一如往常地端坐在床上等李梅。李梅洗漱完毕上了床，问郭洋今天又有什么思想动向，要向她汇报吗？郭洋当然有，而且思想波动得很剧烈。他"噌"地跳起来，指着李梅的鼻子，声音由低到高："我现在的思想动向就是——你很阴险、很狡猾、很老谋深算，你是个阴谋家，是个地下工作者！"

李梅愣了愣，平静地："何出此言？别急，保持点形象，坐下慢慢说。"

"那天你在幼儿园门口看到我和张瑾母女俩一起接小洋了，对吧？"

李梅一愣，随即平静地："看见了。"

"但你不上前打招呼，却开始展开丰富的想象，揣摩我和张瑾的关系，然后暗中拉拢腐蚀小洋，再不动声色、韬光养晦地制定出一套敲山震虎的'晒幸福'计划！我说的没错吧？"

李梅依然很平静："没错。"

"然后你步步为营，用热情掩盖你刺探兼防范的险恶用心，虚与委蛇地答应帮毛毛进小洋幼儿园，其实你根本没找园长。你就是怕我和张瑾借孩子走得太近，你做这一切，都是为了把你想象中的我和张瑾的所谓关系……的任何苗头都掐死在萌芽状态中！我没说错吧？"

"我不否认，你说的都是事实。"

"真难以置信，你现在怎么变成了这样？你还是原来那个善良贤惠、为人坦荡的李梅么？"

"我当然还是原来的我，不但仍然善良贤惠，而且和过去一样爱你，只不过咱俩处理这件事的角度不同、出发点不同，所以感受和解读也不同，你所说的险恶用心，在我来看恰恰是良苦用心。"

"你难道一点不觉得你这样过分吗？"

"可能是有欠妥的地方，但你就没有吗？"

"我只是带小洋跟张瑾一起吃个饭，没有任何见不得人的，哪里欠妥了？"

"那你为什么瞒着我？还特意教小洋对我撒谎？"

"因为我了解你，知道你会多想、会不高兴、会旁敲侧击，我只不过想多一事不如少一事，避免无谓的猜疑和解释。"

"你这样做就是不坦诚、不尊重、不信任我，如果你早点坦坦荡荡地把事实告诉我，我反而不会猜疑。"

"说得好听！之前你已经因为张瑾误会过一次了，要是我早告诉你是张瑾的工程，你能踏踏实实让我去吗？还不得千方百计地阻挠啊？"

"把我说得这么狭隘，把自己摘得这么干净，好像都是我在无理取闹，你怎么不反思一下，就算本来真没事，也是由于你这种故意隐瞒事实、欲盖弥彰的行为才导致无中生有、小事变大，这你能否认吗？"

"大多数男人在这种敏感问题上都会这么处理，知道为什么吗？就是因为大多数女人都像你这样，猜忌心重，控制欲强，压迫得男人精神窒息。"

"我还真不知道我都让你窒息了，那你觉着怎么才算不控制你呀？随便你跟什么别的女人接触发展，我都毫不关心、不闻不问是吗？要那样咱俩还过个什么劲啊？婚姻是什么你知道吗？结了婚你就算带上枷锁镣铐了，跳舞都得带着！明白么？想绝对自由干脆别结婚。"

"你……你不可理喻！"郭洋气得跳下床，扯过衣服，扬长而去。

李梅追出客厅，房门一声响，郭洋不见了踪影。李刚听到动静，出来看看，问她又怎么了？李梅内心苦涩，无言以对，眼泪噼里啪啦地往下就掉。

小洋也被惊醒，从卧室跑出来，李梅赶紧擦眼泪，把儿子搂在怀中。哄睡了小洋，李梅实在坐不住，就沿着小区各处，一路寻寻觅觅找郭洋。最后失望地坐在路边给他打电话。郭洋带搭不理，说他今晚不回家了……李梅急了，问他不回来住哪儿啊？郭洋说有地儿住，不用你管！李梅说你当然不想让我管，有比家自在的地方是吧？在外面住干什么都方便是吧？郭洋对李梅这种尖酸刻薄的态度特别失望，对她这番过分的指责更加难忍：你非往我头上扣屎盆子，爱怎么想怎么想，随你便！说完断然挂了电话。

李梅一口气被憋在嗓子眼儿，眼泪热辣辣地下来了，她抽抽嗒嗒往家走，红着眼睛一出电梯，就遇见兰心从她家出来。兰心已经从李刚那儿知道吵架的事了，察言观色问郭洋没找到？李梅掩饰说自己只是出去透透气。兰心叹气，本来一人呆着嫌家里冷清，想去李梅家取暖，没想到她家也"大风降温"了。李梅尴尬，无言苦笑。

兰心邀请李梅到她家坐会儿，说说话。她端了两杯热饮，一杯放在李梅面前，自己端着另一杯坐在对面。兰心纳闷儿，像李梅这种模范老婆，郭洋还有什么好抗议的？至于离家出走吗？李梅在兰心面前还要维护郭洋的形象，承认自己多心，有些话说得没分寸，把郭洋给惹急了。

兰心明白过来："噢，不用说，肯定跟上回咱们议论那……'男女之间有没有纯洁友谊'的问题有关吧？"

"唉……兰心，你说，当男人身边美女环绕、貌似出现红颜知己的时候，做老婆的是应该装糊涂呢，还是严加防范呢？"

"当然要严防。在这个问题上，我的原则是宁可错杀一打，绝不放过半个！就说我们家许小宁吧，优点不少，可就是一见年轻漂亮女的就犯晕，幸亏这些年我盯得紧，让他回家当煮夫也有这方面原因，为的就是最大限度地减少他接触女孩儿的机会。"

"你这做得有点儿过了，我对郭洋肯定不会这样。男人好色也分什么人，大多数都是过过眼，不走心。再说男人欣赏美女那也是一种心理需要，你愣不让见，那不等于剥夺人家的权利吗？"

"我也没把他锁在家里，公共场所的美女随便看没关系，就怕老跟哪个美女对着，越看越有感觉，就麻烦了。"

李梅琢磨："对啊，怕就怕家里审美疲劳，外面日久生情。"

"好色是男人的本性，有个段子不是说吗：十几岁的时候，女人喜欢帅气的大哥哥，男人喜欢校花；二十几岁的时候，女人喜欢成熟浪漫有事业心的男人，男人喜欢二十多岁漂亮有身材的女人；三十几岁的时候，女人喜欢心灵契合的好男人，男人喜欢二十多岁漂亮有身材的女人；四五十岁的时候，女人喜欢能和自己相伴一生的男人，男人喜欢二十多岁漂亮有身材的女人；等到七老八十了，女人就希望男人能死在自己后边，男人已经老眼昏花什么都看不清了，可还是喜欢二十多岁漂亮有身材的女人！"

"这么说，男人这辈子还是很专一的呀。"李梅苦笑。

"是啊！这是他们唯一一件专一的事儿。老常就是最好的例子，长得那么不好意思，还是二婚，照样娶个二十多岁漂亮有身材的陈梦。"

"难怪现在经营减肥美容、号称能留住青春的都发财了，敢情不管多大岁数的女人全按男人的审美取向，一门心思奔二十多岁、漂亮、有身材去了！"

"有什么办法？女为悦己者容嘛。嗳，郭洋那红颜知己也是年轻女孩儿吧？"

"她还真不是，比我还大呢。"

"姐弟恋也很时髦啊。"兰心脸上露出一丝坏笑。

"可能根本没影的事儿，也许他俩只是一起工作，比较聊得来。我也没发现什么证据，就是心里不太舒服。"李梅不仅为了安抚自己，她确实也是吃不准。

"你见过吗？长得肯定不寒碜吧？"

"挺漂亮的，但不是郭洋喜欢的类型。"这句纯粹是为了安抚自己的。

"那也得防着点，万一他口味变了呢？"反正是别人老公，宁肯说得严重些。

"不会吧？不都说江山易改本性难移吗？"李梅又吃不准了。

"喊！瞧你这拧巴劲儿，又要吃干醋又要自我安慰。其实二十多岁漂亮有身材的女人并不可怕，她们太年轻，阅历修养都不行，只能满足男人的虚荣心，没法跟他们深度交融，就像甘蔗，吃一口挺甜，嚼一嚼就剩渣了，不能从根本上动摇男人的军心。真正可怕的反倒是又成熟又漂亮又善解人意的那种，这种女人就像秘制橄榄，味道丰富、余香满口、越品越有味道，不仅能俘获男人的感情还能渗透他们的思想，万一她还有钱，那就更危险了。"

兰心随口总结了一下各个年龄段小三儿的普遍规律，就把李梅的心都敲乱了，她盯着兰心直愣神，直接把张瑾给对号入座了。

"是不是被我说着了？"兰心见李梅失了神，也跟着对号入座。

李梅掩饰自己的真实想法："你说的不就是杨丹吗？"

"差不多，所以杨丹身边不缺男人追啊，她就善解人意这方面差点儿，不然肯定扑她的人更多，她的困难在于自己想不清楚找什么样的。要是郭洋身边冒出个杨丹那样的，你可真得把弦上紧了。就算你哪儿哪儿都不输给她，她总比你有钱吧？别看男人都口口声声不喜欢女强人，他们是不愿意自己老婆比他们强，可是资本的诱惑是难以抗拒的，钱可以帮他们解决问题、实现梦想啊。"

李梅当着兰心不好意思失态，只能掩饰，自我开解："其实郭洋也没什么确凿的事儿，我就是瞎琢磨，可能犯了女人的通病，过度敏感了。"

"告诉你啊，老公身边有隐患，是一个女人面临的重大敌情，怎么敏感都不过分，千万不能放松防范。"兰心一半是真替李梅担心，一半是给自己提醒儿。

李梅不由长叹一声："唉，现如今给人当老婆，可比老爸老妈那年代难多了！做女人怎么这么累呢？保卫婚姻真像一场战争啊……"

"还是持久战，有勇无谋也不行。不同的男人要区别对待，像许小宁那样的老婆迷就得以大棒为主、该镇压就镇压，像郭洋这种大男子主义、倔脾气的，你就得以甜枣为主，越是有疑似敌情出现，你就越得对他好，得顺毛摩挲，千万别把他惹毛了。明天等他回来，你跟他服个软认个错，先把他哄住了，然后暗地严防，外松内紧。记住，女人的温柔是最有杀伤力的武器，你得在他面前尽量温柔，还得保持一份风度，别把自个的形象搞坏了，真伤了感情就难办了。"

"哼，给我上课倒挺在行，怎么不对许小宁温柔点儿啊？"李梅终于找到兰心的问题，顺便找找两人之间的平衡。

兰心不服："不是说过了吗？许小宁是吃硬不吃软，我这也是对症下药！"

郭洋夜不归宿。李梅瞪着眼睛到天亮，心里发下一百二十个咒愿，等他回来要怎么怎么收拾他，怎么怎么给他难堪！一直恨到天大亮，郭洋还是没个影儿。她一面担心他在外面住不舒服，一面又怕他真生了气，赌气做出点儿真正伤害她的事情。天亮了，郭洋没回家成了事实，李梅的心也裂了一条细细的纹儿。

李梅心神不宁地混到下班，连杨丹那儿也没顾得上去，就买了青菜副食，去接小洋回家。小洋听妈妈说今晚要做很多好吃的，一路欢呼。李梅心情也开始好转，她断定郭洋今晚肯定会早早回家，像从前那样主动赔笑讨好，向她递橄榄枝。

李梅进了厨房，把青菜一样一样拿出来，准备收拾做饭。小洋拿着一张纸条跑进来给她看，是郭洋留下的，上面写着："工期紧，我住到工地去了。"她转身奔进卧室，打开衣柜一看，衣架上空了一块。推开卫生间的门，漱口杯和毛巾也只剩下她自己那一份。李梅没好气地往厨房走，对儿子说，爸爸工作忙，到工地当工头去了，晚上不回家住了。在小洋眼里，妈妈是家里的绝对主角，他连忙跟上，妈妈不怕，晚上我陪你！李梅感动地返身搂住孩子，拍拍他的小脑瓜儿："妈妈没事，走，做好吃的去！爸爸不在，咱们照样吃！"

郭洋把东西搬到了简易办公室，就地取材，把沙发当作临时床铺，就安营扎寨住下了。没人唠叨，耳根清静，真是久违了的轻松自在。省下路上奔波的时间，还能多睡两小时。可惜没有现成的早餐，工地附近也找不到吃早餐的地方，只能吃两块饼干对付一下，午餐和晚餐就用盒饭打发。往往正忙的时候，肚子就已经强烈抗议了。

郭洋累了一天，晚上回到办公室，茫然四顾，只找出半瓶红酒和半包花生米，抿一口酒，扔嘴里一粒花生嚼着。这时候他才有些想家。

张瑾听工人说郭洋昨晚住在工地，过来看他。发现日常生活用品都搬来了，有点意外："怎么？你还打算继续住办公室啊？"

郭洋言不由衷："工期紧，我想在现场盯着，抓紧点儿，提早交工。"

"紧是紧点儿，可你不是跟我说，时间完全够用嘛，不用这么辛苦啊！"

郭洋还想掩饰："没事儿，大男人吃这点儿苦算什么？"

张瑾察言观色，看出郭洋心虚："不对，怎么回事？跟李梅闹别扭了？"

郭洋不语，自顾喝酒。张瑾责怪他不该这样对待李梅，即使闹别扭也不能不回家住。郭洋故意把花生米嚼得脆响，掩饰尴尬。张瑾说，一时怄气可别怄成真的，要不我打个电话给李梅，帮你说和说和？郭洋慌忙阻拦，千万别！你一劝更乱。心里嘀咕，没有你还不至于这样呢！张瑾反问，怎么我劝就更乱了？她突然琢磨过味儿来，哟，你们闹别扭不会跟我有关吧？郭洋不想在张瑾面前丢人现眼，让人笑话自己老婆无厘头，就等于丢自己的脸，他若无其事地安慰她：

"你别多心，李梅神经过敏，瞎胡闹，跟你没关系。"

张瑾苦笑："唉，别瞒我了，我也不是头一回给别人添乱了，猜也能猜出个大概，李梅肯定误会我们了。要真这样，我就更应该跟李梅解释清楚了。"

郭洋急了："本来就没影儿的事，你打算怎么解释？"

"我就告诉她，我的确很欣赏你的才华，但绝对没有别的想法，绝对不会影响你们的感情，破坏你们的家庭。"

"算了，越描越黑，我看你还是沉默是金吧。"

张瑾无奈地叹息："那我听你的，先沉默着？"

郭洋不语，继续喝酒。张瑾怕郭洋借酒浇愁，喝闷酒喝坏了胃，要请他出去吃一顿。郭洋没胃口，懒得出去。张瑾说她已经饿过头了，有点儿低血糖，郭洋连忙把花生米推过去，让她先凑合吃点儿，再喝口酒，血糖一会儿就能上来。

两人在楼上正喝着聊着，李梅来了。她一下车，就看到张瑾的汽车停在门口。好哇，这回可以朝夕相处了，这回可以近距离接触了，你郭洋要的不就是这个么？李梅心里像装着个火药桶，每一声心跳都敲击着这个火药桶，不定哪一下敲重了，就随时可能爆炸。她努力不让心跳得过速，尽量放轻脚步来到郭洋的临时办公室门外，听到里面传出一阵热闹的说笑声。

听听，听听！他最近在家里跟老婆说话，何曾这么春风化雨、调油拌蜜呀？

李梅脑门上冒着小青烟儿，上前就要敲门。突然又犹豫了。即使郭洋和张瑾两人真有什么了，真怎么着了，也不能就这么冲进去呀？他们不要脸，我还要脸呢！这念头就像一股巨大的旋风，卷着李梅掉头而去。

李梅下楼上车，坐着思忖。她不甘心就这么退却，至少应该问问郭洋，他想干什么？难道他离家出走，就一点儿不愧疚，一点儿不在乎她的感受吗？她希望郭洋能有所谓的第六感，此时此刻，她伤心地坐在楼下，他心里会有一丝不安。

可惜，楼上办公室里的郭洋毫无感应，他和张瑾一起吃着花生米，喝着酒，聊得倍儿投机。张瑾说她对婚姻本来特别悲观，可是上回两家聚会，她跟李梅学了不少夫妻之道，正在改变自己的观念呢，没想到郭洋这么恩爱的夫妻，相互间也免不了猜忌和不信任。郭洋有点不好意思，一个劲儿自我解嘲，婚姻这东西本来就挺复杂的，男女性别不同，生理构造不同，思维方式能完全一样吗？就像鸡鸭关在同一个笼子里，难免有鸡一嘴鸭一嘴的时候。

郭洋能这么豁达地想问题，张瑾倒有些释然了。其实郭洋内心很无奈，不这么想，还能怎么想？维持夫妻关系的最好招数就是自欺欺人，超然事外。当然，这些话他不能跟张瑾说，他希望她能对未来的生活保持一份美好的憧憬。

"你相信男女之间除了感情之外，还有纯洁的友谊存在吗？"张瑾突然问。

郭洋脱口而出："我相信。现在职场里上下级、生意伙伴之间都是有男有女，'红颜'和'蓝颜'也不算什么新鲜的了。"

"我干房地产这行，接触的客户和生意伙伴大多数都是男人，我一直努力想和那些能互相欣赏、互相帮助、又聊得来的男性建立友谊，但每次都以失败告终。因为他们的老婆都像防贼一样防着我。也许我这人……看着就像个挑事儿的？换了我是李梅，恐怕也得仔细防着点儿。"张瑾苦笑着叹了一声。

郭洋安慰道："你就当这是一种恭维吧，说明你在女人眼里也是很有魅力的。"

"问题是——魅力这玩意儿有时候也帮倒忙啊。"

"我相信男女之间可以建立友情，如果都是对家庭负责的人，就完全可以保持友情的纯洁性……"

张瑾如释重负："听你这么说，我就卸下精神负担了，毕竟咱们是合作伙伴，以后还可能长期合作。"

不料郭洋的话还没完："不过……这种友情往往会在世俗的眼光中变形、最终被扼杀，当事人自己觉得是友情，旁观者却免不了质疑这种友情的真实性，所以理论上说异性友情有存在的可能，但实际操作难度非常大，成功概率非常低。"

原来结论这么悲观！张瑾难掩失望："我真的很希望能和你成功地发展友谊。必要的时候，还愿意随时出面帮你向李梅解释。"

"别替我操心了，你还是先把这些房子卖出去再说吧。"郭洋不想再讨论这些问题了，不但敏感，而且说不清楚。

楼下，李梅坐在车里，看着楼上郭洋办公间的灯光，努力压抑着情绪，恍惚觉得肢体有些麻木，思想已经游离，就像冷眼旁观别人的故事一样。她现在除了假装没感觉，难道还有更好的表达方式吗？她心里清楚，结婚七年，磨擦不断，但到目前为止，郭洋还是爱她的，虽然爱和不爱的比例不时换位，但是她宁愿相信爱情，相信郭洋。不过，她真的应该相信他吗？眼前的情形，使她心里装满了太多的不确定，如坐煎锅，度秒如年。

张瑾终于从楼内出来，李梅默默看着她开车远去，然后下车，上了楼。

郭洋喝得有点多，说得也有点多，他累了。好在这里没有老婆管束，他可以不洗不涮，想睡就睡。郭洋刚往沙发上一躺，门就被敲响。他以为是加班的工人，懒洋洋地应了一声"请进"。李梅进来了，面容平静，往他面前一站。

郭洋躺着不动，不冷不热："你怎么来了？"

"我来看看，老公不回家我得知道他住哪儿啊。"

"看吧。"

李梅看看桌上的红酒和花生，想像着两人把酒言欢的情景，醋意再也压不住："哟，红酒就花生，才子佳人谈笑风生，挺浪漫啊！浪漫完也不打扫一下战场，清理清理痕迹。"

"门儿清啊你，来半天了吧？"

"是啊，我一直耐心地等到人走了才上来，够识趣的吧？"

"真有涵养，你可以啊，这么快就从地下党发展到克格勃了。"

"难怪不愿意回家，多自由啊！离老婆远，离红颜知己近，干什么都方便。"

"随你怎么说，你现在基本靠联想活着，想得越具体你就越高兴是怎么着？"

李梅指指茶几："人赃俱在，我没法儿不联想，除非我是瞎子聋子傻子！"

"哪儿跟哪儿就'人赃俱在'了？半瓶酒、半包花生米你也能做篇文章？早知道我再找两根蜡烛点上，多给你添点儿作料。"

"那你能解释一下，为什么大晚上她跑这儿来跟你红酒就花生吗？"

"我没什么可解释的，跟你说什么事都没有，爱信不信。"

"心虚了吧？心慌了吧？"

"我心烦！李梅我告诉你，你的主观猜忌和加工，已经把事实演绎成'戏说'了，我跟张瑾都是正常范围内的接触，没什么亏心事，你要愿意瞎想我也拦不住，愿意以后天天跑这儿来蹲坑监视也随你便！"

李梅愣了愣："那你是彻底不打算回家住了？"

"你这种心态，回家咱俩也是天天吵，还不够累的！我觉得分开一阵儿挺好，你也冷静冷静。"

"你不回家住，也不管小洋了？想借机逃避义务？"

"该尽的义务我照尽，可有一条，接孩子你已经欠了好几次了，正好趁现在一起还上。等你还清了，我就恢复接小洋。"

李梅运了半天气："你觉得你现在这样正常吗？像一个丈夫一个父亲吗？"

"我怎么不像了？不是告诉你了吗，该尽的义务我绝不推托，就是暂时不想再这么吵吵闹闹的了，让我清静几天，行吗？"

李梅最不爱听这话："要清静干吗结婚啊？"

郭洋直通通跟着感觉走，脱口而出："结婚的时候你也没这么不可理喻呀？"

这句话把李梅气极了，柳眉倒竖，反唇相讥："结婚的时候你还没这么可恶呢！"说完，转身摔门离去。

郭洋愣住，有点儿后悔，追到门口却停住了脚步。

夜晚的大街灯光灿烂，李梅的心境却像被泼灭的火堆。她一边开车一边掉眼泪，美妙的景色被浸在一片水花中，变得迷迷濛濛，暧昧不清。趁着路上车行缓慢，她扯过一张纸巾抹抹眼睛。自己真的像郭洋说的那样不可理喻吗？如果真是那样，今晚她就直接冲进去，将他们把酒言欢的局给搅了！她的努力，她的隐忍，都白费了！到头来却落得一个"不可理喻"的评判，她觉得冤。

李梅不敢直接回家去见李刚和小洋，一头扎进了许家。兰心听着李梅哭诉，觉得郭洋这种态度反倒说明他没做亏心事、不心虚，反而可以暂时放心了。

李梅的眼泪怎么止也止不住。兰心没办法，只能站在她的立场上指责郭洋有点儿过分：你主动去找他，他还端起来了！甭给他脸，先晾他几天，省得助长他的嚣张气焰。等把他晾干了再算账，给他来个敌进我退，敌疲我扰。

李梅委屈，郭洋一走，家里的事儿全扔给她，孩子也不管了，成心难为她。兰心一拍桌子，果断决策："难不倒咱们！明天让吴姐去接小洋，回来给咱们做好吃的，离了这些臭男人，咱娘仨照样过日子。"

　　兰心到底是兰心，许小宁带着女儿走了，也没能动摇她的军心。劝完了李梅，照样去公司忙她的事业。这天上午，兰心要用合同章，宋圆圆接到内线电话，磨磨蹭蹭地过来，不敢正眼看她，吭哧了半天才说是许哥临走拿去了合同章。

　　李刚发现几个员工围在兰心门外，透过门缝窥视。他拨开人群，隔门听到兰心破口大骂："你简直成他的卧底了！一而再地给你机会，就是认不清形势，再三站错队，太让我失望了！再这么下去，我让你们俩卖了都不知道。这次绝不宽容，给我卷包走人！"

　　宋圆圆哭得特别委屈。兰心骂完，叫李刚马上接手宋圆圆的工作，责令她尽快跟李刚交代清楚，马上从她眼前消失！宋圆圆哭着跑出去。李刚劝兰总消消气，公司的情况他还不太熟悉，宋圆圆的工作没那么简单，他怕干不好。兰心不由分说："那也比在我身边安插个奸细强。赶快去交接！"李刚只能不情愿地退出来。

　　宋圆圆只觉得天塌了，地陷了。她哭着一直跑到护城河，趴在护栏上接着哭。李刚随后追过来，劝她别哭了，孟姜女把长城都哭倒了，你也想让护城河发大水呀？宋圆圆对李刚的幽默没感觉，哭得更委屈了。

　　李刚问她，是不是上回说的那个'雷'终于炸了？宋圆圆这才和盘兜出许小宁拿走了合同章，想把收购企业的事搅黄的来龙去脉。"你说，他是兰总的老公，又是前老板，他跟我要合同章我敢不给吗？一边是老板，一边是老板的老公，我一个跑腿打杂的只能在当中受这份夹板儿气……"宋圆圆越说越委屈，又哭起来。

　　李刚听明白了："许哥要跟老婆斗智斗勇，让你替他顶这么大雷。估计兰总主要还是生他的气，又抓不着他。你是代人受过，承受了这一阵猛烈的炮火。"

　　宋圆圆拼命点头，一头扑进李刚怀里，哭得更厉害了。李刚没料到圆圆来这么一下子，他僵在那儿不敢动，镇定了一下，安抚地拍拍她："那什么，别哭了，赶紧把眼泪擦擦，别让风呲了脸。哎，别用我衣服擦啊，包里有面巾纸吗？"

　　宋圆圆被逗乐了，找出面巾纸擦眼泪。李刚说，这事一点儿都不怪你，要怪就怪许哥兰总这两口子，太不体谅员工的难处了。这样吧，你先别跟我交接，这里外不是人的烂摊子我也不想接，回头等兰总消消气，我找机会替你说说去，哪能让你打碎了牙往肚里咽啊？

　　宋圆圆再一次被感动，含情脉脉地说出了倍儿俗倍儿俗、却特别真诚的三个字："你真好！"这三个字给两人的关系蒙上了一层暧昧的面纱。

　　宋圆圆离开老家，这些年独自在北京打拼，刚来的时候住的地下室，一年之内光搬家就搬了七次。有的时候是房东要涨房租，付不起就得搬；有的时候是为了住得离新单位近点儿省车钱；也有的时候是条件太差住不下去了。有一回睡到半夜，天棚上一块水泥墙皮直接掉下来砸在她头上……此刻，她觉得李刚亲切，把这些年经历的苦辣酸甜一股脑都倒给他了。李刚同情地打量她，想不到这么柔弱的女孩子，还有这么牛的经历。

宋圆圆羡慕李刚运气好，北京有个姐姐就等于有个家，什么都替他安排好了。兰总平时对李刚嘘寒问暖，她跟了她那么多年也没那待遇。"在兰心皮具这些年，干活提着心不能出错，走路提着气不能出声！好不容易熬到这个位置，现在就让我卷包走人！"说着说着又要哭。

李刚安慰："你现在好歹是公司高层的预备役，位置不是谁随便可以取代的，你真走了，就是公司的巨大损失！兰总很快会认识到这一点，我负责提醒她！"

宋圆圆听出李刚的善良、仗义是发自内心的，有他帮忙说话，自己就得救了。她感动得眼圈又红了："患难之中见真情，经过这事儿，咱俩也算是患难之交了，以后只要有机会，我也要尽最大能力帮你。我知道兰总挺照顾你的，你肯定会一切顺利，大概也用不着我帮你。"

其实李刚也有一肚子苦水："我二十岁就离家自己折腾，生意做了N种，赔了赚、赚了赔，不知道遭了多少罪，惨的时候连吃顿饱饭的钱都没有，可也没觉得多苦，还折腾得挺来劲，后来总算摸出点门道，也赚了不少钱。可惜好日子不长，前一阵子走背字又折进去了。这次到北京，就是想找机会东山再起，结果被我姐给强行管制了，她怕我不安稳、瞎折腾，才把我安排进兰姐的公司。"

"我千方百计想争取的，是你迫于无奈才接受的？听着咋这么气人呢？"

"我可没成心气你，人跟人的想法不一样，都想成功，但你要安稳，我要自由，所以皮具公司只是我积累经验的一个中转站，早晚时机成熟了，我还是要成就一番事业，'会当凌绝顶，一览众山小'！不过说到底，目前咱俩都属于北漂……同是天涯沦落人！"

宋圆圆崇拜地打量李刚，没想到他这么有想法、有追求。她要提前跟李刚挂个号，以后他要是自己做生意，她就跟他一起干。

兰心被许小宁的"新罪行"气得不轻，晚饭没吃，在街上转了几个小时，疲惫地回到家才觉得饿了。李梅把剩饭热了一下，两人一起吃。李梅没什么胃口，和郭洋对峙的日子把她的心情和胃口都毁了。兰心也闷闷不乐，不知道这种日子要过到什么时候。

"唉，战火纷飞受不了，偃旗息鼓也没好受到哪儿去。"李梅有点后悔。

"该死的许小宁！把乐乐拐走不算，还把公司的合同章也拿走了！害得我什么都做不成，真不是东西！他这是成心想气死我……"兰心说着说着掉了眼泪。

李梅眼睛也湿了："你看你，怎么还哭了？我还没哭呢，你女强人先颓了。没合同章就先不签合同呗，回头等小宁回来，有多少合同签不了啊？真是的。"

"其实这还不是最要命的，我主要是想乐乐想得要命，孩子长这么大还头一回离开我这么长时间……这回他真捏住我的七寸了。"

"小宁带着乐乐，人家不定玩儿得多高兴呢，你这么想心情就会好点儿。其实我看你们家乐乐平时跟小宁比跟你亲近多了，这方面你可以放心。"

"我真怕这场'消耗战'演变成'持久战'，大人孩子都惨了……"

"谁说不是呢？其实我也挺怵得慌，就是不想主动服软儿。"

两人异口同声一个长叹。女人们通常从恋爱的时候就被男人宠坏，所以结婚以后遇上矛盾顶牛的时候，一般都不会想到主动退让。男人嘛，就该让着老婆！这是她们的幸运，也是不幸。

正收拾碗筷，电话铃响了。李梅意识到可能是许小宁打来的，悄悄扫了兰心一眼，赶紧跑过去接听。李梅支支吾吾，小声告诉许小宁，兰心在这儿呢，回头再打。她挂断电话，发现兰心已经站在身后。李梅不得不从实招来，兰心当场就蔫儿了："啊？你一直瞒着我跟他保持联系？李梅你太可气了！郭洋跟许小宁狼狈为奸就算了，你居然也一直帮他瞒着我，你到底是哪个战壕的？"

"我错了还不行吗？许小宁临走千叮咛万嘱咐，不让我和郭洋破坏他的计划，还说都是为你和这个家好，我觉得他方式不太可取，用心良苦，所以我……"

"所以你就忍心看我陷入敌在暗我在明的被动局面？"

"什么敌人敌人的，两口子怎么就上升到敌我矛盾了？"

兰心板着脸追问许小宁到哪儿去了？李梅刚一犹豫，兰心就急了，还想替他藏着，信不信我跟你翻脸？李梅只好告诉她，许小宁带着乐乐去香港迪斯尼乐园了，兰心恨得咬牙切齿：好你个许小宁！我辛辛苦苦赚钱，你倒潇洒！跑到香港找乐儿去了！简直是没良心，可恶，混蛋！李梅憋不住笑，谁叫你们家有钱呢？你花他花不都是花吗？再说去迪斯尼主要还是乐乐高兴。

兰心急速拨打小算盘——他走的时候也没带多少钱啊？我还以为父女俩不定躲在哪个便宜小旅馆，我们乐乐委屈受大了！敢情他带闺女迪斯尼玩儿去了，看来他肯定有一座不小的小金库！李梅劝她别太责怪小宁，指望你这大忙人带孩子去香港玩儿不定猴年马月呢，许小宁这也是帮了你一个忙。兰心不耐烦，别打岔！我得好好想想……怎么对付这个许小宁。

宋圆圆不在，一切都乱套了。李刚帮兰心到处翻找那份收购企业的资质材料，两人翻箱倒柜，上天入地。兰心记得那天看完就放进抽屉里，怎么不见了呢？不会又是宋圆圆捣鬼吧？

　　李刚主张还是把宋圆圆叫来，她对这些事儿比较清楚。兰心不表态，却泄气地坐下不找了。李刚偷笑，立刻拨电话叫圆圆马上过来一趟。宋圆圆进门，直接走到文件柜前打开门，拿出一只文件夹，收购企业的所有资料都在里头。

　　宋圆圆走了，李刚察言观色，对兰心施行攻心术："兰总，圆圆这份工作不简单，我真不想接，也实在接不了。我要修炼到她这么稳重成熟的程度得好几年啊，现在上手怕天天挨您骂。其实她也挺不容易的，您和许哥是两口子，一个前老板一个现老板，她哪个也得罪不起啊，你们俩有分歧，她夹在中间多难为呀？我觉着为这事开除她有点儿说不过去，有点儿冤枉人。"

　　李刚一番话说得兰心不由侧目打量他："这都是圆圆跟你说的？""还用她说吗，这事儿公司上下谁不知道啊？"兰心没话了。

　　郭洋出来两天，就想家了。这天他在工地心猿意马，鬼使神差地来到幼儿园。正是放学时间，他远远站着，想偷偷看看李梅和小洋。他想知道李梅情绪怎么样？儿子的心情还好吗？他的目光追随着所有年轻妈妈的身影，最后发现都不是李梅。小洋出来了，一个陌生女人上前接小洋的书包，却被小洋不客气地甩开。

　　郭洋紧张了，急忙过去一把拉过小洋，责问陌生女人："你谁啊？"

　　接孩子的是吴姐，突然遭到质疑，她不知郭洋的身份，愣着答不上来。小洋发现郭洋，高兴地抱住他大腿，大喊"爸爸！"

　　郭洋得知吴姐是许家的钟点工，对她说，他要带儿子去吃晚饭。吴姐不放心，当场给李梅打了个电话。李梅正在杨丹那儿忙着核对账目，得知郭洋要带儿子吃饭，然后亲自送他回家，心里顿时轻松许多。这也许是一个信号，郭洋变相地向她亮出白旗了。

　　郭洋驮着小洋在CBD附近的商业街上找饭馆儿。这一带靠近华贸中心和万达广场，大型商业、文化设施和众多写字楼毗邻，遍地西装革履的小白领，隐藏在大马路后面的几条小街，是他们解决肚子问题的首选地段。

　　小洋问爸爸为什么不回家？郭洋以最近工作太忙为由敷衍，没想到小洋摆出一副与年龄不相符的狡猾腔调：不对，是因为小洋。郭洋纳闷地问他为什么？小洋说因为他没保守和爸爸的秘密，也没保守和妈妈的秘密，所以爸爸和妈妈吵架了，才不回家的。郭洋的心顿时沉甸甸的，连忙安慰懂事的儿子："不怪小洋，怪爸爸，这么大人了还吵架，没出息！"

"小朋友吵架一会儿就和好，大人吵架要很长时间才好，真没劲。"听小洋嘟囔着，郭洋意识到儿子已经什么都懂了，看来为了孩子也不能再吵了。

14 夫妻就是男女合作社、两性共同体

李梅洗完澡，容光焕发、动作轻快，从衣柜里拿出郭洋的睡衣，仔细摆在床上，又拿出浴袍挂进浴室。最后拿出父子俩的拖鞋，并排摆在客厅门口，满意地端详着一大一小两双鞋，像看到了爷俩可爱的笑脸。

小洋进门就兴奋地喊"妈妈快出来看啊，爸爸回来啦！"郭洋若无其事地脱外衣，换鞋，掩饰着热烈翻腾的情绪。他没想到短短几天时间，回家的归属感竟变得这么强烈！一切都如此亲切，温馨，体贴。

李梅迎出来，看看郭洋脸色还端着，一时找不到台阶，只好上前拉小洋，话是说给郭洋听的："哟，今儿回来动静怎么这么大呀？"小洋着急地推开李梅，妈妈拉爸爸手去！快跟爸爸拉手……李梅再看郭洋，只是淡淡地看看她，就径直往里走，她也矜持地站着不动。

"你不拉我拉！"小洋生气了，上前讨好地拉着郭洋，让爸爸陪他玩儿，"爸爸这回不许走了！"郭洋答应"不走了"。小洋要玩儿"打仗"，郭洋趁机表明态度，还嫌家里不够乱啊？别打了，还是玩儿游戏吧。小洋特别听话，行，跟爸爸玩儿什么都行。李梅总算找到茬口儿递上一句话："你们玩儿，我准备洗澡水去。"

李梅有手无心地整理衣柜，耳朵在倾听郭洋和儿子玩游戏的吵闹声。郭洋总算回来了，证明他心里还有这个家，她告诫自己今晚一定要主动，先道歉，再怀柔，总之要把他彻底留住，让他死了再走的心。

小洋多日没见爸爸，玩儿够了，又缠着爸爸陪他洗澡，最后还要听故事，直到折腾累了才上床睡觉。郭洋在里面洗澡，李梅坐在床上心神不宁地等他。郭洋出来，看到床上放着自己的睡衣，有点儿感动。他一边换衣服一边有意无意地谈论起儿子逼着他讲了三个故事，看来孩子成长确实不能没有爸爸。

李梅听出他在委婉表达悔意，声音温柔地拍拍床："过来，我有话跟你说。"

郭洋上了床，保持距离坐在李梅对面，我也有话要说。李梅以为郭洋也要道歉，那就先礼让一下吧：行，你先说。没想到郭洋苦口婆心、一脸严肃地劝李梅以后再搞什么阴谋诡计，能不能别把儿子扯进来？小洋已经被她弄得有心理阴影了，

知道吗？李梅没想到郭洋头一句就是严厉的指责，而且还上纲上线，说得这么严重！她意外地愣住了。

郭洋越说越生气："这孩子对爸妈之间发生的所有事情都门儿清！你说你把大人间的恩怨都一股脑儿捅给一个六岁的孩子干吗？他那么小，能承受得了这些吗？咱们俩为鸡毛蒜皮的事儿牺牲了这么多快乐就够可以了，你是不是想让孩子的童年也不快乐呀？"

李梅脸色变了："不是你先教儿子跟我撒谎的吗？怎么光说我呀？"

"那也是因为你无端猜忌在先，我才……"

"别那么多理由！你错就不算什么毛病，我错就是天大的问题！咱家怎么这么不平等？你遇事能先找找自己的问题、主动检讨一下自我，再指责别人吗？"

"这些都是形式，我现在要你明白的是，问题很严重，你得有个认识！"

"这个局面从根儿上说就不是我造成的，凭什么让我认识，你不反省啊？"

郭洋忽地起身下床："较劲是吧？行了行了！咱俩现在是不吵架不成话，要这样我还是住外面吧，距离产生美，我看还是暂时保持距离吧。"

郭洋没好气地换衣服，李梅冷眼盯着他，咬住牙关就是不劝。郭洋走到门口才想起来问李梅刚才有什么话要说？李梅没好气地躺倒，她跟他已经没什么可说的了。郭洋转身走出去，客厅门发出一声响。李梅声线颤颤巍巍叹息一声。

小洋撞开门跑进来问她："爸爸为什么又走了？他不是说一直陪我吗？怎么又走了？"小洋见李梅躺着不动，站在床边哇哇大哭，"我要爸爸……"

郭洋出了家门，瞬间恍惚，这是怎么了？稀里糊涂又撤出来了，难道一个大丈夫除了在老婆面前自认败将，主动撤离根据地，就没有更好的出路了吗？答案是肯定的，眼下还真没有。也许这个可以有，只是自己的臭架子作怪不许有。

郭洋心情沮丧地回到工地，张瑾拎着两只大购物袋从楼里出来。她怕郭洋在工地吃不好饭，特地来送点儿吃的，结果吃了他的闭门羹。郭洋连忙接东西：

"你一大老板还操这份儿心，下不为例啊。"

"当然下不为例，我可没有让你踏实住在工地、别急着回家的意思。相反，我还劝你赶紧回去给李梅道歉呢。行了，东西送到了，我就不上去坐了，省得李梅万一来了再多想。"

郭洋叹息，李梅不会来了。张瑾得知郭洋刚从家里来，问他干吗又回来呀？郭洋一言难尽。两人找了家酒吧坐下，郭洋把回家的过程跟张瑾简单说了，本来想跟李梅讲点儿道理，结果一不小心又吵起来了。

张瑾无奈地苦笑："嗨！你好不容易回到家，不讲感情讲什么道理呀？"

"就是想跟她说说，孩子现在也受到影响，对爸爸妈妈的关系特别敏感，我担心时间长了小洋心理再出什么问题。"

"要我说今儿这架吵起来怨你，上来一说话就撮人火。"

"话不好听，道理没错，她怎么就不能理性地就事论事、反思一下？"

"两口子哪有理可讲啊？再说就算讲理也得有个良好氛围，先把火顶到脑门子上还指望讲理？就剩下抬杠了。"

郭洋承认他今天特别想家，他看得出来，李梅也早就希望他回去，两人都有和好的愿望，可稀里糊涂就又闹得不欢而散。其实压根儿没什么实质性问题，弄成现在这样，就是沟通方式有问题。可惜"沟通"这词儿虽然挺时髦，虽然谁都会说，可真正沟起来，要畅通还真不容易。张瑾叹息，那天跟李梅一起吃饭，特别受启发，引起她对家庭关系的很多思考。"我这刚琢磨出点儿意思，你们倒打起来了，这不是摧毁我信心嘛？"

郭洋苦笑："我们家也不是什么好教材，平时总结一套一套的，到关键时刻就完，该怎么吵还怎么吵。你思考你的，别受我们影响。琢磨出什么来了？"

"不是都说有爱才有家吗？如果夫妻双方都能本着感情第一的原则，处处做点儿让步，什么事都不会有。现在的家庭都缺少这种相互理解、相互忍让的态度，缺乏大智若愚的精神，不会用轻松的心态对待矛盾。两口子不管说什么道理，都是一说就严肃，然后男人怪女人乱发脾气、毫不认错，女人怪男人逼人太甚、绝不松口。上来就指责，男人说女人不温柔，女人说男人不体贴，吵着吵着忘了目的，偏离主题，上纲上线，互相攻击，就为赌那一口气！"

郭洋深有同感，一个劲儿点头。

"我离婚以后一直在想，夫妻双方不管受过什么教育，社会地位如何，为什么一到家里就都变得不可理喻、毫无见识了呢？答案就是人们根本不懂得婚姻里头的奥秘，也不想学习研究、进步成长，习惯于按老一辈的生活方式对待婚姻。看来我们真有必要建立起一套成熟的家庭文化体系，让各个年龄段的夫妻都树立经营家庭的理念，掌握经营婚姻的技巧。咱们这代人不管怎么着也应该跟老爸老妈爷爷奶奶那辈儿过上不一样的婚姻生活，才不枉新世纪新人类的名号啊！你说是不是？"

郭洋对张瑾有点刮目相看了："没想到，你思考问题还真有点儿男人风范。"

"你是夸我理性啊？还是讽刺我不够女人？"

"当然是夸了，女人思考问题一般没你这么理性，难能可贵呀！"

"其实我觉得，不管男人还是女人，如果在为人处事和思维方式上都能中性一点，就能避免很多两性之间的麻烦。"

"中性？"

　　"女人的特质是感性，男人的特质是理性，完全两个星球，要是女人能多点理性，男人能多点感性，都往中间靠拢，这世界肯定就太平多了。"

　　郭洋乐了："这可深了，得一直追溯到物种起源和基因科学，怎么才能改变基因，把男性女性都变成中性，以求早日结束星球大战、实现世界和平呢？"

　　"你真能抬杠钻牛角尖，李梅跟你吵架估计占不着便宜吧？"张瑾也笑。

　　"算了吧，真吵起来，光语速我就输给她了，我说一句她能有十句等着。"

　　"那你就干脆别说，让着她哄着她不就完了？两性战争之所以延绵不绝，就是因为男人太硬女人太软，如果大家都互换一点，互补一点，矛盾就会缓和一点，家庭也肯定比现在更可爱一点儿。我记得有个心理学家说过，男人在四十五岁以后需要软下来，需要向女人寻求很多温柔的东西，你现在开始就得给自己留后路了，服点儿软不吃亏。"

　　"你这么一说，我还真觉得有点儿道理，看来你对家庭文化心得挺深啊。"

　　"离婚前我也挺糊涂的，等慢慢明白过来，也晚了。可能我跟你说这些有点多嘴，但这都是我以婚姻失败的血泪代价换来的经验教训，看能不能给你提个醒，别重蹈我的覆辙。"张瑾说到这儿，不由黯然神伤。郭洋沉默了。他看着张瑾，想到了李梅。人不怕犯错，就怕不觉醒，这个世界缺少有自省能力的人，张瑾就是少有的一个。但愿李梅也能明白，不要等事情无可挽回了才后悔。

　　郭洋走后，小洋哭闹不止，李刚回来好不容易哄睡了他。

　　兰心听到郭家的动静，过来探看，看到李梅两眼通红，就什么都明白了，不由得埋怨，郭洋能主动回来就不错了，干吗又跟他吵？李梅还在生气，晚上一回来就向我兴师问罪，说我把小洋给弄出心理阴影来了，还指责我破坏了小洋的快乐童年！兰心一听，他说的没错呀！夫妻老吵架，孩子就是受影响嘛，特别是女人老爱跟孩子发牢骚，拿孩子出气。李梅说我没拿孩子出气，是他叫小洋帮着撒谎骗我的，反过来指责我给小洋灌输不良情绪，还一句不让，句句戳我的软肋！算个男人吗？一点儿都不知道让着我……兰心这会儿才想起丈夫的好处来了，我家小宁上来一阵子虽然也挺气人，可他至少说话老让着我，吵架一般都是我骂他。

　　两个女人不约而同地出长气。兰心问李梅打算怎么办？就这么抗着？李梅却反问兰心想好怎么对付许小宁了没有？兰心说她已经想好了，就等许小宁来电话。正说着，电话来了。李梅问候许小宁一声，就告诉他有个重要客人要跟他通话。兰心抢过话筒，感情早都酝酿好了，柔声轻气，连连认错，请求老公回来，一定当面道歉！最后还前所未有地征求意见："亲爱的，你看这样行吗？"

许小宁听着兰心在电话那头灌蜜，身心滋润："哟，执迷不悟的女强人这回终于醒过腔儿来啦？没有老公和孩子的日子不好过吧？"

兰心将计就计，继续发嗲："老公你太理解我了，我想乐乐，更想你……"李梅在对面笑着做手势羞她，兰心不理，"我答应你，不提并购的事了，我不要什么扩大经营做大盘子，只要你赶紧带乐乐回家！"

许小宁确认："你说话算不算数啊？"

"保证算数！我这儿有李梅当面作证，你要不要听听李梅的公证词啊？"

许小宁得意地乐出声儿："不用了，李梅是你的铁姐妹儿，我相信她。"

"那你和乐乐什么时候回来呀？"兰心追问，"让我跟乐乐说说话！"

许小宁嘻嘻一笑，说他们爷儿俩已经在深圳了，明天就得胜还朝！争取上午的飞机，晚饭前到家，让兰心多准备点儿好吃的给他们接风，到家再聊！

兰心放下电话，得意地笑个没完。李梅怀疑她真想通了。兰心调整情绪，把脸一板，恢复了女老板的威仪，目前的形势下，必须得想通！李梅说，我怎么听着像一个阴谋啊？你是不是挖坑儿等许小宁回来跳呢？兰心打岔，跟她要吃的，说她已经把吴姐打发走了，没人给做饭。李梅明白了，还没卸磨呢先把驴杀了，许小宁回来下场也好不到哪儿去。李梅进了厨房。兰心还坐着翻眼皮，琢磨着怎么收拾许小宁这个逆贼。

兰心准时到机场迎接，许小宁和乐乐一出现，她就冲了过去，一把抱住乐乐又搂又亲，眼泪鼻涕齐下。许小宁一副胜利者的姿态，笑嘻嘻地张开双臂要跟老婆抱抱。不料，兰心用一根指头冷冷地支开他："别以为我会就此原谅你携女出逃的恶行！你此举对我和乐乐的心灵都造成了严重的伤害！"许小宁顿时明白上当了，请求原谅是假，请君入瓮是真，一回来都变味儿了。兰心领着乐乐率先走了，霜打的茄子许小宁沮丧地推着行李车尾随其后。

还好，情况没有兰心在机场表现出来的那么严重，毕竟分别了这么多天，小别胜新婚。晚上，乐乐睡了，两口子洗漱完毕搂着坐在床上，许小宁开始细诉衷肠："哎哟，出去这些日子，没一个晚上不想你的。一日夫妻百日恩真不是吹的。"

"想我不早点儿回来？"

"不能半途而废呀，收购的事不仅关系到咱们小家的幸福平安，更牵扯到整个公司的生死存亡，这种历史性的关键时刻，我只有牺牲个人感情，独自品尝孤独的苦酒了，我要不坚持原则能取得这最后的胜利吗？"

兰心突然想起什么，推开许小宁，问他是不是有小金库？这么多天在外头花天酒地、吃喝玩乐，哪儿来的那么多钱？许小宁嘿嘿讪笑，承认"有一点儿"。可这一趟已经弹尽粮绝，在香港玩了几天就撑不下去了，没办法，只能带闺女回到深圳，找了家小旅馆住着，不敢吃大餐了，也不敢到处玩儿了，就去了趟大梅沙海滩。这几天眼巴巴就盼着兰心回心转意，她要再不及时醒悟，他就只能领着乐乐到大鹏湾投海喂鱼去了……

兰心越听表情越难过，我闺女受了多少苦啊？说着下床要去看乐乐。许小宁一把将她拽回怀里：你傻不傻呀？我到什么时候也不可能虐待我闺女呀！她是你的心尖儿不假，可也是我的命根儿！放心，这趟出去没苦着她，净苦我自己了。

兰心撒娇地捶他，你活该！许小宁把身体送上去，你打吧，我这一趟出去已经把什么都想通了，你尽情打吧，反正打死了后悔的是你自个儿。兰心这才住了手，叫许小宁赶快把合同章拿出来。

许小宁磨磨蹭蹭下了床，拿出图章，不放心地让兰心保证不再收购企业。兰心一把抢过来，我答应你！反正这家工厂也确实不合适。许小宁听她这意思，还留着活口儿呢，就是说以后不敢保证再收购别家工厂。兰心狡黠一笑，那要看有没有更合适的目标出现。许小宁叹气，唉，我真希望那个更合适的目标永远不要出现啊！兰心不屑，想那么远干吗？到时候再说呗。

许小宁重新上床，跟兰心商量要请郭洋和李梅吃饭，好好感谢人家。兰心说最近是请不成了，因为郭洋也离家出走了。他这才明白，为什么几次打电话都是李梅接的。郭洋出走，出乎许小宁的意料，毕竟都是患难弟兄，怎么着也得帮他调解调解呀！咱不能自己停战了，就不顾老朋友战火纷飞不是嘛？

早晨送走了老婆孩子，许小宁就直奔郭洋的工地。到处弥漫着噪音和装修材料的特殊味道，工人们进进出出，各忙各的。许小宁停了车上楼，探头探脑走过去，朝门口一个工人大声喊着问："请问郭洋在吗？"

工人歪着头听了听，也朝里面喊了一声："郭工有人找！"

郭洋戴着安全帽出来，身上落着一层白色粉末，眉毛也挂着"白霜"。他看到许小宁，特别意外："哟！你什么时候回来的？妥协啦？"

许小宁笑嘻嘻地自得其乐："互相妥协，互相妥协。"

郭洋拉着他往办公室走："谁主动啊？"

"当然是兰心主动了！"许小宁刚一炫耀，就意识到自己是来干吗的，连忙补充道，"啊……不过这个谁主动表示没什么要紧，关键是夫妻双方都得有个主动的态度。你们家也一样，明白？"

郭洋一听就明白个八九不离十,停步不走了:"哦,你是来管闲事的吧?"

许小宁狡猾地说他渴了要喝水。郭洋说喝杯水可以,别想替李梅来游说。

许小宁用郭洋的茶水润着嗓子,开始有板有眼地训人:"不是我批评你,你们家有什么原则问题呀?不就拌几句嘴吗?也至于离家出走?小题大做了吧?"

"什么事才至于出走啊?你不也刚回来吗?一转身就给我当教练来了!"

"我们家那是性命攸关的事,你们俩不就因为李梅多心吗?你跟我情况不一样,我是科学的斗争策略,你是无谓的怄气,你怎么能这样把老婆扔家里不管呢?李梅那人脾气多好啊,比兰心体贴多了……"

"李梅比兰心体贴你怎么知道的?"

"呃……我不是知道兰心嘛?她就不如李梅善解人意,不过还是挺善良、挺识趣的,不然我这会儿也不会回来。我都回来了,你还拗什么呀?"

"啊,你回来了,我就得也回去?"

"你大男人,得先让步才是啊。大人不记小人过,大男人得让着小女人点儿,也显着咱们豁达大度、有涵养不是?"

"光我大度没用啊,人家李梅不大度,我有什么办法?"

许小宁说,他已经了解过了,郭洋回家那天李梅本来想道歉,结果被他一句话呛着肺管儿了。郭洋说本来他也想和好,可俩人开口就是火药味儿。许小宁循循善诱:但凡俩人还有感情,一切问题都好解决。你先退一步,退一步是为了更好的前进懂吗?女人都不经哄,你拿出个姿态,给她创造个良好的沟通氛围,再拿出当年追她的热情,有什么难的呀?你权当再找一把追女孩儿的感觉呗!郭洋为难了,老婆跟女孩儿能一样吗?这感觉可不好找。许小宁说这有什么难的?就看你愿不愿意,我已经替你想好招儿了,只要你一切都按我说的办,准行!

当天下午,李梅接到了郭洋的短信通知,已经预定了18:30 分马克西姆餐厅的位,晚上他接小洋,之后餐厅见!李梅七分意外三分惊喜,提前回家换衣服,收拾打扮。当她如约走进餐厅,只看见郭洋独自等待,他起身热情迎接,接包、拉椅子,侍候李梅坐好,告诉她,小洋在许小宁家里跟乐乐一起吃饭。

李梅恍若回到初恋时代,她喜欢这种被人捧在手心里,小心翼翼、万分珍重的感觉。郭洋叫的都是李梅爱吃的菜,波尔多酒鹅肝批,黑菌沙司煎牛排,蔬菜沙拉。李梅尝了一口鹅肝,见郭洋期待她评价,故意不看他的眼睛:"有话说吧,费这么多心思设计一场家庭外饭局,肯定经过周密策划吧?"

"今天约你上这儿来,就是想利用公共场所的客观条件,约束咱俩时刻保持冷静，避免一张嘴就吵架，陷入越说越僵的怪圈。"

"主意不错。"

"首先我要道歉，那天回家本来想沟通加反思，跟你交流吵架对孩子的影响问题，没想到一张嘴就变成单方面指责你，导致不欢而散……我错了，夫妻吵架本来就是一个巴掌拍不响，我光批评你，吵完一任性又甩手走人，错上加错！"

"你当时要这么说话，不就没那场架了吗？其实那天我也想道歉。你离家这几天我也反思了，我猜忌心是重了点儿。客观冷静的时候，我深信你有责任感和自控力。可女人为什么总控制不住自己、本能地下意识猜忌丈夫呢？"李梅看看郭洋，自问自答，"因为没有安全感。不是我们喜欢风声鹤唳、草木皆兵，是残酷的现实警钟长鸣地告诫我们要警惕！"

"现实有那么残酷吗？"

"报纸上、电视里声泪俱下的怨妇还少？她们一字排开，能绕地球几圈儿。不就是因为社会对两性关系越来越宽容，人们的道德观念越来越缺失，自由多了、约束少了，这时候再来点诱惑，人就顺流而下了吗？"

"这个……不只男人吧？女人也有那样的呀。"

"没错，但不自律的男人数量，远远大于不自爱的女人。"

"他们乱他们的，我和你肯定不是那类人，咱绝不同流合污！"

"我对自己、对你有这个自信，但有多少像我们一样曾经信誓旦旦不会出问题的夫妻，最后还是被现实给教育了？"

"……走着瞧，我会用另外一种现实教育你。"

"我太渴望被你教育了，但这要用时间来考验，所以请你体谅我在这个过程中的提心吊胆、患得患失，这年头哪个妻子不是坐在火山口上？何况摸着良心说，你是一个比较帅、比较能干、比较靠谱的老公，即使已婚，魅力指数依然不降。"

郭洋浑身舒坦、满心得意，这回她总算说了句实话。李梅又说，她经常想：如果找一个经济适用男，而不是郭洋这个绩优股，兴许她的安全感能多点儿。郭洋哭笑不得，哦，合着你爱猜忌的根儿还在我这儿。李梅撒娇地笑了，当然，现在的口号是不嫁好男人……郭洋听得直发晕，那是为什么呀？因为遇到好男人女人都想死磕，你拥有他的同时，免不了被别人惦记，唯有警钟长鸣，不停地让你痛并清醒着，才能防患于未然。郭洋愣了愣：

"你这么一分析，我怎么觉着猜忌挺有理呢？都不好意思说它是缺点了。"

"理解有误，我只是给你分析这种心理成因，不代表我没认识到它是缺点，更不代表我打算将错误进行到底。"

"你终于认识到猜忌是缺点了？"郭洋似笑非笑地打量她。

"我认识一向正确，只不过方法论出了点儿问题，我不该把这种情绪放大、任由它操纵自己，有句话不是说吗，在对的时间打个对的电话叫浪漫，在不恰当的时间打个错的电话是骚扰。我有些做法缘木求鱼、欲速不达，给你造成了压迫，变相侵犯了你的自由，这我检讨。"

郭洋感动了，既然人家把自己挖掘到这种深度，自己也必须进行一番自我鞭挞："千不该、万不该，我不该赌气离家出走，有问题应该正面沟通，采取不负责任的回避、尤其是一走了之，非但不能解决矛盾，反而使情绪激化、矛盾升级，弄不好伤害感情、破坏和谐，贻害无穷。"

"认识到了？那以后还出走吗？"

"绝不！一条错误的河流，我怎么能踏进去两回呢？"

两人相视而笑，积怨在这个对视间消融。郭洋感慨，这么融洽的气氛久违了！李梅也感慨，这么舒畅的心情不多了。

"我不敢保证能让你天天心情舒畅，但基本舒畅是我未来的努力方向！"

"我不敢保证天天和你融洽，但争取经常融洽是我今后的奋斗目标！"

终于实现了古人所谓的"相敬如宾"，两人都纳闷：今儿怎么这么顺溜？矛盾这么容易就化解了？之前闹那么大动静、打那几场恶战那是干吗呢？

李梅总结道，就是因为今天谁都没带情绪，上来就自我检讨。你敬我一尺，我就敬你一丈。郭洋争功，说一切归功于他基调定得好。李梅不服，道歉要勇气、更要氛围，只有在理性情绪下才能正视自己，只有在宽容氛围下才有勇气否定自己。以后咱俩真得互相提醒：要时刻保持理性，给自己、给对方创造一个良好的沟通氛围，只要沟通好，任何矛盾都是小菜儿。郭洋更有感触，归根结底，夫妻擦火不都因为原则问题，也没什么不可调和的矛盾，就是沟通方式有问题。李梅赞同，没错，理性、理性、还是理性！

郭洋建议补充一条协议，以后在气头上，谁也别由着性子，先把争议搁置一分钟，免得为了争一时长短，你戗我、我戗你陷入恶性循环，等过了气头，再像现在这样，理性沟通。李梅同意，一看要吵赶紧打住，不理性不对话。

最后两人总结出一条：冲动就是魔鬼。

吃饱喝足，走出餐厅，夫妻心照不宣地走向停车场。郭洋为李梅打开车门，让她舒舒服服坐进去。郭洋刚上车，就被李梅一把抱住，连掐带咬，伴随拳击，嘴里胡乱嘟囔着，恨死你了！恨死你了！郭洋连忙提醒她"理性，理性"，李梅偏不理性，谁让你离家出走的？知道这几天我怎么过的吗？以后你再离家出走，我就咬死你、掐死你、挠死你！虽然老婆这会儿非常不理性，不过鉴于她非理性得这么销魂，郭洋也就欣然接受。两人拥吻在一处，干戈化玉帛，涛声依旧了。

双休日，两家人欢聚一堂。许小宁亲自掌勺，备下一桌子许氏私房菜，并举杯号召大伙儿为他和郭洋两只远飞的家雀儿终于回巢干杯。兰心纠正他，应该庆祝俩家雀儿迷途知返、回头是岸。许小宁抬杠，又要为丈夫们取得阶段性胜利干杯。兰心不理他，直接跟李梅碰杯：敬妻子们一杯！要不是我们一贯正确宽容，居然能容忍你们这么胡闹，还不计前嫌接纳你们回家，这是什么样的胸怀？

许小宁没词儿了，让郭洋赶紧续上，郭洋忙着教育李刚，让他学着点儿，结了婚的男性就得像我们哥儿俩这么维权。李梅在一旁拉拢李刚：

"他俩是反面教材，你要想学好，得听老姐的。"

李刚不屑："甭跟我传授你们那点儿经验，我根本不打算往婚姻火坑里跳。"

"你懂什么？婚姻经营好了就是蜜罐儿。"许小宁一副正泡在蜜罐里的神气。

"要是经营不好呢？"李刚较真。"经营不好，顶多也就是个……火坑。"

"不还是火坑吗？""只要烤得舒舒服服的，火坑有什么不好？暖和！"

郭洋连忙举杯："我提议，为暖火坑干一杯！"大家碰杯，嘻嘻哈哈，其乐融融。许小宁突然问兰心把宋圆圆怎么样了？李刚竖耳倾听。兰心说让圆圆和李刚交接工作了，许小宁坚决不答应，我当初跟圆圆承诺过，除非咱俩离婚。再说她一外地女孩在北京生存多不易呀？夹在咱俩中间已经够委屈了，不能再伤她！"

兰心被说得心动，想起李刚说过同样的话，看看李刚也是一副请求的眼神。

"老婆，放圆圆一马，给她个机会好好辅佐你，有她在，我就对你放心，让她走，就是陷我于不仁不义。"许小宁紧追不放。兰心只好找个台阶下："她走不走都关系到咱俩婚姻了？那行，等咱俩离了再开她。"

许小宁和李刚都松了一口气。许小宁乘胜追击，又提出一个大胆建议，趁着今天高兴，把圆圆也叫来，不就前嫌尽释了吗？兰心哼了一鼻子，您倒仁心宽厚，想衬托我做恶人？没门儿！李刚会意，立刻蹿起来，给宋圆圆打电话去了。

宋圆圆接到特赦令，欢天喜地赶过来跟大伙团聚，直至天色晚了，才尽兴而归。李刚陪她走出公寓大门，经过小区花园，周围弥漫着花草树木的香味儿，身边包裹着李刚温热清新的气息，宋圆圆一时有些把持不住自己，若即若离地靠着李刚。来北京这么长时间，还是头一回感到被人关心、被人呵护，她热辣辣地凝视着他，情不自禁："我好像……爱上你了。"

李刚一时措手不及："这事儿……不好随便'好像'吧？"

"那我确认一下。"宋圆圆说着，出其不意地把头靠在李刚肩头，抱住了他。李刚没料到宋圆圆入戏这么快，顿时麻爪儿，扎挲着两手不知放哪儿是好。两人站在阴暗的花园甬道上，突然被一个路人撞个人仰马翻。

对方赶紧道歉："哎哟，对不起对不起，耽误你们交流感情了。"

李刚听到常小小熟悉的声音，下意识要躲，小小费劲地辨认了半天，随即爆发一阵大笑："哈哈，可让我撞着了！李刚，瞧你站的是诉衷肠的地儿吗？"

李刚有嘴说不清，宋圆圆在一边发问了："你们俩认识？"李刚这才想起为俩人介绍，小小恍然大悟，哦，原来宋圆圆就是李刚的顶头上司。

宋圆圆看出李刚和小小很熟，有些不安。李刚连忙解释，小小是个"海带"，刚刚回国待业，他帮她拓展过业务，还帮她逃避过城管执法。小小接话茬儿，说他俩是一个战壕的战友，李刚无业游商被城管查抄，她还帮他收拾过烂摊子。宋圆圆看看这个、又看看那个，努力捕捉两人关系中不寻常的因子。

宋圆圆临走时含情脉脉，想得到李刚对感情的确认，李刚因为太突然，还没缓过神。他目送出租车远去，难为得直挠头。回家路上，小小突然蹦出来拦路，两人又开始斗嘴。小小说，看来你这关系理顺得不错，直接从冤家顺成亲家了。李刚故作得意，那是因为我身上散发着强大的人格魅力，有什么办法？咱就是招人喜欢，烦啊！走到哪儿都是女人的目光焦点。小小说，这回不就好了吗？事业和爱情比翼双飞，Office恋情好处多多，渴了茶杯端到眼前，饿了盒饭送到嘴边，冷了有人披件衣服保暖，二十四小时贴身伺候，再没这么便利的了。

李刚想想，也没那么好吧？上班、下班挤在巴掌大点地方，整天面对面，有点什么毛病都尽收眼底了，个人空间也没了，太窒息。小小笑了，也是啊，你还想有点儿自由、干点儿见不得人的事呢！对吧？李刚让她别往歪了理解，他说的是办公室恋情违反距离产生美的基本原则。小小说，可它符合贴身肉搏亲密无间的相处原则呀！同呼吸、共命运，大事小情里应外合、共同承担，男同事骚扰、女同事献身等一系列办公室难题迎刃而解！李刚想了想：我怎么听怎么觉着被套牢了。我姐夫和许哥的悲惨经历警示我，绝不能找个女克格勃二十四小时监控自己。小小奇怪，哎？你怎么往后退了？你俩多般配呀，共同的漂流历程、未来的远大目标……李刚突然发现小小越说越离谱，谁跟她般配呀？

小小又替李刚展望未来的幸福生活：你俩趁工作之便、边工作边恋爱，水到渠成把婚一结，进了围城再像所有平淡夫妻那样，四平八稳把小日子一过，到时候瓜熟蒂落把下一代一生，你这辈子就齐活了。李刚听着，怎么那么没劲哪？小小又说，虽然很俗套，但是很幸福，祝你早日跳进幸福的深渊！小小嘴上占了便宜，得意地笑着走了，气得李刚对她背影练拳击。

小小刚要进电梯，被李刚揪住，他一脸沮丧地埋怨她出的馊主意，害他现在泥足深陷，你得帮我收拾残局！小小讥笑他，不是你人格魅力强大吗？李刚正色道，宋圆圆歹算上级，得罪不起，你站在女性角度，再帮我策划策划，怎么才能婉转拒绝还不伤害她，以后继续和谐共处？小小想都不用想，只要是拒绝，多婉转都是伤害。女人因爱成恨，什么事都能干出来，到时候够李刚喝好几壶的。李刚失望了，这么说是彻底没辙了？小小坏笑，你干脆就从了呗！

刚进十一月，突如其来一场大雪，把2009年北京的冬天提前了。所有的绿色一夜间枯萎，全城人都没什么思想准备。

老常穿上了陈梦一大早慌忙翻出来的呢大衣，拄着拐杖走出住院部的大门，小小提着生活用品，扶着他。老常眯眼看看漫天雪花："唉！终于熬出来了，一年也过去了。这俩月跟坐班房似的，太难受了。"

陈梦从轿车上下来，迎过来扶他："回家就好了，家里舒服。"

老常一听，满脸严肃："家先放一放，我要马上去4S店！直接去。"

陈梦哄他，医生说你腿还不能过多活动，得回家养着。小小也帮腔，老爸，咱回家养着去，反正店里的事有陈梦顶着。老常躺在病床上想他的店想了两个月，早已想得肝肠寸断，坚决要去4S店，谁也拦不住。陈梦只好妥协。

朱珊珊率领众员工列队在店门口热烈欢迎老板驾临。老常刚下车，迎面就是一阵掌声，不由得意地露出一脸笑纹儿。朱珊珊抢先上前搀扶老常，常总，您可出来了！老常听着"出来"这个词不是味儿，直皱眉头，这话听着怎么那么别扭呢？众人哄堂大笑。

朱珊珊连忙解释：我意思是说大伙都想死您了。老常又是一愣，咱能不说死吗？我刚出来，忌讳。朱珊珊连忙赔笑：我这不是高兴得语无伦次了吗？您请进！老常又挑刺儿：甭让，我不是客人。对对，您是主人，主人请！朱珊珊夸张地一躬到地，老常这才喜笑颜开地进了门。

朱珊珊把老常搀进办公室坐下，埋怨他，您也真是！刚出院，怎么不听大夫的，在家休养一段，等腿彻底好利索了再来？老常四处看看，摸摸，一副久违的亲切：我不放心啊，这么大一摊子……有什么不放心的？您不在这段时间营业额还上升了不少呢。老常敏感，立起眼睛打量朱珊珊，又打量陈梦：

"什么意思？敢情从前是我影响营业额上升了？"

陈梦劝他："老公别抬杠啊，珊珊就是想让你多歇几天。"

"我不歇了，时不我待，得麻利儿回来上班。"老常清清嗓子，"那什么，我明天就恢复上班，陈梦你回家歇着吧。"

此言一出，众人诧异。陈梦不高兴了："怎么你一出来就让我回家啊？我腿又没毛病。""我是心疼你，这事咱俩晚上回家再议、回家再议，啊！"

朱姗姗说，陈梦可是咱店的广告招牌，营业额上升她功不可没。老常的脸立时拉下来了，我就不信我回来营业额会下降！朱姗姗不敢再说话了。陈梦转身走出办公室。小小望着她的背影，调侃地提醒老爸，新一轮暴风雨已经来临。

晚上，陈梦磨磨蹭蹭不上床，坐在梳妆台前做面膜。老常等急了，凑过来讨好她，刚一靠近，陈梦就故意给他一张贴着面膜、毫无表情的大白脸。

老常看出陈梦对他不商量就直接宣布让她回家很不爽，赔笑解释："陈梦啊，你本来就是临时替我看店，现在我伤也好了，你当然应该回家歇歇了。"

"可我喜欢这工作，生活充实，心情也好。"

"在家也可以充实啊，养养花、学学烹饪、做做美容、别太浪费地适当购购物，做点女人爱做的事，蛮好嘛。"

"又是老一套！就想把我圈在家里当宠物养，我是人，有独立意识的女人。"

老常振振有词："女人，要独立意识干吗？事业、家庭哪头轻、哪头重啊？当然是家庭！大自然给你们生儿育女的权利义务，还给了你们灵巧的双手，为什么呀？就是为让女人在家做饭生孩子，侍候男人出去打猎找食儿。人类几千年都这么繁衍过来的，你一人想改变原始格局？难。"

"原始格局不代表现代观念，武则天还当上女皇了呢，怎么解释？"

"历史上不就一个武则天嘛，当上女皇又怎么着？历尽艰辛，最后都不忍心让自己闺女太平公主再当女皇了不是吗？"

"现代社会给了女人凭借聪明才智让自己衣食无忧的机遇，为什么你非让我默默无闻在家主内，埋没我的潜能呢？"

"你在家一样发挥聪明才智，一个家不就是一个男女合作社、共同体吗？你能把这家打理好了，把老公侍候好了，我在外边战斗力增强，那也是为社会做贡献，照样有成就感，是吧？陈梦，咱俩结婚也有段日子了，你就不想生个孩子？要不你安心在家养孩子，这不就有事做了吗？"

"我还没把生孩子列入自己的人生计划。"陈梦对生孩子这事有点抵触。

"那你打算什么时候列入哇？"

"也许干脆排除，也未可知。"

"啊？女人不生孩子可不完整啊！"老常早盘算好了，让陈梦再生个儿子，他的人生就算功德圆满了，没想到陈梦这个态度，他有点吃惊。

"我就反对这句话，怎么不完整了？女人的终极价值就是生育繁殖吗？不生孩子就不完整？生孩子有生孩子的完满，不生孩子可以追求另外一种完满，为什么要用一种价值观统一另外一种价值观？"陈梦振振有辞，反唇相讥。

老常一个劲儿抹冷汗："我怎么娶个女权分子啊？我这岁数再不生就晚了。"

"你有小小，已经完满了，为什么非要再生一个？我不生！"

陈梦争取自由失败，跟小小抱怨，小小帮她分析老爸的心理，认为老常心病有二，一是不愿让老婆抛头露面，太出风头；二是这段时间陈梦干得太出色，他心里肯定不平衡。小小看陈梦在家待不住，启发她搞点小计谋，利用群众基础好、店里员工都喜欢她的优势，在店里发动民主投票，替自己呼吁。投票前还要进行一些必要的拉票活动。如果大伙都支持她留下，老常也不能违抗民意。

陈梦发愁，老常是老板，能同意她这么折腾吗？小小坏笑，这就得发挥你的强项了，闹啊，不同意就假装闹离婚！陈梦动心，频频点头。

老常要上班，陈梦要开车送他，老常小心眼儿作怪不用她，叫司机来接。陈梦揭穿他的心事，你不至于紧张成这样吧？还怕我去了赖着不走？老常妥协，条件是送到店里，立刻返家。陈梦痛快答应，我才不稀罕呆在店里呢，除非全体员工都留我。老常得意一笑，那是不可能滴。陈梦本来对小小的主意并没想动真格儿的，老常这话反激怒了她，心里不由得恨恨，我倒要看看可能不可能？

陈梦扶着老常走进4S店陈列大厅。一个顾客直奔她而来："老板娘，我正找您哪！"陈梦见是熟客，热情招呼："您来啦？跑两趟了吧？看中哪款车啦？"

"我越看越眼花缭乱，要不您再给介绍介绍，帮我拿个主意？"听客户这么说，陈梦笑了，没问题！当即就给客户介绍一款新到的车，铝合金轮毂，前后盘式刹车，金属漆……老常想催陈梦回去，又无从下口，站在一边直运气。

朱珊珊走过来对他大赞陈梦："看她多有吸引力、亲和力、凝聚力呀！客人来了直奔她就去了，介绍起汽车性能特点对答如流，专家级的，您该自豪才是。"

"自豪个屁！还活广告呢，拿老婆当幌子招揽生意，我脸上有什么光？"

"您可狭隘了啊，陈梦不光是个幌子，人家认真学了很多东西，业务相当熟练，对销售技巧和顾客心理也都小有研究。"

老常脸色更难看了，心想，让她成了精还有我什么事儿？不行，必须让她回家！他趁客人不注意，拉着陈梦就往办公室走。陈梦进门就甩开他的手。

老常急赤白脸地责问她，在家里不都说好了吗？怎么不守信啊？陈梦说，你都看见了，我在店里明明能发挥作用，你为什么非让我回家？"我是你老公，我让你回家就回家，走！"老常说着就往外推她，陈梦气极了："我偏不走！你一人让我走不算，得让全店职工大家投票决定我该不该留下。"

"我是老板、我说了算，投什么票？""现在讲民主，你是老板也不能独断专权，再说我都是为了把店做好做大，你要真是个男人就应该拿出男人的风度，听听大伙怎么评价我。"

朱珊珊敲门进来，说他们俩吵得外面都能听见了，劝两人消消气。陈梦揪住朱珊珊给评理，老常住院这么长时间，不都是她在店里顶着吗？她现在绝对有权力要求全体员工公开投票，决定她到底是去还是留。朱珊珊哭笑不得，想了想，投票倒也是个没办法的办法。老常冲朱珊珊发作，怪她怎么也向着陈梦说话？

朱珊珊把陈梦支出去，耐心劝解老常，想让陈梦回家不能硬来，得让她心服口服。既然她提出投票，就答应她，不就走个过场吗？谁会不投您的票呢？对女人不能用行政命令，您得哄她高兴、号召大家一起逗她玩儿。朱珊珊还保证，她那一票肯定投陈梦回家。老常听着有道理，我就不信，全店上下还能反了不成？可转念一想，我凭什么呀？老婆胡闹，我干吗就得惯着她？

交工前，张瑾到工地巡视，所到之处惊喜不断，对工程质量相当满意，高兴得要请郭洋吃饭庆祝，好好敬功臣一杯！离职后的第一个项目就出师大捷，郭洋也挺高兴。张瑾已经答应他，验收合格报告一出来，就付他监理费和工程尾款。

张瑾这次跟郭洋合作特别愉快，不像从前，不是出这事就是出那事儿，成天寝食不安，老觉得工期漫长，过程痛苦，这回工程也不算小，感觉很快就结束了。

郭洋也有同感，很希望张瑾下次有了新项目，两人有机会再合作。张瑾笑着试探他，如果马上就有再合作的机会，你接受吗？郭洋愣住了，这么快？

张瑾告诉他，她一直觉得房地产越来越难做，早就考虑转行了。上回听郭洋讲了家居体验馆的概念，觉得市场前景大有可为，她已经拆借了部分资金，成立了装饰公司，地址已选好，很快就要正式启动。郭洋对张瑾做事低调，已经不声不响开始运作感到意外。张瑾解释，之所以没提前告诉他，就是想最大限度地减轻他的精神负担，她想把前期道路铺平，郭洋一旦来了就可以潜心搞业务，边边角角、杂七杂八的都交给她去打理，张瑾认定郭洋会有兴趣，劝他一起干。

郭洋犹豫了，他还真得好好考虑考虑。张瑾问他还有什么顾虑吗？郭洋想了想，也没什么，人家栽好树、让自己乘凉，给他提供的是已经接近理想、只等他去亲手实现的好机会。可是一想到李梅，他不得不犹豫。张瑾洞察他的矛盾心理，问他是不是担心李梅的态度？郭洋不得不默认。

其实张瑾已经提前预料到了，她能理解李梅，但她更想跟郭洋合作，所以希望郭洋别急着答复，回去好好和李梅沟通一下，实在不行，她也可以亲自向李梅表达诚意，告诉她这个合作的美好前景，希望最终得到她的支持。

15　真正威胁婚姻的是我们心里的欲望

郭洋回家告诉李梅，今天工程验收完毕，资方很满意，等验收报告一出来，就算大功告成。李梅松了口气，这下好了，兼职累得都快五马分尸了，郭洋腾出身来正好帮帮她。

郭洋早就担心她身兼两职受不了，劝她把杨丹那边的事辞了吧。李梅说，要辞也是辞证券公司。郭洋认为证券公司工作本来轻松，辞了也不解决问题。李梅说她要的不是轻松，是价值！杨丹那边报酬高，付出和收入成正比，证券公司倒不累人，可性价比也低。再说郭洋回家了，证券公司那几千块钱够干吗吃的？

郭洋一笑："我凭什么回家呀？告诉你，后面可有活儿续上了。"

"这么快就接上了？"

"我好歹也是一头人才，我想闲客户也不答应啊。"郭洋就把张瑾成立一家装饰公司，请他加盟搞家居体验馆的事说了，还着重强调一点，这事要做成了，他就可以一展抱负、死而无憾了。说完，不无紧张地观察李梅的反应。

李梅敏感地反问："家居体验馆？那不是你的原始创意吗？"

"创意是我的，有人帮着实现还不好？"

李梅泛酸："哟，看来你们俩是真建立起默契了，她都肯为你插上理想的翅膀了。"说着冷下脸来，"你俩这是要奔长期合作去呀？"

"我还没答复，得跟你商量、充分尊重梅子同学的意见啊，你说接不接？"

李梅明白了，郭洋希望她辞了梦想家园的兼职，就是为了让她重新围着老公孩子打转，做他的坚强后盾，让他心无旁骛和张瑾开创事业去。郭洋连忙解释，不愿让她兼职，一是不希望她辛苦，二是不希望两人都忙得脚不沾地，久而久之疏远冷漠，对家对孩子都不好，这和接谁的活儿没有任何关系！她辞哪边，怎么追求自我价值最大化，他无意干涉。

李梅看郭洋的态度还算诚恳，就提议请个保姆，现在咱负担得起这份支出。郭洋倒不反对，不过现在要解决的不是生存层面、不是谁承担家务的问题，而是夫妻二人该把多少心思放回家里？特别是小洋明年要上学了，孩子教育不能一点儿不投入精力。李梅同意他的说法，家庭和自我很难两全，可她不明白的是——为什么理所当然把心思放回家里的是我、而不是你？以前我承认你事业发展得更好，所以我心甘情愿多照顾家，可现在情况有变，我的事业也大有可为，为什么这时候你不能把更多精力放回家里、为孩子教育多操点儿心呢？

"我又不是许小宁，我事业好好的，有什么理由转移重心回家？"

"说穿了，你就是一大男子主义！"

"就算我大男子主义，为什么因为你大女子主义抬头，我就必须让路？"

"现在不是女人牺牲自己成全男人的时代了，一个家里，谁该为谁牺牲？为什么男人只接受女人为他捐驱，却不肯为女人做半点儿牺牲？"

"如果你坚持追求事业，我不予置评、保持沉默，辞哪边你自己决定；但关于我的工作，也请你不要插手，有任何意见、仅供我参考。"

"本质暴露了吧？什么充分尊重我意见？你明知我不愿你和她一起工作，我如果横加阻拦就是我无理取闹，你不就是要制造这效果、让我进退两难吗？"

"随便你怎么理解。"郭洋翻身躺下，扯过被子盖上。李梅也赌气关灯。黑暗中，两人都睁着眼睛想心事。

早晨，头晕脑胀的郭洋醒来，发现李梅也黑着眼圈儿。两人都一夜没睡好。

"梅子，你对咱家现在的房子满意吗？"

"满意，虽然欠着贷款，但负担不算重。"

"你对咱家收入满意？"

"还行，比上不足、比下有余。"

"房车俱备，感情稳定，儿子可爱，这么总结咱俩的生活准确吗？"

"基本准确。"

"那么我不禁要问——我们已经有了这么好的生活，为什么还在不停折腾、拼命挣巴？为什么不能安生好好过日子？"

"因为人有更高的追求，想让生活更好、收入更高。"

"对，没有最好，只有更好，往好听说叫有追求，难听点儿叫贪婪！我问你，是不是经济收入决定生活质量，收入越高生活越好？"

"常理是这样。"

"咱以前经济条件没现在好，但很少吵架，现在条件好了、收入高了，反而经常吵，你能说咱们现在就比过去穷日子幸福吗？"

李梅沉默了。

"你收入比从前高了，没兰心高吧？有一天你超过兰心，还有杨丹呢，你是不是还不满足、想奔她看齐呢？"

"我没想那么高。"

"你现在没想，等上了一个台阶就想再上一个，这是人的本性。当我们一个台阶、一个台阶登上去的时候，放在家里的精力会越来越少，最后物质丰富、感情淡漠。咱们老说要保卫婚姻，其实没人威胁我们，真正威胁婚姻的是我们心里的欲望！这就是我想了一夜的东西。"郭洋说完，轻松地下床走了。

李梅抱着腿沉思。郭洋说得没错，自己是不是有点儿偏离生活的轨道了？可这并不是自己的初衷啊！对了，问题不在这儿，问题还是在郭洋和张瑾身上！

陈梦采取冷战方式把老常晾了一夜，他就受不了了，只好答应陈梦民主投票决定去留，老常自信4S店什么时候都是自己的天下，陈梦掀不起什么大浪。

老常一进店门就叫来朱珊珊："形势所迫，看来投票是不可避免了，这事儿你就给张罗一下。"朱珊珊不明白怎么张罗？张罗什么？老常面授机宜，让她认清形势，千万不要在关系4S店未来命运的重大关头犯糊涂、站错队，这么多年待她不薄，要懂得感恩。朱珊珊明白老常的意思，立刻表态，肯定站在老板这队。

"光你一人明白不行，你得把我这意思领会了还得贯彻下去，关键在贯彻！懂了？"朱珊珊终于开窍："哦，是想让我帮您拉票吧？让大家都投陈梦回家？"

老常颔首。朱珊珊为难："这算不算作弊呀？""台湾大选还作弊呢，我在自己店里做点小手脚无伤大雅""那行，那我就……帮您拉票？"

老常这边跟朱珊珊密谋呢，陈梦那边早就实施了，她几句话就拉拢了两个教她汽车常识的小师傅："刘儿、杨儿，我打理4S店这俩月怎么样？"

"好，销量好、气氛好、福利更好，反正什么都好。"

"就是，连心情也比常总在的时候好，男女搭配干活儿不累。"

"你们舍得我回家吗？"陈梦此言一出，俩人断然摇头。

"我也舍不得离开你们呀，你们得支持我留店。"

刘儿、杨儿一起点头："我们支持！"

陈梦授意："光你们俩支持还不行，店里这么多人呢，人多嘴杂，保不齐就有反对我留下的呢。你们得帮我把店员们都发动起来，帮我争取到这个工作权利。就算我欠你们一个人情，回头我留下了，再好好补偿你们！"

"没问题！我们肯定站在你这边。"

午餐时间，全体店员被召集到陈列大厅，列队站成几排。

朱珊珊拍拍手："请大家安静，现在要开一个重要会议！议程只有一个，大家都知道常总发生意外休息了一段时间，陈梦过来打理生意，不但和大家培养出了感情，也对咱店发展发挥了至关重要的作用，现在常总出院，爱惜太太不想让她受累，可店里是否还需要陈梦继续发挥余热？这个决定权交给大伙儿。现在采取无记名投票方式，选择陈梦走还是留？两个答案只能选择一个，多选无效。"

老常一副稳操胜券的神气看着店员投票。小小走进来，跟陈梦交头接耳，说怕她老爸承受不了失败打击。陈梦一想也是啊，连忙提议，不要当众唱票、计票。

老常一听乐了，以为陈梦怕自己票少下不来台："行，投票结束后由朱珊珊计票，我和陈梦监票，小小也可以在场。"

朱珊珊在写字板上画正字。画了半天，"走"下面只有一横，"留"下面正字越来越多，老常的脸也越拉越长，终于坐不住了，跳起来抗议："这票肯定有问题！"他抢过朱姗姗手里的剩余票一看，跌坐在老板椅上，呻吟不断，气喘吁吁："哎哟，哎呀我血压上去了，心脏也不行了。"

陈梦、小小连忙围着他拍拍，揉揉，忙成一团。朱珊珊识趣地问老常，跟大伙怎么说，就说"结果择日公布？"老常有气无力地点头。

蒙受重大打击，老常身体不适，陈梦连忙把他送回了家。躺在床上还愤懑不平："早知道这样就记名投票了，倒要瞪大眼睛，看看都谁背叛了我？"

"那还用看？走那一票肯定是朱珊珊的，剩下的全投我留下，这就是人心所向。"陈梦得意地笑个不停。

"世风日下、人心不古，一点儿小恩小惠就被收买了！"

"老公，你别对结果那么上心，所谓民主投票，谁也没把它当真，我不过就想借此争取一个工作权利，并不是号召大伙背叛你。我是真闲不住，只要工作就特别充实。这些日子在店里，我不但找到自己的位置，还感觉到自己有价值。以后你当你的老板，我当我的老板娘，咱俩怎么就不能夫唱妇随呢？"

"哼，女人抢班夺权，都是从夫唱妇随开始的。"

"放心，我就是想积累点生意经，4S店不是我的终点，我早晚要去开创自己的事业，真的，保证不跟你争地盘儿。"

李梅照常去杨丹那儿兼职，却显得心事重重。杨丹看出她又跟郭洋争论老话题了，而且还被他动摇了意志。李梅承认，我是有点儿动摇，你说，如果我们家真变成物质丰富、感情冷漠的家庭，奋斗又有什么意义？杨丹说不能这么想，家庭幸福固然重要，但和事业发展没有根本矛盾。无论男人、女人，自我价值都不该只体现在家庭，女人除了妻子、母亲，还有公共身份，要为推动社会发展出力，同时实现作为社会人的自我价值。李梅苦笑，我要是当家庭妇女，难道还阻碍社会发展了？杨丹说你多虑了，社会离了你照样发展，但你甘心为家庭丧失社会价值，慢慢被淘汰吗？

"怎么都说得这么极端？我不是失去家庭，就是被社会淘汰？"

"极端只是一种最坏的可能，郭洋说的是一头，我说的是另一头。其实只要努力调整，哪头都可以避免，关键你要尊重自己的内心意愿，你意愿是什么？"

"辞了证券公司，来你这拓展事业，同时兼顾家庭。"

"那就这么办吧！谁说你来我这里就一定影响家庭？只要凝聚力足够，再忙也不耽误顾家，你是不是对自己的家庭凝聚力没有信心啊？"

李梅说，有，也没有，什么事都不是一成不变的，婚姻更是这样，何况现在外面诱惑太多。杨丹听出杂音来了，你们家出什么状况了？李梅说，跟郭洋合作的女客户要开装饰公司，请他过去一起干。我要是拦着，就成了阻碍他事业发展，我要不拦，心里又放不下，两头为难。

杨丹琢磨出一个对策：梦想家园这么多租户，都得装修门面，咱也成立个装饰公司，让郭洋负责，既能增加收入，又促成你和老公比翼双飞、朝夕相处，这不是两全其美吗？李梅两眼放光，没想到杨丹肯投这么大本钱成全她。杨丹说，成全你我也没什么损失。你告诉郭洋，咱这风水宝地五年内不缺生意，租户一茬一茬地换，装饰公司绝对是可持续发展。

李梅感谢杨丹，这办法堪称完美，她回去就跟郭洋提。杨丹紧逼着问，我帮你解决了心腹大患，你什么时候过来报效我？李梅说，跟郭洋一商量好，就去证券公司辞职。杨丹乐了：那好！我就等你们两口子一起过来报到了。

午餐时间，李刚在公司突然接到一个电话，多年前的生意伙伴老钱听说他在兰心皮具公司，要找他一块儿做生意。两人在饭店见面，老钱说他现在给北京一家皮具厂做营销，那家厂生产、经营状况不错，占有一定市场份额。他们的刘厂长因为家庭原因，打算卖厂出国定居。前一阵听说兰总有个收购计划，加上兰心皮具实力雄厚、口碑上佳，特别希望把厂卖给兰心，也不枉半生心血。刘厂长听说老钱认识李刚，就委托他来接洽，两边牵头、促成谈判，事成后少不了好处。

李刚把兰总在老公抵制下已经打消念头、取消收购、回归家庭的情况说了。老钱掩饰不住失望：是吗？这么快改主意了？哎哟，本来是一件双赢的事，要不……你再给侧面打听打听？万一她没死心呢？

李刚跟宋圆圆提起这事儿，宋圆圆埋怨他只知其一、不知其二，兰总已经给她密令，收购工作转入地下，继续进行，最近没进展是因为一直没找到合适目标。宋圆圆果断带上李刚去见兰心。兰心一听，知道那家厂，认为靠谱，既然李刚还有朋友从中介绍，那就更保险了。她让圆圆立刻跟他们接洽，但有一个条件，她要亲自实地考察。兰心重申："一切秘密进行，只有咱们仨参与收购谈判，许小宁要是知道了，我就拿你们俩是问！"

地铁站台上人流涌动。李刚独自蹲在站台的角落等车。一双高跟鞋出现在视野里，李刚一仰头，看见了宋圆圆。自从那天晚上被小小撞见，李刚下班后就跑得比兔子还快，宋圆圆总想跟他做个伴儿，可是一下班人就没影儿了。而且除了工作，李刚跟她好像也没什么话可说。

宋圆圆盯住李刚的眼睛，你是不是躲我呢？李刚只好坦白，有点儿。是因为我上次跟你说了那些话，你有心理负担？说不上负担，就是有点儿别扭。我喜欢你的坦诚。你比我坦诚。你不喜欢？没有。那你……喜欢我？好像……也没有。喜欢别的女孩儿了？目前还没有。没有就好办了！什么好办了？我对你好就碍不着谁了呗！你还是别对我好了，我无以为报。我没让你报啊！李刚哑了。

宋圆圆笑得特别真诚："因为你，这段时间我觉得上班成了特美好的事儿，做任何事我都有了盼头和惦记。我就想对你好，反正你还没有喜欢的人，我对你好，也不妨碍你什么；假如有一天妨碍了你就告诉我，我立刻打住。在此之前，你就借给我惦记惦记，不用觉得受之有愧，被爱的感觉很幸福，要不你试试？"

宋圆圆说完，一脸满足地笑着，转身进了地铁车厢。李刚望着她的潇洒背影，哑然失笑，觉得这女孩儿有时候挺可爱的。

郭洋在书房上网，李梅过来坐下，看着他抿嘴儿笑："有个好消息告诉你，杨丹要开装饰公司，正式委托我请你负责运作，只要你点头，马上工商注册。"

郭洋歪着脑袋琢磨着："挺好一事儿，怎么闻着不对味儿呢？"

"怎么不对了？"

"你姐们儿够仗义的，为帮你看住我，搞这么大手笔。"郭洋讥讽道。

"说话不中听！什么叫看住你呀？咱俩一块儿工作你觉得不好吗？"

"太不好了！距离产生美懂吗？夫妻两本来就白天那点儿距离，还给弄没了。职场复杂，二十四小时摞一块儿，回头再把感情和工作搅成一锅粥，原则没了，规矩破了，白天工作上拌嘴，晚上回家接着吵，你觉着那样有劲吗？"

"你怎么知道一定是那种局面？咱试试，没准有惊喜呢。"

"万一只惊不喜呢，到时候想退回来都难了。我不试！"

"你就为不确定的担心拒绝这么好的事儿？"

"为多好的事儿给我上枷板，我也不干！"

"你干脆明说，就是不想来杨丹这边，想去张瑾那边，老婆不能合作，红颜知己好合作，对吧？"李梅的话越说越刻薄。

"这话已经不理性了啊，李梅，你猜忌的毛病又要冒头，根据协议，咱俩现在必须立即停战、各自冷静，我去洗个澡。"郭洋说完起身进了卧室。李梅深呼吸、吐长气，努力想平静下来。

这一夜两人各自上床，互不理睬，一夜无话。

北京下了一场五十年罕见的暴雪，一夜到天亮还没有停的意思。气温骤降，街上的行人缩着脖子在厚厚的积雪中蹒跚赶路。许小宁在停车场清扫汽车，见郭洋走来，热情招呼："起得够早的呀！天太冷，活动活动，帮我清清雪。"

郭洋一言不发，上去就扫。许小宁看出他这不是扫雪，是发泄，问他又怎么了？郭洋嘟囔，李梅周期性发作，居然插手干预他的工作。许小宁猜出是因为郭洋和那单身离异女客户的工作，冷笑一声："哼哼，我要是李梅，我也干预！"

郭洋横他一眼："她还撺掇杨丹成立装饰公司，美其名曰让我负责，其实是想让我在她眼皮子底下打转。"

"被动防守不如主动出击，高明！"许小宁对李梅这一手赞不绝口。

"滚你的！怎么老站在女的那边儿啊？"

"我不是中性吗？男女我都能理解。要我说呀，你哪边都不能去。"

"那我该怎么着？"

"回家待着呗。"

"呸！你就想把我变成你，做你的春秋大梦去吧。"

"不信？目前你只有回家一条路能避免和李梅关系恶化，不然你就等着战争升级吧。"

郭洋恼怒地一把推开他："去你的乌鸦嘴！"自顾自走了。

郭洋一整天心情不爽，晚上李梅回来也懒得搭理她，躲在书房上网。李梅端来一杯热茶放在他面前，单刀直入，说经过一天冷却，双方都已经心平气和，要就郭洋事业何去何从进行一次理性讨论，力求得出一个双方都能接受的答案。郭洋手脚一齐举起来赞成。

李梅问郭洋有没有认真考虑杨丹的提议？郭洋说考虑的结论是，虽然为杨丹打工机会不错，但鉴于该提议动机不纯，为维护性别尊严、捍卫人格完整，他坚决抑制！李梅一听急了："杨丹的方案于公于私都堪称双赢，你出于狭隘心胸非要拒绝我也没办法，但我明确反对你放弃这个机会、去给张瑾打工。"

郭洋赌气："为体现夫妻互相尊重的原则，我可以屈从老婆的意志、回绝张瑾；但请你也充分尊重一下老公，劝杨丹省了吧。她们俩我谁也不伺候，行了吧？满世界就剩这俩女的了？没她们我还就活不下去了？"

"我必须说，杨丹的机会是天上掉馅饼，你轻率拒绝极不理智。"

"别劝我以牺牲自我为代价，换取你所谓的理智！"

"你要自我就非得躲着我？我在身边、你就没自我了？那我真怀疑你要自由干吗？你有什么见不得我的呀？"

"打住！再说下去，你又要坠入非理性的深渊了。"郭洋制止道。

俩人都沉默了。过了一会儿，李梅看看表，一分钟过了。问郭洋两边都不接受，接下来想干吗？郭洋说，他要满世界找工作去，躲开你们这帮女人！他越说越气："大不了走投无路，我回家待着，行吗？"

说者无意，听者有心，李梅觉得这倒是个不错的兆头，只要他老老实实在家呆一年，什么问题都解决了。郭洋就像看穿了她："你不就希望老公一刻不离眼前，想让我像许小宁那样成天围你转，好让你出去打天下、体现自我价值嘛，我成全你好不好？我估计要是可能，你还希望把我当首饰拴在裤带上、挂在脖子上才踏实，对吧？"

"我无权剥夺你闯荡天下的自由，但非常欢迎你献身于家庭这项比任何事业都伟大的千秋大业，发言完毕，我去洗个澡。"李梅扔下气鼓鼓的郭洋，走了。

李梅第二天去见杨丹，说她已经决定从证券公司辞职，正式跳槽。杨丹喜出望外，就等这天呢。她问李梅，开装饰公司的提议郭洋接招儿了吗？李梅摇头。得知郭洋不但不接招儿，还赌气说宁可回家待着，杨丹恍然大悟："哦，明白了，敢情你辞职来我这，是为了让他在家待得更瓷实吧？"李梅默认了。

郭洋去公司见张瑾。张瑾告诉他，装修工程的质检报告出来了，检收完全合格，财会部马上会把郭洋的监理费和工程尾款一起结清。她问郭洋，家居馆的事考虑得怎么样了？郭洋谎称和别人有约在先，忍痛回绝了她的邀请，对辜负了她的一番好意表示抱歉。张瑾掩饰不住失望，她猜到李梅肯定不同意，但没想到郭洋会完全受制于老婆，放弃大好的事业机遇！她不禁慨叹："男女一起想做点事，怎么就迈不过世俗眼里那道坎儿呢？我现在真想把自己变成一男的。"

"你可别因为这个变了性，我就更无以回报了。"郭洋试图调节气氛。张瑾笑了，说她可不想当老爷们儿。不过能理解李梅，女人要是都像她这样仔细在意，奋不顾身，就不会有那么多失败的婚姻了。郭洋对张瑾总是善解人意、替人着想很是感激，也许这就是和她相处感到愉快的原因吧？现在没有几个女人愿意和男人平等交流、互相体谅了，他由衷地道了一声"谢谢你！"

张瑾问他，她能继续运作家居馆吗？郭洋说既然自己没有机会实现这个梦想了，张瑾就是把它变成现实的最好人选。张瑾伸出手来，希望以后换一种精神方式跟郭洋合作。郭洋握住了她，两人视线相遇，情感交融，心情都有些复杂。

当晚，夫妻两人互不理睬，各自上床。憋了半天，郭洋突然开口，我今天把张瑾回了，你赢了，把心放肚里吧。李梅假装闭目养神，心中却是一阵狂喜。郭洋不用看就洞穿了她，你别忍着了，欢呼雀跃吧，我能接受。李梅翻身抱住他，达到目的的喜悦、自知理亏的内疚，百感交集，什么也不说，只是紧紧抱着。郭洋想继续调侃，张张嘴，委屈无奈突然漫上心头，于是也什么都没说，只是长叹一声。这一刻，两人貌似恢复了和谐，却都在心里留下了芥蒂。

兰心通过李刚和老钱找到了新的收购对象，做大做强的美好前景更加清晰，不由得又亢奋起来，迫不及待跑去考察那家待售的皮具厂。

皮具厂刘厂长和老钱陪同兰心一行人边走边看。刘厂长介绍说，生产设备都是05年更新过的，现在磨合得刚刚好。有二十几名技术骨干，一致希望加盟兰心皮具这种有发展前景的大公司。原有的人员、设备足以保证并购以后的生产延续性，便于多快好省地整合资源，不用费多大事儿。

兰心听得心花怒放，却不动声色，仔细察看，飞快盘算。刘厂长问她还满意？

兰心避实就虚："直观感受只是初步意见，最终决定还要综合评估。"

刘厂长态度诚恳："当然当然，决策须谨慎嘛。我想法很简单，毕竟这里倾注了我半生心血，就想把它交到一个值得托付的人手里，您就是有这种实力的人。唉，要不是打定主意跟随老婆孩子定居国外，我还真舍不得卖了它！"

兰心被他一番动情的话语打动，更加吃了定心丸。

回来的路上，兰心命宋圆圆和李刚先跟老钱私下接触一下，摸摸他们的底牌，掌握主动权之后，再讨价还价。也就是说，事情进入了实质性操作阶段。

兰心怀揣着收藏家"拣漏儿"一般的喜出望外回到家，厨房里已经飘出了许氏私房菜的香味儿。许小宁托着一碟热气腾腾的炒菜碎步出来，兰心正牵着乐乐在跳华尔兹，母女俩哼着《蓝色多瑙河》转圈子，笑得像两朵花儿。

"哟！兰心，看来你今天心情不是小好、是大好，有什么好事儿？"

兰心牵着乐乐扭到餐桌边，划着舞步落座，摇头："没有。"

"不可能，我的财迷老婆所有的喜怒哀乐都与赚钱有关，让我回忆回忆啊，上回这么高兴是因为拿到了非洲大订单，上上回以及上上上回这么高兴，都是因为赚到了钱，说吧，这回又赚着什么钱了？"

兰心否认："没有！经济危机，今天一分钱没赚着。"说着笑出了声儿。

许小宁有点儿晕："不赚钱还能这么高兴？那你花钱了！""花钱我乐个什么劲儿呀？我今天高兴不为钱。""那为什么？""因为我幸福啊！你、我、乐乐、咱们一家三口，健康、平安、快乐，多幸福啊，难道你不觉得吗？""那倒是。可这……不像你呀？什么时候你提升到我这层次、悟到人生真谛了？"许小宁满腹疑团地打量着老婆，想看透她。兰心把脸埋进饭碗，遮挡着一脸得意。

许小宁收拾停当，兰心敷着面膜，贴着眼膜，仰在床上，还在膜下快乐哼唱。他蹑手蹑脚进了门，深入研究、凝神端详着老婆，恨不能看透她五脏六腑。

兰心察觉："小宁，你在我边上干吗呢？"

"研究你。"

"你研究我什么呀？"

"我太了解你了，就像饲养员了解动物，你一翘尾巴，我就知道你要拉什么屎，我看出来了！"

"看出什么来了？"

许小宁一把掀开兰心的面膜、眼膜："说！你又蠢蠢欲动了？"

兰心故意装糊涂："我躺着没动啊。"

"我说的是野心！你又暗渡陈仓、准备收购了？"

"哎呦，你不说我都快把这事儿给忘了。"

许小宁不信："你能忘了？兰心，经济危机了，全球衰退，谁都跑不了，大家纷纷倒闭、减产、裁员以求自保，你可千万别这时候逆潮流而动，贪心不足蛇吞象，遍地都是血泪教训。我得给你上堂经济课，你知道这次全球经济危机最初是怎么引起的吗？"

"美国次贷危机。"

"次贷危机又是如何引起的？"

"刺激性贷款泛滥，鼓励过度消费。"

许小宁点头："归根结底，是欲望，就因为人心里无休无止的欲望不停膨胀、膨胀，结果把全球搞危机了。反思一下你的野心，及时惊醒、悬崖勒马吧。"

"我没欲望了、不收购了。真的！我绝症疑云、你也离家出走过了，我还学不会淡定一点儿？钱多少算多？人比钱重要。"兰心说得像真的。她一反常态，躺在许小宁腿上撒娇："老公，我早想通了，正逐步把生活重心转移回家庭，公司事务也准备一点一点移交给圆圆、李刚，今后我生活的主旋律不再是事业，而是家庭，我打算从现在，不，就从明天做起！"

许小宁半信半疑，兰心又说，就让事实来验证吧！许小宁这下没词儿了。

李梅把《辞职申请书》郑重地放在证券公司老总的办公桌上。同一天，她在梦想家园的正式聘用合同上签下了自己的名字。单位同事都钦佩她的胆魄，也为她的前景捏着一把汗。

杨丹把一叠文件一字排开，逐一说明，她为李梅买了一份平安保险公司的重疾险和一份人身意外险，保证能够应付任何突发状况；奉送一张高级健身会所的健身年卡，还有专业美容院的美容卡。她想让李梅感受到一点：她这里比国营机构、政府公务员还有保障，还有安全感。

杨丹带李梅走进宽敞明亮、设施齐全的办公室，李梅在椅子上坐下，露出满意的笑容。杨丹又拿出车钥匙交给她："公司已经为你准备了代步工具，郭洋的车还给他，咱自己有车了。怎么样？有点儿翻身当家做主人的感觉吧？"

李梅兴奋得就一个字："爽！"

杨丹说，不久的将来你就能体会到，靠自己，我们想要什么、就能有什么，只有经济上实现独立，女人才能真正获得强势。李梅听着杨丹的话，踌躇满志、意气风发，觉得自己从里到外焕然一新。

开着崭新的本田车，疾驰在长安大街上，李梅真想痛痛快快喊一嗓子。她想像着郭洋见到她现在这个样子会是什么表情，不由得乐出了声儿。

郭洋在幼儿园接了小洋往家走，一辆新车一直不远不近地尾随着他们爷儿俩。郭洋直纳闷儿，谁呀？这是？郭洋和小洋走到僻静街道，那辆尾随的车干脆拦住了爷儿俩的去路。车玻璃一落，自己老婆的脸露出来。郭洋有点儿发憷：

"你这车是谁的？"

李梅得意："我的！"

郭洋围着车打转："你的？你怎么坑蒙拐骗来的？"

"我靠自己本事挣来的！

小洋惊喜地欢呼："妈妈有新车啦！"

李梅潇洒地一摆手："儿子上车，晚上咱一家三口吃大餐去，我买单！"

三口人面对一桌子盛宴。小洋高兴得像过年，郭洋问李梅，打算吃完了这顿就不过了？李梅一笑，这点儿小意思，只要喜欢，以后咱经常这么吃。

她故意清了清嗓子："庄严宣告，本人已经从证券公司辞职了，正式跳槽梦想家园，汽车、保险、健身、美容全部由公司免费提供，月薪两万！"

小洋欢呼："噢，妈妈发财了！"郭洋听得目瞪口呆。他强忍着内心的不满，吃完了这餐饭。回到家，刚走出电梯，就把小洋支到许家去跟乐乐玩儿。两口子关上家门，郭洋就兴师问罪，为什么事先不商量就辞职？李梅反问，你不是表示尊重我的选择，不干涉我的决定吗？所以我认为以你通情达理的胸怀，不会对我辞职有异议。郭洋恼怒地制止她：别给我戴高帽！你不觉得这是对我的感情绑架吗？你可以有自己的选择和决定，我也可以尊重并且接受你的选择，但不是像现在这样"被接受"！李梅问，我要事先跟你说，你能痛快答应吗？郭洋明白了，所以你就先斩后奏，处心积虑堵我嘴，拴我腿，让我不得不接受既定事实？

"没错儿，这么做是有点不符合操作程序，但这是最有效率的方法。"

郭洋气结："李梅，你现在主意真够硬的，我因为尊重你回绝了张瑾的邀请，你倒好……我真不知道该说你什么。"

"老公，你能为我放弃张瑾的邀请我特别感动，你能支持我在事业上的选择我更加感动。我也知道，只要你愿意，不愁外面没活儿干，但现在我事业发展前景相当好，待遇也很优厚，对我来说是难得的机会。你就成全我一次行吗？"

郭洋警觉："你想让我怎么成全你啊？不会是想让我在家给你当后勤吧？"

李梅一笑："正是！咱当初说过，只要一方能挣到两人的钱，另外一方就全心照顾家务和小洋。我想好了，时间不用太长，就委屈你当一年后勤部长，等明年小洋上学了，就送他去上寄宿学校，既可以从小培养独立性和集体意识，又可以减少咱们的后顾之忧，到时候咱俩都能放手发展事业了，你说呢？"

郭洋冷笑："我还说什么呀？你现在段位够高的，我退一步，你进一步，就把我挤兑得没路可走了，行，我成全你，从明天起就如你所愿自己变成家庭煮夫！"郭洋说罢，有点抑制不住气愤，"自由已经被剥夺了，我好歹也得表达一下情绪吧？"说着，随手抓起一只精致的花瓶，高高举起就要摔。

李梅大叫："郭洋！这是我最喜欢的东西，你要敢摔，问题性质可就变了！"

郭洋一言不发，放下，拿起一只便宜的储物罐，狠狠摔在地上，发出一阵刺耳的碎裂声。郭洋拍了拍手，昂首挺胸，摔门离去。李梅默默地打扫战场，收拾一地碎片，眼泪不禁夺眶而出。

李刚的卧室门"吱呕"一声开了，李梅赶紧抹眼泪。原来李刚今儿回来早，在屋里睡觉，被吵醒了也没敢出来。

李刚拿了件衣服，陪姐姐出门到小区花园散心："姐，这事儿我得批评你，你现在是不是有点儿过了？我姐夫之前的担心是有道理的，有一回他跟我说，你的温柔就是回光返照，真没说错，你现在太强势了，这么大事不跟家里商量自己就定砣了，忒自我了！姐夫够克制了，要摔还给你挑一便宜的摔，多有大局观念啊！"李刚说得没错，李梅只有苦笑。

"男人都有自尊心，在外头为自尊都敢跟人玩儿命，姐夫不就为自尊才辞职的吗？现在倒好，老婆不管不顾、自作主张，完全不考虑他的感受，你说他心里能痛快吗？"

"我确实耍了一点小阴谋，想逼他回家，也确实想出去寻找自己的社会地位和人生价值。可你根本不理解我这么做的原因……"

"我是不理解，你们女的怎么老爱使点阴谋诡计啊？"

"你不是女人，当然不知道女人的难处。现在有多少女人为感情为家庭把自己整个奉献了，到头来自我也没了、老公感情也转移了，不知有多悲哀。你姐夫前一阵因为那个女客户没少跟我打埋伏，虽然原因都能理解，也已经说开了，可我心里这根弦绷紧了，有些事必须提早防范，否则到时候什么都晚了。我宁肯这时候使点手腕把隐患给除了，也不愿意等到落水那一天再临时抓救命稻草。为了小洋我也得誓死捍卫这个家……"

李刚听得目瞪口呆，有这么可怕吗？李梅说你没结婚，对婚姻的复杂性没有发言权，打江山易，守江山难。李刚叹气，真不明白，婚姻这么复杂、恐怖，为什么还都急着找对象冲进围城啊？我呀，干脆加入不婚一族得了！

16　花木兰替父从军是个杯具

郭洋走进厨房，一眼看见李梅正做早餐，没好气地上前抢过她手里的活儿：今天煮夫上岗，你别越俎代庖！李梅一见他那找茬儿的架势，连忙笑着闪了。

吃饭的时候，小洋嫌面包糊了。李梅为了不再招惹郭洋，连忙给儿子递眼色：糊的好消化，吃了养胃，儿子乖，快吃完了好去幼儿园……郭洋又没好气地制止李梅催儿子，送小洋上幼儿园是我的事儿，不用你管！

李梅被抢白得一愣一愣的。李刚怕两人再吵，极力圆场、连忙溜缝儿，姐，听说你有好车了？让咱也体验一下、蹭个车呗？李梅连忙做鬼脸制止他说下去。

姐弟俩匆匆吃完，连忙撤退。李刚一出家门就夸郭洋，姐夫虽然带点儿情绪，可人家毕竟正式上岗了，男人就是男人，有风度，不小器！李梅忧心忡忡，她知道郭洋心里憋着雷呢，不定什么时候还得炸。

兰心在厨房手忙脚乱，顾此失彼，面包从土司炉里一跃而出，炉子上煎着的鸡蛋滋滋冒着烟。许小宁被烟味儿呛醒，冲进来帮她拣面包片儿。兰心又支使他给鸡蛋翻个面儿。许小宁一边对付炉子上的鸡蛋、一边纳闷，太阳打西边出来了？你这是要干吗呀？

兰心说她转移生活重心，改变从现在开始，先让爷儿俩吃顿她做的早点。许小宁收拾着残局，感叹一声，你华丽转身，我厨房乱套。兰心脾气特别好，求老公给点儿时间，让我慢慢来嘛！许小宁意外得直打嗝：呃？

乐乐看看妈妈做的早点，不知从何下口。兰心又对女儿道歉，容妈妈以后慢慢改进嘛！许小宁夸张地感慨唏嘘，唉！做梦也想不到这辈子我还能吃上你做的早点，不会是在做梦吧？乐乐，快把这顿幸福的早点吃完，咱们该出发了。

兰心也要一起送乐乐去幼儿园，乐乐惊喜欢呼。许小宁歪着脑袋直晕菜——不对，我肯定做美梦呢。乐乐，快掐爸爸一下，看会不会疼醒？兰心伸手狠狠掐了他一把，许小宁一声惨叫。

宋圆圆一脸困惑地听兰心说完她的计划，以后大部分精力转移到家庭，公司的主要工作都放手交给她和李刚打理，有点不相信自己的耳朵。

其实这是兰心给许小宁布下的迷魂阵，跟他斗勇太累，这回她要斗智，用回归家庭的假象牵制他的注意力，让他放松警惕，暗中由宋圆圆和李刚一步一步地执行她的指令，保证收购计划顺利完成。

"以后我要尽量晚来早走，我在家的时候，尽量少给我打电话说收购的事儿，以免引起怀疑。圆圆，你对收购的具体程序比较清楚，就由你全权代表我跟对方洽谈。记住，这次可要吸取上次的教训了。"宋圆圆让兰心放心，这回许哥的电话她都不带接的。

兰心让宋圆圆先走，留下了李刚。她估计许小宁一定会故伎重演，在她身边安插卧底，但宋圆圆已经长记性了，所以他这次肯定会对薄弱环节下手。以她对许小宁的了解，他很快就会找到李刚为他通风报信，透露收购信息。兰心给李刚灌了一通蜜，一来跟他姐是闺蜜，有责任培养他，二来发现他的确很有潜力，将来肯定能成大器……之类的。兰心刚把李刚收服，许小宁的电话果然打来，约李刚中午见面，还嘱咐他别告诉兰总，这是男人之间的秘密。

许小宁见到李刚，先问他："你是跟我关系近，还是和兰心关系近？"

"一个是我姐闺蜜，一个是我姐夫铁瓷，还真不好分远近。"

"那至少咱俩都是男的，算是更近一层吧？"

"那她还给我发薪水呢。"李刚欲擒故纵。

许小宁毫不含糊："必要的话，我也可以给你发奖金啊。"

李刚一听乐了："行！许哥有事儿直说！"

"想请你做我的卧底。"

李刚故作迷惑："卧底？不会是上回你派给宋圆圆的差事吧？"

"聪明！兰心有魄力没远见，只管低头拉车，不顾抬头看路，这样下去是很危险的。所以我一定要保持信息畅通，以便随时出手阻拦收购计划。以前有宋圆圆给我通风报信，可她现在是惊弓之鸟，没有利用价值了，所以我希望你能接过这个重任，助我一臂之力。"

李刚故作沉思状："许哥，这可是考验我对企业的忠诚度啊。"

"我也是为企业的平稳发展着想，你帮我就是对企业忠诚啊。"

"你要这么说我就踏实了，行，我答应。再说，既然你们两口子都是为公司着想，就算现在有分歧，早晚也会殊途同归的，我帮你应该不算变节。"

许小宁让李刚密切关注公司计划，一旦发现和收购有关的信息马上报告，信息越准确可靠就越值钱。李刚满口答应。许小宁又问，目前公司有收购动向吗？李刚说，兰总早上刚交代过，以后她要把更多精力放回家庭，让我们多承担工作重任。许小宁疑惑了，难不成她这回真要回归了？

李刚回去，汇报了跟许小宁见面的情况。兰心乐不可支："太好了！你就这么继续跟他周旋，千万不要引起怀疑。"

李刚得意地跟宋圆圆吹嘘他现在相当受欢迎，圆圆担心他两边都应着，怎么对付啊？李刚得意地说，这就叫"无间道"，反正他们两口子也没什么大是大非问题，甭管谁赢谁输，都不能把我怎么着，先享受一下香饽饽的待遇再说。宋圆圆含情脉脉地看着李刚，夸他遇事不慌、特有定力、让人很有安全感，她简直要顶礼膜拜了。李刚最怕宋圆圆来这套，连忙打岔。

陈梦忙着接待客户。老常拄着拐站在不远处失落地看着她。一个老客户不识相地过来招呼老常，跟他大夸陈梦年轻漂亮，聪明能干，劝老常赶紧回家踏实歇着，惹得他更加不爽，悻悻走回办公室，坐那儿长吁短叹。

朱珊珊来送茶，关切地问他又怎么了？老常愤愤，此山是我开，此树是我栽，想不到4S店这片领土，现在就这么……就这么沦陷了！朱珊珊问，怎么沦陷了？您不是还在这儿坐得稳如泰山呢吗？老常说，被陈梦在精神上占领了。朱珊珊觉得这比喻倒挺贴切，陈梦现在的确是店里的主心骨儿，不光客人都爱找她，连员工有个大事小情也都爱跟她说。挺好的。老常鼻子一歪，好什么好？老虎被冷落，猴子受拥戴，这都什么生存法则呀？她忙个没完，我这店老板倒成了大闲人，可有可无了！

朱珊珊敷衍老常，建议他上上网，看看新闻、玩玩游戏什么的，说完走了。

老常一气扔了拐杖，恨不得立马就能健步如飞。其实自从进入中年，日益发福，他就告别了"健步"，更别说"飞"了。老常刚试着走了两步，脚下就一滑，连忙扶住桌子，心脏突突乱跳。他愣了愣，眼珠一转，灵机一动。

陈梦在大厅送走了一个客人，朱珊珊过来悄声提醒她，多关心关心老常，情绪不大好，说店里的领土都被你占领了呢！陈梦轻描淡写地笑笑，男人就是跑马圈地意识太强，成天像动物似的老想着怎么到处占地盘儿，真幼稚。正说着，突然从办公室传来"嘭！"的一声闷响，两人冲过去推门一看，椅子倒了，老常四脚朝天躺在地板上。

陈梦惊呼"老公！"朱珊珊叫着"常总"，两人上前就要扶。老常一脸痛苦地不让动，别动，别动！哪儿都不能动！陈梦吓坏了，让朱珊珊快叫救护车，老常坚决不同意，医院我都去怕了，赶快送我回家！

老常被送回家，躺在床上"痛苦地"哼哼，陈梦问他哪儿疼，老常没好气地说哪儿哪儿都疼！陈梦后悔不该由着他性子回了家，又要叫救护车，被老常一把拉住：嗳！嗳！你别叫，让我先喘口气儿再说。

陈梦发愁地看着他，以为他怕去医院又要花钱，劝他不能拿身体开玩笑啊！

老常不由分说，我摔过，我知道轻重，我现在就应该静养！

小小接到朱珊珊的电话，匆忙赶回来，也主张赶快去医院仔细查查。老常打岔说口渴，跟陈梦要杯热茶喝，还点了普洱。陈梦出去，老常小心地朝门口探看一下，才偷偷告诉女儿："其实我没事儿！是椅子摔了，不是我摔了。"

小小一时没明白，老常急了："是我把椅子摔了，明白了吗？"小小这才恍然大悟，原来是老爸想给自己找一个台阶顺势回家。小小笑得肚子疼，没想到老爸还会玩儿这一手。您想开了就好，也该回家颐养天年了。老常不服气：

"胡说！我哪就老到要颐养天年了？我是要韬光养晦，休养生息，等彻底恢复元气，再重新出山，一举收复失地。"

郭洋以这么一种特殊的方式当上了家庭煮夫，如鲠在喉，心里窝囊，嘴上还说不出什么。他送了小洋回来，心长草似的在家里到处闲逛，东看看，西看看，什么都不想干，可还得干啊！他强迫自己整理沙发和茶几，有手无心地胡乱收拾几下，越弄越乱，索性扔下不干了。又拿来拖把开始擦地，擦了几下就不耐烦地停了手。最后扔下一片残局，躺在沙发上生闷气，不知不觉就想睡。郭洋舒舒服服上了床，这一睡就昏天黑地没了时间概念，也没了责任意识，把最近给张瑾干活儿欠下的睡眠和积攒的疲劳一遭儿都补的补、泄的泄了。

许小宁去幼儿园接孩子，跟乐乐亲热完了，才发现小洋可怜巴巴地站在一边等他爸爸呢。他连忙给郭洋打电话，关机。又打电话问李梅，今儿你俩该谁接孩子呀？怎么都不见人影啊？李梅也懵了，说好是郭洋接啊，他没去吗？听许小宁说郭洋手机没开，她突然反应过来，急忙替郭洋打掩护，说他可能有事耽误了，请许小宁帮个忙，先把小洋接回去。

郭洋睡到自然醒，一个鲤鱼打挺终于起身，看看天色，又看看表，跳下床就冲出门去。一出楼门，迎面跟许小宁和孩子们相撞。许小宁诧异地追问他忙什么呢？怎么不接孩子？郭洋有点儿狼狈，故意不理他，向小洋道歉，领着儿子就走。

郭洋来不及做晚饭，只好打电话叫外卖。李刚边吃边夸姐夫菜做得太好吃了，进步速度赶上神七了。郭洋一声不吭，小洋嘴快，揭穿爸爸是叫的外卖。李梅扫小洋一眼，忍住不笑。

"哦，敢情咱是在家下馆子呢？天天这么吃我都没意见，可是生活费噌噌就上去了吧？"李刚油嘴滑舌，李梅不想招惹郭洋，连忙夹了一筷子菜塞给弟弟："吃你的吧！生活费不用你操心，铁路警察管不着这段儿。"

夫妻上床。李梅疲惫地躺下，她不但累了想睡，更想回避敏感话题。郭洋白天睡足了，这会儿却坐着打量她，摆出一副故意挑衅的架势："嗳！你怎么不问问我为什么没接小洋啊？"

李梅淡淡地："为什么呀？"

"第一天在家，自由大发了，一觉睡过头了，理由够充分吗？"

李梅笑："充分。"

郭洋讥讽："对我很宽容啊，眼里揉得下这么大一颗沙子，这还是你吗？"

李梅低眉顺眼："我理解你现在的心情，刚开始总要有个适应过程，出点小错在所难免，慢慢会好的，我对你有耐心、更有信心。"

郭洋找茬刺激李梅："想彻底改造我？别做梦了，家我可以管，孩子也可以照顾，至于适不适应你就甭操心了，不适应也得干啊，干不好您就凑合吧。"

李梅就是不接话茬儿、不跟他吵，只是温和地微笑："行，我知足。"

郭洋想挑事儿没挑起来，泄气地躺倒。李梅起身为他盖被子，郭洋不领情地拂开她的手，自己盖好。李梅凑过去亲他一下："晚安。"郭洋本想赌气发难，不料被李梅没费吹灰之力缴了械，胸中块垒就地掩埋，成了隐患。

　　昨晚又是一场大雪，这已经是十一月的第三场雪，整个城市白茫茫一片。郭洋小心翼翼地开着车把小洋送到幼儿园，回家经过街心公园，发现许多市民都被北京史上少有的雪景吸引，纷纷踏雪、拍照。他停下车，漫无目的地在雪中的公园里走着。

　　一只手指突然顶住郭洋的后腰："别动，打劫！"郭洋慢慢举起双手，突然一转身抓住对方的胳膊用力反剪，许小宁疼得高声大叫："哎！哎……"

　　许小宁从幼儿园一出来就悄悄跟在郭洋后面了。昨晚兰心告诉他，郭洋已经向李梅妥协，自愿回家当煮夫了，他就断定郭洋心里得好一番拧巴。

　　郭洋知道许小宁一直盼着有人跟他做伴，这会儿肯定幸灾乐祸。没想到他却活动着被拧疼的手腕，煞有介事地表示：

　　"我为你的遭遇感到悲愤！怕你想不开寻短见，尾随是为了保护。"看看郭洋怀疑的眼神，许小宁体贴地拍拍他，"你这一身武艺、顶天立地的大男子主义，不该落得一个回家的下场啊！连你都给挤兑回来了，现在的女人何止要半边天？我看她们是要翻天！"

　　郭洋怀疑地打量他："你真是这么认为？"

　　"当然！女耕男织，阴阳颠倒，古有花木兰替父去从军，今有大丈夫为家做牺牲，都是'杯具'呀！"

　　"我还以为你是喜剧呢，这么说你不是敲锣打鼓、兴高采烈被撺回家的？"

　　"怎么可能？我也是一个男人，你现在受的所有蹂躏、纠结都是我过去经历过的，此刻的你就是曾经的我。"

　　"看你现在一副受虐狂的样子，实在想象不出你还有我这个阶段。"

　　"都是这么过来的，刚开始浑浑噩噩，不知道干什么好，什么都不想干，可人家让咱回家是干活儿的、不是度假的。最挫败的，不光是能力被否定，连性别也给否了，男人的职能被剥夺，老婆抢过去行使了，不由分说把女人职能塞给你。"

　　郭洋点头，感同身受，伸出一只手。许小宁回应，两个男人紧紧握手。

　　"受的那个气呀，罄竹难书，经济基础决定家庭地位，女人收入高低，完全两副嘴脸。"

　　"没错，李梅收入一多，腰杆直了、底气足了、脾气长了、主意正了，柔软度直线下降。"

　　"老婆低薪，男人是权威；老婆高薪，她就是真理。低薪老婆低眉顺眼、事必躬亲、端茶倒水、举案齐眉；高薪老婆指手画脚、吆三喝四、衣来伸手、饭来张口。低薪老婆要求自己是贤妻良母；高薪老婆要求你是模范丈夫。老婆低薪，你是家里支柱；老婆高薪，你就是家里地毯。"

郭洋仰天长叹："好在这一年苦海有个边，慢慢熬吧。"

"既然已经回来，就不能是熬的心态，得学会适应环境、顺势而为，识时务者为俊杰，越是条件恶劣，越不能被环境、形势左右，越要掌控自己、掌控命运。"

"都煮夫了，还掌控自己、掌控命运呢？只能掌控拖把、掌控锅碗瓢勺。"

"此言差矣！男人一生如果只扮演大丈夫一种角色，也未免单调，既然扮演另一种角色的机会送到眼前，那就充分调动主观能动性，在有限的时间里，创造出无限的可能来，把煮夫当作一种新角色，把折磨当享受，把苦当成乐……"

"怎么听都是受虐狂。"

许小宁语重心长："不急，慢慢来，作为煮夫圈的前辈，我愿意给你心理健康咨询以及家务技术指导，扶你跨上煮夫的战马、再送你一程。"

"你还想把我送多远？我是暂时的，没打算长期和你并肩作战。"

"不管是暂时还是长期，在一天位，就得谋一天政。"

"你还真是干一行爱一行。哎许小宁，每天大把的时间你是怎么打发的？"

"太容易了，为女人们做后勤只占用我一部分精力，另外一部分我用来自得其乐、享受生活，这么一调配，时间还不够用了，常常感到时不我待。"

郭洋困惑："我怎么觉得那么没劲呢？"

"走，今儿就让你看看我是怎么把一天弄得倍儿充实的。"

许小宁带郭洋去的第一站是电影院。郭洋上次进电影院看的是《泰坦尼克》，不知道《魔戒》，更不知道《金刚》和《变形金刚》的区别。许小宁大摇其头，啧啧作叹，你火星人吧？真忙得连看场电影的空儿都没有？那你平时有什么娱乐呀？郭洋想了想，还真没有，这些年家里家外忙忙叨叨，想不起娱乐这回事儿。

许小宁同情他，你这光鲜白领的生活也太可怜了！郭洋自己倒没觉得。许小宁说，跟我丰富多彩的生活一对比，你就觉出来了。走吧，给你补课去。

两人看了一场《十月围城》，走出电影院，许小宁手里还捧着半桶没吃完的爆米花，得意地问郭洋，怎么样？震撼吧？郭洋点头，确实挺来劲，电影院的视听效果，电视机还真比不了！不过大白天看电影有点儿怪，尤其是俩大男人。许小宁不以为然，这有什么？我还经常一人儿来看呢。白天看电影多好呀，人少票价低，那些朝九晚五的人想白天来还没机会呢。这就是居家生活的优势，可以自由安排时间，怎么高兴怎么过。走，下一站！

许小宁又带郭洋去了一间环境优雅的书吧，两人选好书，坐下，服务员端来热茶。许小宁自得其乐地翻着书，悄声跟郭洋嘀咕："视觉盛宴之后，再享受读书品茗的安静优雅，实乃人间乐事。"郭洋没想到许小宁当煮夫，一点不影响玩儿高雅。自己已经很长时间没正经读书了，许小宁却能常来这种地方，不得不由衷羡慕。走出书吧，许小宁大吹特吹自己善于学习充电，虽然长期从事家庭服务工作，可一点儿没跟社会脱节，小到各种八卦资讯，大到世界经济形势、国际国内大小事务，没有不知道的。我每天都遨游在知识的海洋里，获取的精神食粮不是你所能想象！不信你随便选个话题，咱俩PK一下？

郭洋见许小宁叫板，不屑地说，我是专而精的专业人才，你顶多算是什么都知道皮毛的杂家，咱俩没啥可PK的。许小宁哧地一声笑了，你的优势就是你的劣势，太专业了就会屏蔽其他领域的知识，因为你跟大多数人一样已经不读书学习，不更新知识了。你说说，目前你脑子里除了砖头瓦块之外，还装什么了？郭洋嘴硬，学有所用不就行了吗？装那么多没用的干吗？我不需要！是是，你以前可能不需要，现在新工作需要新技能了，书到用时方恨少啊，幸好你还有我这盏指路明灯，别嘴硬了，抓紧时间充电吧！

最后两人又去打了一场游戏，以郭洋输得一塌糊涂收场。许小宁欣慰地拍拍他："虽然水平次了点，但总算找着乐趣了。别急，慢慢提高！"

两人折腾累了，跑到半亩园叫了两碗热乎乎的粥，就着包子、小菜，吃得喷喷香。许小宁得意地问郭洋，这回不愁时间不好打发了吧？我选的这些项目，消费水准都是能承受的，就算你每天出来变着花样活动都没问题。郭洋想了想，还是有问题，就算再怎么变花样折腾，也有乏味的时候，新鲜劲儿一过去，还是枯燥无聊。许小宁说你以前上班不是每天重复一样的内容吗？无非是见客户、做项目，难道就不枯燥不无聊了？……嗯，也是，可对我来说，工作本身就是乐趣。郭大公子，你别忘了现在也是在工作，只不过换个工种，要尽快从新工作里找到新乐趣，关键就在于合理安排，让每天都过得丰富充实。哼，天天娱乐当然丰富了，可一进入枯燥家务劳动，就没劲了。错！一个健康的人，不可能光娱乐不劳动啊！家务活儿虽然枯燥，可以想办法调剂。快吃，吃完了再带你去个地方！

两个煮夫在街上逛了一整天，还特地去了音像店，许小宁指导郭洋买了莫扎特专辑，家务活儿枯燥，音乐可以给人快乐。比如说，打扫卫生的时候听音乐，劳动虽然是重复的，但音乐却是变化的，多买点儿碟，常换常新，时间一长，音乐欣赏水平都提高了。郭洋故意做小学生状，天真地反问，这样时间长了，会不会一听见音乐就条件反射想打扫卫生啊？许小宁嘿嘿一笑，那你可就到达一定境界了。郭洋说他对这么慓悍的境界没兴趣，还是算了吧。许小宁批评他缺乏干一行爱一行的精神。郭洋自认为跟许小宁不一样，他是成就大事业的材料，这种工作实在爱不起来。许小宁不客气地发问：你还有退路吗？爱也得干，不爱也得干，莫不如努力调动积极性，在工作中找到自己的乐趣。郭洋和许小宁的兴趣点完全不同，他对许小宁说，你乐在其中，我无聊之极。关键是咱俩秉性不同，追求各异，还是大路通天各走一边吧。他要好好想想，要用自己的方式寻找乐趣……

杨丹和李梅在商场楼上美食街的"小城隍"吃生煎馒头、八宝粥当午餐。

杨丹问郭洋情况如何呀？李梅说还是有情绪，所以跟他保持最低限度的基本交流，尽量不刺激不招惹他。杨丹笑，反正你目的达到了，别急，给他个适应期嘛！李梅也是这么想，可她还是有点儿惦记他，也不知道今天他在家怎么样了？

杨丹劝她，船到桥头自然直，别操那么多心了。

俩人吃完，路过一家运动品牌店，杨丹无意往店里扫了一眼，发现老袁身穿一身运动装，在镜前左顾右盼，像换了个人。杨丹不敢确定，不太可能啊？老袁平时从不穿运动装……他怎么出现在这儿呢？活见鬼。李梅看了看，也不确定，看着面嫩啊，真是他吗？杨丹忍不住要过去求证，李梅拉也没拉住。她迂回着绕过去，终于看清楚，不禁吃一惊："真是你呀！"

老袁应声回头，看到了杨丹和李梅。杨丹狐疑地打量他，这身行头是你自己置办的？够青春的，没见你这么打扮过。老袁有些尴尬，不怎么自信地问杨丹，我这身还行吧？杨丹故意上下端详，还行，有点儿老黄瓜刷绿漆的意思！

一个和他同样装束的年轻女人走过来，先打量杨丹，又看看老袁，娇声地问老袁，这是谁呀？老袁连忙把新任女友小白介绍给杨丹。小白故作大方上前要握手，自称"老袁的未婚妻"，杨丹不接，淡然一笑，针锋相对："我是他前妻"。

小白热情依旧地叫了一声"姐姐"，杨丹不理她，转而讽刺老袁真行！老了老了改变风格了，敢情原因在这儿啊！她夸张地打量着小白，夸她年轻漂亮，又夸老袁眼光不错。老袁听出杨丹的真实意思，只能嘿嘿干笑。

小白表现她的大度，说经常听老袁说起姐姐你，杨丹似笑非笑地回了一句，老袁肯定没说我什么好话。小白还是滔滔不绝，老袁说你特强，特有本事！我就不行，没什么大本事，也没你那么有追求，就喜欢当全职太太，好在现在女性价值观又回归了，做个小女人也挺好，省得出去跟男人抢饭碗。

杨丹笑容有点僵，心里不屑，就你这样的？要抢饭碗也得能抢得到啊！

小白急于展示幸福，含情脉脉地看着老袁，说自己很幸运，她能给的正是老袁想要的，这就是缘分。让杨丹生气的是，老袁居然是一副特别受用的样子。

小白又约杨丹找时间一起喝茶，好好聊聊，请她给传授传授和老袁相处的经验。杨丹面露嘲讽地看着老袁，我这可都是失败的经验。小白话茬儿接得特别快：前事不忘后事之师，失败是成功之母嘛！杨丹脸都白了，努力端着不至于失态，一出门就大发牢骚，她算哪根儿葱啊？除了年轻漂亮，就剩一穷二白了，老袁图什么呀？李梅说，这还看不明白？老袁自己什么都有，就缺年轻漂亮，两人互补。杨丹对这种女孩嗤之以鼻，整天就盘算怎么傍大款，简直俗不可耐！老袁以前品位也没这么次啊？就算离开我之后退步了，可这天上地下的落差也忒大了！

甭管杨丹怎么不服气，她看到的老袁完全是一副终于找到人间天堂的满足，这让她受不了，他以前跟我过难道就是地狱吗？李梅笑着问她："一个是巾帼不让须眉的颐指气使型，一个是低眉顺眼的小鸟依人型，你要是男人，哪是天堂，哪是地狱呀？"杨丹被噎住："我……哎，你到底替谁说话呀？"

"我替无奈的现实说话呗。世界上最值钱的是青春，最不值钱的也是青春，关键看你利用青春获取了什么。你获取了自己的事业，放弃了老袁，小白获取了老袁，把他当事业，你说老袁能不受用吗？"

杨丹冷冷地哼了一声，"这种女孩儿都不是省油的灯，等人家拿他的钱打水漂，早晚把家给败光了，他就明白了。"李梅瞧杨丹发狠的样子，知道她打翻了醋坛子，便不再出声。杨丹又"呸！"了一声，"还要请我喝茶，我哪有闲功夫跟一无知妇孺喝茶？吃饱了撑的？"

郭洋在家里听着莫扎特，开始了"郭氏"煮夫生活。他拿着卷尺在房间里左量右量、左看右看，在工作台上画设计草图，画了一张又一张。又在墙上做记号、打洞，平静的小家顿时乌烟瘴气。李梅下班回来，看到爷儿俩兴高采烈往纸箱里装东西打包，忙得热火朝天，不禁吓了一跳。她无处下脚，站在门口进退两难："这干吗？乱七八糟的？"

小洋兴奋地告诉她，爸爸要给咱们设计一个新家！郭洋看看李梅诧异的表情，连忙解释，这房子住五年了，也该重装了，一直忙得顾不上，现在总算有时间了，图都画好了，明天就去买料、找工人。

李梅的脸拉长了，这么大的事说干就干，也不商量一下！累了一天连个坐的地方都没有，连口热饭都吃不上……郭洋这才想起来做饭，冲进厨房煮了一锅方便面。李梅进去一看，这就是你做的晚饭？郭洋听出李梅不悦，故意调侃，您老人家不太满意？李梅提高嗓门儿，我太不满意了！忍了你很多天了！这些天你就做了一顿勉强能吃的饭，不是叫外卖就是方便面！你成天都干吗？你想想我从前是怎么侍候你的？你在外面忙完，回家就当甩手大爷，心安理得享受我无微不至的照顾。

现在我忙一天，回到家连口热汤热饭都吃不上。怎么着？甭管我怎么折腾，到头来都是委委屈屈受气小媳妇的命，对吗？

郭洋也委屈得要命："天地良心，我没闲着呀！睁开眼一直忙活到这会儿，我想重新装修就是想给你一个更舒适的生活环境，我是以自己的方式在管理这个家、建设这个家，你难道没看见吗？"

"我不管你用什么方式！起码应该是我们需要的方式吧？你想建设家庭当然好，可也得先把基本的生活程序理顺了，再忙那些可早可晚、可有可无的事！"

"什么叫可有可无啊？你的事儿都是头等大事，件件都能上升到原则问题，我想做的事就可有可无了！"

李梅冷笑："听听！终于暴露了吧？装修就是你想做的事，你就是自我中心，只想满足自己的愿望，不考虑别人的感受。你要真对我好，就应该问问我喜欢不喜欢，而不是打着爱的幌子强加于人！"

郭洋发懵："啊？我为满足自己？你就不想要一个更漂亮更舒适的家？"

"我想要，可累了一天，最想要的是吃饱休息。照你这么折腾，至少一个月家里全乱套，还能保证我和小洋的正常生活吗？你打算天天拿方便面当饭吃？"

"方便面怎么就不算饭了？国家队运动员都能吃，咱怎么就不能吃？"

"这种不讲理的话你也好意思说出口！"

小洋跑过来抱住李梅大腿和稀泥："妈妈，我爱吃方便面，我爱吃方便面！"

李梅实在气坏了："你爱吃也不行！孩子爱吃是因为他不懂饮食健康，你做爸爸的这么对付他，就是失职！"她扯着嗓子喊完，摔门而去。

爷儿俩大气不敢出地吃完了那锅已经煮成浆糊的方便面，就连忙收拾乱套的房间，收拾完了，蹲在厅里等李梅消气。李梅终于饿得挺不住，从卧室出来，没话找话问小洋吃了吗？郭洋如获特赦，嗖地跳起来，冲进厨房给她做了一大碗内容丰富的鸡蛋面，一场风暴平息了，误会总算化解。郭洋偷偷出了一口长气。

第二天送孩子，许小宁一见面就问"郭氏生活"探索得怎么样啊？郭洋一脸沮丧，唉！出师未捷身先死，刚调动的积极性，被扼杀在摇篮里了。

许小宁一针见血，你这是"身在曹营心在汉"，说到底，是自身角色认定有问题。别忘了你现在是上岗家庭煮夫，不是居家设计师！身为一名后勤人员，干家务是根据生活需要，不是凭个人兴趣，设计装修房子是你强项，你当然来劲了，可你想想，你以前在外头累了一天，回到家一进门最想要什么呀？郭洋脱口而出，当然是热菜热汤，洗个热水澡，然后上床睡个舒坦觉。许小宁说，这不结了吗？现在的李梅就是过去的你，所以她回到家想要的也跟你过去一样！结果一进门家里乾坤大挪移，连个坐的地方都没有，一口热饭都吃不上，换你能高兴吗？为老婆孩子服务，就得处处考虑她们的需要，光凭自己高兴瞎折腾，就是存心捣乱。服务行业的规矩你懂不？郭洋恍然大悟，哦，我这就算转入你们服务行业了？许小宁满意地笑了，从现在起，你得把李梅当上帝，急人所急，想人所想。我教你一招儿啊，要把老婆侍候得舒服、高兴，就得学会换位思考，把女性心理揣摩透，设身处地为人着想，服务才能合人心意。这是我根据多年经验总结的"异性心理体验法"，能让你摸到女人的要害，一侍候一个准儿！

郭洋故意打量他，你这哪是当煮夫啊？整个一卧底呀！许小宁洋洋得意，我这是孙猴子钻进铁扇公主肚子里，表面看是被老婆给吃了，其实我捏着她的命门呢！郭洋忍俊不禁，真够损的！不过听着有点儿意思。

两人从超市回来，一人提着一袋子副食往家走，忽然看见老常正在不远处的健身器上缓慢地练腿。两人奇怪地凑上前去问，你出院不上班，怎么练上了？

老常掩饰尴尬，反问郭洋怎么也没去上班啊？许小宁敏感地听出了话音儿，嗯？为什么说"也"呢？噢！你也回家了？老常连忙否认，没有，我就是回来养养，彻底好了再去店里。许小宁嘿嘿一笑，不承认也行，痛不痛快自己知道，走吧郭洋，甭管他了，咱们两个家庭煮夫找乐儿去！

两人作状要走。老常失落地追上来，嗳嗳，别走啊。许小宁故意反问"干吗？"老常又掩饰说，这段时间光顾治腿了，也没时间关心他们，"那什么，郭洋，你没事儿吧？小宁，你也挺好？"

两人异口同声："你没事儿吧？没事儿我们可就不闻不问了。"说着又要走。老常哀叹一声，只好坦白：陈梦趁我住院这段时间篡权啦，她现在是一手遮天，我在自己店里整个找不着感觉了！许小宁笑着接茬儿，唉，同是天涯沦落人啊！

17 终于找到组织了

仨男人聚在许小宁家，一起摘菜。许小宁盛情邀请两个难兄难弟打今儿起在他家开小饭桌，分工协作，一起动手，还能互相交流厨艺。

有现成的吃，老常当然热烈欢迎，反正一人在家也闷得慌。郭洋看看两人，直纳闷儿，好好的仨大男人怎么就都回家了呢？许小宁倒挺乐，好事啊！要不咱们仨能有这么好的机会和睦相处，联手同盟吗？

郭洋斜他一眼，谁跟你同盟？我可就这一年，时间一到我就刑满释放了。老常也连忙把自己撇清，我也脚一好就重出江湖。许小宁拿出一副大哥的架势教训两人：甭自我安慰！沦陷就是沦陷，一年，几个月，有什么区别？既来之则安之吧。同是落难煮夫，不兴内讧啊！老常把手上的菜一摔，长吁短叹，唉！这叫什么事儿？女人纷纷花拳绣腿上阵杀敌，倒让男的在家大炮打蚊子，真是没天理。这一点许小宁赞同，没错儿！现在这局面是严重的阴盛阳衰……

郭洋四处看看，一脸深沉，咱们几家都阴气上升，阳气下沉，估计这楼气场不太对。许小宁听郭洋这意思是想换房，郭洋说，换房一时半会儿换不起，他琢磨着先挪挪家具，看怎么能把自己倒腾出去。老常觉得有道理，这招儿要真奏效，让郭洋也给他家倒腾倒腾。许小宁劝他们俩，快省省吧，现在整个社会大环境都阴盛阳衰，这些年体坛不都是老娘们撑着嘛？都是女人拿冠军，好不容易出个刘翔，才给找补回来点儿。其实阴盛阳衰也没什么不好，只要不耽误社会发展进步，男女谁强都一样。再说，大丈夫的强悍不在表面，而在心理，你们心态不好，首先就输给女人了。瞧我，无论何时何地，都以主人翁的姿态出现，不管风吹浪打，胜似闲庭信步！这才是真丈夫。

郭洋拿起一只茄子敲打许小宁脑袋，你意思我们俩都不是真男人？老常也拿起一棵芹菜抽打许小宁脊背，你意思我们俩都不是真丈夫？许小宁左挡右推，嘿嘿坏笑，不急，不急，你们可以努力改进嘛……

四菜一汤摆上桌。喝着红酒，碰着杯，许小宁兴致勃勃地提议，三人成众，可以成立个组织了，免得单枪匹马，势单力薄，受老婆欺负。就成立个"夫联"怎么样？老常有点儿懵嚓嚓，问夫联是干吗吃滴？许小宁反问，妇联是干吗的？保护妇女合法权益呀！咱这个就是保护煮夫权益的，全称："维护家庭煮夫权益联盟"，就是"煮夫联盟"，简称"夫联"。

郭洋当即支持许小宁任主席，他和老常凑付个正副秘书长。老常有点失望，合着都是官儿，没兵啊？许小宁安慰他，不急，队伍可以慢慢壮大嘛。老常又问具体有什么举措呢？许小宁说很多呀，主要针对甚嚣尘上的女权主义，大女子主义，和媳妇至上主义等等不正之风，致力于维护男性的尊严和地位。比如说女人们现在有什么让男人特别不能忍受的呀？郭洋抢着控诉，唯我独尊，颐指气使，女性特质退化！一门心思奔着权利欲望去了。老常补充：丧失了传统女性的优良美德，当老婆不尽职尽责，还跟老公抢地盘儿！许小宁总结发言，凡此种种，正是我们成立夫联的意义所在。当夫联成员遭到太太欺负时，我们要以组织名义伸出援手，出面向女人讨回公道，维持婚姻中两性关系的基本平衡，彻底杜绝西风压倒东风的不良社会风气！老常欢欣鼓舞、紧握许小宁的手：终于找到组织了！许小宁提议为煮夫联盟的诞生干一杯！以后有事儿找夫联。三人碰杯：干！

郭洋当煮夫渐入佳境，李梅享受现成的也习惯成自然。每天早晨起床，她直接进卫生间洗漱打扮，郭洋叠睡衣、整理被褥和床铺，跟在她屁股后头收拾散乱的东西。李梅吃完早餐，抹抹嘴，起身就走。郭洋收拾残局、洗碗、打扫厨房。

李梅一边穿衣，一边往门口走。郭洋亦步亦趋地贴身服务，包括拿外衣、递围巾、递手包，把鞋放好，完全是一副男保姆形象。

许小宁一如既往把兰心侍候得妥妥帖帖，兰心款款落座，刚出锅的煎蛋就送到眼前，兰心一抬手，叠好的纸巾就放在她手上。兰心还没抬腿，擦得锃亮的皮鞋已经摆在门口，兰心往门口一站，从头到脚，一分钟之内就被老公武装到牙齿。

相比之下，老常的运气就差多了。等他准备好早餐，自己端起牛奶刚要喝，陈梦麻利擦嘴、起身穿衣，风一般出门而去，老常就被晾在原地。多亏还有个小小，偶尔举起牛奶杯跟老常僵在空中的杯子碰一下，算是给老爸一点儿安慰。

当三个妻子分头驾车行驶在北京的大街上，奔往工作地点， 三个丈夫却在超市里挑鱼、选菜、采买生活用品。老婆们在外面买化妆品、选首饰、试衣服的时候，丈夫们正在帮孩子洗澡、练琴，老常一个人躺在沙发上看电视自娱自乐。

这一天，是"夫联健康日"，许小宁早早就把哥儿几个轰到会所健身房。郭洋和许小宁在跑步机上跑得热火朝天。老常以影片慢动作的速度在跑步机上走着，还呼哧带喘，终于挺不住关了电源。老常一屁股坐下，哼哼唧唧说腿疼，得歇会儿。许小宁不许他装熊，捡钱包跑得快着呢，想减肥还怕累？

老常告饶，郭洋同情，让他改一种不动腿的运动——仰卧起坐。老常浑身一大坨肉，一旦躺倒，使出吃奶劲儿也没起来，直嚷嚷"快伸把手！"老常拉着两人的手坐起来，气喘吁吁地擦汗，请求组织想个好办法，让他不动也能减肥。

老常肚子上挂着震动带，脸上的胖肉都在剧烈颤抖，许小宁和郭洋却残忍地坐在一边吃着香喷喷的午餐，看热闹。老常连声为自己鸣不平，许小宁故作严肃，这招儿多好啊！完全符合你不用动就能减肥的要求。老常说，那也应该让我吃完饭再哆嗦呀！郭洋帮腔，不行！那还不把肠子哆嗦坏了？为促进减肥效果，午饭就省了吧。老常特别郁闷，这夫联到底干吗的？我怎么觉得受到组织虐待呢？

李梅以营业额代租的计划实施得不太顺利，租出去的店铺一大半都没实现盈利，客户一致反映，希望再宽限两个月。杨丹急了，当初已经是零租金入驻了，现在没利润还要宽限，还得让利到什么程度啊？李梅说，商铺还有百分之四十多的空置率，人气不够旺，营业额才上不去，这些商户确实也没瞒报，要从根儿上找原因，咱们得先下功夫做工作把知名度打出去，下一步才是赚钱。杨丹发愁，这个月还贷时间马上到了，两千多万的资金缺口，上哪儿去找这两千多万啊？

　　俩人正相对叹息，小白来电话，说她正在杨丹的商业街这儿闲逛呢，请杨丹中午一起吃个午饭。杨丹之前是发过誓的，可这会儿竟鬼使神差一口答应。李梅对她的表现挺意外，杨丹忙着补妆，说她倒要看看小白到底跟她说什么！李梅看穿了杨丹要上阵跟老袁的现女友PK，杨丹还不承认，跟她PK？不是一个重量级的！再说我跟老袁早没关系了，她爱谁谁，我就是看看她到底玩儿什么鬼把戏。

　　李梅明白杨丹此刻的心情，虽然离开老袁，还没彻底斩断情缘，此番前往，必欲刹刹小白的威风而后快。

　　杨丹和小白在餐厅对面而坐。杨丹故作矜持，小白一脸崇拜，以前光听老袁说你有本事，今天逛下来，才知道姐姐本事这么大！能在这么大的舞台上施展才华，难怪你不稀罕'袁太太'这样的小角色。杨丹淡然一笑，我这人是操劳命，没你有福气，什么都不用干，就可以享用现成的。小白不无得意，我的福气就是碰上了老袁，老袁也说遇见我是他的福气。其实我和老袁就俩字：合适！他是叱咤风云的大男人，我是有家万事足的小女人，我们俩是绝配。

　　杨丹有点好奇，你每天什么事都没有，怎么打发时间啊？小白得意洋洋地展示她和老袁的日常幸福生活，怎么给他搭配衣服，帮他准备早餐，送他出门，吻别。送走老袁，就指挥保姆做家务，下午一般跟朋友喝茶聊天或者逛街，不光给自己购物，也给老袁买，"他现在特依赖我，什么都要我帮他买。"她很有成就感地强调。杨丹说，我看出来了，老袁现在打扮的别提多嫩了！小白嫣然一笑，他本来就不老，跟我在一起就更年轻了。

　　杨丹眼神瞟移，努力掩饰不屑，小白视若无睹，内心的幸福往外冒，挡也挡不住，"温暖的灯光"、"解乏的热茶"、"温柔的抚慰"之类的词儿纷纷出笼，总之她的生活太充实了，老袁找她太幸福了。我没本事自己挣家业，只好分享男人的成功了。不过也没什么，女人天生就该分享男人的胜利果实嘛！小白总结道。

　　杨丹像个充气皮球一样回到办公室，在李梅面前破口大骂："神马东西？玩儿命炫耀她是如何不劳而获的！愚蠢，无聊！寄、生、虫！"

　　李梅半安慰半调侃地逗她："那也是愿打愿挨，愿意被寄生的男人有的是。你要是后悔，改当寄生虫也还来得及。"

　　"我还真没那低眉顺眼的素质，情愿自己挣，起码不用看人脸色、猜人心思，再把自己累死。"

"所以难者不会，会者不难。你觉得小白累，小白还觉得你累呢。无非是发挥各自强项，选择适合的生存方式，你有什么不平衡的？我看你气的不是小白，她要不是你前夫的新女友，估计什么小绿小蓝也气不着你，你生的还是老袁的气，觉得老袁这么有档次有品位的男人，居然宁可要那样的女人，也不要你这样的老婆，才这么愤愤不平。"

杨丹终于绷不住了："我就是想不通！好歹也算个聪明男人，为什么宁肯找一个一无所有、只会烧钱的蠢女人，也不要能帮他创造财富的聪明女人？"

"得了吧，什么女人聪明，什么女人愚蠢，你说了不算，男人有自己的标准。"

杨丹气急败坏，一桨打翻一船人："什么男人？都是些贱人！"

兰心坐在老板椅上歪着脑袋琢磨点子。那家收购对象的刘厂长急着要出国，这几天一直催问什么时候谈判。兰心料定议价谈判肯定要几个回合才能拿下，不是一天两天的事，稍有不慎就会被许小宁察觉、搅局。得想个办法先把他支出去，不能在这时候被他发现，功亏一篑。兰心突然有了主意，命宋圆圆通知刘厂长，三天后开始谈判。又让李刚负责落实谈判地点，选一个酒店，务必离她家近点儿。

兰心一进家门，就一脸愁苦地坐在沙发上。领导回来了，许小宁连忙端菜上桌，招呼开饭。兰心让他跟乐乐先吃，她没胃口。许小宁察言观色，没胃口肯定是有心事，说出来吧，我给你宽宽心、开开胃。兰心愁眉苦脸开始念苦经：皮料涨价，成本增加，公司账面资金周转困难。今天各部门开会商量了半天，只有一个办法可行，可这个办法也是最难办的。许小宁催她快说什么办法？兰心见他上钩，萎靡不振地说，公司有笔三十万的外债，对方一直拖欠不还，如果要能把这笔钱追回来，就能解解燃眉之急。可讨债是最难完成的任务，她越来越不想干了，真想回家相夫教女，几个月功夫，雄心壮志全没了。许小宁一听，自告奋勇向老婆请战，上次那笔债不就是我追回来的吗？交给我你放心！兰心抓住时机，一竿子把许小宁支到了石家庄。许小宁一听得离开北京有点儿嘀咕。兰心假意表示她也不想让他离家，要不再想想吧？她这么一说，许小宁倒不得不认真想想了。

许小宁试探兰心，如果我去石家庄讨债，你怎么安排乐乐呀？兰心连忙表示她接她送她做饭，大不了先不上班了，给乐乐当几天全职妈妈。许小宁半信半疑，兰心欲擒故纵，你不放心就别去了，我也确实不放心老公一个人出门，大不了先不买皮子，拖欠就拖欠吧，还能把人逼死不成？生意上亏就亏点儿吧。

许小宁知道兰心把生意看成命根儿，话虽这么说，要是真亏了就得大病一场。

不过她能有这话，他已经很欣慰了。于是坚决表态，我还是去吧，争取马到成功，给老婆分忧解难。明天就走！他握住老婆的小手，左叮咛右嘱咐，一定不能让乐乐瘦了，你也别吃垃圾食品，把自己吃胖了，整个一副依依惜别状。

这天晚上李梅回到家，换鞋的时候，发现拖鞋都该换了。走进卫生间洗手的时候又发现洗手液快没了，牙刷也该换新的，浴室灯泡不够亮……李梅唠唠叨叨跟郭洋说这些的时候，他正在厨房里忙着，哼哼哈哈答应得含含糊糊。李梅听说有本书特别适合父母讲给小朋友听，叫《柑橘柠檬》，让郭洋给小洋买一本，还有，开车手凉，让他再给方向盘买个毛绒套。还有她那件羊绒衫也该换件新的了，最近没空逛街，让郭洋利用他设计师的眼光帮她买一件。

郭洋终于忍无可忍，腰扎围裙冲出厨房："你左一样右一样，一会儿功夫十几样，鸡零狗碎，我就是电脑也记不住哇！" 随手扯过一张A4纸拍在李梅面前，"我刚开始操持内务，还没成功转型，你眼里的活儿我看不见，所以请直接点拨，把你能想到的、我必须干的、需要买的都写上，明天起我照单办理！"

李梅接来"刷刷刷"写个没完，郭洋又进厨房接着忙晚饭。晚上，郭洋半靠在床上睡着了，三张A4纸首尾相连覆盖在他身上，纸上密密麻麻，序号显示一共有"58条"。郭洋一翻身，"哗啦"一声被惊醒。李梅告诉他，这些都是他明天要干的活儿。郭洋坐起来一看，头都晕了，一头栽倒在床上。

李梅在一边讥笑，你以为大管家那么好当呢？结婚七年，我每年每月每天都是这么过来的！明白？哦，敢情这是"君子报仇七年不晚"啊？郭洋哭笑不得。

老常做好了一桌子菜，陈梦和小小却都不着家了，都说忙。他打了半天电话才把小小催回来，一进门就向他宣布一个特大喜讯，她的画室要开张了！老常很意外，问她哪儿来的启动资金啊？

原来小小拿4S店卖画赚的第一桶金三万块，注册了一个工作室，就在附近小区租了套房，画画、展画、卖画三合一，麻雀虽小五脏俱全。老常一听直嗭牙花子："哎哟喂，一般生意还有谱儿，这可连谱儿都没有，全凭运气，你这孩子什么都没有，就剩胆儿大了！行，你就拿这点钱比划比划，看这雪球能滚多大。"

"滚多大算多大呗，没事儿，赔了我也不来找你哭。一会我就搬东西过去。"

吃了晚饭，小小叫上李刚帮忙，两人肩挑手提，一起走进画室。李刚狼狈地放下东西，累死我了，你怎么跟你爸一样抠门啊？也不舍得打辆车。小小白他一眼，一共走十多分钟，你至于吗？

　　李刚巡视一圈儿，两室一厅，小小打算把客厅和一个房间用来展示、卖画，另一个房间当画画用的工作间。李刚羡慕她这就算自立了，自己还寄人篱下呢。

　　小小说，你住你姐家不挺好吗？大树底下好乘凉。李刚叹气，得了吧！俩人三天一小吵，五天一大吵，家庭气氛忽冷忽热，我净跟着打摆子了。"哎，你爸是想让你赶紧住到外面，好给他和陈梦腾出二人世界啊？"

　　"没的事儿，我可是家里的粘合剂，他俩吵架就指着我调解气氛呢，我爸发话了，我白天在画室工作，晚上必须回家住。"

　　李刚一听动了心眼儿，说小小这房子没物尽其用。小小问他，怎么着才算物尽其用啊？比如说啊，你白天把这儿当画室，晚上可以让给别人住。小小又问，例如什么别人呢？李刚嘿嘿一笑，一些需要有地方住的人呗。哦，你意思说我白天当画室，晚上改流浪汉收容所？没让你收容流浪汉，你可以收容我，不白收容，我交点儿房租，这不直接就产生效益了吗？我正好不想住家里了。这房你白天用，我晚上住，咱俩互不影响，我还能帮你分担房租，你等于减少投入了，是吧？

　　小小听着有道理，问他打算负担多少房租啊？李刚出百分之三十，小小要百分之六十。李刚说我就占用一间屋晚上睡个觉，最多百分之四十。小小认为一天二十四小时两人各占一半，必须百分之五十。李刚果断地拍板成交。

　　李刚帮小小一个小忙，却无意之间给自己找到了一个新的落脚之处，特别是跟美女成为合租伙伴，有点儿占着便宜的窃喜。他哼着小曲回到家，心情格外舒畅。李梅得知弟弟帮小小搬家，小小请吃的晚饭，又听说他要跟小小合租一套房，吃了一惊，啊？帮小小搬个家，就打算跟她住一块儿了？你们俩都处到同居的份儿上了？怎么一点都没跟我露过呀？李刚赶紧解释，不是同居！是拼房。她的画室，我的宿舍，白天卖画，晚上住人。李梅说，那也是孤男寡女同处一室啊，你跟小小是不是谈着恋爱呢？李刚强调，他跟小小就是邻居加朋友，没别的意思。

　　李梅更奇怪了，那你跟人家女孩儿拼什么房啊？李刚说，就是陌生人也可以拼房啊！李梅听着有点儿糊涂，难不成我们70后和你们80后代沟已经这么深了？不对！别把你姐当傻子，跟我说实话，是不是喜欢小小啊？李刚想了想，不喜欢但也不烦，我就是烦她，也不耽误跟她拼房啊！这就是在创业阶段降低生活成本的一种方式，姐你能别操那么多心吗？快赶上咱妈了！你不就是怕我占小小便宜吗？放心，我看不上她那种黄皮儿白瓤的香蕉妞儿，自我感觉那么良好，跟她我怕水土不服。李梅训弟弟，对人没感觉，瞎凑什么近乎？李刚振振有辞，没感觉凑一块儿才安全呢，再说她有一好处，思维、说话、做事都嘎嘣脆，没一般女孩那么多弯弯绕，不累。李梅还是不踏实，邻里邻居的，万一有点什么影响多不好？李刚被姐姐审得心烦，故意气她，别担心，万一她要对我日久生情，怎么也甩不掉，最坏结果就是把她娶了呗。李梅板起脸，越说越不靠谱儿了！李刚反击：

"别光你说我，我也得说你两句。我搬走了，还你们一个宁静的空间，希望在没我打搅和掺和下，你跟姐夫都好好调整一下心态，互相体谅，共建和谐小社会。其实你俩也没啥大问题，好好的日子过着没劲，拿吵架当味精是怎么着？"

李梅心里有点儿不好意思，嘴上还硬："教育起你姐了！"

"我是作为一个高情商男人，在教育一个不够成熟理智的女人。"

郭洋和许小宁各推一辆购物车，许小宁要采购出门讨债用的必备品，还得把兰心和乐乐这几天的生活用品准备齐全才放心。郭洋把李梅写的三张纸依次别在车前头，一边走一边看上面的采购项目。许小宁一看直乐，这些东西在超市根本买不齐，得多跑几个地方才能完成任务。郭洋一听发愁了，让他给指条明路。

许小宁让他等等，回家再说。郭洋以为许小宁大包大揽，要买齐了让他直接去取。许小宁不理他，自顾自狂往车里扔各种口味的果汁、整箱的牛奶、卫生巾，一会儿就堆得小车冒了尖儿。郭洋奇怪，你这是要囤积居奇还是备战备荒啊？非典也没卷土重来呀，甲流也没闹这么厉害呀？许小宁告诉他，要外出替兰心讨债，必须把粮草备足。这还没买全呢，除了吃的，还有几样必备物资得回家去买。

郭洋稀里糊涂被许小宁带回了家，打开电脑，上了淘宝网。淘宝网上既有商城也有店铺，许小宁搜索"女士羊绒衫"，屏幕上立刻显示出无数条女士羊绒衫的信息。郭洋挑得眼花缭乱，闭着眼就点击了几件，许小宁经验老到，告诉他要选定"7天退换"，不合身了好换货。还可以选择按卖家信用从高到低排顺序，一般来说信用越高的卖家质量越有保证。不用跑腿就能货比三家，还不好好挑挑？郭洋没耐心，三下五除二，点击，点击，不停地点击，一会儿功夫就解决了58项中的40项。听许小宁说还能在网上买家具，他开始琢磨起来了。

许小宁也在网上买了一堆东西，郭洋看看他的购物车，都什么乱七八糟的？扩音喇叭、防狼喷雾、棒球棍，还有打印纸？许小宁说这些都是讨债必备武器。郭洋问他这趟出去是讨债呀、还是斗殴呀？许小宁故作深沉地叹息一声，在某种情况下，这两件事会变成一件事。

银行把催缴还款的提醒电话直接打到杨丹的办公室来了。堂堂大老板，被人拎着耳朵催债，杨丹还没这么丢过人，她像被一千万只黄蜂叮了似的，仓皇窜进李梅办公室，问她打算怎么填这个大口子？一千万啊！

李梅也已经焦头烂额，生意太清淡，客户实在交不上来房租，她正为剩下那百分之四十闲置的商铺发愁呢。李梅提出一个方案，让客户预缴一笔风险抵押金，零租金入驻，五个月免租。想用这个无门坎入驻的条件吸引商户，既解决商铺闲置问题，又给商户一个缓冲期，同时还可以马上得到一笔抵押金填补资金缺口。

主意好是好，远水不解近渴。杨丹急的是这个月怎么办？李梅建议她先跟人拆借一下。杨丹这些年还没走过麦城，接受不了拆借这事儿。李梅又提议找老袁帮忙。杨丹一听脸都绿了："你给我记住，找谁也不能找老袁！"

李梅只好硬着头皮给银行业务经理打电话求情，电话一直打到下班回到家才打通。李梅极力发挥女性的语言优势，强攻王经理，请求宽限几天，不料吃了个不软不硬的钉子。绝望的李梅正心烦呢，郭洋把两大购物袋东西往她面前一放，要汇报一下他的工作，说着，一样一样往外拿拖鞋，外套，羊绒衫。

李梅一脸疲惫、心不在焉，让他等会儿再说。郭洋热脸骤然贴了冷屁股，笑容僵在脸上，尴尬地收起东西，关门闪人。

李梅打了一圈儿电话，都没什么结果，沮丧地从书房出来，看到两大包东西扔在沙发上，一样一样拿出来看，心情顿时好转。她穿上郭洋买的羊绒衫进了卧室，发现他背对着门，躺在床上生闷气呢，于是上前掰他肩膀。郭洋赌气耸开她的手。李梅又绕到面前展示给他看，老公，大小正合适哎，好看吗？

郭洋瞟她一眼，没说话。李梅拉住郭洋的手甩来甩去，撒娇发嗲："我错了，刚才是我不好，你买的东西我都看了，特有眼光，比我买得好，拖鞋和羊绒衫我都特喜欢。你现在活儿干得越来越利索了，饭也做得越来越好吃了……"

郭洋终于松动："行了，别甩了，我都快散架了。"

李梅往床边一坐，像哄孩子一样哄他："那你不许生气了，啊！"

郭洋长叹一声："唉！咱俩现在满拧，你就是一日理万机的老爷们儿，我就是一婆婆妈妈，琐琐碎碎的怨妇！"

陈梦脚下踩着弹簧，身轻如燕、扭着猫步进了家门，一脸得意地向老常宣布，她今天完成了一个不可能完成的任务，拿到了丰田RAV4现车直供的特殊待遇！

老常意外，那款车可是紧俏货，敢问其详？陈梦绘声绘色地描述今天店里如何来了位神秘人物，那神秘人物悄然转了几圈儿，暗中考察一番，然后悄然离去，他就是丰田中国总代理竹内先生，对京城销售丰田汽车的4S店进行微服私访，访规模、访管理状况、访销售成绩，结果对陈梦最近几个月的销售业绩非常满意，当场决定一路绿灯，保证丰田RAV4现车供应，就这么牛！

陈梦拉住老常的手邀功，老常的笑容慢慢僵住，脸渐渐拉长。自己长期以来想办没办到的事情，陈梦轻而易举就给解决了，这是为什么呢？

"你是不是设下美人计了？"

"别污辱我的智商。本小姐从来都瞧不上那些专走花瓶路线的女人！"

"爱美之心，人之常情，你主观上不想走花瓶路线，但客观上你的美貌肯定起作用了。"老常认准了这一条。

"美貌起没起作用我不知道，反正我没使什么美人计。竹内对咱们店评价高也不是因为我长相。"陈梦生气了。

"你怎么知道他不是因为看你顺眼啊？"

"你这是性别歧视！长相和能力有关系吗？凭什么你认为长得漂亮就没有能力，只能靠一张好脸出去混啊？"

"一般来讲是这样啊。男人天生就爱怜香惜玉，所以愿意照顾赏心悦目的女人嘛。"

"你平时做生意，就专门照顾赏心悦目的女人，是吧？"

"我是例外，为色伤财的傻事我才不干呢。"

"我也是例外，事实已经证明我靠的是自己的能力。如果说女性优势，也不在于长相，而在于我处理问题更柔和、更有技巧，更有韧劲儿，不像你那么没耐心、臭脾气、爱冲动，还那么爱面子、瞎自尊！"

陈梦的薄嘴片儿像飞刀一样刷刷的，老常只好认输，可还是觉着她这事儿成功得太痛快了。陈梦看出他是严重的心理不平衡，见人家小女子办到了自己办不到的事，就伤自尊了，就恼羞成怒了，说到底就是大男子主义。老常败下阵来，"哎哟"一声仰在床上，一脸苦相，任她数落。

第二天，李刚搬进了小小的出租屋。两人一个床头一个床尾，铺好床罩、摆好枕头。李刚往床上一仰："唉，咱俩也有家了！"

小小警告他，拼房归拼房，打消其他企图！既然现在共同使用一个空间，就要共同承担家务劳动，先商量一下以后室内卫生怎么打扫？李刚认为小小使用时间长，当然是她打扫了。小小认为李刚生活垃圾肯定比她画画儿的垃圾多，应该他打扫。

李刚建议借鉴姐姐和姐夫的分工协议，轮流值日，每人三天，星期日两人都在，共同打扫。小小同意，李刚得寸进尺，让小小把在国外伙食自理的优秀品质再捡回来，顺便把饭也做好得了。小小不干，出那点儿房租还想搭一厨娘？想得美！两人呛呛半天，终于达成一致：做饭也一三五、二四六轮换制。如果赶上哪天都没饭局、又都不想做的话，还可以下班前提前预约，一起出去共进晚餐。

拼房好处就是多呀，少花钱租一好房，还顺带搭一陪吃陪聊的。李刚自顾自美滋滋地精神会餐，没看见小小暗中白了他好几眼："仅止于陪吃陪聊！"李刚一笑，想陪别的？我还不给你机会呢。

郭洋自从在网上采购成功，焕发了极大的购物热情。李梅下班一进屋，发现沙发、茶几和电视柜都换了位置。小洋兴奋地扑过来让妈妈快看，爸爸又在改造这个家呢！郭洋得意洋洋地把采购清单往李梅面前一亮：58项家务超额完成，还送一个全新的客厅！小洋抢着告诉李梅，卧室里还多了两个沙发。

"怎么样？你老公够厉害吧？一天之间改头换面，既不耽误你的正常生活，又实现了我让家里焕然一新的愿望，最重要的是，调整一下家里的气场，不久之后咱们家目前颠倒的乾坤就能扭转过来！"郭洋美滋滋地向老婆邀功。

李梅进卧室试坐沙发，表扬他基本以火箭速度进入了家庭煮夫角色。郭洋无奈，只好试着接受这句别扭的夸奖，他估计一年之内不会得到别的赞美了，只能在家老婆高兴的时候不疼不痒地敷衍两句。李梅安慰地搂住他，热烈地夸了一句："老公，你越来越像一个好煮夫了！"郭洋心里堵得慌，故意堆出一脸虚伪的笑容，我发现煮夫生活还是有点儿意思滴！就说许小宁吧，去游个泳，身边都仨小姑娘围着，我说他怎么能在家待得那么乐呵呢？李梅冷笑，你是不是打算效仿许小宁啊？郭洋也冷笑，你老公我现在还没那本事。李梅刚要松口气，郭洋紧接着一句，学不来神韵不要紧，怎么也能学点儿皮毛，至少跟许小宁学学娱乐精神，煮夫生活还是可以很丰富多彩滴！

李梅不安，你打算怎么丰富多彩呀？郭洋欲擒故纵，这个不用你操心，反正我会过得非常开心，别以为千方百计把老公摁在家里就踏实了，老公在外面工作，老婆也就防着一个吧？现在除了接送孩子外加做顿晚饭，我有大把时间闲着，完全可以自由安排……李梅料不到老公当煮夫了，反而危机四伏、防不胜防了！她一把揪住郭洋的耳朵，让他发誓自己不是那种拈花惹草的人。郭洋咬牙不说，小洋也跑过来凑热闹，揪住郭洋另一只耳朵："爸爸是大帅哥！妈妈是暴女！"郭洋狂笑，儿子，你太英明啦！李梅哭笑不得地问什么暴女？跟谁学的？小洋得意宣称跟乐乐学的，她妈妈兰阿姨就是暴女。

暴女兰心也有心肠软的时候，当她发现许小宁准备的讨债"装备"是清一色的斗殴工具，那颗已经渐渐长了茧的心一下子被揪疼了，不由自主抱住了他：老公！我不想让你去了。许小宁故作轻松地解释，这些东西就是备着防个万一，小心驶得万年船，不一定用得上。兰心较真，万一用上呢？自己老公这么文艺腔的小体格儿，哪里是块玩儿暴力的料啊？许小宁最怕的就是被老婆看扁，连忙鼓励兰心要对自己的老公有充分的、客观的、公正的认识，咱是谁呀？需要智慧有智慧，需要胆量有胆量！实在不行，偶尔玩点儿暴力也不怵。

兰心是真担心他的安全，抱着他不让去。许小宁故意将她一军，好好好，我不去了，那笔钱咱也不要了，行了吧？兰心这才回过味儿来："那……那你还是去吧。千万要小心，别冲动，实在要不回来就算了，万一有事立刻给我打电话，不对，先打给110再打给我。"

许小宁搂着兰心，心里一阵暖流，他向老婆保证，一定全须全尾回到她面前。

18 离婚最大的苦果，是培养了一个夹生的孩子

众人送许小宁出征，兰心格外不舍，千叮咛万嘱咐，越说越害怕，最后干脆变卦，不想让他去了。许小宁埋怨她这几天颠三倒四，都这会儿了，还不说点儿让他振奋的话。李刚连忙上前握手："许哥，旗开得胜！"许小宁借握手的机会，低声叮嘱他注意观察阶级斗争新动向。宋圆圆也来握手祝许哥马到成功！许小宁借着众人吉言，毅然上车出发。

兰心目送许小宁的车远去，心神不宁。有什么办法呢？自己出的调虎离山计，只好把心一横，舍不得孩子套不着狼！她当即让宋圆圆给刘厂长打电话约时间，明天正式谈判。又要交给李刚一项特别任务，李刚一个美式军礼，保证不辱使命！兰心让他从今晚开始，接替许小宁接送乐乐，李刚意外失望，就这特别任务啊？

这任务还不够重要吗？照顾好乐乐，就解决了我的后顾之忧，我在外头就可以全力以赴谈收购！兰心不由分说，记住，接乐乐要躲着郭洋，绝不能让他看见你。晚上照顾乐乐吃饭，能做就做，不能做出去吃，饭钱我报销。只许带好，不许出错儿！李刚一脸苦相，有气无力地回答"是"。宋圆圆在一边偷着乐。

李梅休息一天，特地起个早，做了小洋最爱吃的三明治。她决定给郭洋放半天假，让他采购点儿吃的东西去看看李刚。郭洋感慨，到底是血浓于水，日理万机的李总一腾出空儿来，首先关心的就是直系亲属。其实李梅醉翁之意不在酒，她是为了侦察李刚和小小的"敌情"。

郭洋买了东西，开车来到小小画室楼下。老常拎了一兜水果，拄着拐晃悠过来。他意外发现郭洋，你怎么跑这儿来了？郭洋发觉老常还不知道李刚跟小小合租的事儿，决定逗逗他。他拎着一兜吃的东西下车，我来看个亲戚呀。

老常狐疑，你那亲戚不会也在这楼吧？郭洋故意说，还就在这楼，你也来看亲

戚？老常说，我看亲闺女，小小租的画室就在这楼。郭洋笑了，嘿，真巧！

郭洋帮老常拎着东西，爬上楼梯。老常呼哧带喘地抱怨，租这么个楼，连电梯都没有，我要是看画的，就冲这个也不来了，小毛孩子就是没生意头脑。

老常接过东西，说他到了。郭洋说他也到了。老常愣了，也忒巧了吧？

两人并肩站在画室门外。老常更糊涂了，郭洋，你没弄错吧？你家亲戚也住这门儿？这上头可写着呢，"常小小绘画工作室"。

郭洋卖关子，严肃地提醒老常，进去之前要有个思想准备。

房间里，小小画画儿，李刚歪坐在沙发上看，两人正为中午饭谁做打官司呢。李刚说协议规定，双休日俩人共同劳动。小小说她正忙画画儿呢，让李刚做。

"听听，像一个姑娘说的话吗？你将来嫁作他人妇，来不来就跟你老公说不劳动，人家能干吗？真没半点贤妻良母的素质。"

"别说我，你将来不也得变成他人夫吗？你能打包票全是媳妇伺候你？万一你是家庭煮夫命呢？还是赶紧锻炼下，想吃什么自己做，我蹭两口就得。"

最后两人用掷"黯然销魂骰"来决定谁干什么活儿。小小上来就掷出一个"呆着"，乐不可支。李刚紧张地抓过骰子，双手合十摇了又摇，祈祷"天灵灵地灵灵"，用力一掷，也掷出一个"呆着"。两人对面坐着一筹莫展，正商量要叫外卖呢，门铃适时炸响，把两人都吓了一跳。

李刚趿着鞋打开门，门外站着郭洋和一脸不安的老常。两家人都来探班，还都带着吃的，李刚乐了，接过东西叫小小，看来命运让俩人都呆着是有道理的，亲人们送吃的来了！

老常耷拉着脸，二话不说，直接进屋，逮住小小就追问这是怎么回事？李刚怎么也住这儿？李刚这才知道小小还瞒着她爸呢，不屑地说这有什么见不得人的啊？小小压根没想起要告诉老爸。老常更着急了，都到这份儿上了，还没想起要告诉我？小小哭笑不得，哪份儿上啊？爸你想歪了，我们俩什么事都没有。

李刚连忙解释，他跟小小是拼房，白天是她的画室，晚上是他的宿舍，谁都不妨碍谁。老常不信，哼，要真这么简单就不用瞒我了。小小说没成心瞒，只不过没专门汇报。郭洋批评小小，这就是你不对了，还是应该跟老爸说一声，李刚就说了，我们也没什么不能理解的嘛！

老常当然不能理解，李刚一没钱没地位的北漂，怎么可以跟他的宝贝闺女有瓜葛呢？只不过这话老常不能当面讲，他气呼呼地拉着小小就走，跟我回家！

李刚还跟老常客气："常叔叔慢走！"大门"吭"地一声摔上，算是回应。

李刚有点儿想不通，不至于吧？就算小小跟我有点意思，他也不至于这么生气啊，闺女大了，谈恋爱正常啊！郭洋点拨了一句，闺女谈恋爱正常，但跟你谈恋爱不正常。李刚这才回过味儿来，哦，敢情是看不上我啊！嘿，那他可真是多虑了，我还看不上他闺女呢。郭洋皮笑肉不笑地问他："真的假的呀？"

郭洋这表情暴露了他此行的真实目的，李刚这才明白姐夫是来刺探军情的。

得知是姐姐派他来的，李刚无奈地叹息，天下的姐姐怎么都这么爱操心啊？郭洋一笑，她操心，我才不呢，我就剩下羡慕了。他背着手到处走走看看，嘴里感叹着："真不错呀，你们这拨儿孩子比我们活得潇洒！看你这么自在，我都有点后悔结婚太早了，这辈子是没机会尝试这种自由生活啦！"

老常和小小一路争执着回到家。小小说，我又不是无知少女，您有必要这么紧张吗？老常认为女儿不比无知少女强多少，竟敢跟那么个不靠谱的小子拼房？

"拼房又不是谈恋爱，要那么靠谱干吗？"

"孤男寡女同处一室，可不是开玩笑的，万一日久生情怎么办？"

"生什么情啊，我瞧得上他？您别逗！"

"你这态度倒对，我闺女这么优秀，坚决不能便宜了那种低档次的混混。"

"我瞧不瞧得上他是一回事，您这么说我不同意，不了解别给人定档次！"

"你老爸过的桥比你走的路都多，一搭眼就知道他成不了大气候。"

陈梦大包小包从外面回来，在门口就听见爷俩儿嚷嚷。老常如临大敌地告诉老婆，小小现在跟李刚住一块儿！你说有这种大大咧咧的丫头吗？今儿要不去看她，我还蒙在鼓里呢！你说这孩子是不有点儿缺心眼儿？

陈梦一听两人是分时合租，嗨！不就是最大限度利用资源、降低成本吗？没什么不好。小小得到支持，得意地气老常，年轻人都能理解，老爸你out了！

老常说，就算拼房没什么，那也应该先征求你爸同意吧？小小按她的美式观念回了一句，钱是我自己赚的，房是我自己租的，为什么要你同意？女儿竟拿出美国范儿来对付他，老常当场被气着了，听听，听听，像话吗？这是跟老爸说话的口气吗？陈梦笑着劝他，小小是美国人民帮你教育大的，你省了那么多心，现在就别强求她跟你观念统一啦。

小小长了威风："就是！我在美国那么多年，您管得了我干什么吗？"

"你在美国归你妈管，回来就得归我管。"

"我18岁之后就不归谁管了，好了坏了我自己对自己负责。您管得太多就叫干涉他人私生活，急了我就彻底搬画室住去。"

"你……你气死我得了！"老常脸白了。陈梦赶紧哄他，小小挺机灵的，吃不了亏，你就别瞎操心了。老常一听更气了，掉头反戈，对准陈梦嚷嚷，你俩气我的时候永远高度默契，我在家还有没有点儿权威了？唉！失败，我太失败了，我现在是家里家外全面落败！老常长吁短叹，两个女人都小心地看着他，互换眼色，不再说话了。

老常闷头在小区里走来走去，一脸苦闷。已经败在媳妇裙下，又失去了女儿的敬畏，这日子还怎么混啊？他终于尝到了离婚带来的最大的苦果，那就是教育出来一个夹生的孩子！人老了，子女就是全部精神寄托，是他最美好的期许，可眼下这小小，她哪像自己一脉相承的闺女呀？纯粹是美国文化的牺牲品，是她老妈的翻版！一想到这儿，老常就觉得头顶上一根根的都是烦恼丝，恨不能剃光了进庙里当和尚拉倒！

郭洋从李刚那儿回来，看到老常一脸阶级斗争，上前逗他，怎么着？把闺女锁家里了？老常正没好气，哼！你甭跟这儿讽刺挖苦我，我还没跟你算账呢。李刚是你小舅子，他跟小小拼房的事儿你早就知道，怎么不告诉我一声儿啊？忒不仗义了！还夫联成员呢，没一点儿组织观念。这些小青年儿也真是的，逮什么拼什么，也不考虑后果，拼出事儿来怎么办？

郭洋反问，能出什么事儿啊？老常哼了一声，敢情李刚是男的，你们家不怕吃亏！郭洋批评老常观念忒陈旧，他俩要真是情投意合好上了，也不是坏事，有什么亏不亏的？老常哼了一声，心想，我闺女要是跟了你小舅子，亏大发了！嘴里提醒郭洋，回去好好敲打敲打小舅子，让他别打小小的主意。郭洋笑，你说服小小，干脆把李刚撵出去，别跟他拼房不就得了？老常急了，小小要听我的，还用跟你说吗？郭洋说小小不听你的，李刚就听我的了？再说，我也不觉得他俩有什么错儿呀！

老常对郭洋的态度大为光火，要找夫联主席告他。郭洋笑呵呵地提醒老常，许主席外出讨债去了，等他回来再告吧。再说，你媳妇儿、闺女，哪个主意都比你大，你替她们拿主意有用吗？老常不得不承认，还真没用。郭洋说，那你还闹腾什么？只要不违法、不缺德，就由她们去吧。

正说着，张瑾打来电话。听到她低哑的声音，郭洋很意外，问她出什么事了？张瑾一句两句说不清，两人约好了下午见。

郭洋匆匆回家，向李梅汇报李刚和小小的情况，李梅特别担心，怕老常多想，回头要好好敲打敲打李刚，提醒他别糊涂。郭洋问她，领导布置的任务已经全部完成，下午我可以自由活动了吧？李梅问他打算怎么活动啊？郭洋说，就想出去溜跶溜跶。李梅奇怪，平时不是天天出去溜跶吗？郭洋申辩，溜跶跟溜跶心情也不一样啊，自由的感觉我可已经久违了。李梅一听心软了，那行，你自由去吧，给你撒野的机会，爱去哪儿去哪儿。

"老婆你今天表现太好了！"郭洋达到目的，嘴甜得抹蜜，把李梅哄舒服了，连忙出门。他按张瑾指定的地点，赶到北五环边上一处开阔地。周围是几个大社区，中间一幢旧厂房，是张瑾为家居馆租的场地。前几天刚下的一场雪还没化尽，冷风嗖嗖地刮着，张瑾穿着大红羽绒衣，靠在车上等待，一见到郭洋远远过来，眼圈儿就红了。郭洋四处看看，觉得地段儿真不错。转身就发现张瑾的眼泪下来了，她委屈地抽着鼻子：一个女人要像男人那样做成一件事儿、实现一个梦想，怎么那么难啊？郭洋连忙掏一包纸巾给她，问她出什么问题了？

张瑾擦着眼泪，哭得更加委屈，不由自主地把头埋在郭洋肩上。郭洋浑身僵着，犹豫了一会儿，安慰地轻轻拍拍她："遇到什么难处了？跟我说说。"

两人上了车，张瑾抹着眼泪诉起苦来，好不容易找到了场地，好不容易跟几个家具制造厂、建材厂谈判签了约……结果要找到一个出色的设计团队把一切都付诸实现却这么难！一拨又一拨，都不满意，刚才跟第四拨吵了一架又不欢而散了。想找个有默契的设计师怎么这么难啊？我现在全部身家都押进去了，摊子也支起来了，却突然看不到前景了，我真觉得好累呀……

郭洋还是头一回看到这个女人的软弱无助，他感到内疚，这事毕竟是他的创意，可现在他却袖手旁观，让一个女人独自承受了这么大的压力。张瑾哭诉了一番，又听到郭洋道歉，反过来劝他别多想，这事是她自愿做的，不顺利也怪不着别人。郭洋能像现在这样听她唠叨唠叨，她就很感激了。

郭洋觉得自己应该实实在在地为张瑾分担压力，他决定把从前画的大量设计草图都整理出来交给她。如果她挑不出满意的，他再重新设计一稿，提供一套成熟的家居馆设计方案。张瑾意外惊喜，真的？我可以把你的话理解为承诺吗？你真的愿意出山给我当设计师？看到郭洋肯定地点头，她兴奋了，太好了！你随便开价，我保证不跟你讨价还价！郭洋说分文不取，就是想帮她。张瑾不同意，付出劳动当然要拿报酬。郭洋诚恳地表示，如果谈报酬，他反而有心理负担。张瑾感动得眼圈儿又红了。

两人找了一家咖啡厅，叫了两杯热咖啡，想暖一暖。张瑾喝了一口，觉得郭洋刚才的出现就像这杯及时的热咖啡，不然她真要崩溃了。郭洋知道张瑾没那么脆弱，她之所以这样说，只是为了表达一种情绪，一种感激。

张瑾突然问他，你谢绝酬金，是不是怕回家跟李梅没法解释？郭洋最怕提这个话茬儿，既然提了，也只好诚恳相告：主要是因为我跟李梅说好了，这一年要在家全心全意为老婆孩子服务，我不想违反承诺让她失望。张瑾再一次被郭洋的为人感动了，放心，我不会强求你，不过我会把这个大人情记在心里，以后慢慢报答。张瑾喝了一口咖啡，问他李梅现在怎么样？郭洋挠头、尽量掩饰烦恼：

"嗯……怎么说呢？你觉得，一个女人在经济上占据优势以后，女性特质就一定会退化吗？"

"不一定，这要分人。"

"尽管我是自愿回家，但心里还是不太能接受现在这种生活格局。就觉着不对劲儿，心里没底，脚下没根。"

"你是自愿为家庭牺牲，又不是没本事才呆家里，这不影响你的男子汉形象，真的。"

郭洋吭哧了半天："……可李梅吧，我发现她最近有一些微妙的变化。"

"什么变化？"

"女人一旦占据了强势，就有点儿找不着感觉那种呗。最让我困惑的是，她以后如果变得像她周围的女友那样，我对婚姻的前景还真是有点儿迷茫啊！"

"不至于吧？其实人都这样，一旦强大起来，就会不自觉地摆出一副居高临下的姿态，在外面强势习惯了，回家也会有一些惯性思维和表现。你别太当回事了，李梅又不是故意要小瞧你。这一点我深有体会。"

"可我并没觉得你有什么退化的表现，反而觉得你很善解人意啊？"

"你真这么觉得呀？我太爱听了。"郭洋看到张瑾不自觉地撒娇的样子，连忙回避她的目光。张瑾意识到自己失态，连忙收敛，"如果你觉得我现在还算善解人意，那也是因为我失败过、反思过才有的改变。"

郭洋纠结的就是这个，难道女人非要经历过失败才能反思、才能有所改善？那么，他和李梅只有离了才能改善？要是这样，她改善了也没我什么事了呀？哦，我可以再找个已经失败过、改善好了的，直接享受成果？郭洋胡思乱想着，一抬头遇上张瑾探究的目光，连忙打断自己的思路，唉，我这不是咒自个儿吗？

张瑾好像看透他的心思："我真希望你们俩一直这么和谐，总算有你们这对夫妻让我觉得婚姻还是件美好的事，千万别让我失望，好吗？"

郭洋何尝不是这么希望的呢？他被张瑾的话感动，认真地点了点头。

郭洋回到家已经是晚饭时分，李梅从厨房出来，把郭洋扔在沙发上的外套挂上衣架，她突然隐约闻到一阵香水味，连忙拉过外套细闻，确定了香味儿的来源。她疑惑地愣了愣，看看郭洋和小洋在玩新买的玩具，心不在焉地进了厨房。

李梅一夜没睡好，第二天上班还想着郭洋身上的香水味儿，从银行出来一上车就给他打电话，嗳，在家干吗呢？郭洋正听着音乐边跳舞、边擦地板。李梅奇怪地问，擦地板怎么还放着那么浪漫的音乐呀？老婆，我正在试用许小宁传授的快乐劳动法，有事么？李梅狡猾地敷衍，想你了，问候一声不行啊？

中午李梅和杨丹在茶餐厅吃午餐。李梅刚拿起筷子就放下，又打电话问郭洋在哪儿呢？在外面？干吗呢？郭洋没好气，许小宁不在，小饭桌停了，下楼买点儿东西吃不行吗？李梅嘱咐他别吃凉东西，小心肠胃，把郭洋的问号搪过去了。

杨丹见李梅一上午给郭洋打了两个电话，反常，问她到底怎么了？李梅掩饰，不放心他一人儿在家呗。杨丹笑了，在外头不放心，回家还不放心，干脆把他拴腰上得了。李梅不语，杨丹揣摩，你又发现什么蛛丝马迹了？李梅一口否认。

许小宁到了石家庄，先寻找债主老曹的落脚点。在老曹的公司碰了壁，只好掏出钱来，从保安那儿打探到了老曹的藏身之处。许小宁按图索骥，一路对照保安画的路线图，循着路牌，找到一个当地有名的楼盘"秀兰花园小区"。

他爬上四楼，在老曹门前按门铃。门内有人试试探探地问："谁呀？"许小宁狡猾地装作老熟人的腔调，吊儿郎当地叫了一声"老曹开下门儿！"

不料老曹更狡猾，追问他到底是谁？许小宁硬着头皮坚持："靠！连我都听不出来？真不够朋友！"门终于"吱呀"一声打开了，一个脑袋探出来看看许小宁，发现不认识，刚要缩回去，许小宁已经用脚别住了门。看样儿平日没少有人来找他算账，老曹的警惕性已经锻炼出来了，直勾勾地盯着许小宁，问他要干吗？

许小宁拉开门，靠在门上自我介绍："认识兰心吧？北京兰心皮具公司的。"

老曹装傻："啊，啊。怎么了？"

"你前几年欠她的三十万，都忘了吧？"

"没忘，我是欠她钱。"

"老祖宗早有古训'欠债还钱，天经地义'，听说你忙得老顾不上还钱，这不是吗，我亲自上门来取了。我是兰心的老公许小宁。"

老曹耍赖："对不起，让你白跑一趟，我是真没钱，有钱早还了。"

"不会吧？你住的这房子也不赖，看来生活水平也不低，不像没钱啊？"

"我这房是租的，实话告诉你，我还有辆车也是租的，都是做生意装门面用的。该着我倒霉，这几年生意一直赔钱，老也倒不过气来，实在还不上啊。"

许小宁上下打量他："我觉得你这人不实诚，我也实话告诉你，这趟我不能白来，无论如何得把钱带回去。"

老曹眼珠一转："我给你出一主意，要不你去法院起诉我，不过法院判了我也没钱！再不然你就杀了我，我争取投胎豪门，下辈子加倍还你钱。"

"铁了心玩儿赖是吧？"

"我也是没办法，你慢慢琢磨着，看到底怎么办，我就不陪着了。"老曹说着，趁许小宁不备，把房门"砰"地一声关上了。许小宁七窍生烟，狠狠往门上踹了几脚，只好沮丧地下楼，坐在车里死等。

直到暮色降临，老曹才下楼，上车离去。许小宁的车紧跟着开出小区大门。老曹在前，许小宁死咬不放。一直追到一家饭店门口，老曹下车进门，许小宁停车，透过窗玻璃，盯着老曹和几个狐朋狗友大吃大喝。看着看着，流出了口水，感觉到饿了，摸出面包和火腿肠，啃一口就一口凉牛奶。

许小宁在外面讨债风餐露宿，兰心在北京正紧锣密鼓进行收购谈判。商务酒店包房的桌上摆着鲜花、红酒和一些冷盘。对方是刘厂长、老钱和两个财务人员，这边是宋圆圆和财会经理陪着兰心。谈了一下午，双方的底都亮出来了，刘厂长就等兰心表态出价，兰心却说不急，先吃饭，边吃边谈。说着叫服务员上菜。吃着饭，喝着酒，双方都在较量耐性。老钱实在憋不住，低声问宋圆圆，能不能给透点儿底？宋圆圆笑着敷衍他，兰总的底连我也不知道。

李刚开着兰心的车，到幼儿园接乐乐，突然看到郭洋牵着小洋，正俯身和乐乐说话，立刻缩头藏匿在车里。郭洋见乐乐没人接，让她跟小洋一起回家，乐乐连忙拒绝，妈妈说了一会儿就来，郭叔叔你走吧。郭洋不放心，乐乐急了，推开郭洋，郭叔叔，真不用！真不用！郭洋嘱咐乐乐乖乖在这儿等着，千万别走开，才带着小洋一步一回头地离去。

李刚看郭洋走远，下车过去问乐乐，刚才露馅儿了没有？乐乐得意地说没有。李刚又对乐乐进行"培训"，记得妈妈是怎么嘱咐你的吗？记得！叔叔接送我的事不能告诉小洋和他爸爸。对喽！乐乐真聪明。

乐乐问李刚，妈妈为什么要骗小洋和郭叔叔？李刚被问住了，乐乐自问自答，是怕小洋知道了会吃我醋吗？李刚乐了，没错儿，小洋要是知道他舅舅送你上学，能不吃醋吗？走！咱们先吃晚饭，然后带你玩儿去！

李刚叫来小小，两人陪乐乐吃完了晚饭，又牵着乐乐去溜冰，把乐乐哄得滴溜转。小小笑眯眯地瞅瞅李刚，看不出你还挺会带孩子的。李刚遭到表扬很是得意，没辙，演什么像什么呀，我现在的角色是奶爸。乐乐突然说，我有点儿想爸爸了。小小搂住她安抚，不想不想，这不是有个临时奶爸吗？乐乐固执地摇头，我就想我爸爸！李刚赶紧带乐乐换个地方玩儿，保证让你玩儿得忘了你爸爸！

李刚带着小小和乐乐逛商场，买了一大堆儿童玩具和用品，乐乐累了，李刚背起她就走。小小满意地跟着，夸他演得太投入了。

兰心和宋圆圆走出酒店大门，李刚和小小抱着乐乐从车上下来。宋圆圆看见小小，一愣。兰心打趣他们还挺般配，看着跟一家三口似的！乐乐问兰心，明天我还去李叔叔和小小阿姨家玩儿行吗？兰心意外，你们俩什么时候有家的？

　　两人连忙一番解释。兰心和宋圆圆表情都很异样地看着他们。李刚一脸无奈，这两天解释这个我嘴都磨出泡了，要不咱俩写个告示得了。小小点头，我看有这个必要。车到兰心家楼下，兰心、乐乐和小小下车。兰心叮嘱李刚把圆圆送回家，明儿早上接她别晚了。

　　路上，宋圆圆问李刚，你真给小小交房租吗？李刚说那当然了。宋圆圆转了转心眼儿，哎，跟我合租那女孩儿快搬走了，要不等她走了你搬过来吧，我不收你房租，咱俩每天一起上下班还能搭个伴儿。李刚找借口，我还是交着房租踏实。

　　宋圆圆顺着他，那我就收你点儿房租呗。李刚又找新借口，主要是小小画室离我姐家近，比较方便。宋圆圆撇嘴，你愿意跟她拼房，还是因为喜欢她吧？李刚说，这个问题也得跟'拼房不等于同居'一起写进告示里，省得我一遍一遍浪费唾沫。官方正式解释是这样的：我跟常小小拼房不表示我喜欢她，只要不是仇人，跟谁都能拼房，关键是房子合适。明白了吗？宋圆圆云淡风轻地回了一句，你也别解释了，就算你喜欢她也没什么。我说过，只要不妨碍你，我就先喜欢着，要是你们俩真好了，赶紧告诉我，我就及时撤呗。李刚不得不夸她一句，圆圆你太潇洒了！宋圆圆想了想，你现在也算有自己的地盘了，双休日要是懒得做饭，说一声，我去给你露一手怎么样？李刚故意说，那好啊，要是你不介意做仨人的饭。宋圆圆一笑，不介意，我就奉献到底了！李刚哑了，不是没话，而是觉得再说就彻底伤害人家了。

　　石家庄最大的洗浴中心门口，灯火辉煌。许小宁坐在车里等老曹，时间一个小时一个小时地过去，他疲惫得缩着脖子直打盹儿。晚上十二点，老曹终于心满意足、摇摇晃晃地从里面出来。在睡梦中都睁着一只眼的许小宁突然惊醒，发现老曹上了车，连忙发动汽车跟上。

　　许小宁一路跟着老曹的车，开进了一个高档小区的大门。他透过车窗左右看看，明白了，原来这才是老曹的老巢。他坐在车里看着老曹进了楼门，脸上露出一丝笑容。摸清了他的老窝，事情就好办多了。

　　许小宁拿出手机，给家里打电话。兰心接的电话，把家里情况汇报了一下，问他那边怎么样？有危险没有？许小宁说一切顺利，已经跟老曹沟通了一下，态度还不错，他再盯紧点儿，争取尽快拿到钱。

　　兰心疑惑，这么顺？八成是报喜不报忧。又问许小宁晚饭吃了吗？这会儿在哪儿呢？许小宁又贫嘴，说他刚吃了一顿海鲜大餐，这会儿酒足饭饱，正享受异性按摩。兰心一听，这回可算脱了缰了，你就野吧！警告他别乱来，不然回来有他好看！许小宁嘿嘿嘿傻笑着挂断电话，拿出一条睡袋套上，踏踏实实蜷在后座睡着了。他要枕戈待旦，迎接新一天的战斗。

　　早晨天气特别好。许小宁早早醒来，一切准备就绪，只待目标出现。上午九点多，老曹才打着哈欠走出楼门。他发现邻居的老头儿老太太们人手一张电脑打印传单，边看边交头接耳。老曹一过来，众人都不拿好眼神儿一齐盯住他看。

　　老曹莫明其妙，刚要问发生了什么事，众人早已作了鸟兽散。他看见地上有张传单，拣起来一看，上写"豪车大宅，人模狗样；欠债不还，实为老赖"等字样。连忙四处一撒瞄，发现许小宁的轿车停在不远处，车身上贴着一条大标语："欠债还钱，天经地义！"一群邻居男女把他围在当中。老曹上前扒开人群一看，许小宁正在发传单、发照片，边发边控诉："此人就住在你们这栋楼，资产无数，家底丰厚，就是欠债不还……"他一回头看到老曹，朝他一指，"你们看，就是他！我今儿是来提醒大家的，你们都要认清这个人的真面目……"

　　众人都对老曹露出鄙视的目光。老曹像点着了的小鞭炮，顿时炸了，上前抢过许小宁手上的传单，跳着脚驱赶众人："去去去，看什么看？有什么好看的？"说着，拿打火机点燃传单，"我叫你到处散布谣言！我叫你到处散布……"

　　许小宁不理他那茬儿，高声对围观的邻居声明，他有欠债借条为证！老曹叫板让他拿出来，许小宁看穿了他的不良居心，不上他当："想把欠条也给烧了呀？做梦！我那可是证据，到了法庭上自然会拿出来！"

　　老曹不再理许小宁，上车扬长而去。许小宁连忙上车，跟在后面。众邻居目送他们远去，议论纷纷。

　　两车一前一后。老曹努力试图甩掉他，许小宁牢牢盯住不放。过路行人和司机都好奇地扭头观看许小宁车上的大标语。到了十字路口，老曹加速要冲过去，绿灯突然变红，他只好急刹车，气得歇斯底里按喇叭、用拳头猛砸方向盘。

　　老曹的车停在会所门口，许小宁跟着开过来停车。保安走过来盯着许小宁的车和老曹一个劲儿看。老曹走到许小宁车窗边，气急败坏地指着他："行，你跟，有本事你跟我一辈子！"许小宁笑眯眯回复："我争取。"

　　老曹转身走进会所大门，今天他是来谈生意的。他刚进包房，许小宁就从拐角处闪身出来，蹑手蹑脚凑近包房门口倾听里面的动静。老曹跟里面的人讨价还价地商量预付款百分比，对方只给百分之二十，老曹坚持要一半。许小宁突然撞开门闯进来，还没看清里面人的庐山真面目，劈头就是一句："我提醒你们，这人是个老赖，欠账多年不还，跟他做生意风险极大！"

老曹拎着许小宁的领子想把他弄出去，许小宁猛力推开他，老曹站不稳，撞翻了桌子，茶具叮叮当当摔了一地。老曹恼羞成怒，揪着许小宁，挥拳要打，许小宁"唰"地掏出防狼剂，对着他的胖脸喷过去，一声惨叫，老曹捂住了眼睛。

几个人都被带到了派出所。老曹戴着一只白色眼罩，坐在椅子上，故意夸张地哼哼，表示很疼。警察教育许小宁，你的行为确实构成了人身伤害，但鉴于是正当防卫，就不追究了。许小宁如释重负，大赞小警察太廉洁公正了！老曹一听急了，不追究能行吗？我这伤就自认倒霉了？警察又教育老曹，他喷你确实不对，但你打人在先。他喷了你，阻止了你进一步犯罪，不然的话，现在被追究责任的就是你了。不是我说你，欠人家钱就赶紧还，何必弄得这么狼狈？老曹死猪不怕开水烫，放挺装死，我就是没钱，不还！

警察无奈，建议许小宁到法院起诉。许小宁嫌走法律程序时间太长，他等不起，还是得两条腿走路，继续跟着老曹。他故意说，请警察同志放心，我就是跟着他，绝对不干任何违法的事儿，除非他先违法。他不还我钱，我日子过不下去呀，只要他不杀了我灭口，大不了后半辈子我就摽着跟他一块儿过了……老曹一听，头皮发麻，当场颓了，跺脚拍大腿，哎哟！我服了你了，我受不了你了！我还，我还你还不行吗？

许小宁以胜利者的姿态，陪老曹到银行办理转账手续，转眼拿到了三十万。一出银行，就兴奋地向老婆报告喜讯。兰心这边儿正跟刘厂长谈判，几个人围着茶桌而坐。兰心简短地结束了通话，嘱咐许小宁路上开车小心，晚上给他接风。没想到许小宁还真行，居然把多年的死账要回来了。兰心高兴，急着回家，对刘厂长说今天先到这儿，大家回去再认真考虑一下。刘厂长急了，哎哟我的兰总！您还有什么不满意的尽管说……兰心欲擒故纵，说她想再考虑周全一些，对双方都更稳妥，并让刘厂长放心，她会尽快答复。刘厂长无奈，只好回去等消息。

许小宁风尘仆仆，美滋滋地听着音乐，开车返回北京。一路设想着兰心设宴款待、温情回报他的一幕幕即将发生的美妙场景，禁不住乐出了声。

许小宁进门的时候，晚饭刚刚做好。兰心和乐乐跑出来迎接他。一个娇声叫"老公"，一个奶气喊"爸爸"，把许小宁的鼻涕泡都美出来了。他抱起乐乐左亲右亲，哎哟，可想死我了！这两天爸爸不在，妈妈照顾得好不好啊？

乐乐看看兰心的脸色，机灵地回答："照顾得可好了！"

许小宁看到一桌子丰盛的晚餐，对老婆的厨艺进步得一日千里感到惊讶。兰心羞涩一笑，不好意思地坦白，还没进步到这个程度，是圆圆给做的。许小宁几天没吃上一顿像样的饭菜，这会儿饥肠辘辘，口水直流。兰心热烈地亲了许小宁一个脆响，老公，你太了不起了！那么多年的死账，你怎么办到的？啊？快说说！许小宁眼睛盯着饭桌，老婆，我能边吃边说吗？

看着老公狼吞虎咽，听着他讲述怎么跟老曹斗智斗勇，兰心这才知道许小宁这两天吃睡都在车里，过得是相当辛苦，不由得心疼，你干吗骗我？说你酒足饭饱还异性按摩？许小宁嘿嘿一笑，我不是怕你担心吗？男子汉大丈夫吃点苦不算啥，关键得替老婆分忧解难。

"老公，你太伟大了！哎，你要债的招儿可够邪的，又发传单、又打标语地死跟着，人家没跟你急呀？"

"怎么不急呀？最后要动手揍我！眼瞅着拳头离我脸只有5厘米的紧急关头，我以迅雷不及掩耳盗铃之势拿出秘密武器——防狼喷雾。手指轻轻一按，噗！四两拨千斤，制服了他。"

兰心一脸惊恐，想想都后怕，发誓下次决不让他这么冒险了。许小宁得意地说，他对讨债更有经验了，干脆开个讨债公司怎么样？兰心的意见是"去你的！"

李梅一整天心神不安。下午在公司实在待不住，溜回家一趟，想刺探一下军情。郭洋正在书房绘制家居馆设计图，摊了一桌子草图。听到门响，本能地慌忙收拾东西。李梅进来就声明，一份合同落家了，回来取。她东看看，西瞧瞧，问郭洋就一直在家画图呢吗？郭洋觉得她不对头，今儿一天打四个电话了，现在又跑回家来，你是拿合同，还是查岗查哨来了？那天我说煮夫生活丰富多彩把你说怕了？不放心了？这是盯人防守呢？

李梅掩饰地从抽屉里翻出一个纸袋，你这人不用防，我充分相信你的自觉性！

郭洋知道李梅口是心非，要不这样吧，以后只要有点空儿你就回来，公司有事儿再回去，顶多费点汽油多跑几趟，随时抽查，我也乐得有人说说话。郭洋坏笑着逗她，李梅一听，没好气地走了。

晚上，李梅洗完澡出来，郭洋坐在沙发上看他们俩的《协议书》，一边看一边问李梅，你现在翻身得解放了，已经快把这玩意儿忘了吧？李梅说，怎么可能忘呢？这可是我保卫婚姻家庭的有力武器。郭洋问她，你不觉得这武器已经不灵了吗？现在你忙得跟陀螺似的，我在家待着，原来的协议已经文不对题了，必须重新修改。李梅想想也是，问他想怎么修改呀？郭洋说简单啊，把男女完全调个儿！例如，以前要求男方必须重视家庭，双休日尽量少加班，现在改成对女方的要求就行了。李梅同意，这个可以改。郭洋又说，例如以前要求男方必须分担家务、夫妻双方轮流接送孩子，现在改成对女方的要求。李梅果断否定，这个不行。你别忘了，以前你上班我也上班，现在你是全职家庭煮夫，家务和照顾孩子就是你的专职工作，我可以凭自觉尽可能分担，但你不能强求我！

郭洋反唇相讥，你以前不是说"尽可能"这仨字等于没说吗？我不是真的要求你干多少家务，是希望你能把心思和精力多分点儿给这个家。李梅以牙还牙，你不也说过这是精力分配问题吗？既然现在暂时我主外你主内，精力分配上肯定各有偏重，这也很正常。郭洋认为，李梅频繁打电话和亲自回家查岗查哨的行为，已经证明她不是不能分出精力，就看主观愿望够不够强烈。这样吧，分担家务这条暂时搁置，说说下一条，以前女方有自由活动日，现在男方同样要求有自由活动日。李梅烦了，以前我家里家外忙，要求点儿自由不过分，现在你不是自称每天都有大把自由时间吗？还要什么自由活动日？纯粹是胡搅蛮缠！

郭洋哑了，一时找不着新式武器反击。李梅继续痛打落水狗，相反，由于你有大把自由活动时间，我要求在协议里增加一条："男方在拥有自由的情况下要有自律精神，以解除女方在外工作时的后顾之忧。"郭洋急了，反正这个家怎么都是你老大，左右都是你约束我，这日子没法儿过了！说着，把协议一扔，起身走了；李梅占了便宜，偷偷笑个不停。

19　事业是男人的"三围"

许小宁讨债归来心情不错，煞有介事地约郭洋和老常到茶馆喝茶，顺便开个"夫联常务会议"，交流一下他出差这两天的情况。郭洋先来了，告诉许小宁，这两天还真有点儿情况，老常肯定要告状。正说着，老常进来，直朝郭洋翻白眼，没好气地质问许小宁："他怎么也在？"

许小宁连忙给老常倒茶，让他消消气、败败火，想开点儿，毕竟小小和李刚都是成年人了，他们有选择生活方式的自由，你还真赖不着郭洋跟李梅。

老常苦着脸说，其实也不是冲他们，就是心里窝火，总得发泄一下吧？郭洋顶老常，那你就把我当出气筒？我还一肚子火没地儿撒呢！许小宁劝说，你俩千万别对着撒气，不要忘了咱是有组织的人，有事找"夫联"！一个一个来，老常你先说。老常诉苦，说他现在夫权父权全面丧失，在家不但没发言权，就连个听他说话的人都没有。长此以往，非得抑郁症不可。强烈要求组织出面替他扭转乾坤，夺回权威。当然了，父权可以先放放，眼下夫权是当务之急。

许小宁明白他的意思了，哦，那就主要是声讨陈梦？行。又问郭洋有什么问题呀？郭洋说没什么新鲜的，就是李梅同学气焰越来越高涨呗，昨晚我已经发起了一次反击，强烈要求修改"婚保协议"，结果全面失败，不但没达到目的，反被她加了一条。老常和许小宁听了，都哈哈大笑。许小宁十分得意，两个难兄难弟面临的形势都很严峻，只有他那边局面还是不错滴！郭洋不以为然，不就是讨债成功了吗？许小宁自夸，这可不是一次简单的成功，而是标志我和兰心强弱关系开始转变的重要事件。这次外出讨债，充分体现了我大丈夫的智慧和力量，兰心认真做了两天家庭主妇、全职妈妈，也找到了贤妻良母的感觉，我们家阴阳失衡问题得到了初步调整，这难道不是一个重大胜利吗？

"胜利也就这两天，你一回来不还得恢复旧秩序吗？"老常看得很透彻。

"当然，要彻底扭转乾坤，不是一天两天能做到的，但我经过长期抗战，终于看到胜利的曙光，可喜可贺呀。"许小宁仍然摇头晃脑。

"你是长期受苦，给点甜头就知足，我们俩可不一样。"郭洋不屑。

"就是就是，这苦日子我多过一天就少活一年啊，你还是别忙着沾沾自喜了，赶紧想法解决我们的问题吧。"老常附和。

许小宁让两人放心，"组织"不会辜负他们的期望，他这就开始制定计划，寻找合适的时机跟各家女掌柜进行"维权磋商"。

老袁约杨丹在会所见面，杨丹心情复杂地赶过去，坐下就讽刺他，小白约完我，你又约，是要分头跟我晒幸福还是怎么着？老袁宽容地笑着说，今天有事儿想跟她聊聊。杨丹问，聊小白？行，我还真挺好奇，她怎么就把你完全变了个人。老袁坦率地承认自己跟小白虽然年龄差距不小，可是被她给感染、带动了，跟她一起玩儿年轻人喜欢的东西，过年轻人那种有朝气的日子，感觉自己好像也年轻了几岁。杨丹没想到，老袁这把岁数还返老还童了，露出一脸的不屑。

老袁不得不承认杨丹其实是个挺不错的人，只是他们俩在一起不合适，杨丹一心要发展事业，他这人太重视家庭气氛，太需要女人呵护和温存。

杨丹给他一个白眼："不全为这个吧？没外因能闹到离婚？"

老袁沉吟了一下："事实证明你的猜测完全是错误的。"

"鬼知道怎么回事，没准你只是发现小白比那位更合适。算了，反正现在跟我没关系了，我也不关心。"

老袁拿出大哥哥的宽厚建议杨丹，以后如果再婚，别再找跟你一样强势的，你也应该像我这样，找个心态平和、能包容你、以你为中心的，哪怕他没什么大本事，只要能全心全意对你好就够了。杨丹不爱听，凭什么我就不能找个又有本事、又能百依百顺的呀？我怎么就只能顾一头啊？这事儿你就甭操心了，我自己能处理好！老袁被抢白得没话，无奈地笑、轻声叹息。杨丹还不放过他，你现在终于找着被女人二十四小时全方位贴身依靠的感觉了吧？行了，这回你们俩再没那么互补的了，好好享受迟到的幸福吧！

杨丹带刺儿的话一箩筐，老袁只好打岔，听说你最近资金周转不灵，需不需要我帮一下？杨丹一听就知道李梅找过他了。她的自尊心受不了这个，当即变脸，不需要！我从前不靠你，以后就靠你了？谢谢你的好心！没别的事我先走了……

杨丹气冲冲回到公司，把跟老袁憋的一肚子邪火都冲李梅发泄，我的脸都叫你丢尽了！我跟他分开就是要让他知道我不是靠男人活的女人，靠女人的聪明才智照样能活出个人样儿来！你倒好，这不背后拆我台吗？李梅心里不服，你有人样儿，把我逼得快没人样儿了，还贷逼得我都快上房了！嘴里却耐心解释：

"我是觉得老袁一直挺关心你的……"

"离了婚的老公再关心还能怎么着啊？他想关心，我还不答应呢，被我义正词严地拒绝了！"

"你怎么数落我，我不在意，但你至少不能把老袁的好心当驴肝肺，他是真心想帮你迈过这个坎儿！"

"需要谁帮也不用他帮。"

"就是离了也不至于成仇敌吧？杨丹，你可能都没意识到，你最大的问题是不知道什么时候该硬，什么时候该软，根本不知道怎么当女人！"李梅说罢扬长而去。杨丹被她说傻了，难道我连女人都不会当了？

郭洋和许小宁合开一辆车去接孩子，俩孩子坐在后座上，乐乐向小洋显摆，老师同学都夸她漂亮，小小阿姨给买的衣服比爸爸买的好看，你觉得呢？小洋淡淡地丢下两个字："可以"。乐乐又炫耀她的帽子、围巾、手套是李刚叔叔送给她的。小洋突然吃醋了："为什么我舅舅给你买东西呀？"

乐乐猛然意识到自己泄密，捂住了嘴。许小宁、郭洋对视，一脸狐疑。

许小宁审女儿："乐乐，怎么回事呀？又是李刚叔叔、又是小小阿姨，他们什么时候给你买东西？为什么要给你买呀？"

乐乐捂着嘴，一个劲儿摇头。许小宁又问郭洋知道这事吗？郭洋看到许小宁怀疑的眼神，强调说，他真不知道。许小宁诧异地歪着脑袋，犯起了嘀咕，我不在家，兰心怎么会让李刚和小小带乐乐呢？奇怪。

当天晚上，俩男人把李刚叫来好一番审讯。许小宁单刀直入，你为什么带乐乐又吃又玩、还买衣服？不等李刚反应过来，许小宁一掌拍在桌子上："说！我不在，到底谁带的乐乐？兰心这两天都忙什么呢？"

李刚抖出浑身机灵，努力自圆其说，连唬带蒙外加打马虎眼，总算把许小宁给骗了个七七八八，最后又赌咒发誓，许小宁还是怀疑地死盯着他，眼看快撑不住了，宋圆圆适时来了一个电话，李刚借着机会脚底抹油溜之乎也。

李刚走后，许小宁吃不准地问郭洋："你觉着你小舅子说的是实话吗？"

"无法考证。"

"我是相信还是不信呢？他不会拿着我给的好处当双料间谍吧？"

"那得看你给他什么好处了。"

许小宁牙根痒："这个兰心！骗我，还把李刚也给腐蚀拉拢成狗腿子了。"

"不过兰心也未必是诚心骗你，她把牛都吹出去了，公司这事那事又没法撒手不管，临时让李刚代打一下保姆，碍着面子不好跟你说，也合情合理。

许小宁觉得事情没那么简直："女人心，海底针！"

晚上，兰心洗罢澡一出来，许小宁就一脸严肃地问她为什么撒谎？兰心一脸无辜，还想抵赖，许小宁申明政策"坦白从宽、抗拒从严"，诈兰心："李刚和乐乐都已经招供了，人证物证俱在，你还打算继续隐瞒罪行？"

兰心比他更狡猾："嗨！我当什么事儿呢，老公你太逗了，说得那么可怕。"

"严肃点！你信誓旦旦答应我要当几天全职妈妈，为什么转脸就说话不算数，让李刚替你带乐乐？"

"我这两天确实是全心全意照顾乐乐，那天厂子临时有急事儿，必须我亲自处理，实在没办法，我才让李刚帮着照顾乐乐一晚上。"

"我一共离开两天一夜，乐乐白天在幼儿园，就剩一晚上可照顾了，你还脱岗。你自己觉着说得过去吗？"

兰心有点心虚："是有点……说不过去，我也不愿意啊，可真是赶巧了。"

"你不但没尽到职责，还教闺女骗我，说你表现多好多好，你说以后我还能相信你吗？"

兰心撒娇地抱住许小宁："老公，我错了，我是怕你生气才骗你的。虽然这两天我做的不像承诺的那么好，但我保证，我想尽职尽责的愿望是真的。"

"哼，净拿话甜乎我。"

"没甜乎你，这些年我注意力一直在事业上，现在特别想把重心转移回家，多关心你和乐乐，做个好妻子、好妈妈。但我需要一个过程，你能不能对我放宽点要求，让我慢慢来？我肯定会做得越来越好的。"兰心说得跟真事儿似的。

许小宁被感动："只要有这几句话，就算你做不到那么好，我这辈子也值了！"兰心温柔地靠在他怀里，有点儿内疚："老公，这辈子有你，我才值了呢。"

宋圆圆约李刚出来，告诉他：老钱请她喝茶了，想通过她透露兰心的底牌。还给了两万块钱，说是小意思，不成敬意。她当时不敢接，老钱就说没别的意思，只是想请她帮个小忙，在兰总身边推波助澜，尽快促成收购，事成之后还有重谢。她想，反正兰总已经打定主意想收购，这钱不拿白不拿，于是就拿了。

宋圆圆说着，从包里掏出一个信封，不由分说塞给李刚，这是一万块，事儿本来就是你介绍的，好处费理所当然有你一份儿！

苦巴苦业挣不着的钱，突然自己从天下掉下来砸在脑袋上。李刚掂着一捆大票直发愣。两人各自揣着一万块，期盼着即将到来的"重谢"，坐在街心公园长椅上，憧憬着美好的未来，满心欢喜地设想着那二十万要是来了，一人分一半，到时候怎么花。李刚说，要先把欠他姐的十万还上。宋圆圆替他惋惜，那就一下子全没了！李刚说，可惜是有点儿可惜，不过心理负担也就此卸了。

李刚的梦想是赚很多钱，买房、买车，在这个城市站住、站稳，扎下自己的根。宋圆圆主张两人各拿一半启动资金，合伙开个店。李刚有过经商经验，具体项目和经营方针他定，她的强项是联系业务和管理，绝对可以默契配合。李刚听得两眼放光，要是真能在北京开个自己的店，就算事业起步了，慢慢发展做大，多了不说，至少到我姐和姐夫那岁数，也能过上他们那种像样的日子了。宋圆圆陶醉地靠在李刚的肩膀上，说她这会儿突然看见幸福了。

夜深了，两个漂泊北京、一无所有的年轻人，还在繁华城市的清冷街头，憧憬着或许并不遥远、或许永远也等不来的美好未来。他们觉得眼前突然洞开了一扇大门，似乎只要走进去，就一切尽在掌控。

李刚从外面回来，心情不是一般的好。大摇大摆进了门，发现小小还没走。贫了一句："这么晚还没回去？每天不见我一面心里不踏实吧？"

小小没反应，情绪低落地坐在画板前发呆。李刚走近，才发现她手里拿了把裁纸刀。他故作惊慌："哎呀，我不就晚回来一会儿吗，你怎么这么想不开呀？"李刚说着作势要抢刀，才发现画板上的一幅半成品已经被划了几刀，顿时有点意外："咦！好好的画，怎么了这是？"

"好个屁！"小小情绪沮丧，抬手又是一刀。李刚急忙拉住她，用力夺下裁纸刀："抽什么疯呢你？辛辛苦苦创作的作品，说毁就给毁了？"

"狗屁作品！我现在看它们特垃圾，特没劲！"

"一点儿都不垃圾，我觉得你画得挺好！"

小小苦笑，她还是头一回听李刚夸她的画儿，明显是给她吃麻醉药。李刚连忙解释，以前不夸是不爱看她自我感觉良好那牛劲儿，其实他真觉得小小画得不错。小小一屁股坐在地上，李刚说对了，她以前就是自我感觉良好。回国前踌躇满志，以为大把机会等着她大展拳脚。结果回来瞎混了这么长时间，除了李刚当托帮着卖出去几幅画之外，一无所获。画室开张快俩月了还无人问津，现在她内心一片迷茫。"早知道国内机会比美国还少，我干吗回来呀？赚点儿钱养活自己都这么难，还妄想什么成功？太可笑了！"小小嘟囔着。

"是挺可笑的！你吃了多少苦、受了多少打击呀？这才哪儿到哪儿呀，你就自暴自弃了？到底是温室里的花朵，承受力太差了。"

小小委屈地瘪着嘴看李刚："你这是安慰人吗？"

"我不管安慰你，就管说实话。当初刚到北京的时候，我比你苦闷比你迷茫。白天找工作，灰头土脸跑一天没什么结果，晚上睡不着，经常在大街上游荡，看着万家灯火、车水马龙，没有一扇窗一盏灯是属于我的，整个人就像没根的浮萍，漂浮在这个貌似充满机会的大都市。"李刚说到这儿，深沉地唱了一句电视剧《西游记》插曲，"敢问路在何方？"他见小小正专注地看着他，呲着白牙灿烂一笑，"——不过这一阵子熬下来，我终于发现'路在脚下'！"

小小没精打采地看看李刚："在脚下？我怎么看不见啊？"

"你想想，这个城市每天有成千上万的人跟咱们一样，不停地寻找自己的位置和价值，不停地经历失望和沮丧，可是天一亮，还得继续挣扎、继续寻找……不然怎么叫闯荡江湖、游走四方、艰苦创业呢？出来混，就得有股子逢山开路、遇水架桥，百折不挠的气势和决心！成功就是给永不放弃努力的人预备的，吃不了苦、受不了罪、承受不起失败的人只能一边玩儿去。你是想成功还是玩儿去，就看你能不能坚持下去了。"

小小被触动："听你这话，我觉着好受点儿了。"

"其实，像你我这样已经不错了，至少生活都有着落，也算拥有了属于自己的一扇窗、一盏灯，这已经很幸福了！只要我们肯努力，一定可以更成功、更幸福，你相信吗？"小小听着李刚的话，内心温暖，感动地看着他，深深点头。

杨丹正为还贷的事发愁，李梅轻描淡写地告诉她，昨天已经把款子打到银行了，是老袁转过来的钱。杨丹不由得仰天长叹，唉！吃人家嘴短，以后甭在老袁面前谈女性尊严了。李梅埋怨，你在老公面前捍卫什么女性尊严？你俩是打擂台还是过日子呀？杨丹较劲，他不是老公，是前夫！李梅哭笑不得，人家帮了你，还好像你吃多大亏似的。

杨丹心里虽然对李梅私下接受老袁的资助感到恼火，但也不得不佩服李梅在面对困境和为人处事方面有她独到的长处。这几天她考虑再三，难以接受李梅提出的"五个月免租"建议，眼下听说要靠老袁接济过日子，她立刻命李梅招揽租户、具体落实。李梅知道，不到万不得已，杨丹不会让这个步。

李梅累了一天，拖泥带水地蹭进了家门。郭洋笑嘻嘻地凑过来，李梅嗅出不对味儿，他这副样子，准是有重要请求。

果然，郭洋的父母要来北京参加一个老朋友的葬礼，准备待三天，后天就到。俩人连忙布置客房，爷爷奶奶要来了，小洋高兴地在床上打滚儿。郭洋希望李梅请个假，全家一块儿去接站。李梅发愁，她不光后天抽不出时间，这段时间每天都忙得脚打后脑勺，公司正招租，客户纷至沓来，谈判，签约，再谈判，再签约！有时候忙得连午饭都吃不上。郭洋可不管这些，爸妈难得来北京，儿媳妇总不能不露面吧？李梅撒娇，让郭洋干脆拿刀把她劈成两半儿，一半去工作，一半接爸妈。要是觉得行，赶紧拿刀去……郭洋夸张地打寒噤、倒吸冷气，"毛骨悚然"地摇头叹气。李梅一到关键时刻往往耍赖做滚刀肉状，他还真拿她没辙。

"老公，我就知道你是很善解人意滴。你想啊，我费了牛劲儿才吸引那些商户踊跃入驻我们商城，这种关键时刻一个松懈走神儿就可能前功尽弃啊。"

"哼，你就不怕对家庭松懈走神，前功尽弃？"

"怎么不怕？我怕死了。所以我恨不得拿刀把自己劈成两半……"

"得得得，又来了，想导演山寨版的《电锯惊魂》啊？也不怕吓着儿子。"

小洋插嘴问："劈两半我是不是就有两个妈妈了？"

"你瞧！给孩子造成什么样的恶劣影响！儿子，别理你妈，她发神经呢。"

李梅趁机吩咐小洋代表妈妈去机场接爷爷奶奶，小洋被大人重视，十分得意，立刻大包大揽喊了一串儿"好"。李梅又许诺，回头她请客送礼，走的时候她买机票、驾车送行，好好补偿老人。鉴于人家态度好，郭洋也没话了。

郭洋带着小洋，去北京站接回了父母。母亲一路上幽幽感叹，唉，梅子从前多纯朴个人啊？现在咋也忙成这样了？小洋代表妈妈给出了官方解释：妈妈忙着赚好多好多钱，她是女强人。郭洋连忙补充，私企嘛，资本家用人都是吃肉不吐骨头。李梅说了，回头专门抽时间好好陪陪您二老。

母亲忧心忡忡地问儿子，以后不会就这么一直呆在家里吧？ 郭洋说就这一年，等小洋一上学他就出去工作。老太太还是担心：一年也够熬人的，一个大男人，在家哪呆得住啊？老郭埋怨老伴，在家一天到晚磨叨这点事儿，见了儿子面还磨叨。老太太不服，我儿子的事就是我的心病，不叨叨行吗？

到了家，郭洋洗水果，母亲连忙抢过去自己洗，郭洋倒茶水，母亲也不让他动。郭洋想擦擦地板，母亲二话不说又夺拖把，快给我！这些抠抠嗖嗖的活儿哪是男人干的？看着就别扭！

郭洋笑着安慰母亲，说他已经习惯了，干得特别利索，还挺有乐趣。母亲不高兴了，这算啥好事儿啊？你那么有前途的工作放着不干，倒跟家侍候老婆孩子，像什么话？老郭在一旁劝老伴别掺和孩子的事，郭洋连忙圆场："嘿嘿，没事儿爸，妈是心疼我。那……我准备做饭去。"

"做饭你也别管！"老太太命令老伴下厨房给儿子做顿家乡饭去。老郭慢吞吞地起身："在家指挥老头子指挥惯了，到儿子家还不放过我。"

老太太正嘟嘟囔囔埋怨着，许小宁左手鲜花、右手果篮地带着老常前来探望郭洋的"令尊令堂"。郭洋连忙给父母介绍，这是我邻居、哥们儿许小宁、老常。

许小宁冲二老鞠躬，献上果篮："伯父伯母你们好啊？二老千里迢迢来到北京，我俩谨代表夫联组织特地前来欢迎！"老常也跟着献上花篮，鞠了一躬。

老太太没听清，问老伴："是什么联？哪儿的？"

老郭也糊涂了："没听说过。"

许小宁笑了："我们这组织刚成立不久，成员只有三名，就我们仨。"

老太太问："你们白天都这么有时间呀？不用上班吗？"

许小宁大大方方："伯母，我们仨都是家庭煮夫，不用上班。"

"哦，是这么回事，怪不得都这么闲，那你们太太……"

"她们都在外面顾事业，忙得脚打后脑勺，不着家。"

老太太倒吸冷气："北京的媳妇都这样了？首都现在流行男女颠倒？"

老常难堪："女权当道，没办法。"

"什么风气呀？怪不得把我家李梅拐带成女强人了！"老太太不愿意承认儿子在家的事实，"不过郭洋是临时的，他回家是为孩子、为李梅做牺牲。临时的。"

许小宁笑了："伯母，我们都是为家、为媳妇做牺牲，因为一个共同的革命目标，走到一起来了，所以成立了夫联。"

老郭感兴趣地插话："你们那夫联平时都干什么呀？"

"帮助化解夫妻矛盾、维护丈夫合法权益，夫联成员之间互助互爱，一人有难、大家伸手，如果有谁在家受到媳妇压迫，夫联义不容辞出面帮助他维权。"

老郭认同，频频点头，不错，不错，需要这么个组织。老常关切地问他，伯父您也觉得我们男人是弱势群体吧？您有什么要维权的吗？老郭斜眼瞥了一下老伴儿，不敢接话茬儿。

许小宁察言观色、怂恿老郭："伯父，我看你还是有必要依靠组织，我们目前正扩大队伍、招收新成员呢，要不给您挂一个顾问？顾得上就问问？"

老郭一扭脸，见老伴拉着一张脸，吞吞吐吐回绝了："我声援你们就行了。"老郭紧着退却，还是吃了老太太一个白眼，郭洋在一边拣乐，笑得不行。

李梅在公司带着几个商户察看闲置铺面，介绍五个月免租政策，众商户听说梦想家园降低了入驻门槛，只要先缴一笔抵押金，就可以零租金开业，五个月后生意做起来了，再开始缴纳房租，都抑制不住兴奋，不少人当天就签了约。

李梅忙得昏天黑地，回到办公室，累得一屁股瘫坐在椅子里，不停地捶腿。桌上放着午饭的餐盒，也顾不上吃一口，就给家里打电话问情况，说她一上午都快跑断了弦儿了，下午事儿更多，估计晚上也早不了，让郭洋先陪爸妈吃晚饭。

李梅在电话里跟婆婆道歉，老太太言不由衷，话里带刺："那什么……你忙，别耽误你正事啊，家里有郭洋陪着我们呢，我们几个都是大闲人。"

李梅挂断电话，感觉异样，还没来得及思忖，秘书进来告诉她，已经有几个客户等在外面了。李梅匆匆扒了两口饭，又开始忙。

晚餐桌上，老郭尝尝菜，肯定儿子厨艺见长，好！我儿子出息了。老太太却不以为然，这叫啥出息呀？正是干事业的时候，会不会做饭能咋的？老太太忧心忡忡地问郭洋，儿子，平时总跟那两人在一起混啊？郭洋说，反正都在家呆着，一起凑个热闹嘛！许小宁都在家三年了，把老婆孩子侍候得可像样儿了，绝对好男人典范。我跟老常刚回来没几天，正跟他学习取经。

母亲苦口婆心："这经有啥可取的？好男儿志在四方！男人的生活重心还得放在事业上。他爸，你说呢？男人要是没了事业，那还能在老婆面前挺起胸脯来吗？那话怎么说来的？"

老郭接茬儿："啊，事业是男人的'三围'。"

"对对，你爸现在上网学了不少新名词儿。这男人的事业呀，就像女人的三围一样重要，大丈夫的含金量全在这事业成败上呢！"老太太认真严肃地劝导。

郭洋嘿嘿一笑，调侃老妈，您退休以后比在单位那时候更有含金量了。

"别打岔！俗话说得好，近朱者赤，近墨者黑，儿子啊，我真担心，你总跟这么两个胸无大志的邻居混，把男人的雄心壮志都给混没了。"

郭洋哭笑不得："合着我还是被他们两个给带坏的？"

　　李梅进家门的时候已经是夜里十点多了。公公婆婆迎出来，老太太一惊一乍：
"哟，我这宝贝媳妇可算是仙女下凡喽！连邻居都欢迎过我们了，你才回来！"

　　李梅讪讪地连说"对不起"，一脸歉意为公婆倒茶："爸，妈，不好意思，我
这几天正赶上公司跟客户签约，实在走不开，所以回来晚了。"

　　婆婆心软了："哎呀，看你忙成这样，这么累，我们也不忍心打搅你啊。"

　　郭洋端来一碟水果，众人在沙发围坐，李梅殷勤地为大家削果皮，说她已经安
排好了，明晚专程请二老到梦想家园，吃喝玩乐、好好享受一下，顺便参观一下她
的工作环境。郭洋明白她是想在公婆面前一抖威风，得瑟得瑟，不由哼哼冷笑。李
梅也看出郭洋的小肚鸡肠，她就是要让公公婆婆为她这个儿媳妇自豪！

　　老太太拉着李梅，说娘俩几年没见了，一肚子话等着呢，要跟她好好唠唠。

　　李梅大致估计出婆婆想说什么，她强打精神笑着点头。郭洋看出李梅累了一
天特别疲惫，劝母亲先让梅子洗个澡、解解乏再说。老太太不知是听不出郭洋的意
思，还是故意装糊涂，她催促李梅去洗澡："行，赶紧洗，洗完咱俩再好好唠。"

　　李梅洗了澡，昏昏欲睡地靠在床头，听婆婆坐在床边训话。

　　"梅子，你看看你，成天弄得多累呀？"

　　李梅强打精神："累是累点儿，但我挺高兴的。"

　　"咱一个女人干吗把自己累成这样啊？"

　　"现在女人不都自我意识抬头了吗，都想挣巴着给自己找个事业做靠山。"

　　"什么是靠山啊？一个好老公就是女人最可靠的靠山。梅子呀，好男人可都是
女人调教出来的，女人得学会护夫，懂吗？把男人侍候好了，让他成器，就是女人
的本分和福分……"

　　李梅听着不顺耳，还得应付地嗯嗯啊啊，以示尊重。老太太加重语气，要跟儿
媳"好好商量商量"。李梅没什么兴趣，又很困，只好强打精神请她说。

　　老太太说，儿子现在这岁数正是干事业的好时候，得让他抓紧时间展示才能，
千万别让一个人才就这么半途而废喽。李梅忍不住打了个哈欠，告诉婆婆，这都是
暂时的。老太太不爱听：

　　"梅子，就算妈拜托你了，你听妈一句劝，啊？让郭洋早点儿出去工作吧……
以后郭洋事业干大了，有你的福享。"她在屋子里走走看看，指指点点，"你完
全可以在家种花种草，养养宠物，把孩子照顾好，也就功德无量了。你看我这一辈
子，多好啊？啊？"

　　李梅没反应，老太太扭头一看，媳妇靠在床头睡着了，气得板着脸拂袖而去。

李刚站在楼下给小小打电话，问她怎么好几天不去画室了？小小有气无力地说，现在没动力也没灵感，只觉得前途渺茫。李刚告诉小小，他这会儿就在她家楼下，约她出来聊会儿："我这儿有一针强心剂，要不要给你打上？"

小小很快下楼，李刚从兜里掏出信封塞进她手里。小小打开，里面是一万块钱。小小把钱还给李刚，嫌这房租太多了，没准半年一到她就撑不下去、退租了。李刚声称有个朋友在南方小镇，要装修别墅，想弄得洋点儿，他就把小小的画拍照从网上发过去了，人家二话不说就把钱打来，先要两幅。

小小信以为真，欢呼雀跃，抱着李刚不撒手："呀，太好了！李刚，你真是个好托儿！"

李刚拍拍她后背："嗳，嗳，差不多得了，已经超出友谊范畴了啊！"

"超出就超出呗。我现在就想抱着你！"小小抱得更紧了。

李刚发现被小小抱着的感觉真不错，跟被宋圆圆抱着完全不是一回事儿！他得意地偷偷笑着，嘴里还装没事儿："那我就……再借你抱会儿？"

郭洋陪着父母去八宝山公墓参加葬礼。回来的路上，老两口还沉浸在悲痛中。老太太感叹，这半年就参加了三个追悼会，人老了，说不定哪天谁就走了。就说这老方吧，退了休高高兴兴来北京奔闺女，这才多长时间啊？说没就没了。

"谁说不是呢？这就是古人说的——客死他乡啊！"老郭也叹息。

郭洋连忙劝解母亲别这么想，方叔叔临走的时候，亲人都在身边守着，这样离开也是一种幸福。郭母想想，那倒也是。就是不知道我们到这天的时候，你们能不能在身边？郭洋连忙表态，这个问题我也想过，早晚要把你们接来北京一起过。母亲不同意，接我们来不给你们增加负担吗？北京的生活成本多高啊？

老郭也自有一番道理，你们别操老人的心！我和你妈把身体练得棒棒的，不给你们添麻烦，就是对你们最大的支持。郭洋明白父母的矛盾心理，他们希望跟儿子在一起，又怕给他添麻烦，所以才言不由衷。郭洋看着父母的白发，不由得一阵心酸，他必须对他们的晚年生活有个细致的考虑和安排了。

李梅这一天又签了六家商户，她得意地告诉杨丹，现在的空置率已经不到百分之十了。杨丹兴奋地憧憬着五个月后大笔的银子送上门来的情景，特别宽慰。

李梅下一步还打算继续跟一些过硬的品牌商家合作，以免费提供场地为条件吸引他们把品牌推广活动拿到这儿来做，聚拢一下人气，在短时间内形成广告效应。还想请广告公司拍一组电视广告，在公交车、地铁这些客流量特别大的地方播放，扩大影响。杨丹感叹自己没看走眼，李梅的确是个人才。她要给李梅一个惊喜，晚上招待郭洋父母的事她都交代过了，绝对给李梅撑足场面，不能让人家觉得你弃明投暗。李梅松了一口气，笑着拍了拍老同学，以示感激。

黄昏时分，郭洋开着车，带着父母、孩子来到梦想家园。李梅已经等候在门口迎接："爸妈，欢迎你们光临我的地盘儿！"说着，引领众人走进商业街观光。

李梅在服装商场为公婆挑选衣服。老太太一看价签儿吓了一跳，小声对李梅说，太贵了！李梅说没关系，今天我买单。谁买单都是咱家的钱呀！郭洋帮着劝，妈，李梅主动要求宰她，咱就甭客气了，这里商户平时都看她脸色，肯定溜须拍马，有折扣。

李梅不由分说，帮郭母穿上一件衣服，到镜前一看，朴素的老太太瞬间变身为贵妇人了。刚才还坐怀不乱的婆婆这会儿眼睛也有点儿花。李梅上下打量："怎么样，妈？一下年轻十岁吧？我做主，就要这件了。"李梅又催郭洋，"别跟没事人儿似的，赶紧帮咱爸挑一件！"

老两口全副武装，顿时神气活现。李梅召唤经理，让拿POS机过来刷卡结账。店面经理来了，毕恭毕敬朝李梅一弯腰，说给她免单了。李梅执意要付。经理笑容可掬地拦住她，李总平时对我们多有关照，这两件衣服就当一点心意，千万别推辞，不然以后都不好意思再麻烦您了！李梅收起信用卡，那我就不客气了。

郭洋和父母在一边看得直瞪眼，两三千的东西，就白送了？李梅看看他们，下巴一扬，神态得意。郭洋在她耳边小声嘀咕，没想到我老婆现在也这么腐败！

一家人大包小包被经理送出了店门。老头老太太特别高兴，走路也趾高气扬了，说话也声粗气壮了，李梅朝郭洋丢一个眼色，郭洋无奈，装作看不见。

晚餐更是了得。一桌子山珍海味，全家人吃得特别高兴。老郭一边吃一边感叹李梅会点菜，老太太却有些于心不忍，一边吃一边念叨，这一桌子够小城市一家子过一个月了吧？郭洋说不止，至少够过半年的。郭父和郭母一听，都停了筷子，有点儿下不去口了。李梅白了郭洋一眼，给公婆夹菜，二老辛苦了一辈子，赶上物质极大丰富的好年头，享受一回儿媳妇的孝心，有什么不安的？吃吃！

饭毕，李梅招呼服务员结账。经理过来说，已经结过了。郭洋意外，又有人结了？经理解释，杨总交代餐饮费用全部记在她名下。

出了酒店的门，李梅说她下面还安排了电影或者卡拉OK，问他们想玩哪种？老太太掩饰着不快，推辞说有点累了，想回家休息。李梅看出婆婆情绪低落，试探她，是不是对她的安排不满意？婆婆言不由衷地说，太好了，就是我们体力有点儿撑不住。郭洋打圆场，爸妈岁数大了，今天又是起大早去参加葬礼，消受不了吃喝玩乐车轮大战，干脆回家歇着吧。李梅扫兴，只好顺从。

陈梦白天在4S店里接到了一个电话，得知她的养父心肌梗塞，需要马上手术。连忙给了会计一个账号，让她马上从店里账上转过去十万元救急。

会计平时被老常训练有素，问这个钱做什么用？要不要经过常总同意？陈梦说她急用，让会计先去办理，她自己会跟老常说。陈梦给养父的女儿打电话，让姐姐一定要给父亲用最好的心脏支架，别担心钱的问题。虽然她不是爸妈亲生，可他们把她养这么大，理应把他们当亲生父母孝敬。

会计划完了钱，左思右想，觉得不妥，还是打电话告诉了老常。老常正在家晾衣服，一听陈梦从公司账上挪用十万元，以后再补齐，顿时跳了起来："以后补齐？她拿什么补啊？"

20　男人的钱只能锦上添花不能雪中送炭

陈梦回到家，老常劈头就兴师问罪，今天为什么从账上挪用十万块钱？陈梦连忙解释，正要跟你商量……老常打断她，你这是商量么？你这叫先斩后奏！

陈梦解释说养父突发心梗，必须立刻做心脏搭桥手术，家里没那么多钱，她这个养女在这个节骨眼儿上理应尽一份孝心。老常没耐心听完，你还真能替我大方，一给就十万，以后是不是还得没完没了地给呀？陈梦一听老常这话也急了，没错！我肯定要没完没了地给他们！养父母把我从福利院接回家，养到十八岁上大学！他们平时为了不给我添麻烦，从不索取什么，从不打扰我的生活。他们不需要我报答，但我觉得自己对他们有责任！怎么着吧？

老常的火被陈梦的气势压下去，嘟囔着说，你很少提他们，我哪知道这些？

陈梦说，很少提起他们，就是不希望你有负担，不希望你误会我嫁给你就是图钱，这也是我坚持要工作的原因，我要用自己的力量回报养父母。

小小在一边证明，陈梦一直是这么做的，为了赚钱她甚至在外头走穴。陈梦委屈，强忍着眼泪。老常结巴了：

"我，我……不反对你报答呀，需要用钱你可以事先跟我商量，征求我同意呀，我又不是六亲不认的人。"

"得了吧！你在钱上让我失望过太多次了，我早都明白女人为什么要自己赚钱养活自己了，你们男人的钱只能给女人锦上添花，不能雪中送炭！我的教训是：没有希望，就不会有失望，所以我不想拿这十万元当试金石，让自己再失望一回。"

老常被挤兑得脸通红："你你，能不能别门缝里看人？"

陈梦一甩手，走了。她这一走，老常有点儿慌，左品右品，她刚才的一番话也不是全无道理。老常信奉一个最接近常识的真理：化解夫妻矛盾的最科学最准确场合是床上。于是连忙洗漱，收拾雕琢，干干净净整整齐齐走进卧室，刚摆出一个笑脸，陈梦立刻用后背对着他。

"老婆，我可以理解你的报恩之心，也可以接受你给他们钱，"一提到'钱'字，老常事先准备好的条理有点儿乱，一时不小心又搞错了轻重缓急，脱口而出地强调，"但是，你还是应该为不征求我的意见、就挪用我的钱向我道歉。"

陈梦一听这话，弹簧一样跳起来，你的钱？我用的全是你挣的钱？老常不明白，难道不是吗？陈梦说，我替你打理4S店这几个月，就算纯利润，也不止这十万吧？取得这么好的经济效益，你能说它们全是你的、没有我一点功劳吗？老常打量陈梦，噢，你这是要跟我亲兄弟明算账、抢夺我胜利果实呀？你占我地、在我田里结出来的果子，到头来反成了你的了？陈梦一听，老常是把自己当地主了，她这个老婆就是他眼里的一个长工。老常说，长工租地种，收了庄稼当然大部分得归地主所有！

陈梦冷笑，跳下床，赤脚出去，拿了一张纸回来，龙飞凤舞写下一张借条，往老常面前一拍，钱算我借的，收好你的宝贝欠条，搂着它安心过日子吧！不等老常反应，陈梦拽过一只枕头，赤脚大步，摔门而去。老常颓丧地跌坐在床上。

郭母睡不着，靠在床头生闷气。唉！这趟来北京，心口一直堵着块大石头。晚上儿媳妇在老两口面前臭显摆，置儿子的自尊心于不顾，让她心里十分不爽：这个梅子！她怎么那么伟大光荣正确呀？她越本事、越能耐，就显得我儿子越窝囊、越憋屈！老郭哭笑不得，有你这么看问题的吗？都是什么逻辑呀？

李梅这边也在跟郭洋嘀咕："你妈是不是对你在家、我出去工作特排斥呀？"

"我妈是传统女性，虽然在家对我爸残酷镇压，但一出门绝对维护夫权。"

"好心没好报，累了一晚上，还惹她不高兴，真是热脸贴个冷屁股。"

郭洋见李梅生气，心里解恨，挺痛快。李梅看他一脸坏笑，扑上去一把掐住他的脖子。两口子在床上翻滚，郭洋略施小技，一个小动作就把老婆收服了。

三天一晃过去，李梅履行诺言订了两张机票，郭洋送父母去机场。路上，母亲突然长叹一声，我们来呆了三天，见到梅子的时间加起来不到几个小时，一回家就累得睡着了，这样下去怎么得了啊？郭洋笑着安慰母亲，媳妇在外头累，回家顾不上唠叨，我耳根子可清净多了。挺好！

　　母亲替儿子抱屈，实在不行，她就来北京帮郭洋带孩子，做事趁年轻，这么待下去把事业都荒废了，不是个长久之计呀！郭洋让母亲放心，再过半年他肯定出去工作，他是闲不住的，表面在家呆着，其实还兼着一份职呢。

　　老太太又对老伴感叹，人啊，说变也快，你看这梅子，跟当年去咱们家那时候比，简直就像两个人似的！郭洋一直压抑着内心对李梅的不快，可是母亲这一番话，把他所有的积怨都勾出来了⋯⋯

　　宋圆圆路过老钱的皮具厂，顺路进去想看看他，接待人员说，钱助理陪审计人员下车间了。宋圆圆奇怪，哪儿来的审计人员？接待人员随口说，阳光皮具要收购他们厂。宋圆圆吃了一惊，连忙回来向兰心汇报。她没敢直说，只是提醒兰心，不会是别的厂也在打他们的主意吧？兰心并不紧张，她认为有这个可能。因为她太沉得住气了，估计刘厂长心里没底，开始接触别人了。不过，这证明她没走眼，这个厂还是物有所值的，好东西自然抢手，看来动作要提速了。

　　宋圆圆提醒她，还是应该慎重点儿，再侧面了解一下情况再做决定。兰心怀疑她态度忽然变了是替许小宁说话，圆圆，如果你再被许小宁当枪使，可就笨到家了！任凭怎么解释，兰心脸上都明显挂着审视的表情，宋圆圆一急，说如果兰总真对她不放心，那这事儿以后她就不参与了。没想到兰心特别痛快，为保险起见，这样也好。圆圆，其实我不是针对你，只是不希望功亏一篑。

　　兰心支走宋圆圆，叫来李刚，说她怀疑许小宁又暗地对圆圆施加了什么影响，圆圆现在说话云山雾罩的，弄不好别又出什么岔子，她决定这两天就赶紧把合同签了。有关收购事宜由她亲自掌握，李刚整理资料打下手，这事儿她不想让圆圆再参与，以防许小宁借机再来搅和。她命李刚马上准备合同草案，要快！

　　郭洋送走父母，内心一直不爽。李梅体谅他亲人离别的心情，晚上早早回家。郭洋洗碗的时候，她调皮地凑上前，故意仔细打量他的脸，郭洋不理。李梅又抱住他的腰撒娇：

　　"老公⋯⋯对不起，实在对不起！我知道这几天做得不够好，把爸妈得罪了，你一定要从侧面替我跟老人解释解释，行吗？"

　　"有什么可解释的？领导忙嘛，日理万机嘛！"郭洋的话荆棘丛生。

　　"你是不是也特别不高兴啊？"

　　"我要是特别高兴，你觉得我正常吗？除非我没心没肺。"

"有道理。老公别不高兴了，以后我一定想办法好好补偿！我说话算数！"

李梅又说，这几天她在思考一个严肃的问题。公婆来了，虽然没能多陪他们，但感触特别多。他们身体虽然都挺好，可比前几年老多了。看见他们，她想起自己的父母，结婚到现在，一直忙事业忙家庭忙孩子，是该考虑赡养老人的问题了。

郭洋听到这儿，心情豁然开朗："咱俩想一块儿了。你有什么具体想法呀？"

"我妈身体一直不太好，现在李刚也跑到北京来了，他们身边连个嘘寒问暖的人都没有。我琢磨着，应该把爸妈接来跟咱们一起过，他们有亲情抚慰就不会太寂寞，我心里也能踏实点儿。"

郭洋失望了："啊，把你爸妈接来你就踏实了？那你想过我爸妈吗？你好歹还有个弟弟，我爸妈可就我一个儿子，他们就不寂寞不孤独不需要亲情抚慰？我不在父母身边心里就能踏实？"

李梅解释，我也没说光管我爸妈不管你爸妈呀，实在不行就都接来呗。郭洋说，你说得轻巧！咱现在的房子再住四个老的，能住下吗？李梅四处看看，这房肯定住不下，最多住俩，还嫌挤呢。郭洋明白她的意思，就是说只能先接俩呗？那我倒想问问，到底是先接你爸妈还是先接我爸妈呀？李梅被问住：

"……别抬杠，大不了咱努努力赶紧换套大房子，都接来。"

郭洋认为甭管多大的房子，四个老人住一块儿不现实。李梅财大气粗地说，买两套对门的房子，既分开住，又方便照顾！郭洋不屑，想的倒挺好，那得多少钱啊？房价比你工资涨得快多了，你一个人什么时候才能挣够两套房钱？李梅听着，觉得郭洋有点成心，问他到底什么意思？郭洋语气沉重：

"你心疼你父母，我也心疼我爹妈！咱们现在正是上有老下有小的年纪，俩人肩上担着四个老人的赡养义务，这责任不轻，而且还由不得咱慢慢来，因为他们年纪都大了，现在多照顾他们一天，将来就少一分后悔。不瞒你说，我爸妈来这几天，我一直在想这个问题，越想越心焦，越想越紧迫，我必须抓紧时间努力奋斗，必须尽快出去工作！你能理解我的想法吗？"

"我完全理解、完全同意！我也从来没说让你永远在家呆着呀？你说尽快出去工作是什么意思？是连咱俩说好的这一年都坚持不了吗？"

"说实话，我现在呆在家就跟在油锅里煎一样，真是熬不住……"

李梅脸色难看了："那我就想不通了，我为这个家牺牲奉献的时候就是享受，轮到你就是煎熬了？凭什么呀？你要真待不住当时就别同意啊，这才刚几天啊？你就变着法儿找茬儿、发泄、抱怨，你觉得你这样像个男人吗？"

"就因为是男人，我才不可能对肩上的责任视而不见、踏实在家呆着！"

"得了吧！不早不晚，偏偏这时候想起赡养义务来了！我看你这'责任'只不过是药引子，说白了你就是想反悔，想要赖！我也知道，打你答应回家那天起就憋着一口恶气呢！就是没想到你居然心胸这么狭窄，不但没调整好，反倒越来越糟糕，现在终于爆发了、不想忍了对吧？不想忍就直说，别拿老人当幌子！又是'心焦'又是'紧迫'的，好像我怎么迫害你了似的！"

"要怎么给我扣帽子随你便，我就是不想忍了，我也没道理继续忍了！"

"那就别忍了，你不就是要工作的自由吗？行，我成全你，从明天起你彻底解放、彻底自由，爱干吗干吗，没人拦着你！"李梅说完，扔下他走了。

许小宁坐在沙发上，面对电视购物节目，视而不见地出神。兰心过来坐下，看看他，整天淘宝上秒杀还不过瘾？还想电视购物？你可别成了购物狂啊。许小宁，一脸冥思苦想，毫无反应。兰心不知道他琢磨什么，关掉电视，凑上前，问他最近怎么不关心她的事业，也不打听她都在忙什么啦？许小宁清醒过来，敷衍她，你有事业我也有事业，我现在比你还忙呢！兰心笑了，哟，那我关心关心你吧，都忙点儿什么事业呀？许小宁一本正经，我正在思考一个严肃的问题，是不是女人一旦找到事业上的成就感，就不愿意再多为家庭奉献、多为老公着想了呢？兰心一听，噢，你又想控诉我？

"不光是你，也不光是控诉，现在形势已经非常紧迫，我必须马上行动起来。"

兰心顿时心虚紧张："你要怎么行动？针对谁行动？啊？"

许小宁不告诉她。兰心更加狐疑，一个劲儿追问他，是不是听说什么了？许小宁说，我现阶段的主要工作就是听人说，不光听，听完了还得管、得干涉。

许小宁说的是陈梦和老常的事，兰心以为说的是她，哎哟小宁，你别再跟我玩神秘了行吗？你到底都知道些什么？要干涉什么呀？许小宁可不想把这些事儿告诉老婆，多一事不如少一事。兰心又问，这事跟我有关系吗？许小宁一脸严肃，一本正经，应该说，跟你我和很多家庭都有很大的关系！

兰心吓得一哆嗦，连忙拉扯摇晃许小宁，老公，你就别卖关子了，到底什么事儿，快点告诉我吧，我听得云里雾里都快急死了。许小宁拨开她的手，态度坚决地说，我还没想出行之有效的解决方案，就算想出来也绝对不能告诉你。因为在这个问题上，咱俩是两个对立阵营，明白吗？兰心摇头。许小宁说，不明白最好，去去去，别打扰我思考作战计划！兰心的误会加重，心里狐疑，难道收购的事他知道了？

　　宋圆圆跟兰心汇报收购厂的事没引起重视，心里不踏实，私下约了老钱出来，问他们是不是也在联系别的买家呀？老钱一口否认，宋圆圆不动声色地告诉他，下午她去过他们厂了。老钱猜测宋圆圆可能知道了一点，但不是全部，于是对她说，兰总谈生意太深不可测，刘厂长办移民已经倒计时了，没耐性一直这么打太极，他怕这事儿最后落空，所以两手准备，跟别的厂也接洽了一下。虽然别的买家实力都不如兰心皮具，条件也没有他们优厚，但都是上赶着要买这个厂，如果兰总继续按兵不动，刘厂长很可能就要贱卖厂子走人了。

　　宋圆圆听了这话踏实了，顺便给老钱透了个底，兰总决心已定，这事很快就会推进，建议他把其他厂家都回绝了吧。老钱大喜，马上要回去告诉刘厂长。让圆圆回去再帮着做做工作，事成之后一定重谢！老钱还让宋圆圆把私人账号发给他："滴水之恩当涌泉相报，我看清楚了，有你帮忙，这事一定能成！"宋圆圆抑制着兴奋，故意轻描淡写："等事成了再说吧。"

　　老常身形笨拙，手脚麻利，陈梦对镜梳妆的功夫，他已经做好了早餐。

　　老常端着一锅热豆浆放上餐桌，陈梦从他面前经过，视而不见地穿衣穿鞋。

　　他讪讪地叫了一声老婆，陈梦头也不回："跟你没话！"

　　老婆女儿都走了，老常越想越郁闷，这几天陈梦就没给他好脸色，这么下去，还过个什么劲儿啊？他坐在沙发上发了一会儿呆，想起了"组织"。

　　许小宁在会所里悠然自得地游泳，老常心急火燎地沿着池边追他，边追边控诉："陈梦现在跟我冷战，我都已经睡了两宿空床了，你这夫联主席不是说要帮着维权吗？赶紧的呀！"老常尽量往严重了夸张。

　　许小宁享受着老常追着求他的快感，一脸得意洋洋，无视老常的痛苦，继续往前游。掉头往回游的时候，看见郭洋也进来了。许小宁嘴里喷着水，游得更加轻松得意："现在夫联会议都不用我召集了，好啊，同志们都很积极主动嘛！郭洋，你也是来投诉老婆的？"

　　郭洋没好气，跟老常一起沿池边追着许小宁："我投诉你老婆！"

　　老常翻他一眼："你投诉人家老婆干吗呀？"

　　郭洋追着许小宁："你们家兰心整个就是李梅的反面教材，现在李梅越来越有她的风采了，听不得一点不同意见，动不动就给我扣帽子、摔脸子，我已经越来越难跟她沟通了，这问题你必须得帮着解决！"

　　许小宁改成仰泳，潇洒地向后挥动着手臂："哎呀，你们也太依赖组织了，就不能让我消停会儿？真没办法，连游泳都得思考问题！我现在是日理万机呀！"

　　许小宁游到岸边，挑逗两人，要不你们也下来游会儿？咱们边游边议。郭洋给老常递眼色，两人各拽许小宁一只胳膊，拎小鸡一样把水淋淋的许小宁拎上岸来。许小宁挣扎着："哎！哎！不得非礼……"

　　许小宁穿上浴袍，在休息区落座，清清嗓子，煞有介事地打量两人，威严地命他们说得清楚点儿，到底对组织有什么诉求啊？老常抢着说让陈梦回家，还他4S店！郭洋说让李梅从心理上接受他一有机会随时出去工作的现实！

　　郭洋连一年都撑不住，大出许小宁意外。老常比郭洋还急，连一天都撑不住了。许小宁算看明白了，郭洋是身在曹营心在汉，身体虽然被召回了家，思想却一天也没在家呆过。老常虽然身体离开了4S店，但思想也一直盘踞在店里阴魂不散！老常眼圈都红了，许小宁没说错，他连做梦都到店里去上班。郭洋同情地说老常，自己的店都得做梦才能去，你比我惨。老常的眼泪差点儿掉下来。

　　许小宁知道，这俩同伙在家是呆不长了。一旦成功地帮他们了却了心愿，让他们重新出去工作，就意味着自己将失去两个亲密战友和同盟军，重新沦为孤独煮夫，同时也意味着夫联行将解散。他情不自禁摇头叹息，唉！一段光荣而伟大的历史，就这么短命地结束了吗？

　　郭洋连忙打消他的顾虑，你不会孤独，夫联也不会解散，我们争取脱离组织之前帮你多发展几个组织成员。老常也赶紧表态，是是，我们不完全脱离组织，可以作为编外成员吗，一定经常回来看望和慰问你！

　　许小宁笑了，算你们有良心。那好，我宣布，这个周末，就是明天，维权战役即将打响，三剑客集体出征！上午一场战役老常家，下午一场战役郭洋家。你们俩好好准备一下，到时候积极配合，见机行事。

　　兰心亲自给刘厂长打电话，说她已经决定签约。回头让人把合同文本送过去给他过目，如果没问题，尽快签了。刘厂长喜出望外，刚放下电话，老钱过来汇报昨晚见宋圆圆的事，刘厂长恍然大悟，明白了兰心为什么这么痛快。两人额手相庆："太好了，这条大鱼总算上钩了！"刘厂长让老钱马上把那笔钱打给宋圆圆，让她积极从中督促，以免节外生枝。

　　兰心回到家，许小宁正为明天如何解决两个组织成员的家庭矛盾伤脑筋，兰心试探他，明天双休日，我要接待非洲客户，一天不在家。许小宁心不在焉，去吧，去吧。兰心奇怪，这一回你怎么没像往常一样激烈抗议我牺牲休息时间啊？许小宁头也不抬，以前的我只是小我，现在的我是大写的我，目光要放到更远的地方。老公，你怎么突然就成大写的了？目光想往哪儿放？不是放在美女身上吧？庸俗！我现在日理万机，焦头烂额，哪有功夫看美女？明天你忙你的，我也要忙我的，一堆事儿呢！件件都关系到国计民生！兰心狐疑地打量他，瞧你说的跟真事儿似的，这几天到底玩儿什么猫腻呢？无可奉告。不过别急，等到胜利的那天，你不想听，我也会告诉你的。兰心做贼心虚，不安地问他要革谁的命？许小宁做了个噤声的手势，不再理她。兰心不屑地嘟囔了一声："神经病。"

宋圆圆打扮得漂漂亮亮，等在二十四小时银行门口，李刚匆匆赶到，奇怪她怎么约他来这地方？难道你要取巨款，找我当保镖吗？宋圆圆神秘一笑，让他去查查自己的账。李刚到ATM机前，插卡查账户余额，被屏幕上的数字吓了一跳，多了整整九万！这就是宋圆圆说的那一大笔好处费，说来就来了，这么快！宋圆圆看着李刚，灿烂地笑着："咱们有钱了！"

两个小青年儿欣喜若狂，兴冲冲相互搭着肩膀走在街上，边走边唱《走进新时代》，引得路人侧目。李刚已经很久没这么痛快了！来到北京，一直为重新起家奔波，却只能跟所有的北漂一样从零开始，燕子垒窝，一口一口吐出的都是心血。人家燕子垒出的是价值不菲的营养品，自己折腾了半天还得在小小的出租屋里栖身。受的那叫精神打击呀！有了眼下这笔钱，他就看到了曙光，看到了未来，有钱的感觉太好了！明天合同一签，这事就算成了，到时候自己为企业立下了汗马功劳，兰总一高兴，说不定还有奖励！李刚想到这儿，不禁盼着明天快点到来。

老常早早起了床就开始看表。吃过早餐，他不安地在屋里转来转去，对许小宁和郭洋出现之后的局面心里没底。陈梦在沙发上看杂志，被老常晃得心烦，起身拿着杂志往卧室走。这时候电话铃响了，老常故意不接，赶紧往厨房躲。

陈梦不满地瞪了他一眼，只好返身接电话。许小宁在电话里说，他跟郭洋要过来看看她，跟她说点儿事，陈梦答应了。她放下电话，一转身，突然发现老常拿着水壶站在身后。陈梦问他，许小宁跟郭洋找她到底什么事儿啊？老常连忙撇清，不知道！老常假装浇花进了阳台，突然听到郭洋和许小宁来了，慌乱之间把鞋和裤子都弄湿了。他探头探脑地往客厅张望，许小宁眼尖："哟！老常这是怎么了？尿裤子啦？"老常心里紧张，挤出一个假笑："嘿嘿，我浇花儿呢！你们坐，你们坐！"

许小宁和郭洋并排在餐桌前落座。陈梦坐下，发现两个男人正襟危坐，神情严肃："看你们俩这架势，怎么像是要审我呀？"

"不不不，我们是要跟你进行一场融洽的会谈。"许小宁连忙声明。

"对对，良好氛围的沟通交流。"郭洋跟着溜缝儿。

老常小手小脚地走过来，殷勤地为三个人倒茶。

陈梦迷惑地看看他们："交流什么？"

许小宁清清嗓子，一本正经："首先，我们以夫联组织的名义，代表老常向你真诚道歉！"老常一听，脸拉下来，心里骂许小宁忒"二"！替我道哪门子歉呀？

陈梦瞥老常一眼，忍住笑："还说不知道，原来是你让他们来的？行啊，现在知道搬救兵了，还雇人向我道歉？"

老常终于憋不住，冲许小宁去了："我是让你来替我道歉的吗？"

"先解释一下，老常没让我们来，是我们发现他这两天心神不宁、精神不振，经过深入了解，得知了你们俩目前的矛盾。作为一个民间组织，出于对组织成员的关心爱护，我们才主动上门，帮你们解决问题来了。"许小宁连忙纠偏。

"如果他自己没有解决问题的诚意，你们来管什么用？"陈梦不屑。

"他没诚意我们能帮他吗？我们代表他向你道歉，就是为了说明诚意嘛。"

"绝对有诚意，陈梦你控制一下情绪，咱们保持一个良好的谈话氛围，老常，你也坐下旁听，不许乱插嘴。"郭洋配合默契。

老常坐在餐桌一头"观战"。许小宁态度诚恳，语气温和，循循善诱：

"老常对你的家庭情况不太了解，没及时体会到你的苦衷，在十万元的问题上闹了点小误会，希望你谅解，不要再跟老常继续冷战了，他对你感情还是很深滴，你这么折磨他，他是相当的痛苦啊！"

陈梦委屈："我也不愿意这样啊！"

"其实呢，这事本来也没那么严重，你们双方显然都反应过度了。究其原因，主要是本来就有情绪疙瘩，碰上个由头就爆发出来了。"

陈梦瞥老常一眼："他有什么情绪疙瘩啊？"

"陈梦，你看你啊，人那么漂亮又那么聪明，在店里代替老常这几个月，也证明了你是个有文化、有涵养、有能力的女人，我们都为老常有你这么个秀外慧中的老婆感到很欣慰……"郭洋先给陈梦灌迷魂汤，许小宁赶紧接茬儿下刀子："但是同时，你也应该看到，自从老常回家之后，情绪就一直处于焦虑不安状态。应该说，这与你的太优秀和太成功有直接关系。"

陈梦冰雪聪明，对仨男人的小伎俩一览无余，哦，你们先真诚道歉，再玩儿命表扬，先给我吃个甜枣，接着就是巴掌了吧？直说吧，老常到底让你们来跟我做什么工作？许小宁赔笑，其实也很简单，他只是想回到自己倾注了全部心血的4S店，这应该不算过分吧？陈梦很无辜，我什么时候也没拦着他回去啊！你是没拦着，可问题是：有你这样一个光彩夺目的优秀女强人站在舞台上，他回去也是溜边塌台、扫眉搭眼、无人喝彩啊！

老常听到许小宁如此贬低自己，强烈抗议，我有那么惨吗？郭洋在一旁制止他，不许插嘴！陈梦说，我也没想过抢谁的风头，这是优胜劣汰的自然规律。

许小宁掰开揉碎，不厌其烦，陈梦你是一多能型人才，放在哪儿都能发光，不卖车还可以做别的事。可老常不一样，他自从失去4S店这个舞台，就算瞎了，简直度日如年，做梦都想回到从前。陈梦说，我也不是非想霸占着他的舞台，说实话我也没那么喜欢卖车。我只是不愿意在家闲呆着，只是想工作，这有错吗？郭洋感同身受：绝对没错！我陈梦干吗非死乞白赖呆在他店里啊？不就是因为他之前出尔反尔，说话不算数，不让我出去做自己喜欢的事吗？

两个男人都被陈梦问住了，许小宁想了想，终于理出新的头绪来了，对呀老常，你让陈梦回到她自己的位置，她不就不占你店了吗？这事说了归齐还得怪你自个儿！老常不服，她什么位置呀？她的位置就应该是家里。

陈梦看看郭洋和许小宁，你们都听见了吧？这才是我跟他矛盾的核心。许小宁的矛头掉转了，不对呀老常，这个矛盾不是当初已经用千纸鹤的办法解决了吗？你已经答应过陈梦可以做自己喜欢的工作了，为什么不落实啊？郭洋看看陈梦拿白眼盯着老常，也跟着质问，是啊老常，你为什么不兑现承诺呢？

老常的脸拉长了，你们这是帮谁说话呢？许小宁若有所思，老常啊，看来病根儿还是出在你身上，你必须让陈梦出去工作！不然这个问题永远解决不了……

老常急了，你们是来帮我维权的吗？屁股到底坐在板凳哪头啊？立场完全错乱，还谈什么呀？走走走，今天先不谈了！老常扯着两人把他们轰出门去。许小宁撑着门严厉地强调，老常，你可以把组织的代表赶出家门，但是下午的组织活动你必须参加！否则你将被免去副秘书长职务、开除出夫联！

老常用力关上门，气哼哼地走开。陈梦一脸嘲讽，乐不可支地跟着他："老公，这就叫搬起石头砸自己的脚吧？"

女人天生是顾家的动物。虽然李梅的身份地位都变了，可一到休息日，还是习惯性地包揽家务。侍候全家人吃完了早餐，就动作麻利地打扫卫生，整理内务，最后从卫生间端出一大盆洗好的衣服，三下五除二晾在阳台上。这还不算完，中午还得给老公孩子做一顿可口的饭菜，吃完了再把厨房收拾干净，这一个礼拜欠下的债差不多都还完了，才能疲惫地坐下松口气。

郭洋在书房透过门缝偷看李梅，给许小宁发短信："时机成熟，可以登场。"

门铃应声响起。李梅开门，看到许小宁和老常就笑了，哟，你们俩今天怎么这么稀罕呀？许小宁说，我们俩不稀罕，主要是你稀罕啊，大忙人，现在见你一面很难啊！李梅把两人让进客厅，喊郭洋出来。许小宁笑着说，今天不找郭洋，就找你。李梅意外地愣了。郭洋出来朝两人打哈哈，甭管找谁，都坐坐。

李梅倒茶，问许小宁，找她有什么事？许小宁还是那套战术，先若无其事地说，也没什么大事，随便聊聊。然后慢慢往正题上引：李梅呀，你现在太能干了，我们家兰心都让你比下去了！老常就直白多了，是！我估计陈梦就是学她俩，净想着上外头逞能去。

郭洋在一边冷眼看李梅，嘿嘿冷笑。许小宁继续往主题靠拢："关键是，人李梅以前是贤妻良母，现在是女强人，扮什么像什么，干什么成什么，不像我家兰心，压根儿就没一点贤妻良母的素质。"

"素质很重要啊，我家陈梦就是素质教育没抓好，没一点贤妻良母的样儿，哪像人李梅？只要愿意，随时都能回到贤妻良母的岗位上来。"老常努力配合。

郭洋不以为然，嘲讽地哼了一声。李梅越听越不对劲，盯着许小宁和老常：你们今天吃错什么药了？闲着没事儿跑来夸我？说你们是夸我吧，怎么听着还不太对味儿，是不是话里有话呀？李梅怀疑地看看郭洋，郭洋连忙躲避她的视线，求援地看看许小宁。许小宁会意，打着哈哈，李梅，你别急呀，我们话还没说完呢！老常溜缝儿，是是，重点部分还没到呢，现在该总结中心思想了吧？主席？许小宁示意老常别插嘴，李梅呀，咱们这么说吧，你跳槽到杨丹那儿发展事业，感受如何呀？李梅不知是计，语气轻松，挺好的呀，我重新找到了自己的价值，特有满足感！许小宁进一步启发引导，那你想过郭洋呆在家里是什么感受吗？李梅明白了，看了郭洋一眼，话中带刺，他自己说感觉不错呀？时间又自由、生活又丰富多彩，你们整天一起活动，他什么感受你比我清楚啊！

许小宁沉重摇头："错！李梅呀，看来你对自己老公还是不够了解、不够关心。难怪你留得住人留不住心啊！"

李梅看看郭洋："他什么意思？"

"我意思是说，人和人是不一样滴，有些人放在什么环境都能适应，干什么都有兴趣有热情，比如我！有的人呢？你让他做不喜欢的事情，就是牛不喝水强按头，就会导致他灵肉分离，身心不一，比如郭洋。"

"他怎么个灵肉分离，身心不一啊？灵和心跑哪儿去了？"李梅转向郭洋，"你不会是有什么情况了吧？老公？"

郭洋有点儿急："绝对没有！"他回头埋怨许小宁，"嗳，你怎么越说越乱啊？"

老常也提醒许小宁，主席，我觉得这都是乱用成语造成的，你就好好说，别拽词儿。许小宁清清嗓子，那就简单直说，李梅，郭洋完全不适合做家庭煮夫，现在这样身在曹营心在汉，精神上非常痛苦。明白？

李梅没好气，明白了！郭洋，你拿老爸老妈当引子跟我吵还不够，还动员他俩来帮你，是吧？郭洋辩解，我没有，群众的眼睛是雪亮的，他们看到了问题的严重性，自发来的。

少废话！你没让人来，他俩吃饱撑的呀？我都说了你可以不在家呆着，爱干吗干吗，你还想让我怎么着啊？

许小宁眼看夫妻又掐起来了，连忙灭火："冷静，冷静！李梅呀，你现在完全不像从前的你了。以前你是几个老婆里最温柔贤惠、忍辱负重的，我别提多羡慕郭洋了，可现在你这脾气见长，越来越强势，快赶上兰心了。"

"是，跟陈梦一样，以前说话柔声细语的，现在嗓门也大了，口气也硬了，经常蛮不讲理，飞扬跋扈。"老常借机控诉。

李梅脸色难看，强忍着不发作，听许小宁继续批判她：

"你现在整天忙事业，对家庭越来越忽略，郭洋有心事都没法儿跟你说了。"

老常紧跟："老公的痛苦基本不怎么关心了，整天不沾家，家务活儿也不干！"

郭洋听着不对味儿，临时倒戈："你们这也太夸张了，我媳妇儿有这么次吗？谁说她不干家务活了？今天从起床她就没闲着，又洗衣服又收拾完屋子，干了一堆活儿，你们来之前刚干完。"

许小宁转向郭洋："那照你这么说，李梅挺好的呀，你还让我们维什么权？"

"我是让你们帮我争取工作权利……"

李梅终于忍无可忍："行了，我彻底明白了。郭洋，我已经说过了，你自由了！什么时候想出去就出去，以后没人管你的破事儿，家里我可以找保姆照顾，我们娘儿俩绝不拖累你！你们夫联也不用为他操心了，我声明，他的事我以后绝不再管了。"李梅起身走回卧室，重重关了门。

郭洋又急又气，往外轰许小宁和老常："走走走，你们赶紧走！净帮倒忙……"

两人一走，郭洋连忙要去安抚李梅，走到卧室门口又犹豫要不要进去。李梅突然开门出来，已经穿好衣服："郭洋，你可以啊，现在也学会玩儿阴谋诡计了，居然找两个外人跑家里来控诉我？你戏太过了吧？"

"我没想控诉你，我本意是……"

李梅打断他："不管你本意是什么，这种把家庭矛盾拿到外人面前展示的荒唐做法，已经触犯了我的底线！你违反了咱们俩有问题先沟通的原则，你这是蓄意破坏家庭关系，逼着我跟你翻脸！"

　　"我是跟你沟通不了，才不得不出此下策，本以为借别人的嘴说出我的想法，你可能会更容易接受……"

　　"是吗？我看你是想让别人替你说出平时你不好意思指责我的话吧？"

　　"我完全没这个意思……"

　　"按道理你是个男人说话就该算数，不管是不是心甘情愿，既然已经答应回家呆一年，就应该说到做到！你倒好，三天两头跟我找茬儿闹脾气。我过去为这个家做了七年牺牲，都没有你这几天的牢骚多！这么长时间我一直在忍你、纵容你，今后我不打算再纵容你了！"

　　"什么意思？"

　　"我郑重宣布，收回给你自由的话，你答应在家呆一年就是一年，少一天都不行！以后别再跟我提这事儿了，咱俩已经失去了良好沟通的可能性！"李梅说完，摔门而去。

　　许小宁首次策划的组织行动不仅是失败，而且是惨败，正委顿在沙发里一脸沮丧地捣气儿呢，兰心得意地哼着小曲，扭着小蛮腰进了家门。合同签了，再打了款，就可以办理接收手续了，兰心浑身轻松，满心欢喜，见到许小宁的样子很意外，以为他知道了真相，试探着问："哟，怎么这副样子？霜打了？"

　　许小宁没吱声。兰心坐在沙发扶手上，小心地问，不是说你今天比我还忙吗？忙得怎么样了？许小宁自嘲，白忙一场，很失败！老公你到底在忙什么事儿？现在能公开了吗？我为什么要告诉你呀？让你拣笑话儿啊！要告诉也得等胜利那天再告诉你。哎，难不成你跟非洲客户又谈什么新订单了？兰心听到这儿放心了，哼，你不告诉我，我也不告诉你！

　　李梅打来电话找兰心，许小宁支着耳朵听了半天，也没听清说的什么，他心虚地看着兰心出了家门，顿时惴惴。

　　李梅站在公寓一楼的大厅，面朝窗外独自掉泪。兰心问她怎么了？李梅委委屈屈地说，下午你老公带着陈梦老公和我老公，给我开了一个会……

　　陈梦背着包，哼着小曲走出电梯，兴致勃勃地叫她俩一起上街淘货去。话刚说完，发现李梅神情不对，连问怎么了？兰心也正一头雾水，说，下午我老公带着你老公和她老公，给她开了一个什么会……陈梦说我知道，他们仨上午刚给我也开过一个会，估计都是一个意思。兰心问，什么意思呀？陈梦哼了一声，就是合着伙儿欺负自个儿老婆呗！兰心更糊涂了，这都什么乱七八糟的呀？她回头安慰李梅别往心里去，走，咱们出去转转，让他们几个在家好好反省反省！

女人们结伴逛了一通街，给自己买了点儿化妆品、衣服鞋袜之类"慰问品"，又一起去了足疗店。三人舒服地排成一溜儿做足底按摩，脚下是三个年轻帅气的男性足疗师。是兰心刻意点的，说今天非要享受一下异性服务不可，女人受了欺负就得找找心理平衡才行！

兰心想起许小宁之前神神秘秘的样子，恍然大悟，我说许小宁死活不告诉我呢，原来他是开展这事业去了？这不是干涉别人家庭内政吗？简直太不像话了！对不住啊，我先替我老公向你们道歉。这个死许小宁，净给我丢人！

李梅想不通，男女平等都多少年了？男人的花岗岩脑袋和观念怎么一点儿不变啊？噢，女人为家庭做牺牲就是天经地义，不牺牲就大逆不道，凭什么呀？兰心也愤愤的，男人为家庭牺牲，就叫忍辱负重；女人要干事业，就是阴阳颠倒！

陈梦不紧不慢地总结道，归根结底，还是男权社会的思想糟粕。

李梅叹息，还不如从前彻底男权的时代呢，那时候对女人的要求就是贤妻良母，死心塌地在家呆着倒也心静。现在倒好，家里外头您都得管着顾着，一点儿不能耽误。两头忙活累吧？活该呀，谁让你不安生、不本分，非出去逞能的？

"唉，都说男人负担重、活得累，我看女的要想活出点儿自我来，比男的累多了，必须付出双倍精力，又当母亲妻子、又当赚钱工具，万一再赶上个心胸狭窄的老公，还得整天忙着安抚他。"兰心看看她俩，"我没说郭洋和老常啊。"

"你不说我也得说，我家老常就是典型的心胸狭窄。"

"郭洋也没宽阔到哪儿去，特别是他回家以来，越来越烦人。"

"兰心姐，还是你比较成功，许哥就不敢跟你炸刺儿。"陈梦羡慕地。

"那是我下手比较稳准狠，凭着长期和老公斗争的经验，我提醒你们一句，关键时刻绝不能心慈手软、盲目退让，该强硬就强硬，该镇压就镇压！"

仨按摩师互相交换眼色、想笑不敢笑，只能埋头朝她们的脚丫子做鬼脸。

"兰心姐，许哥虽然不跟你闹，可他领着那俩老公跟我们闹。你斗争经验那么丰富，可得帮我们啊。"

"没问题，我回去就先把他给镇压了。"

李梅担心："你倒是单方面把他镇压了，回头他还得把邪火发到我们身上。"

兰心眼珠一转："他们有组织，咱们仨也成立组织，他们叫夫联，咱们就是妇女解放组织。哼！许小宁说他跟我是两个阵营的，咱们两个阵营就好好斗一斗。"

陈梦兴奋："兰姐，你就是咱妇解组织的先驱和领袖，以后我们都听你的！"

兰心进家门就大喊："许小宁！"许小宁闻声立刻出现，下意识地回了一声："到！"兰心先教训他，什么时候当上太平洋警察了？管得够宽的，黑手都伸到别人家了！然后警告他，以后再给郭洋和老常出馊主意欺负李梅、陈梦，她可就不能袖手旁观了。许小宁知道她们跟兰心告状了，连忙解释，老婆老婆，误会了！我本意是帮他们调解家庭矛盾，结果没解决人家的矛盾，却把自家矛盾挑起来了。

兰心叫板，你领导夫联，我领导妇解组织！要开战，来吧！谁怕谁呀？许小宁赔笑，我信，我太信了！只要兰大老板认真了，那没有不成功的事儿啊！他讨好地凑上前，为兰心按摩肩膀，嗳，老婆，你不会真要搞个什么妇解组织吧？兰心"啪"地一拍桌子："军中无戏言！"许小宁吓得连忙一缩头。

第二天，三个煮夫又齐聚小区健身角。许小宁坐在旋转式健身器上。郭洋和老常一人一脚，轮番踹健身器，谁踹一脚许小宁就随着健身器转向谁。

郭洋踹一脚："你说你啊？没帮我解决任何问题，反倒把我家搅得更乱了。"

老常踹一脚："就是！你这主席的水平我算领教了，陈梦叫你给惹得更火了。"

许小宁的腰扭得难受："嗳，嗳，嗳！别踹啦，把我腰扭了！我告诉你们啊，据说那仨媳妇儿已经成立了妇女解放组织，咱们两个阵营的斗争会越来越激烈，越来越残酷！"郭洋和老常闻听都愣了。

许小宁把昨晚兰心回来说的话学了一遍，最后说，形势严峻啊，我绞尽脑汁想了一夜，终于又想出一个好办法来，针对陈梦目前的情况……老常不耐烦，打住吧，我可不敢再听你的主意了，我自己有办法。许小宁问什么办法，说出来组织给你把把关。老常不信任他，算了吧，怕你给把歪了，我这办法绝对能让陈梦乖乖回家。老常说着，转身就走，我这就回去准备实施。

许小宁扫兴地看着他走远，又转向郭洋，要谈谈他们家的事。郭洋讥讽他，我们家的事儿，你还能有什么好主意呀？你没出马之前我还有一线生机，你出马之后，我基本就死透了。许小宁遭到更大的打击，我……我也不是成心的啊，那你打算怎么办呢？许小宁掩饰着沮丧，眼巴巴地看着郭洋。郭洋凄然长叹，唉！凉拌呗。走了，我也自己想辙去。说完转身离去。许小宁不甘心地追着他喊，嗳，嗳！夫联这就算解散了？我这主席还没当过瘾呢！

21　男人一旦离了婚，前妻往往变女友

　　杨丹和几个生意伙伴走进会所，看见老袁和两个男人站在大厅像是等人。她犹豫一下，把其他人让进去，自己走向老袁。老袁看见她，迎过来，两人在僻静处站定。杨丹表情不太自然地道谢："不管怎么说，你这次帮了我……"

　　老袁一笑："跟我还客气，我永远是那个最想帮你的人。"

　　杨丹惯性回击："你怎么知道没人比你更想帮我？"

　　男人一旦离了婚，对前妻的态度往往又部分地恢复对待女友的状态了。老袁看着杨丹，只是宽容地笑。杨丹意识到自己的无理，自嘲道，可能是惯性使然？我怎么一见你，就本能地变成刺猬了？老袁苦笑，没事儿，我早被扎皮实了。老袁这么一宽容，杨丹的声音也柔和了，承认了老袁帮她其实她挺感动，就是因为太较劲，上回态度恶劣，希望他别往心里去。杨丹一让步，老袁就更宽容了，嗨，别说这些，我还不了解你吗？放心吧，我不会介意的。

　　杨丹真诚地希望以后能跟老袁做朋友。老袁没来得及回应，小白突然出现接话茬儿，当然能！姐姐别客气！再怎么说你跟老袁以前也是一家人啊！而且咱们俩也特有缘。杨丹没想到小白也在，她尴尬地看看老袁。老袁笑着解释，带小白来散散心，朋友们也都想认识她一下。杨丹心里泛出苦涩，没想到他们俩这么快就公开接受大家的祝福了。小白继续抖机灵，"幸福就是要跟大家分享嘛，姐姐，以后有事说话，千万别跟我们客气！"杨丹觉得自己脆弱的内心被人窥视了，狼狈道别，落荒而逃。

　　李梅在办公室里看报表，收到郭洋的短信："今天你接孩子。"她反感地把手机扔到桌上，想了想，又拿起来针锋相对回复一条："今天你接孩子！"

　　郭洋马上还击："有事接不了，你接！"

　　李梅即刻反击："这是你的工作，你必须接！"

　　郭洋此刻正躺在家里的沙发上，看到李梅这么斤斤计较，气得"咈儿咈儿"直喘，直接把手机扔到另一个沙发上，发狠地吼了一嗓子："我就不接！"

　　李梅愣了一会儿，见郭洋没动静，以为她胜利了，刚收起手机，杨丹的电话来了，让她去陪着喝酒。李梅匆匆赶到酒吧，见杨丹独自坐在吧台前，手上拿着刚喝完的空酒杯往服务员面前一放，服务员连忙为她倒酒。

　　李梅坐下："大白天跑这儿借酒浇愁？还不上银行贷款也没见你颓成这样！"

　　"今天是我作为女人全面落败的一天！本来挺感激老袁的，可他借给我钱的事，干吗告诉小白呀？"

"嗨，估计也不是特意告诉她，只不过没想瞒着，知道就知道了呗。"

"我讨厌她那得意洋洋的眼神，好像在说：你跟我一样，也得靠男人帮忙，都是一样货色，傲个什么劲儿啊？"

"那怎么能一样？靠一时和靠一辈子是两回事。"

"她可不会这么想，你没瞧她那副德行，'有事说话，别跟我们客气'，好像老袁的钱都是她的。她是故意当着老袁面儿刹我的威风！"

"我说你跟个狂妄无知的小女子斗什么气啊？纯属自找不痛快。"

"我气的就是这个！每天除了围着老袁转什么都不干，我辛辛苦苦累得头拱地，最后跟她打一平手！凭什么呀？"

"你这话里有两个错误，第一，否定别人的劳动，你以为二十四孝伺候男人容易啊？整天举案齐眉的活儿你行吗？你不举案扔过去就不错了……"

杨丹白了李梅一眼，不得不承认她说到要害了。

"第二，所谓打个平手，是你用小白的价值观得出的评价结果。"

杨丹冷笑："要用老袁的价值观，估计连平手都不是，干脆我就一败涂地！"

"你自己的价值观呢？你是怎么认定自我价值的？"

"可我也不能光活在自我认定中啊？"

"哦，闹了半天，你还是在乎别人的眼光，需要老袁的认可呀？"

杨丹恨恨地："反正我不能在他们面前栽面儿。我要振作起来，马上行动！"

"你打算怎么行动啊？我十分好奇。"

"我要以其人之道还治其人之身。立刻找一帅哥，气死老袁！让小白也清醒清醒，咱也是有女性魅力的，就是平时不稀罕用。"

李梅笑翻了，以前是谁说要跟男人恩断义绝，在大女人的路上走到底啊？敢情没挺几个月就现原形了！杨丹狡辩，我这是随情况变化转换角色。李梅止住笑，行啦，甭管是什么，至少说明你还挺女人，女人的各种毛病缺点你一样没落下。

杨丹急了，别光说缺点啊，我就没点儿女人的优点？李梅看看表，今天郭洋罢工，我得接孩子去，优点回头再细说！说完匆匆离去。杨丹失落地又要了一杯酒。

李梅到了幼儿园，发现郭洋也来了，原来他赌完气，心里又不踏实，最后理智终于战胜感情。小洋特别兴奋，以为爸妈都来接他，肯定要去吃大餐。夫妻二人在儿子面前都有点儿讪讪的，郭洋质疑李梅，你这不是也能抽出空儿接孩子吗？李梅反驳，我怕某些任性不负责的爸爸真把儿子扔下不管！郭洋说，为了让你多把精力挪回家点儿，我认为有必要经常任性不负责一下。李梅白他一眼，无理取闹！说完，拉着小洋就走，儿子，妈带你吃大餐去。小洋回头叫爸爸快跟上，李梅把小洋塞进车里，上车离去。郭洋被闪在原地，讪讪地走向自己的车。

陈梦一进家门，老常就背着手从卧室出来，板着脸把一张纸拍在她面前。陈梦拿起来一看，大吃一惊，啊？离婚协议？老常严肃地清清嗓子，开了腔，咱俩结婚以来，你始终不愿在家待着，没了没完地要自由、要工作。现在我想好了，应该给你选择生活方式的权利，离婚就是最好的办法，离了我就管不着你了，你可以彻底自由，想怎么工作都成！陈梦懵了，看着离婚协议书发愣。老常让她好好考虑考虑，转身扬长而去。陈梦心"咚咚"直跳，一时摸不着他的深浅。她匆匆跑进卫生间，关上门给兰心打电话，我们家出事儿了！紧急求助妇解组织……

许小宁端着热饮从厨房出来，刚给兰心递上，兰心就接到陈梦的电话，她四平八稳地安慰陈梦别急，又叫她通知李梅，一会儿开会。许小宁不明白她开什么会，追着问，兰心不理他，喝着饮料琢磨对策。

三个女人在小区对面的咖啡厅坐定，陈梦把老常的《离婚协议》往桌子上一拍，兰心和李梅都给惊着了——老常又要离婚？就凭老常？在她们眼里，老常除了有钱，简直没什么可圈可点之处，他凭什么呀？

陈梦也根本没料到他会来这手儿，一下子真不知该怎么办。兰心镇定地劝陈梦别慌了神，稳住！先分析一下形势，要是真离了，谁损失比较大？李梅认为这种事儿没有赢家，一旦离婚，两败俱伤。兰心分析，先从年龄上说，陈梦这么年轻漂亮，再找个好的轻而易举，老常离了再结可就三进宫了，他这岁数再想找陈梦这样的可不那么容易。李梅认为没准儿，老常不算巨富也算大款，看在钱的份儿上不计较年龄婚史的女孩儿有的是！兰心想了想，有钱本来是老常的优势，可他那么抠门儿，优势已经大打折扣。陈梦同感，是，老常这个大款不同于别的大款，幸亏我嫁他不是图钱，不然早悔得撞墙了！跟他结婚这么长时间没沾着什么光，家里急用钱，还得给他打借条……兰心沉吟着，如此说来更没什么可怕的了。离婚怎么也能分到不少财产。经济损失对老常可是致命打击，而你失去的只是锁链，得到的却是自由和富有。

"兰姐，你分析得太对了！听你这么一说，离婚后我前景还是挺乐观的。"

"兰心，你怎么撺掇陈梦离婚啊，这哪是说着玩儿的？"

"死心眼儿啊你？鬼才相信老常真想离呢，他这是想吓唬陈梦，好让她乖乖缴枪投降。"兰心自有判断。陈梦松了口气，觉得兰心说得有道理，老常毫无预兆地突然来这么一下，连个过渡都没有，极可能有诈。

兰心想了想："干脆！咱给他来个将计就计，你回家告诉老常，同意离婚，而且说办就办！看他怎么着。只要你扛住了，最后腿肚子转筋的一定是他。"

陈梦佩服："兰心姐，你太厉害了，我坚决执行你的命令。"

老常这下碰上对手了，他肯定没想到自己要对付的不是一个老婆，而是一个组织。战斗方案布置完了，兰心又问李梅有什么需要组织出谋划策的，李梅说正跟郭洋拉锯战，他动不动就闹罢工，无理取闹。"其实我也挺矛盾的，他的愿望我能理解，可这种任性捣乱的方式实在讨厌，太不体谅我了。"李梅感到委屈。

兰心铁面无私，李梅，你今天的胜利可来之不易啊！你如果不想一夜回到解放前，那就记住我的话，这时候绝不能心慈手软，一次挺不住服了软，就会步步退却，功亏一篑。陈梦也给李梅打气，一定得挺住！

最后，仨女人三双手握在一起："坚持就是胜利！"

三个妻子在外面策划行动，三个丈夫在家里心神不宁，坐立不安。他们心中没底，不知道老婆们背地串通了在干吗？回来以后会怎么对付他们？结果是，三个女人回到家已是深夜，三个丈夫无一例外地没坚持住，早已昏昏然睡了过去。

天刚亮，老常睡得香甜，一张纸"哗啦"一声盖在他脸上。老常惊醒，抓下来一看，是《离婚协议》，再一看，陈梦已经签字。老常吃一惊不小，以平时绝不可能的频率跳了起来。陈梦正冷眼相看，催他赶紧收拾，这就去民政局办手续。

老常当场短路："办……办手续？今……今天？"见陈梦肯定地点头，连忙赔笑，"那、那什么……我也没催你，不用这么急。"

"你不急我急，离了我就自由了，还拖什么呀？赶紧洗脸换衣服！"

老常定定神，磨蹭着下床："那……去之前咱俩得先谈谈相关细节吧？"

陈梦双臂一抱，无所谓地："不就财产分割吗？这问题你肯定已经想过了，你觉得该怎么分，说吧。"

老常故意吓唬她："怎么分？咱俩结婚也就半年，我所有财产都是婚前财产，根本没你什么事儿，真要离了你肯定净身出户，打官司也是这结果。"

陈梦气得嘴唇直哆嗦："行，算你狠！"

"不过我还是给出路的，要不你再慎重考虑一下，如果想通了，愿意安分回家当太太呢，这事还是有商量的。"

陈梦铁青着脸："不用商量了！你以为我跟你一样愿意给钱当奴才？你的财产我一分不要！就净身出户了！"

老常没料到陈梦会这么痛快，傻眼了。陈梦斩钉截铁地说，这下简单了，还愣着干什么？走吧！老常搜肠刮肚找理由推诿，一会儿要去洗脸，一会儿又要洗个澡。"办大事得有办大事的样子，那什么……你帮我把那件最好的西装拿出来，我得收拾收拾，这事儿得庄重！"

陈梦急了："你没搞错吧？咱俩是去离婚！结婚的时候也没见你多庄重。"

"离婚当然得庄重了，这是迎接新生活的开始，这次离得好，下次才能结得好。"老常趁陈梦不注意，偷偷摸起床头柜上的手机，溜进了卫生间。

老常打开水龙头，哗哗放着水，坐在浴缸边低声打电话，向组织紧急求助。

许小宁正在厨房做早餐，肩膀夹着电话，边干活儿边训斥老常，这离婚的馊主意就是你自己想的高招啊？我可真服了你了！老常声音急促，十万火急，你得拉兄弟一把呀！许小宁坏笑着，不紧不慢，不是说不需要组织干涉了吗？自己玩儿现了又来找组织，组织哪能由着你召之即来挥之即去呀？老常急了，哎哟喂！千错万错都是我的错，组织就别跟我一般见识了，赶紧救救急吧，回头我负荆请罪去还不成吗？许小宁还不放过他，老娘们才爱动不动就拿离婚说事儿呢，你一大老爷们哪能这样？大丈夫一言既出驷马难追，离婚是随便说着玩儿的吗？老常委屈，我就想吓唬吓唬她，没想到她比我还横！现在可怎么办呢？许小宁转了转眼珠，据我分析，你是假，她也未必是真，陈梦那么聪明，很可能将计就计跟你周旋呢！你们俩现在拼的就是智商和心理素质，谁能扛到最后谁就是赢家。老常说，不对，陈梦动真格儿的了！财产都不要了，说要净身出户。紧着逼我立马就去民政局办手续呢。我真快顶不住了。许小宁一听，这事儿还真麻烦，管不好要落埋怨啊。老常，你都到这程度了才来找组织？太晚了！组织也不是机器猫啊。事到如今你只能自己收拾残局，好自为之吧！

许小宁挂断电话。老常的救命稻草没抓到，受到巨大打击，一脸沮丧。只好定定神，硬着头皮准备出发。他对着镜子慢条斯理地穿西装，打领带。陈梦站在门口讥讽他，洗澡洗了一个钟头，换衣服换了半个钟头，出这趟门怎么比大姑娘上轿还难啊？行了吗？可以走了吧？

老常眼珠子转来转去，忽然想起什么，转身跑进书房去翻抽屉，翻了一通又窜到客厅翻电视柜抽屉，最后又进卧室到处找。陈梦问他走马灯似的干吗呢？老常突然兴奋地喊叫，结婚证没了！不知道放哪儿去了，今天办不成了！不料陈梦手一举，两本结婚证都在我手上呢！老常顿时没咒念了。

老常开着车去民政局，一路上成心找茬儿磨蹭着不走，哎？这车不对劲呀，方向盘怎么发抖呢？哟，刹车也有点儿不灵……陈梦斜着眼，强忍着笑，不接茬儿。老常一本正经，自说自话，这可不行！得先去店里查查这车，到底什么毛病。陈梦看穿老常的把戏，喝令他靠边停车！自己坐到驾驶室，开车就走。

到了民政局，陈梦把车停好，下车往大门走，上了台阶，回头发现老常没跟上来。原来老常还在车里磨蹭，迟迟不下车。陈梦走回去催他，你到底想不想离呀？老常假装找东西，在手套箱里乱翻一气，我记得这里面有个打火机，怎么没了呢？

"找打火机干吗？"

"抽烟。"

"你不是早戒了吗？怎么忽然又要抽烟？"

"咱俩都要离了，你管我呢？"

"人家民政局里也不让抽烟，你出来再找。"

"我非要抽完再进去，你管得着吗？"

陈梦冷笑："是不是找着打火机之后还得去买烟？要不要我替你去买啊？"

"不用，你不知道我抽什么烟，等会儿我自己买。"

"你够了吧老常！要是不敢离就直说。"

老常底气不足地嘟囔："有什么不敢离的？"

"是啊，大丈夫何患无妻？咱俩离了，你就可以找个百依百顺的傻瓜白痴听你摆弄，多好啊！想想都替你高兴。"

老常继续嘴硬："那是，我也觉得挺高兴。"

陈梦故意刺激老常："那就别瞎耽误功夫了，你这岁数耽误不起了，抓紧离抓紧找，再过几年恐怕来不及了。"

老常急了，突然冲陈梦嚷嚷："让开！"

陈梦让开车门，老常下车，胸脯一挺："离就离！谁怕谁？"说完大步流星往前走，气宇轩昂上台阶。这回轮到陈梦紧张了，犹豫了一下，连忙跟上去。

进了走廊，老常故意装不认路，往办结婚手续的地方走。陈梦在后面喊他："走错方向了！"老常突然站住不动了。

陈梦走到他身后："离婚在这边儿，走啊！"

老常忽然转身，一副可怜相："你真要离呀？我不想跟你离，就想吓唬吓唬你……"陈梦表情严肃地瞪着老常，足足瞪了十秒钟，终于绷不住笑喷了。

老常如释重负，拉着陈梦就往外走："快走，这地方不安全！"

老常拽着陈梦出了民政局，后怕地拍着胸口，虚惊一场，虚惊一场！哎哟，你说这是何苦呢？陈梦看着他冷笑，你说谁呢？说我，说我！我自作自受！活该！老常伸手要挽陈梦，陈梦脸一拉，转身就走。老常在后面追，陈梦得意地笑了。

郭洋心情不佳，抵抗力下降，晚上着了凉，接连跑了三趟厕所。

早晨李梅起床，郭洋捂着肚子从卫生间出来，爬上床钻进被窝不动了。李梅洗漱完，看他还躺在床上，以为他想消极怠工，生气地喊他，郭洋不动。掀开被子一看，郭洋缩成一团，瑟瑟发抖，打着寒战说难受，让李梅快给他盖上。李梅一摸额头吓一跳，量了量体温，三十九度二，急得立刻要送他去医院。郭洋不想动，要先睡一会儿再说。

李梅给他吃了点儿药，就去找许小宁帮忙，她上午有个重要合同要签，让他先照顾一下郭洋，她送小洋和乐乐，然后去公司处理完工作马上回来。李梅不放心地嘱咐许小宁，有急事儿随时给她打电话，实在不行就送他去医院。许小宁说，照顾病人我拿手，放心吧！李梅这才一步三回头地走了。

许小宁用冰毛巾为郭洋敷额头降温，哎哟，你这脑袋比我们家暖气还烫呢。李梅说你还上吐下泻，是肠胃感冒吧？受风寒了？昨晚上吃什么吃坏了？郭洋一概摇头否认，颤巍巍地一声长叹。许小宁明白了，这一声长叹就是病因！男人天生都是克制型，生气的时候忍着，气不往外发就往里走，身体就会有反应，出现肠胃问题是典型症状。许小宁摇头叹息，唉！你这病肯定是跟李梅赌气憋出来的。你这纯属自虐，跟自己健康过不去，十分不可取。郭洋哼哼唧唧地反抗，你到底是来照顾我，还是来折磨我的呀？许小宁忽然若有所思，不过祸福相依，你这场病没准儿是件好事儿啊？

正说着，老常匆匆赶来，进门就紧握许小宁的手："主席，我可找到你了！"许小宁奇怪他怎么找到这儿来了？老常说，谁不知道你日理万机呀？不在自己家忙活，就在别人家解困。听说郭洋斗争失败气病了，老常同病相怜，又紧握郭洋的手："唉！深表同情啊……"

许小宁看看老常的神色就明白他刚从民政局回来，问他离了吗？老常沮丧地说没离成，临阵脱逃了。不但给组织丢了人，还没解决任何实质性问题。许小宁得意了，怎么样？通过你自己的积极努力，形势更加糟糕了吧？老常急得朝许小宁作揖，领导，我已经知错了，组织不能见死不救啊！你快帮着分析分析形势，我到底该怎么办啊？许小宁打着官腔，这个嘛……知错就改还是好同志，啊？我们的原则是给机会给出路！你坐下，咱们详谈。老常乖乖在床边坐下。许小宁清了清嗓子，又把老常一举把自己从势均力敌的局面转为被动挨打，搬起石头砸了自己的脚数落了一通，老常垂头丧气地哀求，别往我伤口上撒盐了，快说办法吧！许小宁这才分析道，你如果还坚持让老婆当全职主妇，肯定是行不通滴，组织上也不支持你这种陈腐观念。所以，现在得退而求其次，想让陈梦把4S店还给你，就只能让她去从事自己喜欢的工作。

老常不甘心，难道只有这一条路了？许小宁说，有这条路就不错了。虽然路只有一条，但陈梦的工作方向却有两个，他还是可以二选一。方向一：不用管她，让她自己找工作，她擅长和喜欢的无非是走秀什么的，这个好处是不用老常花钱，她还能挣钱养活自己；坏处是这种工作环境比较复杂、接触的人也比较杂乱，不排除会接触很多男人，甚至是居心不良的男人……老常一听到这儿，像被烫了一下，唷！打住打住，这可不行，方向二是什么？许小宁说，方向二很简单，让陈梦开个小服装店，这个好处是有固定经营场所，你可以随时看着守着，比到处走秀安全；坏处是你必须得出点血，给她提供创业支持，也就是启动资金。

　　老常对别人惦记他的钱包有一种本能的警惕和反感，怎么老盯着我的钱啊？难道除了花钱，真就没别的办法了？许小宁牛哄哄地摇头，我是没别的办法了，要不你还自寻出路去？

　　老常又向郭洋求助，秘书长，你有没有什么高招儿啊？郭洋眼睛半睁半闭，你看我这斗争水平，出的招儿你敢用吗？老常没辙了，咬咬牙，挠挠头，那我得再想想，要是实在不行……也只能这样了呗。

　　许小宁又分析郭洋的情况，郭洋你现在应该感到高兴。这场病来得正是时候，一举变劣势为优势。郭洋有气无力，我都这样了，还有什么优势啊？此言差矣！你想啊，你病倒总得有人伺候吧？李梅不就得回家了吗？不就得围着你转了吗？

　　郭洋想想，那倒是，可这也是暂时的呀。许小宁说，病虽然是暂时的，但只要抓住机会，没准从前那个温柔贤惠的好太太就能回来了。郭洋表示怀疑，李梅现在是上了贼船，身不由己，还能回来吗？

　　李梅跟约好的客户签了约，就向杨丹请假。杨丹让她多歇几天，这阵子也够辛苦的，正好在家好好照顾郭洋。家里大门一响，郭洋就知道李梅回来了。许小宁连忙嘱咐他把握机遇，好好利用这场病，大病特病，让高烧来得更猛烈些吧！明白吗？老常连忙用被子把郭洋连头蒙上："快快，捂严实点儿！"

　　许小宁和老常把郭洋交给李梅，就心怀鬼胎地撤了，李梅见到郭洋还在发抖，以为他烧得更厉害了，慌忙敲开许小宁家门，求他帮忙把郭洋送到医院去。许小宁故意推托，现在正闹甲流呢，这时候去医院不安全，回头肠胃感冒没治好，再赚回一甲流，不划算。说得李梅没了主意。

　　兰心和刘厂长通电话，商定了工厂的交接时间，踏踏实实地回到家。刚走出电梯，就见许小宁和李梅一个门里、一个门外。李梅急得要哭了，郭洋烧得都快把房点着了，不去医院怎么办啊？兰心想起有个姓孟的朋友是大夫，当即打电话请他来，给郭洋打了消炎补液的静脉针。

看到李梅用毛巾包住冰矿泉水瓶子塞进郭洋腋下给他做物理降温，用棉签蘸水给郭洋嘴唇润燥，极尽温柔，许小宁特别羡慕。兰心不屑，上吐下泻，有什么好羡慕的？许小宁篡改了一下俗语，温柔乡里病，化灰也风流嘛！当然，要是能不病也能有这待遇，那就更风流了。嘿嘿！

送走了孟大夫，两人回到家。许小宁虽然陪郭洋熬了半宿，身心俱疲，但是夫联工作有条不紊地开展着，又得意又欣慰，嘿嘿直笑。兰心问他高兴什么呢？许小宁说，工作顺利呀！兰心不屑，照顾个病号也算什么了不起的工作？许小宁笑得更美了，错！郭洋发烧正是我的工作重点。兰心对他没头没脑的话并不在意，她完全沉浸在收购成功的喜悦当中。

早晨，郭洋从昏睡中苏醒，先听到李梅一声长叹，谢天谢地！总算醒了，烧也退了。郭洋看到李梅一脸疲惫，知道她肯定一宿没合眼。李梅说她一点儿不困，就是担心，郭洋很少生病，一病就吓死人。郭洋感动，抚摸着她的脸，李梅也把脸依靠在他的手掌上。

"你今天不去当女强人了？"

"我连请了几天假，在家专职伺候你。想吃点儿什么？我给你做！"

"不饿。"

"有什么要求，趁现在赶紧提，你是病号，什么要求我都满足。"

"我想洗澡。"

"洗什么澡？还病着呢，好了再洗。"

"病中出了好几身臭汗，我爱干净，受不了。你要不杀了我，要不给我洗！"

"我怕你再受凉。"

郭洋夸张地撒娇："没听说肠胃感冒不能洗澡的，我要洗，就要洗！"

李梅受不了他这副肉麻劲儿："你赢了，你赢了，给你洗！"

郭洋整个人泡在浴缸里，被泡泡覆盖。李梅坐在浴缸边给他洗头发，边搓边按摩。郭洋闭目陶醉，叫着自己的名字感叹，郭洋啊郭洋，你太腐败了！李梅拿起沐浴喷头要冲洗，郭洋央求再按摩一会儿。李梅感叹，平时恨不得一手遮天，怎么一病就成Baby了？郭洋说，平时撑得越辛苦，现在反弹得越厉害，我就是一个Baby。郭洋说着，模仿小洋叫"妈妈"，一声又一声，听得李梅浑身酥痒，乐不可支："要了亲命了！得，妈妈给你洗澡澡、妈妈给你做饭饭……"

郭洋受用得不行："唉，久违了的温柔啊！你说，要没这场病，我是不是还享受不着你逝去的温柔？混得惨哪，想要点儿温暖，还得把自己弄成病号才行。"

李梅受到触动，停下动作，歉疚地看着郭洋，不顾他身上的泡沫，突然从身后抱住他："对不起，委屈你了，最近对你的照顾确实不够，太不够了……"

　　郭洋心里热乎乎，扎挲着的手慢慢放在她的手上，只觉得浑身软绵绵。

　　老常和陈梦撕毁离婚协议，在夫联主席许小宁的主持下签了一个新协议。

　　第一条是陈梦承诺：以维持家庭稳定的大局为重，于协议生效后七日内离开4S店，还老常的绝对领导权。老常点头，表示满意。第二条是老常承诺：以尊重妻子独立人格为原则，不干涉陈梦外出工作，并出于丈夫的责任和义务，自愿出资赞助八十万元，作为她的创业基金。老常听到钱数，腮帮子剧烈颤抖一下。陈梦点头，不甚满意，又补充了两条，第一条，由于老常有经常变卦的前科，为防万一，创业基金到账之日，才是她撤离4S店之时。老常硬硬头皮咬紧牙，行！横竖都得挨一刀，早死早脱生。

　　陈梦补充的第二条对老常来说是好消息，她保证不让投资打水漂，三年后连本带利都还他。老常惊喜得一拍大腿，豪爽地表示不要了……许小宁为他的大手笔惊诧不已，不料老常一个大喘气：不要利息了！八十万，三年的利息不少啊！

　　合同签完，陈梦心满意足，老常心里也一块石头落了地，热情洋溢地跟随许小宁去看望组织成员郭洋。两人进屋，李梅正要出门，说郭洋现在只能吃稀的软的，要去买只鸡给他炖汤，再看看能给他弄点什么新鲜花样儿，补充补充营养。

　　老常羡慕，啧啧，看人这老婆，真好！李梅撇嘴，哟，你们俩前两天不还帮郭洋控诉我呢吗？尤其是老常，说得那叫一个狠。老常赔笑：嘴上说的是你，其实心里骂的都是陈梦。许小宁也帮腔，对对，我们那都是借题发挥，主要是发泄一下对自己老婆的不满。李梅故意吓唬他们，那我可得跟兰心陈梦交流交流去，不能让革命群众都蒙在鼓里呀！老常吓得慌忙告饶，李大小姐开恩！我们家战火才熄灭，经不起再烧了。许小宁故作镇定，老常你瞧你吓的！李梅这么好的同志，哪能干那种破坏安定团结的事儿呢？是吧李梅？李梅一笑，那要看你们的表现，好好陪郭洋吧，我走了！两人点头哈腰一直送到门外，小姐放心，一定不辱使命！

　　两人进了卧室，郭洋靠在床头，端着碗满头大汗吃面条荷包蛋呢。许小宁顿时皱起眉头，虽然经过一番辛苦努力，老常和陈梦签了协议，风波平息，李梅如愿恢复了往日温柔贤淑的女性风采，可眼下郭洋这副样子，不禁让他忧心忡忡："郭洋，我看你恐怕好景不长了。你现在精神焕发、神采奕奕，像个病号吗？你好得越快，李梅的温柔就消失得越快，基本就是昙花一现、稍纵即逝！"

郭洋抹了一把汗："那……那怎么办啊？"

"还用我教么？要想留住温柔，就得放慢康复脚步，病得再长点儿会不会？"

"我不烧了、也不拉不吐了，怎么继续装下去呀？"

"俗话说病来如山倒，病去如抽丝，抽丝！懂不懂？"许小宁穿针引线地比划着，"得一丝儿一丝儿的慢慢抽，至少抽它十天半个月的。还得抽得像、抽得传神，精神再萎靡点儿、身体再虚弱点儿……"郭洋明白过来，马上做萎靡状，往床上出溜着要倒下，许小宁上前一把拽他起来，抽早了，等李梅回来再装！

到了办交接手续的日子，刘厂长的电话却突然打不通了。兰心让李刚打老钱的电话，也关了机。紧张的气氛顿时弥漫了整个公司。

兰心果断地带着李刚和宋圆圆直奔曙光皮具厂。汽车开到工厂大门，出来一个陌生打扮的保安拦住了他们。李刚说他们要找刘厂长，保安回答说，这儿没有姓刘的厂长。李刚顿时懵了，不会吧？

兰心坐在后座，果断命令李刚，快把车开进去看看！李刚轰了一下油门，保安只好闪开，汽车径直开进了工厂大院。兰心在李刚和宋圆圆陪同下闯进了厂长办公室。一个陌生的中年人坐在厂长的座位上，几个人正围着他开会。见有人闯进来，一个黑脸汉子起身拦住了他们："你们找谁？"

"我们是兰心皮具公司的，来找刘厂长，他在哪儿？"兰心拨开黑脸汉子，一声比一声高地质问。黑脸汉子还要往外推兰心，中年男人站起来："噢，我知道兰心公司。刘厂长已经不在这儿了，他把这个厂卖给我们了，现在我是厂长。"

兰心大惊失色："什么？卖给你们了？"

"对啊，我们已经接收一个礼拜了。"

兰心不相信："不可能！"

"怎么不可能？"

"你们有收购合同吗？"

新厂长一笑："当然有！"

兰心有点儿失控："给我看看！"

"这事儿跟你们有关系吗？我为什么要给你看合同？"

兰心定定神："这个厂卖给兰心皮具了，已经签了收购合同！付了定金！"说着从包里拿出合同给对方看。新厂长也慌了，从保险柜拿出一份文件，是一份一模一样、白纸黑字的合同书，也有刘厂长的签名。兰心仔细看了又看，是一份再真实不过的合同！只觉得五雷轰顶，终于明白被骗了。

李刚主张赶快报警，宋圆圆紧张地看了他一眼，这时候她才知道老钱的钱不是白拿的，她的心乱了……

22   女强人的意思就是骆驼死了不倒架

兰心走进派出所，已经恢复了往日的镇定气度，她一板一眼、条清理晰地吩咐年轻的小警察：你们首先应该尽快查一查这两个人有没有出境记录……警察说查过了，前后一周内没发现他们的出境记录。兰心又分析，这说明他们还没来得及跑，应该马上在机场、海关设卡，封锁交通要道，尽快发通缉令，一定要发到所有车站码头闹市区，让他们变成人人喊打的过街老鼠，无处躲藏！

小警察耐着性子解释，我们需要先了解情况、立案侦查、有必要的话，我们会采取相应措施，您先别急……兰心不听他的，我能不急吗？他们可是卷了我好几百万，正逍遥法外呢！你们得抓紧，不能让犯罪分子溜了呀！过来一个老警察，您的心情可以理解，但再急我们也得严格按办案程序来，先调查、再立案……兰心步步紧逼，你们到底什么时候才能立案？什么时候？我要求知道准确的时间！

几个警察都盯着她，一时不知道怎么回答。兰心突然一拍桌子："等你们立了案，人都跑没影儿了！"

小警察悄声劝李刚，把你们老板扶到安静地方休息一下，她受刺激了。宋圆圆和李刚赶紧上前要扶，兰心扬手拨开两人，我自己能走！她站起身，高跟鞋把地板敲得"咔咔"响，一溜烟儿出门去了。宋圆圆和李刚追到门外，小心地问她，兰总你没事儿吧？我能有什么事儿？我没事儿！李刚又问，要不要给许哥打个电话？兰心一口否决，给他打电话干吗？他什么都不知道，突然一下子，他先崩溃了，我还得安慰他！李刚看着她的脸色，那您现在是……回家还是去哪儿？我送您。兰心平静地把手一伸，不用你送，我自己能走！李刚慌忙递上汽车钥匙，不放心地看着兰心上车离去。两人商量了一会儿，决定还是给许小宁打电话。

兰心在马路上超车并线，开得飞快。进了小区，稳稳把车停进车位，全身的精气神都使完了，一下趴在方向盘上。她得镇定一下自己才有勇气面对许小宁。

车窗突然被敲了两下。兰心抬头，看到许小宁站在外面。她磨蹭着开门下车，故作轻松地问，你在这儿干吗？她想保持平时的状态，可是不成，脚底下的弹性这会儿不翼而飞，她努力往前走，却觉得腿有千斤重。许小宁一直跟着她，一直审视着她，对她面无表情的样子感到奇怪。兰心回头看看他，你盯着我干吗？说完又若无其事往家走，为了表示她没事儿，还问了一句"晚上吃什么？"

许小宁冷笑，还有心思关心晚上吃什么？你没事儿吧？兰心头也不回，故意反问，我有什么事儿？许小宁终于忍无可忍，一步跨到前面拦住了她：装！接茬儿装！都什么时候了还跟我装？你心理素质可真好，演技绝对够专业！跟我演了几个月的戏，到现在台都塌了你还演呢！我倒想看看你怎么收场！

兰心绕开许小宁继续往前走。许小宁气得浑身发抖，满地乱转：跟我斗心眼儿你是真不嫌累，明修栈道暗渡陈仓，整个儿一智勇双全的女中豪杰呀！行，这回你赢了！到底如了愿，得意了？踏实了？痛快了？舒坦了？美梦变噩梦的滋味儿怎么样啊？兰心腿一软停下了，僵硬的笑容已然消失，不由自主地靠在灯柱上。

"我现在才琢磨过味儿来，讨债根本就是你的调虎离山计，一竿子把我支到石家庄去，就是为了扫清障碍、完成你的收购大计吧？真聪明啊，没我这个多嘴多心的人干扰你，上当上得也顺利、受骗受得也结实，你说你怎么这么能干呢？"

兰心缓了缓劲儿，一言不发、脸色发白，又往家走。

"兰心啊兰心，我说你什么好？野心膨胀、欲壑难填！利令智昏！你这种心态不出问题就出鬼了！你是倒霉碰上骗子了吗？你就是被自己的贪婪给害了！贪心不足蛇吞象！你给苍蝇预备出有缝儿的蛋，它不下蛆都对不住你！"

兰心停下想说话，嘴唇哆嗦着说不出。

许小宁开始自责："都怪我太简单、太善良、太纵容你，这些年一直什么都依着你、顺着你，把你宠上天了，把你宠得都不知道自己是谁了！"

许小宁的话句句都像刀子，直插兰心的要害，她五内俱焚，声音颤抖："许小宁……你说得都对……"突然直挺挺向后仰去，重重倒在地上，昏厥过去。

孟大夫匆匆赶来，给兰心仔细检查了，说问题不大，主要是突然受到强烈刺激，急火攻心。开了点儿安神药，让她先静养几天，如果不出现别的症状，不用去医院。许小宁这才松口气，谢天谢地！他走进卧室，兰心一动不动地躺在床上盯着天花板。

他在床边坐下，百般温柔地叫了一声"兰心"，看看没反应，又千般体贴地劝道："其实这事儿也没那么糟糕，说不定钱还能找回来……"兰心还是没反应。"就算找不回来也没关系，咱还有厂、有那么大订单呢，想法拆借资金，加快生产不就行了？这事儿你交给我，保证做到千金散尽还复来！怎么样？兰心？"

兰心仍然没反应。

许小宁焦急地拍拍她："兰心？听见我说话了吗？"兰心一动不动，像死了一样。许小宁在她眼前晃晃手，"你眨眨眼，眨眨眼，别吓唬我呀！"兰心终于合了一下眼皮，他立刻紧抓她的手哀求，"老婆，求你跟我说句话行吗……"

"不想说话。"兰心终于像蚊子一样哼了一声。

"那你想干吗？告诉我。"

"睡觉。"又像苍蝇一样哼了一声。

许小宁如获特赦："行行行！好好睡一觉就没事儿了。"慌忙帮兰心盖好被子，见兰心仍然瞪着眼睛，又伸手帮她合上眼皮，拍拍她，"好好睡吧。"

许小宁刚转身出门，兰心又睁开了眼睛。

许小宁站在客厅愣了一会儿，听到微弱的敲门声，连忙蹑手蹑脚打开房门。

李梅回到家，得知这档子收购案是李刚介绍的，埋怨他半天，李刚也悔得肠子都青了。郭洋劝姐儿俩别掐了，这种时候，多关心关心兰心吧，最起码提供点儿精神支持。李梅虽然觉得没脸见兰心，也只好硬着头皮，急忙过来探望。

许小宁一见李梅才恍然想起来忘了接乐乐。李梅悄声说不用接了，今晚乐乐跟她睡，让他腾出精力好好照顾兰心。许小宁明白李梅什么都知道了，请她进去劝劝兰心，哪怕能让她哭出来也好。李梅抱着试试的心态进了门。

兰心眼望天花，把她当空气。李梅轻声细气劝了几句，没得到反馈，以为兰心怨恨她，只好讪讪地退出来。许小宁心神不宁地在客厅等着，听了半天没动静，看见李梅出来时候的神情，就什么都明白了。

李刚和宋圆圆在小区花园背靠背坐着发蔫儿。天特别冷，两个人的心里更是结了冰一样。宋圆圆没想到弄成这样。当时发现还有其他人审计那个厂，她就觉得不对，还提醒兰总应该慎重点，可兰心怀疑她又在帮许小宁破坏收购，反倒加快了行动。现在她真不知道这事儿应该怪谁。

李刚却在担心他们拿的那笔钱有问题，这也正是宋圆圆担心的——这钱到底是福是祸？她忽然警觉地问李刚，钱的事告诉你姐了？李刚说想告诉，可不知该怎么说。宋圆圆松了一口气，让李刚千万别说，至少现在不能说！李刚总觉得这事儿不太对劲儿。宋圆圆沉吟了半晌，突然提出两人一起离开这里。李刚没反应过来：干吗？宋圆圆说她害怕。李刚不同意，怕也不能走啊！宋圆圆试探李刚，要是这钱真有问题，你打算怎么办？李刚说大不了解释清楚，把钱退了呗。宋圆圆害怕警方怀疑他们跟那边合伙诈骗，解释不清。李刚态度坚决，那也得解释！总不能就一走了之吧？宋圆圆没话了。

唉！看来钱来得太容易，就是烫手。别人几千几百万地拿着，也没见怎么着，咱们咋这么倒霉？才拿这点儿钱，还攥不踏实！两个年轻人遇到了人生路上的最大一个坎儿。能不能迈过去，谁心里都没底。平时倒头就睡的李刚和宋圆圆，这一夜都失眠了。

夜深了。兰心闭目仰卧，悄无声息地睡在床上。许小宁不放心，不错眼珠地守着。兰心睡得太安静了，他越看越不踏实，仔细听听她的呼吸，又伸手试试鼻息，才算松口气。他真担心她挺不住，辛苦多年的积蓄都拿出来交了收购定金，还向银行贷了一部分款，这么大一个气泡突然破灭，等于要了她大半条命。

夜深了。许小宁脑袋一栽一栽直打盹，兰心在梦中痛苦地哼一声，他就立刻睁开眼，安抚地轻拍她。眼睁睁看她重新睡去，他再也撑不住，栽到一边睡着了。

许小宁被微波炉的"嗡嗡"声吵醒，一睁眼，兰心已经不在身边。他慌忙跑进厨房，只见兰心捏着一片面包，表情呆滞地站在微波炉前。微波炉发出提示音，她端出牛奶，机械地吃一口，喝一口，打算吃完了就去上班。

许小宁急了，都这样了，还要上班？兰心镇定地回他一句：越是这样，越不能乱了方寸。许小宁不放心，要跟她一块儿去，兰心不怒自威，成何体统？不行！许小宁只好打电话让李刚接送她。

李刚陪兰心走进公司大厅，员工们正在交头接耳地议论被骗的事。兰心威严地瞪着众人，干什么？都放羊了？各就各位，该干吗干吗！众人迅速散开，各就其位。兰心找宋圆圆，秘书告诉她，宋助理到现在还没来上班。兰心生气了，关键时候就指望不上她！李刚，你给圆圆打电话，叫她赶紧过来见我……

此刻，宋圆圆拉着行李箱走进了长途汽车站。翻来覆去想了一夜，她觉得自己怎么都逃脱不了责任，已经没法面对兰心，更没法面对李刚。那笔吃进去的钱她又实在不想吐出来，只有一走了之。让她心痛的是，一旦离开，不仅意味着事业上的打拼前功尽弃，更意味着和李刚的关系就此完结。可她再不走，就成了老钱和刘厂长的替罪羊，不但自己完了，还连累李刚。她爱他，却让他蒙羞，这是她最不愿意看到的。只要她离开，李刚就平安无事，等警方抓到老钱，就会真相大白。宋圆圆坐在车上，四顾茫然，心里空荡荡，真希望李刚突然出现，可是理智告诉她，一切都结束了，忘了他吧。她拿出手机，关了。

李刚打不通宋圆圆的电话。兰心急了，她不明白圆圆这个时候为什么关机，追问李刚，李刚心里明白，却只能装糊涂。正急呢，市场部经理进来报告，天津港来电话，发往南非的集装箱已经装好，问兰心什么时候发货。

这批货眼下成了兰心的救命稻草，只要货到，钱来，她的兰心皮具就照样可以热热闹闹地红火下去。她让市场部经理打电话跟南非那边确认一下，没问题马上发货。经理碎步小跑着落实指令去了，兰心松了一口气。

许小宁心不在焉地干着家务，门铃一响，就箭一样冲过去开门。他以为兰心回来了，进来的是郭洋和老常。两人听说兰心出了这么大事还照常上班，不由得感叹，这时候看出女强人的好处了，抗打击能力超强，骆驼死了都不倒架儿！

"啊呸！我老婆还没死呢。"这种恭维许小宁不爱听。

"我是说，女性一旦上了战场，真有股子顽强不屈、视死如归的劲头，打不倒拖不垮，比男的还有韧性，咱自愧不如啊。"郭洋连忙解释。

"对对，江姐、刘胡兰都是这路的。"老常也跟着溜缝儿。

郭洋问许小宁，现在打算怎么办啊？许小宁叹息，公安局那边儿得立案以后才能进入侦查程序，可他不能扎挣着两手干等，万一那俩骗子这两天功夫就颠了呢？必须两条腿走路，边等边行动。郭洋立刻摩拳擦掌，问许小宁打算怎么行动？仨人一起使劲儿。许小宁认为关键是赶紧找到那俩骗子的下落。老常为难了，茫茫人海，就凭咱们这仨人的力量，怎么找啊？许小宁分析说，到目前为止，他们还没坐飞机离开北京。可没坐飞机只能说明没出国，离没离开北京可不好说，坐火车坐汽车也都能撤。所以他正在考虑怎么才能自己动手把通缉令发遍全国。老常质疑，通缉令是谁想发就能随便发的吗？郭洋想了想，不就是找人吗？通缉令不能随便发，寻人启事可以呀！可是在各地有影响的报纸上登寻人启事，够麻烦的，见报时间也不确定，想到这又发愁。他突然想起许小宁是网络高手，这事儿不难！许小宁猛拍脑袋，真是昏头了！把无所不能的网络给忘了，人肉搜索呀！

郭洋马上打电话找李刚，拿到了老钱和刘厂长的照片，许小宁兴奋地拍着桌子："太好了！我这就布下天罗地网，让他们陷入人民战争的汪洋大海之中！"

许小宁把两个嫌犯的头像剪切了贴在BBS上，头像下面用醒目的黑体字注明了两人的姓名、年龄、身高和习惯性打扮，还有简单的案情。郭洋检查了一下帖子的内容，突然想起来还得悬赏。对对，现在的人都无利不起早，必须搞点儿物质刺激，才能鼓励大家管闲事儿！——老常以己之心度人之腹。许小宁脱口而出："凡提供有价值的线索者，重金酬谢！" 郭洋斟词酌句地推敲，有没有价值怎么算啊？得这样写，凡提供有价值信息和线索者，一经查实，必有重谢！老常又提醒留下电话号码，二十四小时开机，随时等消息。

许小宁飞快地敲击键盘发信息，兴奋地预想，你们看吧，一夜之间肯定跟帖无数，说不定很快就有消息了！郭洋也估计今晚电话就得打暴。老常表示怀疑，真能这么管用？郭洋说可别小看网民的力量，嫉恶如仇的人多了去了！只要发动了群众，就算他们跑到爪哇国去，也能给揪出来。

郭洋话音刚落，许小宁的电话就响了。老常吓一跳，以为这么快就来了。电话是李刚打来的，许小宁默默地听着，放下电话半天不说话。郭洋问他又怎么了？许小宁沉痛地叹息一声，唉！屋漏偏逢连阴雨，兰心公司那张南非的大订单跑了……三人面面相觑，郭洋和老常都说不出一句安慰的话来。

许小宁要赶去公司看看兰心。郭洋小心地提出陪他一起去，许小宁果断回绝，怕众人都去了兰心自尊心受不了。他把乐乐拜托给郭洋和李梅，匆匆跑出门去。

李刚给许小宁打完电话，才算缓过神来，硬着头皮去见兰心。

兰心坐着发呆，李刚轻轻推门进来，她头也不抬地问他什么事？李刚犹豫着怎么开口，兰心不耐烦地催他有话快说，没话出去！李刚憋了半天终于艰难地说出南非那边跑单了，对方说受金融危机影响，市场购买力下降得厉害，实在消化不了这么多货，还说按合同约定，订金就算付给咱们的违约金。

兰心一瞬间血液倒流，难道这就是传说中的福无双至，祸不单行吗？她努力定定神，掩饰着颓丧，叫李刚先出去，起身站在窗前，一动不动地看着街景，真希望自己的脑子永远空白，什么都不要想！可是她不能，她得好好理一理眼前这团乱麻，却发现怎么也理不清……

不知过了多长时间，办公室的门被推开，许小宁小心地进来，心疼地看着她，老婆，你没事儿吧？兰心一愣，你怎么来了？许小宁脱口而出，我来看看你。转念一想，又怕兰心爱面子，连忙改口，不是，我，我路过……。兰心出奇地平静，你都知道了？许小宁点头。你怕我受不了，跑来接我？许小宁点头又摇头。

兰心努力撑着，不动声色地让李刚给工厂打个电话，叫他们马上停产，尽量把损失降到最低限度。李刚走了，她若无其事地叫许小宁，走吧，咱们回家。

街道车水马龙，车内沉默静寂。许小宁开着车，不时偷眼看看旁边的兰心。她目不斜视地盯着前方，突然冒出一句："小宁，你说得对，如果当时我听你的劝，就不会落到今天这个下场。"

许小宁一愣，总算明白了，可惜晚了点儿。作为回答，他只有长叹一声。

邻居们都惊动了。老常和郭洋两对夫妻聚在郭家商量对策。老常感叹，兰心这是什么命啊？陈梦倒比他冷静，现在不是哀叹命运的时候，咱得想法儿帮帮他们啊！许小宁不在，郭洋开始发挥组织核心的作用：

"陈梦说得对。现在我们夫联主席和你们妇解领袖陷入了共同的危难，形势严峻，我们双方必须暂时放下性别成见和男女之争，变对立为统一，化干戈为玉帛！

抛开组织间的矛盾，一致对外，并肩战斗，精诚合作，为他们分忧。"

"是是，全力支持，有钱的出钱，有力的出力！"老常抢先响应。众人都对他出奇豁达的态度既感动又意外。老常看清众人眼神的含义，连忙声明，我出力！我出力！陈梦撇嘴，就你那体格，能出什么力呀？老常摩拳擦掌：我可以当厨师，给大伙儿做饭啊，这是我强项。郭洋赞同，行！这两天各家都别开火了，老常负责解决大伙吃饭问题。老常到什么时候都不忘根本原则，连忙问伙食费怎么算？郭洋说AA制，你先垫上。老常这才放心。郭洋又吩咐李梅和陈梦轮流陪护兰心，好好开导安慰她。郭洋自己坐镇指挥，兼做思想工作，同时负责照顾俩孩子。

众人分头行动，男一拨女一拨，各自为战。李梅和陈梦到许家，陪着兰心坐在沙发上，一人拉着她一只手。兰心目不斜视，口中喃喃：小宁说得对，如果当时我听他的劝，就不会落到今天这个下场。李梅安抚地拍拍兰心的肩，陈梦也同情地摸摸兰心的手。

仨男人坐在郭家的沙发上，郭洋和老常一边一个陪着许小宁。许小宁唏吁喟叹，这么多年，兰心从来没跟我服过软，就这回，软了！她说的那话，听得我是心如刀绞啊……他一脸痛苦、欲哭无泪、神情脆弱地靠在郭洋肩上，郭洋动作僵硬地拿肩膀扛住他。老常抚慰地拍拍他，唉！咱们大智大勇的主席也会有这么脆弱的时候，真不落忍。沉默了一会儿，老常又感叹，我媳妇儿什么时候才能服软啊？郭洋狠狠瞪他，你盼点儿什么不好？

李梅和陈梦陪了兰心一下午，兰心就像祥林嫂一样絮叨了一下午，从头到尾就那悔不当初的一句话，"小宁说得对……"。李梅真担心她要疯了。

到了晚上，各家人散去，许小宁哄孩子似的拍着兰心哄她："乖，什么都别想，好好睡一觉！"兰心终于合上瞪了一整天、已经僵硬的眼皮。许小宁松口气，关灯躺下，也预备好好放松一夜，不料黑暗中突然传来祥林嫂般的喃喃低语：

"小宁，你说得对，如果当时我听你的劝，就不会落到今天这个下场……"

警方经过调查，兰心皮具公司收购被骗属实。鉴于主要嫌疑人刘光明和钱四宝已经携款逃匿，警方正式对这起经济诈骗案立案侦查。兰心听到小警察向她通报情况，脱口而出："早该立案了！"噎得两个警察直翻白眼，面面相觑。兰心又急切地问，什么时候能有结果？老警察说，他们会在全国范围内搜索嫌疑人的行踪，一旦有消息，会第一时间通知受害人。兰心不放心，问警方要是找不到他们，她该怎么办？老警察不客气了："首先你应该相信警方，其次，虽然你是受害者，但也应该反思一下，自己在这件事当中是否疏忽大意，比如你是否注意到你身边的工作人员和对方有什么经济往来？"

兰心一愣："我身边的人和他们有经济往来？什么意思？"

小警察说，已经查封了嫌疑人所有相关账户，兰心打过去的三百万定金，第一时间就被他们转移走了。但是在对账目往来情况进行查询时，发现就在兰心支付定金的前两天，对方皮具厂有一笔十八万元的资金转出，是打给宋圆圆的。兰心大吃一惊，宋圆圆拿了十八万，这意味着什么？

警方怀疑这件事和收购案有关，所以需要跟宋圆圆谈谈。兰心这才明白宋圆圆为什么连个招呼也不打就突然人间蒸发了。暂时找不到宋圆圆，警方又要求先跟李刚谈，这对兰心来说又是一个意外。

会议室里，李刚和两个警察隔桌而坐。老警察先问他跟宋圆圆平时关系怎么样？李刚回答说还可以。小警察单刀直入，是很好吧？李刚说，就算是吧，她是我上司。小警察又问，知道她去哪儿了吗？李刚回答"不知道"。老警察问他，知道嫌疑人曾经给过宋圆圆十八万吗？李刚沉默了。小警察直盯着李刚的眼睛，我们已经从账目往来记录上确认了这事，同时还发现当天晚上宋圆圆就把其中的九万元转到了你的账户上。你能解释一下她给你这笔钱的原因吗？

李刚冒了一脸虚汗，张口结舌。老警察提醒他，想清楚再说，但希望他说实话。李刚犹豫了一会儿，终于承认宋圆圆确实给过钱，说这是刘厂长那边给的好处费……警察连珠炮一般追问他，既然这样，对方为什么不把钱直接给你？而是让宋圆圆转交？你怎么证明只收了好处费，没干别的不该干的事儿？除了这笔钱，还拿过别的钱吗？李刚只觉得有口难辩，多么希望宋圆圆在场，有些问题只有她能回答，可她在关键时刻却消失了！看来自己并不真正了解宋圆圆。

警方以涉嫌收取商业贿赂为由，带走了李刚协助调查。兰心的心情很复杂，自己的钱被骗就够倒霉了，没想到还牵扯上了老同学的弟弟！帮李刚解决工作问题，本以为是做了件好事，没想到反害了人家，今后两家人还怎么相处啊？

许小宁到处找宋圆圆，直到天黑才回来。兰心急切地迎上去，得知影儿都没见着，租的房子前两天就退了，绝望地哀叹：完了！她居然真的跟那帮王八蛋勾结起来骗我？这世界上到底还有没有良心这东西呀？许小宁劝她先别胡思乱想，圆圆跟咱们这么多年了，根本不是那种人。兰心也不愿意相信她是那种人，可她要是没做亏心事，为什么跑啊？

正说着，李梅来了，进门就拉住兰心，我必须替李刚向你道歉！我没管好他，对不起你！李梅声泪俱下，这眼泪里不仅有对老同学的愧疚，还有对弟弟不争气的痛苦怨恨。兰心顿时心软，反劝李梅，这事儿也不能全怪李刚，就算他一时糊涂干了傻事，也是宋圆圆拐带的。李梅的眼泪不停地掉下来，兰心难过地抱住她说，现在两家都遇上坎儿了，咱们得一块儿挺过去。

两个女人拥抱着，互相安抚。许小宁只能站在一边默默看着她们。

乐乐被放在郭家跟小洋玩儿，两个孩子不知道大人们发生了什么事，玩儿得正开心，小小来了。乐乐一见小小，亲切地扑上去抱住不放。小洋也跑过来问：

"小小阿姨，我舅舅怎么没来？"

一句话戳到小小的伤口上。她神情沉重地看看郭洋，说她一听到消息就回来了，她想提李刚，又顾忌孩子在场。

郭洋带着小小进了书房。小小激动地说李刚不可能干那种事儿，我了解他！郭洋无奈地说，我也了解李刚，但是现在得等警方的调查结果。小小无意中看到墙上挂着自己的画，突然愣住了。原来李刚所谓的"南方朋友想买西洋油画装饰新房"都是善意的欺骗，小小瞬间泪眼朦胧。

小小哭着回了家。陈梦听了她的倾诉，恍然大悟："李刚买你画那一万块钱，就是他拿的回扣吧？"小小的眼泪噼里啪啦往下掉。陈梦一边递纸巾一边感慨，太感人了！要是不出事，没准他还打算用那九万，继续买你画呢？小小一听哭得更厉害了。陈梦安慰，你应该高兴才对！这件事足以证明李刚是真喜欢你。小小泪眼婆娑地看着她，也可能他就是想安慰、鼓励我一下呢？陈梦笑了，废话！不喜欢你，犯得着自己搭钱鼓励你吗？需要鼓励的人多了，他怎么不鼓励别人啊？

小小更加难过，不由得咧嘴大哭。陈梦连忙哄她，看人李刚多实在！不像有的男人，嘴上能说出花来，一动真格的就怂了。我告诉你，男人有多少钱不重要，关键是他愿意为你花多少钱！他有一百万，可是一分都不给你也没用，他有一万块全给你了，这就是好男人！跟你爸结婚这么长时间，我太有体会了……

老常趴在小小卧室门外偷听女人们的对话，不由得皱起了眉头。陈梦不知道隔墙有耳，继续大发感慨，不过你爸虽然抠门，嫁给他倒有一个好处——特别锻炼人，原来我多少还有点依靠男人的想法，现在完全打消了这种念头，生生锻炼成了一个自立自强的女人。小小被逗得扑哧一下笑出声来。又哭又笑。

陈梦说，甭担心！经过这么一场患难考验，感情肯定升温，坏事变好事啊！小小一边哭，一边辩解，我……我没跟他好，就是有点儿感动，有点儿难过。陈梦乐了，傻丫头！为人掉这么多泪，不是喜欢是什么呀？这就叫危难时刻见真情！

老常气呼呼闯进门来："陈梦！说什么呢？都这时候了你还教唆她惦记李刚？小小，别听陈梦的！你看不上李刚就对了，我早就觉得那小子不靠谱儿，现在怎么样？到底让我不幸言中了吧？"

小小逆反："他怎么不靠谱了？我觉得他相当靠谱，现在我还就看上他了！"

"小姑奶奶！你是真傻还是装傻呀？他都进去了，你趁早躲他远远儿的，绝不能受牵连！"

"不用你管，受他牵连我愿意！

"你……你要气死我！哎哟，心口疼……"老常夸张地捂住了胸口。陈梦和小小都怀疑地看着他。老常故作痛苦状闭眼歪倒在小小床上，过了一会儿发现没动静，睁眼偷看，陈梦和小小已经不见。老常没趣地坐起来，一脸郁闷。

夜深了，三对夫妻还聚在许家。许小宁搂着兰心坐在沙发上。郭洋站在李梅身后，安慰地抚摸她的肩膀，唉，现在李刚一进去，一家的事儿变成两家的事儿了。老常拉着脸，哼，已经两家变三家了！众人不解地看他，陈梦解释说，小小担心李刚，在家急得直哭。老常沮丧地白了郭洋一眼，唉，作孽呀！

郭洋转移话题，不管几家的事儿，咱都一起想辙。老话说得好，团结就是力量。小宁、兰心，你们都别太上火，就算天塌下来，大伙儿跟你们一起扛。郭洋拍拍老常，天要真塌了，有砣儿大的顶着呢，是吧老常？

大家议论的结果是，现在除了抓紧寻找犯罪嫌疑人，同时还要找到宋圆圆的下落。办法是，接着上网人肉搜索。

李梅回到家，不自主地瘫坐在沙发上，一脸疲惫。郭洋端来热牛奶，让她喝了安安神。又端来热气腾腾的足浴盆让她泡泡脚，解解乏，有助睡眠。李梅泡着脚，一声叹息，我妈要是知道李刚这情况，不定急成什么样儿呢！他要是真有事儿，我可怎么跟妈交代呀？郭洋安慰她，李刚什么样咱们心里有数，顶多是一时禁不住诱惑拿了回扣，不可能跟人串通一气坑骗兰心。只要找到宋圆圆作证，就能把事儿都说清楚！李梅听了顿时宽慰不少。郭洋说，梅子你记住，这个家不管出什么事儿，都有我替你撑着，不用怕，啊！

李梅感动地看看他，你病还没好利索呢，这几天跟着忙前忙后累不累？郭洋已经把病号的"角色"忘了，经她一提醒，立刻作两脚发软状。李梅拉他过来一块儿泡脚，郭洋连忙痛快地脱了鞋把脚放进盆里。在这个阴冷黑暗的夜晚，夫妻两人相互依靠，心里都暖洋洋的，有了底气。

23 不想做必须做这叫"责任"，想做不能做这叫"命运"

帖子挂出去第二天，许小宁的手机突然响了。一个操着天津话的陌生人急促的声音传来："我天津的！在街上看见你要找的那个钱四宝了，我一直跟着他，看见他进了胡同里一家小旅馆……"原来，天津北辰区桃口的一个年轻人在网上看到帖子，上街就特别注意行踪可疑的人，还真给撞上了。于是"路见不平，拔刀相助"，"可惜这辈子没当上警察，帮你们抓个把坏蛋也算弥补这个遗憾了！"小伙子十分仗义地对许小宁说。

许小宁问明地址，请举报人盯紧老钱，就和郭洋、老常直奔公安局。警察做完了记录，认为线索很重要，但是网络悬赏举报得来的消息真真假假，不排除有人为了骗钱提供假消息的可能性。"这样吧，我们马上联系天津分局，请他们协助调查，一经核实就可以立即抓捕。"

许小宁急得直蹦："要快！那边儿就一个举报人盯着他呢，我担心晚了被他溜了！"警察到底是警察，比许小宁冷静沉稳多了，只答应马上和天津分局联系。

三个急切的男人进去的时候摩拳擦掌，出来的时候都沉默了。

"警察说的有道理，你悬那么高的赏格，这消息万一是假的，人警方不就白折腾了吗？"老常试图安慰许小宁。

"可这消息如果是真的，让老钱跑了就麻烦了。"郭洋不同意。

"甭管消息真假，我都坐不住了。干等着太难熬，我打算跑一趟天津卫，深入虎穴，以防万一！"

"对，干脆，咱仨直接杀过去一趟！老常你说呢？"郭洋立刻响应。

"服从组织需要，咱仨一起去，抓人我也能出份力，要是假消息，只当是自驾游了。"老常关键时刻也挺仗义。

三人驱车飞速赶往天津，一路不时和天津方面通电话交流信息，还通过3G手机图像传输，确认了老钱其人。许小宁给警方打电话通报了情况，得知天津警方配合北京警方已经行动。

汽车刚到北辰的麻疙瘩桥，就接到举报人的电话，说老钱在银行取钱，没准儿要提钱跑路！许小宁立刻加大油门儿，这时候只恨车上没有警笛开路。老常坐在后头替他担心，这一趟天津，你回去得扣不少分，还得交不少罚款……

真得感谢中国的银行没有不排大队的！他们赶到的时候，举报人正焦急地站在银行门口，盯着出来的每一个人。几人凑到一块儿紧张地商量对策，然后分头行动。许小宁埋伏在一根电线杆后头左顾右盼。报亭边，郭洋拿着一张报纸，露出警觉的眼睛。老常坐在临街擦皮鞋店内擦皮鞋，眼睛却盯着外面。

银行门口突然出现目标，老钱提着包，晃晃悠悠走出来。许小宁箭步窜出来，一声怒喝，猛虎下山，直取老钱。老钱掉头就跑，郭洋扔了报纸，迎面围堵。老常慌乱中丢了一只鞋，光着脚丫中路直取目标，三人对老钱形成合围之势。

郭洋一个扫堂腿，老钱当场人仰马翻。许小宁饿虎扑食，飞身把他按倒在地。郭洋上来帮忙，老钱拼命挣扎，三人滚成一团。老常慢半拍杀到，沉甸甸一屁股坐将上去，把老钱钉死在地，动弹不得。警车及时赶来，众警察七手八脚把老钱拷了，押上车。

许小宁紧紧拥抱举报人，太感谢了！我都不知该说什么好了！套用一句歌词儿吧，"天津人都是活雷锋"！举报人一脸满足："嘛都别说了，有机会客串回警察我乐意啊，这回玩儿得叫一个过瘾！"几个人都被他逗乐了。

得胜还朝的许小宁一路兴奋异常，到了东五环才想起要给兰心打电话报喜讯，让她有个思想准备，以免惊喜过度。电话打通，头一句就是"老婆你坐稳了啊，我们抓到老钱了！"

话筒里传来李梅的声音。许小宁顿时有种不祥的预感，连问出什么事了？李梅声音沉重地告诉他，皮具厂失火了……

皮具厂火灾现场，一片废墟，残垣断壁还冒着阵阵白烟和热气。几名消防员正在检查残余明火。兰心呆立在废墟前，苍凉的背影孤独无助。李梅走过去，小心翼翼地告诉她许小宁马上过来，兰心表情木然，像没听见一样。李梅又说抓到了老钱，事情或许会有转机。兰心还是不为所动。李梅心疼地揽住她的肩膀：

"兰心你别这样，心里难受，想哭就哭吧……"

"我不哭，烧就烧了，什么都没了，就彻底心静了。"兰心眼泪夺眶而出，失声痛哭。李梅不知道怎么安慰她才好，只盼许小宁他们快点儿赶到。

街道上，郭洋全神贯注开车，不停地超车。许小宁克制着焦灼，老常从后座伸手，安慰地拍拍他的肩膀。

汽车终于冲进了皮具厂，火灾现场一览无余呈现在面前。三人被眼前的惨状惊呆。李梅慌乱地朝他们奔过来，把情况大略一说，消防队初步勘查结果，说是看厂的工人用明火电暖器不慎引起了火灾。

老常哀叹："妈呀，这哪是祸不单行？简直是抱着团、打着滚的来呀。"

几个人一回头，都吓傻了——兰心不知什么时候上了楼！正站在厂房顶棚的边缘，任凭寒风呼啸，一动不动。许小宁两腿一软，往下瘫软，被郭洋、老常一边一个及时架住。许小宁声音打颤："她怎么上那儿去了？"

原来李梅和许小宁他们打招呼，说话的功夫，兰心就上了楼。众人连忙打110报警求救，许小宁挣脱郭洋、老常，径直奔向厂房，冲到楼下，跺着脚，声嘶力竭："兰心，我回来了，你千万别想不开呀！兰心！叫你怎么不回答？你听见了吗？我知道你的心情，碰上这事儿搁谁都想不开，但你不一样，你坚强，你还有我，千万别一念之差铸成大错，后悔都来不及呀……"

兰心置若罔闻，突然起步，在楼顶边沿来回走动。许小宁吓得大叫一声，差点儿晕过去。郭洋果断决定，情况紧急，等不及警察来了，我们上去救人！

许小宁拔腿就要走，郭洋一把按住不让他上，许小宁急得大喊："她是我老婆！"

"所以你才必须留在这里，吸引她注意力！在底下喊话掩护，我和老常摸到她身后，神不知鬼不觉拿下！"

许小宁手足无措地问："这行吗？"郭洋斩钉截铁地说"必须行！"他回头对跟上来的老常使个眼色，老常会意："绝对行！"

许小宁握完郭洋又握老常的手："我老婆的命就在你俩手里了。"

兰心在楼顶边缘来回踱步。许小宁在楼下开始第一波攻心战："兰心，你是在思考吗？思考就对了！越是生死存亡的关头，越需要思考而不是冲动，我赞同你此刻的谨慎。"

兰心对许小宁的话置若罔闻。李梅想帮腔，插不上嘴，许小宁滔滔不绝：

"你在想什么？肯定埋怨命运的无常，命运是不公平的，有时候付出了却得不到应有的回报，但命运有时又是公平的，他在拨弄你的同时，又暗中保护了你。你看，老钱这不轻而易举就被我们人肉搜索出来了吗？这个老钱都抓到了，那个老刘还会远吗？"许小宁看看兰心，她无动于衷，自顾自来回溜跶。

"思考完命运，咱再思考一下亲情。兰心，除了发生在你自己身上的倒霉事儿，此刻你是否还会想起我、想起乐乐？"说到这里，许小宁喉头发紧，先哽咽了，"你有没有想过，万一发生意外，我一会去幼儿园接乐乐，孩子问妈妈去哪儿了？怎么不回家？你让我怎么回答她呢？"

楼顶上，兰心突然身体一晃，勉强站住。许小宁魂飞魄散，绝望地闭上眼睛，冲兰心大喊："有胆你就往下跳！这楼拢共就三层，跳下来还有我接着、给你垫背，撑死你把我拍成肉饼，自己就断条胳膊、折条腿儿，到时候你不但损我不利己、你还生不如死！"

李梅捅许小宁，提醒他别刺激她了。许小宁说，先把兰心的后路堵上再说。

郭洋、老常上到楼顶，摸到通往天台的门，推开门缝，看见兰心的身影，两人不敢轻举妄动。郭洋悄声命令老常给李梅打电话，报告位置。

李梅身子躲在许小宁身后，小声接电话，告诉许小宁，他们到了，行动吗？许小宁紧张观察，说时机不成熟，让他们等等，再创造创造条件。李梅让老常和郭洋听候命令。许小宁继续攻心术：

"兰心，就算你不在乎亲情，可你也应该珍惜上天给你的这次做人机会呀，你得活着！这些年你光奋斗，光追求成功和财富了，还没好好享受一个普通女人的幸福生活呢？钱没了，我们还有温暖的家、干净的床、热乎的洗澡水、每天我给你煲的汤、给你做的饭菜，没钱不耽误我们还有这些呀？这些就是幸福，什么没了都不可怕，只要我们还有对方、还有乐乐、还有朋友……有爱就有希望！"许小宁噙了半天的眼泪终于掉下来。兰心听到这句话也被触动，眼里泪光闪动。

许小宁审时度势，当机立断，一摆手！李梅对着电话下令行动。老常得令，从身后一推郭洋，郭洋如离弦之箭，扑向楼顶天台，从身后拦腰抱住兰心，迅速离开楼顶边缘。

楼下，许小宁眼看兰心被救，一屁股瘫坐在地上，任李梅怎么扶都扶不起来。经过这一段时间的紧张、恐惧和绞尽脑汁，许小宁心力交瘁，彻底瘫了。

楼顶。兰心在郭洋怀里奋力挣扎，双脚踢踏。郭洋失去重心，两人一起摔倒在地。兰心连滚带爬，挣脱了郭洋的控制。老常及时赶到，飞身扑倒，死死把兰心压住，兰心一声惨叫："救命！"

郭洋、老常一左一右搀扶着兰心走出废墟。许小宁像打开电钮似的跳起来，一把将她搂进怀里，喜极而泣："兰心你吓死我了，这是何苦呢？活着多好呀，留得青山在，不怕没柴烧……"兰心让他轻点儿，疼。许小宁赶紧松开她，哪儿疼？胸口疼，还有腰。许小宁问怎么弄的？兰心抱怨，都怪老常，快把我压死了。

110警车引着一辆消防云梯车开进厂区时，险情已经排除。许小宁迎上去和营救人员逐一握手："警察同志，消防员同志，我们自己解决了，辛苦你们白跑一趟，给你们添麻烦了！"

老婆失而复得，许小宁又喜又悲，一边给躺在床上的兰心盖被子，一边心疼地训她，你说你傻不傻呀？爬那么高，一失足成千古恨，咱夫妻俩此刻可就阴阳两隔了，你还能见到乐乐吗？兰心语气平静，我压根儿没想死。啊？没想死你上房顶干吗？我是想上去看看火烧到什么程度，还能剩点儿什么。

许小宁哭笑不得，都这样了，你还惦记有剩？看清楚了吗？剩点儿什么呀？看完不下来，还站在房顶走来走去干吗？兰心说心里堵得慌，想站在上面透透气儿。

许小宁打不是、骂不得，唯有苦笑，老婆，咱差点儿死过一回了，你就别在我面前撑着了，说实话吧。兰心当然得撑着，她绝不容许自己这么不堪一击。于是轻描淡写地说，小宁啊，你还是不了解我，什么大风大浪我没经过？就这条小阴沟，能翻了我的船？我还没那么脆弱，这世上还没有什么事能把我逼死！

许小宁宽慰多了，那就好，那就好！兰心钻进许小宁怀里，像小猫一样安静地偎着他，老公，你说的话我都听见了，有爱就有希望。

许小宁侍候兰心睡下，自己也上床关灯。黑暗中，许小宁轻声试探，兰心，睡着了吗？兰心说睡着了。睡着了还说话？不是你把我叫醒的吗？许小宁听到兰心的声音很无辜，连忙翻身抱住她：老婆，我就想告诉你，不管你多坚强，我都是你更坚强的后盾，什么事都别自己撑着，有我垫背，绝对摔不着你！

兰心沉默不语。许小宁搂着她，心里比任何时候都踏实地睡着了。

郭洋和李梅议论白天的惊心动魄。李梅对兰心被救下来时没事人的样子感到不安。郭洋安慰她，也许兰心就是钢铁炼成的女人。李梅觉得不对，任何女人骨子里都脆弱，何况遭受的是一连串灭顶之灾？兰心这样，她心里特别不踏实。

郭洋分析说，女人的不幸主要起源于自己的欲望。兰心一连串挨了命运好几个窝心脚，就是以往折腾得太厉害了。他有意启发李梅，你们妇解先驱落得今天的下场，对你有什么警示作用吗？李梅不以为然，警示我什么？命运无常呗。

郭洋进一步启发，你不觉得自己正步兰心后尘往悬崖边上奔吗？兰心今天的遭遇就是你的前车之鉴。李梅沿着自己的思路走，那倒是，我要总结她的经验教训，避免发生在自己身上。这也让我再次认识到一个真理：女人想做成一点事业比男人难，得有种打不垮、拖不烂的精神，得有股子泰山压顶不低头的气势！

驴唇不对马嘴，郭洋一脸扫兴。满以为兰心的事一出，自己老婆也该适当收敛收敛了，没想到李梅已经被杨丹洗脑，夫妻俩的出发点和思维方式完全不在一个层面上。俩人准备睡觉，李梅说照顾郭洋的假期满了，明天该上班了，问郭洋身体感觉还虚吗？郭洋一边说"虚，很虚"，一边往她身上靠。李梅说，不行的话，再跟杨丹请几天假。郭洋突然想起他答应张瑾的活儿还没干呢，连忙让李梅放心上班，我抓得了人、救得了人，怎么就不能照顾自己、非拖老婆后腿呀？

李梅觉得不对味儿，狐疑地打量他，你怎么风向突然就转了？有点儿欢天喜地哄我走的意思呀？郭洋连忙掩饰，好人难做呀！李梅凑到他身上，故意抽鼻子、深呼吸，满脸疑惑，"我怎么闻都不对味儿……"

老常享受着老婆和女儿一个按摩肩膀、一个敲腿捏脚的悉心侍候，得意洋洋，摇头晃脑地炫耀如何劳苦功高，转战京津，先擒老钱，再救兰心，所向披靡，大展雄风。陈梦怀疑：

"我怎么听许哥说，关键时刻是人家郭洋一马当先？"

老常正色地纠正她："只知其一、不知其二，真正一锤定音的是我。"

"爸，您那不叫一锤定音，叫一砣定音。"两个女人笑成一团。

老常敲打陈梦："你们妇解领袖这回弄得可够惨的，警钟长鸣，我郑重提醒你陈梦，商场险恶，人性复杂，水性不好，下海谨慎。"

陈梦听出老常的暗示，故意说，兰心姐纯属天灾人祸，跟水性好不好没关系。老常"喊"了一声，常在河边站，哪有不湿鞋？陈梦问他什么意思？想毁约？老常连忙否认，大丈夫一诺千金！善意提醒，善意提醒……

李梅惦着李刚的事儿吃不香睡不着，想像着他在"里面"的情形，只觉得百爪挠心。一大早，她就背着郭洋带上一只鼓鼓的旅行包，一脸憔悴地赶到公安分局，以送东西为名打探情况。李梅请警察把换洗衣服和日用品转交李刚，被告知，李刚人不在这儿，送东西得到北城看守所去。

李梅一听到"看守所"三个字，脑袋里嗡的一声全是杂音儿。她没头没脑没意识地跟在警察身后机械地走，人家回头问她有事儿吗？李梅才想起问了一句："你们审过钱四宝了吗？"警察说昨晚连夜突审的。李梅连忙追问，他有没有提供刘厂长的下落？我弟弟的事情澄清了吧？什么时候能出来？

警察说钱四宝交代的情况和李刚说的有出入，还得耐心等等，目前看，一时半会儿出不来。李梅不相信李刚会撒谎，想知道俩人的说法到底有什么出入？警察说，钱四宝一口咬定李刚和宋圆圆事先知情，也就是说参与诈骗，二十万是他们给的封口费。李梅听了目瞪口呆。

李梅回到公司，浑身虚脱，一脸愁容地瘫在椅子上动弹不得。杨丹安慰她，姓钱的家伙十有八九是疯狗乱咬人，李刚不可能为了十万就跟那边串通坑兰心，退一万步，就算财迷心窍了，东窗事发还不跑？老实等着警察来抓呀？咱弟弟智商有这么低吗？我看那个宋圆圆跑那么利索倒真不好说，没准儿李刚就是被她蒙在鼓里给连累了。

李梅当然相信李刚，可空口无凭说这些有用吗？关键是怎么才能帮他洗清啊？万一真说不清呢？杨丹让她先别急，找个好律师咨询一下再说，这事交给她。

两人提起兰心，觉得她比想象中要坚强。也真是邪门，自从她遭遇诈骗，紧跟着就连锁反应，又跑单又着火，倒霉事就跟多米诺骨牌似的，稀里哗啦，一倒到底。像她那么精明的人，哪吃过这么大亏呀？真挺惨的。李梅心有余悸地问：

"是不是女人太强，野心太大，就特别容易出事儿啊？"

杨丹不以为然："别杞人忧天了，你离兰心还远着呢，我现在迈的步子比她大不大呀？也没怎么着啊。"

"我看你也够悬的，每个月为了还贷，都快把自己逼疯了。"

"享多大福就得受多大罪，天下哪有免费的午餐？这都是为实现理想付出的基本代价。"杨丹从容不迫。

"我也在努力为理想付出，可有时候觉得日子好像没以前那么幸福、滋润了。这几天请假在家照顾郭洋，我反倒觉得找回点从前的生活氛围和乐趣了。"

"你呀，就是太贪，两头都想要，是吧？那你摸着心口问问自己，愿不愿意放弃事业，重回家庭主妇的老路上去？"

"那我肯定不愿意。怎么就不能两头兼顾，平衡好家庭和事业的关系呢？"

"不是绝对不能，是太难了。都说事业成功的男人背后一定有一个默默奉献的女人，你听说过哪个成功男人能内外兼顾的？"

"男人做不到，不代表女人也做不到。"

"把你能耐的！人的精力有限，你又不是金刚。"

"我不是金刚，但我就是要找到一个好办法，争取鱼和熊掌能兼得。"

"嗯，那就两边来回调整，慢慢走平衡木吧，也许摔过无数个跟头之后能练成高手、修成正果，我对你有信心。"

"别净说风凉话。说实话杨丹，你老一个人这么混，就不觉得空虚和孤独？你跟老袁离了以后，就一点儿不觉得后悔和遗憾？"

"后悔和遗憾有意义吗？人要往前看。当然我对失败的婚姻也有反思，过去我确实太忽略家庭生活和老袁的感受。总结经验教训，今后我要一边追求事业成功，一边打造高质量的感情生活！"

"这不也是走平衡木吗？算你有进步，就怕说起来轻松、做起来难。"

杨丹神秘一笑："不难，已经开始行动了，目前正在顺利进行中。"

许小宁睁开睡眼，已经快到中午了。兰心和乐乐正在做准备，决定全家开车一起去郊区泡温泉。许小宁半天才反应过来，本应高兴的事情，他却笑不出来。洗漱的时候，他透过门缝狐疑地打量兰心，她那副什么事都没发生过的麻木神情，让许小宁不寒而栗。

许小宁带着老婆孩子到了九华温泉别墅，点了一处独立的院落，一家三口泡在蒸气袅袅的池中。拖盘上放着清酒，乐乐在嬉水，许小宁为兰心倒酒，和她碰了一下杯，两人品着酒说话。

兰心闭目养神，感叹着："真舒服啊。"

"喜欢吗？"

"喜欢。"

"那以后咱们可以经常来！只要你放松心态，随时都能享受到这种安静舒服的生活。"

"可享受生活还是要有钱啊。"

"钱多有钱多的享受法儿，钱少有钱少的享受法儿，只要全家人感情好，在一起做什么都一样高兴！对吧乐乐？"

乐乐脚丫子扑腾着水，情绪很好地响应："嗯！"

许小宁计划晚上住一夜，好好享受享受，明天再回城，老婆孩子一致响应。

杨丹帮李梅找律师咨询李刚的事，约好中午在律师事务所楼下咖啡馆和汪律师见面。李梅让郭洋陪着去，他痛快地一口答应，结果到了约定时间不见人影。

郭洋在家吃着面包对着电脑画图，把事情忘得一干二净，一听李梅在电话里急了，连忙搜肠刮肚找借口掩饰，说他上午又跑了几趟厕所，一难受就给忘了，这就赶过去。李梅反倒担心他的病复发，让他在家好好休息。郭洋浑身轻松，却假意敷衍，真不用我去了？李梅实心实意让他自己当心，不舒服就赶紧吃药。

郭洋放下电话，接着啃面包画图，张瑾来电话问候他身体好点了吗？说这几天怕打扰他，也没敢打电话。听郭洋说好多了，正抓紧画图呢，张瑾连忙声明，打电话不是为了催他，还是先把身体养好再工作。郭洋说没事儿，已经基本好了。再说答应了你，不能不守信啊！张瑾提出要过来看看，你现在方便吗？

郭洋毫不犹豫就答应了她，他也急于跟她分享自己十分得意的设计方案。

李梅去见汪律师，叫了两杯咖啡，边喝边谈李刚的情况。李梅最关心的问题就是李刚到底会不会涉嫌犯罪。汪律师告诉她：刑法第一百六十三条规定，公司、企业或者其他单位的工作人员利用职务便利，索取他人财物或者非法收受他人财物，为他人谋取利益，数额较大的，处五年以下有期徒刑或者拘役；数额巨大的，处五年以上有期徒刑并处没收财产。这里面有些细节非常重要，那就是李刚和宋圆圆是不是主动索贿，在收受财物后，是不是主动参与了诈骗过程。如果李刚对骗局并不知情，只是收了对方一笔介绍费，并不构成商业贿赂。

李梅相信弟弟绝不会主动索贿，更不会给骗子做帮凶。汪律师说，只要能证明这笔钱就是对方给的好处费，证明他们对骗局的内幕并不知情，也没有给被害人造成重大经济损失的主观故意，一般不会追究刑事责任，最多是违反企业的劳动纪律，给公司造成了损失，只要能主动退还，适当赔偿，就没什么大问题。

李梅松了一口气。汪律师强调一点，这些都要找到相关证据才行。证据是解决问题的关键。李梅明白了，她现在的当务之急是尽快找到宋圆圆，有了人证物证，一切就都好办了……

张瑾一进郭家的门，就关切地上下打量他，说他瘦多了。郭洋把她让到书房坐下，给她看设计方案，说他虽然这些天生病，脑子可一直没闲着，今天往电脑前一坐，灵感喷涌而出。张瑾看图，郭洋滔滔不绝地为她讲解：为了满足建材、家具、饰品、用品一站购齐的要求，把家居馆分成五大展区，这五个展区的整体构想也都落实了。第一部分是样板间集群，占地面积最大，展示区可以容纳八十套各种风格的样板套房。第二部分是元素建材馆，里面囊括从橱柜到洁具、瓷砖、地板上万种建材。第三部分是情景家具馆，不但集合田园英伦、现代简约、明清遗风、古典主义、欧美风情的众多品牌家具，还可以根据情况搞一个明清家具文化展厅，让客户了解中国传统家具文化的博大精深……

张瑾被郭洋的情绪感染，笑着看他："你现在真是完全进入角色了。"

"那是！我现在创作欲望特别旺盛，进入最佳状态了。你看这个第四部分，这是软装艺术馆，第五部分是艺术品陈列馆……"

"真不错！这八十套样板房的设计，是一项巨大的工程啊，光设计量就大得惊人，你有了整体构想，可谁帮我具体落实呀？"张瑾话里有话，暗示郭洋做完设计，还应该继续帮她。郭洋没往深了想，随口答应没问题！他会尽量把各分区的设计理念和主要元素都提供给她。张瑾又说，怕别人接手做具体工作，郭洋这么好的想法最后实现得不理想，弄着弄着走了样儿，就太可惜了。郭洋有同感，他最怕的也是这个，而且这种情况完全有可能。

张瑾忧虑地看看郭洋，她越来越觉得这事儿离不开他，只有郭洋真正参与进来一起做，家居体验馆的创意才能完美实现。郭洋很为难，他心里明白，现在家里刚刚稳定一点儿，又出了李刚这档子事儿，至少眼下他不可能再有什么"异动"，再给这个家增添任何麻烦。虽然这么好的一套设计方案已经出来了，但张瑾还是因为郭洋没响应她的建议而感到美中不足，有点儿失望。不过她没放弃，自己在外面混了这么多年，什么样的硬骨头没啃过？什么样的堡垒没攻克过？她一定要说服郭洋，她自信，说服他只是早晚的问题。

两人坐在餐桌边喝着茶。张瑾问他最近煮夫生活怎么样？在家呆得住吗？

郭洋不得不说实话，这岗位真不合适他。其实当初就是跟李梅赌气才回家的，一直在调整心态，到现在都没调整好，现在是越来越待不住。

张瑾看看他郁闷的神情，替他发愁："那怎么办？"

郭洋苦笑："没辙。人这辈子有很多不想做却必须做的事，这就叫'责任'"。

张瑾笑了："我能理解，你确实是个挺有责任感的男人。"

郭洋又是苦笑："人这辈子还有很多想做却不能做的事，这就叫'命运'"。

张瑾沉吟了半晌，迟疑地说："有句话不知道该不该问。"

郭洋痛快地："问！"

"不知道是不是我自作多情，李梅明明知道家居体验馆是你的理想，还坚决反对你接这个活，是不是就因为不愿意让你跟我一起工作？如果换个人，她不会这么固执地拦着你，对吗？"

"怎么说呢？这里面肯定有你的原因，但也不全是因为你。李梅现在工作特别忙，她也确实希望我能在家一段日子，让她少点儿后顾之忧。"

"有些话我说出来可能会让你有负担，但我还是想说。郭洋，我看的很清楚，你对这件事的热情和投入度，绝不仅仅是出于友情想帮我，你是把它当成自己的理想来实现的，因为它能带给你成就感、满足感，带给你自信和快乐。就算我以后勉强找到其他设计师合作，恐怕你也不可能完全放手不管，因为你已经投入了那么多心血。"

郭洋被说中心事，重重叹了口气："唉！你说的没错，其实我不光是为帮你，我是打心眼儿里放不下，真想亲手把这事儿做成啊。"

"既然这样，你为什么不主动告诉李梅？我记得李梅以前说过，夫妻间有什么问题，都要及时交流沟通，达成谅解。"

郭洋摇头："说着容易，事儿到自己身上，就动作变形，不是那么回事儿了。"

"如果因为李梅对我的误会，让你放弃实现梦想的机会，我觉得这样对你太不公平。要不还是让我跟李梅谈谈吧，解铃还需系铃人，我跟她好好解释清楚，说不定能让她打开心结。"

"不不，你千万别。还是我自己找机会跟她说。现在李梅正为她弟弟的事发愁呢，我不想现在给她添堵。等家里的麻烦解决了，我再跟她谈。"

"那好，如果需要我出面做什么，请一定告诉我。"

在温泉住了一夜，许小宁开车带着老婆孩子回家，路上全家人情绪都不错。乐乐说她还没玩儿够呢！兰心当场痛快地许愿，这两天再带乐乐去欢乐谷。乐乐欢呼雀跃，问妈妈不用上班吗？兰心苦涩地笑，妈妈可能很长时间都不用上班了。"太好了！那妈妈以后能不能不送我去幼儿园，天天带我玩儿啊？"

许小宁笑着批评乐乐得寸进尺，兰心却痛快地答应了女儿，还主张好好答谢一下郭洋和老常两家，这几天人家没少跟着咱们着急上火，帮了不少忙，明天双休日，把他们都请到家里一起吃个饭。许小宁满口应承，我来张罗这顿答谢宴！看看兰心轻松的神态，许小宁从昨天早晨开始一直悬着的心暂时放下了。

许小宁回到家，发现手机落在车上，下楼去拿。锁好车门一转身，看见郭洋送张瑾走出楼门，往汽车走去。两人在车前告别，郭洋说，等出了图就联系她。张瑾让他需要帮忙随时来电话，她真希望有一天能名正言顺地在一起工作。郭洋嘱咐她路上慢点儿开。张瑾的车开走，郭洋目送汽车远去。

身后突然传来许小宁捏着嗓子模仿李梅的声音：我都看见了啊！郭洋吓一跳，连忙回头，看到许小宁一脸坏笑，做贼心虚吧？车都开出一百多米了，你还在这儿深情目送呢，场面挺感人啊！郭洋白他一眼，扭头就走。许小宁追着问，谁呀？谁呀？我没见过这女的，长得够妖的！郭洋不理他。

郭洋回家，许小宁抢先挤进了门，郭洋，我必须得跟你说两句，她到底谁啊？郭洋生气，你这人怎么这么八呀？不是谁，就一客户。许小宁不信，什么客户啊？都约家来了。郭洋警告许小宁，这事儿不许告诉李梅啊！许小宁恍然大悟，噢！就那女的吧？你当初是不是为她跟李梅打架才离家出走的？郭洋默认，还不忘辩解，压根跟人家没关系，李梅纯属多疑！

"有没有关系咱不知道，反正我今儿见着真人，也替李梅捏把汗，这女的一看就不是省油的灯，有股子狐狸精气质，真的。要是我有这么一客户，兰心肯定得把我死死按在家里。"

"不带这么以貌取人的，你又不了解人家，别瞎说。张瑾人挺好的，没那么多歪门邪道。"

"这就护着说话了？郭洋你可危险了啊，小心越陷越深，无法自拔！"

"我们就是工作关系，再普通正常不过了，没你想的那么复杂。"

"那你为什么不让我告诉李梅？"

"李梅对她有成见，多一事不如少一事。"

"她那样儿，李梅有成见太正常了。想让我保密也行，打算怎么贿赂我呀？"

"你自己老婆都那样了，还有闲心管别人的闲事儿呢？"

"我的心胸宽广早已是经过验证的事实了，这次事件证明了我媳妇的心胸也不是一般宽广，意志不是一般坚强，这两天情绪调整得相当不错。那天她就是憋了口气，一时缓不过来，现在好多了，挺平静。这不，全家泡温泉刚回来。兰心明天还要摆一桌答谢大伙儿呢！"许小宁接茬儿又说郭洋跟张瑾的事："我有一种直觉，你们俩之间大概、也许、可能、多少要发生点儿故事，你一定要把持住自己，严格控制故事走向，防止演成一出没法收场的烂戏。"

"告诉你，我在这种事儿上，向来比你坚定、比你理性！再说了，你难道没受过兰心的无端猜忌吗？"

"有是有过，可现在事实已经证明，我跟陈梦纯属纯洁友谊。"

"这不结了？你身为夫联领导，又有过受到无端猜疑的遭遇，你应该站在我的立场上替我说话才对呀。"

许小宁说郭洋你提醒得非常及时！身为夫联一分子，一旦失足滑入泥潭，会严重损害夫联的整体形象和荣誉，到时候，组织还有脸理直气壮替你撑腰吗？我现在给你敲警钟，就是要防患于未然，杜绝悲剧的发生。郭洋没好气，你怎么不盼我好呢？许小宁按着自己的思路往下发挥，这叫"桃花劫"，一般人都在劫难逃！就连我这么有定力的男人，身边有这么一个红颜知己，估计也扛不住。

郭洋觉得许小宁见了张瑾，反应比谁都强烈：咱俩到底谁需要把持住自己呀？许小宁嘿嘿一笑，并肩战斗，并肩战斗。

晚上，李梅一身疲惫地蹭进了家门，饭菜已经摆上餐桌。小洋欢呼着扑过来跟妈妈起腻，李梅亲着儿子，问郭洋："不是肠胃又不舒服吗，还做这么多菜？"

郭洋突然想起自己撒的谎，赶紧掩饰："我不舒服，不能让你们娘俩也饿着呀。再说这会没事儿了，可以少吃点儿。"

李梅坐下就叹气，家里做好吃的就不能不想起李刚。现在关键是要尽快找到宋圆圆，眼下只有她能证明李刚的清白。她希望郭洋跟她一起想办法找人。

其实许小宁已经在网上人肉搜索好几天了，一直没有宋圆圆的线索。她可能已经离开北京，不定跑到什么偏僻的地方去了。但是看看李梅忧心如焚，郭洋只好违心地答应："必须的！"

24 得必有失，失必有得，何苦患得患失

许小宁备下了一桌子丰盛的酒菜。三对夫妻人手一杯酒，团团围坐。许小宁代表兰心致祝酒辞，感谢各位好邻居、好朋友。众人碰杯。

兰心喝干杯中酒，又倒一杯，说大家伙都替她担惊受怕了，这杯酒算是给自己和大伙儿压惊。老常佩服兰心拿得起放得下，不是一般战士，也把杯中酒喝了。

郭洋举杯："见过坚强的女性，比如我们家李梅，真没见过你这么坚强的。兰心，挺过这一劫，后面就是阳光灿烂的日子，祝贺你！我干了！"

兰心要借郭洋的吉言，又跟着喝了一杯。许小宁连忙劝阻：

"意思意思得了，别喝这么猛，待会儿瘫倒在大伙面前，成何体统？"

兰心拨开他的手："没事儿，这么多年商场酒桌上练出来了，这点儿酒算什么？这点儿打击挫折算什么？我抗得住，不会轻易倒下的！"仰头又是一杯。

气氛有点紧张，众人都觉得不对。许小宁赶紧抢酒杯，兰心跟他僵持，最后许小宁还是没拗过她。兰心一边喝一边认真地看看众人：

"我一直在思考一个严肃的问题，到现在也没想明白。今天大伙儿都在，帮我分析分析。你们说这命运到底是怎么回事儿？它怎么就看我这么不顺眼呢？"

众人一愣，都不知说什么好。许小宁跟老婆赔笑，今儿咱高高兴兴的，不提这茬儿行吗？兰心不由分说一挥手：

"你让我说完！我就是不明白，就算被骗是老天看不惯我野心太大，一个雷把我打翻在地；就算非洲订单黄了是老天觉得还不够，再踩上一只脚，可为什么接着又来一场大火？我至于这么可恨，惹得他两脚都上非把我踩死才解恨吗？"

陈梦歪着脑袋："想想也是，怎么倒霉事都连成串儿了呢？蹊跷。"

"我最近的遭遇就相当于一个人在同一个地方连着被雷劈三次，你们谁能想通这是为什么？老天凭什么要这么残忍地对待我？"兰心咄咄逼人地挨个盯着众人，好像他们就是老天的化身。大家面面相觑，谁都不敢搭腔儿。

许小宁只好出来解围："媳妇儿，我觉得可能是这么个道理……"

兰心不耐烦地抢话："什么道理？说！"

许小宁斟词酌句："好比说……雷雨天，你站在大树下面被雷劈了，可你不知道这是大树引起的，不但没跑，反而抱着树不撒手，这才接二连三被雷劈。"

许小宁说完，寻求众人的支持，老常连忙接茬儿："小宁这比喻很恰当，那棵大树就是贪婪的欲望和野心，你搂着它，被劈了一回还不赶紧跑，可不就要连着挨劈吗？"

郭洋点头："有道理有道理，看似偶然，实则必然。貌似天灾，实为人祸。"

李梅搡了郭洋一把，示意他别说了。兰心琢磨着，脸越拉越长。许小宁见兰心脸色不对，赶紧解释："就是随便一比喻，也不一定对，媳妇儿你别多心啊。"

众人连忙应声哄她："对对对，就是随便瞎说，没什么意思。"

"怎么没意思？我觉得很有意思！小宁早就说过我是自作自受，现在看起来，你们心里都是这么想的。你们那意思不就是怪我自己太贪婪，活该自找倒霉吗？

好！前面两茬倒霉事我认罚，可这场大火也能怪我吗？是我自己放的火吗？"

郭洋连忙劝她冷静点儿，这场火肯定不能怪她，这里有很大的偶然因素。兰心直勾勾地瞪着郭洋，不依不饶："刚才不是你说看似偶然、实则必然吗？"

许小宁赶紧打圆场："主要还是偶然，前面两件事也不全怪你，要怪只能怪命运太无常。"

"命运无常为什么单冲我呀？我在同一个地方三次遭雷劈，劈得外焦里嫩，这一切都是我命里注定？我不信！"

"是是是，别说你不信，我们也不信！"老常连忙点头哈腰地附和。

兰心追问："那你们说，命运凭什么对我这么不公？"

李梅一听，话又绕回来了，愁得直嘬牙花子。还是陈梦有幽默感，连忙打岔："兰姐，咱明儿赶紧买彩票去吧，就冲着被雷连劈三回这概率，肯定能中五百万！"没想到一句玩笑，把兰心逗窜了，"啪"地一声把杯子摔了个粉粉碎。

大伙这才发现兰心已经醉了，连忙扶她上床。草草收场，匆匆告别，四人出了许家门都后悔话说多了。老常怀疑兰心并不像许小宁说的恢复正常了。陈梦也觉得兰心怪怪的。郭洋表示理解，这么大一坎儿，想一天两天就爬过去，哪儿那么容易呀？是得有个过程。最近咱们还得多关心点儿。

许小宁清晨醒来，看到兰心抱着腿坐在床上，眼睛直勾勾的。问她怎么起这么早？是不是昨晚酒喝多了头疼？兰心没反应。许小宁轻轻推她：

"嗳，一大早出什么神儿呢？"

"我在叩问命运。"

"哎哟，你怎么还记着这茬儿呢？昨天大伙不都帮你分析了吗。"

"分析出什么结果来了？都是我咎由自取？荒谬！明明是命运对我不公，还要让我心甘情愿认栽受罚，这不是让我为命运犯的错误买单吗？凭什么呀？"

"大家最后不都同意你的观点了吗？都怪命运无情、无常、无理性。"

"他们说的是真话吗？你以为我看不出来？都是在哄我应付我，虚伪！我又不是小孩儿，'逗你玩儿'呢？"

"你看你多明白呀，既然这样，还想那么多干吗？"

"什么叫还想那么多呀？一天想不通，我就得继续想下去！我没有得到答案，干吗不想啊？"

许小宁上前搂她，又哄又劝："老婆，咱别钻牛角尖儿了行么？俗话说吃一堑长一智，你失去的是钱，得到的是安宁，失去的是欲望，得到的是平静，不亏！"许小宁摇头晃脑地背诵，"有一副对联写得好，'名利如云，得必有失、失必有得,何苦患得患失；人生似梦,去便是来、来便是去,不须争来争去!'所以我认为,从哲学的角度讲,失去的越多,得到的也越多,'失去'也是一种全新的生活方式啊! 学会这种生活方式,咱就可以多活几年,这不比什么都强?"

兰心突然捂着胸口哼哼:"哎哟……我心口疼。"

许小宁连忙打住:"好好好,不说了不说了,怎么一说你不爱听的,就心口疼啊?"兰心痛苦地闭上了眼睛,她是真疼。许小宁见状,连忙上前帮她拍背、揉胸口,一阵折腾,兰心才渐渐平静。

李梅正在公司忙业务,突然接到宋圆圆打来的电话,问李刚怎么样了,为什么他的电话一直打不通? 李梅告诉她,李刚被拘留了,宋圆圆吃惊,不明白为什么。李梅说,他们拿钱的事儿李刚都交代了,警方认为他们涉嫌商业贿赂,宋圆圆埋怨李刚真傻,干吗说这些? 李梅叹气,他不说,警察也会从银行查出来的。圆圆你跟我说实话,兰心被骗你事先到底知不知情?

宋圆圆表白,诈骗的事她一点儿没参与,李刚更是什么都不知道。李梅质问她没参与干吗跑啊? 一跑反而更可疑了。她告诉宋圆圆,必须赶紧回来把事情说清楚,才能帮李刚,也帮她自己。宋圆圆在电话那头沉默了。李梅猜出她没离开北京,问她在什么地方。宋圆圆听到李梅追问她的下落,当即就挂断了电话。

李梅连忙回拨,是一个杂货店老板接的,说这是公用电话,打电话的女孩儿刚走。不过她最近经常来这儿买东西,好像就住在附近。

李梅记下了地址,给杨丹打电话请了假,又往家里拨电话,没人接。再打郭洋手机,暂时无法接通。李梅无奈,只好独自驾车,匆匆赶往城乡结合部的唐家岭。这地方是著名的北京"蚁族"聚居地,到处是便宜的出租房和低价劣质的消费品,街道狭窄泥泞,小店小铺密密麻麻,拥挤不堪。李梅驾车,一路走,一路寻找。偶尔刹车、仔细看看路边的店铺。

前方出现一个路边杂货店,窗口放着一个公用电话机。李梅停车,拿出手机打电话,看到杂货店老板接起了电话。李梅连忙下车,拿出宋圆圆的照片问店主见过这人吗? 店主看看照片,有点儿印象,好像今天她还来打过一个电话。可是问到宋圆圆的住处,店主就说不清了。

李梅先把小旅馆都找了一个遍,又到居民房集中的地方,给闲逛的老头老太太看宋圆圆的照片。有个老头儿看了半天,不确定地指了指附近一大片出租民房。李梅只好把车停在一片平房的必经路口,守株待兔。

天黑了,李梅还坐在车里盯着几条小巷和路口的动静。她疲惫不堪地伸展一下身体，给郭洋打电话，这回电话通了。李梅刚埋怨郭洋一句，突然看见宋圆圆的身影出现在路口，慌忙扔下电话，冲下车去，迎面拦住。

宋圆圆意外地呆住了："李梅姐……你怎么来了？"

李梅要拉她上车，有话跟她说。宋圆圆往后躲。李梅说："圆圆，你必须得跟我回去，许小宁他们已经通过人肉搜索到天津把老钱抓回来了，可老钱一口咬定他们事先买通了你和李刚，跟他们串通诈骗。"

宋圆圆吃惊："老钱胡说！"

"你不出来说明情况，你和李刚都得背着黑锅，冤不冤啊？马上跟我到公安局澄清事实去！"李梅不由分说上前拉住宋圆圆。宋圆圆连连退后，她要再想想。李梅不顾一切拉住她不放，宋圆圆用力推开她，转身就跑。李梅摔倒在地，爬起来时又崴了脚，绝望地大喊宋圆圆的名字，宋圆圆像受惊的小鹿一样，慌乱的身影很快消失在黑暗中了。

郭洋在家焦急地拨打李梅的手机，始终无人接听。郭洋正犹豫着报不报警，李梅一脸疲惫地进了门，包里的电话还响着音乐信号。她甩掉高跟鞋，换上拖鞋。郭洋注意到她的鞋跟断了，发生了什么事？李梅不理他，一拐一拐往屋里走。郭洋赶紧搀扶，脚也崴了？到底怎么搞的呀？李梅没好气地说，追宋圆圆摔的，到头来也没追上，倒霉到家了！她埋怨郭洋，我这边上着班，那边还得跑李刚的事儿，一个人恨不能掰成两瓣儿使！你在家闲着，怎么就不能帮我分担分担？

郭洋赔笑，抱起李梅的脚，脱掉袜子查看伤势。又拿来扶他林给李梅涂药按摩。李梅愤愤地控诉，昨天答应陪我去见律师，结果给忘了，今天想让你陪我去找宋圆圆，连人影都找不到。最可气就是你这种人，关键时刻掉链子！你白天去哪儿了？打了好几个电话都没人接。

郭洋心虚，不会吧？李梅言之凿凿：我从接到宋圆圆电话就往家打电话，往郊区开车的路上又打，两三个小时之内至少打了四回！郭洋看看赖不过去了，只好承认他出去转了转，还问李梅，你怎么不打我手机呀？

李梅更气了，提高嗓门说，手机根本打不通！郭洋若有所思，脱口而出：噢，肯定是那个地方信号不好。李梅紧盯不放，哪个地方啊？郭洋连忙掩饰：

"是……一个建材城，可能里面屏蔽手机信号。"

"怎么那么寸啊？一到需要你的时候，不是肠胃犯病，就是手机信号屏蔽。"

郭洋安抚她："就是赶上了呗，咱不抬杠啊！我道歉还不行吗？明天起我保证手机二十四小时畅通，随叫随到！"李梅疲惫的往沙发上一倒，不理他。

卫生间传来郭洋洗澡的水声。李梅坐在梳妆台前，看到郭洋的手机，不由自主拿过来，调出最新拨出的号码，发现几个电话都是和张瑾互打的。李梅对着张瑾的名字出了神儿。她明白了，郭洋最近的"忙"原来和那个女人有关。

水声停止，郭洋的脚步声传来，李梅忙把手机放回原处。郭洋出来，发现李梅坐在床上抱着双臂看他，表情有点儿怪异。他凑过去打量，发现她在琢磨什么，而且肯定跟他有关。郭洋一时间心里没了底。

李梅熬了一会儿，终于沉不住问他，当初我用小伎俩让你回家当了煮夫，是不是到现在还有怨气？ 郭洋就一个字——怨。是不是到现在都不能接受在家的现实？还是一个字，是。那你打算怎么办呢？两个字，忍着。你就不想反抗？反抗过，被你镇压了，所以我就不白费劲儿了。

郭洋突然反应过来："哎？不对啊，你怎么还教唆我对付你呢？"

李梅翻身躺下："是啊，我吃饱了撑的。"

郭洋息事宁人地拍拍她："别没事儿找事了，我再不情愿不也忍了吗？你呢，虽然有所反省但也不耽误一意孤行，好歹咱俩现在貌似达到了一种相对平衡。不就一年吗？咬牙熬过去就好了，睡觉！"说完躺下，关了灯。李梅在黑暗中紧咬牙关，心里暗骂，算你有种！走着瞧……

兰心从下午开始就趴在马桶边呕吐个没完。直吐得翻肠倒肚，昏天黑地。

许小宁为她拍着背，直纳闷儿，晚上也没吃什么呀？怎么回事儿呢？兰心接过纸巾擦擦嘴，在许小宁的搀扶下刚起身，突然又把他推出去，重重关了门。

许小宁站在门外愣着："突然上吐下泻，不是被郭洋传染了吧？"

卫生间门终于打开，兰心扶着门框，两腿蹒跚，有气无力地走出来，楚楚可怜地靠在许小宁身上："老公，我腿有点儿软……"

"能不软吗？上吐下泻的。"许小宁半扶半抱着把她弄到床上。

兰心声音虚弱："老天为什么对我这么残忍？折磨我心灵还不够，又开始折磨我肉体。它是要让我彻底倒下，我偏不倒，我得站直了，绝对不能趴下！"

"这会儿你还是趴下吧，都这样了，得好好歇着。等着，我给你拿药去。"

许小宁把药粉倒进半杯水里搅匀，给兰心喝了，先紧急止泻，让她安生睡一觉，明天不行就得去医院。兰心吃了药，嘟囔着躺下，我到底得罪谁了？让我遭这么大罪。许小宁拣顺耳的信口胡诌：天将降大任于斯人，必先苦其心志，劳其筋骨。兰心又当真了，盯着许小宁问，我怎么没想起这个？难道这预示今后我会有更大的发展？许小宁见兰心走火入魔，连忙给她盖被，拍着哄她，睡觉睡觉。

天亮了，许小宁起床不见了兰心，急忙下床往卫生间跑。兰心在洗漱，没事人一样。许小宁关切地问她早晨起来吐了吗？兰心摇头，拉了吗？兰心还是摇头。那你肠胃还有什么不舒服吗？没有，挺舒服的。奇怪！这么快就没事儿了？你还盼着我有事儿啊？什么话？我是觉得你这病有点儿招之即来、挥之却去的意思。嗯？连病都是我自己招的？许小宁连忙赔笑，不是不是，我用词不当！

许小宁比往常更加热情洋溢地准备好早餐，兰心刚坐下就说没胃口。许小宁只好哄着她喝点儿奶，养养胃，中午再煲一锅好汤给她补补。兰心喝着奶，许小宁上下打量她，都说病来如山倒，病去如抽丝，你是病来如山倒，病去如退潮，好得够快的。看来命运这家伙确实喜欢恶作剧，不过还是挺有幽默感的。

兰心的心病又被勾起来，命运它老人家也爱拣软柿子捏，你说它怎么就偏跟我过不去呢？许小宁赶紧截住话头，嘘！瞧我这嘴欠，又提它干吗？你病好得快完全归功于我平时对你照顾得好，你自己保养得好，身体底子好，不干命运的事儿！兰心咬牙发狠，反正我跟它没完，坚决抗争到底！说完起身要去公司。许小宁把她拽回来，你悠着点儿成吗？还疑似肠胃炎呢！去什么公司？真当自己是铁人啊？兰心说公司要遣散员工、清理账目，一大堆事儿等着善后处理呢。许小宁噌地一步上前，老婆，你目前的身体和精神状况都不适合处理这些事儿，要去也得我去！不就是一些扫尾工作吗？这么多年都是老婆在外打拼，现在你就允许老公我铁肩担道义、分担一次吧。

许小宁把水果、茶水都准备好，汤也炖上了，然后去公司处理后事，让兰心踏踏实实在家等他。到了公司，让财会部把账上剩的钱都取出来，召集众员工在会议室集合，大伙围桌而坐，桌子上放着一堆装钱的信封。许小宁看着会计发遣散费。大部分员工拿了钱匆匆离去，急着找工作去了，金融危机，找个饭碗不容易，刻不容缓。许小宁也希望他们离开兰心公司能有个好的去处。只有几个部门经理走的时候恋恋不舍，抹着眼泪说，这些年跟公司和兰总有感情了，以后兰总东山再起，只要招呼一声，他还愿意回来干！许小宁笑了，心意领了，可他真没盼着东山再起。兰心这些年太累了，得好好休息调整一下，享受享受平淡生活的乐趣。大家各自奔自己的前程去吧，预祝各位前程似锦！

人去楼空。许小宁心里也空了。他庆幸今天没让兰心来，她要是来了，等于当场摘去了心肝肺，要了她的亲命了。

会计把一堆账本放在许小宁面前，又拿出一本存折交给他，公司的账目都在这儿，存折里是给员工发完遣散费剩的钱，全部流动资金就剩这几千块了。

许小宁纠正她，就剩几千块是悲观主义的说法，应该说还有好几千块呢！会计愣了愣，也被许小宁的乐观逗出一个苦笑来。

"唉，钱这东西不就这么回事儿吗？来得不容易，去得倒挺快！不过也没什么要紧，反正生不带来死不带去。"许小宁拿起存折翻翻，放下。

会计点头："您心态真好。还有件事，天津港那批货怎么办？在那边存一天得缴好几百块仓储费呢。"

"厂房都烧干净了，拉回来也得租仓库存放，先不急，容我一件一件处理。"

会计伤感地说，该交代的都交代完了，我也该撤了。许小宁拿出一个信封给她，钱虽然不多，是个心意。会计不接，您现在这么紧巴，我就不拿了。

"甭替我担心！这存折上不是还有几千块嘛，房子退租的时候，押金还能退点儿，加上处理办公家具也能有点儿！我能应付。再说，这也是兰心的意思，咱们公司兴旺的时候也算小有名气，现在收场也要收得漂亮！"

只听门口传来一声幽怨："是挺漂亮的……"两人回头，兰心顺着门框倒下去了，连忙冲过去扶她。兰心脸色煞白，闭目喘息。许小宁无奈地埋怨，不让你来，不让你来，非要来受这刺激！慌忙开车把兰心送往医院。

午休时间，杨丹在办公室专心上网聊天，李梅过来送东西，问她跟谁聊得这么来劲儿？不会是网恋吧？杨丹不以为然，网恋怎么了？李梅凑上去看照片，人不错嘛，恋多久了？杨丹说还没见过活人呢，网上聊得挺投缘，正商量近期见面。李梅怀疑网络情缘不靠谱儿，杨丹得意地说，比她之前约会的那几个都靠谱儿。

"什么情况？没被你这超级女大款吓着？"

杨丹鬼祟一笑："现在我不是大款，是月入六千的普通白领，office lady。"

"哦，这是要假扮灰姑娘啊？"

"答对了！那帮男人不都盯着我的地位和钱包吗？这回我要看看去掉财产的光环，凭我个人魅力能不能找到实实在在的感情，我就不信没有纯洁的爱情。"

"看来你这几回亲没白相啊，碰壁都碰出智慧了。"

"女人可以犯傻，但不可以重犯同样的傻。我刚才跟他说，我正在办公室啃三明治呢。"

"难怪人说网络上什么都可能遭遇，都不知道跟你聊天的是不是一条狗。看来有时候独立多金、有房有车，也不都是好事，多少会影响感情的纯净度。"

"像我这种不图男人钱的女人，想要一份单纯的情感反而比图财更难！前头那俩已经给我留下宝贵的教训，所以我要换个身份试试，没准儿能找到真爱。"

"思路倒没什么错，可我觉得你还是有点天真，别回头规避了这个问题，又引发另一个问题。说到底，门当户对这话也不是完全没道理的。"

"我知道你担心我假装灰姑娘，招不来王子，反招来一群'蛤蟆男'，这我都考虑到了，所以先在网上聊透了，鉴定过人品才见面嘛。"

李梅担心，你就算找到了真爱，总有一天得结婚吧？到时候还能继续隐瞒身份？杨丹胸有成竹，到那时候，已经检验出感情的纯净度了，就可以揭谜底了。李梅还是不放心，检验完了，也满意了，男方什么感受啊？能接受突如其来的真相吗？杨丹想了想，这真相又不是打击，应该是惊喜吧？有什么接受不了的？

"那也保不齐，万一他是个自命清高、视金钱为粪土的男人，脑子里又残存男强女弱的封建糟粕，没准对你这女富豪的身份只惊不喜呢？"

"哎，你别净往糟糕的方向万一呀？你不是整天劝我结束女光棍生活吗？现在应该祝福我鼓励我，而不是给我泼冷水呀。"

"好好好，祝福你鼓励你！我是善意提醒，没有阻止你寻找真爱的意思。"

杨丹不服气："我就不信，天底下的男人都那么一根筋，在找到'真命天使'的同时，还意外找到一大笔财富，他会不动心？"

郭洋一边做着晚饭，一边把全部设计图的细节推敲了一遍。又欣赏了一下家居馆漂亮的效果图，浑身轻松，急于找人分享喜悦，第一时间打电话给张瑾报告了好消息。两人约好明天一起去现场，实地看图说话。

听到客厅传来门声，小洋喊"妈妈！"郭洋慌忙挂断电话，关了电脑，匆匆迎出去。小洋缠着李梅撒娇，郭洋对她回来得这么早感到意外。李梅反问他，不希望我早回来呀？郭洋连忙嘴上抹蜜，怎么不希望？我惊喜啊！你回来得正好，饭已经得了，砂锅排骨也炖好了，洗手吃饭吧！说完自己进了厨房。

小洋向妈妈告状，爸爸不陪我，老让我自己玩儿！李梅急着吃了饭，赶紧去看看兰心怎么样了，也没往别处想，随口哄儿子，爸爸不是忙着做饭给咱们吃吗？

兰心仰在床上。许小宁和乐乐爷俩手忙脚乱地为她揉肩膀、捶腿。兰心呲牙裂嘴，哼哼唧唧，一会儿指胳膊，一会儿指腰，哪儿哪儿都疼，把许小宁和乐乐忙得人仰马翻。许小宁奇怪，白天去医院检查，大夫说没事儿啊？可兰心坚持说就是疼！她皱着眉头，感觉疼痛在浑身乱窜，没一会儿又窜到肩膀了。

许小宁一边揉一边抱怨，你这疼怎么到处溜跶呀？这边还没揉完那边又疼了，再多疼几处，就得叫郭洋和李梅来帮忙了。

话音未落，门铃响起。乐乐打开门，求助地喊"郭叔叔梅阿姨快来帮忙啊！"李梅和郭洋被乐乐拉进门，看到兰心的样子吃了一惊。也奇怪，见到来人，兰心的疼也没那么严重了，叫许小宁赶快陪郭洋去，让李梅和乐乐帮她揉两下算了。

疼痛很消耗体力，兰心疼得不那么重了，渐渐睡去。李梅出来，悄声问许小宁到底怎么回事。

　　原来这两天兰心先是心口疼、然后是肠胃不舒服，今天开始浑身到处疼。今天许小宁送她到医院，核磁共振，B超，X光片，拍了一溜够，哪儿哪儿都查到了，什么事儿都没有。而且她这症状也怪，不定哪会儿就来了，前一分钟还疼呢，后一分钟又没事儿了。"我都有点儿怀疑她是没病装病……"许小宁叹息。

　　李梅看她刚才疼的那样不像是装的，再说装病哪有这么装的？表演难度也太大了。郭洋认为很可能是心理问题导致的，最近出了这么多事儿，精神压力太大，心理上承受不了，生理上就会有反射。他看过一个资料，说白领亚健康就有这种症状，浑身哪儿都不舒服，去医院还查不出什么结果。郭洋建议许小宁带她去看看神经内科，或者心理门诊。

　　正说着，郭洋的手机响起短信提示音。李梅一边跟许小宁说话，一边注意郭洋走到一边查阅短信的神情。郭洋认真看完短信，走过来提醒许小宁，先悄悄联系好了医生，再带兰心去，免得她有抵触情绪。

　　李梅回到家，还在想着刚才郭洋收短信的神情。郭洋洗澡，她犹豫了一会儿，终于忍不住查看了他的手机，短信是张瑾发来的："明天下午两点家居馆见。"

　　最近的一连串奇怪情况瞬间有了答案，家里没人、打手机不在服务区、让他陪着去见律师肠胃病又犯了，原来根儿都在这儿呢！

　　这一夜，李梅没睡好。她反反复复考虑这事儿怎么办？袖手旁观不可能，直接吵闹也不可取，只能走一步看一步，慢慢摸到第一手材料再说。听着郭洋均匀的呼吸声，李梅翻身在黑暗中打量他的脸，这个男人心里到底想的什么，她为什么这样不了解？痛苦像四处弥漫的黑暗一样，密密麻麻爬满了她的心。

　　第二天吃早餐的时候，李梅故意问郭洋今天有什么安排吗？郭洋装模作样想了想："噢，你一说我才想起来，今儿还真有事儿，晚上你能不能接小洋？"

　　"为什么？"

　　郭洋胡诌："许小宁让我跟他一块儿跑几家医院，到心理门诊咨询一下，我怕回来晚了，耽误了接孩子。"

　　"他什么时候跟你说的？我怎么没听见？"李梅故意追问。

　　"我们夫联的事儿，习惯背着老婆商量。昨天临走你跟兰心告别的时候，他跟我说的。"郭洋言之凿凿，面不改色。李梅心里冷笑，却不动声色地答应，行！你助人为乐去吧，晚上我接儿子。小洋倒特别高兴，妈妈接我，太好了！

　　许小宁一出家门就撞上郭洋来找他帮忙，连忙推辞，不行，我今天可没空！得跑医院给兰心找心理医生。郭洋说不耽误你的事儿，举手之劳帮个小忙儿，甚至连手都不用举！动动嘴皮子就成，这是你的强项。我下午要出去办点事儿，李梅如果问起来，你一定要帮我打个掩护，就说我陪你跑医院呢。

许小宁问他搞什么见不得人的勾当？不说清到底什么事儿，我可不能帮你欺骗李梅。郭洋连忙解释，没什么见不得人的，工作上的事儿，瞒李梅就为少点麻烦。许小宁明白了，哦，又是那个女客户吧？提醒你啊，小心别滑进危险的深渊！郭洋说，交了活儿以后就不见面了，操什么心啊？帮兄弟一次，千万记住，别在兰心那儿露了，那就等于告诉李梅！许小宁说，放心！兰心现在整天就忙着叩问命运呢，顾不上别的。可惜的是，他愧对李梅呀，就这样被迫丧失了组织原则和大丈夫立场，跟郭洋沆瀣一气了。

张瑾上午到老袁办公室，把家居馆马上就可以开工的情况做了汇报，毕竟他是投资人，这些情况应该掌握。老袁看到张瑾这么兴奋也很欣慰。

"可是设计师因为家庭情况比较特殊，没法儿直接参与家居馆的施工建设。"张瑾发愁地叹息了一声。老袁得知设计师的妻子不同意他到张瑾公司来工作，不由得笑了，料到张瑾这美女老板又被当成"嫌疑犯"了。张瑾苦笑，是，我再一次被"莫须有"了。老袁感慨，女人的温柔贤淑各有不同，但她们的敏感和猜忌都是一样的，这一点他是太有体会了。

张瑾担心没有设计师直接参与，家居馆要按设计思想和理念原汁原味落地成形特别难，最后弄不好，设计师的心血可能就成了一堆废纸。所以心里特别乱，下午约见设计师，都不知道该怎么跟他说这事儿。老袁思忖了一会儿，既然这个家居馆的原始理念和创意都是他的，他就不只是一个单纯的设计人员，而是这个家居馆的灵魂人物了，无论如何要把他拉进来。张瑾问他有什么办法吗？老袁是商人，自然有商人的手段，他提议，两人都从自己所持的股份里拿出百分之十，把这百分之二十的股份让给设计师，让他以创意入股，变成股东之一。只要他是个男人，就拒绝不了这份诱惑。

让郭洋成为股东，张瑾还真没敢想过，但这的确是个好主意。但她觉得减少老袁的股份不合适，主张这百分之二十都从她的股份里出。老袁笑了，不不不，这个你不用有负担，我是个商人，账早算清楚了。我虽然出让了百分之十，可只要他过来，就有能力让我剩下的百分之四十获得比之前百分之五十更多的回报！

张瑾知道谁也算计不过老袁。她想了想，还是有点担心，这样好是好，就怕把人家里的矛盾给激化了。老袁说好办，这个问题就让设计师自己权衡决定吧，他要是愿意来，肯定就会自己跟老婆协调，不用我们操心，我们也管不了他家的事儿。

男人总不能牺牲自己的事业，去迁就女人那些没头没脑的猜疑吧？唉，有些女人就是这样，宁肯把婚姻搅散了，也不肯理性地面对问题。张瑾明白老袁一提起这个问题就感同身受，肯定是又想起杨丹来了。

郭洋跟许小宁打好招呼，带着设计图直奔家居馆。没料到李梅的车从小区门外一直跟踪到家居馆对面，在路边停下。她坐在车里，等郭洋抱着一大堆设计图进了门，犹豫了一下，下车走进路边一家小餐馆。

张瑾早就等在家居馆里。空旷的大厅还是一张等待"最新最美的图画"的白纸。郭洋把一摞彩色喷绘的大幅设计图纸一张一张铺在地上，比比划划地讲解设计图和实地的对应关系。张瑾兴奋得眼睛闪闪发亮，一会儿看图，一会儿看郭洋，钦佩之情溢于言表。

郭洋浑然不觉，端详着自己的杰作："你想像一下，你现在是坐在一只热气球上，把这些图都看成未来家居馆的鸟瞰图，是不是特别有感觉？"

"没错儿！现在我眼前出现的就是明天的家居馆。"她蹲下指着图纸上的一处，说希望有一个宽敞的休息洽谈区，可以给客户提供一个喝茶聊天歇脚的地方，也便于洽谈方案。郭洋痛快地说没问题，做个小小的修改就行。洽谈区最好临窗，还得有阳光和新鲜的空气……张瑾朝窗户一指：那就设在那边儿！正好外面有一块绿地。两人的工作状态特别默契，一派和谐。

李梅透过窗户朝街对面张望，犹豫不决。她还从来没为什么事如此踌躇、彷徨和焦灼！她坐在桌边转动手上的杯子，烦躁地看表，拿不定主意是否迈出下一步。时间过去了一个小时，她突然下意识地起身，愣了愣，又重新坐下。几秒钟后，终于果断地走出了小饭馆的门。

此刻的家居馆内，张瑾正向郭洋倾诉自己的心情，李梅悄然走进展厅入口，看到了他们的身影。两人侧背着李梅，张瑾对郭洋说：

"我现在看着这些图，一想到理想很快就要变成现实，真是热血沸腾啊……太激动了！"说着竟忘形地抱了郭洋一下。李梅不期然看到了这一幕，像被烫了一样，下意识地后退几步，躲在柱子后面不想再看。

郭洋毫无防备，有点儿不自在。张瑾意识到自己失态，连忙松手，红着脸悄悄瞟了郭洋一眼。郭洋若无其事地笑笑，没说什么。

李梅躲在暗处，听着他们的对话。心随着对话的深入"嗵嗵"乱跳。先听到张瑾问郭洋，方案设计完了，你真能完全放下不管，放心地交给别人实施吗？郭洋没出声儿，张瑾又说，我觉得你做不到。郭洋慢悠悠地说，放不下也得放啊。他语气中的无奈，狠狠地激怒了李梅，他这无异于在另外一个女人面前控诉自己的老婆是多么不近人情，多么飞扬跋扈！

张瑾明察秋毫地看出郭洋的情绪，觉得说服他加盟的机会来了。于是故意问，你不觉得我们俩在事业上特别合拍吗？这个家居馆如果有你从始至终深度参与，以后一定能运营得很成功，除了取得经济利益之外，还可能在业内产生很大的影响，那将是我们俩的双赢。如果错过这个机会，既是你的遗憾，也是我的损失。

郭洋听张瑾这样说，突然有一种被捅到伤疤的痛楚和恼火，心里涌上来一股莫名烦躁。看来女人都喜欢死缠烂打，不管是李梅还是张瑾。张瑾敏感地解释说，我并不想给你太大压力，但希望你能慎重考虑我的建议，不要中途放弃这个项目，我愿意和你一起努力，把梦想变成完美的现实。同时，也让你从这个项目中获得应有的回报。张瑾适时抛出了杀手锏：

"我已经跟另一个股东商量好了，决定各自拿出百分之十的股份给你。你用创意和智慧入股，就可以享有百分之二十的股份。只要你答应，就是股东了！怎么样？你愿意接受这个邀请吗？"

郭洋有点儿不相信自己的耳朵，他看着张瑾愣住了。

李梅最害怕的事情果然发生了！她知道，对于郭洋，这是致命的诱惑，他做梦都想成就一番事业，登上金字塔的尖顶，很难拒绝这样的诱惑。李梅不想听到郭洋表态，更不想在张瑾面前阻止他。她忍痛转身，悄然离去。

25　在金钱和爱情面前玩清高和自尊的都是脑残

李梅失魂落魄地开着车回家，毫无防备地被扔进了三九天的冰窟窿，从里到外都被伤感和失望浸透，浑身上下都拔凉拔凉的。

李梅现在的心情与郭洋是冰火两重天。郭洋离开家居馆，一路上腾云驾雾，醺醺然，飘飘然。百分之二十的股份！只要他伸出手接住张瑾抛过来的这个绣球，他就是家居馆的股东了。梦想跟现实有时候只隔一层窗户纸！他哼着歌回到家，却见李梅坐在沙发上，外衣也没脱，满脸消沉。再看看，儿子也没接回来。

郭洋察言观色问她哪儿不舒服？李梅实在忍不住扔出一句，心里不舒服！郭洋意外地问她怎么了？李梅如鲠在喉，不想承认自己跟踪了他，又实在不想再看着他在自己面前演戏了。她努力平静地问他，你今天是跟许小宁出去了吗？郭洋回答得特别流畅，是啊，一直陪许小宁找医院，刚回来。

李梅拿出手机拨通许小宁的电话，问他郭洋在那儿吗？许小宁不知有诈，一口咬定"在呀！"李梅叫郭洋听电话，许小宁顺口说他上厕所了。李梅收了手机，冷冷地看着郭洋，郭洋刚要解释，手机震动起来。李梅冷眼旁观，郭洋硬着头皮接听。只听许小宁在电话里急促地提醒郭洋有个思想准备，李梅可能会打电话！

郭洋沮丧地挂断电话，一脸尴尬。李梅双臂一抱，让他解释。郭洋为了息事宁人，承认最近干了点私活儿，说以前公司的同事找他帮个忙，怕李梅认为他不安心家庭工作，就没告诉她，省得生闲气。

李梅忍无可忍："哪个同事？我怎么不知道你有个又撒娇又拥抱的女同事？"

郭洋明白过来，瞬间暴怒："你跟踪我？你，你，你什么时候变成这样了？"

"郭洋，你那点事儿我一直不问，是尊重你，不想干涉你，我希望你能主动告诉我，可你一直在跟我演戏！今天我终于尝到了不干涉的恶果，终于被那个场面狠狠地打了一记耳光！"

"什么场面？不就是一块儿谈谈工程的事么？如果你看到什么，也是误会。"

"我也希望是误会！可我是女人，我的直觉告诉我，你们俩不光是一块儿工作那么简单。"

"事实上就这么简单。"

"你敢说你对她一点儿感觉都没有吗？"

郭洋一口咬定："没有！"

"现在也许还没有，可你敢说以后也不会有吗？尽管不情愿，可我必须承认，张瑾不但漂亮、能干，还拥有可以帮你实现理想的财富，这一点我自愧不如！她又那么欣赏你的才华，我很清楚女人的欣赏对一个男人有多重要，所以我怕呀，我千方百计拦着不让你跟她一起工作，就是因为我没把握赢她！"

"没你说的这么邪乎啊，你跟她压根儿两回事，有什么可比性啊？"

"一个是老婆，一个是红颜知己，现在暂时是两回事，长此以往，可就难说了。现在她抛出那么优厚的条件诱惑你，完全是一副志在必得的架势！你一定很动心，难以拒绝吧？"

"我确实很动心，也没拒绝，但我也没答应。"

"郭洋，你自己当初也说过，除了杨丹和张瑾就没别的人可以合作了吗？如果你还在乎我的感受，在乎咱们的家，我希望你不要接受这个邀请。"

"我当然在乎你，我也不是非要跟她一块儿工作，可你替我想想，多年的梦想终于可以实现，而且还能有百分之二十的股份，这种机会不是谁都有的，我真不想放弃！"

"这算是你给我的回答吗？"李梅心里的绝望一寸一寸涨潮。

"我反反复复问自己，答案是：不能为了家里这点事就放弃事业追求，何况家里还没什么大不了的事！其实我一直想找合适的时机说服你……"

"不可能！我决不同意你跟她一起工作，我已经看到了你们朝夕相处的危险，绝不能眼睁睁地看着自己的家庭受到威胁却不做任何防范！"

"明明什么事都没有，你非一口咬定我们俩会有事儿，又是危险又是威胁的，你这就叫非理性提前戒备，而且明显防卫过当。"

"这回我就非理性了，不管你说什么，我就是不同意你去！"

"你要这么说，我就理性到底了，我还非去不可！我不去，就是对我自己不负责，也是对这个家不负责！而且我还相信自己的理智和定力，绝对不会发生你预想的那些无聊事儿！"

"我话都说尽了，你要非去我也拦不住你，但我把话说在前头，只要你去了，要不了多长时间，事情肯定会朝着我担心的方向发展！"

"你凭什么给还没发生的事下结论？凭什么这么不信任我？我还真就跟你打这赌了！看看到底能不能被你说中？"

李梅冷笑："我跟你赌这个有意义吗？我输了是我输，我赢了还是我输！"说完起身摔门离去。

这一夜，夫妻两人突然没了话，各自忧心忡忡地想着自己的心事睡去。

第二天，郭洋沮丧地告诉许小宁：完了，败露了。许小宁讽刺他，你不是天衣无缝么？你不是万无一失么？这下知道女人的反间能力是多么强大了吧？想在老婆眼皮底下潜伏，你还嫩着呢！郭洋埋怨许小宁"托儿"没当好，反倒引起李梅怀疑，导致她悄悄跟到家居馆，把一切都看在眼里了。

许小宁听说郭洋和张瑾在家居馆见面，眼珠子瞪得鸡蛋大，那地方有床有沙发，条件齐备呀，被李梅捉奸在床了？郭洋受到莫大侮辱，啊呸！我们是正常交流，在家居馆谈工作！而且那里头现在还是空的，什么都没有！许小宁故意坏笑，现在没有，以后会有的。郭洋气得要抽他，许小宁躲开，笑着问他李梅到底看见什么了？郭洋说李梅开了天眼，提前看见了他跟张瑾感情发展的后果。许小宁冷笑，连我都能提前看见，别说你老婆！郭洋，你在错误的路上越走越远啦，自己站不稳立场不算，还把我这么纯洁的人也拉下水同流合污……

老常突然从背后猛拍两人的肩膀，许小宁吓得脚软。老常已经在背后收听到所有信息，冷眼打量两人，好哇，你们俩背着我，在错误的路上狼狈为奸，夫联主席已经失去了领导的先进性，我建议打破终身制，实行干部轮岗制，以后主席一职仁人实行轮岗制，现在既然郭洋也犯了错误，就由我担任了！许小宁说当个主席有什么好啊？挨累受气还搭上宝贵时间！老常说，起码有成就感啊！我在家里已经失去了最后一点儿威望，当主席可以找找平衡，让我有勇气活下去。

郭洋让他们俩帮着分析分析，他到底该不该去张瑾公司。老常主张去，这么好的机会岂能放过？一个成功的男人背后肯定有个好女人，现在郭洋背后的好女人出现了。许小宁不以为然，郭洋背后的好女人应该是李梅呀！老常一听，羡慕得直砸吧嘴，郭洋，你现在挺滋润啊！

许小宁表态，说他坚决拥护郭洋维护工作的权利，但是坚决反对他因为工作伤害婚姻家庭。郭洋不服，你们凭什么都认定我会伤害婚姻家庭？许小宁苦口婆心，郭洋啊，我是愿意相信你滴，但是残酷的现实是，整个大环境对两性关系比较宽松，导致一些人道德约束力下降，自律能力减退！所以，不是每个男人都能在诱惑面前管好自己，所以每个女人都不得不防。

老常笑了，小宁，你活脱就是一女性代言人，怎么混到夫联来了？今天罢免你的主席职位就对了，你应该跟你媳妇儿竞争妇解组织领袖。许小宁一本正经，同情弱者是人之常情嘛！再说，女性是什么呀？女性就是跟我们男性共度人生的另一半啊！男人不懂得心疼女人那还叫男人吗？你看问题太短视，没有大局观念！我现在跟李梅一样的担心，与其等着将来出现那种不可收拾的局面，不如今天就防患于未然，郭洋，我愿意站在李梅的立场投反对票！请你谅解。

老常发愁，一票赞成，一票反对，怎么办哪？许小宁建议暂时搁置，求同存异。郭洋起身就走，他知道跟他们说也是白说。许小宁继续朝郭洋背影喊话："道理可给你讲了，你要是一意孤行，到时候别来找我哭啊！"

郭洋头也不回地走了，老常也走了，许小宁无奈的追上去。

杨丹得知郭洋打定主意去张瑾公司，李梅却一筹莫展，教训李梅不能坐以待毙，对待婚姻哪能无为而治呢？要是不想让他去，就得拿出女人的杀手铜，一哭二闹三上吊，不达目的誓不罢休。这种时候，谁豁得出去谁赢！

李梅压抑地摇头，这么低级难看的招儿她还真使不出来。杨丹急了，那你也得掌控局面，主动出击，找潜在小三儿谈谈，把丑话说在前头，把预防针给扎上，把邪路堵死喽！李梅觉得这事还没定性，怎么跟人谈啊？杨丹说等这事儿定了性，再谈就来不及了！李梅叹气：

"我想像一下两个女人对面争一个男人的场面，都觉得太难堪，我不能把自尊也搭进去，而且这样也伤害郭洋的自尊。"

"维护婚姻家庭，就是维护尊严！再说面子重要，还是老公重要？"

"用这种手段即使留住了人，也留不住心，勉强维持一个残局多没意思，我这人是完美主义，抱残守缺、委曲求全的事我干不了。"

"作茧自缚。这年头，在金钱和爱情面前玩儿清高和自尊的都是脑残！郭洋宁肯得罪你也要接受条件优厚的工作，说明他没在金钱面前玩儿清高，你声称要保卫爱情保卫婚姻，却把自尊看得那么重，我看你就是脑残。"

"我不想做那种一抓一大把的怨妇，到头来婚姻没保住，还把自己的形象也毁了。女人要是都能保留一份自尊，就不至于有那么多婚姻死得那么难看。"

"我赞同你的想法，当初也是这么做的，结果怎么样呢？在保全了自尊、牺牲了婚姻之后，我今天面对的最大困惑不是生意难题和贷款压力，而是每天回到空荡荡的家，连个嘘寒问暖和分担痛苦、分享快乐的人都没有！唉……我现在越来越深刻的体会到，婚姻和家庭的根本意义就在于有人愿意跟你互相扶持着迎接现实的风刀霜剑，让人不觉得孤独和无助。"杨丹感慨道。

"你现在觉得孤独无助了？"

"是啊，看见老袁跟小白在一起，我才发现其实自己也是一个非常渴望婚姻的女人，只有离了婚尝到孤独的滋味之后才明白。所以我决定再找一个伴儿，好好过完下半生。我提醒你可别像我，非得离一回才明白这些道理，你现在没有什么比打赢这场婚姻保卫战更重要的了，包括尊严。"

"话虽这么说，可像我们这样的女人，真没法儿就地撒泼打滚儿，我真做不了那种泼妇，只能是打掉牙往肚里咽了。"

杨丹想了想，也很无奈，说李梅的时候挺起劲，轮到她自己也做不到。

李梅无奈地说："为了这个家，他的手机我偷看了，他的人我也跟踪了，还把他弄回家当了煮夫，该做不该做的我都做了，剩下也只能指望他的自觉性了。"

"我问你，你对郭洋的自觉性有信心吗？"

"有的时候有，有的时候没有。俩人在一起的时候，有这个信心，可是每当面对现实，环顾身边哀鸿遍野的时候，又觉得没了信心。"

杨丹无奈地提醒李梅："你要是这么清醒，这么理性，这么克制，可就是把自己的命运供手交给别人掌握了。你这是撞大运！"

李梅心里很乱，求杨丹让她好好想想再说。两人一起上街巡视店铺，边走边看边议论郭洋的"潜在小三儿"。听说那女老板也是做房地产的，杨丹问她叫什么名字，都是一个圈的，说不定我认识。听到"张瑾"这个名字，杨丹顿时一愣，个儿挺高、长得挺妖，离婚的，还带着个小女孩那个张瑾？李梅意外，你认识？我太认识了！她哪是一潜在第三者呀？她简直就是一职业小三儿！

李梅问杨丹怎么知道这些的？杨丹吞吞吐吐把她跟老衷离婚的导火索就是张瑾如实交代了，李梅这才明白有两回杨丹说起离婚的真正原因支支吾吾的。不过她不明白，张瑾要是插足，为什么到现在也没跟老衷结婚啊？

"哼！那是命运对她的惩罚，什么事儿都遂了她的心？李梅，现在我更加坚决地反对你不作为的态度和做法了，对待这种女人就得坚壁清野，修筑城墙，秋风扫落叶，痛打落水狗！你要是磨不开，我替你找她去……"

"我求你了！你要对她有怨气，撒你那份儿去，可别替我。"

"我要是想找她算账，早就去了！找她我嫌跌份！"

李梅一进家门，就把张瑾的事告诉了郭洋。并强调说，"我就想告诉你，我的担心不是没有根据的，这个女人是有前科的，请你慎重决策。"

李梅说完，解了恨出了气，一身轻松地走了。这回轮到郭洋傻眼，他对张瑾突然生出这么一段儿"前科"毫无思想准备。难道自己真上了贼船？

兰心的游走性疼痛越闹越凶，许小宁不得已，连唬带蒙把她送进了医院精神科。医生看着一堆检查结果的单子，打量兰心，有没有胃烧灼的感觉？有，早晨起来胃特别难受……头晕吗？晕。来，笑一笑，我看看。兰心面部有点儿麻木，强提笑肌，笑得相当难看，许小宁也跟着龇牙裂嘴地使劲儿。

最后医生肯定地说，兰心的身体没什么器质性病变，都是神经性症状。这些症状都是"不定陈述综合症"的反应。许小宁愣了，这是个什么病啊？没听说过。

医生解释说，从医学角度讲，这种患者身体和心理都没病，但主观上却有很多不适症状和心理体验，因为主诉症状多种多样，又不固定，在医学上被称为"不定陈述综合症"。通俗点说，就是人们常说的"到医院检查不出病，自己难受自己知道"的病。一般都是因为长期精神紧张，心理压力过大，生气和精神受到强烈刺激所造成的慢性疲劳导致的，类似于慢性疲劳综合症。

兰心有点儿紧张："我真得了这么一个怪病？"

医生安慰她别太紧张，这种情况很普遍，白领阶层工作压力大，特别容易得这病。虽然不是什么大病，但也不要忽视治疗，治疗不及时，有可能转化成神经功能性疾病，比如植物神经紊乱。医院给她开了点儿调解神经功能的药，说这病主要还得靠自己恢复，先改变不良生活习惯，饮食起居要规律，还要主动改善情绪、进行心理调适，外加饮食调理、体育锻炼。效果不理想的话，可以通过中西医结合的治疗方法，理疗加中药调理，推拿按摩等方法治疗。实在不行还可以电针配合激光治疗。兰心一听"电针"吓坏了，紧紧抓住许小宁胳膊不放。

许小宁提着一大包药回来，兰心正坐在椅子上，眼睛直勾勾地盯着地面发呆。他去拉兰心的手，吓一跳："哟，小手怎么冰凉？"

兰心可怜楚楚："小宁，从现在起我真的是一个病人了？"

"别那么紧张，没听大夫说吗？你这不是什么要命的病，就是一种变化不定的难受感觉，咱们先吃药试试，说不定一吃就好！走，我扶你回家。"

许小宁扶她起身，兰心站不稳，身子一歪，靠在他身上。他连忙抱住，哟，怎么了？来的时候也没样啊？

兰心一半是撒娇："我浑身没劲儿，腿发软。"

"你这都是心理作用，大夫说了，得这病什么都不耽误，走路根本没问题！来来，自己走走试试。"

兰心这才站直了，像赵丽蓉演的小品《英雄母亲的一天》那样，单腿向前迈出一步。许小宁鼓励她："嗳，这不是走得挺好吗？再走！"兰心还是这条腿又迈出一步。许小宁歪着脑袋，狐疑地嘟囔："怎么又多了一个症状啊？变顺拐了。"

兰心愁眉苦脸，一路哼哼唧唧地回到家。感觉胸闷，喘不上气儿。许小宁帮她摩挲心口，安慰她，你就是心理负担太重了，大夫说了，这病不算严重，但是如果不积极治疗，也有可能发展成大病，所以我们对待它的正确态度应该是：战略上藐视它，战术上重视它。不是说重在调整和减压吗？这是我强项啊！这个艰巨任务交给我了，只要你认真配合就OK了！

兰心特别温顺地答应，以后什么都听老公的。兰心六神无主的样子让许小宁特别受用，有一种被信赖的成就感。他一本正经地宣布，要给兰心重新定一个作息时间表。他很快把《兰心康复作息表》打印好，往她面前一拍，清清嗓子，顾盼自雄地解读一番。兰心认真的看着他，听他安排早晨七点起，晚上十点睡，什么时间接送孩子，什么时间打扫卫生、洗衣做饭，一一顺从。可是当听到让她干家务，脸色有点儿难看了。许小宁解释，这些活动有助于分散她的注意力，有利于早日从悲观情绪中解脱出来，兰心这才默认。

许小宁继续安排："吃完中饭午休一小时，然后去做运动健身，好不好？"

"好。"

"我们夫联经常有活动，人多热闹，你跟我一起参加，顺便倾听一下男性群众的呼声，对你了解民情和缓解压力都有好处……"

兰心抢答："好。"

"作息时间一旦定了就要严格执行，能做到吗？"

兰心乖乖的："老公，只要你能做到，我就能做到！"

许小宁打量着面前这个一贯说一不二、凌驾于老公头上多年的女人，禁不住美滋滋地笑："老婆，我必须得说一句，你百依百顺的样子我很喜欢！又让我回想起当年美好的恋爱时光了。"兰心用温顺依赖的目光回应他。许小宁把《兰心康复作息表》贴在墙上，威风地一挥手，一切按部就班，严格按计划执行！

张瑾打电话问郭洋，来家居馆的事考虑得怎么样了？郭洋约她面谈。张瑾突然不安，预感到可能是一个坏消息。果然，郭洋在她面前坐下，就一直回避她的目光，说他现在很矛盾，不知道该不该接受她的邀请。张瑾问他有什么矛盾的？你想接受吗？郭洋这才正视张瑾，想。那你跟李梅说了吗？说了，没说通。是不是需要我帮你去说服李梅？郭洋不得不实话实说，李梅有个好朋友叫杨丹，是她现在的老板……张瑾恍然大悟，这世界真是太小了！北京这地方看上去人头攒动，摩肩接踵，多少人天天擦肩而过，可是冤家却随时可能撞个正着。

郭洋探询地看着她，老袁真是因为你才离开杨丹的？张瑾没好气地反问，我说不是，你相信吗？郭洋说，我也不知道……但是李梅绝对信了杨丹的话，如临大敌地跑回家告诉我，就因为这个消息，她更加坚决地反对我来。张瑾苦笑，我能理解，我要是她，听了这种说法我也会反对。

两人默默坐了一会儿，张瑾先打破僵局："郭洋，我不想急着跟你解释，也解释不清。至于这事儿到底是真是假，我相信你很快就会清楚的。"

郭洋先走了。张瑾看着他的背影，不由得深深叹了一口气。有一瞬间，她真想放弃游说，放弃郭洋了，为了自尊心，她也应该放弃。可是她委屈，她不甘心！

杨丹让李梅陪她去挑几件新衣服。李梅盯着的都是高档服装，杨丹却拿起一件平时很少注意的普通职业女装试穿。李梅奇怪，这不是你平时喜欢的风格呀？

杨丹神秘一笑，说这套衣服今晚要派特殊用场。她准备把网恋搬到现实中来，让虚拟落地生根，今晚去见汤骏！李梅恍然大悟，原来她要置办一套灰姑娘装。

杨丹穿好套装，给李梅看，李梅看看她的贵重手表，摇头，杨丹当场撸下手表。李梅又说她的名牌皮带也不对劲！杨丹伸手就拽李梅的皮带。

杨丹打扮停当，整个大变身，从金领直降到白领，倒也清新可人。她信心十足地出发了。

这几年北京的烤翅店忽如一夜春风来，不知怎么就遍地开花了。尽管营养学家一再呼吁，为了健康尽量少吃烧烤煎炸食物，但就是有那么多年轻人为了口腹之欲视健康如儿戏，喜欢挤在油烟缭绕的地方凑这份热闹，大有不吃烧烤便不算现代人之势。杨丹的首次约会，正是被约到了一家烤翅店。

华灯初上，杨丹开着宝马赴约，为了灰姑娘的整体形象考虑，远远地把车停在了一家大酒店的地下停车场，步行到了约会地点。

烤翅店装修一般，店内客人云集，进出都是年轻白领。杨丹走到门口，迟疑的四处看看，刚要看表，才发现表没在腕上。她茫然地抬头，一个瘦高个儿男人走过来，眼睛发亮，上下打量她："你就是杨丹吧？"杨丹嫣然一笑，对方立刻兴奋地自我介绍，我就是汤骏！

杨丹矜持地伸出手："你好！"

汤骏热情洋溢地握住她："你好你好！真人比照片儿上还漂亮，身材也好。"

杨丹硬起头皮也扮豪爽："你也不错啊。"

"你不介意我把你约到这儿来吧？"汤骏笑着察言观色。杨丹痛快地表示："不介意，这地方挺好！"

两人进门，杨丹被一阵油烟味儿狠狠呛了一下，连忙掩饰着咳嗽，坐下。

汤骏坐下就解释，本来第一次约会嘛，应该请你到更高雅一点儿的地方，但我不想装，我这人就是在这样的环境里才觉得自在，我就是希望将来跟我在一起的女人，也像我一样能在这种地方自得其乐。杨丹连忙表态，挺好，这地方挺好的。汤骏又问她喜欢吃烤翅吗？杨丹脱口而出，喜欢，就是很久没吃了！汤骏大喜，那太好了！今天咱们吃过瘾。

烤翅端上来了，汤骏让杨丹先尝尝味道如何。杨丹尝了一口，喜出望外，嗯，好吃！汤骏对自己的口味得到肯定很自得，热情洋溢地告诉杨丹，我吃过好多烤翅店，这家从环境到味道都是最好的。平时经常跟同事、朋友到这儿来，烤翅啤酒，越吃越有！杨丹忘记了自己的身份，甩掉外衣，开始大吃。汤骏一看就知道她平时不常来这种地方。杨丹掩饰地说，没发现这么好的地方，不然早来了。汤骏高兴地表示，既然你喜欢，以后我会陪你经常来！

两人举杯庆祝终于见面。酒过三巡，杨丹面色红润，汤骏侃侃而谈。刚从部队转业进现在的公司时，还真有点儿不适应，主要是不适应所有人都疯了似的想赚钱的社会氛围。"你说，钱这东西多少是多呀？有的人家财万贯，却不会享受生活，有的人不趁多少财产，却能自得其乐。所以我认为关键不在钱多钱少，而在过日子的态度，钱多有钱多的烦恼，钱少有钱少的快乐。"

杨丹点头赞同，汤骏受到鼓励："人生苦短，知足常乐，无欲则刚。像我现在，薄酒一杯，和红颜知己笑谈人生，享受平淡中的幸福，还有什么不满足的？”

杨丹假装天真，频频点头：“你说得太好了，现在大多数人都因为不知足所以不快乐。”

汤骏举杯，为知足常乐，和杨丹干了一杯。汤骏喝得痛快，杨丹吃得也挺过瘾，甚至都吃撑了，恍惚间觉得自己变身一年轻白领，青春尚在，重新开始一般。

结账的时候，杨丹习惯性地掏钱包，汤骏一把按住她，严肃地说，头一回约会，你认为我会让你付账吗？杨丹笑着说，不好意思让你付账啊，要不AA吧？汤骏脸更红了，我声明！本人不接受跟女人AA，更不接受女人付账，男人跟女人约会的时候有结账的义务……杨丹只好收起钱包，感叹一声，真难得，现在好多男人在这事儿上都追求男女平等呢。汤骏仗义地说，我也维护男女平等，可这事儿我还就大男子主义到底了！他朝服务员“啪”地拍出两张百元纸币：“拿去！”

看看杨丹的欣赏神情，汤骏继续大侃特侃：“男人不在于有多大本事，就在于愿不愿意担当。我这人本事不大，但是我愿意担当！如今的男人就是太缺少担当精神，女人才一个个都成了女强人！其实女人是按男人的眼光在变化，男人也随着女人的价值观在改变，男人要是勇于担当，把女人当女人对待，女人自然就把男人当男人了，这世界就不会阴阳失衡了，我说得没错儿吧？”

“你说的真好。其实也不是有能力为女人花钱才叫担当，关键是一种让女人可以依靠的感觉。到我这个年龄，已经经历了很多，我要找的既不是房子和车，也不是钱，而是一份纯粹的感情。”杨丹被汤骏的情绪感染，也被净化了一般。

汤骏觉得杨丹是个表里如一，不仅外形养眼，而且“心儿里美”的美女，不禁喜出望外。两人从店内出来的时候，已经有点儿相见恨晚的意思了。分手的时候，汤骏直视杨丹的眼睛：“愉快的时光总是过得特别快。说实话，见面之后我对你印象更好了，希望我们还有机会再见面。”

得到杨丹肯定的答复，汤骏一块石头落了地，本来他还担心这顿和谐的烤翅只是自己单方面的错觉，现在放心了。杨丹同意随时保持联系，汤骏立刻回答：“你很快就会接到我电话的！”

许小宁开始带着老婆参加煮夫们的活动。他郑重地向两个同伴宣布，我现在最重要的任务就是给兰心治病，以后得走哪儿把她带哪儿，所以，从今天起，兰心就算组织的新成员吧。老常提醒他，你现在已经不是主席了，我是！你说了不算。许小宁说软话，请求主席批准，动用一下组织力量，给兰心一些心理干预，帮她早日恢复健康，行吗？老常说，别的倒没什么，就是有她在，咱仨就没法畅所欲言、控诉老婆了！也没法实行批评和自我批评了，当你老婆面，我们怎么说你呀？郭洋力挺许小宁，救死扶伤的事儿义不容辞！虽然不能控诉了，但咱可以影响她，没准儿潜移默化就被咱给策反了呢？老常煞有介事地沉吟了一会儿，鉴于对兰心的病有好处，也只能暂时这样了。那成，拍板儿通过！

兰心穿着鲜艳的运动服来了，两人一看，哟，挺精神的，不像病号啊？许小宁连忙强调是心理疾病，病在心里。三男一女，一字排开，在跑步机上运动。郭洋和许小宁跑，老常和兰心快走。郭洋催兰心跑两步，年轻轻的不能跟老常一个规格呀？兰心气喘吁吁，就这样，心都快从嗓子眼儿蹦出来了！许小宁连忙把她的机器关掉，谁老婆谁心疼！不许欺负她！说着拿毛巾给她擦汗，老婆，咱不急，咱慢慢来，运动就得循序渐进。

第一天锻炼回家，兰心的腿直打哆嗦，强烈要求换点儿不那么剧烈的、修身养性的运动。许小宁主张练瑜珈，兰心不愿意去上课，不想受那个限制。许小宁想起以前买的瑜珈教程光盘一直没正式起用，这回咱夫妻比翼双飞，一起在家练！没想到只练了一上午就不行了，两人都累得直挺挺躺在垫子上动弹不得。最后一节，全身放松，伴随音乐进入冥想状态，许小宁睁开眼的时候，兰心还闭着眼睛，说她还是没想通，老天爷为什么对她这么不公平？

许小宁喝令，打住！人家让你冥想蓝天白云、绿树鲜花那些美好的景象，谁让你想这些了？兰心委屈，没办法，一闭上眼睛想的就是这些。许小宁发愁，看来瑜珈也不太适合她，怎么办呢？干脆把这骨碌冥想给它掐了！

郭洋在家突然接到张瑾的电话，让他去见一个人，这个人可以解答他的所有疑虑，有什么问题都可以问他。郭洋问是谁呀？她说去了就知道了。

郭洋在酒店咖啡厅见到了老袁，才知道他就是公司的大股东。老袁也是才知道他就是张瑾请来的设计师。昨天张瑾沮丧地找到老袁，求他跟郭洋谈谈，老袁意识到张瑾又遭遇了"小三儿门"，连忙出手搭救。"今天请你来，是觉得有两件事由我亲自对你说，可能更客观、更接近真实。"老袁致开场白。"给你百分之十股份的事，开始并不是张瑾的意思，是我先提出来的。你放心，我是在商言商，绝不做亏本的买卖。因为我觉得你是家居馆当之无愧的首席设计师，是这个项目的灵魂人物，所以我愿意下血本留住你。"

郭洋明白了。

"现在回答你心里的第二个疑问。杨丹以为我跟她离婚是因为张瑾，其实这完全是误会。张瑾和我一直有生意上的来往，我的确帮过她很多，因为我觉得一个离婚女人又带着孩子，想做成点儿事情很不容易。但我跟她之间根本不是杨丹想的那样，她绝对不是我和杨丹之间的第三者，如果真是的话，我跟杨丹离婚之后完全可以名正言顺地跟她走到一起。"

郭洋在老袁面前有点自惭形秽，他掩饰着尴尬："你告诉我这些干吗？这跟我也没什么关系。"

"怎么没关系？李梅不就是因为误会你跟张瑾的关系，才拦着不让你跟她一起工作吗？"老袁逼视郭洋，见郭洋回避他的目光，又说："我跟你解释清楚，就是希望你跟李梅澄清这件事，打消她的顾虑，你才好踏实过来加入我们。"

郭洋犹豫着，我真不知道能不能说服李梅……你知道，我很在乎她的感受。

老袁说，女人可以为感情和家、为丈夫和孩子牺牲一切，因为家庭和爱情就是女人的全部。这是她们最可贵的地方，也是她们最可怕的地方。男人和女人不同，事业才是男人的立足之本。一个男人不管为了什么牺牲理想和事业都不值得，男人首先要拥有事业，才有能力承担丈夫和父亲的责任。郭洋没话了。

回家路上，郭洋耳边不时响起老袁的话。他真要好好考虑一下自己的未来了。

郭洋回到家，一如既往地当煮夫，可他的心再也静不下来了。菜做到一半，他就扔下炒勺，跟李梅摊了牌："去家居馆的事儿，我想了又想，决定了！"

李梅特别意外，强压着火："我告诉你张瑾的那件事儿，难道一点都不影响你的决定吗？你一点都不担心我们婚姻的未来吗？"

"正要跟你说这件事呢。今天我见老袁了，他是张瑾公司的另一个股东。"

"这公司是他们俩的？老袁不是有个小女朋友吗？怎么脚踩两只船啊？"

"他俩之间不管从前还是现在，都只是事业合作关系，没有任何不清不楚。"

"你意思是杨丹撒谎、杨丹骗我？"李梅急了。

"不是杨丹骗你，是她一直误会老袁，对张瑾有成见。"

"我就奇怪了，怎么我跟杨丹都不误会别人单误会她呀？你们都光明正大，我们都多心猜疑，她那么清白怎么到处招事儿啊？"

"可能她那种女人就是容易引起别的女人警惕，其实她真不是那种人。"

"那她是哪种人？你就那么了解她？现在就这么维护她，等你真成了她的合伙人，我是不是就只能睁只眼闭只眼，听天由命了？"

"我跟你好好解释呢，你能不能说话别这么偏激？"

"真可笑，到底是我偏激还是你天真啊？老袁之所以替张瑾开脱，不就是因为他现在是那间公司的股东吗？不就是为了让你放心地过去给他卖命吗？这有什么稀奇？你们仨凑在一起可真是奇妙的组合呀，我看你最好看清楚人家老袁跟张瑾什么关系，别稀里糊涂凑得太近，回头再招人嫌！"

"好好，你也别拿小话儿敲打我了。反正现在你信杨丹的，我信老袁的，他俩到底谁的话是真的，我也不想弄清楚了，我就知道我需要这份工作，我需要这样一个事业转机，这一回我是绝不妥协，绝不放弃了！你爱咋咋地吧。"

"我好说歹说，你都非去不可？行，收到！"李梅起身进卧室，重重关了门。

郭洋原地转圈子，气得摔东西，把李梅刚收拾好的沙发又弄得乱七八糟。

什刹海的露天冰场一到这个季节特别热闹，大人孩子玩得热火朝天。许小宁和老常用冰车推着兰心在冰上小跑，兰心坐在车上一脸兴奋地高声大笑，高声喊叫：快！快！再快点儿！两人加速，老常脚下直打滑，摔得像冰球似的。

郭洋独自坐在场边闷闷不乐，想着自己的心事。许小宁喊他快下来活动活动，郭洋才懒洋洋地走过来。老常气喘吁吁，龇牙咧嘴，不住埋怨，这哪是病人啊？整个一西太后……我不行了！郭洋你快搭把手儿！三男人推着兰心，兰心忘形了，一副牛哄哄的神气状："小许子，小郭子，再加把劲儿啊！太好玩儿啦！太爽啦！"

老常喘着粗气质问许小宁，到底是你媳妇运动，还是我们运动？许小宁笑，一起运动，一起运动！老常说我在家都没这么侍候过我媳妇，为给你媳妇治病，累成这样儿！郭洋白他一眼，又算小账？我估计你想侍候也没机会，肯定是陈梦在冰上翩翩飞舞，你在旁边气喘如牛。老常被揭短，一时没话，就剩下喘了。

过完瘾，四个人进了岸边的咖啡馆，人手一杯热腾腾的咖啡，边喝边暖手。兰心美滋滋地说今天玩儿得真痛快，夫联活动太有意思了！老常发牢骚，你玩儿美了，我们可累惨了。郭洋逗兰心，要不你加入我们组织得了，为了壮大力量，夫联不在乎一个半个女性朋友加盟。兰心想了想，我一妇解领袖，加入你们不是叛变投敌吗？使不得！

许小宁摸出手机，接到公安局一个电话。兰心激动地问，是不是老刘抓到了？咱们的钱找回来了？许小宁说，得去了才能知道。众人连忙放下杯子，陪同前往。

26　小女子不可一日无爱，大丈夫不可一日无权

杨丹听李梅说老袁跟张瑾合作家居馆，气得直拍桌子："老袁这个记吃不记打的东西！居然还在跟她合作，把我们家搅散了不够，又来搅和你们家，我非跟他算

账不可！"

李梅任由杨丹发泄，坐在一边沉默不语。这时，公安局的电话打来了，让李梅去一趟。李梅在公安局门口遇到了赶过来的郭洋和许小宁他们，暂时顾不上跟他赌气了，随着众人匆匆走进公安局大门。

警察召集当事人前来，是向他们通报情况。原来宋圆圆主动自首了。自从和李梅见了那一面之后，她度日如年地煎熬了几天，实在挺不住，终于鼓起勇气走进公安局的大门，见到警察的第一句话就申明，她是来为李刚作证的。据宋圆圆反映的情况，李刚确实对诈骗事实并不知情，老钱也承认那笔钱是打给宋圆圆的，所以李刚的问题已经说清楚了，等办完手续就可以回家。

听说老钱确实不知道刘厂长的下落，兰心急了，那我的钱就回不来了吗？啊？你们再想想办法呀。许小宁连忙安慰，咱再耐心等等，法网恢恢，疏而不漏，早晚把他抓回来！对吧，警察同志？

晚上，许小宁进卧室，屁股刚一沾床，就听见兰心哼哼，哎哟……哎哟！我又开始浑身窜着疼了。许小宁赶紧帮她揉，叹息不已："唉，去了趟公安局，几天的治疗效果全瞎了。"

兰心一边哼哼，一边叹息，这下全完了，钱追不回来，下半辈子算是交代了！许小宁安慰她，别想那么多了，车到山前必有路，怎么过还不是半辈子？有我陪着你，怎么过都差不到哪儿去。兰心一把推开许小宁，就不爱听你这些不咸不淡的片儿汤话！你陪我，你陪我又怎么样？我的事业没了，寄托没了，谁陪我都一样淡出个鸟来！许小宁被抢白，一点儿不生气，赔着笑脸逗兰心，哟，哟！现在的女人，说起粗话来怎么比男人还生猛啊？他歪着脑袋想了想，突然一惊一乍地喊起来："嗨！我怎么把这茬儿给忘了？"

兰心吓了一跳，身上也不疼了，看着许小宁跳下床，往书房走，连忙爬起来跟着。许小宁在书柜里狂翻，一边翻一边嘟囔："放哪儿了呢？"他转身跑进客厅，爬到桌子上，看了看房顶藏合同章的老地方，什么都没有。他到处撒睁，突然盯住镶全家福的相框，三下五除二拆下背板，从里面拿出一张折叠的纸，打开看着，一脸惊喜地叫兰心："太好了！老婆，看我找出一什么宝贝？"

许小宁找出的是一张平安财险的保单，兰心凑过来看："啊？你什么时候给厂子买的保险？我怎么不知道？"

"三年前我管公司的时候，你记不记得当时有个平安保险的女孩儿总来公司推销？成天死缠烂打劝我给厂子买保险，当时你说那破厂不值几个钱，坚决不买，后来我实在不好意思驳人面子，就悄悄买了一份保额一百万的财产意外险，保费也不多，每年从账户上自动扣，我都把它给忘了，刚才突然想起来。"

"哎呀小宁，原来你瞒着我干了件这么英明的事啊！"兰心惊喜异常，大呼小叫。

"我也不是成心瞒你，当时主要怕你又说我，一见小姑娘就耳根子软。"

"软得好，软得好。要是能理赔，我们就又有钱了！"兰心兴奋地翻看保单。

"我们本来就没到一无所有的份儿上。这张保单至少能赔付百八十万，明天咱们就去平安保险公司谈理赔。"许小宁突然想起来，"老婆，你不疼了？"

兰心没事儿人一样，拿着保单爱不释手："老公，你确定当时只买了一份？会不会咱家别的相框里还藏着别的保单呢，要不咱都拆开找找吧？"

郭洋知道跟李梅商量这事儿是没戏了，又实在放不下这个打着灯笼都难找的机会，决定瞒着老婆，该干吗干吗。当初李梅辞职下海去杨丹那儿，不也是先斩后奏、"奉子成婚"吗？现在这年头，未婚先孕已经不是什么问题了，何况两口子之间这点儿为了一个大方向的事？

郭洋打定了主意，就去找张瑾。张瑾高兴之余还没忘了问他，李梅同意了？郭洋撒谎，虽然有点儿勉强，就算同意了。张瑾松了口气，她可不希望他为这事跟李梅闹矛盾。既然现在没什么障碍了，她巴不得郭洋立刻走马上任，两人说好，明天郭洋就报到。

当晚郭洋在家准备第二天上任的行头，在衣柜翻了半天，找出一件满意的西装，却不太平整。李梅坐在一边视而不见，他只好给洗衣店打电话，问多长时间才能洗好？对方说，现在送去，明天上午十点才能取。

郭洋只好找出熨衣板和熨斗，自己动手。这种事平时都是李梅做，郭洋支起熨衣板都费了好一会儿功夫。李梅听见客厅里稀里哗啦的响动，从卧室探头出来，看见郭洋拿起蒸气熨斗看了看，不知从何下手，又从盒子里翻出说明书仔细读。

李梅不理他，关上卧室门。小洋跑过来，看爸爸要熨衣服，怀疑地问他会熨吗？这是蒸气熨斗，妈妈每次都往里加水。郭洋恍然大悟，提着熨斗进了厨房。

郭洋手忙脚乱的熨西装，怎么弄也弄不平整。衣服要掉下去，他连忙放下熨斗整理衣服。小洋惊叫："爸爸、爸爸，冒烟啦……"郭洋才发现自己慌乱之中把熨斗放到了衣袖上。他气得拔下插头，把熨斗狠狠扔到一边。

李梅从卧室跑出来，被郭洋这个粗鲁的动作吓了一跳，狠狠翻了他一眼，扭头又回去了。郭洋听到小洋在里面压低声音跟李梅说："爸爸玩儿砸了，最好的西装完蛋了，他肯定特别心疼。"他心疼地拣起西装看看，无奈地叹气，扔下衣服，转身出门去了。

郭洋叫上许小宁和老常一起去了小区咖啡馆，要跟主席、副秘书长告个长假，明天他就走马上任，到新公司上班去了。

许小宁打量郭洋，歪头思忖："哟……这算是好消息还是坏消息呢？"

老常说："大丈夫重出江湖，当然是好消息！巧了，我这儿也有一好消息，我已经把开店资金打给陈梦，明天她就撤兵，我终于可以收复4S店失地了！"

许小宁不服气："光你们有好消息？我也有！明天我跟兰心要去办理保险理赔手续，这回火灾，保险公司能赔我们一笔钱。"

两人都替许小宁担心，兰心现在又有钱了，你刚神气几天，是不是又得被打回原形啊？许小宁说那是不可能滴！当年是我买的保险，兰心对我的先见之明崇拜得五体投地，现在我就是她的主心骨、大当家。郭洋说那我们就放心了。他拍拍许小宁肩膀，哥们儿，感谢你在我短暂煮夫生涯里帮的所有正忙以及倒忙，兄弟先走一步了。老常也拍着他，小宁，明天我就卸任临时主席，你可以官复原职了。许小宁不再为散伙而感到失落，你们的斗争都胜利了，我以后就不用操心了，下一个阶段的任务就是全力以赴帮老婆振作精神，恢复健康，重新规划人生。不管怎么说，咱们的运气还都不错，今天就让我们在这欢快的气氛中，为曾经给咱们带来无数欢乐、安慰和帮助的夫联组织举行个告别仪式吧……老常说，别介，我们虽然离开了，但是丈夫维权的道路还任重道远呢。这样吧，我跟郭洋停工留职，脱岗不脱管，继续团结在许主席周围，有困难随时找组织！郭洋连连赞同，许小宁不领情，说得这么热闹，我不就是个光杆儿司令吗？

郭洋参加完组织活动，顿时卸去了精神垃圾，一身轻松地回到家，从衣柜里翻出两件西装，比较了半天，又放进去，继续翻。李梅坐在梳妆台前，透过镜子看他："你明天上班，家里这一摊子问题打算怎么解决呀？"

郭洋头也不回："要不还像以前那样，轮流接孩子、干家务？"

"行，那就回到从前。"她从抽屉里拿出协议书，"这条，每周一三五由丈夫负责接送孩子，料理家务，二四六由妻子负责，周日是家庭日，双方都必须在家，共同劳动。能执行吗？"

"能。"郭洋毫不迟疑，他最关心的是，"如有特殊情况，是不是也像以前那样采取拖欠补偿制，欠一次还两次？"

"不行！"李梅斩钉截铁，"拖欠补偿制对协议起的是破坏作用，必须废除。以后咱俩都要严格按规矩来，谁也不许请假、拖欠！"

婚姻保卫战

P324

郭洋明知李梅是故意给他脚底下绊儿，可眼下这情形他还真不能跟她急，憋了半天，终于挤出一句："严格执行就严格执行！谁怕谁呀？"

第二天上午，郭洋西服革履，春风得意，风度威严的站在全体员工面前。张瑾隆重介绍，从今天起，郭洋就是我们弘高家居体验馆的项目总经理、总设计师和工程总监。大家欢迎！众人一齐鼓掌，对郭洋行注目礼。郭洋报以微笑，潇洒的挥挥手以示还礼。张瑾又说，从现在起，所有业务和技术上的工作都由郭总全权负责，弘高的方向盘和舵把子都交给他了，相信他一定能给大家带来惊喜！众员工又是一片更加热烈的掌声，把郭洋捧得特别舒服，踌躇满志，意气风发。张瑾请他讲几句，郭洋沉稳开口，言简意赅：我不擅长演讲，只会脚踏实地做事，是骡子是马拉出去蹓蹓再说吧，但愿不辜负张总和大家的期望！

简短的欢迎仪式一结束，郭洋就开始了紧张的工作。张瑾最关心的是家居馆多久能够完成施工、正式开业？郭洋说，家装市场历来唯房地产市场马首是瞻，年底和年初是房地产市场的蜜月期、黄金档，房地产市场的销售旺季就是装饰公司的风向标。他的想法是，争取赶在新年开业。张瑾眼睛一亮，这正是她的期望，但她又担心工期会不会太紧？郭洋说工期是很紧，但他心里有数，由于家居馆各个展示空间都要经常变化，所以他在设计时特意考虑到施工的便捷性。只要找到施工资质和信誉度都过硬的合作方，不窝工、不返工，严格保证工程质量，就能赶在元旦把弘高家居体验馆完美的呈现在消费者面前！

张瑾欣慰地看着郭洋，她觉得眼前这个意气风发的男人，简直就是上帝给她送来的天使。

平安保险公司的业务员热情地接待了许小宁和兰心。一路上夫妻俩都在嘀咕，火灾已经过了一个多礼拜，会不会错过了理赔时间啊？当得知十天之内报险都可以，两人才松一口气。业务员说，他们会尽快派人去现场勘查，然后再到消防部门去核实一下火警处理纪录。这只是一个例行的勘查，只要勘查结果没有意外，马上可以办理赔手续。业务员翻看一下保单，保的是皮具厂财产一切险，保额一百万，扣去免责部分，估计赔付不少于八十万。兰心喜出望外，紧紧握住许小宁，满眼感激。

业务员热情地把两人送出门来，请他们回家等通知。兰心一上车，就扑上去抱住许小宁狠狠亲了一口："老公，你太伟大了！我真佩服你！爱死你了！"

许小宁美滋滋的享受兰心的吻："淡定，淡定，老婆你热情来得太猛烈了。"

"你太有远见了！当初就知道未雨绸缪，你当初就想到会有这一天了？"

"那倒没有，买保险就是一种新型生活方式，现代人都应该有风险意识。"

兰心不无懊悔，唉，早知道这样，当初你多买点儿多好啊！要是保全险的话，能赔几百万呢，我就可以东山再起了。许小宁说，钱还没攥到手呢，你就盘算着怎么花了？兰心心虚，没有，我就随便一说。

回到小区，两人都觉得意犹未尽，不想进门，兰心要荡秋千，许小宁推着她。兰心坐在秋千上美妙憧憬，这八十万，重新开一公司肯定不够，不过可以再贷四百万，就又是一个兰心皮具！许小宁说得了吧老婆，你又来了。兰心说，总得干点儿什么吧？不能坐吃山空啊。老婆，我认为你现在无论身体还是心理，都不适合大动作。要干也得干点儿不影响康复、不让情绪波动的事儿。别急，慢慢琢磨。

兰心忽然想起非洲那批没发出去的货还在呢。许小宁说这几天正联系存货的仓库，一联系好，就到天津港把货拉回来。兰心说，货拉回来就有事干了，我卖包去，那批货卖出去也能回来不少钱呢。许小宁要开个网店，兰心不同意，那么有档次的东西怎么在网上吆喝呢？等钱一到账，咱就大干一场。找一店面，厂家直销，价廉物美，操心的事儿也不多，自己看着店，连店员都不用雇。她一边说一边盘算，对了，就在杨丹那儿租个店面，她肯定得给我最大优惠，再让郭洋帮我装修，齐了！

许小宁坏笑，我估计他们几个这功夫肯定个个都脊背发凉，还不知道自己不幸被你惦记上了呢！兰心转念一想：这种时候求他们去？那不显着我太落魄了吗？我兰心什么时候这么跌份过？不行，丢不起那人！还是我自己想办法。

许小宁苦笑，真是生命不息折腾不止啊，病是在折腾中落下的，我看也得在折腾中痊愈。兰心委屈，谁叫我命苦呢？许小宁正色道，我要把警钟敲在前头，人不能两次踏进同一条错误的河流，兰心你必须接受上次的教训，学会控制欲望，别记吃不记打，再把自己折腾垮一回。老公你放心，经过这次打击，从前那个唯我独尊、刚愎自用的兰心已经死了。我已经完全脱胎换骨，重新做人了，难道你看不出来吗？许小宁说，我看出点儿意思了。小宁，这次打击不但重新塑造了我，也充分证明了你是一个沉着冷静、高瞻远瞩的决策性人才！我想求你件事儿。许小宁被夸得飘飘然，什么事啊？说！这回我请老公出山，资金你掌管、大政方针你把握、具体经营我操作，咱俩各取所长，一起重新创业，好吗？许小宁惊喜异常，太好啦！关键时刻大丈夫理应挺身而出，何况现在你身体不好，费心费力的事理所当然我担着。那你答应我了？答应了！那好，从今往后我就归你领导，你是帅，我是兵。此言差矣！夫妻俩不在乎谁是谁的兵，这么多年我一直当你的跟班、跑腿加拎包，过得不也挺好？老公，这么多年委屈你了，现在就来个乾坤大挪移，让你充分施展才能……兰心话还没完，许小宁突然冒出一句，哟！以后我要是跟你一起管店，那谁给你和乐乐做饭吃啊？兰心笑他还没转换角色呢，不要紧啊，以后不管家里还是店里，你出马时，我可以在家做后勤。咱们还可以效仿郭洋和李梅，弄个分工合作的协议，借鉴一下他们的成功经验。

许小宁不敢相信地拍拍自己额头，这么说，民主平等的时代真的到来了？我的煮夫生涯终于混到头了？兰心笑，千真万确。许小宁兴奋得猛一推秋千："走你！"秋千载着兰心飞上去，兰心发出一声半惊半喜的尖叫。

老常隆重收拾打扮，重回4S店收复失地，一下车，颇有一种君临天下的威仪。众员工又像上次从医院回来时一样，在朱珊珊率领下，分站两侧，列队欢迎，整齐地鞠躬："常总好！欢迎常总！"

老常皱眉："怎么这么别扭啊？一般都是送人走的时候才鞠躬吧？一个个还都这么严肃，你们这是欢迎我吗？"

朱珊珊忙赔笑，鞠躬不是显得更隆重吗？大伙都挺想念常总的，知道您要回来都很激动。朱珊珊发出命令，"大家以热烈的掌声欢迎常总！"众人立刻响应。老常这才释怀，重展笑容："行，行，你们老板娘退役了，今后都踏踏实实跟我好好干，亏待不着你们！放心，我是不会秋后算账的。"

众人都松了一口气，终于展露笑容，报以更热烈的掌声。老常顾盼自雄、挺胸凸肚的往里走，朱珊珊连忙陪同，众员工跟随其后。

老常坐在久违了的老板椅上，一脸严肃地清清嗓子，对朱珊珊发出了一个指令，从现在起，由你牵头，严厉整肃店里的劳动秩序！朱珊珊明白，老板只是为了在众人面前挽回自己的面子，并不是真的要秋后算账，否定陈梦在店里的业绩，于是她乖乖回答："是！"

城北看守所大门口。李梅早早驾车来到这儿等待李刚出来，一见到弟弟的身影出现，她连忙快步迎上去。两人紧紧拥抱，李梅有一种失而复得的后怕，紧紧抱着弟弟不放。直到李刚推开她，提醒姐姐该走了，李梅才擦擦眼泪上了车。

两人直接去幼儿园接小洋。李刚问姐姐怎么又亲自接孩子了？姐夫呢？李梅淡淡地说他上班了。李刚奇怪，这么快又出去工作了？不是说好在家一年吗？李梅说，郭洋单方面撕毁协议，悍然出工了！现在两人又回到原点，一切按白纸黑字的协议执行。

吃晚饭的时候，李刚要等姐夫回来一起吃，李梅说不用等，他现在外面的饭比家里的好吃。李刚看看丰盛的饭菜，扑上去狼吞虎咽，他在里面成天想家里的饭菜。刚吃到一半，门外传来了郭洋欢快的口哨声，曲调是《今天是个好日子》。

郭洋一进门，立刻噤声，静悄悄地换鞋、脱外衣。李刚迎出来叫了一声"姐夫"。郭洋热情拥抱李刚，上下打量，怎么样？还好吧？李刚问他，今天心情不错呀？郭洋笑，这不是为你回来高兴吗？李刚感动，亲人就是亲人啊！李梅冷言冷语，李刚，你别自作多情了，你也就是锦上添的那点花儿。郭洋装作听不见，坐下倒酒，要给李刚洗尘。两人碰杯，小洋举着一盒儿童牛奶凑热闹也要碰，李梅跟李刚和小洋碰，唯独不碰郭洋的杯。

席间，李刚说他现在终于想明白了，跟头没白栽，至少明白一个道理，急功近利行不通，以后绝不再干投机取巧的事儿了。李梅欣慰地说，能总结出教训，错儿就没白犯。你有股聪明劲儿，只要都使对地方，早晚能混出样儿来。

郭洋几次要插话，都被李梅故意打断，李刚纳闷地看看姐姐，同情地看看姐夫，凑到郭洋身边，姐夫，你说你说。郭洋问李刚今后有什么打算吗？李刚说，眼下就想先找个力所能及的工作。郭洋安慰他别急，找工作不是一天两天的事，得慢慢来。先在家好好调整一下。有空正好帮着做点儿家务，接接小洋什么的。李梅不满地瞥了郭洋一眼。

李刚赶紧表态，没问题，找着工作之前，做家务、接小洋我全包了。李梅立刻打断弟弟，不行！整天做这些什么时候能找到工作？她瞟一眼郭洋，果断地对李刚说，接孩子做家务都不用你管，谁的事儿就谁做，谁也别想偷懒逃避责任！李刚努力和稀泥，姐，没事儿，我能……李梅口气坚决，能什么能？说严格执行就要严格执行，你别跟着掺和，坏了家里的规矩。李刚看看郭洋，姐夫，咱家规矩现在都这么严了？郭洋干笑一声。李刚看看姐姐，又看看姐夫，觉得气氛不对，又不好说什么，只能闷头吃饭。郭洋讪讪，李梅一脸平静。

吃完饭，李梅洗碗，李刚进来帮她，趁机劝李梅："姐，今天你跟姐夫都伸出热情的手拥抱了我，接纳了一个犯过错误的人，我特别感动。"

"少来，以后别再出这种事比什么都强。"

"我还没说完呢。但是，我发现一个诡异的现象，你跟我说话，姐夫不接茬，姐夫跟我说话，你不搭腔，你们俩'零交流'啊，怎么回事儿？又出问题了？"

李梅遮掩："有什么稀罕的？婚姻不就这么回事儿吗？过日子就是一个不断出问题和不断解决问题的绕圈儿游戏。"

"不是因为你让人当煮夫，人家现在奋起反抗了吧？"

"哼，恐怕没那么简单。"

婚姻
保卫战

李刚意识到问题有点严重："那……到底有多复杂？"

李梅叹息。客厅里传来电话铃声。郭洋的声音传来："李刚！小小找你。"

李刚叫姐姐去接，就说我不在！李梅劝弟弟，喜欢人家就直说呗，躲躲闪闪算什么？李刚不听，直接把她推出门去。

李梅在电话里告诉小小，李刚吃完饭就出去了，有个朋友找他，刚出门。小洋在一旁嚷嚷："舅舅在这儿……"李刚慌忙一把捂住他的嘴："嘘！"

李梅明白李刚是觉得在小小面前抬不起头："那事儿都说清楚了，千万别有心理负担，听见了吗？小小挺不错的，前些日子听说你的事儿急得直哭，也算对你有情有义了。"李刚听了一愣。

郭洋也激李刚："你也太没用了，偷偷摸摸为人家做这做那，拿钱买人家画儿都能做出来，当面说句喜欢的话怎么就说不出口？你是不是怕老常啊？"

李刚被挤兑急了："我怕你们俩行了吧？看你们过日子忒费劲，还是那句话，我不想跳火坑。"

"少拿我们说事儿。别因为你说过不会爱上小小，喊过两句不婚主义的口号，就不敢承认自己的感情，你都这岁数了，该爱就爱，想结就结吧！"李梅劝。

小洋插嘴："我喜欢小小阿姨，我选她当舅妈！"

李刚捂住小洋的嘴："看看你们都给孩子点什么影响？小洋快走！咱进屋去，儿童不宜。"李刚拉着小洋进了卧室，客厅剩下郭洋和李梅。李梅见郭洋看她，扭头就走，进卧室关上门。郭洋无奈，慢吞吞走进书房。

小区里的灯火已经暗淡下去，李刚还独自在院里蹓跶。小小刚才那个电话搅得他心神不宁，姐姐那番话更让他心乱如麻。突然有人从身后抱住了他，李刚一惊，随即闻到一阵女孩特有的清香气息，知道是小小，故意喊了一声"非礼！"

小小不撒手，"我就非礼你了，怎么着吧？"

李刚嘴上说"别闹了，别闹了。"身体却一动不动。

小小松开他："你干吗躲我呀？"

"谁躲你了？这阵子我不是不在吗。"

"我说的是现在。刚才我在电话里都听见小洋的话了，为什么让你姐骗我说你不在？怕我再让你买画儿啊？"

李刚故意装傻："我……买什么画了？"

"还装！那九万块要是不退还，是不是打算都买我的画儿啊？"

"那不能，我还欠着我姐十万呢，怎么也得先还上五万啊。"

"你还真够实诚的，一点儿不给自己留。"

"反正钱也没了，我就痛快痛快嘴，落你一空头人情呗。"

小小一脸感动，目光灼灼地盯着他："我记你这人情了，现在就是来还的。"

"你怎么还啊？"

小小正面一个熊抱，把李刚紧紧搂住。李刚愣了。小小哽咽着耳语："李刚，你总算回来了，我都担心死了……"李刚鼻子也酸："这不是没事了吗？"说着，情不自禁双臂拥住了她。

两人坐在长椅上聊天。李刚有些消沉："我算彻底明白了，人啊，真不能老想着走捷径，你以为抄了个近道，弄不好就是条岔道儿，一不小心就误入歧途了。天上掉的馅饼也不能要，都是老天爷不爱吃才扔下来的，不定藏着什么硌牙的家伙儿呢。"小小发现李刚成熟不少，劝他别太郁闷了，吃一堑长一智也是收获。小小问他以后打算干什么呀？李刚也挺茫然。他在里头这段时间进行了认真的自我反省，对自己有了新认识。"以前一直觉着自己是个人才，好像挺机灵的，在哪儿都能混，其实我没什么特长，眼高手低，就是一混子。"

"你这是自我反省吗？纯粹是自我贬低。照你这么说，我也是一混子。"

"我没说你啊，这你也要争。"

"你别看扁了自己，我觉得你挺好的，不是一般的好。"

"你这就那啥眼里出那啥了？"李刚不好意思直说"情人眼里出西施"。小小更不好意思，拿胳膊肘捅他一下："去！"

李刚问起画室怎么样了？小小告诉他，自从李刚走了以后，画室彻底死透了，连房子都退租了。李刚又露出痞气："听你这么说，我心里舒服点儿了。"

"什么意思？你盼着我关门大吉呀？"

"不是，我琢磨着，你这堂堂美利坚合众国回来的海龟，到现在也是一混子，我就没那么不服气了。"李刚坏笑。

"要不以后咱俩一块儿混吧，看看一块儿混能不能混好点儿？"

"一块儿混倒没什么，就怕你爸犯病。"

小小靠在李刚肩膀上笑："你真那么怕我爸？"

李刚打岔，满怀感慨："从前咱俩见面就死掐，今天怎么气氛变了？"

"以后还得掐，不掐就不好玩儿了。"小小说着，在他胳膊上掐了一下。李刚没防备，疼得直叫，小小又连忙吹风给他止疼，两人淘气地笑闹成一团。

许小宁陪同保险公司工作人员到皮具厂废墟上勘察火灾现场。勘察结果跟消防部门结论一致，完全符合理赔规定。得知赔付款很快就会打到账户上，许小宁激动地握住工作人员的手，谢了又谢："太好了！这简直是雪中送炭啊。"

工作人员说，应该感谢你自己当初未雨绸缪，投了平安保险。许小宁说，不不，还是要感谢你们！当时我实在是被你们业务员缠得受不了，才上了这个险，多亏你们这种死缠烂打的精神，才为我弥补了一部分损失。唯一的遗憾是死缠烂打得还不够，当时怎么没逼着我多买点儿呢？

两天后，许小宁在家接到了通知，火灾赔付款已经打过来，请查询账户，确认是否到账。许小宁迫不及待地高喊老婆，告诉她保险公司的钱到了！兰心兴奋地大呼小叫："快查查，快查查！"

许小宁拨打查询电话，兰心急忙按下免提键，听到电子语音报账："许先生下午好！您目前的账户余额是八十三万一千五百三十六元七角八分……"夫妻二人高兴地拥抱在一起，许小宁欢呼"我们又有钱啦！"兰心欢呼"我又可以开店啦！"高兴完了，许小宁扎上围裙下厨房，要做几个好菜庆祝庆祝。他把鱼炖上，想出来坐一会儿，从虚掩的卧室门缝儿里看到兰心正趴在床上，抱着电话机，一脸满足的微笑，静静收听语音报账。他轻轻进去，拍拍她："老婆，听几遍了？"

兰心不好意思地笑了，"没数，听着心里就踏实。你也再听一遍。"说着按了免提键，许小宁马上按断电话，别听了！那钱要是越听越多，我不拦着你。兰心美滋滋地说，这些我就知足了。许小宁忽然想起来，哎？这两天肠胃有没有不舒服啊？兰心说没有。身上还疼吗？不疼了。兰心说她都把这事儿给忘了。

许小宁笑了："看来你的病不治而愈了！钱对你的确有魔力呀，不过你别的症状虽然没了，却添了条新症状。"

"什么？"

"老没完没了地查账啊！这样吧，你不是爱听电子银行报账吗？回头我给你报、咱录下来，你一犯病就听它。"

兰心笑着打他："讨厌，你朗诵没有银行的管用。"

许小宁心里的喜悦涨潮，急于找人分享。郭洋和老常都要钻被窝了，被他连着两个电话，生生拎出来到咖啡馆见面，说有"紧急会议"。到了那儿才知道，许小宁喜气洋洋要"紧急庆祝"，庆祝他步他们俩后尘，脱离漫长的煮夫生涯！老常奇怪地打量他："你？不当煮夫了？"许小宁说相信你的耳朵吧，绝对没听错！兰心请我出山，当她的舵手兼军师，全盘掌握大权，操纵我们家的经济大盘。

郭洋不动声色："别云山雾罩，说具体点儿，到底干吗？"

"兰心打算用保险公司的赔款开个皮具店，要把财权和决策权一水交给我，就是我，她只负责经营管理，所有大政方针唯我马首是瞻。"

老常意外："你们家真是乾坤大换位了？"

郭洋更意外："你终于翻身当家做主人啦？"

许小宁得意洋洋，兴奋不已："Yes！我现在才算深深地体会到，小女子不可一日无爱，大丈夫不可一日无权！能自主掌握自己命运，同时还能左右别人的命运，这感觉太爽了！"

"瞅瞅，瞅瞅！这还没出去呢就牛成这样？子系中山狼，得志便猖狂！"

老常接着郭洋的茬儿感慨，咱们仨，小宁虽然出来得最晚，但是他的革命比咱俩都彻底。郭洋也不得不承认，革命成功的几率和所受压迫的程度是成正比的。穷则思变，被压迫越严重，反抗得越厉害。老常问他，你意思咱俩受的压迫还不够？郭洋说，我只是想歌颂一下咱们主席，这么多年他忍辱负重、韬光养晦，历经九九八十一难、七七四十九劫，终于拨云见日，扬眉吐气，没白修炼……许小宁鼓掌叫好，郭洋你说得太好了！来，为我们长期受到压抑，却矢志不渝、坚守信念，终于重出江湖，为我们夫联维护丈夫权益的阶段性胜利，干杯！

三人碰杯，咖啡四溅。

新年前夕晴朗的早晨，李梅和杨丹、老常和陈梦一起赶到兰心新开的皮具店"米兰站"参加开业剪彩仪式。小店面积不大，里面摆着清一色国际名牌二手女包，装修简单雅致，陈设现代时尚。一辆小型自助餐车上摆着酒水和水果、点心。兰心气色不错，病也全好了，招呼大家别客气，自己动手。李梅打量着她，不由得感慨，看来心病还得心药医呀。兰心意气风发，笑容满面，我本来就没什么病。这店一开，新一轮奋斗就算开始啦！

李梅和杨丹、陈梦交换眼色，都忍俊不禁。陈梦通知大伙儿，我的服装店明天也要开业了，你们必须都去给我撑场子，一个都不能少！兰心说"必须的！"，陈梦的店她去看过，装修风格独特，"模特出身就是不一样，有品位。"兰心心情好，夸人也慷慨。陈梦说她未来的理想是经销自己设计的服装，个性定制。杨丹一听就叫好，到时候我们都交给你定制了。

兰心开业的日子选在09年的最后一天，辞旧迎新。陈梦选在新年的第一天，是个全新的开始。杨丹问李梅，郭洋的家居馆明天也要开业了吧？李梅不想提郭洋这档子事，淡淡地应了一声："对。忙得要命，所以没来给小宁和兰心祝贺。"

杨丹感慨，兰心今年虽然经历了不少风浪，好在风吹不移，浪打不垮，可喜可贺！咱们得为兰心重出江湖，为大家都有新起色干一杯。

众人喝了酒，兰心问杨丹，你感情方面不是也很有新起色吗？快跟大家汇报一下，你跟那经济适用男处得怎么样了？杨丹一笑，进展顺利。李梅问她，你这灰姑娘到底演到哪儿算一站啊？我都替你累得慌。杨丹说，我也快抗不住了，跟他相处这段时间把这辈子的烤串都吃完了，每次约会回来一身油烟味儿。说着皱了皱鼻子了。李梅说，就冲你这份虔诚，你们俩没准儿真能成。打算什么时候揭谜底呀？杨丹敷衍，快了快了，正在酝酿……哼，但愿灰姑娘的衣服脱下来那天，露出庐山真面目，别把汤骏给惊得晕死过去！兰心这话把众人都逗笑了。

杨丹转移话题，李梅，这都好几个月了，你跟郭洋的冷战什么时候收场啊？

李梅淡然一笑，美苏冷战四十年，我们这才哪儿到哪儿？准备打持久战了。兰心幸福不忘好朋友，语重心长，李梅，我们可不希望你在这方面练成一钢铁女战士，还是早日结束冷战局面，谋求和平共处吧。杨丹附和，没错儿！今天是09年最后一天，让一切不愉快都结束在旧的一年吧！特别是李梅，别装糊涂啊，抓紧！

李梅被触动心事，不由得幽幽叹息，我能怎么办啊？杨丹说，具体怎么办还用教你吗？咱们四个里，你可是最优秀的老婆，你需要调整的只是心态。陈梦也说，李梅姐，这种时候谁主动迈出第一步，谁就是胜利者，我们今天就推你一把！希望你跟郭洋哥都能带着美好的心情进入新年。众人碰杯。李梅喝下酒，心里热乎乎的，看看众人殷切的眼神，不由得豁然开朗。

接了小洋回家，李梅顺路在超市采购了大包小包一堆蔬菜副食。小洋凭经验问妈妈，今晚要给他做什么好吃的呀？李梅说好孩子不能光想着自己，今晚爸爸、舅舅都回来，咱们全家人一起迎接新年。一会儿你给爸爸打电话，让他今晚回家，咱们一起庆祝新年！

家居馆的装修已经完成，正处在开业倒计时，到处是一派紧张忙碌景象。

一间起居室内，几个工人正把三幅画框一字排开往墙上挂。郭洋挑剔地端详着，指点他们把左右两幅上下挪动几公分，错落开。工人拿画框比划着让郭洋看效果，小洋的电话来了。

郭洋情绪高涨，声调快活："喂，儿子！你怎么打电话来了？"

"爸爸，妈妈说今晚咱们庆祝新年，要做好吃的，你什么时候回来呀？"

郭洋看看现场："你跟妈妈、舅舅先吃吧，爸爸特别忙，可能要晚点儿回去。"

小洋不依："不行，你必须回来，妈妈买了好多菜呢。"

李梅从厨房出来，站在一边倾听儿子和丈夫的对话。只听到郭洋急促的声音：

"行行，我知道了！啊！你们先吃，爸爸忙完工作就回去……"李梅脸色转阴，返身进了厨房。

　　郭洋收起电话，又忙着指挥工人把落地灯的位置调整一下，别太靠墙角，地毯再往沙发这边挪一点儿，很快就把家里的事忘掉了。张瑾巡视过来，看看郭洋，抿嘴笑："这些天我算见识了你这完美主义者的执着了。"

　　郭洋也笑："三拜九叩都完了，还差这一哆嗦吗？"

　　张瑾看到他头上直冒热气，连忙递纸巾给他。郭洋一边擦汗，一边提高声音提醒全场员工，家居馆的许多亮点都体现在这些细节上，希望各位打起精神，严格执行设计方案，把最后呈现出来的实景和设计要求的误差降低到最小限度，最好为零。员工们各就各位继续忙碌。张瑾心疼地看着郭洋，你可别累倒了，明天一开业，你这弦就上得更紧了，我当甩手掌柜，可就辛苦你了。郭洋说，做自己喜欢的工作就是幸福，谈不上辛苦。张瑾最欣赏的就是他这个劲儿，她被感染了，也凑上前伸手帮忙。

　　李刚往餐桌上端菜，一边端一边惊叹，太丰盛了！真像个过年的样儿。李梅端来汤锅，号令开饭，小洋跑过来问，不等爸爸了吗？李刚也说等姐夫回来一块儿吃吧。李梅果断地说："不等了，咱们吃！"

　　一顿男主人缺席的新年家宴，在没滋没味的气氛中结束了。李梅心神不宁地在厨房洗碗，憋着一肚子怨气。洗着洗着，突然把手上的活儿一放，解下围裙一摔，匆匆出门，驾上车直奔家居馆。

　　员工已经散去。郭洋还在到处检视。张瑾过来，疲惫地往沙发上一坐，欣喜地打量四周："太完美了！虽然累得要命，可心里美得要死！"

　　郭洋踌躇满志："嗯！万事俱备，只欠东风。就等明天吉时，剪彩揭幕，开门纳客了！"两人坐着，欣赏着周围的一切，不约而同地笑着看看对方。

　　郭洋郑重其事地感谢张瑾，是你给我的梦想插上了翅膀，让家居馆变成了现实。真得好好谢谢你！张瑾调皮地问，你打算怎么谢我呀？郭洋愣了一下，老实地回答还没想好，他问张瑾，不会现在就要回报吧？张瑾调皮地肯定：就现在！郭洋本是一句玩笑，听了张瑾的回答有点儿意外。张瑾心情特别好，你能陪我跳个舞吗？这地方音响可都是现成的！

　　郭洋正迟疑，张瑾已经手脚麻利地打开了音响。听到优美的华尔兹音乐响起，他只好挽起她的手，拘谨地随着她旋转起来。张瑾个子不小，可是身轻如燕，郭洋渐渐进入状态，跳得行云流水，回肠荡气，两人的目光渐渐聚焦在一起。张瑾眼睛里强光闪烁，郭洋的目光像被烫伤了的飞蛾，扑啦一下飞快躲闪。张瑾却突然把头埋在他肩上了。暗香袭人，不由他不走神，一瞬间，郭洋神思恍惚，意乱情迷。他努力掩饰，若无其事地继续跳舞，心里却有一百只小兔子乱撞一气。

李梅的声音从门口传来："郭洋！"两人一起回头，看到了站在门口的李梅，不由得呆住了。李梅转身就走，郭洋连忙追去。张瑾不知所措地愣在原地，说不清是懊悔还是遗憾。

郭洋开着车，一直追到小区停车场，下车一把拉住李梅。李梅厌恶地用力一甩，别碰我！郭洋跳到前方拦住她，提醒她有话在这儿说，家里李刚和小洋都在。李梅这才停步，扭脸不看郭洋："你还有什么可说的？"

"的确没什么可说的，但绝不是你想的那样……"

李梅逼视着他："我看得很清楚，郭洋，我太了解你了，你动没动感情我一眼就能看出来。"

郭洋回避她刀子一样的目光："梅子，对不起，但真的只是跳舞，没别的。"

李梅深呼吸，努力平静下来："如果看到那种场面我还能保持冷静就不是女人，但我不想咱俩陷入男男女女歇斯底里的低级纠缠，我尽最大努力保持冷静，现在咱们需要做两件事，一、确认事实，二、解决问题。"

郭洋看着李梅，此刻她出人意料的冷静反而让他更加不安。

"第一件，你告诉我，你心里是不是已经对她产生感情了？你可以说'是'或者'否'，但有一个原则，不要撒谎。"

"我不撒谎。"

"是吗？"

郭洋犹豫着开口："有点儿……"

"有点儿算'是'还是'否'？"

郭洋沉默良久，艰难开口："就算'是'吧。"

李梅注视郭洋，半天说不出话，尽管自己心里已有判断，但听到他亲口承认，她的心还是被狠狠地揪住了，疼痛使眼泪点蹦出来，被她拼命忍回去。她果决地说："好，事实已经确认完毕，下面我们来解决问题。"

"你想怎么解决？"

"……我们分居吧。"

郭洋意外："分居？梅子，你是不是太冲动了？"

"我没冲动，我是不愿意把这个家变成战场，就算我再爱你，事到如今也该冷静地想想了。咱们别走那种捉对厮杀的老路，别像很多夫妻那样以怨报怨，失去理智，最后打得头破血流、两败俱伤、反目成仇，没意思！我知道以后你要继续和她一起工作，你们俩朝夕相处，不可避免还会出现这类状况，你让我每天面对这些，我难保自己情绪不失控，我也是个妻子，我眼里也揉不下沙子！分开一段可以让我保持平静、理性；我希望你也利用这段时间、这段自由空间，把对我、对她、对家庭的情感整理清楚。"

郭洋沉默，无言以对。

"就这样吧，我们给彼此时间，各自沉淀，然后再做下一步决定。"李梅说完，转身就走，越走越快，眼泪夺眶而出。郭洋呆立原地，看着李梅几乎跟跄小跑着的背影，满嘴苦涩，强吞下去。

27　一时走神谁都难免，人戏别太深、出戏要趁早

郭洋坐在车里，注视着家里的灯光。那么亲切，却那么遥远。如果可能，他真想像儿子画画儿那样，拿一块橡皮，把今天发生的一切都涂抹得干干净净！

呆坐了两小时，他下定决心回家。停车场到楼门，天天都走的一段路，突然变得漫长，每一步都那么沉重，两脚都挂着铅球。

屋里灯光昏暗，一片静寂。郭洋一呼吸到家的熟悉气息，心就软成一滩水，眼睛都湿了。

李梅躺在床上，瞪着天花板出神，听见大门的响声，立刻坐起身，倾听外面的动静。郭洋上前推卧室的门，门被反锁。他愣了一下，轻轻敲门，伏在门上悄声叫她的小名："梅子，梅子？"

李梅抱着腿，下巴顶在膝盖上，听着敲门和呼唤声，一颗心左摇右摆，犹豫不决。郭洋的叫声第三次传来，她终于下床，手刚伸向门锁就不由自主地停住。郭洋和张瑾相拥跳舞，张瑾偎在他肩上的情景就像一把火红的烙铁，再一次从她的心上冒着青烟"嗞啦"一声划过。伤心和失望拧成一股绳，坚决地拉住了她的手。

郭洋仍在门外轻声叫她："李梅，别这样，快开门。"李梅转身靠在门上，痛苦地闭上眼睛，一声不响。

里面的李梅无声无息，郭洋只好无奈地放弃。一回头，李刚穿着睡衣，站在客房门口正看着他。自己的狼狈落魄之相被小舅子看在眼里，郭洋有些尴尬。

李刚悄声请姐夫到他房间对付一宿，我姐明天消气就好了。郭洋对李刚摆摆手，转身直奔卫生间。李刚跟过去，郭洋正负气地把牙刷、毛巾往包里扔。

李刚意外："姐夫，你这是要干吗？"

"她这气不是一天两天能消的，我还是先回避吧。"

"别啊，你一走矛盾又升级了。"

"已经升级了，你姐逼我走，她要分居。"

李刚吃一惊："啊？分居？都到这份儿上了？你们俩这是为什么呀？"

郭洋拿起包走出来："你就别操心了，管好自己的事儿吧。"

李刚追到门口，不敢大声，急得连拉带比划："嗳，嗳！姐夫，你别走啊！"

郭洋拍拍李刚，开门离去。李刚闪了个跟头，一脸无奈地看着他进了电梯。

李梅一直靠在门上听着客厅里的动静。听到大门关上，她愣了一下，走到窗前，透过窗帘缝往楼下看。郭洋拎着一个简单的小包走出楼门，上车离去。李梅看着他的车影消失在黑暗中，伤心、委屈、失望一齐涌上心头，她合上窗帘，捂住嘴压抑地哭了。

张瑾为昨晚的事不安，一夜没睡，清早就来到家居馆。听值班保安说，郭总昨晚住在办公室了，她心一沉，脚下拌着蒜就往郭洋办公室走。

郭洋正在看设计图，张瑾敲门进来，劈头就是一句"对不起！"郭洋尽量若无其事地看看她："你不用多心。"

"郭洋，你之前说李梅同意你来这儿工作，是骗我的吧？"张瑾见郭洋默认，又追问，"为什么瞒着我？

"不想给你增加心理负担，不想因为家事影响工作，更不想纵容她无端猜忌。"

"你们俩是不是因为这事儿一直不愉快？"

"她要钻牛角尖，我也没辙，本来想暂时搁置矛盾，让时间慢慢化解，没想到弄成这样。"郭洋沮丧地起身走到窗前。两人陷入沉默。

"我一直想去跟李梅谈谈，把事情说清楚，把误会都解释开。可现在……都没法儿去见她了，因为我自己也说不清楚了。"

郭洋听懂了张瑾的弦外之音，也感受到她灼灼的目光。他唯有回避，岔开话题："不说这些了，一会儿开业典礼，好好准备一下吧。"

杨丹和兰心坐在小区咖啡馆里，守着咖啡、看着李梅发愣。她们都被眼下的局面震得头晕眼花，都不相信李梅这么隐忍的女人居然主动提出分居，郭洋这么爱家的男人还真走了！这世道怎么了？难道又出了一桩"婚姻豆腐渣工程"？

杨丹打量李梅，小心地问："昨晚没少哭吧？看看你，眼睛还肿着呢。"

兰心埋怨："你也是，心里明明不希望人家走，还故意在他面前铜墙铁壁、刀枪不入，你这不是逼他走吗？"

"还关门上锁！你现在犯的正是我曾经犯过的错误，知道？"杨丹也埋怨。

兰心问李梅，知道郭洋住哪儿吗？杨丹撇嘴，还能住哪儿？肯定是和张瑾……话没说完，看见兰心直冲她使眼色，连忙打住。

兰心叹气："太危险了！人家争都来不及，你倒好，往外推。此处不留爷，自有留爷处，一推，直接把他推到别人怀里去了。"

"可不是？正中人家下怀。"杨丹也叹息。

李梅争辩："我不认为这是往外推。一个女人没尽到妻子的责任，没给丈夫足够关怀和归属感，导致他去外面寻求温暖，那是往外推。我不是，作为妻子我平时尽职尽责，能做的，我都做了。"

兰心赞同："倒也是，咱们几个里你最贤妻良母。"

"我对自己严格要求，自问是一个合格的妻子，如果这样，他还不满足、还去外面寻求刺激、玩儿出轨，我无话可说。尽人事、听天命，这时候我不允许自己扮演怨妇，死抱大腿不撒手、一哭二闹三上吊的蠢事我不做！我要给他一个空间，让他自由选择，给他凭心做人的机会，让他自己决定何去何从，这是不逼迫、不纠缠，不是往外推。"

"听上去貌似有道理，我和兰心基本可以和你划归一类。但你把凭心选择的权利，放归给一个有出轨倾向的男人，就不怕赌输、不怕失望？"

兰心点头："就不怕他就坡下驴，顺着你一推手奔张瑾那去了？"

"他要非往那边奔，我推不推，他早晚都得去；再说，如果最终他真出溜到那边儿去了，也证明他不值得我挽留。"

兰心揭穿她："不逼迫、不纠缠，与其说是想看清郭洋的内心，不如说是为了保留自己的尊严。对吧？"

"你说得对，靠委屈自己、牺牲自尊保全的婚姻，没多少意义。"

杨丹长叹："唉！姐们儿，你和我最大的问题，就是太把自尊当回事儿了。"

兰心又劝："李梅，你别'师太有洁癖'，不阻挠就等于放任，现在他俩并蒂开花的土壤条件已经具备，你不疾风骤雨，人家可就开花结果了！"

两个老同学都说完全支持李梅的想法，但坚决反对她的做法。自尊是可贵，家庭就不足惜吗？李梅执拗地一言不发。

此时此刻，家居馆正在举行开业仪式。一阵震耳欲聋的鞭炮声中，郭洋和张瑾在员工的簇拥下出来剪彩。

许小宁和老常出现在来宾人群里，看着郭洋和张瑾，悄悄议论。老常看着张瑾，一脸惊艳，啧啧，别说，这女的够上财貌双全了，许小宁不屑，你知道什么？郭洋就是为她和李梅打的架！老常脱口而出，值得一打，值得一打。

许小宁不屑地推了老常一把，唉，我能理解李梅的心情！你要跟一这么妖的女大款在一块儿呆着，陈梦能答应吗？老常想了想，真不好说，她有可能吃醋，也有可能干脆一脚把我踹了。许小宁笑了，不过，我怀疑才貌双全的女大款够呛能看上你。老常不乐意了，什么意思？你这话可涉嫌歧视啊！

郭洋走过来打招呼，哥儿俩怎么迟到了呀？许小宁赔笑作揖，恭喜恭喜，祝贺你事业历尽山重水复，终于柳暗花明。郭洋也拱手回礼，同喜同喜！又问他们俩的家眷呢？老常说陈梦的店下午也要开业，忙着准备呢，让我替她祝贺你。许小宁也说兰心看店呢，我全权代表了。

郭洋有点儿失望。他明白，那几个女人现在肯定同仇敌忾，不捧他的场。

张瑾过来，笑着问郭洋，这些都是你朋友啊？郭洋连忙介绍，这是我邻居加哥们儿许小宁和老常，这是我们弘高家居馆的老板张瑾小姐。

张瑾落落大方地伸过手来，欢迎他们光临，许小宁也连忙一脸笑容接过她的小手，一边握一边套近乎，说他们见过，有一回在我们小区，惊鸿一瞥！你没看见我，我看见你了，嘿嘿。老常也特别热情：张老板，将来咱们得寻求点儿合作机会呀！我开的4S店，以后你买车修车就找我去，甭客气！世界上的男人一般都这德行，在美女面前永远狠不下心，抹不开脸，明知道这女人可能威胁到郭洋的家庭，但还得卖她个面子。

张瑾让郭洋好好招待他的朋友，自己走开招呼别的客人。郭洋邀两人进去坐会儿，参加酒会。许小宁要回店里帮兰心去，老常也要回陈梦服装店，准备下午开业。郭洋很失落："哦，档期都挺紧啊？我还想跟你们聊会儿呢。"

许小宁听出郭洋一言难尽，现在不是说话的时候啊，晚上老地方见！

回来的路上，两人猜测，郭洋肯定又遇到难题，需要组织援助了，老常说，"我猜他和李梅又吵架了，不然李梅今天不可能不来。"

陈梦的服装店开在新兴的繁华街区西大望路。这里写字楼林立，大商厦集中，各种有特色的小店比比皆是。她选址在这儿图的就是个气场。

店名里有陈梦的名字，利用她在时尚圈的小小影响聚集人气。小小和陈梦领着几个店员在做开业前最后的准备工作。陈梦叫人把招聘启事贴在门口。小小向她推荐李刚，说他一时半会儿找不到合适工作，能不能让他来这儿帮忙？不在乎工钱多少，就为了让他有个地方使劲儿。

陈梦笑了，小小那点心思她早看出来了，有意无意给他留着位置呢，"干脆你也一起过来，省得我再请人了，咱肥水不流外人田。"

老常从家居馆回来，一进门就听见了陈梦的话，上前插嘴："你这店算咱家族生意，小小来当然没问题，收容盲流青年可就不合适了啊。"

小小皱眉头："爸，你说话太不中听了，谁是盲流青年啊？"

"在对某些人的评价上，咱爷俩没法达成共识，我不跟你说，说了也没用。陈梦，你还打算给他们俩创造空间和机会是怎么着？"

"是啊，我觉得李刚挺好的，小小也真心喜欢他，他俩都来我店里上班，我用自己人多省心啊，顺便还成人之美，一举两得。"

"那你也得征求我同意啊。"

"这是我的店，为什么要征求你同意啊？"

"你的店也是我投资的呀。"

"咱俩协议是你给我投资，可没说我这店归你管，你别想什么事都指手画脚。咱说清楚，你的管辖范围就是你的4S店，不得干涉我服装店内政。"

老常被噎住，小小在一边乐。老常又把矛头对准女儿："我真闹不明白，你到底看上他哪点儿了？要啥没啥。"

"现在我们俩都要啥没啥，但我们年轻，只要肯努力，将来肯定要啥有啥。"

"现在就有前科了，将来谁知道什么样啊。"

"那是误会，不能算前科。"

"甭管是什么，他也进过局子了！"

"我不管，他对我好就行。"

"买你两幅画就对你好了？到头来还得借我一万块还他。"

"你不说我差点儿忘了。"小小从包里掏出一万递给老爸："还你。"

"怎么个意思？你没还他？"

"还了，他不要，说是就当投资收藏我的画了，等将来升值就赚了。"

"你那画能升值吗？缺心眼儿吧他？"老常怀疑。

陈梦插嘴挤兑老公："你这种掉钱眼儿里的人哪能理解人家那境界？小小，你没看错人，李刚太帅了。我还是那句话，钱多钱少不重要，有一万块都给你，就是好男人，好过某些一毛不拔的有钱人。"

"又挤兑我，我都给你投八十万了，还一毛不拔呢？我非得拔秃了才能落着好是吧？"老常委屈得脸都皱巴了，陈梦和小小忍不住哈哈大笑。

　　小区咖啡馆里人不少，三个男人缩在角落的一张桌子边，听郭洋低声倾诉。

　　"和李梅恋爱结婚整十年，我一直坚信自己是柳下惠，发生在别人身上那些乌七八糟的事儿，绝对不会发生在我身上，可这回我也有点儿二乎了。"

　　许小宁、老常交换眼色，又鼓励地看着郭洋。

　　"也许真有七年之痒这么一说？不知道什么时候，心里就空出了那么一小块儿，也不知道从什么时候开始，空出来的那一小块儿，就被别人填上了。"

　　许小宁正色道："承认自己精神出轨啦？你这叫'亚偷情'！"

　　郭洋愣了愣："亚偷情？那算偷吗？"

　　老常想了想："没偷着，不算。"

　　许小宁毫不含糊："严格要求，也算。"

　　老常不服气："不对！小偷想偷没下手，你也不能抓他判刑啊？"

　　许小宁还要争，郭洋求他们先别忙着给他定性，听他说完。

　　"最近一年因为夫妻责任分配的问题，我和李梅经常烽火连天，回家就像参加大专辩论会，比上班还累。反而是工作时有个人理解你、支持你，和你志同道合，只有对着她谈你那些说远不远、说近不近的理想，才不像可笑的梦话……"

　　许小宁接茬："最宝贵的是，她还能给你插上理想的翅膀，变梦话为现实。"

　　老常羡慕地一拍桌子："太宝贵了！我怎么就碰不上那样的女人呢？"

　　许小宁甩给老常一个谴责的眼神，老常立刻缩回头。

　　郭洋继续说："我必须承认，现在和张瑾在一起，比对着李梅轻松、快乐。"

　　"你愿意向组织坦白和她到哪一步了吗？不是我八卦，是为帮你掌控自己、掌控局面。"许小宁打着组织旗号，行刺探之实。

　　郭洋摇头，不无遗憾："其实，哪步都没到。"

　　"什么也没有？太没效率了。这样就被扫地出门，亏了！"老常诧异地看看许小宁，又吃了他一个白眼。

　　好事不出门，坏事传千里。既然他们已经知道自己和李梅分居了，郭洋也就不再掩饰了，他现在左右为难，既觉得坚持工作权利正当合理，又为自己在工作中的心猿意马自责，愧对李梅，整个人就像钟摆摇摆不定，找不着个落点。在两个哥们面前，他不得不认栽：

　　"这回我真错了，错在把感情和工作搅和在一块，一团乱麻。"

　　"不能全怪你，事主本人我们见过了，我要是你，早摇摆了，哪能耽搁到这会儿？"老常特别理解。

　　许小宁推了他一把："家里有个年轻漂亮的媳妇，你还摇啊？摇得动吗？"

老常不服气："摇，说明我还年轻，你别道貌岸然净纠正我，到底是谁见了漂亮女人就演洪常青、十八到八十一网打尽呀？"

许小宁辩解："我那是欣赏女人，是审美。跟你这不是一个层次！"

老常说："我和郭洋也停留在审美层面，没往下堕落呀！"

许小宁由己推人："从男性的自然属性来讲，一个健康正常的男性，面对一个漂亮、体贴、能干的红颜知己，特别是事业上鼎力扶持、共进共退、又朝夕相处的红颜知己，的确很难把持。"

"对吧？互相吸引、你喜欢我、我喜欢你，那不是顺理成章、顺水推舟、顺流而下的事儿吗？"老常得意了。

"怎么让你一说就那么邪恶呢？我意思是，当一个男人的婚内问题遭遇婚外吸引，基本就具备了出轨的土壤。"

老常连连点头："对对对，人性，人性。"

郭洋如释重负，心存侥幸："那我现在这种情况，也是人性使然？"他惴惴地看看两人："你俩都对我这么宽容？不打算谴责我？"

老常一笑："我们主要是为自己留条后路。"

许小宁斥责他不要歪曲组织意图，他语重心长地教导郭洋，诱惑时时会有、出轨天天发生，关键在于你对自己有什么要求，关键在于如何自律。道德就像橡皮筋儿，你让它紧就紧、让它松就松；自律是给自己戴紧箍咒，你愿意束缚就束缚、愿意挣脱就挣脱。郭洋问许小宁，你要是我，怎么办？许小宁高深莫测地笑着，兄弟，你此刻经历的，是我曾经数次经历过的！

老常终于找到机会反击，看看，狐狸尾巴露出来了吧？咱仨就属你最花！许小宁分辩，我那是过去！遥想当年，围着我转的女人多了去了，漂亮女孩儿都喜欢跟我在一块，她们说我身兼多职——情人、丈夫、闺蜜、碎催……没办法，谁叫我天生就是一"万人迷"型呢？许小宁做无奈状，郭洋和老常都忍不住撇嘴。他视而不见，继续自我陶醉：大姑娘、小媳妇蜂拥而至，我能不心猿意马、偶尔意乱情迷吗？还多亏兰心天天耳提面命、警钟长鸣，最后毅然决然把我撵回家。郭洋和老常都挺意外，啊？敢情你回家当煮夫是这前因呀？许小宁有点儿不好意思，也不完全是因为这个，兰心把我撵回家，关住我的人、关不住我的心，我在家照样可以兴风作浪，小区里晃来晃去的美女并不比社会上少啊！

老常还他一白眼："是呀，所以你对个别芳邻格外热情，例如我们家陈梦。"

"我仅止于欣赏，止于礼、连情都不发。我能安于居家丈夫角色，虽然有兰心管教严格的因素，究其原因，还是源于我洁身自好。现在美女从眼前飘过，吹不皱我一池净水。我就是前车之鉴，郭洋你可以从我身上借鉴到一些经验。"

郭洋说，"我光听见你吹牛了，没听出可借鉴的经验来。"

许小宁拍着他的肩膀，语重心长："道理太深，只有经历过，才能品出个中滋味，你慢慢悟吧。人在江湖走，哪有不湿鞋？一时走神儿谁都难免，但是入戏别太深，出戏要趁早！明白吗老同志？"

老常深有同感："那倒是，建一个家千辛万苦，毁一个家一夜之间，这体会我比你俩都深。"

三个男人都陷入了沉思。

许小宁最后总结陈词："今晚咱们男人说了点私房话。郭洋，我们都能理解你，但在女人眼里你罪过可大了，要是真的禁不住诱惑，就准备过一趟火焰山吧！"

兰心的店内十分冷清，两个店员没事干坐着发呆，许小宁在电脑前上网。兰心托腮看着门口发愁，都一上午了，怎么一个客人都没有啊？来个人影就从门口滑过去了，来个人影又溜过去了……

一个客人推开门，探头往里看。两个店员立刻齐声热情招呼："欢迎光临！"

客人迟疑地走进来。店员围上去介绍商品。客人说不用了，就随便看看。兰心用眼神制止店员，亲自过去请他到里面慢慢看，包的款式很多、质量非常好。

客人随意浏览着，扒拉来扒拉去，拿起一只包看看价签儿，哟，这么贵呢！

兰心说不贵呀！您看这材质，还有做工，多精细啊！客人说，都是二手包，还是贵，能打折吗？兰心耐着性子解释，我们是品牌店，卖的都是牌子货，已经是二手价了，不能再打折。客人说，多少还是要打点儿，不然买的心里不平衡。兰心不高兴了，心想，您买的平衡了，我卖的还不舒服呢！

客人看看兰心不松动："我逛这一溜儿店，家家有折扣，就你们死心眼儿。"

兰心生气了，语气生硬："我就是死心眼儿，你去买打折的国际名牌吧！"

客人放下包就走："我算知道你们这儿为什么门前冷落鞍马稀了。"

兰心看着客人出去，气得要命。许小宁在一边笑得前仰后合，两个店员也偷笑。兰心对许小宁撒气："你捡什么笑话？包卖不出去，我都快急死了，你不帮我推销，还笑？"

"媳妇儿，你都把客人推出去了，还销什么呀？"

"这种人根本就不是诚心买东西。"

"诚心买东西的也得让你气跑，你呀，姿态有问题，老觉得卖的是名牌货，把自己架得太高，不接地气儿，结果就是高处不胜寒。"

"货色好，质量过硬，还用求人买吗？以前可都是销售商求着我拿货。"

"此一时、彼一时。你现在只是个皮具店的小老板，还赖在兰心皮具公司女老板的位置上不肯下凡，能行吗？"

兰心叹气："唉！虎落平阳被犬欺。"

许小宁忍俊不禁："你满肚子委屈，还想卖东西？顾客是上帝这话不是说着玩儿的，你得把他捧得找到上帝的感觉了，他才肯把钱掏出来给你。明白吗？"

兰心幽怨地："明白。可凭什么呀？"

"凭你想赚人家的钱呗。老婆，别急，咱慢慢来，你捧着顾客，回家我还捧着你，让你找补回来，啊！"

兰心感动地抱住他的脖子："小宁，你真好。"

许小宁看看店员们在偷笑，连忙推开兰心的手："含蓄，含蓄。"

许小宁重新坐回电脑前专心上网。兰心溜跶到店门口，朝街上看看，又走回来，无聊地在店内转了两圈儿。他看看许小宁仍然安之若素，气不打一处来：

"你成天泡在网上干吗呢？你到店里就是来玩儿的？"

许小宁盯着电脑目不斜视，太太，我不是玩儿，是在弄网店呢。兰心凑过去看了看，你还真指望在网上就把包都给卖了？网上买点儿便宜货还凑合，谁在上面买高级皮包啊？看不见摸不着的，听着就不靠谱儿。得了吧你！赶紧帮我想办法打开店里的销路，别净忙没用的了！许小宁放下鼠标，老婆，我不得不弱弱地提醒一句，你这狐狸尾巴可又露出来了。兰心这才意识到家里的大政方针现在归老公管了。行行行，你想在淘宝开店就只管开，我倒要看看你能弄出什么名堂了。

许小宁说，我得做个表格，把实体店和淘宝店的经营业绩做个公开对比，互相借鉴取经。兰心不在意，随你便吧，还能玩出花儿来？许小宁真就把一张表格贴在墙上，说是互相学习借鉴，其实主要是想让兰心学习借鉴他。

陈梦服装店内也没有客人。陈梦领着李刚和小小"斗地主"。打完了一圈儿，陈梦心烦无聊，不玩儿了。唉！好几天没生意，打牌也打烦了。小小四处转悠，扒拉挂在架子上的衣服发表议论，觉得这个店定位比较模糊，进的衣服虽然还不错，但基本都是市面上常见的流行款式，没什么特色，现在服装店太多了，要想吸引眼球，大概还得有点儿与众不同的路子……

陈梦说她的理想是自己设计，搞高级服装定制。可现在刚起步，还在摸索阶段，不敢一下子做得那么高端。李刚琢磨着，服装定制不就是针对个人要求做个性化设计吗？陈梦说对呀，结合个人气质，做独一无二、只适合你的服装。李刚想了想，谁穿衣服不想有个性？可干吗非得是高级服装定制呢？一般的就不能定制了吗？陈梦认为定制服装比批量生产成本高，价格贵，一般人不太容易接受。

小小插嘴，有没有可能搞些平民化的简单定制呢？针对客人的气质特点设计，不用高级布料，复杂的做工，只要好看、舒服、独一无二，走在街上不会跟人撞衫，哪怕价格稍稍高一点，只要不过分，相信大多数人都能接受，特别是我这种爱臭美的年轻女孩。陈梦听着挺有道理，小小来神了，咱们就从最简单的开始，比如款式简单、手绘图案的衣服！我还可以发挥强项帮你画。李刚听得兴奋，好主意！先画点儿有个性特色的文化衫、情侣衫来招揽顾客，再打出平价定制服装的招牌，肯定能吸引一些喜欢玩个性的潮人。

陈梦被两人说得动心，想试试看。小小随手从衣架上拎出一件白色长裙，质地不错，款式也大方，就是没任何特点，"看我给你们画几笔，保证就不一样了！"

陈梦半信半疑："那你就画一件试试吧，反正闲着也是闲着。"

小小在案子上铺好裙子，大笔一挥画起来。李刚接过笔，又添了几笔。小小嫌他瞎画，李刚说他这是画龙点睛，小小说是画蛇添足。

俩人争个没完，陈梦倒挺满意，穿上裙子转了几圈儿，展示了一下。一对情侣从门口经过，女孩透过玻璃门往里看，拉着男孩走进来，直奔陈梦，问她这裙子是在这儿买的吗？得知陈梦就是老板娘，女孩说她喜欢这裙子，问多少钱？

陈梦狠狠心开了个价：三百六，没想到女孩不还价就要了。陈梦说，对不起，你今天还不能拿走，可以交点定金，明天来取，这裙子刚画完，还得再加工一下。

女孩儿惊奇地凑上去看图案，不相信这是他们自己刚画的。小小机灵地趁机把刚才讨论出炉的"陈梦服装店服务宗旨"好一番宣传广告，欢迎常来光顾啊！女孩儿发现了一个有特色的店，特别兴奋，说她肯定会常来逛。一边掏钱预订了这件，一边问，能不能再帮她专门设计两件？

小小和李刚、陈梦交换了一个欣喜的眼神。刚才还发愁呢，转眼发生了戏剧性的命运转折。

吃晚饭的时候，小洋对李梅说他今天特别高兴，因为中午爸爸去幼儿园看他了，还带他出去玩了一会儿。李梅一愣，没说话。

李刚连忙问："你爸爸说没说什么时候忙完回家呀？"

"爸爸说他特别忙，回不了家。不过他答应一有时间就带我去玩儿。"

李梅听到这里，神情黯然。小洋说，妈妈，爸爸这么忙，我们去看他吧，还像上次那样买吃的和爸爸一块儿吃，给他个惊喜。李梅勉强对小洋笑了一下，起身走向厨房。李刚注意到姐姐笑得比哭还难看，赶紧跟了过去。

李梅在厨房悄悄掉泪。看见李刚进来，连忙掩饰。李刚心疼地看看她：

"姐，我知道你心里难受。可你这么沤着，不是个事儿啊！哪怕跟他吵跟他闹呢，也别这么憋着。你要不愿意，我替你去找姐夫聊聊？"

李梅连忙摇手制止，伤感地叹息："唉！以前我们俩不管再怎么生气别扭，只要他愿意，总能变着法儿找到各种理由和借口回家来，可现在他不再努力了。他去看小洋，都没跟我说一声，可见已经把我和孩子分开对待了，这回我真觉得……我们俩可能走到头儿了。"

李刚一脸惶惑地看着她："姐，以前你们俩再怎么吵怎么闹，都能很快和好，所以我虽然恐婚，可对婚姻多少还有一点儿美好憧憬。现在我恋爱了，你们倒分居了！婚姻这玩意儿到底靠不靠谱儿啊？"

李梅无言以对。

陈梦和小小并肩坐在客厅沙发上，热火朝天地议论店里的生意。老常坐在一边，闷头按计算器，对两人的话充耳不闻。

陈梦把一堆服装设计图铺在茶几上给小小看，这些都是她以前的设计图，"当初你爸一直不支持我开店，我画了好多图都放着，越放越没自信。"

老常头也不抬："拿出来挂墙上你就有自信了？"

陈梦翻他一眼："挂墙上干吗？我要让客人把我的设计穿在身上。"

小小翻看："嗯，不错，调整一下就能用，关键要考虑到简洁实用，方便加工。今天已经成功卖出第一件定制服装，充分证明这个方向确实可行。"

老常突然像被烫了一样："哎哟喂，又亏这么多！这可怎么办哪？"

陈梦和小小都扫兴地看着他。陈梦不耐烦：

"老公，自打我开业，你天天抱着计算器算账，给我泼冷水，你不觉得烦吗？"

"怎么不烦？你开业不开张啊，天天赔钱，这么残酷的现实摆在眼前，我能不烦吗？照这么赔下去，我的先期投资四十万支撑不了多长时间，就得血本无归。我还敢再给你追加吗？"

"爸，你别那么急功近利，我们今天已经开张了，很快就能打开局面。"

"卖出一件衣服就打开局面了？"

"我们今天不仅是卖出了一件衣服，还找到了一条特别好的思路，我打算就按这路子走下去——服装定制平民化！"陈梦越说越得意，老常不为所动：

"甭管什么平民化、贵族化，反正你一天不赚钱就是个赔。每天的流水多少啊？每天的房租多少啊？你这么下去，几天功夫就相当于我白卖一辆车，我那边儿挣着，你这边儿赔着。我受得了吗我？"

陈梦觉得没法儿跟老常对话，拉着小小进她的房间研究设计方案去了。老常见两人进屋，愁眉苦脸低声嘟囔："败家娘们儿！"

不光老常为陈梦的店不赚钱着急上火，兰心的店生意也不好。她被迫打折，甚至使出了向路人发放广告单的土招儿，还是门可罗雀，急得嘴上冒出大燎泡。

许小宁正安慰兰心做生意要有耐性，电脑接连传来了几声"丁丁冬冬"的提示音。许小宁的网店开张了！有人在网店里买积压的"兰心牌"女包，而且一买就是好几个。兰心半信半疑，这能可靠吗？

许小宁说绝对可靠，这个买家一直喜欢兰心皮包，在淘宝上发现咱们的店，卖的全是正品，又比商场便宜，乐坏了，一下单就买三个，都已经付款成交了。

兰心连忙把员工叫进来打包，许小宁打电话叫快递来取货。

众人欢天喜地送走了第一批货：白色牛皮手拎包中号一只、黑色羊皮晚装包一只、黄色牛皮斜背包一只。许小宁在表格上画了三笔，得意地对兰心说："我的网店可有业绩了啊，成交三笔！"兰心一脸兴奋，嘴上不说，心里明白，关键时刻还得老公出马，一个顶俩。

⋮

这天下午，杨丹突然袭击地闯进老袁办公室兴师问罪来了。一进门，发现郭洋和张瑾也在，她冷笑一声："哼，真巧了，都在呀！"

老袁意外，连忙起身："杨丹，你有什么事？我这儿正谈工作呢。"

杨丹眼睛一瞪："我本来是为李梅的事儿来骂你的，骂你丧失良知、助纣为虐！既然今天都碰上了，索性就把你们拢一块儿都骂了！"

张瑾怯怯地站起来："杨丹，你还在误会我……"

"我跟老袁已经散了，误不误会你也无所谓。可我倒想问问，李梅也误会你了吗？我今天还真有兴趣帮你掰开揉碎好好分析分析，怎么你平白无故就这么招人误会？"一番话问得张瑾哑口无言，杨丹更来劲了：

"你不否认？那就证明李梅没误会你。这圈子也真够小的，我们身边就这么俩男人，怎么都跟你有关系呀？我说您能把目光往远点儿撒么，冲出北京放眼世界，饶了我们行吗？"

老袁上前护着张瑾："杨丹，我不是跟你说了吗？她跟我们离婚没关系。"

"那行，不说我，饶了李梅行吗？张瑾，别以为我看不透你心里那点小伎俩，你处心积虑制造条件，让郭洋拒绝不了这个工作机会，打着工作的旗号把他拴在你身边，杀人不见血地破坏他和李梅的感情，你不就是以为富贵能淫、威武能屈吗？不就仗着自己那副人见人怜的模样儿到处装可怜、博同情吗？"

老袁想制止，被杨丹挥手打断："你别打岔！我告诉你张瑾，郭洋和李梅在我眼里是一对特别值得羡慕的恩爱夫妻，他们的存在使我对婚姻爱情还能保有一份信念，你要是把这么典范的一对儿也给毁了，你就太缺德了！"

张瑾一言不发，低头控制情绪。郭洋看不下去了："杨丹，如果你是替李梅说话，我必须得说几句，张瑾并没做错什么，她并不像你们想的那么居心叵测。"

杨丹打断他，毫不客气："你少在这儿装无辜！她没做错什么，你也没做错什么，那李梅就是神经病呗？你们俩敢拍着胸脯说你们心里没鬼吗？"

郭洋和张瑾都哑了。

"郭洋，别以为没你什么事儿，李梅提出分居，是因为受到了伤害，是为了保全尊严，你还不了解她吗？她心里真希望你离开吗？你可倒好，就坡下驴，一走了之，不闻不问，你还是过去的你吗？不是一直标榜自己有责任感吗？现在你的责任感哪儿去了？"

老袁劝阻："杨丹，今天你这可不是理性的对话方式。"

"你别跟我提理性！我以前就是太理性了才落下眼前这结果！今天我就感性一回怎么啦？"

郭洋对张瑾说："咱们走……"

杨丹追着不放："真好意思！还'你们'？李梅要是看见你这副德性，立马就得跟你离婚！"

老袁掩护郭洋和张瑾出去，把门一关，回头笑看杨丹。

"你笑什么笑？掩护他们俩撤退是吧？我还没骂痛快呢！我接着骂你！"

老袁宽容地笑着："你先喝点儿水，润润嗓子，歇口气儿再接着骂。"说完为杨丹递上一杯水，面带微笑看着她。

"你什么意思？似笑非笑的？你觉得我今天很可笑吗？"杨丹恼怒地看着他。

老袁还是笑："你今天……确实别具一番风采。"

"你不就是想说我像一泼妇吗？"

"偶尔一泼，增色不少，说明你还是个心理健全的女人。"

"你有毛病！"

老袁不气不恼地问杨丹，分手那时候，你为什么没有这么大的气性，今儿为姐们出头就这么挥洒自如？杨丹反问，当年？当年我压着呢，不是给你留面子吗？老袁揭穿她，主要是怕自己栽面儿。杨丹被说到要害，恼羞成怒，我是不想让你把我看扁喽！天底下没有好男人了怎么着？还非得一棵树上吊死？

老袁感叹，唉，要是当年你这么撒泼地跟我闹一闹……如果你肯屈尊跟我这么闹，也许咱俩这婚就离不了。杨丹一愣，眼圈红了，眼泪慢慢渗出来。老袁赶紧递纸巾。杨丹擦着眼泪，颤声问他，你怎么那么贱皮子？嫌我太斯文、太理智了是吧？嫌我还不够作是吧？老袁苦笑，不无伤感地看着杨丹，你当时一点儿不留恋我，太大度、太无所谓了，好像在你的天平上，我跟你那个梦想家园不是一个重量级的，你的心完全倾斜到事业那边儿了，我以为你一点儿不在乎我，才分得那么坚决。今天我不得不告诉你，我离婚的时候非常伤心，伤心的是，我在你心里就这点儿分量。

老袁一句话捅到了杨丹的软肋上，她忍不住痛哭起来。老袁笑着逗她，我今天这话怎么就这么催人泪下呀？杨丹哭得更伤心了，事实证明，尊严和理性有时候真是害死人啊，为了这点儿虚荣心，我耽误了多少、牺牲了多少、放弃了多少宝贵的东西呀？老袁试探她，你是有点儿后悔吗？杨丹一听这话，连忙擦泪，打起精神：没有！你都往前看、有小白了，我能不往前看吗？甭想看我热闹！老袁宽厚地笑了，啊，原来你想通了，那就好。听说你现在向前看得不错呀？有合适的人了？杨丹强打精神，掩饰真实情感，故意气老袁：当然！我现在过得特别好，我男朋友就是一个普通白领，我就是要找个不那么强势的男人一起过安定日子，不排除将来我会为了他回归家庭，专心陪他、侍候他！老袁失落地苦笑，好嘛，他倒等到这天了！忙了半天，我落个前人栽树、后人乘凉。

郭洋陪张瑾进了地下停车场，她边走边默默流泪。

郭洋对连累她挨杨丹骂感到内疚："对不起……"

张瑾连忙擦眼泪："不，是我对不起你，我连累了你。"看看郭洋不语，她幽幽地说，"郭洋，你知道我为什么在杨丹面前一句都不解释吗？不是因为我愧对杨丹，我对她没做什么亏心事，但是我愧对李梅。我现在真的不敢说我心里没鬼……"她说这话的时候一直看着郭洋，目光中满是询问和试探。

郭洋已经明显感受到了她的心思和情绪，故意岔开话题："回公司吧。"说完，转身走开了。

张瑾注视着郭洋的背影，默默跟上他，不知该对他怨恨还是感激。此时此刻，她真希望他把自己拥进怀里，哪怕轻轻拍拍她，也是莫大的安慰。可是她明白，他心里只有李梅。

郭洋被杨丹此举彻底激怒，怒气完全指向李梅。如果不是李梅授意，杨丹不会这么做，至少她不该把自己的家事统统向杨丹展示和汇报，至少不该伤害无奈的张瑾！他上了车，一溜烟奔向家门。

李梅和李刚、小洋正坐在沙发上。小洋欢呼着扑过来抱住郭洋的大腿，郭洋只是亲了一下儿子，冷静地告诉他，爸爸回来取点儿东西。郭洋目不斜视地走进卧室，小洋和李刚愣愣地看着他的背影，又看看李梅，都有点儿不知所措。

李刚过来拉着小洋走开。郭洋拿了几件衣服出来，让李刚把小洋带出去玩儿一会儿，他有话要跟李梅说。

李刚和小洋一走，郭洋脱口而出开始质问李梅："这下你痛快了？你那姐们儿杨丹替你出气了！"见李梅茫然地看着他，郭洋提高声音，"她去老袁办公室，把我和张瑾、老袁破口大骂了一通！"

李梅意外："这事儿我根本不知道。"

郭洋更加生气，"你怎么能不知道？咱们俩分居的事儿，你们妇解都能开会讨论，杨丹这么大个事儿能没有你的默许？"

李梅强调："可我确实不知道！"

"李梅，你别跟我当面玩儿理性克制，背后玩儿阴谋诡计。你这么干已经触及我的底线了！在家怎么闹都可以，你不能搅和我的工作、影响我的事业，更不应该把两口子的矛盾公之于众，让别人看笑话！要是我真做了什么过分的事儿，你这么闹我也忍了，问题是到目前为止，我没做什么对不起你的事儿啊！"

李梅也急了："那是我冤枉你了对吗？不是你亲口向我承认你对张瑾有感觉吗？是你自己承认在外面感情偷渡，我一时没法接受，才让你暂时离开家的！你还好意思觉得受了委屈，还好意思回来指责我？"

"我对她有感觉，也不意味着我一定背叛你呀？"

李梅反感："郭洋，你要以为这么说我会感到庆幸，那你就太不了解我了。精神出轨比肉体背叛更可怕，你如果心都不在这个家了，我强留你还有什么用？我要你一个躯壳有意义吗？我的朋友都认为我应该跟你闹，跟你作，牢牢把你捆在我身上，可我觉得这么做没意思！所以我没让杨丹去找你，没有背后搞阴谋诡计！你爱信不信。"

郭洋愣了愣，语气缓和下来："到这一步了吗？我哪至于就剩个躯壳了？"

"郭洋你太让我寒心了，现在讨论你的灵魂和肉体到底还有百分之几在家有意思吗？你现在把自己的事业前途跟那个女人牢牢地绑在一块儿了，我如果阻挠你们在一起就是毁你前程，我如果纵容你们就只能听天由命任凭事情发展，你让我如何自处？如果你是我，你怎么办？"

郭洋被噎住，直着眼睛看她。

李梅又委屈又愤怒："你考虑过我的感受吗？想过我现在每天都是怎么过的吗？还好意思跑回来指责我？"说到这儿实在气极了，抬手指着门，"你给我滚！"

28 唾手可得的不想要，想要的却不属于我

许小宁和兰心正趴在门缝偷听，郭洋猛一开门，两人被闪了一下，都有几分尴尬，都小心地看着郭洋。许小宁连忙解释，我俩不是成心趴你家墙根儿，打烊回来凑巧听见了。兰心一本正经拦住郭洋，要跟他谈谈，郭洋估计她和杨丹的内容大同小异，内心抵触：

"还是免了吧！你们妇解的课不能连着上，消化不了。"说完掉头走了。

郭洋沮丧地走出楼门，上车坐定。另外一边的车门就被许小宁拉开。

许小宁对他的遭遇深表同情，他一改常态，神情沉重："郭洋，谁也没权利对别人的生活指手画脚，我现在也没什么好建议，更没什么经验供你借鉴，但我有一些过去的生活感受，愿意拿出来和你分享。你想听吗？"

"说。"

"知道我当初遇到这种事，是怎么悬崖勒马、回头是岸的吗？谁面对诱惑都免不了眼花缭乱、意乱情迷，谁都有一段或长或短的迷惑期。这时候，就得让自己冷静下来、理性判断、慎重选择，要把拨开迷雾的周期缩到最短。要牢牢把握住一点，那就是——到底什么是我最想要的？尽管兰心有这样那样的问题，但我们俩共同营造的那种相濡以沫，没人能够代替。我设问过很多次，就算我有造化和另外一个女人，花同样长时间，经营出我和她之间的默契，又怎么样呢？那种幸福我不是已经拥有了吗？何必舍弃苦心经营的成果，再去寻求一个未知数呢？"见郭洋在专注倾听，许小宁语重心长，"我们得承认，自己有时很贪婪，有了爱情还不够、还要激情，我们不甘于心静如水，有时候就是想折腾起点浪花儿，证明自己还沸腾。但是任何激情四射，最后都会归于波澜不兴，婚姻的实质就是平平淡淡。所有的激情都会过去，但不是所有激情都有造化变为爱情，转化成相濡以沫的亲情就更加少之又少，而这个，才是真正的爱。明白？"

郭洋被深深触动，他对眼前的许小宁不得不刮目相看了。

"有一得必有一失，掂量掂量眼下的生活和身边的那个人，看看你是否已经身在幸福里头了？如果确信幸福已经在握，那就把它攥紧，别丢了，千万别像熊瞎子

掰苞米！"许小宁说完如释重负，郭洋感激地看着他，若有所思。

老常又捧着计算器，坐在沙发上不停地算着小账。陈梦和小小对他每天这个固定节目已经习以为常，若无其事地看电视。老常算完，高声长叹："唉！"俩女人一激灵，对视一眼。老常起身，背着手走到两人面前挡住电视，严肃地看着她们。陈梦小小假装无视他，分别往两边探头，继续看电视。老常拿起遥控器，背手关掉电视，要向她们俩宣布一个重大决定，两人这才不得不聚焦他脸上。

"我决定不再继续给服装店追加投资，后面四十万暂时冻结！"

陈梦跳起来："为什么？"

"理由很简单，因为你的店没建立盈利模式，倒是建立了赔本模式，再这么下去，我投多少钱都是打水漂儿。"

"任何生意都有风险，你不能要求我一开门就赚钱。"陈梦红着脸争辩。

"我没希望赚得那么快，可也没想到你赔得这么快！如果我面对的是一座没开发的金矿，哪怕眼下不赚，我往里投钱那是有远见啊，可现在我面对的是一个无底洞，再往里投钱就是愚蠢。"

陈梦反驳："是金矿还是无底洞，你现在就下结论也太早了吧？"

小小帮腔："就是，要不你好好听听我们的远景计划，再考虑一下。"

老常斩钉截铁："我是宣布决定，不是跟你们商量，宣布完毕，走人！"说完瞄一眼陈梦，快步往卧室走。

陈梦气得到处找武器，老常紧急关上卧室门，扔过去的沙发靠垫打在门上。小小在一旁看着她气急败坏的样子，吃吃直笑。陈梦突然起身跑进了卫生间，小小听到里面传来了呕吐声。她有点儿担心，悄悄过去探看，陈梦说没事儿，把小小推出门去。可是陈梦漱口的时候，突然愣住了，她连忙找出妊娠试纸，锁上了卫生间的门。

陈梦发现自己怀孕，当场晕了。服装店刚开张，这孩子来得怎么这么不是时候啊？她紧急召集女伴儿们问计，大伙都为她高兴，陈梦愁眉苦脸地说，老常要是知道了，她这店就甭想开下去了！他准得把她锁在家里养着，等孩子出生。

最后，几个女人达成一致，先瞒着老常，慢慢想对策。

老常冻结了后续资金，陈梦的服装店遇到了发展瓶颈。小小和李刚在店里发愁，照这样下去，陈梦只能回家生孩子去了。李刚不甘心坐以待毙，要想办法咸鱼翻身。陈梦神情疲惫地进门，听到两人的话，没好气地坐下：

"你爸成心跟我过不去，逼急了我现在就跟他谈判，不继续投资我就坚决不要这孩子!"

小小吃了一惊:"啊?难道你真……怀孕了?"

陈梦发现自己说走了嘴,连忙警告小小,这事儿千万别告诉她老爸!老常要是知道了,非让她立马回家养着不可。小小提醒陈梦,千万要慎重,别赌气和老爸谈判,万一谈崩了,两败俱伤,不但钱拿不出来,店也开不下去,那可就麻烦了。李刚觉得现在最重要的还是要尽快改善经营状况。陈梦发愁,没钱什么都是空谈!还是得找老常摊牌。

李刚想了想,没钱有没钱的办法,做几件样品挂在店里,顾客如果满意,就先收取全额定制费,再进料加工,用顾客的钱做咱们的生意!小小受到启发,太好了!就把以前陈梦画的设计图拿出来修改修改,在电脑上处理成时装效果图挂在店里,如果有顾客感兴趣,咱们就可以姜太公钓鱼了。

陈梦也活了,那就试试,死马当活马医吧。小小劝陈梦别太悲观,她兴奋地说自己有预感,咱们的店就快见到曙光了。

杨丹对汤骏印象越来越好,随着感情进展,"灰姑娘计划"每每使她如鲠在喉,她决定早日向他摊牌,免得时间长了误会深了,不好收场。

汤骏站在梦想家园大门口,东张西望地等杨丹。杨丹远远出现,却与平日截然不同,一副飒爽英姿的女老板装扮,气势咄咄逼人。他打量她,眼神陌生:"你今天和平时很不一样啊。""不好吗?""还行,就是头回见你这样,不太习惯。"

杨丹一笑,说她很多时候都是这样的。汤骏想当然地表示理解,有时候公司有重要活动,他也会穿得正式点儿。杨丹说约他到这儿来,是想让他看看她的工作环境。汤骏问她,在这地方办公,租金不便宜吧?杨丹避而不答,要领他蹓跶一圈,参观参观。两人边走边看。杨丹问,你觉得这地方怎么样?汤骏说,挺好,就是不接地气儿。这种高档地方,消费水平不低呀,难怪你老在办公室啃三明治。杨丹忍着笑不答。

汤骏又感叹:"白领们都是表面光鲜啊,看着工作环境这么好,其实进了办公室都是小格子,吃饭都是三明治。你在这种地方上班,整天看着这些消费不起的店铺,不觉得别扭?"

杨丹摇头:"不别扭。"

"那你心态真好,要不就是时间长了,已经麻木了。"

杨丹停步,郑重地说:"今天约你来这儿,是想告诉你一件事。"看看汤骏的脸严肃了,有点紧张,她斟酌着怎么跟他说。汤骏揣测地看着她:

"不是好事吧？没关系，你说，我抗得住。如果你经过这一个月的相处，觉得我们不合适的话……"

杨丹打断他："恰恰相反！我觉得挺合适。所以今天是想向你道歉，因为有件事儿一直瞒着你，就是我的真实身份。"

汤骏笑着调侃："真实身份？你不会告诉我，你是一外星人吧？"

"那倒不至于。不过，也不完全是你一个月以来认识的那个人。"她看看汤骏的表情，忍俊不禁，"放心，我不是坏人，也不是普通白领，我是这儿的业主。"

汤骏像是没听懂："你是什么业主？"看到杨丹指了指周围，他像看淘气的孩子般地笑了，"是吗？这个梦想家园得值上亿吧？"

"市值三十亿。"

"嚯！那就是说，你是一个超级女富婆？"

"一般人是这么认为的，但抛开财富，我也只是个普通的女人。"

汤骏停步，不解地看着她。这段时间相处以来，杨丹不卑不亢，为人处事得体大方，也很朴实，他越来越喜欢她了。现在他吃不准自己有什么地方让杨丹觉得不舒服、不踏实？可是看她的态度，明明对他印象越来越好。他不明白，杨丹怎么突然玩儿起身份疑云的游戏了？是要测试、考验他吗？

迎面走来一个男职员，恭敬地跟杨丹打招呼，叫了一声"杨董"。杨丹点头回应"你好"，又看了汤骏一眼，汤骏不动声色。

一家店铺的老板走出来，看见杨丹，也热情招呼"杨董"，还请她进去坐坐，杨丹谢绝了，两人继续往前走。

汤骏笑看杨丹，像看顽皮的孩子："你说你，为了演一出戏，还得找群众演员配合，何必呢？费这么大劲儿到底什么目的啊？赶快把谜底告诉我吧。"

李梅匆匆从后面追上来叫住杨丹，把文件夹递到她面前让她签个字，说去工商局要用。杨丹接过笔签字。李梅看看汤骏，悄声问："这就是你那猎物？"

杨丹把文件还给李梅，给她介绍汤骏，并说李梅是她公司的财务总监。李梅落落大方地伸出手："你好！"汤骏的表情由惊转愣，机械地伸出手。

李梅离去，杨丹问汤骏，现在信了吗？汤骏终于相信这一切都是真的，而过去的一个月，杨丹为了讨好他，一直在扮演着一个灰姑娘！他沉默了一会儿，忽然转身，大步流星，迅速走远。杨丹叫着汤骏的名字追了几步，懊恼地停下。唉，一切都是自找的，她知道自己是聪明反被聪明误了。

杨丹好不容易再次把汤骏约出来，努力解释。说她这么做只是想排除其他因素，找到一份纯净的感情，希望他能理解。汤骏说可以理解，但不接受，而且对这种做法很反感。杨丹表示，自己没有恶意，现在她已经完全确定，他就是她要找的人。但汤骏却觉得，她并不是他要找的人。

杨丹愣住："难道我有钱反而破坏了你原来对我的好印象吗？这段时间我们感情发展得不是很好吗？"

"但我喜欢的是你扮演的样子，而不是真实中的你。"

"我演的就是我希望自己成为的样子，我正在努力做啊。汤骏，我知道你不看重钱，但有钱也不是坏事吧？"

"有钱不是坏事，但是像你这种有钱的女强人从来不在我的考虑范围，我压根儿没这种心理准备。"

"感情来了就坦然接受，还需要准备吗？"

"当然需要，我们这个年龄，不像年轻人恋爱，只管爱了再说，合则聚、不合则分，我要寻找的是共度一生的伴侣，必须各方面考虑周全。"

"你只是一时觉得太突然，慢慢会适应的。"

汤骏摇头："跟你这样的女强人在一起，女强男弱，我会有压力，会很累。"

"只要感情好，谁强谁弱有什么关系呢？你根本不必在意那些世俗看法。"

"我没你那么超脱，再说有些世俗观念是有道理的，门当户对虽然不是绝对真理，但条件相当的男女在一起感情更容易平衡融洽，这是事实。你我在一起，显然严重不平衡。"

"只要我们愿意努力，完全有可能把这种不平衡转变成互补。"

"在我看来这几乎不可能。我想娶的不过是一个平凡朴实的老婆，想过的也不过是普通人的日子。就算你愿意仙女下凡柴米油盐，我恐怕也接不住。到时候你委屈，我也拧巴，何必呢？"

杨丹内心苦涩，无言以对。她终于明白了什么叫物以类聚，人以群分。

兰心店里的销售业绩表显示，网店的业绩遥遥领先于实体店。兰心在事实面前心服口服，夸赞老公"英明、伟大、正确"，还要跟他换换，让她管几天网店，找找成就感。兰心刚接过网店的生意，电脑忽然发出信息提示音，兰心喜形于色地跑到电脑前查看，原来不是下单的，是提建议的。有个买家说网店只有货物照片，大小和效果都没有直观感受，建议请个"麻豆儿"背上包，拍个照片上传到网上。兰心问了许小宁，才知道现在网上已经把"模特儿"叫作麻豆儿了。

许小宁觉得建议有道理，不过又得多一笔开支。就算他可以客串摄影师，请麻豆儿这笔钱也省不了，现在好麻豆儿价码不低呀！兰心不服气，你能客串摄影师，我就不能客串麻豆儿吗？许小宁一拍脑袋，对呀，我媳妇儿这形象，客串麻豆儿绰绰有余，虽然老了点儿。看见兰心朝他瞪眼，他赶紧补充：老麻豆儿更有味儿！再说兰心皮具的老板娘亲自演绎皮包，更有卖点！

一个晴朗的上午，两口子结伴出现在繁华街道，公园地铁。兰心换了一身又一身衣服，背着、挎着、挽着各种款式的包，摆出各种姿势。许小宁举着相机，上蹿下跳，前后左右，不停地拍，引得路人好奇地围观。

许小宁当晚就上传照片。兰心在旁边看着特别兴奋，过足了麻豆儿瘾。

小小和李刚把陈梦从前画的设计图全部变成了电子版，修改后打算制图。

老常忽然走进店门，他要看看众人忙什么呢。

陈梦一脸不欢迎，不冷不热地问，你怎么来了？老常说，我来视察视察，看看我冻结资金以后，你们还能撑几天。老常意外发现李刚在场，哟，你在这儿干吗？陈梦连忙护着李刚，说他是店里的员工。老常急了，我说过不许李刚来这儿上班，你就把我的话当耳旁风了？老常要赶李刚走，小小不干了，就算他不在这儿上班，也可以来这儿找我玩儿啊，老爸你凭什么赶他走？

老常冲女儿去了："小小，我告诉你我为什么反对你们俩在一块儿，他现在什么情况啊？你现在又是什么状况啊？你们俩有什么本事啊？俩人加一块儿都没个像样的工作，要钱没钱，要房没房，根本看不到未来，你们俩泡一块儿有什么前途？"

"我们没那么现实，在一块儿高兴比什么都强，您看不见我们的未来不要紧，我们自己可以慢慢创造！"

"甭跟我说些虚头八脑的废话，你们拿什么创造未来啊？婚姻是人生头等大事，开不得玩笑，你跟他好，两人一无所有，光指着高兴过日子呀？谈恋爱可以在天上飘，结了婚就得落地了，吃穿用度，哪样不用钱？还得养孩子、养老人，到时候压力大得累不死你们。"

"爸，我觉得你说得特别对……"老常刚一高兴，小小接着就是一句，"所以我这辈子不打算结婚了！"

"我没说让你不结婚，关键是跟什么人结！你一个女孩儿，自己没大本事不要紧，必须得找个有本事的男人，不能找他这样的，得找你爸我这样的。"

"照你这么说，我妈嫁对人了，不还是跟你离了吗？"

老常被噎住，转头冲李刚去了："不是我不讲理，非拦着你跟小小好，你自己好好掂量掂量，你能给小小什么？你们现在有什么条件谈婚论嫁？"

李刚说他们现在没想结婚。老常更气了，提高嗓门，瞪着李刚，没想结婚你谈什么恋爱？完全是对婚姻不负责任！我是男人我明白，告诉你，想玩儿找别人玩儿去！离我闺女远点儿。李刚连忙解释，他不是这个意思，老常动手往外推他，甭狡辩，我不跟你浪费唾沫，走走走！赶紧走！小小上来拦着老常，爸，你干吗呀？李刚制止小小，忍耐地叫了一声"常叔"，您别生气，我走还不成吗？李刚走到门口，忽听陈梦一声断喝：

"站住！你是我的员工，我不让你走，你就不许走！"李刚站也不是，走也不是，进退两难。陈梦走到老常面前，把李刚拉到自己身后："我忍你半天了，你冻了我的资金，跑来看笑话，是吧？我告诉你，只要这店一天没关门，就是我说了算！我愿意让李刚在这儿干，你管不着！这儿不欢迎你，你出去！现在就走！"

老常也急了："叫板是吧？我倒要看看今天到底是他走还是我走！"说着一把搡开陈梦，去拽李刚。陈梦身子一歪，往后踉跄两步，差点儿跌倒，被李刚一把扶住。老常还要去拉扯李刚，小小扑过去护住陈梦："别碰她肚子！"

老常愣住，一时没反应过来，她肚子怎么了？小小问陈梦没事儿吧？老常这才反应过来，原来陈梦有情况！那还干什么活儿啊？赶紧跟我回家！

老常连威胁带恐吓，把陈梦弄回了家。小小不放心跟着去了，李刚留下看店。

一进家门，老常就一脸怒容瞪着陈梦吵起来，怀孕这么大的事儿，你居然不告诉我，你想干吗？是不是压根不想要？想瞒着我把孩子做掉是吧？陈梦说我还没想好呢，主要现在店刚开业，他来得不是时候……什么什么？你意思……要把孩子打了？陈梦说我没想打掉孩子，我也是刚知道的……老常不容她解释，扯着嗓子大喊，那也是我的孩子！你怕耽误开店就要对他下毒手？小小进门，替陈梦解释，陈梦如果坚决不要，不等你发现，孩子早就没了……老常一听顿时蔫了，拍着大腿直蹦：听听！我孩子的小命儿差点儿丢了，我这个爸爸却连知情权都没有，连保护他的权力都被剥夺了，我怎么混得这么惨？我还活着干吗呀我？

陈梦哭笑不得，有那么夸张吗？你能不能好好说话？一点儿不夸张！我就是长期以来太纵容你们！你们才根本不把我这一家之主放眼里！看看咱们这个家，现在是毫无王法，闺女不像闺女、老婆不像老婆。闺女谈恋爱不听我的，老婆怀孕了居然也瞒着我，我还有没有一点夫权？有没有一点父权了？我怎么就这么失败呀？小小见他真急了，连忙拉老爸坐下消消气儿，慢慢说。老常一把甩开她：

"我坐不住！陈梦啊陈梦，自从你嫁给我，就没一件事儿肯顺着我，一直争这权、争那权，跟我斗个没完没了，我虽然不情愿，可一直都在顺着你、让着你，步步后退。你不想当全职主妇，我由着你；你要开服装店，我由着你；我想要孩子，你不想要，我也由着你了。你自己摸着良心想想，我说的是不是事实？"

"你说的都是事实，老公，我承认你为了我改变了很多……"陈梦心软了。

"可现在孩子自己来了，你怎么能这么铁石心肠想不要他呢？你就是想做女强人，也别忘了，你首先是个女人，女人再强还是女人！你得尽一个妻子的义务，尽一个母亲的责任！你不能想一出是一出，什么都以你自己为中心！"

陈梦低头不语。

"我非常严肃地告诉你，我已经准备好再做一次父亲了，而且我会尽最大努力做个好父亲。如果你坚持要打掉这个孩子，我拦不住你。但你记住，你打掉孩子之日，就是咱们离婚之时！这回我可是真的，说到做到！"

老常说完，大步进屋，用力关门，发出一声巨响。陈梦和小小惊得一哆嗦。

两个女人乖乖做好了晚饭，摆上桌，为谁去叫老常吃饭争执起来。小小让陈梦叫老爸来吃饭。陈梦有点怵，让小小去叫。小小推托，还是你去。陈梦磨磨蹭蹭地走到卧室门口，轻轻敲门，小心地叫老常吃饭。里面没动静，老常不出来。陈梦回头看看小小，小小用手势鼓励她再叫。陈梦又叫：

"老公，别生气啦，出来吃饭吧。"

老常还是不出来。陈梦无奈地返回来，有点儿灰溜溜：

"以前生气都是他哄我，现在轮到我哄他了，看来你爸这回是真急了！"

两人坐下吃饭，陈梦看着饭菜没胃口。小小看看她，规劝夹杂批评：

"我一直向着你，这回也得站在我爸立场上说几句了。在孩子这个问题上，你的确有点儿自私，至少是不够尊重他。"

"我也知道这样不好，可我不是怕他又逼我回家吗？"

"你想干点儿事业没错，但也要处理好家庭关系。要是因为孩子伤透我爸的心，你俩真就危险了，到时候，好好的家散了，你就不难过？"

陈梦委屈地掉下泪来："我也不想那样。"

"等他消消气，跟他好好谈谈，要是你俩能各退一步、不就皆大欢喜了吗？其实我也挺希望你把孩子生下来，我爸准备好当爸了，我也准备好当姐了。想象着有个肉乎乎的小家伙跟在屁股后头叫'姐姐'，多好玩儿啊！"

陈梦破涕为笑。

饭吃到一半，李刚打来电话叫小小出去。两人在院子里溜跶，小小冻得直跺脚。李刚连忙拿起她的小手哈了哈热气，然后放进自己衣袋里。

小小叹气，我爸这回脾气发大了，虽然主要是冲陈梦，我暂时也不敢招惹他了，要不，咱俩转地下吧。李刚说，咱俩从来也没地上过呀，地下不也被他发现了吗？小小发愁，这样下去也不是办法呀，难不成咱俩就得永远地下了？李刚故意逗她，不行咱俩干脆算了吧。小小立刻急了，你敢？我还没打退堂鼓呢，你倒想撤了！李刚坏笑，我是怕你想分手又不好意思说，所以递个台阶考验你一下。

小小生气地捶打他，李刚求饶，别打别打，再打我就得申请加入夫联了。

小小扎进李刚怀里，发愁怎么才能改变老爸对他的成见。李刚心疼小小，打算争取主动，跟未来的老丈人来一场男人对男人的谈话。小小担心谈崩，李刚让她放心，不管谈出什么结果，都不影响他喜欢她。

到了晚上，家居馆的客人反而多起来，许多忙了一天的人，下班路上顺路或绕道来家居馆参观体验、联系业务。郭洋和张瑾一直陪在现场忙到深夜。

客人散去已是夜里十点。几个员工在儿童用品展示区打扫卫生，整理环境，把一些散乱的儿童玩具重新摆放好。张瑾带着毛毛经过，毛毛跑过去摆弄玩具。郭洋走过来打招呼，毛毛嘴里问候"郭叔叔好"，眼睛却在玩具上打转。毛毛钻进一个小账篷，玩儿得高兴，不肯出来。张瑾只好和郭洋先去开碰头会，让毛毛玩儿够了来办公室找妈妈。

毛毛自己玩儿够了，抱起一只玩具熊，跑出了儿童用品展示区。郭洋和张瑾开完会，员工们都已下班，孩子也不见了。两人把儿童用品展示区找了个遍，不见毛毛的踪影。张瑾慌了，四处乱跑，高喊毛毛的名字。

郭洋一边安慰她，一边动员值班保安在家居馆内寻找，几乎找遍各个分区的每个角落，都没有毛毛的影子。张瑾跑到大门口问门卫，听门卫说他二十分钟前去了趟厕所，认为毛毛可能就在那几分钟时间里跑出去了。

郭洋陪张瑾跑出家居馆，往街道两边分头寻找。清冷的街道上除了行色匆匆的过往汽车，已经没什么人影儿。张瑾跑着，喊着，腿渐渐地软了。离婚这几年，她一直独自带着女儿生活，为了事业平时只能把孩子完全托付给幼儿园老师，就放学后带这么一会儿还把孩子给带丢了！她恨自己太没用，一屁股坐在隔离墩上，哭起来。有多少次做噩梦，她都梦见把毛毛给带丢了，这回是真丢了……

郭洋找不到毛毛，打电话报了警，然后匆匆跑过来安慰张瑾，别急，110马上就到。小孩儿应该跑不远，估计就是迷路了。张瑾哭着自责，我真不该把她自己扔下。我对不起女儿，我欠她太多了，欠她一个好妈妈，欠她一个好爸爸，欠她一个完整的家……郭洋安慰地拍拍她，张瑾无助地靠在郭洋身上哭得更伤心。

110警车赶来，警察说已经通知附近的巡逻车注意搜寻，还会通知周围街区的民警协助，一有孩子的消息马上就通知他们。如果四十八小时之内还找不到，他们就应该到派出所报失踪。张瑾一听"失踪"二字，当场瘫了。

郭洋扶着张瑾回到家居馆。无意中一抬头，看到门口的监控摄像镜头，忽然反应过来，两人奔进监控室，让保安播放监控录像带，发现毛毛并没有走出家居馆大门，而是离开儿童用品展示区，往样板间方向去了。两人转身就往外冲。

两人分头在一间一间样板房里仔细搜寻。郭洋走进一间儿童卧室，看到床上填满了一堆儿童玩具，刚要走开，转念一想，上前把大堆的毛绒玩具一件件拿开。毛毛的头露出来，她戴着mp3耳机，怀里搂着毛绒熊，睡得正香。

郭洋兴奋地高喊"找到了！"张瑾跑过来，看到女儿喜极而泣，立刻扑上去要抱。郭洋拦住她，轻轻抱起熟睡的毛毛走进进办公室，放在沙发上，盖好，毛毛浑然不觉，继续呼呼大睡。张瑾的目光从毛毛脸上转向郭洋，充满柔情和感激。郭洋同情地看看眼前这个单亲妈妈，不由得流露出一个男人对女人的怜惜：

"虚惊一场，吓坏了吧？"

张瑾心有余悸："要是真把她丢了，我非疯了不可。"

"都说女人难，女强人更难，我看你这单身妈妈女强人简直难乎其难。"

张瑾苦笑："谁说不是？有时候我都很佩服自己，可更多时候，是可怜自己，怎么会混得这么惨？多苦多累都得一个人抗着，连个能靠一下的肩膀都没有。"

"那你不想再成个家吗？也好有个人帮你分担一下。"

"怎么不想？我做梦都盼着这人快点出现，可老天好像很喜欢开玩笑，合适的男人都已经有家了。"张瑾眼神闪烁地看看郭洋。

郭洋以笑化解尴尬："也是，这个年龄差不多都结了，要不就是离婚的，碰到个合适的确实不太容易，再加上你肯定要求也高。"

"说实话，别的我都不在乎，只有两条最重要，一是跟我合得来，有共同语言，二是要对家庭有责任感。可就这两条，能兼而有之的人都很难找到，好不容易遇上了，又是别人的老公。"

郭洋听出了她的弦外之音，故作轻松地调侃："比如……我这样的？"两人都笑了。只是一刹那，两人的笑就消失得无影无踪。张瑾犹豫再三，终于下决心地清了清嗓子：

"郭洋，我知道这么说会让你尴尬，但我的确很喜欢你，而且我觉得你对我也有感觉，我希望你能告诉我，这是我的错觉吗？"

郭洋不想回答，可又不忍伤害她，迟疑一下，终于承认："不是。"

"那么……你有没有哪怕一分钟的念头，想到离婚？"张瑾说完心跳得厉害，她知道自己失言了，可她就是想知道！她太在乎他的感受了，哪怕是一念之间，对她也意义非凡。

郭洋坦诚地回答："没有。"确实没有，到目前为止，他对张瑾的感觉还停留在异性之间的欣赏和喜欢，并没有深想。

张瑾不满足："即使你们分居之后也没有过吗？"

郭洋肯定地："从来没有。"

"为什么？"

郭洋不假思索："人在婚姻里，难免偶尔走神儿和迷惑，但关键时刻要清楚自己到底要什么，清楚自己对家庭的责任。张瑾，你曾经有过婚姻，应该有这种体会：建一个家千辛万苦，毁一个家一夜之间。"

张瑾伤感："是啊，我太有体会了。但不是所有男人都能这么清醒，如果我前夫当时能把持自己，多想想对家庭的责任，我也不至于走到离婚的地步了。"

"你是个很优秀的女人，难得我们事业上志同道合、互有好感，但是……"

"但是出于对家的责任，你不能让这种好感继续往前发展，对吗？"

郭洋点头："这也是人生的一种遗憾。"

"可这种遗憾，反而让我对你好感更深……"张瑾的话使郭洋无语。她看看他，"我是因为前夫有外遇离婚的，所以特别看重男人对婚姻的忠诚和对家庭的责任，如果你不是这样的人，也许我根本不会喜欢你，但你是这样的人，我对你的喜欢就不会有结果，你说老天是不是在捉弄我？唾手可得的不是想要的，想要的却不属于我。"

郭洋无言以对，转移视线看着熟睡的毛毛。张瑾默默地注视着他，不忍心眨一下眼。郭洋突然起身，平静地说了一句："我走了。"然后走出了办公室。

张瑾目送他的背影离去，一阵失落，又一阵轻松。百感交集的泪水终于冲出了她的眼眶……

29　婚姻之内没有输赢，只有两败俱伤

酒吧里的客人已经走光了，两个服务生开始收拾酒具。喝多了的郭洋还拿着杯子往嘴里倒残酒，比划了半天只倒出一滴，叫服务生再给他来一杯。服务生提醒他已经是凌晨，酒吧打烊了。郭洋胡乱一指，那边还有人呢！服务生发现这位醉得不轻，劝他赶紧回家休息，还提醒他酒后驾车不安全，替他叫了一部出租车，把他扶上车。

郭洋歪在后座上迷迷糊糊就是一觉，司机叫醒他的时候，车已经停在了弘高家

居馆门口。郭洋一看到家居馆的大门，立刻像被烫了一下：

"不是这儿！我不到这地方！"

司机从后视镜里看了看他，担心这个醉鬼今晚会指挥他绕遍全城。还好，郭洋往前方一指，让他去前面那家酒店。出租车又载着他往酒店驶去。

杨丹和李梅从写字楼电梯出来，与小白撞个正着。小白从包里取出一张红色喜帖，笑容灿烂地请杨丹周末参加她和老袁的订婚礼。杨丹不屑，一个二婚，还这么大张旗鼓？小白说我是第一回呀，老袁是想给我一个交代。杨丹接过喜帖翻看，频频点头，是得交代，干吗不直接结婚哪？小白说她还年轻，还没做好早婚的心理准备。杨丹针锋相对，你年轻，老袁可不年轻了。她心里五味杂陈，面子上还得装大度，堂而皇之地说了一声"祝你们幸福"。

小白转身刚走，杨丹随手把喜帖扔进了垃圾箱。李梅逗她，看来老袁订二婚对你冲击不小啊！杨丹叹气，我这边散伙，他那边摆宴，这世界真是冷热不均。

"你心里对他是不是还有点儿放不下呀？"

"放不下也放下了。我恋爱、结婚、事业、离婚，我每步都走在你前头，李梅，我就是你的前车之鉴，铺路的石子，连离婚后的前景都给你展示清楚了。"

"你是说，我现在就是离婚前的你？"

"没错，我当初就因为太理智才失去婚姻，等明白了想往回找补找补、感性一点吧，人家汤骏还不给我机会。反正我每回拿捏那分寸，总跟人家拧着，到现在好像也没踩上正点。可是我凭直觉，觉得你这回对郭洋有点儿过了，你不给他机会了解你内心的真实感受，这种态度会让他心寒、会让他离你越来越远。我以前就这样，做法总是与对方的希望错位，所以才落了单儿，这感性与理性的尺度到底怎么拿捏？还真是一门学问。"

李梅若有所思："杨丹，你说夫妻发生矛盾，到底什么最重要？骄傲、自尊？还是面子、输赢？"

"我过去认为这些都很重要，现在才明白，其实这些都不重要，最重要的还是你心里爱着那个人，还是一份来之不易的感情。夫妻吵架千万别计较谁输谁赢，不管争也好、打也好，只要能协调、能化解，千万别端着、别赌气，非要争个谁输、谁赢、谁有面子、谁低头让步，最后赔上的肯定是感情。婚姻之内没有输赢，只有两败俱伤。"

李梅不禁联想到自己和郭洋，心绪复杂地叹了一口气。匆匆处理完了主要工作，她再没心思呆在公司，提前去超市买了些蔬菜、水果和副食品回家。进门放下东西就给郭洋打电话。

睡在酒店里的郭洋被手机铃声吵醒，迷迷瞪瞪摸到电话："谁呀？"

李梅听到郭洋睡意朦胧，顿时狐疑："郭洋，你睡着呢？"

郭洋意识还没清醒，哼了一声算是回答。李梅奇怪：

"怎么这点儿还在睡觉？你没上班吗？"

郭洋说他喝多了，没上班。李梅更糊涂了：

"喝多了？怎么喝成这样？你昨晚干吗了？"

郭洋不耐烦："不是说了吗？喝酒。"

"为什么喝那么多酒？你……和谁一起喝的？"李梅不由自主地追问。郭洋从半梦半醒中迅速回到了现实，清醒多了：

"你能不能别让我觉得自己在接受警察讯问？"

李梅问他在哪儿？郭洋对李梅打电话就为了查岗查哨不满，拒绝回答。李梅本没想查他，本来有别的事儿想和他说，没想到光天白日的，郭洋居然在睡觉！

"我觉得很奇怪，你能给我一个合理解释吗？"

郭洋赌气："我懒得跟你解释！"

李梅咄咄逼人："你是解释不清吧？"

"没错，你说得太对了！无论我怎么解释，你照样天马行空没边儿地妄想，照样认定我怎么怎么着了，所以我不解释！"

"我提醒你郭洋，分居不等于放纵，我给你时间和空间，是让你冷静、让你选择，不是让你随心所欲、为所欲为，我希望你不要亵渎了我给你的自由！你现在……是不是在谁的温柔乡里呢？"

郭洋彻底被激怒了："我要想在谁的温柔乡里还用等到今天？"

"听这意思，你很替自己惋惜对吧？"

郭洋对着电话吼叫："我是替自己悲哀！你不问青红皂白把我赶出家门，我现在就是一头孤魂野鬼，自己找地方猫会儿，舔舔伤口，还得受你盘查。"

"你光替自己悲哀，谁替我悲哀？你委屈，我还委屈呢！分居这段时间，你要真想回家，早回来了。我在检讨自己，是不是高风亮节地拱手送了你一个由头，让你趁机乐不思蜀了？"

"你让我怎么回去？我经常怀疑你是不是真希望我回家！把我扫地出门后，你对我嘘寒问暖过吗？打个电话除了盘查，一句问候也没有，一点温暖和关切也没有，你存心想让婚姻、家庭对我失去吸引力是不是？"

"你以为我从你身上感受到温暖关切了吗？你以为这个家现在对我还很有吸引

力吗？今天我打电话本来是想约你一起去接小洋，晚上回家吃饭，可你偏偏以这样一种怪异的方式、在一个莫名其妙的地方接我的电话，让我没法不怀疑你，没法把你和那些没有道德标准的庸俗男人区分开！郭洋，你现在已经混同于大街上任何一个浑浑噩噩的男人了，你跟他们都一样！"

郭洋突然一阵伤感，一阵虚脱，声音变得有气无力："我怎么觉得……这十年咱俩白过了？十年，你还不知道我是一个什么样的人？"

"我以为我知道，但现在我糊涂了。"李梅的声音嘶哑了，像呻吟。

"如果花十年之久建立的信任都能被猜忌抵消，我真怀疑咱俩的婚姻还能不能维持下去。"郭洋轻声喃喃着。

"我也怀疑……"

郭洋本来想听到的是另外一种说法，没想到李梅的回答让他如此绝望："既然这样，那还过个什么劲儿？"

李梅也想听到郭洋相反的意思，可是他竟然这么说！她只觉得气冲天灵盖，脱口而出："过不了，就离婚。"

"离婚"两个字一出口，电话两端立刻都沉默了，空气像被冻结。

不知过了多久，郭洋突然打破沉默："离就离。"

电话挂断了。李梅拿话筒的手开始剧烈发抖，她觉得自己站在南极的冰面上，脚下的冰层突然断裂，任由自己漂向未知的远方……

李梅把自己关在房间里，一直到天黑，李刚回来了，看到姐姐的神情，料到出事了。李梅倒特别冷静，告诉李刚，今天她跟郭洋谈到了离婚，而且是她提出来的。她希望和郭洋面谈的时候，弟弟能在场。

李刚说，我在场好，正好把你从危险的边缘往回拉拉。李梅嘴硬，没想让你往回拉。李刚揭穿姐姐的心思，别嘴硬了，那你还让我在场干吗？李梅避而不答，只是嘱咐李刚别对小洋透露任何信息，如果离了，她会选一个合适的时机，以伤害最小的方式告诉小洋，现在什么都不要对孩子讲。说完掉头就走。李刚欲言又止，长叹一声。

这一夜，李梅瞪着眼睛到天亮，她把过去十年，从恋爱到结婚的所有经历都回放了一遍，怎么想都不至于到今天，自己也闹不清怎么会发展到了这一步。可是话已经说出去了，她可不想主动收回，除非郭洋后悔……她心里祈祷着郭洋事后反悔，盼望着他回来向她解释一切，向她道歉，祈求她原谅。可她比谁都明白，她太了解郭洋了，这几乎不可能。

兰心的小店现在是顾客盈门，夫妻俩齐上阵，两个店员一个收钱、一个打包，忙得不可开交。不少网上的老顾客现在也摸上门来，到店里淘货。许小宁被一群美女包围着，成天欢呼雀跃。兰心带着一丝醋意逗他：

"最近漂亮姑娘多了，我又见到你从前大献殷勤的盛况了。"

兰心这几天正忙着踩点儿，她告诉许小宁，左手那家鞋袜店和右手那家内衣店生意都不行，她已经仔仔细细考察个遍，打算把那两家全兼并，营业面积就能扩大三倍。许小宁对兰心步子迈得太大不放心，提醒她，营业面积扩大三倍，辛苦也得翻三倍，受得了吗？咱现在小家小业，生活节奏多平稳、生活方式多健康？家大、业大、操心也多，你已经悟到的生活真谛，就着饭吃了？

兰心只好退让，说她也就是畅想一下，具体怎么办还得等机会。许小宁无奈：

"我算看明白了，有的人就是生命不息、折腾不止。"

兰心在一边整理货架，听见许小宁手机响，回头看见他在接听。许小宁表情严肃，惜字如金：

"嗯，好，我知道了，谢谢，我会安排的，再见。"

兰心听得一头雾水："谁呀？什么事儿？"

许小宁挂断手机，敷衍她："啊，没什么事儿。"

兰心狐疑地愣了一会儿，继续埋头整理货物，她透过货架空隙突然看见许小宁打开收银机，抽出一叠百元钞票，迅速揣进裤袋，还往这边瞄瞄她。兰心躲在货架后，猜测他鬼鬼祟祟地拿钱做什么？

老常正陪一个老客户看车，见李刚走进店门："哟！你胆子不小啊，直接闯到我的地盘儿上来了？"

李刚一反常态，严肃认真地叫了一声"常叔"，说想跟他好好谈谈。老常把李刚带进办公室，自己坐下，抓过一张报纸翻着，冷眼打量他：

"谈吧，我倒想听听你能谈出什么花样儿来？"

李刚镇定一下，清清嗓子："常叔，我今天来，是要为陈梦和我自己说几句话。这些日子您对陈梦和小小实行了一剑封喉政策，她们找不到跟您交流的机会，都很郁闷。我呢，在您面前就更没发言权了。"

"知道还说什么呀？"

"今天我专程登门拜访，就是想咱俩男人对男人，打开天窗说说亮话。请您听我说完，然后再决定是判我们死刑，还是给条生路。"

老常喝着茶水，翻着报纸："说吧。"

李刚先拍老常马屁："论做生意，您确实老谋深算，经韬纬略，目光长远。

生意场上您是大腕儿，我们在您面前都是小儿科！"老常听着顺耳，放下报纸，目光专注地看着他。李刚继续拣好听的说，"您批评得很有道理。陈梦在服装店定位方面，确实有些眼高手低、独断专行、刚愎自用。小的不才，特别佩服您的远见卓识，现在能力挽狂澜于既倒，拯救服装店的只有您老人家！"

老常狡猾一笑："甭想几句好话就骗我解冻资金。"

"我不是惦记您的钱，是惦记您的智慧、和您的英明领导啊，我相信只要您愿意，稍微动动脑筋，就可以把前期投的那四十万盘活！"

"哼，你们把店折腾成这样了，皮球又踢回我这儿了？"

"谁让您有本事呢？再说我相信您也不愿意看着自己的钱打水漂吧？现在陈梦一筹莫展，已经认识到您的英明了，虽然嘴上不承认，其实心里就盼着您出手搭救呢。"

老常眼睛亮了："真的？"

"千真万确！我们都等着呢，只要您有策略，有指令，我保证：招之即来，来之能战，心甘情愿地鞍前马后、赴汤蹈火。"

"谁稀罕你鞍前马后、赴汤蹈火呀？"老常又拣起报纸。

"我没别的意思，就是想尽一个店员应有的义务和责任。"

"嗯，看不出你还挺忧国忧民的。我就是不明白，这店是我们家的，有你什么事儿啊？你急成这样？"

"您说到这儿，我就得说说我自己了。常叔，我是犯过急功近利的错误，从前也确实游手好闲过一段时间。但正是因为有过教训，才培养了我的责任感和紧迫感。以前我做生意的时候在店里给人打工这种事儿我能看上眼吗？但今天这样一个机会，我就觉得特别难得，我已经懂得珍惜机会、珍惜感情。真的，男人的责任感是培养出来的，我认为我现在就比过去有责任感。"

"哼，责任感不是嘴上说说就有了。"

"说到对爱情和婚姻的态度，我也部分同意您的观点，我目前确实还没资格谈婚论嫁，所以说我还没考虑结婚，但这并不代表我对小小的感情不认真，至少我想为了她全力以赴打拼一番，她的感情就是我前进的动力。我的目标是快马加鞭努力奋斗，让自己拥有跟小小结婚的资本。如果两年之后，我还没创造出这个资本，常叔，到时候不用您撵我，我主动撤退！说到做到！"

老常被打动："你小子……真这么想的？"

"千真万确。"

老常半信半疑地打量他。

"还有，我看到您跟陈梦姐这几天的冷战状态，作为一个旁观者想提醒您一句，其实她知道怀孕那天晚上，妇解就开了一个会，议题就是怎么协调孩子和事业的关系，她在会上已经明确表示想要这个孩子。"

"她真想要？没想打？"

"就是因为想要，才犹豫不决。她怕生这个孩子，事业会受影响，怕因为这事儿没有精力经营生意，对不起您的大笔投资，担心刚开始的事业夭折了。"

老常舒坦地："这还算靠谱儿。"

"所以，你们俩不存在原则对立，都想要这孩子，剩下的就是怎么具体协调的问题。您得给她个表达想法的机会，多听听她的感受，然后再做出一个双赢的决定。"

"嗯，有道理。"

"她怀孕身体本来就弱，又为生意着急，万一一冲动，真把孩子给打了……"

老常着急地看着李刚："她真有这想法？"

"本来没有，可您现在跟她冷战，不理她，她一赌气，可就说不准了。"

老常不安了："看样儿，我还真得赶紧跟她谈谈。"

"是啊，夫妻之间有什么不能商量的？"

老常频频点头，突然醒悟过来："嗯？你黄口小儿，有什么资格教我如何处理夫妻关系呀？"

李刚连忙赔笑："我不是说了吗？您高瞻远瞩，我鞍前马后。"

老常重新打量李刚："你三说两说就把咱们说成一家了？"他终于露出一丝笑容，"我发现你这小子，就是嘴皮子好使，我闺女就是被你说晕的吧？"

李刚露出胜利的笑容："我这都是肺腑之言，您相信我，我不光嘴皮子好使，心眼儿也好使，行动起来更好使。"

"那服装店的事儿，你真同意跟我站一边？"

"没错儿。"

"坐！咱俩聊聊。"

李刚放松地坐下。老常提出，得先答应他一个条件，以后李刚每天都得向他汇报服装店的营业额和陈梦的动态。李刚不由自主地摸了摸脸：

"我怎么到哪儿都是卧底的差事啊？我有特务相吗？"

当晚，陈梦和小小做好了晚饭。没等叫，老常就自己上了桌。两人意外惊喜，一个为他端饭，一个为他端汤，殷勤地侍候左右。老常说，不用溜须拍马，都坐下，我有事儿宣布。两人连忙坐下，洗耳恭听。老常把李刚专程到4S店来"拜见"他的事儿告诉了两人，得意地说：

"我们双方就事业、家庭的现状与未来，进行了一番深度探讨和磋商，交换了一些男人的看法。"

小小着急地问谈得怎么样？陈梦也关注地等待下文。老常不慌不忙地宣布两件事儿，第一件，他对这个李刚的看法有所改变。这小子有点儿脑子，关键是有张好嘴，没准儿还真是块做生意的材料。小小与陈梦对视偷笑。老常又说，我虽然对你们俩恋爱的前景仍然不看好，但也不再拦着你们了。不过有一条，不准进展太快！小小欢天喜地：

"谢谢老爸！恭喜老爸！您在怎么当好家长方面，进步大大滴！"

老常假装严肃地"哼"了一声。陈梦问他第二件事呢？

"第二件，我们俩谈到了服装店以后的经营策略，并取得了共识……"

陈梦立刻把耳朵竖起来了。

"李刚说得好啊，能挽救服装店眼下颓势的只有一个人，那就是我。我认为你们那个服装定制的想法有一定的可行性，可以试试。我希望你们加紧制定一个详细的计划书，制定出切实可行的经营步骤。如果我认为没问题，可以考虑继续给你们追加投资。"

陈梦感动地握住老常："老公你太好了！其实那天你发脾气说的话我都听进去了，你从结婚以来确实为我做了很大改变，忍让我很多，我心里很感激很感动！"

小小同意："我也看到了你的改变，老爸，我认为你在做老公这方面也取得了长足的进步！"

老常很受用，但还绷着，从陈梦手里抽回自己的手：

"最后，我要说到孩子的问题……"

陈梦连忙表态："我一分钟都没想过要打掉孩子，之所以犹豫是因为怕有了孩子，你会让我回家当主妇。现在你能这么支持我的事业，我就没顾虑了。"

老常还要确认："那就是说，我的孩子保住了？"

"对，我要把他生下来！"

老常立刻一脸笑容："这么说我要有儿子了？"

"谁说一定是儿子？"陈梦不买账。

老常说他有预感。让小小快把那瓶红酒拿出来，好好庆祝一下！三只杯子碰在一起，老常突然想起陈梦不能喝酒，他要替老婆喝。老常抿了一口酒，心满意足："一儿一女，儿女双全，人生之美满不过如此啊。好，太好了！"

陈梦说孩子我生，不过得答应我一个条件。老常特别痛快，只要把孩子生下来，什么条件我都答应！陈梦要求生孩子前，要工作到最后时刻；生完孩子身体恢复了，就要回到店里，"我不能离开太久，不管做大做小，这都是我的事业，你不能用孩子把我拴在家里。"

"行，行，你只管生，我负责带！"

小小笑喷了："老爸，你这样子太可爱了！"

老常忽然反应过来："嗯？气场怎么又变了？我又成低三下四的弱势了？"

老袁和小白订婚这天，杨丹大白天跑到酒吧，独自守着一瓶洋酒自斟自饮，打发时间。酒到酣处，拿出手机拨通老袁的电话：

"今天你大喜，我这边太忙，就不过去了，一帮人围着呢，实在抽不出身。"

老袁宽容地说，他理解。杨丹又祝他幸福，说完刚要挂电话，就听老袁在那边叫了一声"杨丹！"杨丹等待下文，老袁却沉默了。杨丹问他还有什么要说的？老袁沉吟一下，没什么，我也祝你幸福。杨丹顿时觉得嘴里的酒味儿很苦涩，说了声"谢谢"就挂断了电话。

她有一肚子话，想找李梅说说，刚要给她拨电话，想起来今天李梅请假了。杨丹自斟自饮到两眼模糊，影影绰绰一个人走进门来。来人是老袁，他一脸落寞的神情和一身笔挺的西装很不搭调。老袁进来才发现了杨丹：

"你大白天怎么跑这儿来了？"

杨丹看清了老袁："这功夫你不是在订婚吗？找我干吗？"

老袁坐在杨丹身边，叹息一声："唉！我落跑了。"

杨丹愣了愣，明白过来，忍不住"噗"地一声乐出来，笑得前仰后合。老袁先是苦笑，接着也被杨丹感染，两人乐个不停。众服务生不知何故，都奇怪地往这边张望。

此刻，郭洋和李梅对面坐在家里的餐桌两头。李刚横坐在一侧，夹在两人中间。在进行离婚前的最后一次正式谈话。

李梅面无表情，开宗明义："我要小洋。"李刚扭头看李梅。

郭洋说："我也要小洋。"李刚又扭头看郭洋。

李梅态度坚决："不行就诉讼离婚，法庭会支持孩子跟母亲过的！"

郭洋看着她，哑了。李刚着急地想插话，李梅打断他，问郭洋房子怎么办？紧接着又说，为了公平起见，可以卖钱平分。

郭洋说："用不着，房子归你，我净身出户。"

李梅看着郭洋，仍然面无表情："谢谢你高风亮节，不过那房子还欠着一大笔贷款呢。"

李刚终于抢到了话茬儿："等会儿，等会儿！你们俩上来就谈这个怎么分，那个怎么分，怎么就不论证一下是不是真要分啊？"

两人都一愣。李刚说出了他们的心里话，可事情就是这样，夫妻就是这样，有时候真不知在哪个环节出了岔子，两人一开口就奔着最后结局去了！

李梅盯住郭洋的眼睛，她内心希望得到一个肯定的回答："你觉得咱们还有必要讨论这个问题吗？"

郭洋要自尊，故意反问，但态度并不坚决："你说呢？"

李梅放不下面子，却明显没底气，但话还是脱口而出了："我觉得没必要。"一说完，她就后悔了。

郭洋一口气堵在了胸口："好好，你说没必要就没必要！"说完这话，他真想抽自己一个大嘴巴！

李梅毫不示弱："那行，谈清楚了，走吧。"

李梅站起来，郭洋也站起来了。

李刚再也忍不下去了，"砰"的一声拍案而起："我都不知道你们俩为什么离婚？是因为感情没了，还是这日子过不下去了？都不是！我看唯一的解释就是吃饱了撑的！"

两人都僵在原地，看着李刚不语。李刚深深吸了一口气，长长吐出来：

"姐，姐夫，说句心里话，你们过的日子一直都是我向往的，你们俩的生活就是我人生的目标。所有人努力奋斗到底想要什么？不就是跟自己相爱的人共同营造一个温暖的家、过上好日子？你们俩已经实现这目标了，却没完没了为一些家庭琐事争吵，出了问题不好好解决，比着斗气儿、犯拧！两口子生生弄得像仇人。当初除了爱情一无所有的时候，什么困难都能克服，苦哈哈的日子也过得挺乐呵！现在条件好了，要什么有什么了，怎么就不知道珍惜了呢？"

郭洋和李梅被训得都有点儿灰溜溜，但在对方面前还都强撑着不动声色。

李刚联想到自己的处境，动了情："你们要是实在找不着北，好好看看我！现在的我就是从前的你们！为了多挣点钱，我贪小利，栽跟头，受惩罚；现在每个月挣一千多块还劲头十足，因为我终于有了爱情，有了前进的动力、努力的方向。以前我对婚姻不感冒，可是经过这场波折，我终于发现，拥有真诚的爱情和温暖的家是多么珍贵！可你们呢，却要把这么珍贵的东西一手打破，眼都不眨！"

两人都被触动，却极力控制，谁也不主动表态。

李刚看看他们，恨铁不成钢："你们真要离，我也拦不住，我想说的都说完了，你们俩爱怎么着怎么着吧！"说完，转身拿起衣服，出了门，重重的摔门声把夫妻二人都狠狠震了一下。

两人出门的时候，突然下起了大雪。郭洋开着车，夹在战战兢兢的车队里，沿街慢慢行驶。李梅坐在旁边，两人各怀心事，都一言不发地看着外面狂舞的雪花。车内气氛沉闷，郭洋觉得窒息，落下车窗玻璃想透透气，一阵寒风卷着硕大的雪片飞进来。他突然觉得很冷，李梅也不由自主地打了一个寒噤。

这个季节真不适合离婚啊！一旦离了，曾经互相取暖的人就将劳燕分飞，曾经的温暖感觉也将消散而去……李梅想着，眼泪湿了。

车到民政局门口停下，两人都坐着不动，掩饰着内心的激烈挣扎。

过了一会儿，郭洋探询地看着李梅。李梅长长地深呼吸，硬着头皮，推门下车，大步走向民政局。郭洋看着她走远，也下车，跟着她进了大门。

走廊里有三三两两办理结婚或离婚手续的男女进进出出。两人一前一后往里走，每一步都很艰难，每一步都透着犹豫和彷徨。

经过结婚登记厅门口，李梅不由自主地往里看了一眼，下意识地站住了。郭洋跟过来，也顺着李梅的目光往里看。两人都看到了七年前他们注册结婚时所坐的那个位置。他们还都清楚地记得当年坐在结婚登记桌前的情景，当时登记员还笑着夸了他们俩一句"郎才女貌"。郭洋拿起结婚证看了又看，热烈地吻了李梅的脸，李梅幸福地笑成了一朵花。

郭洋从往事中觉醒，只觉得眼眶发烫。李梅已经泪流满面，她突然掉头往大门走去，郭洋愣了一下，连忙小跑紧跟。两人脚步都比进来的时候轻松多了，相跟着走出门去。

李梅一步一滑地在雪地上踉跄地走着，边走边哭。郭洋追上她一把拉住，李梅顺势搂住他，埋头在他怀里：

"我舍不得，我不想离，我不离！我爱你……"

郭洋被一种失而复得的后怕紧紧攫住！他抱住李梅，流下了热辣辣的眼泪。漫天雪花之下，两人旁若无人地拥抱着，路人经过，纷纷注目。

30　千万别把爱情当成毕生事业

老袁不知什么时候已经脱去了外衣，神情轻松地穿着衬衫与杨丹对饮。两人谈笑风生，偶尔放声大笑，都已经进入微醺状态。

老袁告诉杨丹："小白一直催我，我也觉得应该对人家女孩儿有个交代，可是越临近我越觉得这事儿不靠谱，小白挺好，但不是我要共度余生的那个人。"

杨丹讽刺他："我还真以为你下半辈子要打着鸡血过呢。"

老袁苦笑："鸡血打一阵子可以，总打真抗不住啊！"

杨丹终于忍不住："多嘴问一句，你觉得能跟你共度余生那人到底是什么样儿啊？"

老袁心里早有目标，却故作思考状："嗯……那人吧，不一定非得以我为中心围着我转，她可能有点儿自我，甚至有时候还挺霸道……"

杨丹歪着脖子琢磨："我听这人有点儿熟呀？"

老袁也笑："我跟她在一块儿，虽然有时候也掐也吵，可除了做夫妻，我还希望在她身上能找到那种棋逢对手、将遇良才，高山流水遇知音的感觉，希望两个人除了过日子，还能像朋友那样平等相处、顺畅交流。"

杨丹听着心里十分舒坦，脸上渐渐露出坏笑，借着酒劲儿："你说的这人，不会是我吧？"

老袁也以酒遮脸："好像还真就是你。"

杨丹愣了愣，半信半疑："合着你是为我落跑的？"

"你是不是心里特别得意呀？"

杨丹掩饰："我觉得滑稽，兜了一大圈儿，回到原地！这叫什么事儿啊？"

老袁解嘲："是有点儿滑稽。哎，你现在过得怎么样？"

杨丹打肿脸充胖子，一副无所谓的神气："挺好啊。"

"挺好还一个人借酒浇愁？说真的，有没有点儿后悔当初跟我离婚？"

杨丹矜持了一会儿，终于憋不住了："是有点儿。离婚就像一面镜子，照出了我做女人的问题，但也照出了婚姻失败中双方的问题。包括你！"

老袁深有同感地点头："我现在觉得，离婚是坏事，也是好事。它让我们重新看清楚了自己的内心，重新想想曾经拥有的东西，重新掂量对方在自己心里的地位，重新思考在婚姻中应该调整的地方，等于给我们上了一堂生活的大课。"

杨丹看着他："看来不光我一个人在反省啊。"

"咱俩离了以后我一直在反省。幸亏今儿没订婚，还有弥补的机会。如果可能，我想重来一遍，把犯过的错误一一改正。"他笑着打量杨丹，"就是不知道……你那儿还有没有可乘之机。"

杨丹笑着，低头不语。

老袁试探地："你跟那汤骏怎么样啊？"

杨丹故作轻松："分了，没缘分。"

老袁喜出望外："谢天谢地！幸亏咱俩在岔道儿上走得都不算远，还来得及回头，否则可能会铸成遗憾终生的大错。"

杨丹探究地打量他："你真觉得这事儿有那么严重？"

"其实我一直担心，生怕半路横刀杀出个程咬金，把我这点儿希望给掐死。"

"老袁啊老袁，你也有今天！你这不是挺会说软话的吗？早干吗去了？"

"我也是后来才明白，俩人过日子，不管有多少分歧，有多少争执，只要心还没死，就能找到合适的对接点，只要两人愿意往一块儿凑，跟谁过都能过，也都能过得挺好。"

杨丹脸又变了："跟谁都能过好？那你就去跟小白对接呗！"

老袁赔笑："我这不是想跟你重新对接吗？"

从民政局回来，郭洋和李梅都有一种脱胎换骨的感觉。郭洋搬回家睡在了沙发上，他知道李梅有洁癖，事情还没有最后结论，他不想强求她彻底放下芥蒂。

李梅也暗中和自己的自尊心较劲，即使郭洋和张瑾真有什么，为了两人十年的感情，为了小洋，她也应该让步，接纳他回归。可是想想容易，做起来难！她还需要时间，甚至需要很长时间来疗伤。

郭洋经过几天的考虑，再三权衡，终于决定离开弘高家居馆，离开张瑾。决心一下，顿觉轻松！他这才发现，其实事情很简单，只要肯放下自己的欲望，做出一点点牺牲，只要设身处地为对方着想，夫妻之间就没有什么过不去的火焰山！

郭洋去见张瑾的路上，煞费苦心地想了一堆说辞，想尽量让她痛快地接受这个事实，不至于受到伤害："弘高家居馆这个项目已经运作得非常成功，所有的环节运转都很正常，设计团队也很成熟了，没有我的参与，也不会受到任何影响，我现在可以离开了。"

张瑾平静地看着他，什么都没说。郭洋把辞呈放在她面前，起身离去。张瑾没有勇气打开那个信封，她默默把信封收进了抽屉，轻轻关上。她明白，和郭洋的这一段特殊友情至此就算画上了句号。

张瑾心里空空荡荡，站在窗前看着街景，这个城市空前的喧嚣和繁华，更加衬托出一个命运沉浮的女人那份无法言说的孤独。

许小宁从早晨上班起就神不守舍，他边上网处理网店的订单，边不时看看挂钟。到了下午，干脆什么都不干，专门盯着表了。兰心看在眼里，故意敲打他：

"小宁，你发什么呆呢？"

许小宁好像突然想起来似的："对了，我得去趟仓库，上午有两个订单要的包儿店里没货了。"

"不会呀？昨天才点过货，所有款式的包店里都有。"

许小宁狡辩："网店是我负责的，我比你清楚，你就别操心了，我去一趟！"说罢，不等兰心反应，匆匆开车走了。兰心不放心地看着他离去，让店员们好好照看店铺，自己搭了一辆出租车，跟踪许小宁。

出租车在看守所停下，兰心坐在车内往外看。许小宁不安地踱来踱去，看表。看守所的大门突然打开，宋圆圆拿着行李出来，许小宁慌忙迎上去。兰心恍然大悟。

许小宁在公司附近的快捷酒店给宋圆圆开了一间房，拎着行李把她送进去，让她暂时先住这儿，好好休息一下，想想今后怎么打算。宋圆圆消沉地说，没法在北京待下去了，还是回老家吧，就当从没来过。许小宁劝她别着急走，他会帮她想想办法，看能不能再找个工作安顿下来。说完拿出一千块钱递给宋圆圆，你还年轻，一切都可以从头开始。先安心在这儿住着，钱不够我再给你。宋圆圆不好意思接。许小宁塞到她手上，又安慰了一番，告辞出来。

许小宁刚走出电梯，兰心就迎面拦住他的去路。

"哟！你你你……怎么跟踪到这儿来了？"许小宁吓坏了。

兰心不由分说让许小宁带她上去见宋圆圆。许小宁顿时慌了："老婆，老婆！圆圆的事儿公安局已经调查清楚了，老钱已经起诉了，老刘还在追捕呢！这个黑锅你不能让圆圆都背着，咱不跟她计较了行吗？"

兰心不由分说："你废什么话？带我去见她！"说完直接往电梯里走，许小宁只好跟着她上楼。

宋圆圆一开门，看到是兰心，怯怯地叫了一声："兰总……"

兰心闯进门，语气还那么强硬："别叫我兰总！我现在已经不是兰总了。"

宋圆圆更加紧张："兰心姐……"

兰心上下打量宋圆圆半天，突然有点儿心酸："看看你，这几个月看守所呆的，都脱相了，脸色这么差。"

"我活该，我自找的，我错了，对不起！但我真没有坑你的意思……"

兰心做了个制止的手势："别说这些了！"她环视房间，让许小宁拿上圆圆的行李，先住到店里，再慢慢找房子。两人都愣了，没料到兰心这么豁达。

许小宁惊喜："老婆，你真让圆圆回去？"

兰心故作平淡："皮具店也需要人手，就让她留在店里帮我吧。"

宋圆圆热泪盈眶："兰心姐，你还能重新接纳我？"

兰心假装不耐烦："哼，你跟我这么多年，早滚成一家人了。走吧！"

宋圆圆抱住兰心哭了，兰心安慰地拍拍她：

"好了好了，今天应该高兴，你哭什么呀？走，咱们回去。"

许小宁乐颠颠地拎起行李："走喽！"

当晚，夫妻两人上了床，许小宁一个劲儿夸老婆，有一副大海般宽广的胸怀，母亲般博爱的仁心，还检讨自己，以前不够了解她，没想到她霸道的表面下，还藏着这么无私、这么伟大、这么了不起的情怀，太有包容心了，太让人感动了。

兰心白了他一眼："语无伦次啦？还有什么词儿啊？都搜出来！"

"我是真心诚意赞美你！"

兰心得意地："老公，我重新给自己定的位，你还喜欢吗？"

"喜欢！太喜欢了！你现在简直换了一个人，太温柔了，太熨帖了，太顺溜了，太……"

兰心举着一只拳头，许小宁说一个"太"字，她就伸出一根手指，一直到第五个，又举起另外一手拳头："还有吗？"

许小宁话锋一转："不过呢，你转变得太快太彻底了，有时候我真有点不习惯，总觉得有点儿平面化，有点儿单调，时不时还有点儿怀念过去的那个兰心。"

"你什么意思？"

许小宁嬉皮笑脸："要不，你偶尔也发点脾气，让我重温一下你往日风采？"

兰心气得一拍枕头："许小宁你真是贱骨头！有日子不挨骂浑身不自在是吧？嫌我对你太好太温柔太顺溜是吧？是不是非得十大酷刑伺候着你才不平面不单调不枯燥啊？想找呵斥还不容易，马上给你点儿颜色看看！"

许小宁立刻求饶："停停停，我的太太！我重温够了，你还是赶紧回来吧。"

兰心余怒未消："你当玩儿穿越呢？想回去就回去，想回来就回来？"

许小宁抱住兰心："息怒，息怒，就当我忆苦思甜还不成吗？"

陈梦服装店内已经挂了一墙的设计图。一片忙碌景象。李刚和小小坐在电脑前接待一名顾客，根据顾客的意见，商量着修改设计图。陈梦另一边陪两个客人挑选布料，一边挑一边拿尺丈量。

宋圆圆沿着商业街走过来，踌躇着走到店门外，隔窗看到店内的情景，李刚和小小并肩坐在电脑前，眉眼传情、十分默契。尽管这已经是她预料中的场面，可是亲眼目睹，仍然难以接受。宋圆圆眼前模糊了，一种"近在咫尺，远在天涯"的孤寂寞袭上心头，她转身离去，一边走一边悄悄落泪。

张瑾把自己关在房间里，默默做好了一切准备，然后去找老袁。她要把自己手上所有的弘高股份都出让给老袁，老袁提醒她，这时候退出太吃亏，项目运行得这么好，而且会越来越好。"你打下的江山，却让别人坐，真舍得放下这一切？"

张瑾很果断："舍不得也得放下！我已经想好了，只要你愿意，随时可以签转让合同。"见老袁没有异议，张瑾由衷地道了一声，"谢谢！弘高就拜托你了……"

"唉！张瑾啊，今天我更了解你了，归根结底你还是一个善良的女人，也是个聪明的女人，像你这样的女人要是得不到幸福，就是老天不长眼。"

张瑾苦笑："谢谢你能理解我。"

"行啊，要走就走吧，以后如果有什么能帮上你的地方，一定不要忘了来找我，我们永远都是朋友。"

张瑾报以感动的笑容："你和小白怎么样了？喜事将近了吧？"

老袁不好意思地笑笑："我们取消了婚约。"

张瑾愣了愣："是因为……杨丹吗？"

老袁笑着点头："转了一大圈儿，我们俩又回到原点。我们总算弄明白了自己，想重新把婚姻这条路从头好好走一遍，也算是一个男人和一个女人不断成熟的必然结果吧……"

"祝福你们！我相信你不会再犯同样的错误。"

"我一定努力。"老袁问张瑾今后的打算，张瑾说，打算带毛毛出去走走，陪陪她，也给自己点儿时间，好好休息一下。老袁希望她能早日找到属于自己的幸福。张瑾泪光闪烁，转身离去。

郭洋对张瑾的离去一无所知，直到老袁亲自主持董事会，宣布张瑾已经把她名下的股份转让给了他，从今天起，他就是弘高家居持有百分之八十股份的大股东时，郭洋震惊了。老袁宣布郭洋留任弘高家居馆总经理、总设计师和设计总监。员工们以热烈的掌声表示欢迎。老袁也笑看郭洋，一起鼓掌。郭洋却心情极为复杂，起身离开了会议室。

郭洋出门就拨通了张瑾的电话。他不知道此刻张瑾已经推着行李车，带着女儿，出现在机场出发大厅。于是责备地质问她，转让股份这么的大事儿，怎么也不跟他商量一下？张瑾平淡地回答，这是她自己的事，她自己可以决定。

郭洋急了："你为了成全我，故意牺牲你自己！你让我怎么面对这件事？"

张瑾还是平平淡淡："这是我深思熟虑后的决定，你不用有负担。好好珍惜自己的事业，也珍惜你身边的人吧！"

郭洋听出这是一句道别的话，他突然追问："张瑾，你在哪儿？"

"我在机场，马上要出国了，你多保重，再见！"张瑾话音刚落就挂断电话。

郭洋意外地愣了一下，轻声说了句："再见。"

他慢慢收起电话，一丝惆怅悄然爬上心头。他默默安慰自己，世上没有完美的事物，鱼和熊掌都齐全，可以作为一个美好的梦想支撑人们拼搏奋斗，但是别想把它变成现实，因为一旦成真，就可能消化不良。

张瑾走后半个月，是春节的晚上。郭洋裹着一身寒气推开家门，满屋子过年的喜气扑面而来。小洋穿着新衣，扑进郭洋怀里：

"爸爸，妈妈做了一桌子好吃的，舅舅也露了两手，就等你回来啦！"

李梅笑着迎出来："回来啦？洗手上桌！"

四人围坐在餐桌边。郭洋倒酒，李刚帮忙，全家人在一阵巨响的鞭炮声中举起杯。郭洋致祝酒辞：

"这是我们一家四口，过去是三口，现在又扩编了，李刚也算一口。"

李刚嘿嘿一笑，谦虚地说自己是滥竽充数。小洋追问舅舅为什么是"烂鱼"呀？李梅制止儿子别捣乱，让爸爸继续说！郭洋笑着说：

"……这是我们全家一起度过的第八个春节，希望我们有缘共度第十八个、第八十个除夕之夜，干杯！"

转眼夏天又到了。众人突然接到老衮的邀请，要在贵宾楼酒店宴请大家。

大腹便便的陈梦快要生了，还在服装店里忙忙活活。小小搀扶着她，气喘吁吁地走进餐厅，几个女人都在等她们。

"陈梦你可真行，都这样了，还到处溜跶什么呀？"兰心埋怨她。

陈梦吃力地坐下："我要坚持到最后一刻。"

小小诉苦："她这一坚持可倒好，把我累惨了，成她贴身保姆了。"

李梅提醒陈梦，让老常提前找好月嫂，到时候现找来不及。小小笑了：

"不用！我爸说了，要亲自侍候月子。他已经做好思想准备，把4S店托付给朱珊珊照看。看他那样儿，是要专心做奶爸了，还买了一大堆育儿书，正日夜兼程、加紧备战呢。"

李梅赞叹："嚯！老常这劲头，真不一般啊！都说老来得子，美如神仙。真不假。"

陈梦满足地笑着："有老常帮我看孩子，一出月子，就可以回店里工作了。"

兰心问杨丹："你跟老袁怎么样了？"

杨丹喜滋滋地告诉大伙："老袁昨天向我求婚了……"

众人齐声起哄："噢！杨丹也要二婚喽！"

"起什么哄啊？我这算复婚，不是再嫁。"杨丹不好意思地辩解。

兰心上下打量她："杨丹，你这名字是不是得改改呀？别叫杨丹了，'丹'听着不就是单身一人儿吗？不吉利。"

"没那事儿，本姑娘这辈子行不更名、坐不改姓！老袁这不也转回来了吗？"

李梅笑："瞧你这得意劲儿！嗳，他一求婚，你就答应啦？太便宜他了吧？"

"还没答应呢，我得想想。"

兰心连忙提醒："不能随随便便就答应他，来之不易他才懂得珍惜。你得抻着点儿，让他尝尝提心吊胆、担惊受怕的滋味儿。"

陈梦也附和："就是！别以为二婚就可以马虎，复婚不能走过场。"

"没错儿！既然要重来，就从恋爱开始，开头开得好，才能有个好结果。"

杨丹眼睛发亮："有道理，有道理。"

李梅出主意："他当初对小白那段儿，你不是还没找补回来吗？就让他像追小白一样，也追你一回得了。"

杨丹笑："这招儿我喜欢。"

陈梦也说李梅这主意好，"杨丹姐，你就让他换一种新的方式，再追你一年。"

李梅补充："我看得追两年，好好考验考验他。"

兰心加码："我看满打满算，怎么也得三年！"

杨丹急了："嗳，嗳，嗳！你们是存心想搅黄我的好事儿啊？我幸亏只有你们仨朋友，再多几个估计我就得孤独终老，嫁不出去了！"

众人笑成一团。

杨丹问李梅，跟郭洋怎么样了？失而复得的日子过得不错吧？兰心抢先接茬儿："她？都美出鼻涕泡儿了！"

李梅不好意思地笑笑："还行吧，夫妻之间不就那么回事儿嘛，是非难断，一盆浆糊，今天刚好，明天又闹，生气窝火的事儿层出不穷。没办法呀，谁叫咱愿意跟人家一个盆里搅勺子、迷恋那种回家有人等的温馨感觉呢？只能忍着呗。"

小小一脸迷茫："老得忍着啊？那婚姻到底好还是不好啊？"

陈梦提醒："李梅姐，小小正恋爱呢，你可别误导她，再给吓得缩回去。"

李梅认真地告诉小小："我没想吓唬你，但婚姻真没恋爱那么简单。恋爱是脑袋一热豁出去了，婚姻却是一个漫长的历程，夫妻间会遇到很多矛盾和问题，要用足够的爱和耐心去对待，互相忍让，互相迁就，彼此关心，彼此尊重，才能相守一生。我说'忍着'就是这意思。"

兰心同意："说得是。那些能熬到金婚的夫妻，都是不计较对方的错误和毛病，老想着对方的优点和好处。唉，我跟小宁这些年都是他让着我了，从现在开始我也该让着他点儿了。"

杨丹说："我也记住教训、学乖了，以后不管多忙，都不敢再忽略另一半了。我相信有爱就有家，智慧女人才有幸福婚姻。不过咱们可得记住，千万别把爱男人当成毕生的事业，女人这一生，可追求的事业多着呢！"

老袁带着几个男人在吸烟区聊天。

郭洋提醒老袁："我估计你要重新追到杨丹，还真不那么容易。受过一回伤的女人可是惊弓之鸟啊，得动动脑筋。"

"有什么好主意？"

"你今晚不是要请客吗？当众求婚啊！你话一出口，我们就鼓掌欢呼，一致赞美，众口铄金，非把你们俩撮合到一块儿不可。"

许小宁击掌赞成："没错儿！知道女人的软肋在哪儿吗？女人都迷信别人的眼睛，别人都说好，她就会觉得特别好，我们今晚都是你的托儿！"

老常说："这不合适吧？强扭的瓜不甜，还得看人杨丹到底有多少主动性。"

老袁不好意思地笑："她还行吧，我发现我们俩还是很有平等对话的条件。"

许小宁不屑地反问："你才发现啊？"

老袁看看仨人都用那种眼神儿瞧他，有点尴尬："我也纳闷呢，人为什么非得吃一堑才能长一智呢？不离这一次婚，我们俩还真不会互相认识得这么清楚。"

郭洋深有同感："人是个犯贱的动物，到手的东西不懂得珍惜，失而复得才是宝贝。婚姻最脆弱的软肋，不是别人狠狠咬你一口，而是自己轻轻一松手！"

众男人一致点头。

许小宁大赞郭洋："精辟！婚姻是一辈子学不完的科学，这门科学的关键词就是'接纳'和'包容'。不明白这点，不用七年，七天都会痒，结婚几个月就离的也不少见啊！"

老袁补充："还有一个关键词'沟通'，到什么时候都别忘了，婚姻双方需要沟通，打开天窗说亮话，千万别赌气，沟通比什么都重要。"

老常接茬儿："还有一个关键词'忍让'，我这两次婚姻，太有体会了，夫妻两人要是没有一个能忍能让的，非打散了不可！"

郭洋笑着对许小宁一抱拳："许大师，恭喜你，你终于有徒弟了。"

许小宁不服气："我不早就当师傅了吗，你是头一个出师的！"他看看众人，突然乐了，"嘿嘿，我看咱们四个能演一出《西游记》啦！"

郭洋操了许小宁一把："去去，你才是和尚呢！说你胖就急着喘！还把自个比成唐三藏了，有你这么自我膨胀的吗？"

许小宁笑了："我的经验说明，婚姻这东西没啥神秘，也没啥不可驾驭，说了归齐就六个字：接受、忍受、享受。只要你学会接受现实、接受对方的不完美，忍受一点误解和不公，忍受一点委屈和无奈，围城里头还是很享受滴！这就叫先忍受再享受，明白？"

老常一个劲儿点头。

许小宁又搬出从网上贩来的典故："据说英国有个百岁老人，回忆自己的婚姻，说曾经有五百次想要提出离婚，二百次想要杀了妻子，一百多次想自杀……"

老常歪着头琢磨："这听着……有点儿苦大仇深啊？"

"……可人家守着围城活到一百多岁呀！男人的伟大之处，就在于对现实中的种种磨难消化能力极强，为了一个目标忍辱负重、见招儿拆招儿、好了伤疤忘了疼！"许小宁有理有据，有板有眼，铿锵有力。

郭洋思忖着他的话："嗯……这话虽然有点儿阿Q，但是经典，深刻！我看婚姻就是一股份公司，而且是股份有限公司，夫妻双方就得互相制约，还得联手经营，有一方不想持股这公司都开不下去！"

许小宁摇头晃脑，十分得意："嘿嘿，我跟兰心这股份公司的股票可是年年看涨啊！"

"我们也升值了！陈梦再生个儿子，我那股票金不换啊！"

"我和杨丹虽然停牌一年，现在不也复牌了吗？"

"还是得说咱们会经营。我深信，这世上如果有一个做了你一万次仇敌和五千次朋友的人，那人肯定不是你老婆，就是你老公！"

众人都被郭洋这话逗笑了。

2010年夏天的某一天。郭洋下班回来，家里一片狼籍，客厅到处都摆放着水果、点心，餐桌上堆满各种各样的食物，新买的高档餐具还没打开包装，胡乱放在沙发上。地板上的花瓶旁边还堆着一大束没来得及插好的鲜花。

李梅扎着围裙在厨房里忙碌。一见郭洋就发牢骚，埋怨他答应早回来，怎么才到啊？郭洋连忙脱外衣，一边脱一边解释：

"我路上办了点事儿。李刚和小洋呢？"

李梅手上忙个不停，嘴上也说个不停："我没办法了，让他们去请许小宁来帮忙。今天可是你张罗要请大伙来庆祝结婚八周年，晚上人那么多，吃的用的得准备一大堆，我一个人能忙得过来吗？"

郭洋走进厨房，看看李梅手忙脚乱的狼狈样儿，忍不住笑。

李梅浑然不觉，头也不抬地忙碌："你倒好，磨蹭到现在才回来，杨丹她们一会儿就过来，家里都没收拾利索呢……"她抬头发现郭洋神秘兮兮地看她笑，"你干吗？"

郭洋一把将她拉进怀里，就是一个热烈的长吻。李梅挣扎着推开他：

"别以为这样就能堵上我的嘴，快去把客厅收拾一下！"

郭洋突然变戏法似的掏出一枚钻戒，笑着举到她眼前。

李梅眼睛发亮，嘴上还绷着："这个也别想堵上我嘴！快给我看看。"

郭洋故意把戒指往身后一藏："不行！一进屋你就唠叨个没完，做得多，说得更多，你这老毛病算是改不掉了。我决定，趁今天结婚八周年，把你休了。"

李梅眉毛一挑："好啊，我自由了。"作状要解下围裙，"那我可卸任了！"

郭洋伸手环住她的腰："想得美，我休了你，再娶一回。"他托着戒指举到李梅面前，一脸坏笑，油嘴滑舌，"不论健康还是病痛，不论顺境还是逆境，今生今世，不离不弃。梅子同学，你愿意陪我一起走完这多灾多难的幸福人生吗？"

李梅把头扭到一边，只把手伸给了他。郭洋一手托着她的手，一手拿着戒指：

"我再问一遍，你愿意跟我一起走完整个人生吗？"

李梅又感动又好笑，忍俊不禁："Yes, I Do！"

郭洋笑着为李梅戴上戒指，郑重地吻了一下她的手："为了爱，我也愿意！"

李梅夸张地打了个寒噤："妈呀，冷死了！鸡皮疙瘩掉一地，赶快扫扫吧……"

李梅笑着钻进郭洋怀里，两人紧紧拥抱……

深夜，前来祝贺的邻居们都散了，李梅还在打扫房间，郭洋迫不及待地把她拉进浴室，两人打了一场水仗，追逐着上了床。

重温了保留节目之后，郭洋温情脉脉地把李梅搂进臂弯：

"我不得不说：由衷感谢老婆一直以来对我的猜疑、戒备和过度防卫！"

李梅听出郭洋的幽默，故意装傻："干吗？又想秋后算账？"

"NO！NO！我虽然曾经对你这些手段很不满，但现在必须承认，你这些不太理智的行为，的确起到了给我扎预防针和敲警钟的作用。如果没有这些痛苦折磨、残酷镇压……"

李梅坏笑着接茬儿："……你就滑向万劫不复的无底深渊了对吧？"

郭洋想了想："那也不至于，归根结底，我还是个相当有责任感和自控力的优秀男性，要遇上那种差劲儿的，你怎么折磨、镇压也不见得管用。"

　　"那还是我有眼力，你要是那么差劲儿，压根儿入不了我的法眼。"

　　"嗯，怎么都是你英明，哈？"

　　李梅搂住郭洋脖子："我觉得经过这场考验，咱俩感情比以前更瓷实了。"

　　"当然！你发动的婚姻保卫战，保的不就是婚姻，保的不就是感情嘛？能不瓷实吗？"

　　李梅忽然想起什么，起身从床头柜抽屉里翻出《协议书》。

　　"老婆，你什么意思？又要修改协议？"

　　李梅盘坐床上，笑着翻看："温习温习，温故而知新嘛！"

　　两人抢着看《协议书》，一边儿看，一边儿念，狂笑不止，好像那些一本正经的条款完全出自两个陌生的脑袋，过去的一桩桩一件件都是发生在别人身上的故事：

　　"……嘻嘻，真二！"

　　"嘿嘿……还是挺有创意滴！"

　　"老公，这协议对咱们还有用吗？"

　　"我早就觉着这些条文并没起到什么决定性作用，关键还得看夫妻双方的心里有没有这个家。只要心在，根本不需要用协议约束，如果心不在了，什么协议也约束不了。"

　　李梅颔首："夫妻所见略同！"

　　郭洋刚要痛痛快快地撕了协议书，李梅突然拦住：

　　"别撕！留着以后你再犯毛病的时候，好拿出来当教材！"

　　"唉，老婆，你是一朝被蛇咬，十年怕井绳啊！"

　　"专家说了，婚姻之痒有周期，等下个周期来临的时候，谁知道会发生什么事啊？对吧？"

　　郭洋嫌李梅乌鸦嘴，让她快吐，两人一起深呼吸：

　　"呸呸呸呸！"

（全书完）

婚姻
保卫战

后记

　　小说搭上影视快车，出版公司的先生们看它的眼神儿就不一样。他们都知道"赵宝刚"三个字就是一出好戏的保证，电视剧《婚姻保卫战》的热播会使这本书大卖……呵呵。

　　一部戏横跨三个年头。再回首，恍若昨日。

　　那时不知道最擅长造星的名导也很喜欢对编剧"拔苗助长"，漫长的磨戏情景一辈子刻骨铭心，到现在脑袋里还塞满形容词："掰开揉碎"，"不厌其烦"，"苦口婆心"，"滔滔不绝"……还有"超强的完美欲"。一个人如果有着龙卷风般强烈的个人风格，就没人可以漠然处之或逃脱影响。把人绑在战车上奋蹄，偶尔还得吃鞭子，居然还能让人乐在其中、觉得相当幸运！这得是什么样的本事和精神啊！

　　小说脱胎于电视剧，就是众人齐心努力的结果，要感谢的人特别多：钟伟、王迎、梦琳、周展、邰薪羽、黄磊……尤其是鬼马精灵的高璇、宝茹拔刀相助，带来福音。

　　感谢丁芯女士，仁心宽厚，总在紧要关头送来温暖和鼓励。

　　感谢北京市正平律师事务所的李炳义先生、曹军先生就故事中的法律问题给予的无私帮助！

　　最后，由衷感谢我的亲人！他们的宽容忍让和温暖支持，让我对爱情、婚姻、家庭一直保持信心和勇气，使我有能力永远笑看人生……

魏晓霞

© 魏晓霞 2010

图书在版编目（ＣＩＰ）数据

婚姻保卫战/魏晓霞著. 一沈阳：万卷出版公司，
2010.7（2010.9重印）
ISBN 978-7-5470-1008-2

Ⅰ.①婚… Ⅱ.①魏… Ⅲ.①长篇小说—中国—当代
Ⅳ.①I247.5

中国版本图书馆CIP数据核字（2010）第131164号

出版发行：北方联合出版传媒（集团）股份有限公司
　　　　　万卷出版公司
　　　　　（地址：沈阳市和平区十一纬路29号 邮编：110003）
印 刷 者：北京鑫瑞兴印刷有限公司
经 销 者：全国新华书店
幅面尺寸：167mm×234mm
字　　数：450千字
印　　张：24.75
出版时间：2010年7月第1版
印刷时间：2010年9月第2次印刷
策划编辑：雷　同
责任编辑：李春杰
内版设计：伍　奕
封面设计：尚书堂
ISBN 978-7-5470-1008-2
定　　价：35.00元

联系电话：024-23284090
邮购热线：024-23284050　23284627
传　　真：024-23284448
E－m a i l：vpc_tougao@163.com
网　　址：http://www.chinavpc.com